suhrkamp taschenbuch 1356

Wassili Below, geboren 1932, lebt in Vologda/UdSSR.
Schibanicha, ein kleines Dorf in Rußland im Jahre 1928. Die Familie Rogow, das Zentrum des Figurenensembles von Belows Roman *Vorabende*, lebt und arbeitet noch in der alten dörflichen Tradition. Aber Neues keimt auf. Die Kollektivierung der Landwirtschaft – eine der Reformen des ersten Jahrzehnts nach der Russischen Revolution – verändert das Leben im Dorf von Grund auf. Die Weitblickenden begreifen es, selbst der Pfarrer und ein Adliger. Sie sehen darin eine Bereicherung ihres dörflichen Miteinanders. Andere wiederum sehen in diesen »Zeichen der Zeit« aber allein die Möglichkeiten einer sehr persönlichen Bereicherung. Sopronow zum Beispiel, der das Alte zerstört, ohne Neues zu schaffen. Belows Roman *Vorabende* ist die wechselvolle Geschichte eines nordrussischen Dorfes in der Zeit großer sozialer Umwälzungen. Er ist aber gleichzeitig auch eine sehr genaue sozialpsychologische und geschichtsphilosophische Studie aus dieser Zeit.

Wassili Below
Vorabende

Nordrussische Chronik 1928

Roman

Suhrkamp

Originaltitel: Kanuny

Aus dem Russischen von Erich Ahrndt
Umschlagmotiv: Jablonskaja Tatiana Nilowna, Brot. 1949

suhrkamp taschenbuch 1356
Erste Auflage 1987

Druck: Nomos Verlagsgesellschaft, Baden-Baden
Printed in Germany
Umschlag nach Entwürfen von
Willy Fleckhaus und Rolf Staudt

1 2 3 4 5 6 – 92 91 90 89 88 87

Erster Teil

1

Stülpnase, der Einäugige, lag und ließ fünfe grade sein, und Träume, weit wie Frühlingshochwasser, umgaben ihn. In den Träumen wurden seine Gedanken wieder frei. Er lauschte in sich hinein und staunte: Weit und voller Wunder war die Welt, nach beiden Seiten, hier wie da.

Die Seite *da* – wo, welche war sie denn?

So sehr Stülpnase sich mühte, er konnte keine andere Seite entdecken. Die weite Welt gab es nur einmal, ein einziges Mal. Bloß schrecklich groß war sie. Weitete sich, wuchs, lief davon nach allen Richtungen, allen Seiten, nach oben und unten, und je weiter weg, um so fixer. Und überall lief schwarze Finsternis mit. Die mischte sich mit dem grellen Licht und ging über in fernen, durchsichtig blauen Dunst, und irgendwo weiter hinten taten sich Schichten auf: himmelblaue, indigoblaue, rosarote, grüne; da löschten Wärme und Kälte einander aus. Vielfarbene brodelnde Leere braute werstweit, bis in fernste Fernen ...

Und was kommt dann? dachte Stülpnase dösend. Dann kommt ja wohl Gott. Er hätte sich auch Gott gern ausgemalt, doch was dabei rauskam, war zwar nicht übel, stimmte aber nicht ganz. Stülpnase griente im tiefsten Winkel seiner Seele, wo er gefühlsleer war wie ein Wolf und dickfellig wie ein Hammel, und staunte, daß er vor Gott gar keine Angst hatte, bloß Hochachtung. Gott saß in wallendem, weißem Gewand auf einem Thron aus lasiertem Kiefernholz und ließ vergoldete Schellen durch die schwieligen Finger gleiten. Er sah dem alten Petruscha Kljuschin ähnlich, wenn er nach dem Schwitzbad seinen dünnen Hafermehlbrei schlürfte.

Stülpnase durchforschte seine Seele nach Ehrfurcht vor Geheimnissen. Wieder malte er sich die himmlischen Heerscharen aus, auf Schimmeln reitend, leichte rosarote Mantillen auf mädchenhaft abfallenden Schultern, Lanzen und flatternde Fähnlein in lichtem Blau, versuchte sich dann die lärmende Horde des Bösen vorzustellen, rotfressige Schergen, die auf stinkenden Hufen dahergaloppierten. Und beide Seiten drängte es immerfort in die Schlacht.

Das war so sinnlos, so absurd, daß Stülpnase innerlich auf die einen wie die anderen spuckte. Er kehrte wieder auf die Erde zurück, zurück zu seinem winterlich stillen Dorf und dem auskühlenden Badehäuschen, in dem er allein hauste, Aug in Aug mit seinem Schicksal.

Jetzt fiel ihm auch sein richtiger Name wieder ein. Er hieß ja Alexej und war frommer, kinderreicher Eltern Sohn. Aber ihren Jüngsten hatten sie nicht gemocht und deshalb mit dem schönsten Mädchen im Umkreis verheiratet. Am zweiten Tag nach der Hochzeit hatte Vater die jungen Leute auf Ödland vors Dorf geführt, wo nur Brennesseln wuchsen, hatte einen Tannenholzpflock in die Erde gehauen und gesagt: Hier, schlagt Wurzeln, Hände habt ihr . . .

Alexej war ein stämmiger Kerl, aber häßlich von Angesicht und Gestalt: lange, unterschiedlich dicke Beine, der Leib schief und krumm, und am großen runden Schädel prangte eine gewaltige Nase mit ausgestülpten Löchern, wahren Bärenhöhlen. Ihr verdankte er seinen Spitznamen Stülpnase. Er hatte, wo Vater den Pfahl gesetzt, seine Kate hingebaut, aber seßhaft war er nicht geworden auf dem Stückchen Land. Jahr für Jahr verdingte er sich als Zimmermann oder Treidler; in der Fremde zu leben gefiel ihm nicht, aber notgedrungen gewöhnte er sich im Winter an die Stadt. Als die Kinder groß waren, verließen sie den Vater und gingen mit der Mutter über den Jenissej: Minister Stolypin hatte die Gegend allzusehr gelobt. Nachbar Akindin Sudejkin dichtete damals einen Spottvers darüber:

Wir wohnen hinterm großen Fluß,
Da gibt es was zu holen.
Mit Ackern und Rackern ist jetzt Schluß,
Regime, bleib uns gestohlen.

Die Familie blieb spurlos verschwunden. Stülpnase war nun für immer allein, bärtig, halb erblindet; das Haus machte er zu Geld, kaufte sich als Wohnung eine Banja und lebte von Almosen. Damit die Dorfrangen ihn nicht hänselten, tarnte er sich als Kuhdoktor, hängte sich eine Leinentasche mit rotem Kreuz um, in der er eine Klauenschere und trockene Johanniskrautbüschel aufbewahrte.

Ihm träumte auch, was war oder jederzeit sein konnte. So scharten sich jetzt traurige Sterne am heiteren violetten Himmel über der Banja, funkelte bröckliger weicher Schnee im Dorf und in den Gärten hinter den Katen, und die Mondschatten der Höfe strichen rasch über die Straße. Hasen tummelten sich an den Tennen, manchmal sogar an seiner Banja. Sie mümmelten mit den Schnurrbärten und hopsten lautlos, ohne Sinn und Verstand über den Schnee. Auf dem Tannenbaum am Ortsrand schlummerte ein hundertjähriger Rabe, unterm Eis strömte der Fluß, in manchen Häusern gärte übriggebliebenes Bier vom Nikolausfest in den Fässern, ihm aber, Stülpnase, schmerzten von überstandenen Erkältungen die Gelenke.

Er erwachte vom Mondaufgang; die Zigeunersonne lugte durchs kleine Banjafenster. Eine Fülle gelben Lichts drückte Stülpnase aufs gesunde Lid. Der Alte öffnete nicht das sehende Auge, er schlug das tote auf. Im Dunkel schwammen und schwirrten grüne Fünkchen, doch ihr smaragdenes Geflimmer wich gleich einem quälenden blutroten Schwall. Da ließ Stülpnase sein gesundes Auge sehen.

Der Mond schien ins Fenster, aber in der Banja war es dunkel. Stülpnase tastete nach dem eisernen Hackmesser, um damit Kienspäne zu spalten. Aber das Messer war nicht da. Das war wieder niemand anders als der Banjakobold. Stülpnase erinnerte sich genau, wie er zum Abend den Backsteinofen geheizt und das Hackmesser zwischen die Wand und die Bank gelegt hatte. Jetzt hatte der Kobold das Ding wieder mal versteckt ... Er trieb ein bißchen oft Schabernack in letzter Zeit: Mal verschleppte er einen Bastschuh, mal ließ er das Bad auskühlen oder krümelte Tabak ins Salz.

»Na, gib schon her«, bat Stülpnase friedfertig. »Leg's wieder hin, mach schon.«

Ein Wölkchen schob sich vor den Mond, und gleich erlosch auch im Badehäuschen der fahle gelbe Lichtschein. Der Ofen war schon ganz kalt, Stülpnase fror, ihm riß die Geduld.

»Bist du denn ganz und gar meschugge? So ein Halunke, ist doch wahr! Was? Ich bin doch kein junger Dachs, mit dir rumzualbern. Na also.«

Das Hackmesser fand sich auf der anderen Bank. Der Alte spaltete Späne und wollte Feuer machen, nun aber stibitzte der Kobold ihm regelrecht vor der Nase die Streichhölzer weg.

»Na warte!« Stülpnase drohte im Dunkeln mit der Faust. »Komm raus, ich sag dir's im Guten, oder ...!«

Aber der Kobold hörte nicht auf, seinen Hausgenossen zu narren. Stülpnase stampfte mit dem Fuß.

»Rück die Streichhölzer raus, Lümmel!«

Unter der Bank, vor dem Loch in der Diele, sah er deutlich zwei smaragdgrüne Katzenaugen flimmern. Leise schlich er näher. Gerade als er den Kobold beim glitschigen Fell zu fassen vermeinte, knickte ihm der Fuß um. Stülpnase schlug hin. Beinah hätte er dabei den vollen Wasserzuber umgestoßen. Er prallte mit der Schulter an die Tür. Gut, daß es nicht der Kopf war, dachte er flüchtig. Der Banjakobold entwich winselnd in den Vorraum, aber Stülpnase war auf der Hut und schlug gerade noch rechtzeitig die Tür zu. Er schob den Riegel vor und war sicher, daß des Kobolds Schwanz im Vorraum eingeklemmt hing.

»So, hab ich dich! Wirst du wohl wieder Unfug machen? Wirst du wohl noch mal frech sein, wirst du wohl . . .«

Das Gewinsel hinter der Tür ging in Gejammer über, schien dann gänzlich zu verstummen. Stülpnase griff sich an den Kittel: Die Streichhölzer steckten in der Kitteltasche. Er brannte ein Zündholz an und leuchtete im Vorraum. Zwischen Tür und Türrahmen war ein Stück Strippe eingeklemmt. »So ein Spitzbube, nein, was für ein Spitzbube!« Stülpnase schüttelte den Kopf. »Immerzu foppt er einen.«

Er zündete nun den Kienspan an und steckte ihn auf den geschwungenen eisernen Lichthalter. Das lustig brennende Licht erhellte die dunklen Balken, die wie schwarzgelackt aussahen, die weißen Bänke und die Kleiderstange mit dem daran aufgehängten Birkenbastkorb und der Leinentasche für seine Kuhdoktormixturen. Der große schwarze Backsteinofen nahm ein Drittel der Banja ein, ein weiteres Drittel die zweistufige hohe Schwitzbank. Der Wasserzuber stand auf der unteren Stufe, daneben lag eine hölzerne Schöpfkelle in Entenform. Auch ein Schaffell lag dort, und am Fenster gab es ein Salzfaß aus Birkenrinde, Teegeschirr, einen Löffel und einen eisernen Topf, der nicht nur zum Suppekochen diente, sondern auch als Samowar.

Stülpnase hob die Strippe auf, die der Banjakobold ihm im Vorraum als Schwanz untergeschoben hatte. Barfuß ging er in die Kälte, um Brennholz zu holen. Draußen stob mit Gekreisch eine Jungenhorde auseinander. Ein

Stück entfernt hüpften sie im Schnee und riefen: »Opachen, Opachen!«

»Was is?«

»Nüscht!«

»Nüscht hab ich selber genug im Haus.«

Stülpnase sah um sich. Oben auf dem Berg schickte das heimatliche Schibanicha ein paar Dutzend himmelhoher weißer Rauchsäulen in die Luft. Rauch stieg auch von den übrigen Dörfchen im Umkreis auf, die im Frost gleichsam zusammenrückten. Stülpnase dachte: Siehste woll ... Rußland heizt. Da muß ich auch.

Er trug das Holz in die Banja, öffnete die Rauchklappe und heizte den Backsteinofen. Knackend, mit rauchloser Flamme begann das Holz zu brennen. Stülpnase setzte sich ans Feuer, den Schürhaken in der Hand, die knochigen Beine untergeschlagen, und stimmte laut einen Lobgesang an: »... lasset uns, Gläubige, immerdar preisen dich, Vater, dich, Heiliger Geist der Jungfrau, so geboren ward uns zum Heil, beten wollen wir, daß du in deiner Güte zum Kreuz aufhebest das Fleisch und den Tod erduldest und die Toten erweckest durch deine Auferstehung in Herrlichkeit!«

Dem eigenen Gesang nachlauschend, hielt er den letzten Ton lange aus. Verschnaufte. Drehte ein Holzscheit um, auf die noch nicht angebrannte Seite, und sang ohne Stocken im Rezitativ weiter: »Frohlocke, o undurchdringliches Tor des Herrn, frohlocke, Schutz und Schirm derer, so zu dir kommen, frohlocke, sicherer Hort und unbefleckt Vermählte, so gebar deines Schöpfers und Gottes Leib – hör unser Flehn, erbarme dich derer, so dich preisen und huldigen deiner Gebu-u-urt!«

»U-u-urt!« erscholl es auch vor dem Banjafenster. Die Bengels trommelten mit einem Holzscheit an die Wand. Stülpnase ergriff den Schürhaken und wollte damit hinaus in die Kälte, besann sich aber und steckte sich lieber eine an.

»Neujahrsulk. Da hab ich damals auch die Junggesellen geärgert. Sollen sie spektakeln, ich geh nicht mehr raus.«

Das Holz im Ofen war durchgebrannt, er mußte die Rauchklappe schließen. Stülpnase zog sich die Schuhe an und setzte sich die Mütze auf den Kopf, nahm seine Rotekreuztasche von der Stange und rief dem Kobold zu: »Geh, geh, sei brav. Kriech nach oben ins Warme, Dummerchen. Ich geh bißchen spazieren, keiner tut dir was.«

Der Mond hing hoch über den weißen Dächern. Noch weiter oben wimmelte es von Sternenhaufen, die sich übereinander im Unendlichen verloren.

Weit ausgreifend mit den langen Beinen, die in Bastschuhen steckten, stieg Stülpnase den gewohnten Pfad zum Dorf hinauf. Raschelnd verfingen sich die Schöße des weiten Leinenkittels zwischen seinen Schenkeln, der Kopf in der zottigen Fellmütze sah mit dem gesunden Auge nach vorn und war deshalb ständig seitwärts gerichtet. Plötzlich ließ Stülpnase den Kopf hängen: Er mußte nachdenken und überlegen, bei wem er einkehren wollte. Erbost entschied er sich für den erstbesten Nachbarn.

Das als Blockbau gezimmerte Haus der Rogows ging mit der vorderen Wand vor Altersschwäche schon ein wenig in die Knie. Mit seinem hohen Firstbalken als Kopfputz und den drei gelben Fensterchen des Untergeschosses lugte es lustig ins Dorf.

Seine behagliche Wärme roch nach Kohlsuppe, Birkenspänen und frischem Kwaßtreber – doch die drin wohnten, bemerkten das schon nicht mehr. Heute gesellte sich zu diesen Gerüchen ein leiser Duft nach Aussteuerwäsche. Am Spiegel und an den Kiefernholzwänden zwischen den Fenstern hingen rotgestreifte weiße Tücher, auf einer Sitzlade in der Kochecke blitzte, mit Flußsand blankgescheuert, ein Kupfersamowar Fabrikat Skornjakow.

Bei Rogows waren alle zu Hause, es ging auf die Abendbrotzeit. Nikita Rogow, ein geschäftig-behender, gutmütiger, blauäugiger Graukopf, saß auf einem Holzklotz vorm brennenden Ofen und schnitzte an einem Löffel. Von seinem runden Schnitzmesser ringelten sich Späne, sprangen manchmal geradewegs ins Feuer. Nikita brummte vor sich hin, haderte mit sich.

Der Hausherr Iwan Nikititsch war bärtig wie sein Vater, nur war sein Bart noch schwarz; jungenhafter Schalk saß ihm im Mundwinkel, zwischen rechtem Auge und rechtem Ohr. In seinem verwaschenen, früher einmal roten Hemd mit weißem Kreuz am Kragen, seiner gegerbten Weste mit Eschenholzknebeln statt Knöpfen und Hosen, steif von Fichtenharz, saß er auf dem Fußboden und flocht Deichselschlingen, spielte dabei noch mit dem Kater und hielt seine Zigarette in Brand.

Serjoshka, der Nachkömmling, Iwan Nikititschs einziger Sohn, knüpfte an einer Reuse, Axinja, die Frau, schlug mit dem Rührlöffel im Milchtopf Sahne, und Tochter Vera war emsig beim Flachsspinnen und spuckte sich ab und zu an die Finger.

In der Kate war es warm und still, alle schwiegen, nur das Feuer im Öfchen bullerte, und in den Deckenritzen raschelten die Schaben, als tuschelten sie miteinander.

Auf einmal prustete Vera mitten beim Spinnen los. Sie erinnerte sich wohl an etwas Komisches.

»Oi-joi, unsre Veruschka!« Axinja mußte gleich mitlachen. »Was hast du, juckt's dich im Hals?«

»Ja.« Vera stellte das Spinnrad beiseite.

Sie ordnete sich vorm Spiegel das Haar und trat zu Serjoshka.

»Serjoshka, der Ärmste, knüpft und knüpft. Und möchte doch so gern auf die Straße.«

»Möchtest selber!«

Sie ging auf ihn los, um ihn zu kitzeln. Serjoshka wehrte wütend Veras weiche weiße Hände ab, er schwankte zwischen Lachlust und Zorn auf die zudringliche Schwester.

»Zeig mal her, hast du was zustande gebracht?«

»Hast selber nichts zustande gebracht!«

Beide, Mutter und Großvater, hatten Serjoshka viele Male zugeredet, bummeln zu gehen, aber er hatte sich hartnäckig darauf versteift, die Reuse zu knüpfen. Vera ließ vom Bruder ab und setzte sich wieder ans Spinnrad.

»Großvater, erzähl wenigstens ein Märchen.«

»Sieh einer an, ein Märchen will sie.« Nikita blinzelte der Enkelin über die Stahlbrille freundlich zu. »Könntest schon mal in die Spinnstube gehn . . .«

»Ist doch noch zu früh, Großvater!«

»Großvater sind die Geschichten heut ausgegangen«, sagte Iwan Nikititsch und hielt eine Deichselschlinge in der ausgestreckten Hand von sich ab, um sie aus der Ferne zu betrachten. »Dafür erzähl ich eine, eine wahre Begebenheit . . .«

»Aber Vater, du kennst ja gar keine!«

»Eine kenn ich.«

»Laß ihn!« sagte Axinja mit beschwichtigender Geste. »Bißchen was weiß er schon. Das war vorm Krieg mit den Deutschen, in Olchowiza an der Wirineja . . .«

»Wo Fuchs und Hase sich gute Nacht sagen?«

»Ja. Da war Vater oberster Hexenmeister im ganzen Kreis. Wie er dann sterben sollte, hat er sich so gequält, aber sie ließen ihn einfach nicht.«

»Wer?« Serjoshka riß die Wimpern auf, helle wie Mutters.

»Die Teufel. Die haben ihm zugesetzt, daß er nicht sterben konnte. Er mußte jemandem eine Botschaft ausrichten. Solange ein Kundiger die nicht weitergibt, lassen die Teufel ihn nicht sterben. Er war da Kirchenwächter und wohnte außerhalb vom Dorf. Wenn ich mal sterbe, hat er immer gesagt, schlaft die erste Nacht nicht zu Haus. Wie er tot war, haben sie seinen Sarg auf die Eckbank unter die Heiligenbilder gestellt. Übernachten taten sie bei sich zu Haus, sind nicht ins Dorf gegangen.«

Serjoshka hörte zu knüpfen auf, er war ganz Ohr. Axinja klopfte geschickt die Sahne vom Löffel und erzählte weiter.

»Also, sie deckten den Toten zu und legten sich schlafen. Es war in der Neujahrswoche, wie jetzt. Sie bekreuzigten sich, löschten das Licht. Alles schläft, aber um Mitternacht wird auf einmal der Kleine wach. ›Mama‹, sagt er, ›Papa steht auf.‹ – ›Laß gut sein, Kindchen, schlaf.‹ Er weckt sie wieder: ›Mama, Papa steht auf!‹ – ›Schon gut, Kindchen, bekreuzige dich und schlaf.‹ Die Mutter wird und wird nicht wach. Auf einmal brüllt der Junge wie am Spieß: »Hu, Mama, Papa kommt zu uns!‹ Sie wacht auf, da kommt der Zauberer auch schon zu ihnen rein, mit ausgebreiteten Armen und gefletschten Zähnen ...«

In Rogows Kate wurde es still, sogar die Schaben in den Ritzen schienen verstummt zu sein. Plötzlich flakkerte das Lampenlicht, die Tür sprang weit auf, etwas Großes, Zottiges erschien im Türrahmen.

»Schönen guten Abend!« sagte Stülpnase. Und bekreuzigte sich. Iwan Nikititsch spuckte aus, Vera entfuhr ein leiser Schrei, Serjoshka hob schreckensbleich seine Reuse auf. Stülpnase setzte sich auf die Bank.

»Man merkt, es wird Zeit zum Abendbrot!« sagte Iwan Nikititsch belustigt. Er räumte die Deichselschlingen weg und ging zum Waschbecken. Axinja stellte den Sahnetopf weg und begann den Tisch zu decken.

»Na, Opachen, ist's denn schon bißchen milder draußen?«

»Nein, Mütterchen, noch nicht.«

»Soll's ruhig kalt bleiben. Dann wird die Heuernte gut.«

Stülpnase knurrte der Magen, als Axinja einen Topf mit Kohlsuppe aus dem Ofen nahm und auf den Tisch setzte. Er nahm seine Zottelmütze ab und legte sie neben sich auf die Bank. Jetzt erst konnte Vera darüber lachen, daß sie so erschrocken war.

»Nein, Opachen, hast du uns einen Schreck eingejagt!«

Als sie sah, daß an einer Ohrenklappe seiner Mütze das Bindeband fehlte, lachte sie noch lauter.

»Oi! An deiner Mütze fehlt ja das Bändchen! Gib her, ich näh's an.«

»Näh's an, du Gute.«

Vera langte sich ihr Handarbeitskörbchen aus Birkenbast vom Wandbord. Sie suchte ein Stück Band heraus und fädelte Leinzwirn in eine Nadel. Stülpnase reichte ihr die Mütze. Vera drehte an der Lampe die Flamme größer, um beim Nähen helleres Licht zu haben. Plötzlich kreischte sie auf, ließ die Mütze fallen und fuchtelte mit den Armen: Aus der Mütze war eine kleine Maus geschlüpft. Alle außer Nikita und dem Kater nahmen die Jagd nach ihr auf. Axinja ergriff die Topfgabel, Serjoshka einen Holzspan. Iwan Nikititsch stampfte mit dem Filzstiefel. Die Maus sauste bei dem Lärm lange von einer Ecke in die andere, bis sie ein Loch unterm Ofen fand.

»Serko! Was ist mit dir? Liegt da, als ob's ihn nichts angeht. Dummer Kerl, schäm dich was!« Axinja legte die Topfgabel weg und redete dem Kater ins Gewissen. »Paß bloß auf, du Biest, du stinkst ja vor Faulheit, liegst und ratzt nur von früh bis spät!«

Dem Kater schlug wohl doch ein bißchen das Gewissen, aber er verzog keine Miene. Er gähnte, sprang von der Ofenbank, reckte sich und kratzte lange an einem Fuß des Bettgestells. Der Fuß war in all den Jahren schon dünner geworden als die anderen drei, Serko schärfte seine Krallen nur an diesem.

»Nein, dieser Serko!« frotzelte Iwan Nikititsch. »He, Serko, war das brav, war das recht? Nein, das war nicht recht von dir . . .«

Stülpnase nahm den Kater in Schutz. »War eben zu fix, die Maus. Hat ihn sozusagen überrumpelt.«

»Überrumpelt!« Axinja schlug sich immer noch verärgert die Schenkel. »Der müßte eine Woche lang kein Futter kriegen, der Satansbraten, raus in die Kälte müßte man den jagen.«

Iwan Nikititsch bekreuzigte sich und setzte sich zu Tisch. Als sich die allgemeine Erregung gelegt hatte, fragte Axinja Stülpnase ernsthaft: »Und wie geht's dir so?«

»Was soll ich sagen, soweit ganz gut.« Stülpnase kratzte sich hinterm Ohr. »Hab bloß dauernd Knatsch mit dem Schlingel da.«

»Mit wem?«

»Mit dem Banjakobold.«

»Treibt er Unfug?«

»Und wie. Nicht zum Aushalten.« Stülpnase bewegte seine langen Beine. »Heut konnt ich ihn nicht mehr riechen. Wirklich, geschafft hat er mich.«

»Womit denn?«

»Die Streichhölzer hat er mir geklaut.«

»Die Maus hat er dir bestimmt auch zugesteckt!«

»Klar, er. Wer sonst?«

Mitleidig riet die Frau: »Du hättest Weihwasser sprengen sollen. In die Ecken, mein ich.«

Sie breitete ein großes Leinentuch über den Tisch, stellte Geschirr hin. Großvater Nikita legte das Schnitzmesser und den noch nicht fertigen Löffel auf das Wandbord und wusch sich die Hände. Er bekreuzigte sich und sah sich in der Stube um. Als sein Blick auf Stülpnase fiel, ächzte er, sagte aber nichts und setzte sich nach Altmännerart betulich zu Tisch. Gemach schnitt er von einem Brotlaib Scheiben ab.

»Also dann, Jesus Christus sei unser Gast!« Die Hausfrau teilte die Holzlöffel aus.

Iwan Nikititsch sah sich um. »Na, Vera, und du?«

»Ich mag nicht, Papa.«

Sie reichte Stülpnase die Mütze mit dem neuen Bändchen und drehte sich tänzelnd vorm Spiegel: Steckte ihren straff geflochtenen dicken Zopf, der die Farbe von Schwarzbrotrinde hatte, unters Kopftuch, zog die bestickte warme Jacke über, ergriff ein bereitliegendes Bündel und schlüpfte mit wehendem Rocksaum aus dem Haus.

Stülpnase lehnte anstandshalber den angebotenen Löffel zweimal ab. Dann bekreuzigte er sich und rückte an den Tisch. Er hatte seit dem Morgen nichts gegessen, der Kohlsuppenduft machte ihn gesprächiger. Bemüht, nicht zu hastig zu löffeln, erzählte er:

»Tagsüber ist er brav, weißt du. Aber sowie es Nacht wird, fängt er an zu rumoren.«

»Du solltest nicht lange fackeln und heiraten, mein Lieber«, sagte Iwan Nikititsch. »Dann wärst du nicht so kribblig. Du bist so gereizt, weil du 'n Hagestolz bist.«

»Was?«

»Weil du keine Frau hast, sag ich.«

»Ich leb allein.«

»Na, siehst du ... Füll noch mal nach, Mütterchen.«

Lachend ihrem Mann drohend, ging die Hausfrau zum Herd am Katenofen. Die große hölzerne Schüssel kam frisch mit Kohlsuppe gefüllt auf den Tisch. Danach verzehrten sie mit Appetit einen Hirsebrei, und zum Schluß wurde aus der gleichen Schüssel Hafermehlbrei mit Most gelöffelt.

»Ist doch wahr.« Iwan Nikititsch ließ nicht locker. »Die Tanja, zum Beispiel, wär das nicht 'ne Alte für dich? Lebt auch allein. Die solltest du heiraten, verstehst du, das wär doch was.«

Serjoshka prustete mitten beim Essen los. Großvater Nikita gab ihm mit dem Löffel einen schallenden Klaps auf den flachsblonden Scheitel. Der Junge hörte auf zu kauen und wollte gekränkt tun, prustete aber von neuem los und stand, sich das Lachen verbeißend, vom Tisch auf.

»Mama, ich brauch Handschuh!«

»Machst dich wieder mal aus dem Staub? Und dann

wird wieder bis Mitternacht rumgebummelt. Euch hält ja nicht mal der Frost ab!«

Sie gab Serjoshka aber doch die am Ofen trocknenden Fausthandschuhe. Der Junge verzog sich eiligst zu seinen Freunden hinaus in die Kälte. Bald danach trieb es auch Iwan Nikititsch zum abendlichen Bummel. Axinja ging nach dem Abwasch zu einer Nachbarin. Stülpnase brach mit ihnen auf.

Allein Großvater Nikita blieb zu Hause.

Er drehte die Flamme der Petroleumlampe klein, schloß die Rauchklappe der warmen Ofenbank, sah im Schuppen und in den Ställen nach dem Rechten.

Hinter dem Ofen knisterte trocknendes Kleinholz, in den Wänden raschelten die Schaben. Vor Rückenschmerzen ächzend, kniete Großvater Nikita nieder und blinzelte schuldbewußt und froh zum Heiligenbild hinauf. Vor dem großäugigen, leidenden Erlösergesicht hing leise schaukelnd an einem Kettchen ein in ziseliertes Kupfer gefaßtes kleines blaues Porzellanei, dahinter brannte trüb das ewige Lämpchen. Nikita betupfte sich hastig die Stirn und die knochigen Schultern und flüsterte ein Nachtgebet:

»Lieber Gott, Herr des Himmels, der du die Seele mit Wahrheit erquickst, erbarme dich und verzeih mir Sünder, und vergib mir meine Sünden, gewollte und ungewollte, bewußte und unbewußte, die ich begangen habe durch falsches Wissen, aus Hoffart oder Verzagtheit, verzeih mir, wenn ich deinen Namen mißbraucht habe oder dir in Gedanken gezürnt oder meinem Nächsten Vorwürfe gemacht oder ihn im Zorn verleumdet oder gelogen habe oder mein Nachtgebet vergessen oder einen Bettler von meiner Tür gewiesen, wenn ich meinem Bruder Kummer gemacht oder gekuppelt oder mich durch üble Nachrede vergangen habe oder mich gebrüstet habe oder hochmütig war, wenn mein Geist im Gebet schwankend ward ob des Trugs dieser Welt, wenn ich auf Verführung sann oder meines Nächsten Hab und Gut begehrte oder ungebührliche Reden führte oder über die Sünden meines Bruders lachte oder mich sonst verging. O du unser Gott und Herr, gib uns, die wir uns nach Schlaf sehnen, Linderung für Seele und Leib und behüte uns vor jeglichen Träumen und Gelüsten, gebiete Einhalt den Leidenschaften, lösche das Feuer, den Aufruhr des Leibes.«

Nikita seufzte und verneigte sich tief. Den Blick auf das winzige, kaum wahrnehmbare Flämmchen des ewigen Lämpchens gerichtet, beendete er sein Gebet.

»Erbarme dich meiner, Schöpfer und Gebieter, deines verzagten und unwürdigen Knechts, vergib mir und sprich mich meiner Sünden frei und ledig, auf daß ich mich als guter Mensch und meines Nächsten Bruder schlafen lege und daß zur Ruhe komme mein buhlerisches, sündhaftes, elendes Ich; ich will zu dir beten, dich preisen und deinen Namen rühmen, dich, den Vater und seinen einzig geborenen Sohn, jetzt und immerdar, in Ewigkeit, amen.«

Er erhob sich behend und stieg mit greisenhafter Betulichkeit auf den Ofen. Oben stellte er die Filzstiefel auf ein warmes Plätzchen, stopfte sich Werg in die Ohren, damit keine Schabe hineinkroch, und bettete den Kopf auf eine trocknende Korngarbe.

Im Gebälk des ungeheizten Katenteils krachte laut der Frost. Es war neun Uhr abends, am vierten Advent, des Jahres 1928.

2

Ungefähr zur gleichen Zeit, als bei den Rogows die Fenster dunkel wurden, ging im Haus gegenüber das Licht an. Eine große Petroleumlampe erleuchtete den Innenraum des Dorfsowjets von Schibanicha. Der lange Tisch auf gedrechselten Beinen war mit rötlichem Leinentuch bezogen, das hier und da Tintenflecken aufwies. Er und die Wiener Stühle wie auch das Haus hatten früher dem ortsansässigen Kaufmann Loschkarjow gehört. Daher stammte auch die Gobelintapete an den Wänden des Dorfsowjets, mit dem immer wiederkehrenden Motiv: Eine Dame im Reifrock und mit Sonnenschirm führt vor einem Haus mit Veranda ein drolliges Hündchen aus. Neben der Tür standen, übereinander gestapelt, vier Holzbänke. Am Kachelofen hatte eine feuerfeste Eisentruhe Platz gefunden, darauf lag noch Loschkarjows altes Rechenbrett.

Kolja Mikulin (im Dorf Mikulinchen genannt), ein junger Bursche, Vorsitzender des Dorfsowjets und des Verkaufsstellenbeirats, ferner Vorsitzender der GGB* von Schibanicha, machte sich mit einem lauten, herzhaften Fluch Luft. Was Mikulin zur Weißglut brachte, wovon er, wie er es nannte, außer Rand und Band geriet, war ein Schreiben, das schon vor einer Woche vom Kreis gekommen war. Er zog die Lampe näher zu sich und überlas es noch einmal.

»An den Vorsitzenden des Dorfsowjets von Schibanicha, Gen. Mikulin. Dringend. Trotz wiederholter Hinweise steht von Ihnen bis zum heutigen Tag der Bericht über die Auswertung der Materialien des XV. Parteitags aus. Ich erwarte unwiderruflich zum Termin 1. Januar eine Mitteilung über die Auswertungsergebnisse betreffs Thesen des ZK und Gegenthesen der Opposition sowie das Diskussionsergebnis zum ZK-Beschluß über die Parteiarbeit auf dem Land zur strikten Durchsetzung der Klassenlinie.

Stellv. Leiter der Abt. Agitprop der Kreisleitung Sacharjewo der KPdSU(B), Mejerson.«

Die Weisung war ein maschinengeschriebener Durchschlag auf dünnem Papier. Unter der Unterschrift stand

* Genossenschaft für Gemeinschaftliche Bodenbearbeitung

in lateinischen Buchstaben ein PS, daneben war mit Rotstift dazugeschrieben: »Beschränken Sie sich nicht auf bloße Konstatierung von Fakten!!«

»Hm, hm ... ja, also«, räusperte sich Mikulinchen. »Kon ... Konstan-tie-rung, Konstantierung. Klar.«

Nein, was das bloß heißt? dachte er. Konkretisierung, Kastrierung ... Alles nicht das, haut irgendwie nicht hin. Verflucht und zugenäht!

Erbost spuckte er aus, besann sich aber und sah sich um. Es war aber niemand im Raum. Mikulinchen seufzte, griff in den Machorkabeutel, ein Geschenk von seinem Mädchen, und drehte sich eine Papirossa. Berichten sollte er, aber was, wußte er nicht. Außerdem mußte jeden Augenblick Petka Girin, genannt Spindel, kommen, ein Lediger seines Jahrgangs, der aus Moskau auf Urlaub da war. Sie hatten sich vormittags verabredet, maskiert zum Neujahrswochenspiel zu gehen.

Mikulinchen lief auf und ab, rauchte und zog an den langschäftigen faltigen Filzstiefeln. Endlich begann sein rundes Mädchengesicht jungenhaft zu strahlen, er setzte sich hin und schrieb auf einen Bogen aus dem Lagerkontobuch: »Bericht.« Mikulinchen sah zur Decke hoch, zupfte sich die glattrasierte rote Wange. »An den stellv. Leiter der Abt. Agitprop Mejerson. Die Versammlung zur Auslegung des 15. Parteitags wurde abends hinter verschlossener Tür mit dem Aktiv durchgeführt. Bei vollständig vorhandener Anwesenheit des Aktivs in Höhe von drei Genossen hörten ein Refferat von Mikulin, Nikolai Nikolajewitsch. Er refferierte kurz zu den Überlegungen des 15. Parteitags und betreffs Dorfpolitik. Diskussionsredner zwei, gestellte Fragen sechs. Erstens wurden die Absichten des Zentralkomitees voll und ganz unterstützt und wir weisen die von Grund auf falschen Thesen der Oposition in jeder Weise zurück, weil sie sind dem werktätigen Bauern fremd und wissen absolut nicht über das Landleben Bescheid. Die englischen Kapitalisten anprangernd, ist eine Stärkung unserer GGB in Form eines Kredits erforderlich, weiterhin bitten wir um Bereitstellung einer Dreschmaschine für Göpelantrieb. Klassenfremde Elemente sind auf dem Territorium unseres Dorfsowjets wegen Mangel an Bildung nicht zu verzeichnen, und benötigen wir auf Grund des niedrigen Bewußtseinsstands der Kader dringend Anleitung und Büromaterial. Eine Revision der Kooperation erfolgt regelmäßig . . .«

Hier rissen Mikulinchens Gedanken ab, weil draußen die Pforte klappte. Die lange nicht ausgebesserte Loschkarjowsche Treppe erzitterte unter knarrenden Tritten. Nach einem Schwapp Kaltluft drang mit dumpfem Geheul Spindel ins Zimmer, als Leiche verkleidet.

»Na, na, laß gut sein.« Mikulinchen wich zum Safe zurück.

Spindel war grausig anzusehen. Ein langes, bis an die Fersen reichendes Totenhemd aus gebleichtem Leinen, die Mütze gewendet, graue Wergzotten auf den Schultern. Das mit Mehl überpuderte Gesicht wurde von ein paar riesigen Kohlrübenzähnen verunstaltet, die lang aus dem Mund ragten und einem wirklich Angst machen konnten. Ein richtiger Vampir.

»Gut, was?« lachte Spindel.

Er zog sich die »Zähne« aus den Wangen und schlug den Saum des Leichengewands zurück. Aus der Tasche seiner blauen Offiziersreithose förderte er geschickt eine Viertelliterflasche Wodka und ein Stück gekochte Hammelleber in Zeitungspapier zutage.

»Hak mal zu . . .« Mikulinchen sah sich gequält um. »Den Haken, den Haken da. Ich komm mit dem Schreibkram hier nicht klar.«

»Betreffs fünfzehnten?«

»Nu. Den Bericht fordern sie, brandeilig.«

Petka Girin, mit Spitznamen Spindel, kannte sich in der Politik aus. Im Dorf hieß es, er wäre jetzt direkt bei Michail Iwanowitsch Kalinin im Büro. Spindel selbst hatte damit bisher nicht mal vor Mikulinchen geprahlt, seinem besten Freund, gegenwärtig oberster Befehlshaber von Schibanicha. Spindel legte den Türhaken in die Öse und stellte die Wodkaflasche unter den Tisch.

»Na, zeig mal her . . .«

Mikulinchen druckste.

»Genier dich doch nicht, ich hab schon ganz andere Schriebse zu sehen gekriegt!« Er überflog rasch den »Bericht«. »Na wunderbar. Aber wieso eine Dreschmaschine? Ihr hattet doch die von Loschkarjow.«

»Die ist kaputt. Ob wir eine kriegen, was meinst du?«

»Ob ihr sie kriegt oder nicht, aufs Maul kriegt ihr schon nichts dafür. Die müssen sie euch geben.«

»Müssen sie, müssen sie! Der Kommune in Olchowiza stecken sie's hinten und vorne rein. Zwei Getreidemähmaschinen, die Zentrifuge. Und unsere GGB guckt in den Mond!«

»Das ist ja auch 'ne Kommune, und ihr seid eine GGB«, lachte Girin. »Kohlrübe gedeihe. Mußt den Unterschied doch merken.«

»Und worin soll der bestehen?« fragte Mikulinchen erbost. »Die haben in ihrer Wirtschaft nicht mehr als zwei Kühe und anderthalb Bauern. Das übrige sind Weiber und unnütze Esser. Kommt bei so einer Kommune was raus, was meinst du?«

Spindel gab keine Antwort. Er nahm das Glas von der Wasserkaraffe, entkorkte die Wodkaflasche. Die breiten Loschkarjowschen Dielenbretter bogen sich unter der langen Gestalt im Leichenhemd.

»Sag doch mal«, Mikulinchen ließ nicht locker. »Was denken die da oben denn so? Wie sind denn ihre zentralen Pläne, was haben die vor? Mit den Bauern, mein ich . . .«

»Wieso?« Spindel legte dümmlich seine Kinderstirn in Falten. »Habt ihr nicht Land gekriegt? Habt ihr!«

»Das schon, Land haben wir erst mal gekriegt . . . Ach, laß!« Mikulinchen winkte unbekümmert ab. »Komm, gieß ein, und dann gehen wir zum Dorfabend . . .«

Sie beschlossen, ihre Filzstiefel zu tauschen und Mikulinchens Pelzjoppe zu wenden, um ihn als Zigeuner zu kostümieren. Die Larve aus Birkenbast war schon fertig, lag aber noch beim Vorsitzenden zu Hause.

»Paß du hier auf, ich lauf schnell und hol sie«, sagte Mikulinchen.

»Mach.«

Der Vorsitzende lief im bloßen Jackett in die Kälte.

Fröstelnde blaue Sterne hingen in dichten Trauben am violetten Himmel. Im Norden hinterm Dorf wetterleuchtete lautloses, gespenstisch-ungreifbares Nordlicht: In der Dreikönigswoche herrschte allerorts knackender Frost. Überall schimmerten Schneeflächen unterm Mond, streuten gelbes, unirdisches Licht; weit im Umkreis rauchten Häuser, die sich in dichten Klumpen zu Dörfern drängten.

Schibanicha rüstete zum fröhlichen Treiben. Von Salesnaja schallte lautes Mädchenjuchzen, von der anderen Straße, von Olchowiza her, tönte Balalaikageklimper durch die frostklare Luft. Mikulinchen spürte vor Begeisterung ein Ziehen zwischen den Schulterblättern. An der Pforte seines windschiefen Häuschens fiel ihm plötzlich ein: was Trinkbares mußte her. Er mußte sich bei Petka doch revanchieren. Zum Verkäufer nach Hause getraute er sich nicht, das gäbe bloß Gerede, und der einzige Ort sonst, einen Viertelliter aufzutreiben, war die Kate der alten vereinsamten Tanja.

Sie flickte bei Kienspanlicht mit einer großen Kummetnadel Fausthandschuhe. Die bettelarme Alte – sie war klein und gedrungen, so als hätte sie sich die Beine abgelaufen – hatte es ordentlich in ihrer fast völlig eingeschneiten Kate. Mit einer kreiselnden Bewegung der Oberlippe verzog sie die Nase, eine kleine mit zwei Warzen: sie schnüffelte. Beim Handschuhnähen stocherte sie ab und zu mit dem Fingerhut in der bröckelnden Kohlenglut. Dazu sang sie leise und mit feiner Stimme:

»Zog mein Liebling in die Ferne,
In die Ferne zog er aus . . .«

Sie war in einer Stimmung heiterer Zufriedenheit, so wie einem ständig von Sorge und Kälte Geplagten zumute ist, wenn er dem Leben abgetrotzt hat, was er braucht: Wärme, Ruhe und ein Stück Brot. In dem Gefühl, daß sie all das jetzt hatte, summte Tanja froh das alte, fast tonlose Liedchen vor sich hin. Manchmal, wenn sie die Arbeit leise gähnend unterbrach, schlug sie vor dem Mund ein Kreuz und murmelte: »Ach Gottchen, Matuschka, heilige Jungfrau Maria.«

Das kurze, völlig ernstgemeinte Stoßgebet gab ihr wohl das Recht, noch ein wenig weiterzusingen:

»Lief ein Mädchen, hatt' ihn gerne,
Lief ihm nach, zum Dorf hinaus.«

Ihr Tag war vorüber, und sie dachte, daß es ein guter, glücklicher Tag gewesen war. Sie hatte ihr Dach über dem Kopf, hatte ihren Ofen und sogar ihr liebes Tierseelchen, wie sie ihr Huhn Puttchen nannte. Puttchen spazierte tagsüber auf den Dielen herum, jetzt aber, zur Nachtzeit, saß es in der Kochecke auf einer Holzstange hinterm Ofen. Tanja dachte alle Augenblicke an ihr Hühnchen, überdachte auch diesen glücklich zu Ende gegangenen Neujahrswochentag.

Am Morgen, als die Frauen im Dorf ihre Kuchen backten, war sie barfuß ganz Schibanicha abgelaufen, von einem Ende zum anderen. Tanja kam nie aus der Ordnung, jedes Dorf war genau nach der Reihe dran, aber nur sonn- und feiertags. Ihren Tribut zweimal hintereinander im selben Dorf einzufordern, hielt sie für frevelhaft, doch wenn die gesammelten Almosen zu Ende gingen, war es auch schon wieder Zeit für eine Feier im nächsten Dorf.

Heute war ihr eigenes Dorf Schibanicha an der Reihe gewesen. Tanja war noch vor Mittag mit einem großen

Gabenkorb heimgekommen. Sie hatte sich die Füße gewärmt, ihre pelzgefütterten Pampuschen angezogen und sich ihre Beute noch einmal Stück für Stück besehen, sich bei jedem erinnernd, wo sie es bekommen hatte. Sie hatte sortiert: Der Schwarzbrotkanten kam zum Zwieback, der Knust Weißbrot wurde zum Feiertag aufbewahrt, der vom Gerstenbrot würde, mit heißem Wasser aufgeweicht, für den Alltag gut sein. Rogows hatten Tanja außer einem großen Batzen Schmalz ein gutes Scheit Kienholz geschenkt. Tagsüber hatte sie die Hälfte davon zerspalten und saß jetzt an einem hellen, fast rauchlosen warmen Feuer. Was weiter braucht ein Christenmensch?

»Zog mein Liebling in die Ferne,
In die Ferne zog er aus . . .«

Verjährte, lang vergessene und bittere Zärtlichkeit regte sich in ihr. Tanja seufzte, legte den Fingerhut beiseite und schaute zur Wand zwischen den Fenstern. Ein vergilbtes Foto aus Petersburg hing dort schon gut zehn Jahre lang an einem Nagel. Alle diese Jahre hatte Tanja nie gewagt, es von der Wand zu nehmen und ihre drei Söhne einmal richtig anzusehen. Aber sie wußte genau, links stand Mischenka, der Jüngste, rechts Oleschenka, der Mittlere, und in der Mitte saß auf einem Wiener Stuhl der Älteste, Nikander. Die beiden Jüngeren standen in Mütze, Stiefeln und Zarenuniform da, mit blankgezogenem Säbel, der Handwerksbursche Nikander saß in Jackett und russischem Hemd, die Beine übereinandergeschlagen, die Hände auf den Knien gefaltet, sein Lokkenkopf war ein wenig zurückgelehnt. Wenn sommers Kinder Tanja besuchen kamen, gab sie jedem ein winziges Stück Zucker, segnete es, wies auf das Foto und sagte: »Der hier ist Mischenka, dieser Oleschenka, in der Mitte der Älteste, Nikander.« Mehr hatte sie in ihrer kleinen Kate nicht zu zeigen.

Sie zündete einen neuen Span an und flüsterte ein kurzes Gebet für Nikander. Bei Nikander war ihr leichter ums Herz, ihn bemitleidete sie nicht mehr, er war ja zu Hause gestorben, in der Heimat. Im Jahre zwanzig war er aus Petersburg gekommen, aber nicht allein, sondern mit einer unbegreiflichen inneren Krankheit. Tanja hatte ihm Kräutertee gegeben und ihn selbst besprochen, war auch in ein entferntes Dorf zu einem anderen Heilkundigen gegangen. Vielleicht hätte der, ein erfahrener Mann, den Jungen wieder auf die Beine gebracht, wäre nicht die magere Kost gewesen: Wenig später hatte sie Nikander mit ihren Händen begraben, eine Weile gewehklagt und sich dann beruhigt. Anders war es mit den jüngeren Söhnen. Beim Gedanken an die beiden tat ihr noch heute, zehn Jahre danach, das Herz weh, weil keiner wußte, wo und wie sie begraben waren. Die Jungen hatten, wie Tanja sagte, »einer bei den Weißen, der andere bei den Roten« gekämpft. Nur wußte sie nie recht, wer bei wem, das war ihr übrigens auch egal, ihr ganzer Kummer war, daß sie in fremder Erde lagen. Darum sprach sie auch manchmal nicht allzugut von Nikander, dem Handwerksburschen: Was hatte er schon auszustehen, ihm war die Erde halb so leicht hier zu Hause.

Tanja polkte den Ruß vom Kienspan, es wurde heller in der Hütte. Puttchen hinter dem Ofen gackerte verschlafen, beruhigte sich aber. Plötzlich klopfte es draußen an die Pforte.

Mikulinchen wartete, an den Pfosten gelehnt; er wollte keinen unnötigen Lärm schlagen. Zuerst schien sich in der Kate etwas gerührt zu haben. Der Vorsitzende klopfte noch einmal und lauschte erneut. Keine Antwort. Da rüttelte er heftiger am Riegel, auf einmal gab die Pforte nach, sie war gar nicht verschlossen gewesen. Ich mach Sachen, dachte der Vorsitzende. Renne wahrhaftig offene Türen ein. Er trat sich den Schnee von den Filzstiefeln und marschierte munter in den Vorraum. Mühsam den Türriegel ertastend und sich für alle Fälle fast bis in die Waagerechte bückend, überschritt er die Schwelle zum Kateninneren.

»Tag, Matwejewna!«

»Komm rein, schönen guten Tag, Nikolai Nikolajewitsch.« Tanja wischte über die Bank. »Tritt näher, Bester. Komm, setz dich, hast dich lang nicht blicken lassen.«

»Hast du 'n Fläschchen da?« Mikulinchen ging ohne Zeitverzug zum Angriff über.

»O je, Nikolai Nikolajewitsch, o je, kein Tröpfchen mehr! Eins hab ich gehabt, aber das hab ich vorgestern weggegeben . . .«

»Wem?«

»Na Wolodja Syrin. Der kam hier mit der Harmonika an und war gar nicht loszuwerden.«

Am Ton ihrer Stimme und an ihrem Redefluß merkte Mikulinchen gleich, daß er nicht umsonst gekommen war.

»Na, na, Großmutter, Petka Spindel ist da, du mußt mir helfen.«

»Freilich muß ich, weiß ich ja, aber ich hab doch nichts mehr.« Sie sah auf die Falltür und war schon drauf und dran, ins Kellerloch hinabzusteigen. »Vorgestern . . . Ein einziges Fläschchen hatt ich noch, und das hab ich weggegeben. Na ja, wenn's halt für dich ist . . .«

»Gib her . . . Ist schon so.«

Sie schob den Lichthalter beiseite, öffnete die Kellerluke und holte eine beschlagene Viertelliterflasche heraus. Mikulinchen konnte sich noch rechtzeitig bücken und einen Blick hinunterwerfen: Aus einem Lindenholzfäßchen voll Hafer ragten noch zwei kleine Flaschenhälse. Er zog die Brieftasche heraus und gab der Alten Geld.

»Oi, mein Bester, ich kann gar nicht rausgeben, das ist zu großes Geld. Na laß, gibst es mir morgen.«

»Meinetwegen.« Mikulinchen steckte das Geld wieder ein. »Wie geht's denn so, was macht die Gesundheit?«

»Ach ja, mein Lieber, die Gesundheit. Mit der Gesundheit steht's nicht mehr zum besten, die Plackerei dauernd mit dem Brennholz . . . Kannst du 'ner alten Frau nicht ein bißchen Korn anweisen?«

»So zwanzig Pfund könnt' ich dir geben. Wenn ich's aus dem Kleinbauernfonds nehme . . .«

Draußen hörte man knirschende Schritte im Schnee, jemand trat sich die Filzstiefel ab. Die Geräusche ließen Mikulinchen zusammenfahren. Tanja verbarg die Viertelliterflasche flink unter der Leinenschürze.

»Das gefällt mir gar nicht . . .« Mikulinchen sah sich um. »Peinlich, ich müßte mich verstecken . . .«

Tanja begriff sofort und wies ihn heftig winkend in die Kochecke. Der Vorsitzende verschwand eilig hinter dem Ofen. In der Tür erschien Stülpnases Zottelmütze.

»Schönen guten Abend.«

»Komm rein, Alexej.«

Hinter Tanjas Ofen war es so eng, daß der Vorsitzende sich nicht drehen noch wenden konnte. Er kauerte unter der Stange nieder, auf der Tanjas Huhn saß. Puttchen gab Töne des Unwillens von sich und trat unruhig von einem Bein aufs andere. Etwas Feuchtes, Warmes klatschte Mikulinchen in den Nacken. »Genau ins Genick, Scheißhenne, verfluchte . . .« Er konnte sich kaum beherrschen, Puttchen an den Beinen zu packen und ihr den Hals umzudrehen. Insgeheim Stülpnase verfluchend, rieb sich Mikulinchen mit dem Taschentuch den Hals trocken und saß mucksmäuschenstill. Er hoffte, der Alte werde bald wieder gehen.

Drüben im Hellen schien Stülpnase es damit aber gar nicht eilig zu haben. Er nahm die Mütze ab, setzte sich, hustete dann lange und ausgiebig, rieb sich mit einem Läppchen das gesunde Auge und brummte etwas von kaltem Wetter.

Mikulinchen setzte sich notgedrungen auf den Fußboden und streckte mit angehaltenem Atem die Beine aus. Alles deutete darauf hin, daß er hier regelrecht festgenagelt war. Er befürchtete, so viel Geduld werde er nicht aufbringen, und verwünschte sich. Beim Gedanken an

Spindel im Dorfsowjet stieß er im Geist die unflätigsten Flüche aus. Als Stülpnase aber nach eingehender Erörterung des Wetters, von dem unter Tanjas Schürze blinkenden Fläschchen ermuntert, allmählich zur Sache kam und anfing, vom Heiraten zu reden, spitzte Mikulinchen die Ohren.

»Sag, was du willst, Mädel, allein ist allein«, sagte Stülpnase. »Ich bin auch allein, aber wir beide zusammen ... Zwei Holzscheite brennen länger.«

Er kratzte mit dem Stock an einem Astloch im Fußboden.

»Oh, das ist ja, nein so was, Alexej«, stammelte Tanja, die ganz aus der Fassung geriet. Mikulinchen hinter dem Ofen platzte laut heraus, die lang angestaute Spannung machte sich Luft.

»Ach, Opachen!« Er bog sich vor Lachen und kam hinter dem Ofen hervor. Vor der Tür sank er auf den Fußboden, verschluckte sich und brachte lange kein Wort heraus.

»Nein, dieser Opa! Du bist mir einer! Ja, aus solchem Anlaß ... Aus solchem Anlaß ... Die Flasche her, Matwejewna! Ich mach den ersten Brautwerber ...«

Während Tanja sich von ihrem Schreck erholte, Stülpnase graubärtigen Esel, schamlosen Nix und rotnasiges Schandmaul schimpfte, während sie für Mikulinchen eine Zwiebel hervorkramte und dieser die Schnapsflasche öffnete, um mit Stülpnase anzustoßen, geschah etwas, das niemand vorausahnen konnte.

Die Dorfjungen, die sich schon lange zuvor an Stülpnases Fersen geheftet hatten, verrammelten die Katentür von außen. Sie steckten einen derben Pflock in die Türkrampe, schütteten Schnee vor die Schwelle, traten ihn fest, holten Wasser vom Brunnen, übergossen damit den Schnee und stahlen sich lautlos davon; erst am anderen Dorfende brachen sie in Triumphgeheul aus.

Alles andere war Sache des nicht minder rüpelhaften klirrenden Neujahrsfrostes.

3

Gegen Abend, das Fest der Dorfjugend stand noch bevor, teilte Schibanicha sich in zwei Gruppen: Eine saß bei Jewgraf Mironow, die andere bei Kescha Fotijew.

Nicht alle alten Leute von Schibanicha erinnern sich mehr, wie das wetterharte Mironowsche Haus aussah, als es neu war. Die durch eine starke Innenwand zweigeteilte, zweigeschossige, teilweise heizbare Isba senkte sich noch auf keiner Seite. Unter ihrem Dach befand sich auch eine breite Scheune, durch deren abschüssige Einfahrt jede Fuhre paßte. Sie hatte drei kleine Heuböden. Zwischen diesen waren bis unters Dach mit Stroh und Heu gefüllte Hohlräume; hier duftete es auch bei Januarfrost nach sonnenheißer Juniwiese. An den Querbalken des Dachstuhls hingen an Stangen Girlanden grüner Birkenbesen, Büschel selbstgeernteten Tabaks, Zuckerrüben- und Kohlrübenkraut. Unter dem Scheunenboden gab es drei niedrige warme Viehkoben und einen Pferdestall. Unter der Einfahrt befand sich ein flacher Brunnenkasten zum Tränken des Viehs; daneben war ein Stoß Birkenscheite gestapelt. Birkenrinde zur Birkenteergewinnung lag aufgeschichtet, auch ein Vorrat Faulbaumrinde für Bänder und Riemen.

Neben einem großen Haufen Tannenreisig stand ein Hauklotz, und an der Scheunenwand hing an Holznägeln mit Birkenöl eingefettetes, knarrendes Pferdegeschirr. Unter der ungeheizten Katenhälfte waren zwei dunkle Keller mit Kübeln und Kästen, Fässern voll gesalzener Reizker, Gurken und Sauerkraut, mit Kisten voll Rollen gebleichten Leinens, Körben voll gefrorener Moosbeeren und einer Hafermehllade. Außer der Tenne mit der Korndarre für zwei Garbenlagen besaß Jewgraf Mironow noch einen Kornspeicher, und hinter dem Haus, am Abhang, war ein kleiner Kartoffelkeller angelegt. Unten am Fluß, wo die von einem schiefen Flechtzaun eingehegten Beete aufhörten, stand ein verrußtes Badehäuschen. Das ganze Anwesen war alt, aber gut instand; der Lastschlitten, der niedrige Bauernschlitten und der Ausfahrschlitten, der Hakenpflug und die auf Kredit angeschaffte eiserne Egge standen ordentlich unter Dach und Fach. Das Pferd, die beiden Kühe und die Färse und sechs trächtige Romanowschafe waren warm untergebracht. Die zwei Hähne und das Dutzend braunbunter Leghennen rechnete Jewgraf nicht, sie waren für ihn nur Weiberzeitvertreib.

Als Iwan Nikititsch Rogow und seine Frau Axinja zu den Mironows kamen, saßen in Jewgrafs Haus schon gut anderthalb Dutzend Männer und Frauen geruhsam beieinander. Sie schnupften Tabak, sprachen von Krediten, von der Bodenbearbeitungsgenossenschaft und der Steuer, überschlugen, wieviel jeder zur Frühjahrsaussaat zu pflügen hätte.

Jewgraf saß breitschultrig, das Gesicht vom Teetrinken gerötet, auf einem Holzklotz an der Tür und zwirnte Reusengarn. Marja, die Hausfrau, wusch ab, und ihre Tochter, die vollbusige, flachsblonde, scharfäugige Paschka, machte sich in der Kochecke für den Dorfabend zurecht. Am Tisch saß ein Gast, der bärtige Bruder des Hausherrn, Danilo Patschin. Um seinen Sohn besorgt, der eine Fuhre Fische holen wollte, war er ihm nachgekommen, ohne ihn jedoch anzutreffen, und sah nun dauernd zum Fenster hinaus, verärgert, daß er hier würde übernachten müssen.

»Laß gut sein, Danilo Semjonowitsch«, tröstete ihn sein Schwager Jewgraf, »sei auch mal Gast in Schibanicha, Olchowiza hast du immer.«

»Wenn's nur das wäre«, stöhnte Danilo. »So ein Bengel aber auch . . . Den dritten Tag schon kein Lebenszeichen.«

»Pawel ist ein fixer Kerl, dem passiert nichts, der trudelt schon wieder ein.«

Aber Danilo war nicht zu beruhigen, dauernd lugte er

durch die Gardine aus dem Fenster und hielt Ausschau nach seinem Sohn.

Neben Danilo saß Stepan Kljuschin, ein schwarzhaariger Bauer mit verschieden großen Augen, und las Saaterbsen aus. Kljuschin war eine Leseratte und ein Tüftler. Er ließ sich aus Wologda Zeitschriften kommen und führte jedes Jahr eine Neuerung in der Wirtschaft ein: Einmal säte er Klee, ein andermal ersann er eine ausgefallene Pflugkonstruktion. Am meisten verabscheute er Popen und Bettler. Sprechen tat er wenig, nur dann und wann mal über Politik; aber in die Bodenbearbeitungsgenossenschaft, die Kreditvereinigung und den Meliorationsverband war er als erster eingetreten. Jetzt las er von zu Hause mitgebrachte Erbsen aus dem Korb in ein Sieb. Seine Frau Taïssjà spann, und sein Vater Petruscha, ein geschäftiger Alter mit weißem Apostelbart, unterhielt sich angeregt mit Jewgraf. Die Kljuschins waren in Familie zum Feierabend herübergekommen.

Mit von der Partie waren auch die gesetzten Orlows, ein Ehepaar; still und gleichsam bedrückt hockte Wassili Kusemkin da, behutsam rauchend das Vetternpaar Nowoshilow. Wolodja Syrin mit der Harmonika wartete nur auf Palaschka, und auf dem warmen Ofen hockte barfüßig die alte Klimowa, Guricha mit Spitznamen. Sie schnupfte Tabak da oben – nahm dann und wann eine Prise aus Petruschas hölzerner, in Kupfer gefaßter Dose und ließ die hageren, sehnigen Beine baumeln, daß die Knöchel aneinanderschlugen.

Von den hier versammelten Männern hielt es einen kaum auf seinem Sitz – den jungen Iwan Netschajew, der vor kurzem seinen aktiven Militärdienst geleistet hatte. Die Zeit bei der Roten Armee war ihm rasch und angenehm vergangen. Er hatte in der Nähe von Leningrad gedient, in einem freundlichen kleinen Städtchen namens Krasnoje Selo. Zum Unteroffizier befördert, war er mit zwei rubinroten Dreiecken am Kragen seiner Uniformbluse nach Schibanicha heimgekehrt – als der gleiche unbekümmerte Junge, als der er seinen Armeedienst begonnen hatte. Noch ehe das Badewasser warm wurde, war er davongerannt, um im Dorf Besuche zu machen, seine Mutter, die Fominischna, hatte ihm nur noch nachrufen können: Ach Wanja, Wanja . . . In einem Jahr hatte Netschajew Zeit gefunden zu heiraten und einen heizbaren Anbau, einen Speicher, ein Badehäuschen und einen Stall zu bauen: er platzte vor Tatendrang. An Feiertagen aber hielt es ihn nicht zu Hause, auch nüchtern nicht, dann mußte er unter Menschen, mußte mit jemandem reden, etwas tun. In der stillen Runde bei Mironows heute wußte er nichts mit sich anzufangen, es trieb ihn fort, in andere Gesellschaft.

»Na, was ist, Wanja, hat Anna noch nicht geboren?« fragte die Guricha.

Anna war Netschajews Frau. Sie sollte jeden Tag niederkommen, weshalb Netschajew Entsetzen überfiel, am liebsten hätte er sich irgendwo verkrochen. Er sagte, nein, Anna habe noch nicht geboren, und bat nur so zum Spaß um eine Prise aus der Dose. Er schnupfte zweimal, in seinem Eifer zu heftig, und brach davon in so lautes und anhaltendes Niesen aus, daß alle laut durcheinander redeten und ihm Ratschläge gaben. Sein Schwiegeropa Petruscha Kljuschin lief um Netschajew herum, daß sein spärliches weißes Bärtchen zitterte, und redete dabei auf ihn ein: »Wanja, du brauchst einen Pfropfen, hör auf, Wanja, wir holen dir einen!«

In dem Moment kam Netschajews Schwester Ljudka hereingestürzt, in heller Aufregung, ohne Kopftuch, sogar zu grüßen vergaß sie. Sie fuchtelte mit den Armen und rief: »Wanja, fix, lauf nach Hause! Bei Anna geht's los, schnell doch!«

Netschajew sah sich um, als suche er einen Ausweg aus der Situation. Aber es gab keinen; so hörte er zu niesen auf, sprang vom Fußboden hoch und lief mit Ljudka aus dem Haus.

Alles lärmte noch lauter durcheinander, man besprach das Ereignis.

»Die kennen sich aus, die wissen, wie die feinen Leute leben!« blies Opa Kljuschin Jewgraf ins Ohr. Er spielte darauf an, daß Anna nicht zu den feinen Leuten gehörte und ihr Kind ebensogut ohne Mann zur Welt bringen könne.

Wenig später aber fiel ihm ein, daß Anna seine Enkelin war; zufrieden mit ihrem Mann, hing er selig seinen Gedanken nach und ließ sein weißes Bärtchen zittern, durch das ein gar nicht greisenhaftes Wangenrot schimmerte.

Unterdessen hatte Netschajew mit zwei Sätzen die Straße überquert, war den Pfad hinaufgerannt und ins Haus geflitzt. Seine Schwester hatte zu früh Alarm geschlagen. Bei seiner Frau war es noch gar nicht soweit.

»Ach, du hast doch nicht . . . Ja, dann . . .« Netschajew lief im Zimmer auf und ab. »Dann will ich mal wieder. Wenn was ist, ich bin bei Kescha.«

Netschajew hörte weder auf Frau noch Mutter noch Schwester und eilte zur zweiten geselligen Runde des Abends.

Kescha Fotijews Haus oder besser Hütte stand genau im Zentrum von Schibanicha. Der leerstehende Holzbau mit dem ungenutzten Stall duckte sich unter einem schrägen Pultdach, vier völlig zugefrorene Fenster ohne Doppelrahmen warfen munter ihr bald verlöschendes, bald aufflackerndes Licht auf die Straße. Der Kienspan war aus Tannenholz.

In diese Hütte hatte jeder, der mochte, zu jeder Tages- und Jahreszeit Zutritt. Kescha Fotijews Pforte blieb seit seiner Hochzeit unverschlossen. Er reparierte sie »aus Prünzip nicht«, wie er sagte, seiner Schwiegermutter zum Trotz. Als er seinerzeit mit geliehenem Schlitten und Schafpelz auf Freite um seine Charesa fuhr, war er bei seiner künftigen Schwiegermutter freilich schlecht angekommen. Anfangs wollte sie Kescha ihre Tochter gar nicht geben und hielt ihn auf jede Weise hin. Eine Woche nach der Brautwerbung kam sie, um zu sehen, wie er wohnte. Der Weg war weit, es war schon dunkel, als man beim künftigen Schwiegersohn anlangte. Die Pforte quietschte laut. Kescha und seine Mutter traten zur Begrüßung der Gäste vors Haus. Aber die Schwiegermutter stieg gar nicht erst vom Schlitten. Sie befahl ihrem Mann zu wenden; bei einem guten Bauern quietscht die Pforte nicht, sagte sie, und in solch ein Haus werde sie ihre Tochter nicht geben. Kescha gelang es immerhin, ihren Starrsinn zu brechen und Charesa heimzuführen, für die Pforte jedoch rührte er seitdem keine Hand. Sie schloß nun schon das zweite Jahr nicht mehr.

Die Kate beleuchteten zwei Tannenholzspäne in einem schmiedeeisernen Lichthalter, vor dem ein mit Wasser gefüllter Holztrog stand. Die verkohlten glühenden Spanenden qualmten und krümmten sich, drohten neben den Trog zu fallen. Eine dicke Wolke Kienspan- und Tabakrauch stand schon im Raum, nur einen Teil davon zog der geheizte Ofen ab, der stufenförmig, wie eine Pyramide angelegt, in der Stubenmitte stand. Der Ofen, merkwürdigerweise hieß er Kohlrabi, war durch drei Rohrknie mit dem Querrauchfang eines russischen Ofens verbunden.

An die zwanzig Leute aller Altersstufen, alle vom gleichen Geschlecht, waren bei Kescha versammelt. Sie saßen auf Bänken und am Tisch oder lagen mehr als sie saßen auf dem schwarzen, aber doch wohl gemütlichen Fußboden am Ofen. Die Gemütlichkeit rührte vielleicht daher, daß man sich dort keinen Zwang anzutun brauchte und nicht fürchten mußte, mit seinen Hosen oder Stiefeln die Dielenbretter zu beschmutzen. Im Rauch-, Schnee- und Tabakgeruch der Kate lag eine Atmosphäre völliger Freiheit und Ungezwungenheit. Man hatte sich in mehrere Grüppchen aufgeteilt. Die einen lagerten um den »Kohlrabi«, andere standen unter den Ikonen, wieder andere kümmerten sich eifrig und unermüdlich um die Beleuchtung: spalteten Späne, steckten sie auf, brannten sie an. Rot angestrahlte freiwillige Heizer hantierten umschichtig mit dem Schürhaken am Ofen und legten immer wieder nach, andere rösteten von zu Hause mitgebrachte Zwiebeln, wieder andere schnitzten aus Spanholz Kreuze und Trillerpfeifen. An der hinteren Wand wetteiferte man im Rätselraten sowie jenem geräuschvollen, nicht gerade vornehmen Zeitvertreib, der nie von langer Dauer und auch nicht weiter erwähnenswert ist.

Am Tisch saßen fünf, sechs Männer beim Kartenspiel. Vater Nikolai, auch einfach Pope Rotfuchs genannt, ein rothaariger Hüne, mischte die Karten und dröhnte mit seinem alles übertönenden dumpfen Bullenbaß: »Also, Jungs, wir müssen den höchsten Einsatz bestimmen. Wie hoch belieben wir zu gehen, Sewerjan Kusmitsch? Ich bitte ergebenst.«

Sewerjan Bruskow, mit Spitznamen Käfer, ein kleiner Spitznasiger, kniff die Augen zusammen. Vater Nikolai stampfte ungeduldig mit dem Filzstiefel und schlug mit der freien Hand den Saum seines Priesterrocks zurück.

»Nun?«

»Wieviel sind denn in der Bank, Nikolai Iwanowitsch?« fragte Käfer mit seiner weinerlichen dünnen Stimme.

»Achteinhalb Rubel«, dröhnte der Bankhalter.

»Na, dann laß uns auf einen halben gehn.«

»Beelzebub!« Vater Nikolai warf ihm energisch eine Karte zu. »Wahrhaftig, ein Pharao, wie er im Buche steht. Genug?«

Käfer, der den Spott nicht bemerkte, deckte die Karte auf und fluchte: »Ich Hornochse hätte aufs Ganze gehen sollen! Einundzwanzig!«

Vater Nikolai schnippste die verlorene Münze, auf dem ein athletischer Schmied abgebildet war, lässig mit seinem sommersprossigen Zeigefinger aus der Kasse und wandte sich an den nächsten Spieler: »Und Sie, Akindin Larionowitsch?«

Akindin Sudejkin zählte seine Barschaft und schlug entschlossen auf den Tisch.

»Los, um alles! Scheiß drauf, und wenn wir an den Bettelstab kommen . . .«

»Tüchtig, Akindin, tüchtig, mein Lieber! Mein schwacher Verstand sagt mir, daß du ein As zu haben geruhst.«

»Das ist wohl nicht Ihre Sache, was wir haben, Nikolai Iwanowitsch, das ist wohl nicht Ihre Sache . . .«, sang Sudejkin und biß sich vor Neugier auf die Zunge. »Noch eine.«

»Bitte sehr.«

»Nicht Ihre Sache, Nikolai Iwa . . . Noch eine, mit Bildchen! Aufdecken!«

Vater Nikolai deckte auf – es war eine Kreuz-Zehn. Sudejkin warf fluchend die Karten hin, er hatte sich überkauft. Er schob die verlorene Summe zur Bank und stand auf.

»Abgebrannt! Mit Popen spielen ist dasselbe wie barfuß tanzen!«

Vater Nikolai tat, als hätte er das nicht gehört. Er spielte weiter und drehte sich beiläufig nach Sudejkin um.

»Akindin, sei so gut, schau nach meiner Stute.«

»Kannst du's nicht selber, Väterchen?«

»Wahrlich, ich sage dir: Keine Zeit.«

»Nimmt mich aus, und dann soll ich noch nach seinem Gaul sehen«, knurrte Sudejkin, erhob sich aber und ging nach draußen. Er war gut zu Fuß.

Vater Nikolai war nach Olchowiza gekommen, um die seit dem 14. November, während der Philippsfasten geborenen Kinder zu taufen. Auf dem Heimweg war er bei Fotijews eingekehrt, um sich das wohlverdiente Gläschen zu genehmigen, er hatte auch dem Hausherrn eins spendiert und war hängengeblieben.

Das dickbäuchige Pferd des Popen stand mit einer kleinen Fuhre Korn traurig neben der Vortreppe des Fotijewschen Hauses. Das zerbeulte verzinnte Taufbecken war mit einem Strick an einem Sack festgebunden, im wahrhaftig, das duldet keinen. Machen wir ein Spielchen zu zweit?«

»Aber ja doch, Nikolai Iwanowitsch«, erbot sich Käfer. »Los, um einen Fünfziger.«

»Dafür nehm ich keine Karte in die Hand.«

»Um ein Rubelchen?«

»Und so was will ein Mensch sein.«

Käfer wollte es wissen. »Einigen wir uns auf einen Dreier?«

»Einverstanden! Ich hab Rot.«

Durch ihr neues Spiel retteten der Pope und Käfer Sawwatej Klimow endgültig aus der Verlegenheit. Der Sinn des Spiels bestand darin, daß es keinen hatte. Einer der Spieler zog eine Karte; bei Rot gewann er, bei Schwarz verlor er. Der andere machte es dann ebenso, nur daß er bei Schwarz gewann.

Das Spiel um den Dreier verlor Käfer, er bot nochmals und verlor wieder. Er geriet mehr und mehr in Eifer, verspielte sein ganzes Geld an den Popen und behielt nur noch fünf Rubel. Käfer bekreuzigte sich, setzte auch die – und verlor.

»Ach, du armes Rußland!« lachte der Pope mit seinem schönen kollernden Baß.

Käfer rutschte auf der Sitzbank hin und her, schüttelte den spitznasigen Kopf und knurrte hilflos so etwas wie: Da haben wir's, verflucht und zugenäht, verdammter Mist. Wo bleibt da die Gerechtigkeit? Wo bleibt da die Gerechtigkeit? Laut rief er: »Hier, meine Mütze, gegen drei Rubel! Egal, soll sie flöten gehn. Letzter Versuch!«

Die Aufmerksamkeit der Runde konzentrierte sich jetzt voll auf die beiden.

Käfer verlor auch die Mütze. Vater Nikolai verzichtete großmütig auf sie und erhob sich.

»Warte, Väterchen ...« Käfer griff mit ängstlicher Hast über den Tisch und packte den Popen am Leibrock. »Um die Banja! Setz du fünf Rubel. Um die Banja – topp! Fang an!«

Vater Nikolai grinste und mischte gründlich.

»Na?«

Käfer zog mit zittriger, kurzfingriger Hand eine Karte. Man hörte, wie der Hausherr Kescha durch die behaarte Nase schniefte und der Kienspan leise knisterte.

»Na?«

Käfer warf die Karte erleichtert hin, es war Kreuz Neun. Das Badehäuschen, das an einem Haar gehangen hatte, war gerettet, der Fünfrubelschein gewonnen. Den Popen, der immer noch stand, packte der Spieleifer, er bot nochmals und verlor. Käfer setzte immer wieder alles, was er gewann, und bald hatte Vater Nikolai nicht nur seinen ganzen Gewinn, sondern auch den Verdienst von den Kindtaufen verspielt. Dann setzte er einen Sack Korn, noch einen, den dritten ...

»Die Stute!« sagte er schließlich und nagte mißmutig an seinem roten Bart. »Los, um die Stute!«

»Nicht doch, Väterchen«, sagte Käfer mit seiner weinerlichen Stimme. »Mit der mußt du die Sommersaat bestellen.«

»Die Stute! Ich setze die Stute! Bei Schwarz gehört die Stute dir. Bei Rot ... Hältst du mit?«

Er schob den Haufen Geld, den er verloren hatte, in die Tischmitte.

»Das werd ich nicht tun, Nikolai Iwanowitsch!«

»Doch, du wirst!« Vater Nikolai wollte über den Tisch langen und Käfer am Kragen packen, doch der wich ihm aus. »Du wirst, Käfer!«

»Und warum?«

»Du wirst, Halunke«, brüllte Vater Nikolai und schob sich auf der Bank gefährlich nahe an Käfer heran, der aber wich Stück um Stück vor der drohenden Nähe des Gegners zurück.

»Warum bin ich ein Halunke?« fragte Käfer gedehnt. »Du selbst bist einer, Nikolai Iwanowitsch, neulich zu Weihnachten hast du das ganze Weihöl versoffen!«

»Wann hab ich das Weihöl versoffen? Wann, du Pharao?« Der Pope rückte Käfer immer näher, saß mit einemmal auf einem der Stühle, während Käfer auf die Bank wechselte. So rückten sie immer um Keschas Tisch herum. Plötzlich hechtete Vater Nikolai behend auf Käfer los, und eine Prügelei wäre unvermeidlich gewesen, wenn nicht just in diesem Augenblick der Kienspan erloschen wäre. Kescha hatte, von dem Schauspiel hingerissen, seine Gastgeberpflicht versäumt und nicht rechtzeitig einen neuen Span angebrannt. Akindin Sudejkin zündete einen mit dem Streichholz an. Die Kate erhellte sich, und Vater Nikolai wollte sich schon ein zweites Mal auf Käfer stürzen, da erscholl Sawwatejs Stimme: »Mönschenskind, wo ist 'n das Geld?«

Alles schrak zusammen, das Geld auf dem Tisch war tatsächlich nicht mehr da ...

In der Kate erhob sich ein unbeschreiblicher Lärm, alles stritt durcheinander. Die einen waren auf seiten des Popen, die anderen ergriffen für Käfer Partei. Akindin Sudejkin klatschte vor Begeisterung in die Hände und rief: »Recht so, recht so, das kommt dabei raus!« Sawwatej schlug vor, eine Kommission zu wählen, die alle der Reihe nach durchsuchen sollte, einer tastete den Fußboden ab, ein anderer hatte seinen Handschuh verloren. Um das Maß vollzumachen, drang unversehens ein großer Pulk Vermummter aus Olchowiza zur Tür herein und begann zu Harmonikamusik zu tanzen.

Der aufs äußerste empörte Vater Nikolai ließ noch immer nicht von seinem Beleidiger ab.

»Wann soll ich das Weihöl gesoffen haben?«

»Zu Weihnachten, Väterchen«, entgegnete Käfer sanft und wich ein paar Schritte zurück.

»Du lügst, Hund! Beelzebub, du lügst! Du kriegst von mir auch kein Korn und keine Stute!«

»Deine Stute nehm ich sowieso nicht, Nikolai Iwanowitsch, aber wo ist das Geld? Du hast es genommen, und sonst keiner.«

»Ach, so ist das? Komm mit zum Dorfsowjet, Teufelsbrut! Jetzt gleich gehen wir hin. Die klären das, da werden wir mal ernsthaft mit dir reden.«

»Du hast es, du hast's eingesteckt.«

Nikolai Iwanowitsch war mit einem Satz bei Käfer, packte ihn am Kragen und schüttelte ihn, daß er verstummte. Seine Wut bezähmend, ließ der Pope von seinem Widersacher ab und schritt würdevoll zur Tür.

»Wir sprechen uns noch, fürwahr, das sag ich dir. An andrer Stelle. Alle sind Zeugen, alle!«

Vom Zuknallen der Tür ging fast der Kienspan aus. Ohne die Stute loszubinden, die vom langen Warten schon ganz phlegmatisch war, ging Nikolai Iwanowitsch schnurstracks in den Dorfsowjet, um sich über die persönliche Beleidigung zu beschweren. In Keschas Kate tanzten und johlten die Vermummten aus Olchowiza wie die Heiden.

4

Pawel, ein junger Bursche aus Olchowiza, Danilo Patschins Sohn und Jewgrafs Neffe, war mit einer Fuhre Gefrierfisch von Tscharonda unterwegs. Tscharonda, ein Dorf am Ufer des großen Woshe-Sees, lag längst hinter ihm. Die Fuhre war nicht groß, aber Pawels Heuvorrat war zu Ende, er hatte in Tscharonda einen Tag länger als vorgesehen warten müssen, bis die Fischer genug gefangen hatten: Der Wallach war schon ganz ausgehungert. Auf der Landenge holte er einen Fußgänger ein, der darum bat, nach Schibanicha mitgenommen zu werden. Pawel ließ ihn gern aufsteigen und bot ihm die Hälfte seines Schafpelzes an, doch der andere lehnte ab. So sehr Pawel sich bemühte, eine Unterhaltung in Gang zu bringen, sein Weggefährte ging nicht darauf ein, spuckte nur geringschätzig aus.

»Wohl aus Schibanicha?« Pawel versuchte es noch einmal. »Ich hab einen Onkel da, Jewgraf heißt er.«

»Mironow?« ließ sich der Fahrgast endlich vernehmen.

»Genau«, antwortete Pawel erfreut. »Ich bin bei ihm zu Besuch. Ich kenn viele in Schibanicha.«

Für den Weggefährten war das ein Wink, daß es an der Zeit sei, sich mit Namen und Herkunft zu erkennen zu geben. Der schien die Anspielung aber nicht verstanden zu haben.

»Ich kenne Jewgraf«, sagte er und spie abermals aus. »Immer noch der alte Knauser.«

»Wie meinen Sie das?«

»Wie ich's sage.«

»Ja, aber wieso, warum?« Pawel fühlte, wie es ihm durch und durch ging, daß man seinen Onkel beleidigte. Sein Gesprächspartner gab keine Antwort und wandte sich ab. Überheblich, arrogant, fand Pawel.

Sie fuhren über die letzte große Landenge vor Schibanicha. Danilo Patschins langbeiniger Wallach lief in flottem Trab, die Schlittenkufen sangen, die Riemen knarrten. Pawel sah seinen regungslosen Fahrgast lange staunend mit offenem Mund an, dann riß er jäh am Zügel.

»Brrr!«

Der Wallach hielt es für einen Irrtum, daß er halten sollte, und lief weiter.

»Brrr! Steh, Brauner! Steh.« Pawel zog heftiger am Zügel, das Pferd blieb stehen. »Weißt du was, mein Bester, steig aus, na mach schon. Dalli, dalli, hast du nicht gehört?«

Der Fremde drehte sich verständnislos um.

»Los, runter vom Schlitten!« brüllte Pawel, nun rasend vor Wut. »Kapiert?«

Der Fahrgast nahm ohne Hast seinen Quersack und stieß heiser drohend hervor: »Na schön!« Er stand auf, kam aber nicht dazu abzusteigen. Pawel zog dem Wallach kräftig eins mit der Peitsche über. Der war auf solche Beleidigung nicht gefaßt und machte trotz seiner Müdigkeit einen Satz nach vorn, daß der Fremde in den Schnee flog. Ein zweiter Peitschenhieb, und der Wallach, der schon in Trab gefallen war, galoppierte.

Pawel war außer sich, er konnte sich lange nicht beruhigen. Endlich zügelte er den Braunen friedlich zum Schritt. So ein Stockfisch, dachte er. Erst schweigt er sich aus, und dann fällt er über Onkel her. So ein Stockfisch! Das Wort gefiel ihm. Inzwischen ärgerte er sich schon über sich selbst und bedauerte den leidigen Zwischenfall.

Hoch oben standen dicht an dicht die Sterne am indigoblauen Himmel. Die Landenge ging zu Ende, die Tennen von Schibanicha kamen in Sicht, danach Häuser mit roten Fensterchen, die matt im hellen Mondschein blinkten. Der Wallach schnaubte, schüttelte das reifbedeckte Maul, er witterte wohl den Stall. In einer Nebenstraße war eine Ziehharmonika zu hören, ein Mädchen kreischte schrill. Mitten im Dorf stellte sich ihm ein Haufen Halbwüchsiger in den Weg und hielt den Schlitten an:

»Wer kommt da?«

»Iwan Niemand!« versetzte Pawel. »Und jetzt Bahn frei, oder ich lang mit der Peitsche rüber.«

Ein großer Kerl, offenbar der Anführer, stieß einen Atamanenpfiff aus, und die Horde fiel über das Gefährt her. Blitzschnell rissen sie Pawel die Mütze vom Kopf, Schneeklumpen und gefrorener Pferdemist hagelten in den Schlitten. Pawel holte aus und stieß das Kroppzeug lachend auseinander. Er wollte weiterfahren, aber die Mütze war neu, aus Hirschkalbfell.

»Die Mütze her, wer hat die Mütze?«

Die Lausebengel warfen sie ihm von weitem zu.

Ein heftiger Schlag mit einem Zaunpfahl traf Pawel in den Rücken, riß ihn fast zu Boden. Er setzte dem Ataman nach, der in eine Gasse entwischte, holte ihn ein und nahm ihm den Zaunpfahl ab. Pawel drückte den Bengel dreimal mit der Nase tief in den Schnee, ging zum Schlitten zurück und fuhr zu Onkel Jewgrafs Haus. Der Rükken schmerzte ihm von dem Hieb, aber ihm machte das weiter nichts aus. Pawel nahm so leicht nichts übel, außerdem waren solche Geplänkel in der Neujahrszeit auf der Straße gang und gäbe. Kränkend war nur, daß sie von hinten geschlagen hatten, noch dazu mit einem Zaunpfahl, das sah schon nach gemeinem Überfall aus.

Als man drinnen Schlittenkufen knirschen hörte, eilten Danilo und Jewgraf auf die Straße.

»Vater, was machst du denn hier?« fragte der junge Mann verwundert. »Schon gut, fahr du nach Hause, ich bleibe noch. Ich will zum Dorfabend.«

»Wart noch mit dem Tränken, das Pferd muß erst verschnaufen«, sagte Danilo. »Alles in Ordnung?«

»Ja, ja. Wieso bist du in Schibanicha?«

»Ich hatte vor, Wolle zu kaufen«, log Danilo und spannte den Wallach aus.

Jewgraf brachte eine große Tracht Heu aus der Scheune, wonach alle drei sich ins Haus begaben.

»Wir sitzen grad zum Feierabend beieinander«, sagte Jewgraf entschuldigend zu seinem Neffen, »unter Nachbarn . . .«

»Tag, Patentantchen!« grüßte Pawel. »Guten Tag!«

»Tag, mein Lieber, grüß dich!« Jewgrafs Frau Marja rang die Hände. »Was ist denn mit deinem Pelz passiert? Der Ärmel ist ja ganz abgerissen.«

Pawel berichtete von dem Zusammenstoß mit der Jungenbande. Alle schimpften: »Diese Strolche, einen Ortsfremden.«

»Gewissenlos!«

»Natürlich wieder Selja, dauernd randaliert er.«

»Was für ein Selja?« fragte Pawel.

»Selja Sopronow. Schusterahle nennen sie ihn, wird bald zwanzig jetzt, aber mit dem ist nichts los.«

»Teufel der, Gauner der«, schalt Marja wütend, während sie flugs den Ärmel annähte.

»Schon gut, Patentantchen.« Pawel bleckte nur die

weißen Zähne. »Wie ist es, hast du was zum Aufwärmen?«

Aber Jewgraf hatte schon den Samowar aufgesetzt und holte gerade die Flasche aus dem Schrank. Die Gäste behaupteten, »noch zu tun« zu haben, und gingen einer nach dem andern. Bald waren nur noch Jewgrafs Verwandte und die Rogows im Haus. Iwan Nikititsch und seine Frau wollten ebenfalls unauffällig verschwinden, doch Jewgraf hielt ihn am Ärmel fest, ließ ihn nicht vom Tisch.

Der Samowar begann zu sieden. Marja brachte Piroggen, und Jewgraf goß den Frauen je ein Schnapsglas, den Männern ein größeres Glas voll ein. Die Männer schütteten sich den Wodka in den Tee, aber die Frauen protestierten heftig, sie wollten nicht.

»Auch gut, um so mehr fällt für uns ab«, sagte Jewgraf und fügte scherzhaft hinzu: »Tja, Rogow, die Mädels sind nicht da. Sonst hätten wir eure Vera gleich unter die Haube gebracht.«

Pawel stand vom Tisch auf und suchte seine Fausthandschuhe.

»Ich geh das Pferd tränken. Wo hast du einen Eimer, Patentantchen?«

Als er hinaus war, flüsterte Marja der Axinja Rogowa was ins Ohr. Axinja wiegte dabei den Kopf im Takt, und Iwan Nikititsch fragte wie beiläufig: »Wie ist das, Danilo Semjonowitsch, klappt's mit dem Heiraten? Der Junge, mein ich . . .«

»Eben, eben, Iwan Nikititsch, er kommt ja nun in die Jahre. Ich fürcht, er wird mir sonst zu sehr verwöhnt.«

»Ein feiner Junge«, lobte Jewgraf, an Rogow gewandt. »Hast du die Stampfmühle bei Olchowiza gesehn? Die hat er ganz allein gebaut, sein Vater hat ihm bloß gezeigt, wie man's macht. Vera kennt ihn ja auch schon lange. Zu Pfingsten standen sie zusammen hinter der Banja, ich hab sie gesehn . . .«

Danilo half Rogow aus der peinlichen Situation.

»Die Stampfmühle, Jewgraf, die Stampfmühle? Die ist verschenkt. Für nichts und wieder nichts ... Wenigstens lassen sie uns jetzt in Ruhe – man muß schon dafür dankbar sein.«

»Ob sie aber für lange Ruhe geben?« fragte Jewgraf. »Gibst du dem Zigeuner Stroh, verlangt er Heu. Verheirate Pawel, und alles hat seine Ordnung. So kann dir und Katerina keiner. Nicht wahr, Axinja? Euer Serjoshka ist noch klein, aber wenn ihr solchen Burschen ins Haus kriegt – einen besseren könnt ihr euch nicht wünschen. Falls ...«

Doch da kam Pawel herein und erriet, daß von ihm die Rede war. Peinliche Stille trat ein, die Uhr tickte gleich lauter.

Jewgraf räusperte sich und goß jedem noch ein Glas ein.

»Was gibt's Neues in den Dörfern, Pawel?«

»Eigentlich nichts. Ach ja: drei Bauern haben eine Kommune gegründet, und zwei Tennen sind abgebrannt.«

Man drückte sein Bedauern über den Brand aus.

»Und was für eine Kommune ist das?« fragte Marja. »Wohl eine, die ihren Flachs selber hechelt?«

»Nein, Mutter, so eine nicht«, lachte Jewgraf. »Eine von der anderen Sorte. Wenn sie dich in die Kommune stecken, mußt du alles mit mir teilen. Du fährst Baumstümpfe roden, und ich setz mich hin und spinne Flachs. Wärst du damit einverstanden?«

Marja sah die Männer ungläubig an.

»Oder folgendes.« Jewgraf ließ nicht locker. »Angenommen, du hast kein Mehl mehr in der Lade, und Sopronows wissen nicht, wohin damit. Dann gehst du eben zu Sopronows und nimmst dir von ihrem, soviel du für einen Sauerteig brauchst.«

»Wieso haben die denn Mehl zuviel? Wo sie schon längst die Lade verheizt haben. Du spinnst weiß Gott was zusammen.«

»Spinnen kann ich doch gar nicht, wie komm ich dazu.«

Pawel wollte zum Abend der Dorfjugend, aber es war ihm peinlich, schon zu gehen. Er leerte das Glas, das Jewgraf ihm anbot, aß etwas und brach erst danach auf.

»Vater, warte nicht auf mich, fahr schon.«

Axinja musterte Pawel unverhohlen, ebenso Iwan Nikititsch, der angeheiterte Jewgraf aber fiel mit der Tür ins Haus: »Ich reiß dir sämtliche Ohren ab, Pawel, wenn du die Vera nicht nimmst, so ein Mädel findest du im Leben nicht wieder, ein wahrer Schatz ist die.«

»Will ich sie vielleicht nicht?« rief Pawel, schon an der Tür. »Wenn's nach mir ginge, gleich heute, meinen Vater mußt du überreden!«

Ohne das weitere abzuwarten, ging er aus dem Haus und machte sich auf die Suche nach seiner Kusine, um nicht allein zum Dorfabend gehen zu müssen.

Ein schwieriges Unterfangen, Palaschka in einem Dorf wie Schibanicha zu finden, zumal an so einem Tag! Die Mädchen liefen von einem Haus zum anderen. Sie putzten sich vorm Spiegel, lasen aus Löffeln die Zukunft, tauschten zeitweilig untereinander Tücher und Haarschleifen. Und hatten vor allem über jede Kleinigkeit zu kichern. Immer wieder rannte eine auf die Vortreppe, um zu horchen, ob die aus Olchowiza kämen.

Palaschka Mironowa war Wortführerin bei allem, was die Mädchen im Schilde führten. Sie hatte auch die Witwe Samowaricha überredet, den Mädels für die ganze Neujahrszeit ihre große Kate zu vermieten. Sie brachten der Witwe jede ein Stück Leinen, für Petroleum legten sie zusammen. Sie schleppten Bänke und breite hausgewebte Vorleger zum Verhängen der Ofenecken in die Kate, es sollte mindestens fünf, sechs Flüsterecken für das Pärchenspiel »Gorjun« und ebenso viele Fangspielgassen geben.

Auch für Knabbereien legten sie zusammen. Jede gab

einen halben Rubel, dafür wurden Tee, Brezeln und Fruchtbonbons gekauft.

Ehe die Spiele begannen, mußte ein gemeinsames Teetrinken stattfinden. Es gab Gelächter, weil kein Samowar im Haus war. Palaschka schickte die Vermieterin zu sich nach Hause, einen zu holen.

»Joi, Mädels, einen Samowar haben wir nicht, bloß eine Samowaricha!« Palaschka brachte im Tanzschritt die Brezeln aus der Kochecke und sang dazu:

»Nicht nach Tee ist mir zumut,
Tee zu trinken, liegt mir fern,
Mir tut ganz was andres gut:
Bei dem Liebsten wär ich gern.«

»Ach, du und dein Mikulinchen!« Die scharfäugige Tonja, genannt Tonja die Mickrige, kam aus der Küche. »Rennst ja in einem fort zum Dorfsowjet.«

»Nein, Tonja, heut wird Mikulinchen nichts von Palaschka wissen wollen, es heißt nämlich, Petka Spindel ist da.«

»Er soll Reithosen anhaben!«

»Hat er wenigstens ordentlich was drin?«

»Was denn?«

»Na alles.«

»O ja, Moneten, sagen sie!« Tonja begriff nicht. Unter den Mädchen erhob sich fröhliches Gelächter, manche wurden rot, andere schalten Palaschka schamlos.

Vera stahl sich unbemerkt auf die Straße, zwei Spiegel, Streichhölzer und eine Kerze unter der Jacke. Sie lief ein Stückchen, sah sich um und sprang in den Mondschatten zurück. Die Samowaricha kam auf knirschenden Filzsohlen mit einem eimergroßen Samowar von Jewgraf. Vera wartete, bis sie ins Haus verschwunden war, dann sprang sie über den Flechtzaun und lief heim. Niemand bemerkte sie. Ehe sie zum Badehäuschen eilte, stand sie eine Weile in der Umzäunung, um sich zu beruhigen.

So groß war diese Nacht, die Neujahrswochennacht

der Mädchen! Der Mond hing hoch und klar über dem Schornstein des Vaterhauses, tauchte das ganze Dorf in grüngoldenes Licht. Vielleicht drang es einem in die Seele. Breit und stumm leuchtete er über der Welt. Vom Vaterhaus fiel ein großer Schatten den Hügel hinunter, bis dicht ans Badehäuschen, bis an den verschneiten Fluß. Vera hielt lauschend den Atem an. Unermeßliche gespenstische Stille herrschte ringsum, nur in weiter, weiter Ferne ertönte deutlich die Balalaika der Jungen von Olchowiza. Die bummelten noch irgendwo draußen umher und sangen einträchtig und geruhsam Spottlieder. Die Worte verklangen schon, waren aber klar wie der Mond, wie die Umrisse der Mondschatten auf dem Schnee. Geruhsam, angenehm, männlich-zart drangen die Stimmen Vera ins Ohr, auch die Balalaika tönte schön und ein wenig traurig – weit, weit hinter den verödeten, mondlichtbeschienenen Feldern:

Nach dem Tanzen und Gefiedel
Fängt der Ernst des Lebens an,
Mädel singt ein Kinderliedel,
Aus dem Burschen wird ein Mann.

Durch eine unmerkliche ferne Verlagerung der Frostluft und womöglich von Sträuchern am Wege eingedämmt, war der Gesang der jungen Leute zeitweilig nur gedämpft zu hören, dann aber erscholl er von neuem, klar, schön und zart:

Jungs, genießt das freie Leben,
Freut euch dran und kostet's aus,
Bald da heißt es Abschied nehmen
Von dem teuren Vaterhaus.

Bewegt lauschte das Mädchen der fernen Melodie und erkannte die Stimme. Akimko Dymow singt, dachte sie. Auch die Balalaika ist seine. Ihr wurde froh zumute, weil Akimko kam, der große schwarzäugige Bursche aus Olchowiza, weil er sich ihretwegen nach Schibanicha aufmachte, Akimko, bei dem sie an den Singeabenden manchmal absichtlich lange stehenblieb, nur um Pawel zu ärgern. Pawel war wütend, nicht auf sie, sondern auf Akimko, davon wurde ihr immer so wonnevoll beklommen ums Herz.

Sie lief los, fürchtend, es könne sie jemand sehen, auch sie wollte niemanden sehen, höchstens alle zugleich, und auch nur von allen zugleich gesehen werden.

Das kristallene Singen des bläulichen Schneepfads folgte ihr eilig auf dem Fuße. Manchmal, wenn sie zu tief seufzte, stach es ihr in der Brust. In ihre Wimpern fuhr der Frost, sie fand es komisch, daß sie das eine Auge nicht aufkriegte.

Vor dem Badehäuschen blieb sie stehen, taute mit den Fingern den Reif von den Wimpern und schrak zusammen. Sie hatte plötzlich Angst. Aus der Banja, die vor zwei Tagen das letzte Mal geheizt worden war, wehte ihr der Geruch der ausgekühlten Steine entgegen, im dunklen Eingang zum Vorraum lauerte beklemmende schwarze Finsternis. Um den Mut nicht zu verlieren, kniff Vera die Augen zusammen und zwang sich, rasch einzutreten. Im Vorraum verhielt sie und lauschte. Alles war still, nur in den Ohren stand ein eindringliches Summen. Ihren Mut zusammenraffend, ertastete sie den Riegel, öffnete die Tür, machte einen Schritt ins Dunkel und blieb stehen. Sie zitterte plötzlich vor Angst am ganzen Leibe. Ihr war, als müsse sie jeden Augenblick ein zottiger, erbarmungslos schrecklicher Kerl anspringen, sie würgen, ihr die Kehle durchbeißen und das Blut aussaugen. Sie schrie fast, warf die Arme nach vorn, wollte weglaufen, rührte sich aber vor Angst nicht vom Fleck und zitterte noch heftiger. Sie erinnerte sich nicht, wie lange sie so gestanden hatte, zitternd und gewärtig, in Ohnmacht zu fallen; endlich besann sie sich und tastete verstohlen nach dem Kerzenstummel in der Jackentasche. Ihr wurde gleich leichter ums Herz, auch wenn alles nach wie vor unheimlich war. Das schwache, flakkernde Licht erhellte den vertrauten Baderaum. Alles hier war ihr altbekannt: der schwarze Steinofen, die beinah rabenschwarz glitzernden schäbigen Wände, die Schöpfbütten unter den weißen Sitzbänken, die hohe dreistufige Schwitzbank. Vera ließ etwas Wachs auf eine Bank tropfen und stellte die Kerze darauf. Dahinter stellte sie den großen Spiegel, nahm dann den kleineren und sah durch ihn in den großen. Man hatte ihr gesagt, sie müsse sehr lange hineinschauen, so lange, bis die Kerze erlischt, sonst werde sie nichts entdecken. Das unstet flackernde schwache Licht erschien im Spiegel ein, zwei, drei Mal, die Lichterreihe flackerte und zitterte bis tief in den Raum hinein. Vera stand wie gebannt und rührte sich nicht, sie versuchte etwas zu erkennen, aber nichts war zu sehen hinter der endlosen farblosen Lichterreihe. Die Augen schmerzten ihr schon vor Anstrengung, sie starrte und starrte, ohne zu blinzeln, ohne sich zu rühren. Ihr schien, das letzte, gar nicht mehr erkennbare Licht habe sich geteilt, und hinter ihm käme rund und funkelnd ein mattes farbloses Wölkchen zum Vorschein. Plötzlich verschwand das Licht, und ganz hinten, am Ende der schwankenden Lichterreihe erblickte Vera nun etwas, das lebte und sich vage bewegte. Ihr stand das Herz still, sie versuchte angestrengt zu erkennen, was es war; daß dort etwas war, weit, weit hinten, am Ende der unendlichen Lichterspiegelungen, fühlte sie deutlich. Der Kerzendocht fiel ins flüssige Wachs, flammte hell auf und erlosch. Dunkel und Stille vermischten sich, nichts war mehr ringsum. Nur das ferne Wölkchen leuchtete noch, wo das letzte sichtbare Licht gewesen war, und Vera erkannte abermals deutlich etwas Vertrautes, das sie aber nicht ganz verstand. Dieses Etwas kam aus fernstem, bodenlosem Dunkel auf sie zu – rasch und unaufhaltsam. Vera schrie auf und stürzte zu Boden, ihr Bewußtsein flackerte auf und erlosch wie die Kerze . . .

Zur gleichen Zeit tauchten zwei flinke Schatten am Badehäuschen auf. Palaschka stieß die Tür auf und rief: »Brenn mal ein Streichholz an, Pawel!«

Pawel zündete eins an und eilte zu Vera. Palaschka rannte wie der Wind ins Freie, rieb Vera die Schläfen mit Schnee ab und versuchte, sie wachzurütteln. »Ach, du Dummchen!« sagte sie dabei. »Ach, du Schaf, hab ich dir nicht gesagt, geh nicht ohne mich!« Vera kam zu sich. Schluchzend schmiegte sie sich an Pawels breite Schulter. Er knöpfte seine Jacke auf und barg den Mädchenkopf mit den schweren Zöpfen an seiner Brust.

Im Dunkeln zufrieden vor sich hin schmunzelnd schlüpfte Palaschka aus dem Badehaus. Sie lehnte vorsorglich einen Knüppel an die Außentür, raffte hastig den Kleiderrock und lief den Berg hinauf: Die Balalaika aus Olchowiza tönte schon ganz nah.

5

Vater Nikolai wußte, daß er im Dorf Rotfuchs hieß und manche ihn den Fortschrittspopen nannten. Den ersten Spitznamen konnte er nicht leiden, über den zweiten war er unverhohlen stolz. Die Alten aus Schibanicha, die von seinen neuesten Ansichten wußten, murrten oft genug, wenn sie den Popen bestellten. Manche sagten, solchen Popen dürfe man nicht vor die Gemeinde lassen. Besonders gegen den Popen Rotfuchs eingenommen war Käfers Vater, Kusma Bruskow, der genau so listig und spitznasig war wie sein Sohn. (Vater Nikolai vergaß das nicht und taufte später Kusmas Enkel allen Bruskows zum Schur auf den unmöglichen Namen Kryssanfej.) Nein, die alten Männer wollten Vater Nikolai nicht vor die Gemeinde lassen. Nur entschieden darüber nicht sie, sondern die alten Frauen. Als Vater Nikolai bei seiner Probemesse aus dem Zarentor trat und den Gottesdienst begann, hatten schon bei den ersten Tönen seines mächtigen, schönen Basses die Scheiben in den Kirchenfenstern geklirrt. Die Elstern waren kreischend von den Türmen aufgeflattert, wie man sich später erzählte. Nicht umsonst war zu seiner Zeit in der altehrwürdigen Stadt Wologda Hochwürden Alexi persönlich auf Vater Nikolai aufmerksam geworden, der Bischof von Wologda und Totema; der Kirchenfürst war dem damaligen Seminaristen Kolja Perowski, Sohn eines armen Psalmenlesers in einem etatmäßig nirgends erfaßten Kirchlein in Ust-Syssolsk, wohlgesonnen gewesen. Nur war das alles so lange her, daß es völlig in Vergessenheit geraten war. Vater Nikolai hatte in seinem Leben oftmals die Gemeinden gewechselt, war sogar als Regimentsgeistlicher in den Krieg gezogen, und nun hatte es ihn in das Dorf Schibanicha verschlagen.

Heute nun hatte er, beleidigt von Käfer, dem Spitznasigen, seine Stute vor Keschas Haus stehenlassen und war zum Dorfsowjet gegangen.

An der Vortreppe schneuzte sich Vater Nikolai und räusperte sich. Beherzt betrat er die Loschkarjowsche Treppe, wodurch nicht nur die Treppe, sondern auch der ganze Oberbau ins Wanken geriet. Irgendwo krachte es. Respektvoll öffnete Vater Nikolai die Tür. Er war nicht direkt erschrocken, nur ein wenig aus der Fassung gebracht. Im Dorfsowjet war niemand, die Lampe brannte hell, aber unter weißem Leinen lag ein Toter auf der Bank. Vater Nikolai bekreuzigte sich. Blinzelnd und stirnrunzelnd trat er näher. Die Leiche mit dem totenbleichen Gesicht und auf der Brust gefalteten Händen war lang und dürr, unter ihren halbgeschlossenen Lidern blinkte reglos das Weiß der Augäpfel.

»Heilig, heilig ... Ach, daß dich der ...«

Vater Nikolai fluchte. Die Leiche hatte einen tiefen, wohligen Schnarcher getan und sich hinterm Ohr gekratzt. Aber wach wurde sie nicht. Da trat Vater Nikolai dicht an sie heran, nahm die Lungen voll Luft und donnerte mit mächtigem Hauchton in schallendem, geradezu überirdischem Baß: »Unter den Heiligen ruhe sa-a-a-nft!«

Petka Spindel sprang wie von der Tarantel gestochen hoch. Hastig rieb er sich die Augen und wich erschrocken zur Wand zurück, verhedderte sich aber in seinem Totengewand und plumpste über die Bank auf den Fußboden. Er stieß einen saftigen Fluch aus, wovon er zu sich kam. Erst jetzt starrte er den Popen bei klarem Bewußtsein an.

»Auferstanden, Kanaille!« lachte Vater Nikolai und hielt sich die Seiten. »Auferstanden! Und ich dachte schon: Da hat einer das irdische Jammertal verlassen!«

»Pfui! Von wegen, du rothaariger Knacker, meine Totenmesse hat noch Zeit! Ich leb noch ein Weilchen!«

»Das will ich wohl meinen, junger Mann.« Nikolai Iwanowitsch wollte schon übelnehmen, konnte es aber nicht. »Ich akzeptiere auch deine unflätigen Reden, sintemal du nicht bei Verstand warst. Du bist Pjotr, wenn ich nicht irre, der Sohn des seligen Nikolai Artjomowitsch Girin?«

»Freilich!« Spindel erhob sich, rieb sich die Beule am Hinterkopf.

Der Pope und die »Leiche« begrüßten sich mit Handschlag, setzten sich an den Vorstandstisch und rauchten.

»Mikulinchen ist weggegangen, verstehst du, bin gleich wieder da, hat er gesagt. Na, ich wart und wart, dann hab ich mich hingelegt. Wir wollten beim Dorfabend mitmachen. Hast du ihn nicht gesehen, Nikolai Iwanowitsch?«

»Nein, hab ich nicht.«

»Wie spät ist es denn?«

Der Pope zog die Uhr aus der Tasche und ließ den Deckel mit dem berühmten Firmenzeichen Pawel Bourée aufklappen.

»Viertel zehn. Warten wir noch ein bißchen, junger Mann. Und wenn du nichts dagegen hast, ich hab noch einen kräftigen Schluck bei mir. Ist zwar bloß ein Tröpfchen, aber immerhin. Wie ist es, Pjotr Nikolajewitsch?«

Spindel überlegte, dann gab er sich einen Ruck.

»Her damit! Bloß die Tür schließen wir ab, für alle Fälle.«

Aus der Tiefe seiner weiten Gewänder förderte Vater Nikolai eine angebrochene und mit Brot wieder zugekorkte Viertelliterflasche. Spindel verriegelte die Tür und wickelte die restliche Hammelleber aus der Zeitung. Nikolai Iwanowitsch goß Wodka ein, ein Drittel ließ er für den verschollenen Mikulin übrig. Beide Männer holten zugleich tief Luft. Mit hüpfenden Adamsäpfeln leerten sie die Gläser.

»Wer bezecht ist und gescheit, kommt noch mal so weit«, sagte der Pope und räusperte sich. »Schon Peter der Große gab diesen niederträchtigen Spruch von sich.«

»Warum, Nikolai Iwanowitsch?«

»Darum, Pjotr Nikolajewitsch, weil auch ein Kluger in betrunkenem Zustand bloß unterm Bann niederer Leidenschaften steht, und kann ein Betrunkener klug sein? Er ist ein Esel und nochmals ein Esel. Sklave und Knecht für jeden Gernegroß . . .«

Vater Nikolai wollte noch etwas Gewichtiges hinzufügen, aber die Treppe knarrte, jemand rüttelte ungeduldig an der Tür und klopfte.

»Kolja Mikulin«, sagte Spindel und lief, um zu öffnen.

Die Tür sprang auf, aber auf der Schwelle stand nicht Mikulin, sondern der Kreisbevollmächtigte Ignati Sopronow, den Pawel an der großen Landenge von Schibanicha vom Schlitten geworfen hatte. Ohne erst nach Hause zu gehen, war Sopronow schnurstracks zum Dorfsowjet geeilt. Im Nu waren Pope und »Leiche« stocknüchtern.

»Wer seid ihr?« Sopronow setzte sich, zog lässig einen Nagantrevolver aus der Tasche und legte ihn auf den Tisch. »Ausweise? Wo ist der Vorsitzende?«

Vater Nikolai und Spindel sahen sich an.

»Name?«

»Wessen?« fragten die beiden wie aus einem Munde.

»Sie, Sie zuerst!« Ignati Sopronow wies mit dem Revolverlauf auf die »Leiche«.

»Das ist nämlich . . .« Petka Girin, genannt Spindel, zündete sich eine Zigarette an. »Ich bin nämlich abends erst gestorben, mich haben sie schon aus den Listen gestrichen . . .«

»Spiel hier nicht den Narren!« schrie Sopronow und griff nach dem Revolver. »Name! Warum im Dorfsowjet?«

»Gestorben? Na weil's mich hier grad hingewedelt hat, da bin ich eben hier gestorben.«

»Los, an den Ofen! Wie heißt du?«

»Und wer bist du?« Spindel ging auf Sopronow zu. »Was brüllst du wie auf der Weide?«

Sopronow wurde blaß, sprang auf und richtete den Nagant gegen die Decke, aber Spindel schlug den Saum des Totenhemds zurück und riß plötzlich auch einen Revolver aus der Tasche . . .

Der verängstigte Vater Nikolai war inzwischen heimlich zur Tür zurückgewichen. Als er zwei Revolverläufe blitzen sah, öffnete er hinter sich die Tür und verließ den gefährlichen Ort auf schnellstem Wege. Erst weit vom Dorfsowjet entfernt, vor einem ihm völlig unbekannten Haus kam er wieder zu sich. Mit einem Seufzer der Erleichterung schaute er sich um und erinnerte sich an seine Stute, die er der Willkür des Schicksals preisgegeben hatte. Nikolai Iwanowitsch ging zu Keschas Haus. Aber weder die Stute noch der Schlitten mit den Säcken und dem Taufbecken waren an Keschas windschiefer Vortreppe zu finden. Mit dem Pferd vergnügte sich eine Horde Jungen, angeführt vom lustigen Selja Sopronow, dem jüngeren Bruder des Bevollmächtigten.

So verlief das Leben in Schibanicha in dieser frostklaren Neujahrswochennacht, aber das war noch nicht das ganze Leben. Die Hauptsache begann mit dem Dorfabend in der riesigen geheizten Stube der Witwe Samowaricha. Ungefähr hundert junge Leute, das kleine Volk nicht gerechnet (das alle nasenlang von der Straße ins Haus und vom Haus auf die Straße wogte), saßen auf den Bänken. Die Stimmung war noch ruhig und gedämpft, ganz wie ein Fluß an einem frostkalten Frühlingsmorgen. Doch die Fröhlichkeit nahm mit jeder Minute zu.

Ein Neujahrswochenspiel ist kein Spinnabend, die Mädchen waren nicht gekommen, um zu spinnen oder zu flechten, sondern um sich zu amüsieren, das heißt ohne Spinnrocken und Flachsbündel. Sie hatten in zwei dichtgedrängten Reihen auf den breiten Bänken Platz genommen, und die Jungen saßen bei den Mädchen auf dem Schoß, genauer gesagt, auf ihre Knie gestützt. Sechs bis acht Paare tanzten die »Meteliza«, einen neumodischen Tanz, der diesen Winter von weither ins Dorf gekommen war, so wie Lieder, Gerüchte und Bettler nach Schibanicha kommen. Die beiden großen Petroleumlampen unter dem Tragbalken brannten hell, und ebenso hell und gleichmäßig spielte die zweireihige chromatische Harmonika von Wolodja Syrin, einem mittelmäßigen Harmonikaspieler aus Schibanicha. Er schonte sich noch, legte vorerst kein hohes Tempo vor, wenngleich manche der Tanzenden ihn manchmal dazu provozieren wollten, indem sie schneller stampften. Doch Wolodja ließ sich von ihrer Ungeduld nicht treiben.

Die Harmonika spielte schön und ein klein wenig traurig, es roch nach Naphtalin, tauendem Schnee, Seife und städtischem Tabak, die Lieder klangen noch recht deutlich, alles sprach halblaut oder im Flüsterton.

Die große Kate, die es an Platz mit einer kleinen Tenne aufnahm, füllte sich mehr und mehr. Lärmend kamen die aus Salesnaja, unter ihnen ein Dutzend Überalterte, die weder Jugendliche noch Männer waren. Sonst hätten sich die spitzen Zungen der Schibanichaer Mädchen die Gelegenheit zum Spötteln nicht entgehen lassen, heute aber geschah nichts dergleichen. Alle sahen manierlich den Tanzenden zu. Plötzlich kam ein von Kopf bis Fuß mit Schnee bepudertes Kerlchen von acht Jahren, dem die riesigen Pelzfausthandschuhe fast bis an die Ellbogen reichten, schreiend mit einer Wolke Frostluft hereingeplatzt: »Olchowiza kommt!«

Begeistert, daß er die Neuigkeit als erster verkündet hatte, stürmte er zurück auf die Straße. Der Tanz hörte sofort auf. Wolodja Syrin gab die Harmonika Palaschka. Die Mädchen vergaßen ihre heimischen Kavaliere ganz ungeniert und plötzlich, ordneten sich das Haar und flüsterten miteinander. »Ein Pferd! Die bringen ein Pferd mit!« raunte es geheimnisvoll und entzückt an allen Ekken und Enden, und nach einer kurzen Stille erhob sich ein unvorstellbarer Lärm. Die Tür ging auf, und in der eindringenden Frostwolke pendelte ein riesiger schellenbehangener Pferdekopf. Zuerst nickte er spitzbübisch nach beiden Seiten. Dann erschien das ganze Pferd, schlug mit einem mächtigen Satz bis zur Decke aus. Es klingelte mit den Schellen, tänzelte in die Katenmitte, warf sich mal nach rechts und mal nach links, um Platz zu schaffen. Die Menge stob lachend und kreischend auseinander, die Hinteren kletterten auf die Bänke. Das Pferd stampfte mit dem rechten Vorderbein und schlug gleichzeitig mit dem rechten Hinterbein aus, womit es Jubel- und Begeisterungsrufe erntete. Sein großes, aus Stroh bestehendes Maul, das mit Lappen umwickelt und an einer Topfgabel befestigt war, nickte den Leuten, die es mochte, freundlich zu und schüttelte verneinend den Kopf, als man seinen Namen zu raten begann. Die Akteure verhüllte eine Leinendecke, die Rumpf und Hals des Pferdes darstellte. Wenn jemand darunter nachsehen und herausbekommen wollte, wer diesmal das Pferd sei, traf ihn ein Hufschlag, und er flog zur Seite. Ein schwarzbärtiger Zigeuner mit einem Ohrring und einer Mütze aus grünem Samt, in zerlumpten Hosen, aber ordentlichem Rock bahnte sich mit der Peitsche einen Weg durch die Menge und tätschelte dem Pferd den Hals. »Wo ist denn mein Grauer? Da ist ja mein Grauer! Na, wer mechte Pferd kaufen, scheenes Pferd!«

Sogleich erschien ein flinker kleiner Teufel, freilich in Filzstiefeln und ohne Hörner. Er sah dem Pferd unter den Schwanz und spuckte ihm aufs Hinterteil, das Pferd schlug aus, der Teufel hüpfte nach vorn und zählte die Zähne in seinem Maul. Er und der Zigeuner stritten sich, wieviel Zähne das Pferd hätte, und fingen an zu feilschen. Ein Bäuerlein mit einer schrecklich dicken Frau überbot den Teufel, der Zigeuner verkaufte das Pferd und verdrückte sich, und als das Bäuerlein seine Frau auf das Pferd setzte, schlug das aus, brach zusammen und gab zum allgemeinen Entzücken seinen Geist auf.

Als das Pferd mit der flennenden Frau auf die Straße geschleppt wurde, war in der Kate der Samowaricha kein Durchkommen mehr. Die Burschen aus Olchowiza begrüßten die Mädchen und Jungen aus Schibanicha mit Handschlag, fingen zu ihrer Harmonika an zu tanzen, ein von Palaschka angeführter Ordnungstrupp schickte die kleinen Knirpse hinaus. Die jungen Frauen, die Männer und alten Frauen durften einstweilen bleiben.

Iwan Netschajew rauchte mit Akimko Dymow, seinem Armeekameraden, eine Zigarette, doch seine Schwester Ljudka machte ihn abermals im Gedränge ausfindig. Sie schüttelte ihren Bruder lange am Ellbogen. »Iwan, oje, Iwan, deine Anna . . .« – »Was gibt's?« – »Na, das Kind ist da!« Netschajew winkte zuerst ab, dann dämmerte es ihm, und er rannte los wie zum Sturmangriff.

Nun ging es hoch her mit Harmonikaspiel und Mädchengesang. Palaschka hatte in der Kochecke und hinterm Ofen alle Pärchenflüsterspiele eingeleitet, die Harmonikaspieler hatten einander schon mehrmals abgelöst, doch Mikulinchen, auf den sie wartete, war immer noch nicht da. Den Vorsitzenden aus der Gefangenschaft zu befreien blieb Iwan Netschajew vorbehalten. Zu Hause angelangt, rief er schon auf der Schwelle: »Wo ist denn mein Pjotr?« Netschajew hatte dem Kind schon lange zuvor seinen Lieblingsnamen Pjotr gegeben. Daß es ein Mädchen werden könnte, kam ihm nicht in den Sinn. Seine Frau und die Mutter schickten Netschajew nach der alten Tanja, die eine entfernte Verwandte war. Niemand in Schibanicha konnte Neugeborene so kunstgerecht abnabeln wie sie. Netschajew sauste wie der Wind und ohne Mütze auf dem Kopf zu Tanja. Nur mit Mühe brachte er die festgefrorene Pforte auf, ließ Mikulin und Stülpnase heraus und begleitete die Alte zu sich nach Hause.

Stülpnase wollte sich noch die Spiele der jungen Leute ansehen, Mikulin aber lief zum Dorfsowjet.

Neujahrszeit, närrische Zeit ...

Die Burschen und Mädchen tanzten und sangen, gingen in die Flüsterecke, blinzelten sich zu, Spottlieder ertönten – zupackend und zärtlich, glücklich und bitter, unbekümmert und lustig. Die Harmonikas klangen noch gar nicht müde, jede hatte ihren Ton und ihre Stimme. Doch das Dorf schlief schon. Alles schlief, nur das frohe Treiben nicht und zwei alte Männer nicht. Nikita Rogow und Petruschka Kljuschin waren schon auf und hackten bei Petroleumlampenschein Reisig auf ihren Höfen. Ebensowenig schlief des Popen Stute – sie war allein nach Haus gelaufen und stand nun angeschirrt in der Kälte. Auch Sawwatej Klimow fand keinen Schlaf. Beim Fest hatte er immerfort die Mädchen zum Lachen gebracht und immer wieder zum Tanz aufgefordert. Jetzt lag er auf dem Ofen und dachte wohl an seine eigene Jugend. Er brummte vor sich hin und barmte der Guricha die Ohren voll.

»Nun koks schon, koks schon ein, um Christi willen!« Der Guricha riß die Geduld.

»Nein, ich koks nich ein.«

»Warum nich?«

»Ich koks nie nich ein. Klimow is 'n Dreck, wenn er kokst.«

Als sie von ihm abließ, wurde es still. Die Hähne krähten zum zweiten Mal. Vor dem Einschlafen versuchte Sawwatej sich stets an etwas Schönes zu erinnern, das tagsüber passiert war, oder an Schlechtes, das hätte passieren können. Heute dachte er: Wie gut, daß Winter ist und es keine Flöhe gibt. Nicht einen einzigen. Die würden uns nachts ganz schön piesacken. Lassen einen nicht schlafen, die Flöhe.

6

Am Sonnabend, dem vierzehnten Januar 1928, war in Moskau ein trüber, kalter Morgen. Weißer Nebel hing über den Dächern. Die chaotisch zusammengeballten Häuser und Wohnviertel lösten sich in der Ferne im kalten Nebel auf. Wie ein skrofulöser Klumpen mit vagen Umrissen erhob sich die Sonne über der Hauptstadt, von niemandem bemerkt und für Himmel und Stadt scheinbar gleichermaßen überflüssig. In der Windstille und Lautlosigkeit des Alexanderparks funkelten langsam niederschwebende Pulverschneekristalle. An den steil aufragenden rötlichen Kremlmauerquadern zeichneten sich die silbrigen Flechten nächtlichen Rauhreifs ab. Ein Hausmeister mit vorgebundener Dienstschürze kehrte eifrig Schnee vor dem Troizkijetor. Auf der Wosdwishenka und an der Manege eilten die letzten Angestellten zur Arbeit. Ein Schuljunge, der sich zur ersten Stunde verspätet hatte, beglotzte ein Plakat. Die Sowkino-Reklame kündigte den Film »Der Schuster von Paris« an.

Danilo Patschin war nach Moskau gefahren, um sich über das Exekutivkomitee des Amtsbezirks Olchowiza zu beschweren, mit ihm der Pope Rotfuchs, den eine Kommission des Komitees gleichfalls zum arbeitsscheuen Element erklärt hatte.

Das war vor zwei Tagen geschehen, unmittelbar nach der Ankunft des Kreisbevollmächtigten Ignati Sopronow. Danilo stand nicht allein auf der Liste. Außer dem ehemaligen Adligen Prosorow aus Olchowiza sowie Vater Nikolai, Vater Irenäus und Käfer aus Schibanicha war noch zwei Familien aus anderen Dörfern das Wahlrecht aberkannt worden. Die Steuererhöhung nahm Danilo hin, aber mit dem Entzug des Wahlrechts war er absolut nicht einverstanden, denn er hielt sich für nicht schlechter als andere – diese Schande fand er unerträglich, besonders Rogow gegenüber, dem künftigen Schwiegervater seines Sohns. Den Rat, mit einer Beschwerde nach Moskau zu fahren, unmittelbar zu Kalinin, hatte ihm der Pope gegeben. Der hatte auch einen Briefbogen mit einem Wappen der Zarenzeit gebracht und die Eingabe an den Vorsitzenden des Zentralen Exekutivkomitees aufgesetzt. Beide versprachen sich übrigens von diesem Schriftstück weniger als von Petka Spindel aus Schibanicha, der, wie es hieß, direkt in Kalinins Kanzlei arbeitete. Petka war kürzlich auf Urlaub gewesen und gerade erst nach Moskau zurückgekehrt. Danilo beschloß hinzufahren. Akimko Dymow, der für den Konsum Ware holte, brachte sie in weniger als vierundzwanzig Stunden an die Bahn. Auch mit dem Zug hatten sie Glück, sie konnten, ohne in Wologda umsteigen zu müssen, bis Moskau durchfahren.

Zuerst hatte Danilo sich über den Reisebegleiter gefreut, dann aber bereute er es und sagte sich: Nein, ich hätte allein fahren sollen! Der Pope Rotfuchs ging ihm nachgerade auf die Nerven. Andauernd pichelte er oder verschwand einfach von der Bildfläche, und nun sang er schon den zweiten Tag mit seiner Bullenstimme ein und dasselbe Spottlied:

Hei, in die Pilze gingen wir,

Der Korb war bißchen lütt!
Da kamen wir vom Wege ab,
Da gingen wir verschütt!

Mit solchem Trunkenbold konnte man wirklich leicht »verschütt« gehen! Trotz allem langten sie ohne besondere Vorkommnisse am Sonnabend in Moskau an. Graue Filzstiefel an den Beinen, beide in Pelzen, stiegen sie ängstlich aus dem Zug. Danilo erregte mit seinen Fellfausthandschuhen und dem rohrkofferähnlichen Flechtkorb allgemeines Aufsehen. In dem Korb hatte er ein halbes Dutzend Weizenmehlpiroggen und als Mitbringsel für Spindel eine gefrorene Hammelkeule. Der Pope hatte kein Gepäck, und seine Handschuhe waren ihm gleich zu Beginn der Fahrt verlorengegangen.

Als sie die lärmende, in gleißendes elektrisches Licht getauchte Kalantschewka betraten, hielt Danilo den Atem an und zog respektvoll die von Akindin Sudejkin genähte Hasenfellmütze.

»Mütterchen Moskau!«

»Scheint so«, bestätigte Nikolai Iwanowitsch ein wenig kleinlaut. »Ganz aus weißem Stein . . .«

Da sie nicht wußten, wohin sie gehen oder wie sie fahren sollten, standen sie lange unschlüssig auf einem Fleck. Ein Droschkenkutscher erspähte sie sofort und kam heran. »Steigt ein, ich fahr euch, wo ihr hinmüßt!«

Der Kutscher war unscheinbar, ein Mann, den man sieht und gleich wieder vergißt, aber er trug eine schiffchenförmige Pelzmütze. Der Pope zögerte nicht lange, fläzte sich auf den Sitz und holte den Zettel mit Petka Spindels Adresse heraus. Der Kutscher entzifferte mühsam: »Schabolowka, ehemaliges Saizewsches Haus. Bißchen weit, aber macht nichts«, sagte er, räusperte sich und fragte: »Was für Landsleute seid ihr denn?«

»Gestern abend waren wir noch aus Wologda«, entgegnete der Pope forsch. »Heute sind wir beide Sowjetbürger.«

Dem Popen machte die fremde Umgebung nicht allzuviel aus, und auch Danilo faßte Mut, stellte sich den Korb vor die Füße und nahm in der Droschke Platz. Das Pferd, das ein abfallendes Hinterteil hatte, trabte unerwartet lebhaft über den Platz, ohne die Straßenbahnen im geringsten zu beachten.

»So, so. Und was wollt ihr hier?« forschte der Kutscher weiter, ohne sich umzudrehen.

»In Moskau? Uns den Kummer vertreiben«, scherzte der Pope.

Der Schlitten fuhr durch menschenleere Nebenstraßen. Die großen schwarzen Häuser standen dicht an dicht, eins ans andere gebaut. Danilo las die Ladenschilder und kam nicht dazu, auch nur ein einziges zu entziffern. Er war schon zweimal in Moskau gewesen, beide Male aber nur ganz kurz. Das eine Mal hatten die Vorgesetzten zur Eile getrieben, da hieß es, so schnell wie möglich gegen Koltschak vorzurücken, das andere Mal war er selbst in Eile gewesen, weil er nach Hause wollte. Im Bürgerkrieg hatte Danilo in einem Wologdaer Regiment gedient, das sein Landsmann Awksentjewski befehligte. Vorher hatte er in Estland gegen die Deutschen gekämpft, dahin waren die Truppentransporte über Petrograd gefahren.

»Sieh mal, Bürger Fahrer«, fing plötzlich Danilo an, nachdem der Pope den Droschkenkutscher schon hatte abblitzen lassen. »Wenn man's recht bedenkt, wo ist sie denn, unsere Gerechtigkeit? Ich hab ja nun gut fünf Jahre gedient, hab alles mitgemacht, den Bürgerkrieg, den Krieg gegen die Deutschen. Der Sowjetmacht hab ich nichts getan. Wofür soll ich da auf einmal keine Stimme mehr haben?«

Der Pope knuffte ihn in die Seite, aber Danilo ließ sich nicht beirren.

»Hör auf, knuff mich nicht, laß mich ausreden.«

»Und was hast du von der Stimme?« lachte der Kutscher. »Leb doch so, ohne Stimme!«

»Ech, Freundchen!« Danilo tippte dem Kutscher an das von der Wattejacke gepolsterte Kreuz. »Was redest du da, mich kennen alle. Danilo steht sein Lebtag mit der Sonne auf und geht mit der Sonne ins Bett, hat keinem ein böses Wort gesagt, also wofür? Wofür Danilo die Stimme wegnehmen? Nein, ich gehe bis zu Kalinin! Damit sie mir die Stimme zurückgeben und mich wieder in alle Listen eintragen.«

»Also mich sollen sie ruhig aus allen Listen streichen, dann hab ich meine Ruhe.« Der Kutscher drehte sich um.

»Wie, Onkel, stehst du etwa auch in den Listen?« lachte der Pope.

»Na klar! Die könn' mich mal! Kreuzweis!«

Der Kutscher pfiff durch die Zähne und verstummte. Die Fahrgäste verstummten ebenfalls, gleichsam erschrocken. Alle dachten an das Sprichwort »Reden ist Silber, Schweigen ist Gold« oder »Hüte deine Zunge«. Aber zusammen unterwegs zu sein und sich anzuschweigen, noch dazu auf einer Fahrt durch Moskau, ist für einen Russen unerträglich und bedrückend. Jeder fühlte sich gewissermaßen schuldig und fürchtete, die anderen durch sein Schweigen zu kränken oder sich bei ihnen verdächtig zu machen. Danilo öffnete den Korb, holte eine knusprig braune Hafergrützenpirogge heraus und bot sie dem Kutscher an: »Da nimm, probier mal! Wie heißt du eigentlich?«

Der Droschkenkutscher brach wortlos ein Stück von der Pirogge ab, dasselbe tat der Pope. Allen wurde gleich froher und leichter. Kauend fuhren die drei durch Moskau, und jeder freute sich, daß er den anderen nichts Schlechtes wünschte.

Die Kellerschenken und einige kümmerliche NÖP-Läden öffneten gerade. Hausmeister kehrten mit Birkenbesen die Straße. Danilo staunte, wie viele Leute an einem Ort wohnen konnten. Die Häuser standen da, riesengroß, schweigsam. Abermals fühlte Danilo sich schutzlos. Wo sollen wir hin? dachte er. Wo sollen wir Petka Girin suchen, und was hat es für Sinn, wenn wir ihn finden? Besser, wir wären nicht hergefahren und hätten die Beschwerde mit der Post geschickt.

Endlich hielt der Kutscher an und wies auf einen zweistöckigen roten Ziegelbau, das ehemalige »Saizewsche Haus«. Der Pope zahlte.

»Na, viel Glück.« Der Kutscher drückte vorsichtig die rote Pranke des Popen. »Viel Glück, vielleicht lassen sie euch wirklich zu Kalinin.«

»Auf Wiedersehn.«

Der Kutscher fuhr davon, gemächlich trieb er sein noch junges Pferd mit dem abfallenden Hinterteil an. Danilo und der Pope machten sich auf die Suche nach Spindels Wohnung. Im Erdgeschoß gab es Spindels Nummer nicht, sie stiegen hinauf zum ersten Stock. Den breiten Etagenflur mit vielen Türen erhellten zwei Giebelfenster und zwei elektrische Lampen, die offenbar die ganze Nacht gebrannt hatten. Muffiger Bettengeruch vermischte sich mit Petroleumdunst, vor drei, vier Türen zischten Primuskocher. Die Ankömmlinge nicht im geringsten beachtend, schlurfte eine ungekämmte, verschlafene Frau über den Flur. Ihr Morgenrock, den nur ein einziger Knopf zusammenhielt, brachte sogar den Popen in Verlegenheit. Danilo zog sich vor lauter Schüchternheit zurück, Nikolai Iwanowitsch aber hatte bereits die richtige Tür gefunden. Sie stellten den Korb ab und lauschten.

»Die schlafen. Nikolai Iwanowitsch, sind wir hier auch richtig?«

»Aber ja. Los, rein.«

»Peinlich, vielleicht warten wir lieber.«

Wieder wurde beiden beklommen.

Der Pope winkte ab. »Sollen sie schlafen. Komm, sehn wir uns inzwischen die Straße an.«

»Und der Korb?«

»Der läuft nicht weg, wir bleiben nicht lange.«

Sie gingen die Treppe hinunter und zur Haustür hinaus, nicht ohne sich den Rückweg einzuprägen. Das Haus war so auffällig, daß sie nicht zu fürchten brauchten, es nicht wiederzufinden, und der Pope übernahm die Führung und schritt wichtig über das Trottoir, als sei er hier zu Hause. Daß er sich auch in Moskau heimisch fühlte, tat ihm wohl.

Danilo hielt den Popen an. »Nikolai Iwanowitsch! Was ist denn das? Sieht wie 'ne Kirche aus.«

»Ist auch eine«, erwiderte der Pope. »Na los, gehen wir rein, Danilo Semjonowitsch, das interessiert mich.«

Die kleine, in einer stillen Gasse versteckte Kirche war der in Schibanicha sehr ähnlich: Die Reisenden fühlten sich gleich in ihr Heimatdorf versetzt. Die Vortreppe war von Schnee geräumt und sauber gefegt, das schmiedeeiserne Tor nur angelehnt. Vater Nikolai tippte sich mechanisch an Stirn und Schultern und trat ein. Danilo folgte ihm zaghaft. In der Kirche war es leer, sauber und viel kälter als draußen. Vater Nikolai warf einen Blick auf die späte Freskenmalerei und ging beherzt voran. Danilo blieb stehen und sah sich um. Eine einzige Kerze brannte vor einer Allerheiligenikone neben dem Chor. Vater Nikolai räusperte sich und begab sich zur Altartür. Eine winzige Greisengestalt in schmuckem sauberem Chorhemd trat ihm aus dem linken Chor entgegen.

»Wohin, wohin, mein Guter, Ehrwürden ist nicht da. Ehrwürden ist nicht da, wenn Sie bitte morgen wiederkommen wollen.«

»Ich bin selber Ehrwürden, mein Lieber!« sagte Nikolai Iwanowitsch, und das Echo seiner Stimme hallte in den Gewölben wider.

Der Diakon schien das aber nicht gehört zu haben.

»Oberpriester Perowski!« dröhnte Nikolai Iwanowitsch ein wenig beleidigt.

»Ach«, sagte der Diakon erleichtert. »Kommen Sie vielleicht vom Vater Propst? Wir warten, warten schon den zweiten Tag, aber darf ich fragen . . .«

»Vater Nikolai«, unterbrach ihn Nikolai Iwanowitsch.

»Zum Priester geweiht im Bistum Wologda, ich besitze Kappe und Brustkreuz.«

Der sichtlich erfreute Diakon öffnete nun beflissen die Altartür und bat den Popen einzutreten. Vater Nikolai war im Altar, ehe er es sich versah, Danilo aber stand ratlos in der leeren Kirche. Er beschloß, an der frischen Luft auf Nikolai Iwanowitsch zu warten, und ging hinaus.

Arsenti Schilowski, Formerbrigadier in der Moskauer Gießerei, hatte Nachtschicht. Der Auftrag für die Kanalisations-T-Stücke war brandeilig, die Werkleitung drängte. Die Brigade hatte bei zusätzlicher Beleuchtung die ganze Nacht gearbeitet. Gegen acht Uhr morgens gingen die Formkerne zu Ende, die Sandaufbereitung schaltete den Kollergang aus. Das sanfte Geräusch der Knetarme, die den Formsand durchkneteten, erstarb; in der dunklen Gießerei wurde es ungewohnt still und geradezu geräumig. Nur der heiße Kupolofen in der Mitte der Halle summte wie ein Samowar, und oben auf der Gicht donnerte ab und zu die Charge im Schüttkasten. Mit der ersten Frühschicht sollte der Guß beginnen.

Schilowski bog das schmerzende Kreuz gerade und ging einen Formkasten holen. Die anderen aus der Brigade waren schon nach Hause gegangen, aber eine Form sollte noch werden, die letzte. Schilowski betrachtete die schnurgerade in zwei Reihen ausgerichteten Formen und zählte noch einmal. Nur noch eine, dann waren es zwanzig. Schilowski tat der Gedanke wohl, daß die neunzehn gleichmäßigen schwarzen Rechtecke sein Werk waren, daß die Nacht vorüber war und bald glühende Flüssigkeit in die flackernden Hohlräume der ausgestampften Kästen strömen würde. Nein, die zwanzigste mußte werden, schon um auf die runde Zahl zu kommen ...

Schilowski bezwang die Müdigkeit und brachte zwei Formkästen, bodenlose Eisenkästen mit Handgriffen. Mit schnellen, eingeschliffenen, ihm selbst nicht mehr bewußten Bewegungen setzte er den unteren Formkasten ab und rieb ihn leicht gegen den Formtisch. Der Sand war schon trocken. Mit der Schaufel nahm Schilowski direkt vom Kollergang frische, ein wenig feuchte Formmasse, schüttete sie in den Formkasten und drückte den unteren Teil des mit Graphitöl eingestrichenen Holzmodells hinein. Danach stampfte er den Formsand mit einem Stampfer fest, strich ihn glatt, daß er mit der Schnittfläche des Modells abschnitt, und streute kleinkörnigen weißen Sand darauf. Mit einem weichen Haarpinsel fegte er Sandkrumen vom Holz und setzte die obere Modellhälfte paßgerecht auf die untere. Nun mußte er noch den zweiten Formkasten darüberstülpen, den Gußstutzen anbringen und den Formkasten ausstampfen. Die Arbeit ging ihm rasch von der Hand. Vorsichtig stieß er mit einem Drahtstäbchen Gasabzugslöcher und richtete sich auf.

Sein Kreuz schmerzte. Die Umrisse der Formkästen verschwammen ihm vor den Augen. Aber nun kam der angenehmste Teil der Arbeit. Schilowski liebte diesen Moment, wo er die Form öffnen und die Modellhälften herausnehmen mußte. Wenn alles klappte, wenn kein einziges Krümchen Formmasse abbröckelte, durchströmte ihn das gleiche befriedigende Gefühl, wie wenn er als Kind ein kniffliges Rätsel gelöst hatte.

Er lockerte das Holzklötzchen des Gußstutzens ein wenig und zog es vorsichtig aus dem Sand; es ging leicht und glatt heraus. Die Hände des erfahrenen Formers hätten das winzigste Abbröckeln der Formmasse gespürt.

Schilowski sah sich um, wer ihm helfen konnte, den Oberteil der Form abzuheben. Nur der Schmelzer Gussew döste am summenden Kupolofen, und oben auf der Gicht war der Chargierer Grischka Ustimenko zu hören. Das schwarze Halleninnere reichte weit ins Dunkel, die Deckengewölbeträger liefen in der Perspektive zu dichten Bündeln zusammen. Der mächtige, zur Zeit verstummte Gießkran spannte sich oben dunkel von einer

Wand zur anderen, sein Haken hing reglos am Seil. Der Kupolofen summte still und emsig vor sich hin.

»Hallo, Gussew!« rief Schilowski. »Alexander Michailowitsch! Faß mal mit an, die letzte Form ...«

Gussew erhob sich gähnend, reckte sich, sah ins Schauloch des Kupolofens und kam dann zu Schilowski herüber. Er steckte sich eine Zigarette an.

»Bist ja immer noch da. Wieviel hast'n schon zusammengepfuscht?«

»Die zwanzigste. Und du paß auf, vertriefst es noch, gießt wieder 'ne Sau.«

»Selber Sau.« Gussew hustete und beugte sich über die Form. Schilowski faßte ebenfalls nach den Handgriffen. Plötzlich rief er: »Kannst du nicht sachter? Na also ... Sachte, sag ich, herrje, machst es doch nicht zum erstenmal!«

»Reg dich ab.«

Sie nahmen vorsichtig den Oberkasten ab, drehten ihn um und stellten ihn ebenso vorsichtig auf die Holzplatte. Alles war in Ordnung. Schilowski lockerte durch leichte Schläge gegen einen ins Holz eingesetzten Eisenstab eine Modellhälfte nach der anderen und nahm sie aus dem Kasten. Durch die Graphitschmierung lösten sie sich gut. Schilowski setzte den letzten Formkern ein. Gussew half, den zweiten Kasten daraufzusetzen.

Ob sie gute oder schlechte Arbeit geleistet hatten, blieb nun im Verborgenen, bis das gegossene T-Stück aus der Form geschlagen und von Sandbrocken gesäubert werden würde und die Gußputzer das Formteil entgrateten.

»Fertig!« Schilowski klatschte sich auf den Schenkel in der weiten Segeltuchhose. »Genug geschunden, jetzt geht's schlafen, Alter, schlafen.«

»Na, wenn du dich man nicht irrst. Als ob die Proletengören dich tagsüber schlafen lassen.« Gussew wohnte mit Schilowski auf demselben Flur. »Willst du nicht mal 'ne bessere Wohnung beantragen, Arsenti?«

»Und du?« Schilowski schüttelte den Staub von seiner dichten Tolle, die die Farbe starken Tees hatte,

»Ach, weißt du, meine reicht mir vorläufig«, sagte Gussew.

»Na, unsere uns auch.«

Das stimmte. Schilowski sah sich nach keiner neuen Wohnung um, obwohl sie zu dritt in einem Zimmer hausten: Er, seine Mutter und sein alter Freund Petka Girin. Arsenti erinnerte sich deutlich, wie sein Vater, als er aus dem ersten Weltkrieg zurückkam, von seinem Freund erzählt hatte, dem Feldwebel Nikolai Girin, der in den Karpaten an deutschem Giftgas erstickt war. Als sein Vater Petka vom Lande zu sich holte, war gerade die Februarrevolution im Gange. Er brachte ihn im Werk unter und starb kurz danach; seiner Frau trug er noch auf, für Petka ebenso zu sorgen wie für ihren Sohn Arsenti. Der Bitte hätte es nicht bedurft. Petka gehörte bald so zur Familie, daß er sich auch nicht von ihnen trennen mochte, als er als Sohn eines Dorfarmen bevorzugt in die Partei aufgenommen wurde und aus der Gießerei in eine verantwortungsvolle Funktion aufstieg. Sein ganzes Gehalt gab er noch immer Schilowskis Mutter, der Larentjewna. Nur hin und wieder schickte er Geld an seine Schwester auf dem Land, die einzige Verwandte, die ihm dort geblieben war.

Inzwischen hatte Gussew die Zusatzbeleuchtung ausgeschaltet. Durch die hohen verrußten und staubigen Fenster blaute kaum wahrnehmbar der Morgen. Gleichzeitig zischte über dem Kesselhaus der benachbarten Werkhalle Dampf auf, und das Zischen übertönend, pfiff die erste Sirene – zunächst heiser, dann deutlicher und zusehends kräftiger. Wenig später drangen aus dem Umkleideraum die Stimmen der Frühschicht. Das Werk erwachte, die Hallen lösten sich rasch aus der nächtlichen Erstarrung. Die Gießer waren gekommen und bereiteten den Guß vor. Gussews Schläfrigkeit war wie weggeblasen, er sprang vor dem Kupolofen herum, legte Ton zum

Verstopfen der Abstichöffnung bereit, bestrich die Rinne mit Schamotte. Am Gießkran klickten schon die Relaiskontakte. Nun gab es für die Former nichts mehr zu tun, für ein bis anderthalb Stunden würden Feuer und heißer Dampf mit Getöse die Halle beherrschen.

Schilowski duschte, zog sich um und ging in Feierabendstimmung durch das Verwaltungsgebäude auf den Werkhof. Dort rief ihn der Gießereimeister Malyschew an. Er fragte, wieviel T-Stück-Kerne sie geformt hätten, lobte die Brigade und kratzte sich dann verlegen den Kopf.

»Na, Bruder, hast du ein Glück heute, wird nichts mit Schlafen.«

»Wieso?«

»Ein Anruf von der Parteileitung, sollst hinkommen. Du bist da in so 'ner Kommission . . . Na, mach's gut!«

Der gebeugte Malyschew verschwand eilig, mit seinen langen, ihm bis über die Knie reichenden Armen schlenkernd, und Schilowski schnalzte enttäuscht mit der Zunge. Der Feierabend schob sich hinaus. Schilowski war in der Betriebsparteiorganisation erfaßt, aber die Parteileitung des Wohngebiets hatte ihn kürzlich in eine Kommission zur Konfiszierung nicht registrierter Wertgegenstände aus kirchlichem Besitz eingesetzt. Vor einer Woche war die Kommission bereits einmal im Einsatz gewesen, heute stand offenbar der zweite bevor.

Da war nichts zu machen. Schilowski trat aus der Pförtnerloge, überquerte die Straße und sprang in der Kurve auf eine bremsende Straßenbahn.

In der zehnten Morgenstunde fuhr eine Dreiergruppe, bestehend aus einem Vertreter der Finanzabteilung, dem langen Balten Bilinkis, Schilowski und dem Milizionär Artamonow, in einem Wagen an der Kirche zu Mariä Schutz und Fürbitte in einer Nebenstraße des Stadtteils Samoskworetschje vor. Der vierte in der Gruppe war der Fahrer, der zugleich als Wachmann fungierte und notfalls dem Milizionär Waffenhilfe leisten sollte.

Nachdem sie um die Kirche herumgegangen waren, blieb der Milizionär auf der Treppe vor dem Portal, der Fahrer postierte sich am Seitenausgang, und Schilowski und Bilinkis traten ein.

Ungefähr ein halbes Dutzend älterer Frauen beteten, einander nicht beachtend, neben dem linken Chor leise vor sich hin, ein kahlköpfiger Bauer stand an der Tür, Fäustlinge in der Hand. Im Altarraum machte jemand in verhaltenem Baß eine Stimmprobe. Schilowski und Bilinkis gingen rasch hin, ohne die Mützen abzunehmen. Die dem äußeren Anschein nach massive Tür zum linken Altar ging so leicht auf, daß Bilinkis, der sich mit Kraft dagegengestemmt hatte, sich kaum auf seinen dünnen Beinen hielt, deren Waden in Ledergamaschen steckten. Schilowski mußte lachen und trat belustigt an den Betschwestern vorbei in den Altarraum. Direkt vor ihm stand ein hünenhafter rothaariger Pope, offenbar derselbe, der eben seine Stimme erprobt hatte. Bilinkis schritt, den schmächtigen, unscheinbaren Diakon nicht beachtend, beherzt auf den Popen zu.

»Sind Sie hier der Verantwortliche? Bitte haben Sie die Güte, sich anzuziehen!« sagte der Vorsitzende der Einsatzgruppe stotternd und fast ohne baltischen Akzent.

Arsenti schob sich lächelnd näher.

Der Pope starrte sie verdutzt an, als begriffe er nicht, dann suchte er erschrocken nach seinem Pelz. Als er seine mächtigen Arme in die Ärmel gesteckt und seine Mütze genommen hatte, traten Schilowski und Bilinkis zu ihm und nahmen ihn in die Mitte. Plötzlich machte der Pope sich mit einer kurzen, wuchtigen Ellbogenbewegung Platz, daß die Männer der Einsatzgruppe nach links und rechts zur Seite flogen, stürzte aus dem Altar, riß die Tür zum Seiteneingang auf und stieß den davor postierten Fahrer um, rannte über den Hof und floh durch eine schmale Gasse in die Stadt. Hinter ihm her peitschte ein Schuß aus Richtung Kirche. Nikolai Iwanowitsch (denn der Pope war er) rannte, was die Beine hergaben, ohne sich umzusehen. Er schwenkte in eine andere Gasse ein, gelangte auf ein kurzes Sträßchen und sah sich nun endlich um. Das Sträßchen war menschenleer, aber irgendwo in der Nähe pfiff ein Milizionär. Nikolai Iwanowitsch rannte abermals los, tauchte in einem Torbogen unter und versteckte sich hinter der Eisenpforte. Durch einen Spalt sah er, wie Schilowski keuchend am Torbogen vorbeilief, hörte ein Auto vorbeifahren und versteckte sich wieder, schöpfte allmählich Atem.

Erst nach einer halben Stunde trat Nikolai Iwanowitsch aus seinem Versteck. Er sah hinter dem Torbogen hervor, und als er sich überzeugt hatte, daß keine Gefahr drohte, machte er sich auf und verließ den unbekannten Ort, bemüht, nicht durch Eile aufzufallen. Er stieg in eine Straßenbahn und fuhr immer der Nase nach, fort von der unglückseligen Kirche.

Nach der vergeblichen Jagd auf den Popen kehrte die Einsatzgruppe nochmals in die Kirche zurück und durchsuchte den Altar. Den erschrockenen alten Diakon oder Psalmenleser sowie ein großes silbernes Kreuz mit eingelöteter kostbarer Perle nahm sie mit zur Finanzabteilung. Bald darauf unterschrieb Schilowski das Protokoll und machte sich auf den Heimweg: Die Müdigkeit der schlaflosen Nacht übermannte ihn aufs neue.

7

Danilo kehrte völlig verstört ins »vormals Saizewsche Haus« zurück. Er hatte gesehen, wie der Pope Rotfuchs aus dem Altarraum zum Seitenausgang gestürzt war und die mit dem Auto Gekommenen auf ihn Jagd machten. Warum mußten wir bloß in die Kirche! dachte Danilo. Das haben wir uns selber eingebrockt. Er wußte weder, wo Nikolai Iwanowitsch steckte oder wohin man ihn gebracht hatte, noch was jetzt zu tun war. Nur eines stand für ihn fest: Er mußte so bald wie möglich Petka Spindel aufsuchen.

Voller Unruhe stieg Danilo die inzwischen bekannte Treppe hinauf, fand den Korridor und die richtige Tür. Der Korb stand nicht mehr da, was ihn freute: Also hatten die Bewohner ihn an sich genommen, also war jemand zu Hause. Der Gang füllte sich mit Menschen und Lärm, es roch nach gebratenen Zwiebeln. In den Zimmern spielte Radio, Frauen huschten an Danilo vorbei, ohne ihn zu beachten, kleine Kinder rannten schreiend hin und her.

Danilo stieß, ohne anzuklopfen, die Tür auf und nahm die Mütze ab. Das große, rosa tapezierte Zimmer war durch einen Vorhang in zwei ungleiche Hälften geteilt. In einer Ecke stand ein Tisch mit stellenweise durchgescheuertem Wachstuchbelag, darauf standen ein Samowar und mit einer Zeitung abgedecktes Essen. In der anderen Ecke befand sich eine mit Rosen bemalte Truhe und ein Bett mit grüner Steppdecke. Danilo hätte sich auch noch die Singer-Nähmaschine, die Vitrine und die Harmonika auf dem Spind angesehen, aber vom Vorhang löste sich eine stämmige Frau, beinahe eine Greisin, die eine braune, bestickte Strickjacke mit Falbeln trug. Sie trat an die Vitrine, setzte gelassen eine Brille auf und musterte Danilo.

»Ach, war das Ihr Gepäck?« sprach sie haspelnd. »Treten Sie näher, setzen Sie sich, Petka ist nicht da. Arsenti kommt bald wieder. Herzlich willkommen, wie kam's denn? Das Gepäck dagelassen, aber kein Mensch weit und breit, Petka hat nachgesehen und gleich Bescheid gewußt: Das kann bloß einer aus dem Dorf gewesen sein, hat er gesagt.«

»Ja, vielen Dank, ich merk schon, ich bin hier richtig. Pjotr Nikolajewitsch wohnt also hier?«

»Ja, hier!« Die Alte wollte sich am Samowar zu schaffen machen, aber Danilo hielt sie entschieden davon ab.

»Keine Umstände, ich brauche nichts. Pjotr Nikolajewitsch möchte ich sprechen . . .« Er fragte, wo er Petka finden könne, wie er zu ihm käme, holte das vom Popen aufgesetzte Schreiben aus dem Korb und ging. Die alte Frau – es war Arsenti Schilowskis Mutter, – band ihr Kopftuch um, zog eine ärmellose Weste an und brachte Danilo zur Straßenbahn. Sie nahm ihm das Versprechen ab, unbedingt zur Nacht wiederzukommen. Ermutigt und erleichtert fuhr Danilo los, um Spindel und Kalinin zu suchen.

Der Kopfbogen der Firma Sumkin, auf dem die Beschwerde stand, steckte in seiner Brusttasche, die Straßenbahn ratterte und klapperte wie ein Schrotthaufen. Danilo Patschin fuhr voller Hoffnung durch die Belokamennaja Straße. Er glaubte an sein Recht.

Ohne besondere Mühe fand er das Haus, in dem der Vorsitzende des Zentralen Exekutivkomitees Michail Iwanowitsch Kalinin Sprechstunde hielt. Er ist doch einer von uns, einer vom Lande, dachte Danilo, er muß das klären und mir mein Wahlrecht wiedergeben. Lieber Gott, mach, daß er's tut! Danilo schlug in Gedanken ein Kreuz und griff nach dem großen Messingtürklopfer. Er betrat den Korridor, säuberte sich am Abtreter sorgfältig die Filzstiefel und nahm die Mütze ab. Den Beschwerdebrief unter dem Pelz betastend, stieg er die Treppe hinauf. Niemand hielt ihn auf oder rief ihn an, er entzifferte ein paar Schilder und fand bald im dritten Stock die richtige Tür.

»Sie wünschen, Bürger?« Danilo sah sich einem großen respekteinflößenden Mann am Schreibtisch gegenüber.

»Guten Tag«, sprach Danilo. »Nur ganz kurz, Genosse Kommandeur, ich möchte zu Michail Iwanowitsch.«

»In welcher Angelegenheit?«

Danilo drehte verlegen die Mütze in den Händen, die ihm auf einmal überflüssig vorkamen.

»Ich möchte zu Michail Iwanowitsch . . .«

»Eine Eingabe? Eine Beschwerde? Michail Iwanowitsch ist jetzt nicht da. Lassen Sie Ihre Eingabe hier, wir überprüfen sie und geben Ihnen an Ihren Wohnort Bescheid. Haben Sie etwas Geschriebenes mit?«

Im Vorzimmer roch es angenehm nach Tabakrauch, der vertraute Duft gab Danilo seine Geistesgegenwart zurück. Er trat von einem Fuß auf den anderen und sagte: »Nein, ich habe nichts mit . . . Ich möchte Michail Iwanowitsch sprechen, von Angesicht zu Angesicht.«

»Heute geht es nicht, Bürger, Michail Iwanowitsch ist beschäftigt.«

»Dann komm ich vielleicht später noch mal. Auf Wiedersehn so lange.«

Danilo drehte sich um und ging. Vor Aufregung setzte er die Mütze erst auf der Straße auf, und der Milizionär an der Kreuzung starrte wie gebannt auf die malerische Bauernglatze.

Zwei Stunden vergingen. Danilo spazierte rund um den Kreml, bestaunte die mit Ornamenten verzierten Zwiebelkuppeln der Kirche zu Mariä Schutz und Fürbitte, sah sich die Moskwa an und saß eine Weile auf einer verschneiten Parkbank. Als er glaubte, genug Geduld bewiesen zu haben, kehrte er abermals in den Empfangsraum zurück. Ungefähr fünf Besucher, Bauern und Städtische, saßen auf den Stühlen, und derselbe Sekretär telefonierte und unterschrieb Papiere. Danilo beschloß zu warten, bis weniger Leute da wären, und ging noch einmal vors Haus, als er plötzlich Spindel dort erblickte.

Petka stieg mit einer dicken Aktenmappe unter dem Arm aus einem Auto, er trug schwarze Filzstiefel mit Galoschen, ein schwarzes Tuchjackett und eine teure Hirschkalbfellmütze. Danilo eilte ihm entgegen.

»Petka! Pjotr Nikolajewitsch, Mensch, endlich erwisch ich dich! Ich bin schon ganz . . .«

»Was?« Petka blieb nicht einmal stehen.

»Ich hab Nikolai Iwanowitsch verloren, wir sind auch

schon bei dir zu Hause gewesen, aber du warst schon weg ...«

Danilo stockte plötzlich. Petka Spindel war, ohne ihn eines Blickes zu würdigen, im Eingang verschwunden. Danilo konnte sich von der Enttäuschung lange nicht erholen. Schuft! dachte er. Ein Schuft ist er, jawohl, ein Schuft, mich einfach nicht zu kennen. Hat man so was schon gesehen? Kennt seinen Nachbarn aus Olchowiza nicht. Er ist doch aus Schibanicha, wir waren im selben Haus zu Besuch ... Mein Gott, wohin sind wir gekommen!

Verzweifelt kehrte Danilo ins Empfangszimmer zurück. Die Besucher waren alle schon gegangen, der Sekretär wurde wütend, als er Danilo erkannte.

»Ich hab Ihnen doch gesagt, Bürger, Michail Iwanowitsch kann niemanden empfangen. Er kann nicht, ist das klar?«

»Ich will doch bloß ganz kurz, Genosse Kommandeur ... Wirklich, gar nicht lange ...«

»Nein, nein, kommen Sie nächste Woche wieder!«

»So lange bleiben kann ich nicht, mein Sohn hat Hochzeit ...«

»Wie, was?«

»Mein Sohn heiratet, sag ich, die Hochzeit ist nächste Woche, ich hab keine Zeit.«

Danilo legte die Mütze auf den Schreibtisch und zog aus der Brusttasche das Schreiben. Es lautete:

Vom Bauern Danilo Semjonowitsch Patschin
aus dem Dorf Olchowiza,
Gouvernement Wologda.

Gesuch

Hiermit bitte ich das Präsidium des ZEK höflichst, meine Beschwerde über das absolut unrechtmäßige Vorgehen unterer Organe zu prüfen. Es handelt sich um die Kommission des Amtsbezirksexekutivkomitees von Olchowiza und konkret um den Bevollmächtigten des

Kreisexekutivkomitees Ignati Sopronow. Zu dem Fall selbst erlaube ich mir, folgendes mitzuteilen: Mir, dem Bauern Danilo Semjonowitsch Patschin, wurde aufgrund einer Verleumdung von Sopronow auf Beschluß der Kommission des Amtsbezirksexekutivkomitees vom 11. Jänner 1928 das Wahlrecht eines Sowjetbürgers entzogen, was in meinen Augen eine Ungerechtigkeit ist. Ich habe nie Lohnarbeiter beschäftigt oder Handel getrieben. Was die Stampfmühle betrifft, die habe ich längst freiwillig und unentgeltlich der Clara-Zetkin-Kommune in Olchowiza vermacht.

Die Wahrheit meiner Worte bezeugen alle endesunterzeichneten Bürger des Dorfes Olchowiza im Gouvernement Wologda.

Es folgten der Name Patschin sowie zweiunddreißig weitere Unterschriften von Dorfbewohnern aus Olchowiza.

8

Petka Girin, genannt Spindel, war nicht im geringsten erstaunt gewesen, Danilo Patschin auf der Wosdwishenka zu begegnen. Schon am Morgen hatte er an dem Flechtkorb gemerkt, daß Landsleute gekommen waren. Petka freute sich darüber. Hier in Moskau ließ schon so ein Flechtkorb mit neuen Deckelschlaufen sein Herz höher schlagen. Allein vom Geknister der Korbschindeln und dem Piroggenduft, der dem Korb entstieg, fühlte sich der ehemalige Dorfarme aus Schibanicha Pjotr Nikolajewitsch Girin, heute Kurier beim Sekretariat des Zentralen Exekutivkomitees, an diesem Morgen geradezu beschwingt. Nun ja, er war erst vor zwei Tagen aus Schibanicha zurückgekehrt. Aber das Dorf und die Heimat lagen schon wieder in weiter Ferne, wie ein Land, in das es vielleicht keine Rückkehr gab.

Die erste Erinnerung, die sein Gedächtnis bewahrt hatte, war eine große, mit weißem Rauch gefüllte Kate. Im unteren Drittel war kein Wölkchen Rauch gewesen, die Grenze zwischen Rauch und frischer Luft war deutlich zu unterscheiden. Der milchigweiße dichte Rauch sah dem Himmel ähnlich, doch damals konnte Petka noch keine Vergleiche ziehen. Es gefiel ihm, unter diesem Rauch auf dem kalten schwarzen Fußboden barfuß herumzuhüpfen. Wohltuend war, daß er an dem Rauch nicht erstickte wie die Erwachsenen: Wenn die die Kate betraten, machten sie gleich den Rücken krumm.

Eine andere Erinnerung, die lebhafteste von allen, war sein erstes Abendmahl. Was er damals gesehen hatte, war ihm nur schwach erinnerlich: Kerzenschimmer, glänzende Ikonenbeschläge, die strengen guten Gesichter der Gerechten, auch die Kirchenfahne aus durchbrochenem Messing und die bunten Kopftücher der Frauen aus Schibanicha – all dessen entsann er sich unklar und verworren, die optischen Bilder vermengten sich mit den unvergeßlichen Gestalten seiner zahlreichen Kinderträume. Dafür war ihm der Gesang um so deutlicher in Erinnerung. Der volle, alles übertönende Klang blieb ihm für immer im Gemüt – ein wonnevolles Überbleibsel von etwas unaussprechlich Schönem und Unermeßlichem. Petka hatte in Mutters Armen gesessen, und der Gesang hatte ihn für einen Moment völlig erfüllt, sein kleines Wesen ganz durchdrungen. Vielleicht war es nicht der ganze Gesang gewesen, sondern nur eine einzige hohe Note, ein Ton nur, aber der schönste im Leben, der schönste auf der Welt. Dieser unter den bemalten Gewölben der Dorfkirche verhallende Ton hatte sich für immer in Petkas Herz gesenkt. Er war damals drei, vier Jahre alt gewesen.

Und als Fünfjähriger ging er schon mit dem Bettelkorb über die Dörfer. Bis heute war diese Wunde aus der

Kindheit in Girins Herz nicht vernarbt. Von jenen bitteren Gängen war ihm vor allem einer unvergeßlich: Als er nach Olchowiza kam und die Dorfjungen ihn mit Steinen bewarfen. Die Steine fielen hageldicht, die Bengels jagten ihn die Straße hinunter, und er flüchtete weinend, verzweifelt, verängstigt in irgendein Haus. Im Vorraum behaute ein junger bärtiger Bauer einen Axtstiel. Er fragte Petka, wer er sei und woher er komme. Während Petka, das Gesicht an die Wand gepreßt, mit zuckenden Schultern im Vorraum stand, ging der Bauer in die Stube und brachte beide Hände voll gedörrter Rübenschnitzel. Er schüttete die Delikatesse in Petkas Mütze und strich ihm mit seiner großen harten Hand über den Kopf. Petkas Herz schmolz vor Dankbarkeit und Liebe, der Haß auf die fremden Jungen war rasch verflogen. Doch der Bauer rief sie heran, packte einen von ihnen am Schopf, riß ein Büschel Brennesseln aus, schlug ihm damit über die nackten Beine und sagte dazu: »Beleidige keinen Armen, sei ein Mensch. Beleidige keinen Armen, sei ein Mensch!« Petka ließ den Almosenkorb stehen und rannte die Straße entlang, seinem Dorf zu, aber der abgestrafte Junge holte ihn auf dem Feld ein und gab ihm den Korb. Petka tat der Altersgefährte schon leid, der aber ließ sich nichts anmerken und sagte immer wieder: »Tut überhaupt nicht weh, kein bißchen!« Sie setzten sich auf einen mit Hahnenfuß bewachsenen Grabenrand, und Petka teilte mit Pawel brüderlich die Rübenschnitzel, die ihm Pawels Vater Danilo Patschin geschenkt hatte.

Petka lebte bei Mutter und Schwester, bis ein Brief von Vaters Regimentskameraden aus Moskau kam. An alles, was dann kam, erinnerte sich Petka klar und genau. Bis zum Tode des alten Schilowski schlief er mit Arsenti in einem Bett, löffelte mit ihm aus einem Napf. Von ihrem Lohn kauften sich beide das Gleiche, und in der Gießerei formten sie ein und dieselben Teile.

Das neue Leben fesselte Petka, riß ihn mit, drängte ihn vorwärts, er konnte sich an alles erinnern, fand aber keine Zeit, es zu verarbeiten. Als er eines Tages zur Besinnung kam, war er Kurier beim Sekretariat des ZEK. Nachdem er sich an den Lärm und den Gasgeruch in der Gießerei und Formerei gewöhnt hatte, waren ihm schon Gedanken ans Heiraten gekommen, da aber änderte sich sein Leben oder vielmehr seine Arbeit von Grund auf. Petka dachte über die Veränderungen nach und machte sich zum ersten Mal Gedanken über das Leben, und nicht nur über seins.

Wenn Arsenti an Sonn- und Feiertagen Eau-de-Cologne-Duft und Schuhkremgeruch im Zimmer verbreitete und auf dem Tisch neben der grünen Karaffe der Samowar siedete, nahm Petka die gemeinsam mit Arsenti angeschaffte Harmonika vom Spind, spielte darauf und sang das bekannte Lied von der Moskauer Feuersbrunst, das er nun neu begriff.

> Das Schicksal treibt mit uns sein Spiel.
> Es bleibt uns niemals treu.
> Heut hebt's uns hoch, weit übers Ziel,
> Und wirft uns morgen weg wie Spreu.

Die Larentjewna betrachtete die beiden jungen Leute mit mütterlich liebevollem Blick, von nebenan kam der Schmelzer Gussew. Die grüne Glaskaraffe in Form eines balalaikaspielenden Bauern mit Bastschuhen, dessen Mütze der Stöpsel war, wurde nie ganz leer, sie tranken Tee, sangen zusammen alte und neue Lieder oder sahen sich im Kino den neusten Film an. So verlor Petka sein Schicksal aus den Augen, das Schicksal jedoch nicht Petka Girin.

Einer der Sekretäre von Michail Iwanowitsch Kalinin (Finnennase nannte Petka ihn im stillen) war nach Girin ins Amt gekommen, aus einer höheren Funktion hierher versetzt. Girin spürte das an seinem Verhalten. Finnennase faßte sofort eine völlig unbegründete Abneigung gegen Petka, und die Beziehungen zwischen ihnen gestalteten sich zwar äußerlich zwanglos und nahezu familiär, innerlich jedoch recht kühl. Finnennase ärgerte Girin fortgesetzt und stichelte über seine Vorliebe für Äußerlichkeiten. (Petka machte wirklich gern ein bißchen Staat: seine Stiefel waren stets blitzblank, an seiner Uniformbluse prangten zwei, drei Abzeichen, und sein Schulterriemen und die Pistolentasche waren hochmodern.) Aber auch Finnennase hatte seine Schwächen. Als es Petka einmal zu arg wurde, beschloß er, dem Sekretär einen Streich zu spielen. Von allen seinen Fehlern nahm er sich den auffallendsten und harmlosesten aufs Korn: Sein Vorgesetzter liebte es merkwürdigerweise, an den Mützen der Besucher zu riechen. Während ein Bittsteller vom Lande oder sonst ein Klient beim Vorsitzenden saß, paßte der Sekretär einen Moment ab und beschnüffelte heimlich das Innere von dessen Kopfbedeckung. Womöglich unterschied er die Bittsteller am Geruch, oder verfolgte er sonst einen Zweck damit, jedenfalls blieb selten eine Mütze unbeschnüffelt. Girin wußte davon und schüttete eines Tages in eine zottige Bauernpelzmütze unbemerkt kräftigen frischen Schnupftabak. Von da an nahm die Nörgelei noch zu.

Heute morgen hatte der Sekretär Girin beauftragt, an einige staatliche Einrichtungen Pakete auszutragen. Petka erledigte das im Laufe des Vormittags, ließ sich auch den Empfang quittieren, dann aß er in einer Teestube Mittag und kehrte ins Empfangszimmer zurück. Er brannte darauf, Danilo zu sehen, den er morgens verleugnet hatte. Er hatte es absichtlich getan, aus Vorsicht und weil er befürchtete, ihm damit zu schaden: Finnennase hatte etwas gegen Protektion. (Petka kannte das Wort längst, wie auch manches andere.)

Gegen Abend wurde Petka mit Akten in die Iswestija-Redaktion geschickt, dann trug Finnennase ihm auf, vor dem Nachhausegehen ein dickes Paket zum VBB zu bringen. Das VBB oder Vereinigte Beschwerdebüro befand sich gleich nebenan, im selben Haus wie der Empfangsraum, aber dort warteten so viele Leute, daß Petka sich nur mit Mühe zu Parchomenkos Zimmer durchkämpfte. Den stellvertretenden Leiter des Beschwerdebüros bedrängten zahlreiche Klienten, meist Hauptstädter, und Petka erinnerte sich an einen Ausspruch von Kalinin, den dieser einmal in seiner Gegenwart fallen gelassen hatte: »Ist die Beschwerde erst mal vorgebracht, geht die Sache ihren Gang.«

Parchomenko, ein gutaussehender, schwarzhaariger junger Mann, ging aus seinem Zimmer in ein anderes. Petka hatte keine Lust zu warten und beschloß daher, unverzüglich nach Hause zu fahren und die Akten erst am nächsten Tag abzugeben.

Das tat er auch. Er kaufte sich im Konsum ein paar Heringe, in einem anderen Laden zwei Viertelliterflaschen und rannte, zwei Stufen auf einmal nehmend, die Mappe unterm Arm, die Treppe hinauf. Noch in der Tür rief er: »Schönen guten Abend alle zusammen!«

»Kommst grad zum Tee zurecht«, freute sich die Lawrentjewna. »Wasch dir die Hände und setz dich.«

»Warte, Muttchen, laß mich Danilo Semjonowitsch begrüßen.« Petka drückte kurz Danilos knochige Schultern. »Noch böse?«

»Aber wieso denn . . . Ich denk mir doch auch mein Teil, Mensch. Zuerst hab ich dir's zwar ein bißchen krumm genommen . . .«

»Dann ist's ja gut. Reib dir's unter die Nase, Semjonowitsch, geht alles vorüber!«

»Tu ich auch.«

»Was führt dich her, Danilo Semjonowitsch?« fragte Petka, über dem Waschbecken prustend.

»Ach, frag nicht! Nikolai Iwanowitsch ist verlorengegangen.«

»Der Rotfuchs?«

»Was hab ich mich mit dem Kerl schon rumgeärgert! Schon im Auto, allen fällt er auf den Wecker. Hätte ohne ihn fahren sollen, der blöde Kerl . . . Ich wär schon nicht unter die Räder gekommen. Überall steckt er seine Nase rein. Am Bart müßte man ihn zausen . . . Ich weiß einfach nicht, wo ich ihn suchen soll.«

»Die Adresse kennt er doch?« Schilowski trat hinter dem Vorhang hervor und öffnete den Geschirrschrank.

»Ja, er hat auch den Zettel.«

»Der findet sich wieder!« Petka kämmte sich und schob die Falten seiner Uniformbluse zurück. »Nikolai Iwanowitsch geht nicht verloren, der fühlt sich in Moskau wie in Schibanicha.«

»Ja, aber . . .« Danilo war nicht zu besänftigen. »Wenn er bloß nicht seine Nase in jeden Quark stecken würde, der Satan.«

»Wir finden deinen Landsmann, keine Bange. Na, Larentjewna, soll ich dir eingießen?« Arsenti blinzelte Petka Spindel und Danilo zu. »Heut ist Sonnabend.«

Die Lawrentjewna winkte ab. Sie hatte die Heringe inzwischen ausgenommen, und Petka ging den Schmelzer Gussew holen. Danilo öffnete seinen Korb, gab der Lawrentjewna die in Leinen eingeschlagene Hammelkeule und legte ein paar Piroggen auf den Tisch. Beim Anblick der Schnapsflasche wurde er verlegen.

»Ach, Jungs, ich müßte was hinstellen, nicht ihr. Weißt du überhaupt, Pjotr Nikolajewitsch, was für 'ne Sache ich gedeichselt hab? Ich hab nämlich mit Kalinin persönlich gesprochen, und Stalin war auch dabei. Jawoll, Stalin war mit im Zimmer!«

»Nanu?« staunte Petka.

»Ich war dreimal da, immer haben sie mich nicht vorgelassen. Aber dann . . . Hab ich dir gesagt, daß mir Sopronow das Wahlrecht entzogen hat?«

»Nein, hast du nicht. Welcher Sopronow?«

»Ignati.«

»Na, alles klar!« lachte Petka. »Der Ignati wird euch noch zeigen, was 'ne Harke ist. Setz dich, Semjonowitsch.«

Danilo nahm neben Arsenti Platz, gegenüber plazierten sich Petka und Gussew.

»Nun mal im Ernst, hast du wirklich Stalin gesehen?« fragte Gussew.

»Sag ich dir doch! Nicht allzugroß ist er, bißchen pokkennarbig. Und Kalinin hat zu mir gesagt: ›Fahren Sie getrost zurück, Genosse Patschin, Ihre Sache steht gut, sein Sie ganz beruhigt.‹ «

Schilowski goß aus der Karaffe ein. Petka stieß zuerst mit Danilo an, dann mit den übrigen.

Sie hatten gerade die Gläser abgesetzt und sich geschüttelt, als es an die Tür klopfte. Schilowski, der an einer Zwiebel schnupperte, hielt Petka zurück. »Bleib sitzen, ich mach auf.« Er erhob sich und ging kauend zur Tür, öffnete – und stand eine Sekunde wie versteinert. Der Pope war noch mehr erschrocken, auch er war zur Salzsäule erstarrt.

»Hm hm ... Tritt ein ... Treten Sie ein, Nikolai Iwanowitsch, bitte, genieren Sie sich nicht«, sagte Schilowski endlich. »Herzlich willkommen.«

Des Popen erste Regung war eine Bewegung zur Flucht, aber Petka sprang auf und drängte ihn blitzschnell ins Zimmer. Man nahm ihm den Mantel ab, bat ihn zu Tisch, doch er sah umher und murmelte verstört: »Ach, Genossen ... Das ist ... Ach, hättet ihr mich lieber gehen lassen ...«

Am meisten von allen freute sich Danilo. »Wo hast du bloß gesteckt? Mensch, Nikolai Iwanowitsch ...«

»Herzlich willkommen, herzlich willkommen.« Die Lawrentjewna lief geschäftig hin und her, und Petka machte Nikolai Iwanowitsch geräuschvoll mit Gussew und Schilowski bekannt: »Und das ist Arsenti Nasarowitsch Schilowski. Arsenja, das ist Nikolai Iwanowitsch!« Der Pope reichte Schilowski ängstlich und zögernd die Hand. Schilowski sah an des Popen Ohr vorbei, drückte ihm aber kräftig die Pranke.

»Angenehm, sehr angenehm, ich heiße Arsenti. Und das ist unser Muttchen.«

Mit allen bekanntgemacht, schielte Nikolai Iwanowitsch zur Tür. Erneut trat eine Pause ein. Der Pope seufzte und fragte Schilowski plötzlich laut: »Belieben Sie ledig zu sein oder verheiratet?«

»Beide! Beide sind wir ledig!« versetzte Schilowski erfreut. »Mutter! Wir brauchen noch ein Gläschen!«

Ein Stühlerücken begann, man setzte sich geräuschvoll um. Nikolai Iwanowitsch nahm mit zitternder Hand das von Schilowski gefüllte Glas.

»Wenn es so ist... Auf das angenehme Wiedersehen...«

Ohne mit jemandem anzustoßen, schüttete der Pope sich das Glas in den Rachen.

»Ho, Ehrwürden!« Der Schmelzer Gussew sah ihm begeistert zu. »Sie müßten zu uns als Gießer kommen! Aber bloß wenn du dir den Bart scherst, bei uns wird mit Feuer gearbeitet, da kann schnell was versengen.«

Schilowski füllte dem Popen das Glas aufs neue. Danilo lehnte ein zweites ab, er trank Tee, knabberte Zukker dazu und unterhielt sich mit der Lawrentjewna. Petka konnte es nicht erwarten, die Harmonika vom Spind zu nehmen. Nach dem dritten Glas hallte Schilowskis Wohnung wider von Stimmenlärm, bald darauf ertönten die berühmten »Ziegelsteinchen«, danach der nicht minder berühmte »Abschied«...

Nikolai Iwanowitsch wurde betrunken und umarmte Gussew und Schilowski schon zum zweiten Mal. Petka spielte, und alle außer Danilo sangen einträchtig:

»Mit Popen, mit Kulaken
Genug geschwätzt!
In Parasitenwampen
Bajonette jetzt!...«

War das ein langes Lied! Als sie es schließlich zu Ende gesungen hatten, klopfte der Pope Danilo auf die Schulter.

»Mach dir nichts draus, Danilo Semjonowitsch, wir

kommen auch mal nach Hause! Dann sind wir an der Reihe!«

»Weißt du, Nikolai Iwanowitsch, der Pawel ... Ist doch alles abgemacht, wir müssen heim, du und ich.«

»Pawel, den verheiraten wir auch, machen wir alles! Meine Stimme kann ich hier in Moskau sowieso nicht finden! Dann wollen wir uns hier wenigstens amüsieren!«

Danilo kratzte nur mit dem Fingernagel am Wachstuch und schüttelte den Kopf.

»Ein Gläschen noch, Nikolai Iwanowitsch!« Schilowski schenkte dem Popen nach.

»Herzlichen Dank, Arsenti Nasarowitsch, mit dem größten Vergnügen. Erlauben Sie eine Frage ...«

Doch da stimmte Petka die »Barynja« an. Der Pope vergaß alles, stampfte mit dem Fuß auf und sang, ohne zu merken, daß man ihm begeistert zuhörte, sein Leib- und Magenlied:

»Hei, in die Pilze gingen wir,
Der Korb war bißchen lütt!
Da kamen wir vom Wege ab,
Da gingen wir verschütt!«

Am anderen Morgen lehnten die Gäste es strikt ab, einen auf den Kater zu trinken, nicht einmal Tee mochten sie, sie wollten nur rasch nach Hause. Schilowski und Petka brachten sie zur Kalantschewka und besorgten ihnen Fahrkarten.

Das Einsteigen verzögerte sich. Erst beim dritten Versuch ließ man den Popen und Danilo auf den Bahnsteig. Aber es waren wenig Leute am Zug, das Einsteigen ging nun schnell vonstatten. Die Lokomotive zog, heiser schnaufend, kurz und energisch an, die Wagen setzten sich in Bewegung. Danilo und der Pope seufzten erleichtert. Sie mußten allerdings noch umsteigen. Irgendwo auf halber Strecke bog der Zug nach Swerdlowsk ab.

Am Montagmorgen erwachte Petka Girin, genannt Spindel, von einer leisen Unruhe, die sich nicht länger verdrängen ließ. Er fühlte sich wieder als Pjotr Nikolajewitsch – Kurier im Sekretariat des ZEK. Im unteren Schubfach der Vitrine wartete noch immer die Mappe mit den Akten. Girin frühstückte, schloß die Wohnung ab und legte den Schlüssel oben auf den Türrahmen. Schilowski hatte Tagschicht und war schon aus dem Haus. Die Lawrentjewna war schon frühmorgens mit ihrem Schlüssel einkaufen gegangen.

Girin hatte Gewissensbisse. Die Akten, die er schon am Sonnabend im VBB abgeben sollte, lagen noch in der Mappe, und der Sekretär würde bestimmt das Datum auf der Quittung prüfen. Er seufzte, schob die Pistolentasche auf der Hüfte zurecht und flitzte aus dem Haus, ohne die Joppe zuzuknöpfen. Es war Viertel vor neun, das VBB öffnete erst um zehn.

Mag es sein, wie es will, dachte Girin. Vielleicht wind ich mich raus.

Moskau ging mit frischen Kräften an die Arbeit. Sonntags ausgeschlafene Angestellte eilten in die Büros. Straßenbahnen leerten sich rasch an den Haltestellen und ratterten erleichtert weiter. Rotbraune Lastpferde trabten, mit den schweren Köpfen nickend, stur hinterdrein. Autobusse und hupende Taxis wurden von wendigeren Fords überholt – die Gäule beachteten weder die einen noch die anderen.

Zeitungsjungen liefen den Passanten entgegen, modisch gekleidete Straßenverkäuferinnen stürmten die Trottoirs, auf ihren Bauchläden Zigaretten und Schokolade offerierend. Ein verspäteter Kippensammler, unrasierter Asylbewohner aus dem Jermak-Haus, machte, daß er dem sauber gekleideten Publikum aus den Augen kam. Ein Tantchen in braunem Sarafan und weitem Kittel klebte eifrig ein Plakat der Aktiengesellschaft »Inosit« an einen Haussockel. Ein Dämchen mit tropfenförmigem Hütchen, das ihr auf den Augenbrauen saß, hielt nur mühsam Schritt mit ihrem langbeinigen Begleiter in Stiefelgamaschen.

Girin ertappte sich dabei, daß er nach den flaschenförmigen Frauenbeinen schaute. Eine Straßenbahn fuhr ihm weg, aber das hob nur seine Stimmung. Mochte es sein, wie es wollte!

Er fuhr drei Haltestellen, trank in einem NÖP-Lokal frisches Bier, das nach Soda schmeckte, bestieg eine andere Straßenbahn und ging zwei Häuserblocks zu Fuß. Dann war es endlich kurz vor zehn.

Alle Augenblicke öffnete sich die Tür, etwa fünfzehn verschiedene Leute standen bereits Schlange zur Sprechstunde. Nichts war für Girin schlimmer als Warten. Am liebsten jagte er dem sprichwörtlichen Wind auf dem Felde nach. Er betrachtete den großen, nach Bahnhof riechenden Raum. Einige Bittsteller saßen auf einer Holzbank und Wiener Stühlen, die übrigen harrten stehend in der Schlange aus. Ein Bauer in gestreifter blauer Hose und neuen Bastschuhen diktierte einem hilfsbereiten Nachbarn seine Beschwerde, ein Arbeiter in Joppe las Zeitung. Eine alte Frau mit weißem Halstuch saß geduldig daneben. Eine hübsche Nonne oder Betschwester schlug vor Blicken, die sie trafen, die Augen nieder, ein Herr mit Kneifer im neuen Biberfellpaletot räusperte sich ungeduldig und knackte mit den Fingergelenken. Er tat das so verzweifelt, als wolle er sich die zitternden Finger herausreißen oder brechen.

An der Tür hing ein Schild: *Diensthabendes Mitglied der ZKK der KPdSU(B)* und der Hinweis: *»Entgegennahme von Beschwerden ohne Warteliste und Passierschein in der Reihenfolge des persönlichen Erscheinens.* Als ein Wartender einen Abgefertigten ablöste, warf Girin rasch einen Blick ins Arbeitszimmer. Heute empfing ZKK-Mitglied Solz. Girin bemerkte, wie Solz, im Takt zu den Worten des Besuchers nickend, müde und geistesabwesend an diesem vorbeistarrte und mit den Fingern auf den von Akten überhäuften Schreibtisch trommelte. Vor den anderen Türen warteten nicht weniger Leute. Die empörten Rufe überhörend, ging Girin mit seiner Aktenmappe hinein und grüßte. Der stellvertretende Leiter des VBB Parchomenko kannte Girin, er deutete nickend auf einen Stuhl, aber Girin setzte sich nicht erst. Parchomenko nahm ihm das Paket ab und quittierte es unbesehen.

»Genosse Parchomenko, Sie haben das Datum vergessen!« sagte Girin im Weggehen.

»Schon gut, setz es selber ein.«

Girin kehrte zum Tisch zurück, trug gewissenhaft das Datum nach, verabschiedete sich und ging. Das Büro zur Bürokratenbekämpfung durch Papierkrieg, wie Parchomenko das VBB nannte, lag hinter ihm, Girin konnte endlich zu Kalinins Wartezimmer zurück. Aber dort drängten sich ebensoviele Menschen. Finnennase schickte alle wieder weg. Kalinin war nicht da. Als das letzte Bäuerlein, von allen der hartnäckigste, zum zehnten Mal vor Finnennase stand, platzte dem der Kragen.

»Genosse Bauer! Ich sag Ihnen klipp und klar: Michail Iwanowitsch empfängt nicht. Er ist nicht da, begreifen Sie, nicht da!«

»Wieso nicht da?« Der Bauer ließ nicht locker. »Michail Iwanowitsch muß da sein, du beschwindelst mich.«

Der Bauer schüttelte ungläubig den Bart, ging aber schließlich doch, und Girin reichte Finnennase Parchomenkos Quittung. Der überflog sie und zog die dichten Brauen hoch.

»Genosse Girin, in der Quittung steht das Datum von heute. Wo waren die Akten an den beiden letzten Tagen?«

»Bei mir zu Hause. Am Sonnabend hab ich's nicht geschafft.«

»So, zu Hause . . . Pjotr Nikolajewitsch, wir werden uns um Ihre Ablösung Gedanken machen müssen.«

Girin schwieg. Merkwürdig, er fand das sogar komisch. Finnennase fuhr fort, ohne Girin anzusehen:

»Mangel an proletarischer Wachsamkeit – das zum ersten. Verspäteter Dienstantritt – zum zweiten . . .«

»Und drittens – zwei Glas Bier gezischt!« Petka drehte sich um und ging zur Tür.

»Genosse Girin!«

Petka reagierte nicht. Er kannte sich in Finnennases Psyche aus. Girins Selbstsicherheit würde ihm den Schneid abkaufen, er würde glauben, Girin werde von Kalinin gedeckt.

Jedoch diesmal irrte sich Petka. Finnennase handelte schnell und entschlossen. Noch am selben Tag erhielt Girin Anweisung, seine Waffe abzugeben und sich wieder seiner Betriebsparteileitung zur Verfügung zu stellen . . .

Petka fuhr ins Werk, schon ohne Aktentasche. An der Pförtnerloge fragte er nach Schilowski; der arbeitete mit Gussew zusammen mal wieder bis in die Nacht, Überstunden.

»Gruß der Arbeiterklasse!« röhrte Girin schon am Tor zur Gießereihalle. »Verstärkung in Empfang nehmen, Werkzeug ausgeben! Malyschew nicht da?«

Der Meister war nicht in der Halle. Schilowski und Gussew traten näher.

»Was ist?«

»Ich komm wieder zu euch, in die alte Funktion. Zeitweilig, Arsenti, zeitweilig!« beruhigte Petka den verdutzten Schilowski. »Zur Verstärkung der Basis . . .«

»Na prima«, sagte Gussew und steckte sich eine Zigarette an. »Die Formkästen haben nämlich schon Sehnsucht nach dir, weißt du, lange genug ist der Girin als Chef rumspaziert.«

»Was denn«, widersprach Petka gekränkt. »War es etwa mein freier Wille, daß ich weggegangen bin?«

»Dein freier Wille oder nicht, jedenfalls hast du mitgemacht.«

»Jedenfalls – ist der Kopf dicker als der Hals.« Petka winkte ab. »Habt ihr 'ne Montur übrig?«

Es war kein Schutzanzug da. Girin krempelte die Ärmel der Uniformbluse auf und griff nach dem nächsten Kasten.

»Gib her, Arsenti!«

Schilowski begriff immer noch nicht oder konnte es nicht glauben.

»Schade um die Hosen«, bemerkte Gussew. »Und die Kanone, nimm die Kanone ab!«

Girin schnallte das Koppel ab, warf es zum Jackett und packte die Schaufel.

»Aus'm Tritt gekommen, paar Pfund zugenommen«, sagte er. »Scheißpfoten, siehste das, biegen sich kaum noch, die reinsten Harken. Na, kein Beinbruch, werden schon wieder gelenkig.«

Er hockte sich hin und begann, feuchten schwarzen Sand in den Kasten zu stampfen. Schilowski und Gussew starrten ihn immer noch an.

»Was steht ihr rum? Geh, Schilowski, leg dich bißchen aufs Ohr, ich mach derweil ein paar Kästen. He, dein Ofen, Gussew! Mach die Tür zu, er läuft weg!«

Gussew erschrak, wollte hin, dann erst begriff er, und alle drei lachten.

Bald danach legte Schilowski sich zu einem Schläfchen auf die Bretter neben der noch nicht ausgekühlten Kernkammer. Gussew hantierte am Kupolofen. Petka Girin, genannt Spindel, summte das Lied von der Moskauer Feuersbrunst und formte T-Stücke . . .

Ungefähr zwei Stunden später weckte er Schilowski und streckte sich behaglich auf dessen Lager aus. Er fühlte sich auf neue Art erleichtert und schlief, den Geruch von Formsand atmend, sofort ein. Im Halbschlaf hörte Petka das vertraute, samowarähnliche Summen des Kupolofens, unterschied die Stimmen der Gießer, die zur Nachtschicht kamen. Unterm Hallendach polterte der Gießkran. Ohne aufzuwachen, spürte Petka deutlich den Moment, als Gussew mit einer Brechstange das Abstichloch aufschlug. Ein feurig goldener Metallstrom schoß aus dem Ofen über die Reise in die Gießpfanne, wo er mit kaum hörbarem sattem Geräusch aufschlug. Helle Funken stoben von den schweren, sofort verglühenden Feuertropfen, die auf die Erde prasselten; polternd bewegte der Kran die Riesenlast der Gießpfanne mit der schweren weißglühenden Pampe zum anderen Hallenende. Im Inneren der Formen, dem Auge verborgen, beruhigte sich das gebändigte Metall und nahm neue Gestalt an, betäubend süßlicher Gasgeruch breitete sich aus. Das Gas verbrannte grünlich flackernd und züngelnd über den Formen. Die Funken erloschen weiter oben eigentümlich knisternd, rieselten wie warmer schwarzer Schnee auf den schlafenden Petka.

9

Schibanicha wartete auf den Hochzeitszug. Rogows still versonnenes Haus hatte sich förmlich verjüngt. Um die Vortreppe und die Toreinfahrt war Schnee geschippt und gefegt, das Tor stand weit offen, vor der Schwelle lag ein Bündel Tannenreisig. Die Stufe mit dem angenagelten Hufeisen war eigelb gescheuert, der Fußboden in der Diele gleichfalls mit Kies geschrubbt und mit Matten ausgelegt. Vortreppe und Fußbodendielen rochen noch vom Vortag nach frischer, ausfrierender Nässe, Reifsternchen lösten sich sacht von den Faulbaumsträuchern gegenüber der Vortreppe. Die Verabschiedung der Braut von den Freundinnen war gerade vorüber.

Für kurze Zeit strömten die Gäste aus dem Haus. Vera stieg mit den Mädchen durch die Luke ins Obergeschoß.

Unten in der von der schrägen Wintersonne rosarot getönten Stube saß der herausgeputzte Großvater Nikita am Tisch. Er hatte die Brille aufgesetzt und las im Psalmenbuch, mußte aber vor Aufregung alle Augenblicke hüsteln. Iwan Nikititsch faßte bald diese, bald jene Arbeit an, bis man ihn nötigte, sich hinzusetzen, damit er nicht im Wege sei. Axinja Rogowa und Marja Mironowa, des Bräutigams Patin, hatten mit Hochzeitsvorbereitungen stramm zu tun. Iwan Nikititsch, der nicht wußte, wohin mit den unruhigen Händen, saß auf der Bank und betrachtete wohlgefällig seine Frau.

Trotz ihres von jahrelanger Arbeit gebeugten Rückens war Axinja noch stattlich und gut beieinander, und Iwan Nikititsch erinnerte sich plötzlich an die längst vergessene eigene Hochzeit.

Mit dreißig Jahren war er aus dem Krieg gekommen und hatte sozusagen vor dem Nichts gestanden. Während er in den roten mandschurischen Bergen auf dem Bauche kroch, war daheim ein Unglück geschehen: Vater war abgebrannt. Die neugebaute Tenne war mitsamt der noch ungedroschenen Ernte in Flammen aufgegangen.

Zwei Jahre lang waren sie wie im Krieg auf allen vieren gekrochen und hatten im Wald zwei Kahlschläge gerodet, im dritten Jahr hatten sie Baumstümpfe und Geäst verbrannt und Gerste gesät. Die gedieh prächtig, sie stand so hoch und dicht, daß man keinen Pfahl ins Ährengold hätte treiben können ... Bis zur Stolypinschen Gemeindelandaufteilung schafften sie es, eine Tenne und einen Keller zu bauen, sogar nachts biß er die Zähne zusammen und schwang die Axt. Erst danach begann Axinjas Vater ihn zu grüßen, wenn sie sich begegneten. Streng war der Alte gewesen, Friede seiner Asche. Rogow hatte Axinja geheiratet, ruhig und zufrieden mit ihr gelebt und immer auf einen Sohn gewartet – als Hilfe bei der Arbeit und Stütze im Alter. Doch als erste wurde Töchterchen Vera geboren ...

Iwan Nikititsch fühlte, wie sich wieder fröstelnde Unruhe in ihm regte. Schon zum zweiten Mal beschlich ihn eine dumpfe, ungute Vorahnung. Nach der Verlobung, erinnerte er sich, hatten sie beschlossen, den Kakerlaken im Haus mit Frost den Garaus zu machen. Iwan Nikititsch hatte die Familie bei Jewgraf Mironow untergebracht, und Vera stand noch einmal mit ihrer Freundin Palaschka vorm Spiegel, als sie in der Kate Ordnung schafften. Die Mädchen schütteten Hafermehl in einen Eimer, schöpften eine Schüssel voll Reizker aus dem Faß, ergriffen die Spinnräder mit dem Flachs – und hinaus aus dem Haus, dem Vater aus den Augen.

»He! Halt, ihr Zahnlückigen! Halt, sag ich«, hatte Iwan Nikititsch sie zurückgerufen. Die Mädchen prusteten albern in die vorgehaltenen Hände. »Ich werd euch helfen, die großen Damen zu spielen! Wenigstens bekreuzigen hättet ihr euch können! Habt euch angewöhnt, mit den Brüsten zu wackeln, seid bloß drauf versessen, aus dem Haus zu kommen.« – »Aber wir kommen doch wieder, Papa«, hatte die hochgewachsene, wie ihre Mutter stattliche Vera gelacht. – »Schön, geht nur.« Iwan Nikititsch hatte mühsam ein gütiges Schmunzeln unter dem Bart versteckt, es taugt nicht, die Tochter zu verwöhnen, auch nicht, wenn sie der Liebling ist.

Die Mädchen waren fortgerannt, er aber war noch lange im Haus umhergewandert. Ihm grauste davor, die Tür aufzustoßen und die schneidende Januarkälte hereinzulassen. Er öffnete die Kellerluke und sah nach, ob Kartoffeln und Kohlrüben, die schon grüne Keime trieben, auch gut abgedeckt waren. Dann trat er an den Ofen. Groß, mit Aschenlauge geweißt, vor vielen Jahren gesetzt, war er noch kein einziges Mal kalt geworden. Er hatte Töchterchen Vera und ihrem Bruder Speise und Trank gegeben, zuverlässig Großvater Nikitas Krankheiten kuriert, ohne Murren Schuhwerk, Korn und Kienholz getrocknet . . . Rogow hatte ebenso beklommen wie heute die Rauchklappen geöffnet und die Ofentür aufgesperrt. Die Schaben saßen dicht an dicht, besonders an der Herdverkleidung und an der Hängepritsche, in den Ritzen der Balkendecke und am Schornstein, kribbelten und krabbelten und ahnten nicht, welches Unheil ihnen drohte. »Na, ihr roten Biester«, hatte er plötzlich laut und lustig gerufen, »ich werd euch tanzen lehren!« Und er hatte die breite Tür zur Diele aufgestoßen. Eine dichte weiße Frostwolke hatte sich über den Fußboden hereingewälzt. Der Geruch von menschlicher Behausung, gewürzt durch den Duft nach frischgebackenem Brot, Ledergeschirr, trockenem Kienholz und gedünsteten Kohlrüben, verlor sich rasch und war etwas Farblosem, Frostig-Leblosem gewichen. Da hatte Iwan Nikititsch ein bedrückendes Gefühl von Leere empfunden – daran erinnerte er sich genau. Der Anblick der vom Frost überraschten, erstarrenden Schabenhaufen hatte ihn gleich wieder in gute Laune versetzt: »So, da habt ihr's, ihr roten Biester, alle müßt ihr weg, alle, mit Stumpf und Stiel.«

Er war ins Freie getreten, hatte die Tür zum Vorraum verschlossen und sich mit knarrenden Stiefeln zu Jewgraf aufgemacht. Doch er konnte nicht anders, er mußte sich umsehen. Über dem Schornstein hatte kaum merklich die aus der Kate entweichende Wärme gezittert . . .

Veras Freundinnen fanden sich alle unten wieder ein, liefen von einem Fenster zum anderen, tuschelten miteinander. Juchzer ertönten unter den freudig-erregten, festlich gestimmten Mädchen. Palaschka Mironowa warf plötzlich vor freudigem Schrecken die Arme hoch.

»Oi, Mädels, da kommen sie!«

Die Mädchen und mit ihnen Axinja und Marja stürzten an die Fenster. Nikita folgte ihnen, um würdevolle Haltung bemüht.

»Na, na, ihr Grünschnäbel, laßt mich auch!«

»Joi, Mama, mit drei Pferden!«

»Was machen wir bloß, Axinja? Wir haben keinen Hafer und keinen Leinsamen hingeschüttet!«

»Lauf, Gevatterin, um Himmels willen, lauf!«

Marja Mironowa raffte den schwarzen Rocksaum und rannte tolpatschig wie eine Kuh nach Hafer und Leinsamen in den Heuschuppen. Die Mädchen, die den Tisch deckten, tummelten sich noch eifriger. Axinja nahm eilig eine Ikone von der Konsole.

Iwan Nikititsch zupfte mit bebenden Händen an der Weste, die er über dem roten Hemd mit weißer Kreuzstickerei trug, und warf einen verlegenen Blick in den Spiegel. Seine Erregung unterdrückend, reckte er den ergrauenden Bart.

»Du, Axinja, also dann . . .«

Axinja lehnte den Kopf einen Augenblick lang an seine Schulter, weinte ein bißchen, trocknete sich aber die Tränen schnell wieder ab. Sie drückte ihm die Ikone in die Hand und huschte hinaus. Er wußte nicht, was tun, legte das Heiligenbild hin, nahm die dickbauchige schmiedeeiserne Kanne vom Wandbord, zog den als Korken dienenden Spindelstumpf heraus und schenkte Most daraus ein. Der Most war dunkel und bildete blasigen gelben Schaum. Iwan Nikititsch füllte zwei Schalen und fragte unschlüssig: »Den Samowar jetzt ansetzen oder warten?«

»Warten! Jesses, warten . . .!« Axinja geriet schon selbst durcheinander.

Der Hochzeitszug, bestehend aus drei Wurzelholz- und einem Holzschlitten, fuhr bereits über die Brücke, die Pferde liefen in müdem Trab. Am Dorfrand ließ der im vorderen Schlitten sitzende Brautführer die Peitsche knallen. Leise bimmelten die Messingschellen. Eine braune Stute mit prächtiger Mähne zog den Schlitten mit dem Bräutigam ins Dorf. Sechs, sieben Meter dahinter folgte ein munterer Grauschimmel vor dem mit Blumentöpfen bemalten Holzschlitten. In diesem spielte, von Gästen umringt, ein Bursche aus der Verwandtschaft des Bräutigams Ziehharmonika. Noch zwei weitere Gespanne, Schellen und Bänder in den Pferdemähnen, preschten ins Dorf, freilich waren ihre Zügel aus Hanfstricken statt aus Leder – was den scharfen Augen der Dorfweiber nicht entging.

»Jesses, Weibsen, die Zügel!«

»Und die Schlittenkufen von denen sind, scheint's, nicht mal geschient!«

»Wer ist denn der Brautführer?«

»Sieht wie Mikulinchen aus.«
»Wie, zum Kuckuck, kommt der dazu?«
»Ja, herrje, er ist es!«

Brautführer war tatsächlich Mikulinchen. Er ließ die Stute in vollem Trab zum Haus der Braut einschwenken, die Menge stob lärmend in den Schnee zurück, aber die Brautjungfern umringten das Gefährt sofort und sangen:

»Im Wasser schlängelt sich der Aal,
Pawel steht vorm Tor und leidet Qual,
Er will die Einzige, die Seine,
Er will die ihm Bestimmte, Reine,
Die ihm vom Schicksal auserkorn,
An die er hat sein Herz verlorn.«

Mikulinchen in gegerbter Pelzjacke, einen blendendweißen Schal über der Schulter, sprang in den Schnee und schlug sich mit der Mütze ans Knie. Die Mütze war oben mit tabakfarbenem Samt besetzt. Den Mädchenkordon zerteilend, stürmte er die Vortreppe hinauf zum Haus, um die Ankunft des Prinzen, des Bräutigams, zu melden. Iwan Nikititsch aber trat schon mit einer Trinkschale voll Most aus der Tür. Er suchte Danilo mit den Augen, stieg die Treppe hinunter, ging zu ihm und reichte ihm die Schale mit einer tiefen Verbeugung.

»Danilo Semjonowitsch . . . Ich bitte ergebenst einzutreten.«

Danilo nahm drei Schluck, bedankte sich, gab die Schale einem Verwandten und betrat die Vortreppe. Seine leicht gekrümmten Beine in Filzstiefeln schlugen behende aneinander, um den nicht vorhandenen Schnee abzuklopfen. Ihm folgten ins Haus der Schulze Jewgraf Mironow, Harmonikaspieler Akimko Dymow und die anderen Ankömmlinge. Marja reichte dem Bräutigam mit einer würdevollen Verbeugung ein weißes Leinentuch mit roter Stickerei. Iwan Nikititsch verneigte sich auch vor Pawel, und erst jetzt begaben sich beide ins Haus. Die Brautjungfern strömten hinterdrein, ohne ihren Gesang zu unterbrechen, und drängelten sich im Vorraum. Nach altem Brauch stellten sich die Teilnehmer des Hochzeitszuges an der Tür unter den Hängepritschen auf. Alles verstummte. Eine kurze, wehmütig-frohe Stille trat ein, viele Frauen wischten sich die Augen. Plötzlich stimmte Palaschka Mironowna mit dunklem, nicht wiederzuerkennendem Alt beherzt ein Klagelied an, und die Mädchen fielen eine nach der anderen ein:

»Keine wunderschöne gute Stube
Tut sich auf mir auf dem Fuße,
Nicht ins Haus hinein sich die Weide neigt,
Auch kein rollend Seidenknäul sich zeigt,
Doch wer zeigt sich, wer verneigt sich?
Eines Edelmannes schmucker Sohn,
Pawel heißt er und Danilowitsch.«

Der Brautführer nickte Palaschka ungeduldig zu, sie solle schneller wehklagen. Marja Mironowna machte dem Bräutigam aus der Kochecke Zeichen, er solle das Brautgeschenk darbringen. Die Mädchen aber, die das Klagelied mit der Braut zusammen gleichsam scherzend angestimmt hatten, klagten nun mit Inbrunst, manchen rannen Tränen über die Wangen:

Gänse, Schwäne auf dem Meer,
Dämpft, ihr Lieben, euern Schrei,
Schweiget still in unserem Saal,
Weib und Mann, ihr Gäste all,
Schwester, Freundin allzumal ...

Vera schnürte es plötzlich die Kehle zu, sie weinte herzzerbrechend. Das Brautgeschenk mußte entgegengenommen werden. Pawel trat zu ihr und überreichte ihr mit einer Verbeugung eine kleine schmiedeeiserne Geschenkschatulle. Mikulinchen bekam von Axinja Piroggen und teilte sie an die Brautjungfern aus. Ihr Schluchzen unterdrückend, brachte Vera dem Bräutigam ein Leinentuch; Iwan Nikititsch bot ihm ein Glas Wein, aber

Pawel lehnte der Sitte gemäß ab. Da maß Iwan Nikititsch den Schwiegersohn mit einem langen, undeutbaren Blick und sagte leise: »Mögst du guten, frohen Herzens unter die Brautkrone treten!«

Alle nahmen nun Platz am Tisch. Mikulinchen, der schon einen sitzen hatte, lief in der Stube umher, stampfte ein paar Takte mit den Füßen, bewirtete Brautjungfern und Dorfkinder mit Piroggen und ließ dazu folgendes vom Stapel: »Schnattergänschen, Hosenscheißer, Hemdenmätze, Schuhzerreißer, Pfriemenklauer, Rübenkauer, hübsche junge Mädchen, spinne, spinne Rädchen, Jungfern ohne Pocken kochen gut Piroggen, Topfzerwamser, dumme Kruken, Schlampen, Trinen, Futterluken, alle kennen nichts als Flausen, möchten Muttern Eier mausen, für die Burschen, die Banausen, nehmt's von unserm Prinzen!«

Die Mädchen hörten auf zu singen. Piroggen kauend, stießen sie Mikulinchen in die Seiten und zupften ihn am Rocksaum; das kleine Volk trollte sich, jeder mit einem Leckerbissen abgespeist, aus dem Haus. Vera setzte sich zu Pawel auf die Bank. Iwan Nikititsch nahm ihre kalte Hand und legte sie in die des Bräutigams. Axinja, in Tränen aufgelöst, segnete das junge Paar dreimal mit der Ikone. Vera sah die Reihe der Gäste entlang, und ihr Blick verweilte bei Großvater Nikita: Er saß im gestreiften Satinhemd neben Serjoshka, fast ebenso klein wie sein Enkel, den gescheitelten kleinen Graukopf gesenkt. Auf einmal tat Vera alles auf der Welt unsagbar leid: Großvater, Serjoshka, ihre nun endende Mädchenzeit. Sie schluckte den Tränenkloß herunter und sang klagend:

»Vater, lieb Väterlein,
Ach, du mein Sonnenschein,
Was soll dir, was denn nur
Töchterchens rechte Hand?
Steht nichts geschrieben drauf,
Ist nichts gestickt darauf . . .«

Sie erhob sich und verneigte sich nach allen Seiten. Verwandte umringten sie, umarmten sie, und Axinja flüsterte ein Gebet und verhüllte sie mit einem Tuch. Alles nahm nochmals auf den Bänken Platz, erhob sich aber gleich wieder, um in die Kirche zu fahren; Pope Rotfuchs wartete nicht gern, und war der Wintertag nicht kurz genug?

Plötzlich sprang Akindin Sudejkin, ebenfalls leicht angetrunken, in die Mitte, schlug sich auf die dürren Schenkel und rief: »Halt, Leute, Alt und Jung, verheirat' und ledig, Schnurrbart und Vollbart, hoch das Bein, den Bauch zieht ein, bummeln gehn, pfeifen, grölen – wer das kann, das ist 'n Kerl, das ist 'n Mann!«

»Setz dich hin, Akindin, was soll das!« Das war Kescha Fotijew.

»Halt, stör nicht«, gebot Sudejkin. »Ho, junger Prinz, grüß dich, ich bin's! Grüß dich und weiter dann Dorfschulz und Zweiter Mann, Werberin und Werber, Brautführer und Zeugen tun sich verbeugen, Mundschenk und Eingießer, Fuhrknechte und Beschließer, erlaubt mir, euch zu nahen mit Ehrfurcht, Gruß und Dank!«

»Laß hören!«

»Ich komme, euch zu sehen und mich zu zeigen, guten Tag, die Herren Senatoren, wie steht's in den Kontoren? Ich komm von unten lang, aus'm Grenzgouvernement, nicht aus'm schwedischen, nicht aus'm türkischen, nein, aus'm sowjetischen Wologda, heiße Akindin Sudejkin und bin aus dem Dorf Schibanicha. Bin so weit auf der Höhe, hab die Jacke voll Flöhe, das Kreuz voll Wanzen, wollt ihr sehn, wie sie tanzen? Neulich abend in Olchowiza drüben bin ich vor 'ner Haustür hängen geblieben, hab's Maul zu weit aufgerissen, da haben sie mich an den Haaren gerissen, ich plumpste unters Lärchenbäumchen, da fiel herab ein Turteltäubchen, kamen Mädchen aus der Tür mit 'ner Schüssel Eierrühr! Hat das geschmeckt, bin fast verreckt. Ach, unsere Maschas und Saschas, süße Bienen mit den Unschuldsmienen, kennen unsre Griffe und unsre Kniffe. In unserm Regiment sind auch sechs Weibsen im Hemd, die trauen sich nicht her. Wir gehn auf jede Hochzeit tanzen, sammeln Geld in unsre Ranzen, tut nur welches rausrücken, dann kaufen wir uns Rindenflicken . . .«

»Halt, Sudejkin, hör auf!«

»Tu ich aber nicht! Für das Geld, das ihr berappt, schaffen wir die Weibsen her im Trab, spart eure Flüche, guckt in die Küche, dort in der Ecke sind sie verstecket, drum gebt mir schon für die Mühe den Lohn, für Wolle und Flachs – für euch ist's ein Klacks, für uns ist's ein Jubel – bitte schön, sechs Rubel!«

Pawel zog lächelnd die Brieftasche und kaufte sich zur allgemeinen Erheiterung los. Alle strömten aus dem Haus. Die Mädchen sangen:

Von des Ufers, Ufers Höh
Rollen die Räder allein,
Von der Mutter, Mutter Näh
Muß geschieden sein.
Türriegel klappern, es flehen die Schuh,
Sie bitten das Pferd,
Des Väterchens Pferd:
Lieb Väterchens Pferd,
Geh nicht los, bring nicht fort,
Bring nicht fort in die Fremde
Das junge Blut . . .

Vera ging nicht aus ihrem Elternhaus fort, sie würde nach der Trauung wieder heimfahren – aber sie mußte fast aus der Kate getragen werden.

10

Die Kirche stand seit Weihnachten kalt, und heute roch es brandig von den geheizten Öfen. Vater Nikolai ging in den Altarraum, stellte für die Trauung Wein und Kerzen bereit, holte die lange nicht gereinigte Brautkrone aus der Truhe. Beim Glattstreichen des Epitrachilions, das in Sawwatej Klimows Schornstein gehangen hatte, schalt er Akindin Sudejkin in Gedanken einen Strolch. Das Schultertuch roch immer noch nach Ofenrauch, die Rußflekken waren nicht herausgegangen. Der Pope sah durch einen Spalt im Zarentor: Die Kirche füllte sich allmählich. Als erste kamen Stülpnase und Großvater Petruscha Kljuschin, ihre Glatzen leuchteten am rechten Chor. Links stand die alte Tanja, sie bekreuzigte sich alle Augenblicke gegen die Heiligenwand vor dem Altar. Kinder wieselten andauernd aus der Vorhalle herein und wieder hinaus, daß die ohnehin spärliche Wärme entwich. Eine nach der anderen kamen die Frauen, dann erschienen auch die Männer, und zuletzt stellten sich die jungen Mädchen ein. Ihr bunter Schwarm löste sich in rote, weiße und rosa Tupfer auf: Röcke, Kopftücher, Halstücher. Vater Nikolai faßte Mut, er hatte nicht erwartet, daß so viele kommen würden. Jeden Augenblick konnte das junge Paar eintreffen, daher legte Nikolai Iwanowitsch den kalten Priesterrock und das Epitrachilion an, räusperte sich und probierte seine Stimme aus. Das Chorpult mit Evangelium und Kreuz stand noch vom Vortag mitten in der Kirche.

Alles war zur Trauung bereit. Plötzlich sah Vater Nikolai sich um: Ignati Sopronow betrat ohne Umstände den Altarraum. Bei seinem Anblick überfiel den Popen zunächst Verlegenheit, dann Verwunderung, schließlich wurde sein Gesicht glühendrot. Alles war genauso wie neulich in Moskau. Vor Empörung fand Vater Nikolai keine Worte und starrte Sopronow nur an. Der aber spazierte seelenruhig im Altarraum auf und ab, ohne den Popen zu beachten, und besah sich den Altartisch. Mit gelbem Raucherfinger tippte er an die Monstranz. Vater Nikolai sah sich das eine Weile lang an, dann trat er Sopronow entgegen.

»Bitte gehen Sie hier raus!« sagte er leise und vernehmlich.

Ignati sah sich um und kniff die Augen zusammen.

»Raus! Wird's bald?« wiederholte Vater Nikolai schon lauter und sich nur noch mühsam beherrschend. Sopronow aber wich nur bis zur Truhe zurück.

»Ich bin nicht dein Gaul! Treib mich nicht an. Jetzt laß mich mal im guten mit dir reden.«

»Was heißt im guten?« Vater Nikolai ballte seine ganze Geduld in der Faust zusammen, um den ungebetenen Gast nicht mit einem Tritt in den Hintern hinauszubefördern. »Was heißt im guten? Ich habe mit Ihnen nichts zu reden, Ignati, äh . . .«

»Pawlowitsch.«

»Sie haben hier nichts zu suchen!«

»Folgendes, Perowski.« Ignati setzte sich mit einer Gesäßbacke auf die Truhenkante. »Hast du eine Genehmigung? Nach dem Gesetz bist du nicht berechtigt, Trauungen vorzunehmen.«

»Das ist ja . . . Nach welchem Gesetz?«

»Nach dem, was gilt.«

»Ich kenne so ein Gesetz nicht und will es nicht kennen, und Sie bitte ich zu gehen!«

»Schön! Reden wir ein andermal; aber von hier weg«, Ignati setzte sich mit beiden Backen auf die Truhe, »geh ich nicht! Mach du deine Arbeit, ich mach meine. Ich werde die Versammlung der Bürger beaufsichtigen.«

Vater Nikolai bezwang das Zittern, das ihn am ganzen Körper befiel, nahm die Brautkrone und die Kerzen. Beinahe hätte er den Wein aus dem Becher verschüttet. Er stieß die Tür mit dem Fuß auf und trat vor den Altar. Die Kirche war brechend voll. Bräutigam und Braut standen am Chorpult, hinter ihnen drängten sich die Teilnehmer des Hochzeitszuges und die Verwandtschaft. In der Kirche erhob sich ein dumpfes Geraune, das an die Vorhallentüren wogte und verebbte, dann war alles still. Nikolai Iwanowitsch zündete mit zitternder Hand die Kerzen an und reichte sie dem Brautpaar, dem kleinen Bruder der Braut drückte er die Krone in die Hand. Serjoshka, im bloßen Hemd, das ein Gürtel umschlang, stellte sich verfroren schnüffelnd hinter das junge Paar. Das Gebet ging Vater Nikolai nicht so glatt wie sonst von den Lippen, er kam zweimal aus dem Konzept. Ringe hatte das Brautpaar nicht. Nachdem Vater Nikolai Bräutigam und Braut nacheinander gefragt hatte, ob sie bereit seien, die Ehe einzugehen, las er wieder ein Gebet, dann nahm er Serjoshka die Krone ab.

»Der Knecht Gottes Pawel wird vermählt Gottes Magd Vera!« Vater Nikolais Stimme gewann an Festigkeit, dröhnend hallte sie von den Kirchengewölben wider. Die Menge beugte sich vor, der Bräutigam richtete sich rasch auf, und Vater Nikolai segnete seinen Lockenkopf mit der Krone.

»Die Magd Gottes Vera wird vermählt Gottes Knecht Pawel!« sprach Vater Nikolai noch langsamer und feierlicher und berührte mit der Krone das Haar der Braut. Der Weinbecher zitterte nicht mehr in seiner Hand, er reichte ihn dem Bräutigam mit rascher, fester Bewegung. Pawel nippte an dem Wein, Vera desgleichen, und Vater Nikolai legte beider rechte Hände ineinander, führte sie dreimal um das Chorpult. Die alten Mütterchen und Frauen verneigten sich mehrmals, die Greise und viele der Männer bekreuzigten sich, die Zeremonie war zu Ende. Pawel wollte Vera bereits am Arm aus der Kirche führen, als Ignati im Zarentor erschien. Mit erhobener Hand stellte er sich ihnen in den Weg.

»Genossen, einen Augenblick Geduld bitte.«

Ignatis Stimme überschlug sich. Die Kirchgänger waren ratlos vor Verblüffung. Ein Halbwüchsiger kicherte, ein junges Mädchen schrie erschrocken auf, Frauen tuschelten, ein paar Greisen blieb der Mund offen.

»Genossen, wir führen eine Versammlung der Bürger von Schibanicha durch! Ich als Beauftragter des Kreisexekutivkomitees . . .«

»Dich schickt der Teufel und nicht das Exekutivkomitee!« sagte Jewgraf laut.

»Mein Gott, so weit ist es gekommen . . .«

»Was glotzt ihr ihn an? Raus mit ihm!«

»Wahrhaftig!«

»Zum Kuckuck, laßt ihn doch, er soll reden!«

»Er tut dir wohl noch leid?«

»Nein, das geht zu weit!« Jewgraf drängte energisch nach vorn, aber Pawel hielt den Onkel am Ärmel fest.

»Warte, Onkel . . .«

Pawel ließ seine junge Frau los und packte Jewgraf fest am Ellbogen, knirschte mit den Zähnen. Vera hängte sich zwischen sie und versuchte, ihren Mann eindringlich flüsternd zu beruhigen und zum Heimgehen zu bewegen. Ihre Eltern, Großvater Nikita, der Vater des Bräutigams und die ganze Verwandtschaft verließen bereits die Kirche.

»Also, Genossen!« rief Sopronow hastig und zusehends beherzter. »Folgende Fragen stehen auf der Tagesordnung unserer Versammlung. Erstens die Anleihe zur wirtschaftlichen Stärkung der Bauern und die Besteuerung, zweitens die Verlesung eines Appells. Ich beginne mit dem zweiten Punkt und verlese den Appell . . .«

Sopronow zog aus der Innentasche seines schäbigen Baumwolljacketts die Zeitung »Krasny Sewer« und entfaltete sie.

»Die Zeitung, Genossen, ist vom siebenundzwanzigsten Januar neunzehnhundertachtundzwanzig. ›Helfen wir den chinesischen Revolutionären!‹ «

»Wem, wem?« fragte Akindin Sudejkin aus der Menge.

»So heißt der Appell, Genossen. Ich lese wortwörtlich vor.«

In der Kirche erhob sich Lärm, die Alten strebten zum Ausgang. Pawel stand immer noch mit seiner Frau an der Vorhalle. Der Zweck des Vorgefallenen, das ganze Ausmaß der Kränkung erreichte ihn wie durch dichten Nebel. Die Beleidigung stieg ihm als würgendheißer Kloß in die Kehle, und jetzt konnte er kaum an sich halten, um sich nicht auf Sopronow zu stürzen. Pawel preßte die Kiefer fest zusammen und fühlte, wie ihn helle Wut packte. Er warf einen Blick auf Ignati, der die Zeitung schwenkte. Der Kattunhemdkragen war ihm aus dem Jackett hervorgerutscht, die ungekämmten Haare sträubten sich komisch und kläglich an den Ohren, da tat er Pawel plötzlich leid, und er folgte seinen Verwandten ins Freie.

Sopronows Stimme tönte hallend von den Kirchengewölben wider: »Der Hilferuf aus China muß nicht nur erhört werden, sondern auch mitfühlende Herzen finden. Nein, er muß auch offene Hände finden. Liebe Brüder und Schwestern, leistet der Arbeiterklasse und Bauernschaft Chinas brüderliche Hilfe! Wir sind überzeugt, daß eure Hilfe für China sich den großen Traditionen der internationalen Solidarität würdig erweisen wird. Genossen, der Appell wurde unterzeichnet vom Vorsitzenden des Exekutivkomitees der MOPR* . . .«

Drei niedrige, breite, mit Wachstuch gedeckte Tische standen vor der vorderen Sitzbank und zwei vor der Seitenbank – das ganze Rogowsche Haus war voller Gäste. Selbst in der Kochecke konnte man sich nicht drehen. Keiner wollte sich setzen, alle warteten, daß das Brautpaar herunterkäme. Pawel erschien in schwarzem Anzug mit Schleife und grünem Wollatlashemd mit Schrägkragen, Vera am Arm, während der Brautführer mit den

* MOPR – Internat. Hilfsorganisation für Kämpfer der Revolution

Brautjungfern scherzte und die alten Männer, die an der Tür unter den Hängepritschen standen, Tabak schnupften. Vera schritt, ein cremefarbenes Kaschmirtuch an den Zipfeln haltend, in weinrotem Sarafan und hohen, mit zahlreichen Knöpfen besetzten Halbstiefeln ein wenig vor dem Bräutigam zu ihrem Platz am Tisch. Ihre Wangen waren sanft gerötet. Sie sah gut aus, dem großgewachsenen, breitschultrigen Pawel ebenbürtig, und alle bewunderten das Paar unverhohlen. Aber Iwan Nikititsch drängte die Gäste, Platz zu nehmen. Die Männer setzten sich getrennt von den Frauen, die ihre Plätze nur zögernd einnahmen, doch endlich saßen alle, und Iwan Nikititsch schenkte aus zwei Kannen Most in die Gläser. Alles trank und lobte den Most. Axinja, der Palaschka und deren Mutter halfen, stellte eine große Schüssel Kohlsuppe mit Hammelfleisch auf jeden Tisch. Iwan Nikititsch goß allen aus einer großen Dreiliterflasche Wein ein.

»Ja, dann ... Liebe Eltern unseres Pawel ... Also, ja ... Gratulieren wir den Kindern. Pawel Danilowitsch, Verachen ... Vera Iwanowna ...« Iwan Nikititsch kamen die Tränen, das Glas in seiner sehnigen Hand zitterte, er stieß mit Schwiegersohn und Tochter an. »Auf eine gute Ehe! In Liebe und Eintracht ...«

Nun redeten alle auf einmal los, man beugte sich herüber, um anzustoßen, das Brautpaar erhob sich. Die Gäste traten der Reihe nach zu ihnen und gratulierten.

»Auf eure Ehe, Pawel Danilowitsch, Vera Iwanowna!«

»Gott schenk euch gutes Einvernehmen.«

»Ein Leben zusammen ist mehr als ein Feld überqueren, heißt es.«

»Gott mit euch!«

Alle leerten das Glas und ließen sich dann die Kohlsuppe schmecken, nur die Jungen mußten zusehen. Axinja trug bereits feine Piroggen auf: Fischpiroggen und mit Eiern und Reizkern gefüllte und bestreute. Iwan Nikititsch füllte die Weingläser nach und schenkte in die großen Gläser schäumendes braunes Bier. Die Weingläser der jungen Leute standen unberührt, aber Bier erlaubte ihnen die Sitte, deshalb unterbrach der Brautführer das Schmausen: »Iwan Nikititsch, irgendwie kann ich auf einem Bein nicht stehen, und wie soll ein Lahmer tanzen?«

»Wahrhaftig, Nikolai Nikolajewitsch, das andere Bein braucht auch was!« Iwan Nikititsch stricht sich den Bart. Der Wein hatte sein Gesicht merklich gerötet, seine Augen blickten heller. Im gleichen Moment flüsterte ihm sein Schwiegersohn etwas ins Ohr. Iwan Nikititsch nickte Pawel zu und erhob sich. Er zog sich die Pelzjoppe über und ging hinaus, und alle errieten gleich, wohin. Vater Nikolai, der neben Nikita und Großvater Kljuschin saß, sah dem Hausherrn stirnrunzelnd und argwöhnisch nach. Er goß sich als einziger, ohne auf die anderen zu warten, das Glas Wein in den Schlund, aber alle taten, als bemerkten sie es nicht.

Hier und da kam es schon zu Unterhaltungen an den Tischen.

»Mopper – was ist das nun wieder?« fragte Sawwatej Klimow laut Jewgraf. »Ich hab meine Steuer erst halb bezahlt und mich mit zehn Rubeln für die Anleihe einschreiben lassen. Und jetzt kommen sie und verlangen was für die Mopper.«

»Verlangen tun sie's nicht, es ist freiwillig.«

»Na schön, wenn's freiwillig ist.«

»Geld müßte man haben . . .«

»Weiß Gott. Aber du müßtest für die Mopper was springen lassen, Jewgraf, du hast Geld.«

»Was soll denn Jewgraf für Geld haben?«

»Du hast welches, du hast welches.« Sawwatej ließ nicht locker.

»Nein, aber du, Sawwa, sag mal . . .«

Iwan Netschajew, der in Uniformbluse mit Schulterriemen gekommen war, klopfte dem Harmonikaspieler aus

Olchowiza auf die Schulter, um ihn zum Spielen zu animieren, der aber sträubte sich und behauptete, es sei noch zu früh. Vater Nikolai posaunte Großvater Nikita ins Ohr, was für eine Stute er vor dem Krieg gegen die Deutschen gehabt hätte. Stepan Kljuschin hörte Danilo zu, der vom Butterartel in Olchowiza und seiner Moskaureise erzählte, und der Brautführer tauschte immer öfter Blicke mit Palaschka.

Die Stube summte von den Unterhaltungen der Gäste, als der zerzauste Iwan Nikititsch in der Tür erschien. Das Stimmengeräusch wurde gleich lauter.

»Ganz schön stolz!«

»Soll er doch, wenn sie sich zu fein sind.«

»Pfeif drauf.«

Iwan Nikititsch setzte sich, goß Vater Nikolai nach. Axinja, Palaschka und Marja stellten noch mehr Piroggen und Sülze auf die Tische. Danilo hörte plötzlich auf, Kljuschin von Moskau zu erzählen, und wandte sich an Axinja: »Gevatterin, he, Gevatterin!« rief er über den Tisch und versuchte, das Stimmengewirr und den Lärm zu übertönen. »Hörst du, was ich sag, der Wein ist recht bitter . . .«

»Wie?«

»Der Wein, sag ich, ist bitter, man kriegt ihn gar nicht runter!«

»Meiner auch, Gevatter, und wie!« antwortete Axinja voll jugendlichem Übermut und ergriff ihr Glas.

»Bitter, Jesses, bitter!« kam Sawwatej ihnen zu Hilfe, und nun riefen es alle. Pawel sah Vera zärtlich von seiner Höhe herab an. Errötend erwiderte sie seinen Blick. Sie standen auf, die Biergläser in den Händen. Behutsam faßte Pawel seine junge Frau um die Schulter und zog sie zu sich heran, beugte sich zu ihr und berührte sacht Veras warme Lippen mit dem Mund. Sie tranken das Bier aus und setzten sich, die Kate lärmte, alle ließen nun kein Auge von den beiden. Axinja wischte sich mit dem Tuchzipfel die Augen. Iwan Nikititsch mußte auch zwinkern, aber Lärm und Stimmengewirr schluckten Schluchzen und Tränen. Auf einmal löste sich aus dem allgemeinen Getöse eine klare, verhaltene, wehmütig-fröhliche Stimme, die sich von allen anderen Tönen unterschied, sich schmeichelnd und lockend über sie erhob. Niemand hatte bemerkt, wie die alte Tanja hereingekommen war. Axinja hatte sie ans Ende des letzten Tisches plaziert und ihr Bier eingeschenkt, und nun fing Tanja plötzlich, für sie selbst unerwartet, an zu singen. Sie hielt einen langen Ton mit Wechsel zur Bruststimme tadellos sauber, brach ebenso sauber ab, holte kurz Atem und sang die Wiederholung noch schöner und reiner:

»Ach Wanja, wilder Wanja,
Du wilder Tollkopf du . . .«

Jewgraf mit seinem leisen, angenehm brummenden Baß fiel als erster ein, danach die Bräutigamsmutter Katerina ein bißchen dünn und traurig in der dritten Stimme, und nun erfaßte das Lied einem Feuer gleich alle vier Tische, breitete sich aus, durchdrang Wände und Decken. Der Gesang war noch nicht verhallt, da ertönten an einem der Tische Ziehharmonikaklänge, Bänke wurden gerückt, man stand auf. Aber das Tanzen verzögerte sich, weil immer mehr Leute hereinkamen, die an der Tür und am Ofen stehen blieben, und Iwan Nikititsch jedem einen Krug Bier reichte. Palaschka Mironowa stand mitten in der Stube und zupfte ungeduldig an ihrem neumodischen Rock, Brautführer Mikulinchen wartete konzentriert auf den richtigen Augenblick, Mädchen und Frauen bildeten einen Kreis. Langsam und zärtlich begann die Harmonika . . .

11

Pawel erwachte schon lange vor dem Morgengrauen von seiner großen Freude, die stärker war als sein tiefer Schlaf und ihn im Nu vertrieb. Es war der dritte Tag nach der Hochzeit. Unten hantierte Axinja, bemüht, die jungen Leute nicht zu wecken, sie buk Plinsen und knetete Roggenbrotkrumen für Fladen. Das Licht von der Lampe und dem angeheizten Ofen schimmerte durch die Treppenluke nach oben und flimmerte an der Balkendecke. Vera atmete ruhig und tief an seiner Schulter. Pawel wollte aufstehen, ohne seine Frau zu wecken, und kroch, seinen Bewegungshunger unterdrückend, leise unter der Bettdecke hervor. Aber alle Vorsicht war umsonst; Vera wachte auf und streckte die Hand nach ihm aus wie ein Kind.

»Wohin gehst du, Pawluscha?«

»Wir haben uns verabredet, ins Heu zu fahren.« Pawel setzte sich auf die Bettkante.

»Warte . . .« Sie schmiegte sich mit ihrer großen warmen Brust an seine Hüfte. »Es ist noch dunkel, der Ofen ist gerade erst angeheizt. Ach, Pawluscha, nicht wahr, das ist kein Traum? Ich fühl mich wie im Paradies, kann immer noch nicht glauben, daß du bei mir bist. Du bist es doch?«

»Ja, ich bin's.« Pawel lächelte ins Dunkel und kroch wieder unter die Decke. »Und ich geh nie, nie mehr weg von dir . . .«

Die zaghafte blaue Dämmerung verweilte wie aus Mitleid mit den jungen Leuten noch in den Fenstern. In der unteren Katenhälfte krähte dann und wann unterm Ofen fröhlich ein kleiner Hahn, an der Zimmerdecke schimmerten Lichtreflexe.

Sie gingen nach unten, als Axinja den Großvater und Iwan Nikititsch schon mit Plinsen abgefüttert hatte. Serjoshka schlief noch. Iwan Nikititsch ging Karko anspannen, Großvater Nikita begab sich ins Freie, um nach den Hasenfallen zu sehen.

Axinja legte im Ofen nach, stellte in der Kochecke Schalen mit Reizkern, zerlassener Butter und geschmorten, mit Most übergossenen Preiselbeeren auf den gedeckten Tisch. Die jungen Leute wuschen sich am Waschbecken hinter dem Ofen mit kaltem Wasser.

»Nun kommt in Gottes Namen essen«, rief Axinja. »Jesses, wie die kleinen Kinder. Waren wir wirklich auch mal so?« Sie füllte mit dem Schöpflöffel Hafermehlteig für eine Plinse in die erhitzte Bratpfanne. Die Pfanne zischte auf, und schon war die Plinse halb gebacken. Axinja schob die Pfanne auf die golden lodernde Flamme, die Plinse blähte sich zu einer großen Blase und lag im gleichen Moment auf dem Tisch.

»Setz dich, Pawel, setz dich!« Axinja war schon mit der zweiten, der dritten Plinse zur Stelle, der Pfannenstiel blitzte, das Bratfett prasselte.

»Dem Ondrjuschonok hat seine Schwiegermutter auch mal einen Plinsenschmaus bereitet«, erzählte Axinja. »Sie hatte viel Teig angerührt, ihren größten Topf voll. Ondrjuschonok sitzt da und stopft, und sie bäckt und wartet, ob ihr Schwiegersöhnchen nicht bald genug hat. Na, denkt sie, eine back ich noch, dann wird er wohl aufstehen. Aber sie bäckt und bäckt und Ondrjuschonok steht einfach nicht auf, ißt und lobt dabei noch die Plinsen. Die Schwiegermutter gerät ganz aus dem Häuschen, der Plinsenteig geht zu Ende, sie kratzt schon das letzte zusammen, und er ißt und ißt.

Endlich schmeißt sie ihm die letzte Plinse vor, bißchen spärlich war sie schon, und sagt: ›Als hätt ich nicht gebacken!‹ Und er ißt sie auf und sagt: ›Als hätt ich nichts gegessen!‹ «

Pawel am Tisch lachte. Der Plinsenberg vor ihm wuchs schneller, als er essen konnte. Axinja wieselte flink zwischen Herd und Tisch hin und her.

»Na, mein Topf ist bißchen größer, iß und laß es dir schmecken.«

»War das nicht derselbe Ondrjuschonok, der die Mühle gebaut hat?« fragte Pawel.

»Ja, natürlich, der und kein anderer.«

»Warum hat er eigentlich nicht zu Ende gebaut?«

»Weiß der Himmel. Die Leute sagten, es wäre ein verwünschter Ort gewesen, wo er gebaut hat, ein Teufelsnest. Als alles soweit war, kriegten sie den Mahlstein nicht von der Stelle, und Schluß.«

Pawel schmunzelte. Er stellte den siedenden Samowar auf den Tisch. Die glückliche, aufgeblühte Vera stellte Tassen hin, brühte Tee und buk Plinsen für die Mutter. War es die Ofenhitze, die ihre Wangen rötete, oder war es erstes, ungetrübtes Frauenglück, Glück der Liebe und Geborgenheit?

Es war schon heller Tag, als Pawel in Schafpelz und in Filzstiefeln und mit einer Axt auf dem Schlitten gemeinsam mit Stepan Kljuschin zu den entfernten Rodungen fuhr, um Heu zu holen. Kljuschin fuhr vor ihm, Pawel kannte den Weg noch nicht.

An dem rosigen Vorfrühlingsmorgen stieg hier und da noch Schornsteinrauch aus dem Dorf in den durchsichtigen Himmel, aber in ganz Schibanicha roch es schon nach frisch gebackenem Brot. Das feste Geschirr saß dem Wallach gut und bequem wie der Patronengurt dem erfahrenen Soldaten, der Schlitten glitt leicht dahin und ließ zwei spiegelblanke Streifen hinter sich. Sie waren noch nicht an der Tenne vorbei, als noch ein Gefährt aus dem Dorf trabte. Am roten Krummholz erkannte Pawel sofort seinen Onkel Jewgraf. Mironow sang vor sich hin und schwenkte dabei die Zügel über dem Kopf. Seine Stute schnaubte dicht an Pawels Ohr. Jewgraf ließ sie im Schritt gehen, beruhigte sie und grüßte.

»Tag, Bruder Pawel, guten Tag, Stepan Petrowitsch!«

»Tag, Onkel, wieso hast du's verschlafen?«

»Ich? Bei mir altem Mann geht alles schön sachte

voran, aber für dich wär's eine unverzeihliche Sünde, nachts zu schlafen.«

Pawel zog unbemerkt an Jewgrafs Kummetriemen. Der Riemen lockerte sich, das Krummholz sank auf den Sattel, und das Pferd blieb stehen.

»Brrr, verdammter Mist!« fluchte Jewgraf. »Der Kummetriemen ist abgegangen.«

»Hast immer noch nicht Anspannen gelernt«, lachte Pawel. »Ach, Onkel, Onkel!«

»Angespannt hat die Frau, weißt du. Hat den Riemen schlecht angezogen, die dumme Kuh. Oder warst du das?« Jewgraf zog das Kummet übers Bein fest, wickelte den Riemen auf und zog das Ende dreimal durch. »Gut, das hält!«

Stepan Kljuschin ließ sein Pferd allein gehen und setzte sich mit zu Pawel auf den Schlitten. Alle drei rauchten. Der langnasige Stepan mit den buschigen Brauen und den verschieden großen Augen rauchte schweigend, Jewgraf erzählte vom gestrigen Spinnabend bei Palaschka. Selja, Ignati Sopronows jüngerer Bruder, war mit einem Buch zu den Mädchen gekommen.

»Ein dicker Wälzer, dicker als die Bibel, nennt sich Kapitalbuch«, erklärte Jewgraf. »›Legt die Spinnroggen hin, Mädchen‹, sagt er, ›wir machen jetzt Politschulung.‹ Da fragt die mickerige Tonja: ›Wo hast du denn das her, Selja?‹ – Wie da der Rotzjunge auf sie losfuhr: ›Seliwerst Pawlowitsch, nicht Selja!‹ sagt er, ›mich nennt man auch in Olchowiza beim Vatersnamen.‹«

»Hat er das wirklich gesagt?« Kljuschin mußte husten vor Lachen oder weil er sich beim Rauchen verschluckt hatte.

»Ja doch, genau so hat er gesagt, ich hab auf der Hängepritsche gelegen.«

»Und da hat er den Mädels aus dem Kapitalbuch vorgelesen?«

»Ja. Er liest und liest, und die Mädels können sich das Lachen kaum verbeißen. Auf einmal fängt Tonja an zu singen: ›Herzchen mit der Aktenmappe, bist ’ne tote Hose, hab mal reingefaßt in die Mappe, war bloß Quatsch mit Soße.‹ – Da war vielleicht was los, einfach schlimm. Ich hab von oben runtergerufen, sie sollen nicht so bockbeinig sein. Vielleicht steht was Richtiges drin, hab ich gesagt.«

»Seliwerst Pawlowitsch also.«

»So ist es.«

Der Wald lag in tiefem Vorfrühlingsschlaf. Der eingefahrene Winterweg wand sich zwischen kleinen Schluchten hindurch und schlängelte sich an niedrigen Kieferngehölzen vorbei. Stille herrschte. Nur hier und da klopfte ein Specht. Das Geschirrleder knarrte, manchmal schnaubte eins der Pferde.

Jewgraf beschrieb dem Neffen, wie er die Rogowschen Schober finden werde, und stieg auf seinen Schlitten um. Stepan Kljuschin war schon zu seinen Waldwiesen abgebogen.

Pawel fand die Heuschober rasch. Der Wallach ging auf dem wegelosen Gelände sicher durch den tiefen Schnee. Um einen Weg zu bahnen, fuhr Pawel auch mit seinem Schlitten zweimal um den Schober, der am weitesten vom Waldrand entfernt stand, warf dem Pferd Heu vor und schlug den Schnee vom Schober. Zärtlich dachte Pawel, bestimmt hat Vera den gesetzt. Er hob die Spitze mit der Gabel ab, und in der Waldesstille roch es auf der verschneiten Lichtung nach längst vergessenem Grün. Der geöffnete Schober schien Pferd und Mensch einen schönen Gruß vom vergangenen Sommer auszurichten.

Genußvoll hob Pawel mit der Gabel breite flache Batzen ab und warf sie in den Schlitten. Schon als sie tagelang Hochzeit feierten, hatte er sich nach einer ordentlichen, schweißtreibenden Arbeit gesehnt. In einer Stunde war die Fuhre fertig, durch ein Halteseil gesichert und mit der Heugabel glattgezupft. Pawel nahm das verstreute Heu auf, dann ging er in den Wald: Schwiegermutter hatte ihm aufgetragen, Kiefernreisig für einen Ofenbesen mitzubringen.

Er suchte ein geeignetes Bäumchen aus, sah sich aber um – und vergaß Axinjas Auftrag sofort. Ungefähr zweihundert Meter von ihm entfernt ragte eine uralte Kiefer auf. Pawel erstarrte, als fürchtete er, die grüne Erscheinung zu verscheuchen; er hatte noch nie eine so große Kiefer gesehen. Der Wind hatte auch die letzte Schneeflocke vom Baum gefegt, jeder seiner schweren Zweige lebte gleichsam für sich, unabhängig von den anderen, stolz auf seine Schönheit. Aber welche Gemeinsamkeit und Eintracht verband die breiten Wedel an den einzelnen dicken kupferroten Ästen, die vom drei Armspannen starken Stamm hingen!

»Uch, Matuschka!« stöhnte Pawel. »Hier also find ich dich, Gott führt mich her . . .«

Er wußte, das war sie. Viele Jahre lang hatte er nachts von dieser Kiefer geträumt: hatte sie wieder und wieder gesehen, mal im goldenen Junisonnenglast, mal in der blauen Aprilluft unter unberührtem blauem Schnee. Wie oft hatte er sie lange und mit süßem Weh im Traum gesucht, wie oft sie gefunden, sich dann aber verlaufen und sie verloren oder war aufgewacht. Immer hatte ihn nach solchen Träumen tagelang prickelnde Unruhe gequält.

Pawel suchte sich zu beruhigen und ging auf den Baum zu. Er trat den Schnee fest und maß die Stärke des Stamms mit seinem Gürtel, dann trat er zurück und schätzte die Höhe. Bis zum Wipfel waren es gut und gern sechzig Axtstiele, der mächtige Stamm ragte hoch in den Himmel.

Pawel kehrte völlig benommen zum Schober zurück. Der Wallach Karko malmte friedlich sein Heu, ringsum war tiefe Stille. Nur irgendwo weit hinten schneuzte sich Jewgraf, der gerade auf dem Weg gefahren kam, der Wallach malmte grünes Heu, in seinen großen Pferdeaugen spiegelten sich winzigklein und verschwommen der Mann und der Wald.

Ja – sie ist es, die Gute, dachte Pawel und hatte Angst, sich umzuschauen. Wenn es nun bloß ein Trugbild war? Er faßte Mut und sah zurück. Die Kiefer stand da wie zuvor und rührte keine Nadel, wie verzaubert.

Mit einem lauten kehligen Ruf, der wie Flußdampfertuten klang, sprang Pawel auf den Schlitten. Karko spannte sofort alle Muskeln und zog die hochbeladene Fuhre mit kräftigen, geschmeidigen Sprüngen leicht durch den tiefen Schnee auf den Weg. Auch Jewgraf und Kljuschin kamen schon von ihren Wiesen.

»Onkel, komm auf einen Sprung zu mir, wollen wir eine rauchen?«

Jewgraf ließ seine Stute hinter Kljuschins Schlitten gehen und stieg beim Neffen auf, der nicht imstande war, eine Zigarette zu drehen, zweimal verschüttete er den Tabak. »Was ist mit dir? Man merkt, du hast dich in der Nacht ganz verausgabt, die Hände zittern dir . . . Na, das kann ich verstehen, ich hab damals auch kein Auge zugemacht, genau wie du.«

Pawel kam schließlich mit seiner Zigarette zu Rande.

»Onkel, hör mal . . .«

»Ja?«

»Laß uns die Mühle bauen, ja?«

»Was denn, Junge, ich . . .«

Doch Pawel ließ ihn nicht ausreden.

»Die Kuppe auf Vaters Hang . . . Ganz nah am Wind . . . Eben hab ich 'ne Kiefer gesehen, einen besseren Ständer gibt's nicht dafür . . . Wär das nicht was, Onkel? Wir sind schon zwei, und Vater kriegen wir rum, ja?«

Pawel ballte die Fäuste, seine Zähne knirschten, sein Pelzhandschuh fiel in den Schnee.

»Brrr.« Jewgraf zog am Zügel. »Immer hübsch langsam, Junge.«

Mit der Gabel angelte er den Fäustling aus dem Schnee. Pawel wandte sich stumm ab. Jewgraf zog wortlos an seiner Zigarette, Karko ging in ausgreifendem Schritt.

»Wirst du's auch schaffen?« fragte Jewgraf leise, bereute seine Frage aber sofort.

»Aber ich ... Ich hab doch schon ...«

Pawel packte stotternd den Onkel an den Schultern. »Ach, wozu noch davon reden ...«

Er spuckte in den Schnee und wandte sich ab, Jewgraf aber riß sich plötzlich die von Sudejkin genähte Hundefellmütze vom Kopf und schlug damit auf den Handschuh.

»Pawel, gut! Ich bin dafür! Meine letzte Färse schlacht ich! Aber hüte dich, sag den Frauen noch nichts! Wenn die Klatschbasen zu schnattern anfangen, ist von Anfang an der Wurm drin ...«

»Onkel! Wir, wir ... Zwei Sommer, und wir haben's geschafft!« Pawel hieb seinem Onkel auf die Schultern wie ein Bär.

Halb träumend kam er zu Hause an. Während die Frauen das Heu unters Dach trugen, spannte er Karko aus und versorgte ihn, räumte das Geschirr weg. Nach dem Abendbrot gingen Vera und Axinja zum Spinnen zu Mironows, Jewgraf begab sich zu Rogows.

Iwan Nikititsch Rogow schlug bei Lampenlicht einen Reifen auf einen neuen Zuber. Jewgraf zwinkerte Pawel zu, er solle sich zurückziehen, und setzte sich zu Großvater Nikita.

Pawel stieg nach oben. Er wußte sich vor Ungeduld nicht zu lassen, rannte hin und her, warf sich bäuchlings aufs Bett. Sprang auf, setzte sich ans Fenster, legte sich wieder. Immerzu dachte er an seine Mühle. Würde Schwiegervater einverstanden sein, würde er sich von Jewgraf überreden lassen? Sie wußten noch nicht, was eine Windmühle bedeutete. Hast du viel Korn, kauf Schweine, hast du viel Geld, bau eine Mühle, sagt der Volksmund, aber was hatte Schwiegervater schon für Geld? Von Jewgraf war auch wenig Hilfe zu erwarten: Zur Hochzeit war er im Leinenhemd gekommen, nur das Vorhemd war aus Satin. Jeder hatte seine Familie, seine

Wirtschaft. Bald kam die Frühjahrsbestellung, mußte das Brachland gepflügt und Dung gefahren werden. Danach war die Heumahd nicht weit. Wer sollte das alles schaffen? Die Frauen allein würden mit der Feldarbeit nicht fertig werden. Aus Erfahrung wußte Pawel: Zog man einen Bau in die Länge, konnte man ihn abschreiben. Den Bauern würde die Lust vergehen, irgendeiner würde abspringen und seinen Anteil zurückziehen, und alle Arbeit und Sorge wäre für die Katz. Dann stünde keine Windmühle auf dem Feld, nur der Ständer würde einsam in den Himmel ragen, den Krähen zur Freude, dem Dorf zum Gespött ... Nein, was man auch sagen mochte, wenn schon bauen, dann in einem Jahr, höchstens in anderthalb. Die Nächte durcharbeiten, keine Besuche machen ... Solange das Korn halbwegs reichte, müßten die Bauern was vom Sommerfeld abzwacken und einen Teil des Ackers verpachten. Von manchem Stück Vieh würde man sich trennen müssen, Uhren verkaufen ...

Pawel beschlich ein Frösteln bei diesen Gedanken. Vielleicht ließ er besser davon ab, ehe es zu spät war. Leben wie alle. Und doch, wieviel Jahre hatte er gewartet, wieviel Gedanken sich schon um die neue Mühle gemacht. Sein seliger Großvater hatte drei Mühlen in seinem Leben gebaut. Die letzte, eine Stampfmühle, hatte zwar schon er, Pawel, gebaut, aber ganz nach Vaters Anweisungen. Hier hau ein bißchen ab, da schlag einen Keil rein. Er war mit vielem nicht einverstanden gewesen, hatte aber gehorchen müssen. Jetzt war er sein eigener Herr ... Er würde seine Mühle bauen, wie er sie brauchte, eine mit zwei Mahlgängen, mit Mahlsteinen und Stampftrögen. Mit sechs Flügeln und einem nicht zu großen, beweglichen Kasten, der sich leicht gegen den Wind drehen läßt, von einer Frau zu handhaben, damit auch beim leisesten, schwächsten Wind, der nur das Gras bewegt, gemahlen und gestampft werden kann ...

Pawel hielt es nicht länger aus und stieg hinunter. Onkel Jewgraf saß schweigend auf der Bank, die Ellbogen auf die Tischplatte gestützt. Iwan Nikititsch schlug, ebenfalls schweigend, den zweiten Reifen auf. Und Pawel begriff sofort. Vor Kummer goß er eine Kelle voll Pfefferminztee in sich hinein und stieg mit hängenden Schultern wie ein alter Mann wieder nach oben, drehte sich um und sagte: »Ach, ihr ...«

Großvater Nikita, der alles über seine Stahlbrille weg beobachtet hatte, legte auf einmal sein Buch weg.

»Wanja ... He, Wanja!«

Iwan Nikititsch antwortete nicht.

»Was seid ihr bloß für Männer?« rief Nikita mit dünner Stimme und schlug mit seiner knochigen Hand auf den Tisch. »Wenn ich euch so seh ... Als wärt ihr keine Männer, sondern Weiber. Ach, Pawel, hätt ich meine früheren Jahre wieder, ich würde ... Ihr seid mir Helden! Bärenhäuter! Kein Gottvertrauen habt ihr, kein Gottvertrauen!«

»Na, na, Vater!« lachte Iwan Nikititsch. »Wie forsch du auf einmal redest ...«

»Freilich! Stimmt doch, was der Junge euch sagt, zehn Werst weit fahren wir zum Mahlen! Die Bauern werden's euch danken!«

»Der Bauer denkt, Sopronow lenkt«, bemerkte Iwan Nikititsch. »Die Zeiten sind zu unsicher, verstehst du.«

»Hatten wir jemals sichere Zeiten?«

Eine Woche lang ging Jewgraf Tag für Tag zu Rogows. Gemeinsam mit Pawel versuchte er, Iwan Nikititsch zum Mühlenbau zu bewegen. Und Rogow gab allmählich nach. Einmal forschte er Pawel lange aus, wieviel Holz nötig sei, wie teuer die Mahlsteine kämen und was in der Schmiede angefertigt werden müsse. Pawel, der spürte, daß sein Schwiegervater ihm entgegenkam, zwang sich, ruhig zu sprechen.

»Holz brauchen wir nicht allzuviel, Vater, überleg selbst, der Kasten, der Ständer, die Fundamentbalken.

Na, und dann noch die Latten, Fußböden und Decken, Bretter fürs Dach und Windbretter für die Flügel. Die Mahlsteine können wir kaufen und auch Schmiede dingen, klar. Eisen brauchen wir überhaupt nicht viel, die Spindel für die Welle, den Zapfen fürs Triebrad, Beschläge für die Stampfer. Dann ist noch die Buchse im Bodenstein aus Eisen, alles andere ist aus Holz. Nägel brauchen wir auch keine außer zum Annageln der Windbretter.«

»Na, Pawel!« Iwan Nikititsch sah den Schwiegersohn fröhlich an. »Bringst uns alle noch an den Bettelstab, komm, wir gehen zu Kljuschin . . .«

»Vater . . . wir . . . wir . . .« Pawel sprang auf, umarmte den Schwiegervater stürmisch und tanzte um ihn herum.

»Und du, Opa, fang gleich an, Körbe zu flechten!« wandte sich Iwan Nikititsch an seinen Vater.

»Das läßt der Herrgott nicht zu!«

Großvater Nikita trat vor die Heiligenbilder und bekreuzigte sich flüchtig.

Die Männer gingen, um Kljuschin zu überreden, denn nur er konnte den dritten Anteil übernehmen. Kljuschin besaß ein Stück unberührten guten Wald. Sein Pferd war noch jung, hatte erst drei Frühjahrsbestellungen hinter sich, auch er selbst war stämmig und der knorrige Axtstiel seiner Hand vertraut.

Pawel lief rasch in die Vorratskammer, um nicht mit leeren Händen zu Stepan zu kommen. Jewgraf und Iwan Nikititsch langten bei Kljuschin an.

»Ganz geheuer ist mir ja nicht, du«, sagte Iwan Nikititsch, als er an den Türriegel faßte. »Unser Pawel ist hitzig, daß wir uns bloß nicht blamieren.«

Jewgraf säuberte sich mit dem Reisigbesen die Füße. Auch er war bedrückt und nahe daran aufzugeben, biß aber aus jungenhaftem Trotz die Zähne zusammen. Schweigend überschritt er die Schwelle, Iwan Nikititsch folgte ihm.

»Schönen guten Abend den Hausherren!«

»Tritt ein, Jewgraf Anfimowitsch, tritt ein, Iwan Nikititsch!«

Kljuschin steckte einen neuen Kienspan auf, er sparte mit Petroleum. In der Kate war es warm und rauchig, saubere Fußmatten dämpften die Schritte. Die alten Leute waren nicht da, sie waren bei Nachbarn. Kljuschins Frau Taïssja siebte in der Kochecke Mehl, man hörte sie mit der flachen Hand gegen das Sieb schlagen. In der Ecke schimmerten vergoldete Ikonen. An der kahlen Wand hingen unter dem Schwanzgefieder eines Birkhahns an einem Nagel ein Abreißkalender, ein Handtuch und ein dreieckiger Spiegel mit selbstangefertigtem gestrichenem Rahmen. Kljuschin legte die Reuse beiseite, an der er knüpfte, und griff nach dem Tabaksbeutel.

»Wie ist es, Männer, wart ihr mal am See?«

»Klar, waren wir.« Jewgraf winkte ab und deutete augenzwinkernd mit einer Kopfbewegung auf die Trennwand.

Kljuschin begriff. »Taïssja! Geh doch mal zu Nowoshilows rüber, du sollst Natalja beim Anscheren helfen.«

»Was du bloß faselst!« Taïssja kam aus der Kochecke. »Wer wird schon abends bei Kienspanlicht anscheren?«

»Egal, geh nur . . .«

»Was ihr nur für Geheimnisse habt . . .«, knurrte die Frau, zog sich aber die Jacke über.

In der Tür stieß sie beinah mit Pawel zusammen.

»Aha, noch einer. Was habt ihr vor? Wollt ihr auch eine Kommune gründen?«

Sie ging, und Pawel stellte die Flasche auf den Tisch.

»So, Stepan Petrowitsch! Es liegt an dir. Tu du, was du willst, wir können nicht mehr zurück . . .«

»Nicht mehr zurück . . .«, wiederholte Jewgraf unsicher.

»Hast du begriffen, worum es geht?« fragte Iwan Nikititsch.

»Ja, ich glaube. Pawel, du bist wohl auf den Teufelsbaum gestoßen? Junge, sieh dich vor . . . Schon als wir

Heu holen fuhren, hab ich die ganze Zeit gedacht, jetzt kriegt unser Pawel das Baumungetüm zu sehn.«

»Wieso Teufelsbaum?«

»Laß dir's von Jewgraf erzählen, der kann das am besten.«

»Das war so«, begann Jewgraf, »schon mein Großvater hat erzählt, wie sein Großvater Onissim den Baum fällen wollte. Er brauchte dicke Balken für den Bau, und wie er in den Wald ging, taten ihm auf einmal alle Knochen weh ... Wie nach 'nem großen Besäufnis, dabei nahm der Alte außer Kwaß nie einen Tropfen in den Mund.«

»Und was war weiter?«

»Hör zu, hör zu, er wird dir schon was vorflunkern«, spöttelte Kljuschin.

»Was weiter war? Daß er an den Bach kam, in den Gürtel griff, und die Axt war weg. Er hatte sie zu Hause gelassen. Na, denkt er, so durcheinander war ich noch nie, daß ich ohne Axt in den Wald gegangen bin. Er holte die Axt von zu Hause und fand auch den Baum. Kaute Harz, spuckte in die Hände. Er war ein kräftiger Kerl, Schultern wie ein Ofen, Beine wie Balken. Er holte aus und schlug zu, daß die Funken stoben. Der Axtstiel brach in zwei Hälften, die Axt flog klirrend sonstwohin. Dabei konnte der Äxte bauen wie kein zweiter.«

»Hm.«

»Da staunst du. Das war *er*, *er* hat den Baum beschützt.«

»Geschwätz«, Pawel winkte ab. »Wo steht bei dir das ... das Geschirr, Petrowitsch?«

Nach dem ersten Becher ächzten die Männer und schwiegen sich aus, nach dem zweiten fingen sie an zu reden, nach dem dritten waren sie sich einig. Kljuschin brauchte man nicht lange zuzureden.

»Na, Pawel, dann sieh mal zu ... Alle Hoffnung ruht jetzt auf dir, laß uns nicht im Stich, betteln zu gehen, käme uns auf unsere alten Tage nicht mehr so recht zupaß.«

»Tja ... so ist das nun mal ... Riskant ist die Sache schon.«

»Was kommen soll, kommt so und so. Also denn man los ...«

»In Gottes Namen ...«

Sie beschlossen, sofort das ganze Dorf zur Mithilfe an diesem für Schibanicha einmaligen Vorhaben aufzurufen.

Pawel und sein Schwiegervater kamen erst nach Mitternacht heim. Iwan Nikititsch stieg auf die Hängepritsche, Pawel durch die Luke in den oberen Raum. Er tastete sich zum Bett und setzte sich auf den Bettrand. Vera wurde wach; zärtlich flüsterte sie ihm zu, was sie gerade geträumt hatte: »Ach, Paschenka, ich geh drüben am anderen Ufer, und das Gras wächst und wächst, ich kann's richtig mit ansehn. Da ist mir, als ob du mir von unserer Seite aus zuwinkst, ich suche, renne, und du winkst ... Ob's zum Guten war? Ich hab dich lieb gehabt, so lieb gehabt und mich nach dir gesehnt ... Und dabei war mir so bang ums Herz, so als ob ich Unheil ahnte.«

»Ach du, was du bloß hast.« Pawel umarmte seine Vera, deckte sie mit der molligen Decke zu. »Was für Unheil? Jetzt hör mir mal zu. Kennst du den großen Baum bei euren Rodungen? So ein hoher, unheimlich dicker ...«

»Ich fürcht mich vor ihm ...«

»Also hör zu, wir haben vor, eine Mühle zu bauen. Es weiß weiter noch keiner, ich sag's nur dir, steh mir bei, laß mich nicht allein. Ich werd dich dafür auf Händen tragen, nie sollst du ein böses Wort von mir hören ...«

Vera schrie leise auf vor Schreck und schlang den Arm um den kräftigen Hals ihres Mannes. Gegen Morgen hatte sie Pawels Hemd naßgeweint, kein Auge tat sie zu, bis Axinja aufstand und zum Anheizen Kienspäne spaltete.

Auch Iwan Nikititsch konnte die ganze Nacht nicht schlafen, dauernd knarrte unter ihm die Pritsche, raschelten Zwiebelschalen.

12

Von der Hochzeit war noch ein halbes Pud Roggenmalz übrig; für den Dorfeinsatz wurden zwei Bottiche gutes Bier gebraut. Iwan Nikititsch kaufte zehn Flaschen Wein, Axinja buk Piroggen. Ein Fäßchen Hafermehlbrei wurde gekocht und Hafergrütze in Schmalz geröstet.

Die Dorfhilfe war für den nächsten Sonntag angesetzt. Zwei Tage vorher ging Pawel im ganzen Dorf von Haus zu Haus, niemand schloß sich aus. Bei Jewgraf sollten die Helfer bewirtet werden. Lange vor dem Morgengrauen versammelten sich die Männer, um die Äxte zu schärfen. Jewgraf kratzte mit der Feile über die Schrotsägenzähne, Großvater Nikita, der eine kurze Pelzjacke mit schmalem Gürtel trug, flocht Deichselschlingen auf Vorrat. Iwan Nikititsch saß an der Schleifbank und schliff die Axt seines Schwiegersohns. Pawel drehte den Schleifstein pausenlos, Palaschka mußte mit einem Löffel Wasser darübergießen. Bis die Zeremonie der Weiber begann, schärften die Männer Äxte, Sägen, Meißel, Stemmeisen, Schälmesser und Spaten.

Inzwischen fanden sich die Helfer ein, manche mit Schlitten, andere nur mit Axt. Sogar Stülpnase kam, Bastschuhe an den Füßen und einen Brotsack auf der Schulter.

»Na, jetzt wird's wohl was werden«, sagte Käfer mit seiner weinerlichen Stimme und band sein Pferd an einen fremden Schlitten. »Alexej, he, Alexej!«

»Ha? Ich hör schlecht.«

»Was hast du da im Beutel, Wein?«

»Heute allein? Bin ich immer.«

»Wenn's so ist, setz dich mit auf meinen Schlitten.«

»Sewerjan Kusmitsch, zum Appetitmachen vorm Essen wolln wir's Rauchen nicht vergessen, so 'n Glimmstengel fühlt sich warm an, regt den Darm an!« Akindin Sudejkin hielt Käfer seinen Tabakbeutel hin.

Geschenkten Tabak schlug Käfer nie aus. Er drehte sich eine Zigarette, zog daran und warf sie im selben Augenblick fluchend in den Schnee. Akindin hatte ihn mit etwas angeführt, das nur wie Tabak aussah; zufrieden begrüßte er nun Sawwatej Klimow.

»Sawwa, mein Bester, wie hast du geschlafen?«

»Schlecht, Mann, beschissen!«

»Hast dich wohl mit deiner Alten zerstritten?«

»Nu! Na ja, bin, scheint's, selber schuld, werd eben alt!«

»Hör zu. Wenn es das ist, mußt du ein Mäuschen drunterbinden.«

Die Frauen, die im Dunkeln danebenstanden, spuckten aus, was Akindin jedoch nicht hinderte, Sawwa Klimow weitere nützliche Ratschläge zu geben.

Bald darauf kamen Mikulinchen, Iwan Netschajew und Wolodja Syrin mit ihren Schlitten. Als letzter fand sich Vater Nikolai ein, allerdings ohne Axt.

»Warum bringst du deine Stute denn nicht mit, Väterchen?« fragte Sawwatej. »Sie wird doch nicht trächtig sein?«

Pope Rotfuchs überhörte Klimows bissige Bemerkung: Alle wußten, wie klapperdürr seine Stute war. Er bat Jewgraf um eine Axt und Fausthandschuhe und setzte sich, um Sawwatej zu strafen, zu ihm auf den Schlitten.

»Zu mir?« fragte Sawwatej sanft.

»Zu dir.« Der Schlitten knarrte unter Vater Nikolais Gewicht. Sawwatej seufzte, er nahm es als Gottesstrafe.

Es wurde Tag. Leichter Frost herrschte, es war windstill und trocken, einzelne kleine Sterne funkelten über Schibanicha. Pawel ließ den Schwiegervater und Jewgraf vorfahren und zählte die Helfer und Gespanne. Zwanzig waren zusammengekommen, die Hälfte davon hatte Handschlitten mit. Beinahe jedes Haus war vertreten. Pawel ließ das letzte Gespann vorbei und ging zu Fuß hinterher, er wollte allein sein. Erst jetzt wurde ihm so recht bewußt, worauf er sich eigentlich eingelassen hatte, welche Sorgen er Schwiegervater, Onkel Jewgraf und Kljuschin aufbürdete. Sie vertrauten ihm, aber wie würde die Sache ausgehen? Vor Erregung legte er einen Schritt zu, fühlte dann, wie eine unerklärliche, verwegene Freude in ihm aufwallte, da rannte er los. Er holte Iwan Netschajews Schlitten ein und sprang auf. Eine Weile fuhren sie schweigend.

»Wanja, kennst du das Lied, wie geht es noch? Das vom Baikal, dem heiligen Meer. Oder ›In Moskau wogten Feuersbrünste‹?«

»Ich kenne beide.« Netschajew zog dem Wallach eins mit der Peitsche über.

Wie nebenbei fing er an zu singen, leise zunächst. Pawel wartete eine Weile, dann fiel er ein, auch wie von ungefähr. Beiden gab der Gesang das Gefühl kameradschaftlicher Verbundenheit.

In Moskau wogten Feuersbrünste,
Rauch zog in Schwaden übers Land.
Entfernt an einer Kremlmauer
Im grauen Rock der Kaiser stand.
Was trieb mich, Rußland, hin zu dir . . .

Die Pferde schnaubten, unter ihren Hufen knirschte der Schnee. In der Mitte des Schlittenzugs kreischte Palaschka Mironowa auf.

»Weißt du schon, Pawel, ich hab einen Jungen gekriegt, Pjotr heißt er«, sagte Netschajew. »Na ja, natürlich nicht ich, meine Frau.«

Pawel nickte, drückte Netschajew fest die Schulter.

Es war ganz hell geworden, als sie auf einer steil ansteigenden Anhöhe haltmachten. Kljuschins Waldstück reichte weit, bis an den Blauen Bach. Im Umkreis von einer halben Werst waren alle Bäume gleich alt, man sah keinen Anwuchs. Das verschneite Reich der Fichten schlummerte, die Stämme warfen bläuliche Schatten, die sich in der Waldestiefe auflösten. Die Sonne verlor nun ihre Röte, drang hier und da von weither durchs Geäst, alles war still. Der Wald schien den Atem anzuhalten, um den Geräuschen von Menschen und Pferden zu lauschen. Überall löste man die Deichseltraggurte und legte den Pferden Felldecken über. Ohne daß es einer Absprache bedurfte, folgten alle Iwan Nikititsch, der im Gehen die Axt aus dem Gürtel zog.

Jewgraf hielt es nicht länger aus, er trat auf dem Hügel den Schnee fest und zündete ein Feuerchen an. Der harzige Rauchgeruch machte die Anhöhe gleich heimatlich vertraut. Man teilte sich paarweise auf und ging in den Wald, immer zwei mit einer Säge; auf dem Hügel blieben nur Kescha, Jewgraf und Vater Nikolai.

»Na, was ist, Nikolai Iwanowitsch?« Kescha sah den Popen von unten herauf an.

Nikolai Iwanowitsch sah Kescha von oben herab an.

»Wahrlich, ich sage dir, ich arbeite allein!«

»Gut, deine Sache.« Kescha steckte sich eine Zigarette an.

Pawel wechselte einen Blick mit Jewgraf. Vater Nikolai zog den Pelzmantel aus und steckte die Schöße des Leibrocks in den Gürtel. Er ging zu einer Tanne mit einem Stamm, glatt wie ein Stiefelschaft, trat den Schnee ringsum fest und holte aus. Die Axt drang scharf und leicht ins Holz. Kescha kicherte. Er hätte gern noch ein Weilchen dagehockt und geraucht, aber das ging gegen sein Gewissen, und so schlenderte er in die Richtung, aus der man die Frauen und Mädchen hörte.

Die ersten Bäume stürzten krachend auf den Waldboden, überall ertönten Axtschläge. Pawel hatte plötzlich ein kaltes Gefühl im Magen, seine Handflächen schwitzten.

»Müssen wir ringsherum freischippen?« fragte Jewgraf.

»Ja, Onkel . . .«

Der Schnee war von Schlittenkufen zerwühlt, hinter dem Waldrand ging er den Pferden bis an den Bauch. Karkos Rücken dampfte, als sie die Heuwiese erreichten.

Sie ließen den Wallach an einem großen Schober stehen und nahmen Axt und Säge.

»Junge, Junge, ist das eine Lichtung«, sagte Jewgraf, aber Pawel ging nicht darauf ein, sah sich nicht um. Hoch hinauf ragte das Kieferngeäst. Jeder größere Ast hatte die Stärke eines mittleren Baumstamms.

»Schlag einen Stamm zum Abstützen!« befahl Pawel seinem Onkel, und Jewgraf gehorchte und ging. Pawel schippte um die Kiefer den Schnee weg. Ohne eine Pause einzulegen, fällten sie etwa ein halbes Dutzend schlanke Stämme, die als Hebel dienen sollten, dann schlugen sie das Eis von der Kiefer.

»Na, Onkel?«

»Dann mal los. Wer A sagt, muß auch B sagen.«

Pawel faßte die Axt fester, trat zwei, drei Schritte zurück. Schnellte nach vorn. Der kräftige Schlag fand in dem mächtigen Baum keinerlei Widerhall, keine Nadel bewegte sich in der gewaltigen, wolkengleichen Krone. Pawel hieb eine Kerbe und nahm die Säge.

»Dann mit Gott!« Jewgraf suchte mit dem Fuß festeren Halt.

Sie begannen ohne Hast, sägten pausenlos, ungefähr eine Viertelstunde lang, bis das Sägeblatt ganz im Stamm verschwunden war, dann klemmte die Säge. Mit kräftigen, kurzen Rucken schafften sie ein Viertel des Durchmessers, dann zogen sie die Säge heraus und griffen wortlos nach den Äxten. Sie hieben von zwei Seiten. Pawel ließ die Axt mit kräftigen Schlägen ins weiße Fleisch des Stammes sausen; mit dem zweiten, unter anderem Winkel angesetzten Hieb schlug er einen Span heraus. Ihm gegenüber arbeitete Jewgraf, mit dem Neffen im Takt, wie beim Dreschen.

Die Riesenkiefer stand unerschüttert in majestätischer Ruhe, die Axtschläge fanden immer noch keinen Widerhall in ihrem gewaltigen Stamm. Jewgraf hielt als erster inne und warf seine Fausthandschuhe in den Schnee.

»Halt, Pawel, sachte! Laß mich mal verschnaufen . . .«

Ungefähr zwei Minuten lang standen sie und ruhten aus, ohne ein Wort zu sprechen, dann griffen sie in stillschweigendem Einverständnis wieder nach den Äxten. Pawel atmete bei jedem Schlag hörbar aus, Jewgraf ächzte. Schon war ringsum alles gelb von frischen Spänen. Sie klebten an den Stiefelsohlen, weil perlengroße Harztröpfchen aus ihnen quollen.

Karko, der sich am Heuschober sattgefressen hatte, sah den Männern von weitem bei der Arbeit zu. Verwundert, daß er so lange nicht gebraucht wurde, spitzte er die Ohren und scharrte ungeduldig mit den Hufen. Die Männer hackten und hackten . . .

Über ihnen wölbte sich ein hoher, hellblauer Vorfrühlingshimmel. Von blendender Sonne übergossen, schien Rogows verschneite Waldwiese von tief innen heraus zu leuchten. Ihr Weiß, das etwas dunklere Hasenfährten durchzogen, ging im Schatten des Waldrands in kaum wahrnehmbares Blau über, in Himmelsblau gleichsam, das auch von innen heraus zu leuchten schien. Der Wald hinter der Rodung teilte die Lichtflut in zwei Räume: blendende Schneehelle und sanftes Himmelsleuchten. Fern im Rauch der Wälder ragten dunkelgrüne Tannenspitzen, drängten das verschwommene Grün eines dünnstämmigen Espenhains beiseite. Luftiges Birkenhaar wehte zitternd wie ein Fliederhauch über kerzengeraden rötlichweißen Stämmen; goldbraune Kieferkronen flimmerten und funkelten in der Sonne. Von zartem Nadelgrün umhüllt, standen die Kiefern reglos, doch lebten sie intensiver und reicher als die anderen Bäume, in ihrem Schweigen lag verborgener Adel. Jedes Nadelpaar, klar als ein besonderes zu unterscheiden, lebte und trank Sonne und Himmelsblau, ohne die anderen zu stören. Zugleich aber war jedes auch Teil eines Ganzen, sie alle umstanden einträchtig ein dünnes Kiefernzweiglein, und jedes Zweiglein hatte seinen Platz an seinem Büschel. Auch jedes Büschel lebte für sich und zugleich mit den anderen: friedlich bildeten sie miteinander größere

Zweige. Diese verwandelten sich unmerklich in mächtiges knorriges bronzefarbenes Geäst und bildeten die Krone, mit der sie eins und unteilbar waren.

An keiner Kiefer gab es einen Zweig zuviel, sie alle taten, einander ergänzend, das ihre für den Fortbestand der Waldfamilie.

Die Riesenkiefer bewegte noch keine einzige Nadel, als ergäbe sie sich ihrem Sterben. Sie überragte die übrigen Bäume wie zuvor, obwohl sie schon fast gefällt war. Nur ein Achtel oder Zehntel des Stamms verband sie noch mit ihren ungezählten, weit in die Erde reichenden Wurzeln. Aber sie wußte noch nichts von ihrem Sterben und ergab sich ihm selbstvergessen und rückhaltlos. Von zwei Seiten gestützt, ragte sie noch in den Himmel, als unter den letzten Axtschlägen für den ganzen Wald unerwartet die uferlose Stille zusammenbrach. Scheinbar war nichts geschehen. Noch funkelte gleißendhell der Schnee, leuchtete die pelzige Sonne im Blau. Plötzlich – geschah es durch ein fernes Signal oder einen kalten Gedanken von weither – erbebte die Krone unmerklich, gleichsam beklommen. Aus der Unruhe entstand eine kaum wahrnehmbare Luftbewegung, so als atme jemand schwer und heftig oder schwinge teuflische Flügel. Vielleicht hatte eine der Millionen Nadeln sich bewegt und eine andere mit in Bewegung versetzt, wodurch ein winziges Zweiglein aus dem Gleichgewicht kam, mit ihm ein ganzer Zweig, und nun durchschauerte den Riesen unaufhaltsam etwas wie ein Frösteln. Nach einem Moment der Erstarrung drehte die Kiefer sich plötzlich laut knarrend um die eigene Achse. Sie neigte sich zur Seite und begann dann, sich gleichsam aus der Erde schraubend, langsam zuerst, dann mit immer größerer Geschwindigkeit zu stürzen und schlug plötzlich schwer und krachend unten auf. Das Krachen und ein unmittelbar einsetzendes Dröhnen pflanzten sich fort und verebbten erst spät in den Wipfeln; über der Lichtung wallte eine Schneewolke auf, die sich sacht wieder herabsenkte.

Nun lag die Kiefer groß und tot im Schnee. Karko, der ein paar erschrockene Sätze gemacht hatte, blieb mit zukkenden Flanken ängstlich wiehernd stehen. Die Männer standen wie gebannt. Erstaunt und wohl auch entsetzt über ihre Tat starrten sie auf das gefällte Waldwunder. Auf der Lichtung war es nun dunkler und enger, im blauen Himmel aber herrschte gähnende Leere. Noch lange knackten Äste, als lebten sie noch, unter der Last des toten Baums.

13

Der Mühlenständer mußte mit einem Zweigespann ins Dorf geholt werden, was Pawel an einem der nächsten Tage zu tun gedachte. Er und Jewgraf fuhren von der Lichtung auf den Weg, um zu den anderen zu stoßen. Als sie zu Kljuschins Hügel einbogen, hielt Pawel Karko an.

»Brrr! Onkel, was ist denn das? An der Espe?«

An einer dicken Espe am Weg leuchtete ein großer weißer Fleck: Jemand hatte den Baum mit einem Beilhieb markiert und mit Kopierstift etwas angeschrieben.

»Warte mal . . .« Jewgraf stieg vom Schlitten. Die Schrift war gut zu lesen. Jewgrafs Bart hüpfte, während er buchstabierte:

»Dem Popen, dem Rotfuchs
Quillt das Fett aus der Bux.

Ein Teufel, der Sudejkin! Das war er und sonst keiner!« Jewgraf lachte und bat den Neffen weiterzulesen.

Pawel las laut Sudejkins gesamte Dichtung vor:

»Kescha hat dagegen wenig,
Denn er lebt nicht wie ein König.«

»Genau so ist es«, bemerkte Jewgraf.

»Käferchen, ihr könnts euch denken,
Läßt sich gerne Tabak schenken.«

»Gut, prima!«

»Netschajews Iwan, unser Wanja,
Ist ein Tausendsassa, der geht ran, ja!«

»Paßt auch wie die Faust aufs Auge!«

»Stepan Kljuschin, wie ihr wißt,
Schwarz wie ein Zigeuner ist.«

»Wie er das bloß macht! Jeder hat sein Fett gekriegt, das ganze Dorf!«

»Unser Mironow, der Jewgraf,
Tut recht vornehm, wie ein Graf.«

»Der Affe, so ein Schwätzer!« schimpfte Jewgraf. »Komm weiter!«

»Warte, Onkel! Laß mich zu Ende lesen!« lachte Pawel.

Aber Jewgraf zog schon die Axt aus dem Riemen. Rasch hieb er Akindin Sudejkins Geschreibsel ab und trat die Späne in den Schnee.

»Gib mal einen Stift ...«

Pawel reichte dem Onkel einen Kopierstift. Jewgraf spitzte ihn mit der Axt an, überlegte und kritzelte auf das frisch behauene Espenholz mit krakeligen Buchstaben:

In unserm Dorf wohnt ein Poet
Macht Verse, wo er geht und steht.

Jewgraf räusperte sich, trat von einem Fuß auf den anderen und schrieb weiter:

Zu jedem fällt ihm etwas ein,
Wer mag wohl dieser Schlaukopf sein?

»So! Ist das was?«

»Herrlich!« lachte Pawel. »Na, das haut Akindin um. Mannomann, das haut ihn um!«

Karko, dem langweilig wurde, sah sich um. Der Blick des Tieres machte Neffen und Onkel verlegen, eilig bestiegen sie den Schlitten.

Auf dem Hügel stand bereits eine aus Baumstämmen zurechtgezimmerte Schutzhütte, in der man im Frühjahr und Sommer übernachten konnte. Iwan Nikititsch und Kljuschin hatten sie im Rohbau fertig und gingen nun beide in den Wald, um den anderen bei der Arbeit zu helfen. Überall ertönten Axthiebe. Andauernd stürzten Bäume, mal hier, mal dort, manchmal schrien die Frauen dabei auf. Ein Pferd wieherte, es kam schon zur zweiten Fuhre aus dem Dorf zurück. Der Schnee auf dem Hügel war von Stiefeln und Hufen zerstampft und von Schlittenkufen festgefahren, er war schwarz von Ästen und Nadeln. Jewgraf, der ohne Pferd gekommen war, wollte mit Pawels Karko zur Arbeitsverteilung fahren, aber Iwan Nikititsch trat zu ihm und setzte sich müde auf seinen Schlitten.

»Habt ihr sie umgelegt?«

»Sie ist gefällt ... Zum Abfahren brauchen wir zwei Pferde, wenn nicht drei. Und möglichst stabile Schlitten. Wie sieht's aus, werden wir heute drei Fuhren schaffen?« fragte Pawel.

»Nein, das ist nicht zu schaffen!« Iwan Nikititsch stand auf, um wieder an die Arbeit zu gehen. »Ladet euern Schlitten voll und fahrt los. Was machen die Frauen?«

»Die Frauen kommen ohne uns zurecht«, bemerkte Jewgraf. »Bei denen läuft alles wie geschmiert.«

Pawel bestand jedoch darauf, daß Jewgraf nach Hause fuhr und den Frauen half. Palaschka hatte bereits eine Fuhre Knüppelholz gefahren und kam zur Verteilerstelle zurück.

»Palaschka!« rief ihr Sawwatej Klimow zu, der sie schon unterwegs eingeholt hatte. »Du könntest bei mir aufsteigen, ich kann auch stempeln!«

»Oi, Opa, bleib mir vom Leibe!«

Sawwatej spielte auf Mikulinchen an, der bei Palaschka mit im Schlitten saß.

Pawel half Jewgraf, eine langstämmige Tanne aufzuladen, dann trieb Jewgraf den Wallach an. Aber Karko gehorchte der fremden Stimme nicht und rührte sich nicht vom Fleck. Pawel mußte ihn selbst antreiben. Der Wallach zog an und schleppte die Fuhre zügig und ohne zu rucken zum Weg. Jewgraf lief nebenher, den Wallach anzuhalten, hätte keinen Sinn gehabt. In gekonnter, kraftsparender Fahrweise schwenkte Karko auf den Weg ein. Jewgraf sprang auf.

»Gott mit dir, Jewgraf!« rief ihm Sudejkin zu, der in den Wald zurückfuhr.

»Gott mit dir, Akindin!«

Sie fuhren aneinander vorbei, als wäre nichts gewesen, aber jeder dachte sich sein Teil und lachte sich ins Fäustchen. Als Jewgraf jedoch an die Espe kam, bekam er den Husten: Seine Krakel waren schon wieder abgehauen, etwas Neues stand angeschrieben. Er ließ die Fuhre weiterfahren, in der Hoffnung, den Wallach schnell wieder einzuholen. Er las:

Jewgrascha Mironow, deine Faxen,
Sind nicht auf unserm Mist gewachsen.

»Brrr!« Jewgraf las nicht zu Ende, sondern rannte der Fuhre nach. Seine Axt steckte in der Tanne. »Brrr, verdammtes Biest!«

Die Fuhre hielt. Karko war noch nicht weit gekommen, Jewgraf zog die Axt aus dem Baum und lief zur Espe zurück. Er sah sich um und hieb rasch die Schrift weg. Den Stift hatte er noch in der Tasche, er hatte ihn Pawel nicht zurückgegeben. Jewgraf kratzte sich den Bart und überlegte.

Was dir fehlt, Sudejkin Akindin,

kritzelte er, hielt inne und überlegte. Dann schrieb er:

Ist Petroleum in den Hintern.

Das genügte ihm nicht; er überlegte, wie es weitergehen könne:

Einen Stöpsel rein sodann
Und ein Streichholz ran.

Jewgraf war zufrieden. Das hatte er sich gar nicht zugetraut, vor lauter Übermut dichtete er noch dazu:

Damit's schön brennt und glimmt.
Das wird ein Spaß bestimmt!

Wohlgefällig betrachtete er sein Werk und schob den Stift in die Tasche. Seine Hand stieß auf zwei kurze Nägel. Sie waren zufällig noch in seiner Hosentasche: Er hatte vor kurzem die Futterkrippe im Kuhstall repariert. Jewgraf nahm einen Nagel und schlug ihn mitten in seine Verse ins Holz. So, daran kann Sudejkin sich die Zähne ausbeißen, dachte er und sah sich nach dem Wallach um. Der war nicht zu sehen. Jewgraf rannte los, um ihn einzuholen, er rannte sich in Schweiß, holte aber die Fuhre nicht mehr ein. Karko stand seelenruhig vor Rogows Tenne.

Am Fuß des Hangs war tagsüber eine Menge Holz abgeladen worden. Jewgraf Mironow wendete die Fuhre, kippte den Stamm herunter und fuhr ins Dorf. Es wurde Abend, die Helfer mußten bald bewirtet werden.

Die Frauen hatten längst alles vorbereitet, auf jedem Tisch lagen zwei Brote, daneben Knoblauch und Salz. Palaschka hatte im Dorf Löffel gesammelt. Jewgraf stellte Weinflaschen auf die Tische. Sie zündeten zwei Lampen an, aber die Gäste blieben aus. Viele waren noch im Wald, auch wollte keiner zeitiger als die anderen kommen. Als erster erschien Vater Nikolai und rief, daß es durch die Kate dröhnte: »He, Jewgraf Anfimowitsch, weise einem Darbenden nicht die Tür, ich hab einen Mordshunger!«

Er griff sich einen dicken Kanten Brot und biß herzhaft hinein.

»Väterchen, warte!« lachte Palaschka. »Bald gibt's was, dann hast du keinen Appetit mehr!«

»Ist doch bloß ein erster Magentrost, Mädel.«

Plötzlich stöhnte der Pope auf. Er versuchte aufzustehen, bekam aber das Kreuz nicht gerade, setzte sich wieder und legte sich stöhnend auf die Bank.

Marja kam gelaufen. »Was ist, Väterchen, hast du dich etwa verhoben? Das ist aber gar nicht gut.«

»Gar nicht gut, nein . . .«, stöhnte der Pope auf der Bank. Palaschka lief die alte Tanja holen, die sich am besten aufs Einrenken verstand. Inzwischen sammelten sich die Gäste in der Kate, sie hatten ihre Pferde ausgespannt und wuschen sich nun am Waschbecken die Hände.

»So ist das, Nikolai Iwanowitsch«, belehrte Sewerjan Bruskow den Popen mit seiner weinerlichen Stimme. »So 'ne Axt ist dir nämlich kein Weihwasserwedel . . .«

»Schweig, Käfer! So schweig doch, du Pharao . . .«

»Ich? Was denn, natürlich, bitte.« Käfer ließ sich bedächtig am Kopfende nieder.

Jewgraf goß dem Popen ein Glas Wodka ein.

»Da, Ehrwürden, vielleicht lindert das ein bißchen.«

Vater Nikolai wollte sich aufrichten, sank aber stöhnend auf die Bank zurück. Man schob ihm einen Seelenwärmer unter den Nacken, Käfer wollte ihm Jewgrafs neue Filzstiefel anziehen, aber sie paßten nicht.

»Mann, hast du Quanten«, staunte Käfer. »Um die bist du weiß Gott nicht zu beneiden. Wieviel Pfund Filz brauchst du, wenn du dir Filzschuhe walkst, Nikolai Iwanowitsch?«

»Sechs, du Satan, au, sechs . . .«

»Nanu, Nikolai Iwanowitsch, schnauzt du mich an? Ich zieh ihm was an die Füße, und er schnauzt. 's hat schon seinen Grund, daß die vom Dorfsowjet dir das Stimmrecht entzogen haben.«

»Ich flehe dich an: Geh endlich.«

Käfer zog sich friedfertig zurück. Daß er gerade jetzt an den Wahlrechtsentzug erinnerte, behagte auch anderen nicht, aber sie schwiegen. Das Haus füllte sich allmählich. Man gab Ratschläge, wie dem Popen zu helfen sei.

»Wenn's Sommer wär, das Kreuz mit Brennesseln einreiben, und alles wäre wie weggeblasen.«

»Ameisenöl ist auch gut.«

»Tanja, Tanja muß her.«

»Die kriegt das hin!«

»Nicht Tanja, sondern 'ne richtige Banja.«

»Die ganze Bank hält er besetzt, man kann nirgends sitzen.«

»Stülpnase hat doch so 'ne Arznei, vielleicht hilft die?«

Der Pope lag stöhnend auf der Bank, als Tanja getrippelt kam, ihm zu helfen. Sie machte sich sofort an die Arbeit. Man drehte Nikolai Iwanowitsch auf den Bauch und krempelte sein Hemd hoch. Tanja setzte sich schniefend zu ihm und flüsterte: »Herrgott, steh uns bei, erlöse uns, Heiland . . .«

Sie nahm am Kreuz des Popen ein Stück Haut in die Fingerspitzen, zog es ab, strich es glatt, zog es abermals ab, packte mit der anderen Hand fest zu und machte eine flinke kräftige Drehbewegung. Der Pope schrie auf, sein Kreuz knackte.

»Steh auf, Väterchen, in Gottes Namen!«

Nikolai Iwanowitsch glaubte noch nicht, daß er kuriert war, und blieb liegen.

»Nikolai Iwanowitsch, die Suppe wird kalt.«

Vater Nikolai rappelte sich erleichtert hoch, und alle lobten Tanja. Mittlerweile duftete es nach Kohlsuppe mit Fleisch. Jewgraf brachte einen Kasten Bier und öffnete ein paar Flaschen. Iwan Nikititsch stand auf, alles verstummte.

»Vielen Dank für die Arbeit, gute Leute, Gott schenk euch allen Gesundheit. Danke! Gebt uns die Ehre und nehmt Platz!« Er verneigte sich dreimal, um seiner Einladung Nachdruck zu verleihen; mit ihm verneigten sich Jewgraf, Marja und Axinja. Die Gäste bekreuzigten sich und nahmen ihre Plätze ein. Aus fünf Holzschüsseln – an jeder saßen sieben, acht Esser – duftete es verführerisch nach heißer Kohlsuppe.

Akindin Sudejkin setzte sich um, wobei er jemandem zublinzelte, und durch die leichte Verschiebung in der Sitzordnung geriet Tanja neben Stülpnase. Nicht alle bemerkten das gleich: Zu appetitlich war die Kohlsuppe, zu groß der Hunger. Marja und Axinja konnten gar nicht schnell genug nachfüllen. Die Löffel klapperten, die Esser ächzten. Beim letzten Nachfüllen schütteten die Frauen kleingeschnittenes Rindfleisch in die Schüsseln. Nach der Suppe gab es heiße Hafergrütze mit reichlich zerlassener Butter. Aber viele waren schon satt und legten die Löffel weg. In Käfers Umgebung aß nur er allein noch: Netschajew, Nowoshilow und Wolodja Syrin drehten sich schon Zigaretten. Käfer löffelte eifrig die Grütze aus und stippte den Rest säuberlich mit Brotbrokken auf. Dann reichte er die Schüssel dem Popen.

»Da, Väterchen, iß auf. Schmeckt prima.«

Vater Nikolai nahm ahnungslos die Schüssel.

»Ach, Käfer, verfluchtes Aas . . .« Er wollte seinem Widersacher über den Tisch weg an den Kragen, aber Käfer wich rechtzeitig aus. »Ach, du schiefmäuliger Satan, ich werd dich . . .«

»Überiß dich nicht, Väterchen, es ist noch Hafermehlbrei da«, riet Akindin, und alles johlte.

»Bei Gott, ich schüttle die Grütze aus ihm raus.«

»Laß dich lieber nicht mit ihm ein!«

»Soll er doch, aber sachte!«

»Gegen Bruskow kommst du nicht an, Nikolai Iwanowitsch.«

»Der legt dich todsicher aufs Kreuz!«

»Wo ist überhaupt Sudejkin?«

»Na los, Akindin, sing, was du dir heute ausgedacht hast.«

»Ich komm mit meiner Fuhre an der Espe vorbei, und was seh ich – 'ne Direktive . . .«

»Sing, Akindin, wir hören!«

Akindin kletterte hinter dem Tisch vor und ging vor die Tür, um zu rauchen. Hafermehlbrei mit Milch aßen höchstens noch zehn, alle anderen waren längst satt.

»Für den Zaren und für Brei ist immer Platz«, stöhnte Kescha, der mit Vater Nikolai aus einer Schüssel löffelte.

Jewgraf ging zu Akindin Sudejkin. Um zu verhindern, daß Akindin sang, zog er ihn ins Gespräch, und Sudejkin hockte sich würdevoll auf die Stufe an der Schwelle.

»Ja, Jewgraf Anfimowitsch, das Bauen geht heutzutage ins Geld. Ich hab jetzt einen Stall angefangen, selbst das reicht zu . . . Wieviel Bäume haben wir denn rangeschafft?«

»Dreihundert. Wenn die Äxte noch ein bißchen schärfer gewesen wären . . .«

»Allerhand.«

»Akindin Larionowitsch, wir wollten doch unsere Äxte tauschen.« Jewgraf ließ nicht locker.

»Was?«

»Du wolltest doch deine Axt verkaupeln. Dann zeig sie mal her.«

»Die hab ich zu Hause.«

»Und wem gehört die? Ist das etwa nicht deine?«

»Das ist nicht meine.« Sudejkin schob die Axt weit von sich.

»Wieso ist sie nicht deine, wenn sie das runde Zeichen hat.« Jewgraf zog Akindins Axt unter der Bank vor. »Sieh mal, schartig wie 'ne Säge . . . Du hast wohl auf einen Nagel gehauen?«

»Wirklich?« Akindin tat erstaunt.

»Wie das Amen in der Kirche . . .«

»Hm, hm, verdammter Mist, tatsächlich. Wo ist mir das bloß passiert?«

»Bestimmt aus Versehen«, sagte Jewgraf mitfühlend und ging den Samowar aufsetzen.

In der Kate waren inzwischen die verschiedensten Unterhaltungen im Gange. Die Bauern erinnerten sich, wer wieviel Bäume gefällt und abgefahren hatte, wie sie an den verschneiten Stellen ihre Schlitten aneinander vorbeibugsiert hatten.

»Na, Opa, was ist mit dir, zum Essen bist du da, und im Wald haste gefehlt.«

»Ha? Ich hör schlecht.«

»Sag das nicht. Der Opa hat nicht schlechter gerackert als du. Die ganzen Äste hat er bei uns verbrannt, merkst du nicht, es riecht immer noch brandig.«

»Wer in 'ner Banja wohnt, nimmt schon Geruch an.«

»Und du, Nikolai Nikolajewitsch, wann willst du heiraten?«

»Meine Beere fällt schon nicht ab.«

»Na, paß auf, Kommissar!«

»Sopronow ist wohl zu Hause geblieben? Kommt und setzt mir die Pistole auf die Brust: ›Schreibst du dich für die Dorfanleihe ein?‹ Ich sag: ›Nein, Ignati, ich hab noch nicht mal die zweite Steuerrate bezahlt.‹ Er faßt an die Klinke. ›Ich unterschreib ja schon‹, sag ich, ›nun geh doch nicht gleich.‹ «

»Der Kescha hat ja neulich beim Kartenspiel gewonnen.«

»Glückspilz. Wird von der Steuer befreit und knöpfte obendrein dem Popen beim Kartenspiel noch Geld ab.«

»Nein, das war Käfer.«

»Ach ja, von Netschajew hat er's.«

»Stimmt.«

»Na, was ist nun mit Sudejkin?«

»Er hat sich schon eine Zeitung genommen.«

Sudejkin hatte wirklich mitten unter den Bauern eine Zeitung aufgeschlagen und las darin. Er las immer zuerst Zeitung, ehe er zu singen anfing.

»Hier steht was gedruckt, hier steht was geschrieben über Iwan Eins bis Iwan Sieben. Und wie's früher in Schibanicha gewesen, wo ist meine Brille, ich kann so nicht lesen.«

»Los, Akindin, fang schon an.«

»Bring auch was von heute.«

Sudejkin hielt in der einen Hand die Zeitung, mit der anderen griff er Palaschka an den Rock.

»Palaschka, alle Hoffnung ruht auf dir, tu mir die Balalaika bringen, dann will ich euch ein Liedchen singen!« Palaschka holte die Balalaika vom Schrank und gab sie ihm.

Sudejkin zupfte an den Saiten und sang:

»Die Balalaika hat der Saiten acht,
Der Klimperer in die Hosen macht.

Viele unterbrachen ihre Unterhaltung und rückten näher. Kescha Fotijew stand vor Wonne der Mund offen; lächelnd wartete er auf die Fortsetzung. Akindin griff in die Saiten und sang:

Liebe Leute, laßt euch sagen,
Was sich Schlimmes zugetragen.

Er legte ein Balalaikasolo ein, alle drängten noch näher.

Wie Mikulin und Freund Spindel
Sich 'ne Pulle schlauchen gingen.

Mikulinchen unterbrach sofort seine Unterhaltung mit Iwan Netschajew.

Hatten auch bei Tanja Glück,
Dorfsowjet blieb leer zurück.

Tanja biß sich auf die Lippen. Beifallsrufe ertönten.

»Weiter, Akindin!«

»Unterbrich ihn doch nicht, du bringst ihn aus dem Konzept!«

Mikulinchen vor dem Haus:
Oma, rück ein Fläschchen raus.

Ach, mein Bester, hab doch keins,
Aber komm doch erst mal rein.

In Jewgrafs Kate wurde es auf einmal still. Dicker Tabakqualm stand im Raum, von der Decke bis zum Fußboden. Sudejkin war nicht zu halten, die Verse fielen ihm beim Singen ein. Alle wußten das und bemühten sich, ihn nicht zu unterbrechen.

Kaum holt sie ein Fläschchen raus,
Da klopft Stülpnase ans Haus.

Palaschka verlor als erste die Beherrschung und prustete los – und wurde sofort von allen Seiten zurechtgewiesen.

Oh, mein Lieber, so ein Schreck
Rasch, Mikulin, ins Versteck!
Hock dich untern Hühnerrost.

Sudejkin kam allmählich auf Touren, auf vielen Gesichtern stand schon ein Lächeln gespannter Erwartung. Die Balalaika klimperte immer flotter.

Nach dem plötzlichen Verdruß
Kam auch bald, was kommen muß.
Ja, da seid ihr von den Socken,
Henne Puttchen war erschrocken,
Und sie sch ... in ihrer Rage
Der Dorfgewalt in die Kledage.

Von dem Gelächter flackerten die Lampen, waberte der Rauch. Mikulin lachte mit. Übelnehmen hätte auch nichts genützt – die Geschichte mit dem Huhn war längst im Dorf herum. Die Bauern klopften dem Vorsitzenden auf die Schulter und wischten sich die Lachtränen ab. Sudejkin aber klimperte ungerührt und mit ernster Miene weiter, bis Ruhe eintrat.

Opa hat die Banja über,
Eine Frau wär ihm schon lieber.

Stolz ruft er: Ich hab's doch dicke,
Vierzigtausend Rubelstücke.
Kupfer, Silber, nicht zu zählen,
Nein, dir soll's an nischten fehlen.
Statt an fremde Türn zu klopfen,
Traktier die Leut mit Kräutertropfen.
Traktier sie alle, Groß und Klein
Du sollst Hebamm bei mir sein.

Hier lachte sogar der düstere Schweiger Kljuschin laut heraus. Alle hielten sich die Bäuche, konnten sich aber nicht auslachen, weil sie gespannt auf die Fortsetzung lauschen mußten. Sudejkin war auch noch nicht am Ende:

Tanja stampfte mit dem Fuß:
Mann, nun laß doch diesen Stuß.
Kolja hinterm Ofen schreit:
Bürgerin, das geht zu weit!
Oma, wo ist dein Verstand?
Geh, und nimm schon Opas Hand!«

In Jewgrafs Kate flackerten abermals die Lampendochte: Vater Nikolai krächzte, über die Tischplatte gelehnt. Kescha Fotijew trommelte vor Begeisterung auf den Fußboden. Sawwatej Klimow schüttelte sich vor Lachen. Iwan Netschajew stöhnte und ächzte, genauso die Frauen und Mädchen. Mikulinchen hatte alle Mühe, sich der Bauern zu erwehren. Er wollte schon gehen, überlegte es sich aber und setzte sich wieder auf die Dielen. Nowoshilow japste nur noch; Tanja überschrie den Lärm und drohte Sudejkin mit der Faust: »Hinweg, Verderber! Hör ja zu singen auf. Pferdefuß, Satansbraten!«

»Weitermachen, Akindin, auf jeden Fall!« forderte Sawwatej Klimow. »Ignati ist doch weg, sollen sie zuhören.«

»Ignati kann mich mal«, rief Sudejkin aufgebracht, »ich bin mein eigener Ignati.«

Stülpnase legte die Hand ans Ohr und fragte jeden: »Hä, was sagen sie?«

Nur Käfer, der sich am Tage müde gerackert hatte, schnarchte friedlich auf der Ofenbank.

14

Die Februarnacht ließ die Lichter in den Dörfern verlöschen, hüllte den Amtsbezirk Olchowiza in stilles Dunkel. Zur Fastnachtswoche, nach den Januarfrösten, wurde es in den dichten, unwegsamen Wäldern der Umgebung etwas milder. Die schneebedeckten Felder funkelten nicht mehr im grünen Glanz des Mondlichts. Nachts atmeten die besänftigten Winde kaum. Träge wirbelten sie Schneegestöber auf, probierten zu pfeifen, fegten über den breiten Winterweg, der bis nach Olchowiza, dem Hauptdorf des Amtsbezirks, noch ein weites Stück vor sich hatte. Nachts schlief auch er, kannte er keine Eile. Wölfe traten furchtlos aus dem Dickicht und liefen mitten auf dem Weg entlang, die großen Dörfer umgehend. Ein furchtsames Hündchen erwachte, brachte das ganze Haus in Aufruhr. Und wieder war alles still. Lautlos flackerte Polarlicht. Die hohen gelblichen Säulen fingerten eine nach der anderen über den Himmel und erloschen. Es roch nach durchfrorenem Heu und dem Holz der Häuser. Sie atmeten auf, also hatte das Dorf Olchowiza wohl den Winter überstanden. Wie Schibanicha lag es in ruhigem Schlaf. In allen Häusern waren Kienspäne, Funzeln und Lampen längst gelöscht, der Schein der wenigen Ikonenlämpchen reichte nicht bis zu den Fenstern.

Nur in einem Haus in Olchowiza brannte in vier Fenstern nebeneinander Licht, sie warfen helle Rechtecke auf den Schnee im Vorgarten.

Das war das Seitengebäude des ehemaligen Gutshauses, in dem der Bojarennachkomme Wladimir Sergejewitsch Prosorow lebte, allein mit sich und seinem Schicksal. Jetzt war er nur noch Bürger Prosorow, alternder Besitzer eines reparaturbedürftigen Seitengebäudes und zweier Deßjatinen vernachlässigten Ackerlands, das er verpachtet hatte. Von der Hausecke huschte ein Schatten über eins der erleuchteten Schneequadrate. Eine Gestalt verharrte zwischen den Fenstern, verschmolz mit der dunklen Hauswand. Doch nun bewegte sich der Mann, preßte die Schläfe an den Fensterrahmen, und der Schatten seines Kopfes zeichnete sich deutlich auf dem Schnee ab.

Der Mann verharrte reglos, einem Habicht gleich.

Die Stimme im Innern des Hauses klang gleichmäßig und sehr selbstsicher, wie es schien, aber die festen Wände und die doppelten, gut gefirnißten Rahmen schluckten den Sinn. Der Mann richtete sich auf und sah ins Fenster.

Prosorow, der eine Tolstoibluse mit Gürtel und lange, bis an die Leisten reichende weiße Filzstiefel trug, ging redend im Zimmer auf und ab. Er sprach nicht im Takt seiner Schritte. Seine Stimme wurde manchmal von einer anderen, älteren, leiseren unterbrochen. Der leise Redende saß zwischen den Fenstern, wer das war, lag auf der Hand. Der Mann am Fenster spähte aber weiter angestrengt ins Zimmer. Soso, sie versammeln sich, dachte er. Schon wieder bei diesem Bourgeois, der längst ans Messer gehört! Natürlich ist der Langrock mit dabei, der bärtige Fuchs ... Der Lauscher hatte den ehemaligen Propst, den grauhaarigen kleinen Priester Sulojew deutlich vor Augen: Wie er an der Wand zwischen den Fenstern saß, sich mit den knochigen Fingern den schütteren Bart strich und sanft mit den farblosen tränenden Augen zu Prosorow hinüberblinzelte. Der darf ja nicht fehlen. Das dritte Mal hocken sie nun schon bis Mitternacht zusammen. Wer wohl der dritte ist? Der Mann konnte ihn nicht hören, spürte aber, daß drei im Zimmer waren.

Vielleicht, dachte er, haben sie sich schon früher getroffen? Ja, das haben sie ... Der Mann reckte den Kopf, um den dritten zu erspähen. Plötzlich fuhr er in wildem Triumph aus dem Lichtschein zurück. Lusin! Wirklich Lusin? Na, ihr Stehkragenproleten, euch komm ich auf die Schliche!

Er schmiegte sich abermals an den Fensterrahmen, nicht mal die Mütze nahm er ab, um besser sehen und hören zu können. Lusin, der Vorsitzende des Exekutivkomitees von Olchowiza, in Gesellschaft Prosorows und des ehemaligen Propstes Sulojew! Das war neu. Das begreif einer! Dem Horcher trommelte vor Aufregung das Herz gegen die Rippen, seine Hände zitterten nervös. Er hielt den Atem an und lauschte gespannt.

»... Ja, was die Zukunft betrifft.« Prosorow hielt inne, lächelte und löste die ineinander gefalteten Hände. »Was die Zukunft betrifft, sind Ihre Programme sich ziemlich gleich. Sie, Vater Irenej, versprechen den Menschen das Paradies im Himmel, Lusin und Genossen das auf Erden.«

»Sie nehmen dem Menschen die Unsterblichkeit.« Vater Irenejs Stimme klang nun etwas lauter. »Die Unsterblichkeit der Seele ... Der Mensch muß an die Unsterblichkeit glauben, oder das Leben wird sinnlos.«

»Warum sinnlos?« Prosorow zündete sich eine Zigarette an. »Das ist noch nicht erwiesen. Außerdem ...«

Nun aber meldete sich Lusin zu Wort.

»Entschuldigen Sie, Wladimir Sergejewitsch, daß ich Sie unterbreche. Verehrter Irenej Konstantinowitsch, verdankt Rußland die Existenz des Atheismus etwa nur dem Jahre siebzehn?«

»Nicht nur, aber hauptsächlich, Stepan Iwanowitsch.«

Der Mann draußen holte tief Luft und konnte daher nicht verstehen, was der Vorsitzende des Exekutivkomitees von Olchowiza darauf entgegnete. Unverständliche, feindlich klingende Worte drangen an sein Ohr, die Luft wurde ihm knapp. Geduckt machte er einen Satz vom

Fenster weg, lief lautlos, ohne sich aufzurichten, auf den Pfad und danach auf den von Stiefeln und Pferdehufen glattgetretenen Hof der Kommune von Olchowiza. Er klopfte ans Fenster des ehemaligen Herrenhauses, drinnen ging das Licht an, und bald darauf verschwand er in der Tür.

Schon im Jahre siebzehn hatten die aus dem Krieg gegen die Deutschen heimkehrenden Soldaten von Olchowiza Prosorow das Gut und das Land weggenommen. Wenig später hatten ein paar landlose Bauern und zwei, drei arme Familien eine Kommune gegründet, die sie Clara Zetkin nannten. Prosorow wurde ins Seitengebäude umquartiert, die Bauern ließen sich im geräumigen Herrschaftshaus nieder. Die Leitung der Kommune hatte Mitka Ussow, mit Spitznamen Paraninez. Die Kommunemitglieder säten Getreide und machten Heu für die vier Prosorowschen Kühe. Sie erhielten Kredite, es lief alles gut, die Kommune wurde sogar in der Zeitung gelobt. Aber die Bauern fielen einer nach dem anderen ab, um sich etwas Besseres zu suchen. Als die Landwirtschaftsbank eines Tages den fälligen Kredit ablehnte, lag die Kommune völlig am Boden. Im leeren Gebäude hauste nur noch Mitka mit seiner Familie. Irgendwie brachte er es fertig, zwei Kühe und ein Pferd zu halten. Prosorow, sein Nachbar, kam morgens zu ihm, um Milch zu holen, wobei er manchmal eine Zigarette mit ihm rauchte. Dann hielt er Mitka vor: »Du, Mitka, warum hast du mich nicht in die Kommune aufgenommen? Ich hätte euch nützen können, ich weiß in der Landwirtschaft Bescheid.«

»Ich hätt es ja gemacht, Wladimir Sergejewitsch«, sagte Ussow verlegen. »Aber die Leute! Die erkennen doch ein fremdes Element nicht an.«

»Bin ich etwa schuld, daß ich ein Adliger bin?«

»Das bist du.«

Prosorow breitete die Hände aus.

Jetzt, an diesem Abend, tat er das auch, während er im

Zimmer des Seitengebäudes auf und ab ging. Sie waren drei leidenschaftliche Diskutierer. Wladimir Sergejewitsch, der verbauerte Intellektuelle, liebte kluge Gesprächspartner. In Olchowiza hatte er niemand, mit dem er reden konnte, außer dem ehemaligen Propst Vater Irenej Sulojew und Stepan Iwanowitsch Lusin. Stepan Iwanowitsch war Kommunist, er hatte früher in Petschatkins Fabrik gearbeitet und war dann als Vorsitzender des hiesigen Exekutivkomitees nach Olchowiza delegiert worden.

»Ja, Wladimir Sergejewitsch«, sagte Lusin lächelnd. »Sie werden sich einschränken müssen. Sie haben sich schon eingeschränkt, das steht außer jedem Zweifel.«

»Ach, Stepan Iwanowitsch, Stepan Iwanowitsch!« Prosorow breitete erneut die Hände aus. »Geht es denn um mich? Ich persönlich war Ihnen weder im Jahre siebzehn noch im Jahre zwanzig im Wege. Ich bin es auch jetzt nicht. Ja, ich bin sogar bereit, Ihnen zu helfen, wenn es Ihnen nützen würde.«

»Ihr Stand . . .«

»Was für ein Stand?« unterbrach ihn Prosorow. »Dieser Stand ist jederzeit für die Ideale der Freiheit eingetreten und hat zur offiziellen Macht in Opposition gestanden! Angefangen bei den Dekabristen . . . Hat dieser Stand nicht die russischen Sozialdemokraten hochgepäppelt? Hat nicht das ganze revolutionäre Exil vom Geld dieses Standes gelebt?«

»Sie übertreiben.«

»Vielleicht, vielleicht . . . Ich will meinen Stand gar nicht verteidigen. Aber Rußland? Es besteht doch aus Ständen.«

»Wir werden alle Stände liquidieren.«

»Also ganz Rußland?«

»Wieso denn?« Lusin hob ein wenig die Stimme. »Sie mit Ihrer Intelligenz nehmen Zuflucht zur Demagogie. Wir werden Rußland von Grund auf verändern, Wladimir Sergejewitsch. Vom alten Rußland wird kein Stein auf dem anderen bleiben.«

»Alles zerstören und dann das Neue aufbauen?«

»Ja.«

»Wer gibt Ihnen das Recht zu zerstören?«

»Unser Klassenbewußtsein. Pflicht und Gewissen der fortschrittlichen Klasse, Wladimir Sergejewitsch!«

Vater Irenej schwieg; vor sich hinstarrend, hörte er den beiden zu, strich auf dem Tischtuch mit seinen blutleeren weißen Fingern nicht vorhandene Falten glatt. Lusin saß ruhig und beobachtete Prosorows schneller werdende Schritte; wenn er sprach, klang seine Stimme leise.

»Gesetzt den Fall.« Prosorow blieb mit einem Ruck stehen. »Gesetzt den Fall, Sie haben das Recht, alles zu verändern, was ich überaus bezweifle. Aber kann man denn alles zerstören, Stepan Iwanowitsch? Und selbst wenn man alles zerstört, daß nichts mehr übrig bleibt, kann man denn auf dem Nichts aufbauen? Sie haben Rußland in Klassen eingeteilt, die ganze Welt. Aber diese primitive Einteilung verstellt den Blick für das Komplizierte in der Welt, das Komplizierte in der menschlichen Gesellschaft. Ja, ich weiß genau wie Sie: Die Welt wird von Klassenwidersprüchen beherrscht. Aber kann man die anderen, nicht minder starken Widersprüche ignorieren? Die nationalen Widersprüche zum Beispiel. Als Napoleon in Rußland einfiel, kämpfte der Bauer nicht gegen die Gutsbesitzer, sondern gegen die Franzosen. Und die religiösen Widersprüche? Die Bartholomäusnacht, Schipka ... Die Widersprüche zwischen den Geschlechtern. Zwischen Dummen und Klugen, Schwachen und Starken, rein physisch. Das alles ersetzen Sie nur durch eines: den Klassenantagonismus. Ist das nicht zu einfach, Stepan Iwanowitsch? Warten Sie, lassen Sie mich ausreden. Sie sagen, Sie werden das alte Rußland liquidieren und ein neues schaffen. Aber Rußland ist kein Phönix. Wenn man es liquidiert, kann es nicht aus der Asche neu erstehen; es wird zugrunde gehen. Sie wollen die Religion liquidieren, die Kirchen zerstören. Aber das ist nichts anderes, als jedem Dorf sein Opernhaus zu nehmen. Indem Sie den Handel, die russischen Märkte liquidieren, bringen Sie die Wirtschaft zum Stillstand, keiner wird sich mehr damit abgeben wollen, etwas zu produzieren, und Faulheit und Schlamperei gewinnen die Oberhand. Wenn Sie den Bauern das Land wegnehmen, hat keiner mehr ein Interesse daran, Rußlands unvorstellbare Weiten zu besiedeln. Ohne Land keine Bauernschaft. Die Söhne erheben sich gegen die Väter, Frauen gegen ihre Männer. In der Kälte nackter Wissenschaft, der nichts heilig ist, wird die lebendige Seele erfrieren. Die Frauen werden aufhören zu gebären, werden dauernd neue Partner suchen. Männer werden aufhören, Männer zu sein... Wenn man dem seelenlosen Wissensdurst nicht Einhalt gebietet, gebärt er nichts als geistige Hermaphroditen. Womöglich lernen sie noch, Kinder in Retorten zu züchten? Künftige Puschkins und Lomonossows? Gott bewahre mich vor solch einer Zukunft!« Prosorow schwieg, er atmete langsam und schwer. »Sie wollen weltweiten Kampf. Aber ein Narr erhebt die Axt gegen den Klugen. Und sind wir vor Narren sicher? Der Ungläubige rebelliert gegen den Gläubigen. Für Sie ist alles Alte schlecht und alles Neue großartig, sind geistige und materielle Traditionen leerer, überflüssiger Plunder, für Sie gibt es kein Altes, keine Traditionen – nur blanke, nackte Ödnis! Ein Nichts! Den Leidenschaften läßt man die Zügel schießen, räumt ihnen jede Freiheit ein! Einen Menschen erschlagen im Namen der Idee, was ist das schon? Es siegt der Stärkere, der Brutalere, teile und herrsche, die Opritschna! Gewissen, Ehre, Mitgefühl – alles geht zum Teufel, nur der Kampf bleibt, ein Kampf bis zur gegenseitigen Vernichtung, der Verwüstung und Schrecken hinterläßt. Wehe solchem Volk, wehe solchem Land, solcher Nation!«

Prosorow verzog gequält das Gesicht. Die kahle gewölbte Stirn mit beiden Händen pressend, stand er hilflos mitten im Zimmer. Vater Irenej schwieg nach wie vor, Stepan Iwanowitsch Lusin stand mit leisem Lächeln auf und sagte: »Hören Sie auch mich zu Ende an, Wladimir Sergejewitsch. Zu dem, was Sie hier gesagt haben, kann ich als Kommunist nicht schweigen. Sie sagten anfangs, daß Sie zweifeln. Zweifeln am Recht der Bolschewiki, die Welt zu verändern. Wer hat denn Ihrer Meinung nach das Recht?«

»Niemand!« rief Prosorow. »Niemand hat das Recht.«

»Ja?« Lusin kniff gutmütig die Augen zusammen. »Aber das ist doch töricht, Wladimir Sergejewitsch. Sie fürchten den Kampf und leugnen deshalb das Recht auf Kampf. Dabei hat jeder Mensch das Recht auf aktives Handeln. Und handeln tut der Mensch sogar dann, wenn er nichts tut. Stimmen Sie mir zu?«

»N-nicht ganz ... Aber angenommen, es ist so. Und weiter?«

»Und weiter folgt, daß ich bewußtes und kollektives Handeln vorziehe. Das heißt, Kampf ist nicht nur mein Recht, sondern auch meine Pflicht.«

»Ach, Stepan Iwanowitsch, Stepan Iwanowitsch ...«

»Dagegen können Sie nichts einwenden.«

»So kann man aber jede Handlung rechtfertigen, auch Verbrechen.«

»Was heißt Verbrechen? Vom Standpunkt eines Fabrikbesitzers aus ist die Enteignung einer Fabrik zweifellos ein Verbrechen. Und wie, glauben Sie, stellt sich das einem Arbeiter dar? Einem Dutzend, hundert Arbeitern?«

»Sie wissen doch, die Enteignung von Landbesitz und Fabriken ist für mich beileibe keine verbrecherische Handlung ...«

»Womit Sie das Recht anerkennen, die Welt zu verändern!« lachte Lusin. »Bleibt mir nur zu beweisen, daß die Bolschewiki von diesem Recht besseren Gebrauch machen als Monarchisten, Kadetten, Sozialrevolutionäre und sonstige Herren. Das haben wir schon in der Praxis bewiesen: Wir haben die Welt schon jetzt schneller verändert als sonst irgendwer.«

»Auch schmerzloser?«

»Ja. Schmerzloser und schneller.«

Prosorow schmunzelte und nahm seinen Gang durchs Zimmer wieder auf. Vater Irenej starrte niedergeschlagen und gedankenverloren vor sich hin. Stepan Iwanowitsch betrachtete beide mit einem Lächeln.

»Und demnach . . .«

Er wurde jäh unterbrochen. Die Flurdielen knarrten unter schweren Schritten, jemand riß die Tür auf. Sopronow stand im Türrahmen, die Hand im Jackenausschnitt, hinter ihm zeigte sich Mitka Ussows schöner schwarzer Schopf. Lusin bekam einen roten Kopf, unterdrückte seinen Ärger aber. Er ging auf die beiden zu.

»Was ist los, Sopronow?«

Ohne zu antworten und die Hand aus der Jacke zu nehmen, schob Ignati ihn beiseite und trat ins Licht.

»Aha . . . Drei Stunden schon . . . Ja, Ussow und ich wollten mal nachsehen, warum hier Licht brennt.«

Vater Irenej blickte weiter traurig vor sich hin. Prosorow gab sich keine Mühe, sein ironisches und ebenfalls trauriges Lächeln zu verbergen. Ignati trat an den kleinen Tisch in der Ecke, nahm ein Buch zur Hand und blätterte darin.

»So. Lew Tolstoi. Werke. Wo sind noch mehr von diesen Werken?«

»Im Schrank, Sopronow, im Schrank«, sagte Prosorow.

Sopronow nickte Mitka Ussow zu. Der ging zum Schrank, in dem etwa zehn Bände Tolstoi standen. Er öffnete die Schranktür und klemmte sich die Bücher unter den Arm.

»Wozu nehmen Sie die Bücher mit?« fragte Lusin laut. »Ussow, legen Sie die Bücher hin! Warum das, Sopronow?«

»Weil es sein muß, darum! Da, bitte sehr . . .«

Sopronow warf eine Prawda auf den Tisch.

»Ihr legt sofort die Bücher hin und schert euch nach Hause!« Lusins Gesicht färbte sich dunkelrot.

»Nach Hause? Nach Hause gehen wir. Und mit dir reden wir morgen, Stepan Iwanowitsch ... Siehst du das? Guck dir's an, lesen kannst du ja ...«

Sopronow faltete die »Prawda« auseinander und tippte mit dem Finger auf die rechte obere Ecke. Der Artikel von Olminski unter der Überschrift »Lenin oder Tolstoi?« nahm zwei Spalten ein.

Lusin wischte die Zeitung vom Tisch und ging, ohne sich vom Hausherrn zu verabschieden. Er knallte die Tür hinter sich zu.

Die Bücher unter dem Arm, verließen Sopronow und Ussow das Seitengebäude. In der niedrigen, aber geräumigen Küche, in der Mitka wohnte, hatte Sopronow schon mehrmals übernachtet. Heute warf er die Bücher hinter der Tür auf den Fußboden, zog sich wortlos den aus einem Militärmantel geschneiderten grauen Überzieher aus und legte die Mütze auf die Pritsche neben dem Ofen, auf der er gewöhnlich schlief. Er sog schnuppernd die Luft ein, roch Tabakrauch und drehte sich weg. Ussow setzte sich an den Tisch und holte eine angefangene Flasche unter der Bank vor. Sein von einer Koltschakkugel verwundetes lahmes Bein streckte er weit von sich, er konnte das Knie nicht beugen.

»Ignati?« Ussow schüttelte den ungekämmten hübschen Kopf. »Setz dich her!«

Sopronow antwortete nicht. Er breitete die Wattejacke auf der Pritsche aus, legte ans Kopfende die Mütze, in die er den Nagantrevolver gewickelt hatte, und bedeckte sie mit seiner anderen Jacke, einem gestreiften Anzugjakkett. In der Küche war es warm. Ohne Mitka zu beachten, zog Sopronow die Filzstiefel aus, strich die Fußlappen glatt und hängte sie zum Trocknen an den Ofen. Ussow schlug mit der Faust auf den Tisch.

»Hast wohl keine Lust?«

»Nun sei aber still, um Christi willen«, zischte vom Ofen Mitkas Frau Ljubka. »Geben die ganze Nacht keine Ruhe. Machst die Kinder noch verrückt!«

Aber Mitkas drei Kinder schliefen fest unter dem Schafpelz auf ihren Strohsäcken. Mitka schwieg zu dem Vorwurf seiner Frau. Er goß Sopronow ein Glas ein. Der legte sich wortlos, ohne die Hose auszuziehen, auf die Ofenbank. Mitka winkte ab.

»Na, Pawlowitsch ... Hab gar nicht gewußt, daß du so 'n Spielverderber bist.«

»Ich trinke nicht.«

»Bist dir wohl zu gut dazu? Weißt du denn, warum Ussow säuft? Das weißt du nicht, was?«

»Ich weiß es nicht und will es auch nicht wissen.«

»Aber ... wieso denn nicht?« Mitka wollte mit seinem lahmen, steifen Bein aufstehen, kam aber nicht hoch. »Pawlowitsch, he, Pawlowitsch!«

»Leg dich hin, laß uns in Ruhe.«

»Ruhe! In Ruhe lassen soll ich euch. Und wer läßt mich in Ruhe? Was wißt ihr denn, vielleicht ...« Mitka schlug sich mit der Faust an die Brust. »Vielleicht hab ich hier 'ne Wunde, die nicht vernarben will ...«

»Trink weiter ...«

»Tu ich auch! Sag, weißt du's? Was glaubst du? Wohl weil du einen Nagant hast ...? Du willst also nicht mit Ussow trinken?«

»Nein, ich trinke nicht.«

»Mensch! Dann leck mich doch! Scheißkerle ihr ...«

Mitka goß sich das Glas voll und trank es in drei Schlucken aus.

»Ja, wie ich noch bei Awksentjewski war ... in der Vierten Armee ... Genosse Awksentjewski hat mir persönlich ... Aber wozu erzähl ich dir das ...«

»Reden können wir morgen. Wenn du wieder nüchtern bist.«

Mitka wurde schnell betrunken.

»Nöl mich nicht voll, Ignati!«

»Ich nöl dich nicht voll. Aber ich red noch mit dir.«

»Dann rede doch! Nur zu! Ich hab vor dir keine Angst! Ich bin seit siebzehn in der Partei, gegen Ussow bist du ein Wickelkind! Grünschnabel! In der Vierten Armee hat mir Genosse Awksentjewski persönlich ... Du kannst Danilo fragen. Hast du Koltschak erlebt? Sag, hast du von Koltschak auch nur so viel mitgekriegt?«

»Nun schlaf doch endlich, Mitka, schlaf, um Christi willen!« mahnte Ljubka wieder.

Ussow kämpfte die Tränen nieder, goß sich Wodka ein und stürzte ihn auf einen Zug hinunter. Als er mit einer Handvoll Sauerkraut lange nicht in den Mund traf, warf er es auf den Boden und stützte den Kopf in die Fäuste. Tränen liefen ihm über die schwarzen Bartstoppeln.

Sopronow maß Mitka mit einem verächtlichen Blick. In seiner Seele regte sich Mitleid, das aber bald noch heftigerer Verachtung und einem Gefühl vagen Stolzes wich, er hätte nicht sagen können, worauf. Angeekelt warf er den Zigarettenstummel weg.

Nein, Koltschak hatte er, Ignati, tatsächlich nicht erlebt. Aber dafür manches andere. Eine ganze Menge hatte er erlebt, es ging auf keine Kuhhaut, und Mitka war auch nicht der Mann, dem man es erzählte ... Ignati hatte nicht vergessen, wie er im Jahre fünfzehn in einer Ackerfurche lag und sich nicht nach Hause getraute. Wie die Salzladung, die ihm der Wächter des Prosorowschen Obstgartens auf den Pelz gebrannt hatte, ihm den Rükken und den Hintern zerfraß, wie er barfuß über das herbstliche Stoppelfeld gelaufen war und alle ihn, Ignati, der Reihe nach verprügelten – angefangen von seinem Vater bis zu diesem Mitka Paraninez. Auch andere Beleidigungen würde Ignati sein Leben lang nicht vergessen: Wie er als Treidler arbeitete und die Mädchen aus dem eigenen Dorf nicht in die Flüsterecke mit ihm gingen. Damals hatte er sich geschworen, Schibanicha nie mehr zu betreten. Jetzt aber ist er hergekommen. Er hat allen bewiesen, wer er ist, und wird es noch tausendmal beweisen. Er ist für die proletarische Sache bereit, in den Tod zu gehen. Sie werden schon noch merken, wer Ignati Sopronow ist, jetzt hat er seinen Weg gefunden. Er wird überall hingehen, wohin die Partei ihn schickt, wird alles für sie tun. Er, Ignati, und nichts erlebt . . . Das hätte sich der betrunkene Mitka verkneifen können. Nicht umsonst stehen auch Lusin und Mikulinchen voll hinter Mitka – alles dieselbe Sorte. Aber man wird ja sehen, wer die Oberhand behält. Sopronow kennt man nicht nur im Kreis . . . Weil Sopronow härter ist als alle diese halbgewalkten Kommunisten, Lusin eingeschlossen. Sie, sie haben die Revolution verraten! Er, Sopronow, wird die Revolution niemals verraten und verkaufen, er wird's ihnen zeigen. Allen, allen wird's Ignati zeigen, allen diesen bourgeoisen Speichelleckern!

Sopronow sah Mitka haßerfüllt an. Der sang ein Lied.

Er sang angenehm und durchaus nicht laut, hielt sicher die getragene Melodie. Seine Stimme war rührend hilflos, der Text kam ihm aus dem Herzen; rein, ein wenig rollend, flossen die Worte Mitka klangvoll von den Lippen, und er wußte, es waren seine, seine ureigensten Worte, Worte, die er, Mitka Ussow, gar nicht selber formte, die seine Stimme tief aus seinem Innern holte. Ein kalter Zigarettenstummel stak ihm hinter dem von schwarzem Haar umkräuselten Ohr, die Lampe auf der kahlen Tischplatte war am Verlöschen, und Mitka Ussow sang:

»Im Kugelhagel, Krachen der Granaten
Stehn Kommunarden in der letzten Schlacht.
Umzingelt ist ihr Trupp, verraten
Erliegen sie der weißen Übermacht.
Der greise General speit Haß und Hohn,
Als sie gefangen vor ihm stehn.
Grausam befiehlt er: kein Pardon!
Will sie vorm Tode zittern sehn.
Die Tapferen graben selbst ihr Grab . . .

Mitka erschauerte, schüttelte die hoch erhobene Faust und stöhnte:

Doch keinen sieht man beben!

Weiter sang er ruhiger und verhaltener, wieder der eigenen Stimme lauschend:

Stolz tönt ihr Ruf: ›Vorwärts, drückt ab!
Trefft gut, wir haben sieben Leben!‹
Der General erwidert voll Hohn:
›Vielen Dank auch für eure Arbeit!
Ihr wolltet doch Land, da habt ihr's zum Lohn,
Und im Himmel findet ihr Freiheit.‹
›So schießt schon, ihr Hunde, nicht zittern, gebt acht!
Tod der Knechtschaft, der bitteren, harten!
Es lebe die Arbeiter-Bauern-Macht
Und der Bund ihrer Kommunarden!‹ «

Langsam erlosch die Lampe. Ussow sank der schwarze Schopf auf die Hände, er weinte wieder, still und lautlos, nur die kräftigen Schultern im gestreiften Satinhemd bebten.

Sopronow drehte sich zum Ofen, kam aber nicht mehr dazu einzuschlafen. Die Putzfrau aus dem Exekutivkomitee trampelte mit ihren großen ausgetretenen Filzstiefeln über den Flur.

»Ignati Pawlowitsch! Sie werden verlangt. Am Telefon, sie sagen, es wär eilig. Vom Kreis.«

Sopronow sprang auf und zog sich rasch an. Den Revolver steckte er in die Brusttasche des Jacketts. Er überholte die Putzfrau unterwegs und rannte in das nachts ausgekühlte Bürogebäude. Die Telefonistin vom Kreis diktierte ihm, sich mehrmals versprechend und manche Worte wiederholend, folgendes Telegramm:

»An den Sekretär der Parteizelle Olchowiza Genossen Sopronow. Eilt. Gemäß obigen Direktiven Rundschreiben vom Leiter Abt. Dorfarbeit Gouvernementskomitee

Wologda Gen. Fomin erhalten. Dementsprechend empfehlen wir nochmals, die Gründung einer örtlichen Gruppe der Dorfarmut voranzutreiben und den Kampf gegen klassenfremde Elemente im Konsum und in den Sowjets zu entfalten. Empfehlen, innerhalb zwei Tagen Versammlung von Parteizelle und Dorfarmut zu dieser Frage durchzuführen. Über Ergebnisse persönlich an Kreisleitung der KPdSU (B) berichten.

Sekretär der Kreisleitung N. JEROCHIN
Leiter der AGITPROP-Abt. J. MEJERSON.«

15

Akindin Sudejkin war vor drei Jahren das ganze Vieh krepiert, danach hatte er sich einen Hengst angeschafft. Bei den lustigen Liedchen, die Akindin an den Dorfabenden zum besten gab, ließ er auch sich selbst nicht aus:

Keine Kuh mehr, keine Schafe.
Bleibt bloß noch der Hengst, der brave ...

Der Hengst, der auf den Namen Korporal hörte, sicherte der ganzen Familie Nahrung, Schuhwerk und Kleidung. Es war ein stattlicher Brauner. Sudejkin zimmerte ihm einen kleinen Stall und baute das Tor um, wodurch die Kate kleiner wurde als der Hof. Das Haus »schlug aus«, wie Sawwatej Klimow sagte, der Akindin mit seinem Deckhengst Konkurrenz machte.

Sogar aus entlegenen Dörfern wurden Stuten nach Schibanicha gebracht. Akindin nahm aus Mitleid mit ihren Besitzern fürs Decken alles mögliche in Zahlung: Geld, Hafer, Malz, Honig, gebrochenen Flachs, Felle, Leinwand und Eier. Alles konnte er gebrauchen, und wovon er zuviel hatte, das vertauschte er. Besonders frische Hühnereier waren ihm Gold wert. Wenn einmal einen ganzen Tag lang keine Stute kam, nahm Sudejkin einen Eimer und spülte ihn mit kochendheißem Wasser aus. Dann ging er an den Fluß, und zwar ein gutes Stück aufwärts an eine saubere Stelle, wo die Frauen keine Wäsche spülten. Dort schöpfte er einen halben Eimer Wasser, schlug zehn frische Eier hinein, tat ein paar Prisen Salz dazu und rührte mit einem sauberen Kienspan um. Korporal erwartete ihn mit furchteinflößendem Schnauben, bog den mächtigen Hals kreisrund und schielte ihn aus blutunterlaufenen Augen an. Ein, zwei Stunden nach solchem Trank stampfte der Hengst brünstig mit dem Huf. Federleicht trug er Sudejkin aus dem Stall. Akindin, der sich mit der Fangleine angebunden hatte, spürte kaum, wie er auf Korporal zum Tor hinaus sauste. Nach zwei Ausläufen beruhigte der Hengst sich jedesmal rasch und wurde zahm wie ein Kätzchen.

An diesem Morgen war Akindin sich lange nicht schlüssig, ob er ausfahren sollte. Er besaß einen schönen Bauernschlitten und ein Kummet, wie für Korporal gemacht. Nur Krummholz, Sattel und Leine taugten nichts. Beim ersten kräftigen Ruck konnte das Faulbaumkrummholz sich verbiegen, der Kummetriemen von der Deichsel rutschen und der Hengst aus dem Geschirr sausen. Der Gedanke an die Leine aus Hanfschnur machte Akindin melancholisch . . .

Akindin wußte, heute würde ganz Schibanicha auf den Beinen sein und sehen wollen, wer wen überholt. Voriges Jahr in der Fastnachtswoche hatten drei Pferdehalter alle anderen im Dorf bei der Ausfahrt hinter sich gelassen: Iwan Nikititsch Rogow mit seinem Karko, Jewgraf mit der Stute Sazepka und erstaunlicherweise auch Sawwatej Klimow mit seiner Rjasanka. Rjasanka hatte schon sechsmal gefohlt, rätselhaft, wie Sawwa unter die ersten drei geriet. Sieger wurde Jewgraf, und Sudejkin erinnerte sich noch genau, wie es ihn gekränkt hatte, daß er mit Korporal nicht teilnehmen konnte. Aber voriges Jahr hatte er nicht mal ein Kummet besessen, nun aber hatte er eins und konnte doch nicht fahren. Na schön, die Leine, dachte er, borg ich mir eben Käfers lederne aus, vielleicht gibt er sie mir. Und das Krummholz? Da kam nur das von Sawwatej Klimow in Frage. Weil in ganz Schibanicha nur seines Korporal paßte. Sudejkin kannte Klimows Krummholz genau. Es war stabil und hoch, hatte eisenbeschlagene Enden und einen Schellenring, war kunstvoll geschnitzt und bunt gestrichen. Nicht umsonst prahlte Klimow vor den Bauern mit seinem Krummholz und überhaupt mit dem ganzen Geschirr. Er verstand sich aufs Sattlern, sein Geschirr war das beste weit und breit, am Geschirriemen waren Troddeln und Kupferplättchen, der doppelknäufige Sattel war ebenfalls mit Plättchen besetzt.

Auch sein Sattel würde nicht schaden, dachte Akindin besorgt. Der Sattel und das Krummholz . . . Ach, du gerechter Strohsack! Akindin kratzte sich den Kopf und trat auf die Straße.

Mitten im Dorf schickten sich Knirpse an, eine Fastnachtspuppe zu verbrennen. Sie hatten eine aus dicken Tannenknüppeln gezimmerte, mit Stroh umwickelte große Puppe auf die Straße geschleppt. Als Kopf diente ein löchriger Kochtopf, und an den anderthalb Meter langen Armen staken zwei verschiedene, zerrissene Fausthandschuhe.

»Ich werd euch!« rief Sudejkin. »Runter damit von der Straße, hier geht das nicht.«

Die Knirpse gehorchten. Beim Abbrennen auf der Straße wäre ein Loch entstanden, in dem sich Pferde leicht die Beine brechen konnten.

»Habt ihr denn Streichhölzer?« fragte Sudejkin.

»Haben wir! Haben wir!« jubelte die Schar.

»Na, was habt ihr auch nicht«, schmunzelte Akindin und blieb stehen, um beim Verbrennen der Puppe zuzusehen.

Mit vereinten Kräften stellten die Jungen die Puppe im Schnee auf. Serjoshka, Nikita Rogows Enkel, zündete ein Streichholz an und hielt es ans Stroh. Binnen kurzem brannte die Puppe lichterloh. Die Knirpse tanzten um sie herum und schrien, was, wußten sie selbst nicht. Sie grölten und kreischten und sprachen und sangen dabei jeder für sich irgendwelche Laute und Worte, die niemand verstand. Akindin erinnerte sich, daß auch er einst so um eine brennende Fastnachtspuppe gehopst war und ebensolche unverständlichen Worte geschrien hatte.

Eigentlich brennen sie sie zu früh ab, dachte er. Die Fastnachtswoche hat ja erst angefangen. Aber sollen sie, jetzt geht ja sowieso alles drunter und drüber. Im Laufschritt – um rasch ins Warme zu kommen – rannte er zu Klimows Haus und schlüpfte in die Tür. In der Stube grüßte er: »Tag, Sawwatej Iwanowitsch!«

»Mach dir's bequem«, antwortete Sawwa. »Warum kommst du ohne Mütze gerannt?«

Klimow hatte gerade Tee getrunken und saß nun Tabak schnupfend in Pelzweste und alten Filzstiefeln auf der Bank. Er wartete geduldig aufs Niesen. Aber es kam nicht, und Sawwa nahm noch eine Prise und wartete erneut. Die alte Guricha, seine verwitwete Schwiegertochter Anfia und die Enkelin Ustja scherten am Webstuhl den Aufzug an. Um die Sache nicht lange hinauszuzögern, fragte Akindin sofort nach dem Krummholz. Sawwa nieste endlich, dann versetzte er kurz: »Nein, das geb ich nicht. Bitte mich nicht darum.«

»Und der Grund?«

»Der Grund ist: Ich fahr selber.«

»Was willst du mit deinem Stutchen schon bestellen?« empörte sich Sudejkin, aber das hätte er nicht tun sollen, denn Sawwa Klimow rief erbost: »Mit meinem Stutchen? Mein Stutchen hat voriges Jahr alle abgehängt. Wär nicht die Deichselschlinge gerissen, hätte ich Jewgraf nicht vorbeigelassen, und Rogow erst recht nicht!«

»Jewgraf hätte dich bestimmt überholt, lüg nicht.«

»Lüg nicht! Ich sag doch, wenn die Deichselschlinge nicht gerissen wär. Mein Stutchen zeigt auch deinem

Korporal die Hinterhufe! Nimm das Krummholz, verdammt noch mal! Und den Sattel dazu! Und die Leine! Ich überhol dich jederzeit auch mit einem Hanfstrick!«

»Tust du nicht«, parierte Sudejkin. »Nicht meinen Korporal! Auf keinen Fall!«

»Wetten?«

»Los! Um was?«

»Wenn du verlierst, soll Korporal meine Stute drei Jahre bespringen. Kostenlos. Und wenn du gewinnst, sollst du das gottverdammte Krummholz haben, ohne daß ich ein Wort dagegen sage.«

Sie bekräftigten die Wette durch Handschlag. Sawwa ging das Krummholz und den Sattel holen, und kurz darauf rannte Akindin schon mit dem Krummholz durchs Dorf – um Korporal anzuschirren. Jewgraf sah durchs Fenster, wie Sudejkin mit Klimows Krummholz vorbeirannte, ließ alles stehn und liegen und schirrte ebenfalls schleunigst an. Vera, die sich bei Jewgraf ein Sieb ausleihen wollte, rannte nach Hause, und Vater Rogow wurde richtig fispelig und rief: »Wo bloß Pawel ist? Lauf, Vera, hol ihn.« Schibanicha war wie ein aufgescheuchtes Wespennest. Kljuschin ließ Arbeit Arbeit sein und ging anspannen. Iwan Netschajew drückte seinen Pjotr der Großmutter in den Arm und zog sich ein frisches Hemd an. Er war sowieso nach Olchowiza ins Exekutivkomitee bestellt.

Pawel Rogow (alle nannten ihn jetzt Rogow) hatte nicht vorgehabt, auszufahren, er wollte den ganzen Tag Baumstämme entrinden. Aber als Vera, vor Aufregung rot, den Hügel hinauf kam, schlug ihm doch das Herz höher. Zu Hause befahl er seiner Frau, sich festlich anzuziehen. Eilends wusch er sich notdürftig das Harz von den Händen und zog sich ebenfalls an.

Vater Rogow zog den Wurzelholzschlitten aus dem Scheunentor. Vera, die schon die Jacke angezogen und ihr Lieblingskaschmirtuch umgebunden hatte, drängte ihren Pawel zur Eile, sie lief von einem Fenster zum anderen.

»Oje, Kljuschin zieht schon den Kummetriemen fest! Oje, Pawel, beim Onkel wird schon gesattelt!«

Vater Rogow führte den aufgezäumten Karko hinaus. Pawel prüfte die Deichselschlingen am Schlitten, Vera brachte einen Armvoll trockenes Heu. Der sonst ruhige Karko schnaubte und tänzelte: Die allgemeine Nervosität übertrug sich auch auf ihn. Blinzelnd steckte er unaufgefordert den schlanken knochigen Kopf ins vorgehaltene Kummet. Pawel schirrte ihn flink und mit Eleganz an. Mit fließenden Bewegungen griff er nach dem Kummetriemen, zog, sich mit dem Fuß gegen das Kummetholz stemmend, das Kummet fest und verknotete den Riemen. Er prüfte das Krummholz, es stand straff und gerade. Unterdessen legte sein Schwiegervater Karko den Jochsattel an und schnallte Bauch- und Sattelgurt fest, während Vera die lederne Leine ordnete und die Eisenknebel in die Gebißringe steckte. Großvater Nikita kam, seine Aufregung unterdrückend, auf den Hof und trat zu Pawel.

»Gott befohlen . . . Treib ihn anfangs nicht zu sehr an, immer ruhig Blut, nicht überholen, wenn du dazu von der Straße mußt; versuchs bei der Tenne auf der Straße.«

»Ist gut, Opa.«

»Richt Mutter und Vater Grüße aus.«

Vater Iwan Rogow band eine Schelle ans Krummholz, als Sawwatej Klimow, in seinen schäbigen Holzschlitten gelümmelt, gemächlich angefahren kam.

»Gott zum Gruß!«

»Sawwatej Iwanowitsch! Warum hast du denn die Guricha zu Hause gelassen?«

»Die läuft nicht weg. Damit ich nicht hinter Pawel zurückbleibe, darum. Außerdem hab ich mit Akindin gewettet.«

»Vor Jewgraf hast du also gar keine Angst?« lachte Iwan Rogow.

»Aber ja, vor dem auch ein bißchen. Und dann läßt ja noch Netschajew seine Stute laufen ...«

Aber Iwan Netschajew dachte gar nicht daran, sein Pferd mitlaufen zu lassen. Es ging schon bergab vorsichtig im Schritt, die zottigen Hufe nur sehr bedächtig setzend. Er hatte beschlossen, mit Akindin zu fahren, sie legten Korporal gerade das Zaumzeug an. Kljuschin kam, ebenfalls in einem Wurzelholzschlitten, Jewgraf lenkte seinen Holzschlitten heran, der rot angestrichen und mit schwarzen Hopfenornamenten verziert war. Auch Nowoshilow bog aus einer Seitengasse ein. Noch sechs oder sieben Fuhrwerke sammelten sich am Dorfende: Der Vorsitzende Mikulinchen mit dem Wallach des Dorfsowjets und der Pope Rotfuchs in einem Bauernschlitten. Selja Sopronow ebenfalls im Bauernschlitten, Wolodja Syrin, weiter hinten waren die Schlitten von Orlow, den Kusemkins, den Katschalows und Parfjonows zu sehen. Fast alle, die Pferde besaßen, hatten angespannt, nur Käfer schonte seins und ließ sich nicht draußen blicken.

Plötzlich ertönte an Sudejkins Haus ein lautes, furchteinflößendes Wiehern. Alles verstummte, die Pferde spitzten die Ohren und wendeten die Köpfe.

»Korporal!« Sawwa Klimow nahm Handschuh und Zügel in die Linke und hob den Finger. »Nein, kein Korporal, ein richtiger General ist das, merkt ihr, es weht bis hierher!«

Pawel ergriff die Zügel. Vera schmiegte sich eine Sekunde an ihren Mann, biß sich vor Freude auf die Lippen. Ihr Vater ließ Karko los, der Schlitten ruckte an. Im selben Moment kam der Hengst in flottem Trab, den kräftigen Hals gebogen, mit Netschajew und Sudejkin im Schlitten in die Mitte des Dorfs; von seinen Hufen flogen schwere Schneebatzen auf, den Schlittenfahrern ins Gesicht. Akindin zog, ein Knie in den Schlittenbug gestemmt, mit aller Kraft am Zügel, Iwan Netschajew half ihm. Der Hengst, mit immer noch kreisrund gebogenem

Hals, stampfte durchs Dorf und jagte dann mit zuckenden Flanken die Straße nach Olchowiza hinaus. Sawwatej stieß einen Schrei aus und trieb seine Stute im Galopp hinterher. Auch Jewgraf ließ die Zügel schießen. Nur Pawel hielt Karko noch kräftig im Zaum. Vera hing ihm beinahe weinend am Arm. Pawel schluckte.

Karko stellte in kaum spürbarer Ungeduld das eine Ohr vor, das andere nach hinten, wie um sich zu vergewissern, ob er richtig verstanden hatte, und trat von einem Fuß auf den anderen. Ein leichtes Rucken an der Leine zerstreute endgültig seine Zweifel, und er lief los, langsam zunächst, dann allmählich schneller werdend, aber ohne sich voll zu verausgaben. Er wußte genau, wo er, um abzukürzen, ein wenig einschwenken mußte, und wo er langsamer laufen mußte, damit die Menschen nicht aus dem Schlitten geschleudert wurden. Er wechselte von allein die Spur und erhöhte selbständig das Tempo, wenn eine gute Wegstrecke begann.

Pawel lernte Karko jetzt erst richtig schätzen und war ihm dankbar, so wie er seiner jungen Frau dankbar war, die neben ihm saß, oder seinen Schwiegereltern Iwan Nikititsch und Axinja Rogow, ja sogar Großvater Nikita. Auch Serjoshka war er dankbar – wofür, wußte er selbst nicht, vielleicht war ihm die Dankbarkeit auch gar nicht bewußt, er empfand nur so und hatte sie alle gern.

Karko war für ihn ein Gleicher unter Gleichen, war auch ein beseeltes Wesen, das ihn, Pawel, verstand. Ein vertrautes und treues Wesen, das ihm ergeben war und sich ihm anvertraute. Pawel hatte das schon an jenem entscheidenden Tag kurz nach der Hochzeit begriffen, als er nach Heu gefahren war und den Baum entdeckt hatte, der den Mühlenständer abgeben sollte. Womöglich hatte Karko ihn durch seine behenden energischen Sätze, mit denen er die Heufuhre aus dem tiefen Schnee zog, zu der für Schibanicha unerhörten Entscheidung ermutigt. Pawel erinnerte sich auch an den Tag der Gemeinschaftshilfe und den Tag, als er die Riesenkiefer ins Dorf holte:

Ohne Karko und seine Erfahrung hätte man den mächtigen Stamm gar nicht aus dem Wald gebracht. Und nicht nur das. Die dreihundert Bäume, die jetzt auf Vaters Hügel lagen, ständen ohne Karko immer noch kerzengerade an ihrem Platz.

Pawel war glücklich jetzt. Glücklich über seine gesunde Jugend, über Karko, über Vera, die vor Begeisterung jauchzte, und weil er die Nacht in seinem Elternhaus verbringen würde.

Er legte den Arm um seine Frau. Vera schmiegte sich froh und zutraulich an ihn.

»Da, halt mal die Handschuhe!« Er warf ihr die Fäustlinge zu und ließ voll die Zügel schießen. Für Karko war das ein eindeutiges Signal. Das Pferd lief schneller, rhythmisch wirbelten seine Beine. Steifer Fahrtwind schlug ihnen entgegen, der Schlitten sauste die Straße entlang. Aber Pawel ließ den Wallach nicht in Galopp fallen. Bis zu den Tennen mußte er Onkel Jewgraf einholen und danach an Sawwatej vorbei, der seine Rjasanka vom Start an galoppieren ließ. Korporal hielt auf der Straße nach Olchowiza die Spitze, und Netschajew drehte Klimow von weitem eine lange Nase.

Pawel sah sich um, von hinten schien ihn niemand zu bedrängen. Eine lange Reihe von Gespannen folgte aus Schibanicha. Mädchen kreischten, Syrins Harmonika erklang. An den Tennen ließ Jewgraf seine Stute plötzlich halten und gab den Weg frei.

»Was hast du, Onkel? Fahr doch!«

»Komm vorbei!« Jewgraf zügelte die erhitzte und über den Aufenthalt beleidigte Sazepka. »Fahr zu, ich komm im Schritt nach. Ich brauche die Stute noch zum Pflügen.«

Daß der Onkel ihn gewinnen lassen wollte, begriff Pawel nicht gleich. Die kurze Pause hatte ihn abgekühlt, Karko ließ nach, die Straße wurde schmaler. Nun war Sawwatej nur noch an der Gabelung bei den Eislöchern zu überholen. Klimow trieb seine Stute heftig an, um Sudejkin und Netschajew zu erreichen. Pawels Eifer legte sich, Jewgrafs Worte hatten ihm die Besonnenheit zurückgegeben. Soll er rasen, ich hab keine Eile, dachte er und warf einen Blick auf seine Frau. Ärger und Hilflosigkeit standen in ihren großen blauen Augen, sie war den Tränen nahe ... Vera erwiderte seinen Blick nicht, sie senkte nur kläglich den Kopf und nestelte an seinen Fausthandschuhen. Eine Haarsträhne sah unter ihrem Kaschmirtuch hervor. Am meisten erschütterte Pawel diese vertraute, hilflos herabhängende Strähne.

»Was hast du denn?« versuchte er zu scherzen.

Aber Veras Kopf sank noch tiefer, und auf einmal war Pawel alles klar. Heiße Scham überkam ihn, er errötete von den Ohren bis zum Halsansatz. Mitleid und Zärtlichkeit für seine Frau schnürten ihm die Kehle zu. Seine frühere Waghalsigkeit erwachte wieder, ein kaltes Kribbeln, das vom Magen ausging und ihm durch alle Glieder fuhr, ihn leicht und froh machte. Er stieß einen Pfiff aus und ließ die Zügel schießen. Karko zuckte nervös mit dem Ohr und galoppierte los, das Glöckchen verstummte, Schneebatzen flogen von den Pferdehufen gegen den Schlittenbug, Pawel ins Gesicht. Er lehnte sich an Vera, die wieder auflebte, sie packte ihn an der Schulter und jubelte: »Oh! Pascha ... Paschenka ...«

Sie verschluckte sich lachend im Fahrtwind, preßte die weißen Zähne zusammen, schüttelte ungestüm das regenbogenfarbene Kaschmirtuch vom Kopf.

Pawel stand halb auf dem Sitz. »Hü, Karko, hü!« rief er.

Der lange Pferdeleib streckte sich und flog die schmale gerade Straße entlang über den Schnee. Pawel sah nur die sich wellenförmig vom Kopf zum Schwanz fortsetzenden Bewegungen. Er hörte nicht, wie die eisernen Schlittenkufen hell zu singen begannen, hörte nicht das Lachen und die Rufe der leicht erschrockenen, begeisterten und frohen Vera; im Schlitten stehend, schwenkte er den Zügel über dem Kopf. Der Abstand zu Sawwa verringerte sich rasch. Karko raste über den Schnee. Der frische, nach Heu duftende steife Fahrtwind riß Pawel die Mütze vom Kopf. Er bekam sie gerade noch zu fassen, warf sie vor sich in den Schlitten und pfiff abermals, aber Karko war schon bis auf zwei, drei Meter an Sawwa heran. Der trieb seine Stute an und sah sich alle Augenblicke gehetzt um, aber die Gabelung bei den Eislöchern war fast erreicht ... Als Karkos Hufe an Klimows Schlitten schlugen, brachte Pawel das rasende Pferd durch eine unmerkliche Bewegung zur Ruhe, schnalzte laut und manövrierte geschickt. Der Schlitten lenkte kurz nach rechts und fiel eine Winzigkeit zurück, und dann lagen die beiden Pferde Kopf an Kopf.

»He, Sawwatej Iwanowitsch!« schrie Pawel.

Die Flüche des ergrimmten Sawwa nicht beachtend, schnalzte er nochmals laut mit der Zunge, Karko spannte alle Kraft an und zog mit einem letzten Ruck vorbei, danach ging er erschöpft langsam im Tempo herunter. Pawel ließ Karko wieder im Trab laufen und sank gleichfalls erschöpft auf den Fahrersitz zurück.

Vera winkte lachend dem zurückbleibenden Sawwatej. Den schwerfälligen Korporal erreichten sie mühelos, überholten ihn an der nächsten Weggabelung und gingen, von Netschajews wütenden Rufen verfolgt, in Führung. Die Kiefern der Olchowizaer Landenge glitten vorüber, auf den Kahlschlägen schimmerten Birken. Nach Olchowiza fuhr man bei normalem Tempo nur noch eine halbe Stunde.

Sawwatej Klimow war immer noch entschlossen, Akindin und Netschajew hinter sich zu lassen. Als sie vor Olchowiza aus dem Wald ins Freie kamen, holte er den Hengst ein. Akindin drehte sich um, zeigte Klimow den Vogel und trieb Korporal zu schnellerem Lauf an. Das sollte heißen: Das Krummholz kriegst du so wenig zu sehen wie deine Ohren, Klimow! Aber Sawwatej dachte nicht daran, auf das Krummholz zu verzichten. Er war überzeugt, daß er gewinnen werde, und hieb erneut auf

Rjasanka ein. Die Stute erzitterte, ließ sich weder zum Galopp noch zum Trab bewegen. Sawwatej war ratlos. Vor ihm, nur zweihundert Meter entfernt, fuhren Akindin und Netschajew im Schritt, das begehrte Krummholz blinkte zum Greifen nah. Rjasanka aber wollte nicht laufen. Da geschah etwas völlig Unerwartetes. Korporal, der sich offenbar auf seine eigentliche natürliche Bestimmung besann, blieb stehen, ließ ein furchterregendes Schnauben hören und begann zu trappeln und brünstig zu wiehern. Rjasanka, sonst gleichgültig solcher Werbung gegenüber, gab leise Antwort, worauf Korporal endgültig außer Kontrolle geriet. Netschajew und Akindin versuchten ihn fluchend zur Räson zu bringen, aber vergebens: Klimow holte sie ein. Der Hengst wurde noch störrischer. Klimow schlug mit der Peitsche auf die Stute ein, überholte und fuhr nach Olchowiza hinein, ohne sich umzudrehen. Nun aber blieb der Hengst ihm auf den Fersen und drohte mit seinen mächtigen Hufen Klimow und seinen Schlitten zu zermalmen. Netschajew rief mehrmals, Sawwatej solle den Weg freigeben. Auch Akindin fluchte. Da stand Klimow auf, zeigte den Verfolgern seinerseits den Vogel und rief zurück: »Nichts da! Nichts da, Freundchen, ich mach euch nicht Platz, ich nicht!«

Aber der Hengst drängte von hinten, sein riesiger Zottelkopf pendelte über Klimow hin und her, blutiger Schaum troff ihm vom Mund.

Klimow schlug Rjasanka mit der Peitsche gegen die Beine, sein letztes Mittel. So fuhr er als erster in Olchowiza ein, wo er gleich auf den Dorfladen zusteuerte.

Rjasankas Brustmuskeln zitterten, ihre Beine knickten ein. Die Stute hielt sich nur noch mühsam aufrecht und drohte jeden Augenblick zusammenzubrechen. Klimow brauchte sie auf dem Warteplatz, wo schon ein Dutzend Gespanne standen, gar nicht erst anzubinden. Sie schnaufte, heftig hoben und senkten sich ihre Flanken.

Klimow lockerte den Bauchgurt und zäumte die Stute ab. Er lief um sie herum und rieb sie mit einem Heubüschel trocken, warf ihr seinen eigenen Pelz über und redete ihr zu: »Tüchtig, hast ihn abgehängt! Solchen Mordskerl hast du überholt, bravo, Mädel! Die, und gegen uns ankommen! Dazu sind die zu schwach in den Knien! Dem haben wir's gegeben, dem Korporal! . . .«

Sudejkin und Netschajew stellten den Hengst bei Bekannten ab, spannten ihn aus und banden ihn mit einer dicken Fangleine an. Die Einladung zum Tee schlugen sie aus und gingen gleich zum Konsum.

»Na, was sagt ihr jetzt?« rief Sawwatej Akindin zu. »Ja, meine Rjasanka! Wenn meine Schlittenkufen Schienen gehabt hätten . . . Nie im Leben kommt dein Hengst gegen meine Stute an.«

Akindin trat näher und schlug sich mit dem Fausthandschuh in die Hand, daß es klatschte.

»Schon gut.«

»Ja, ja«, freute sich Klimow. »Dein Korporal muß jetzt bluten, drei Jahre lang muß er's Rjasanka für umsonst besorgen.«

Sudejkin warf einen Blick auf die Stute.

»Nein, Sawwatej Iwanowitsch«, sagte er. »Die braucht keinen Hengst mehr.«

»Glaubst du?«

»Da gibt es nichts zu glauben, man sieht's ja. Guck doch, wie sie die Lefzen hängen läßt, sie zittert am ganzen Leib.«

Sawwatej Klimow sah jetzt erst, was aus seiner Stute geworden war. Er räusperte sich und stieß heiser hervor: »Wirklich, sieht so aus, Mist verdammter . . . Dabei war sie eigentlich noch gut in Schuß. Sie war doch noch wie neu . . .«

»Wie neu«, spottete Sudejkin. »Die Stute ist wie neu, bloß daß sie auf dem letzten Loch pfeift, merkst du nicht, sie japst kaum noch.«

Ringsumher drängten sich Leute, aus Olchowiza und

Zugereiste. Man begrüßte sich, neue kamen hinzu, viele auch aus Schibanicha.

»Mein Hengst hat hier nichts mehr zu tun«, wiederholte Sudejkin, an alle gewandt.

»Die wird schon wieder, muß bloß verschnaufen«, sagte jemand, und Sawwatej freute sich über den Zuspruch.

»Nicht wahr?« sagte er. »Für keinen Trecker tausch ich die ein! Du, Akindin, sei still, du hast verloren, also sei mal ganz ruhig.«

»Was hat er denn verloren?« wurde gefragt. »Wie, Sudejkin hat verloren?«

»Na klar!«

»Sie hat seinen Korporal abgehängt.«

»Um sein Krummholz haben sie gewettet.«

»Um Klimows?«

»Und da hat sie ihn abgehängt.«

»So viel Puste hätte man ihr gar nicht zugetraut.«

»Drei Jahre, heißt es, soll der Hengst sie umsonst . . .«

»Na, Sawwatej Iwanowitsch, gratuliere!«

»Für so 'ne Leistung müßten's nicht drei Jahre sein, sondern 's ganze Leben. Da hast du nicht aufgepaßt, Sawwa, du hättest um alle Jahre wetten müssen.«

»Viele werden's kaum noch sein!« rief plötzlich ein Bäuerlein aus dem weit entfernten Dorf Ustaschicha. »Es steht ja schon angeschlagen, heut ist Versammlung.«

»Was für eine Versammlung?«

»Ignati Sopronow ruft die Armen zusammen, sie wollen alle einstufen. In drei Gruppen.«

Olchowiza war heute voller Menschen. Vor dem Konsum, dem Exekutivkomitee des Amtsbezirks und vielen Häusern standen ausgespannte Pferde und malmten Heu. Auf den Abstellplätzen reihten sich die Schlitten dicht an dicht, Schlitten aus Wurzelholz, lackierte Holzschlitten, niedrige Bauernschlitten. Halbwüchsige rodelten in Scharen auf Holzgestellen und Rutschbrettern den Berg herunter, die Größeren benutzten Dachlatten als

Skier. Alte Leute und Gäste waren auf dem Weg zur Kirche, zum Vormittagsgottesdienst, und sahen den immer noch einfahrenden Schlittengespannen nach.

Hier und da ertönten Ziehharmonikaklänge, verstummten aber wieder – zum Feiern war es noch zu früh. Die Olchowizaer Schwiegermütter hatten ihre Schwiegersöhne mit Plinsen abgefüttert und versammelten sich nun grüppchenweise zum Dorfklatsch, hechelten Burschen und Mädchen durch. Am Konsumlagerschuppen wurde Getreide abgeliefert, dort sprach man über Preise.

»Ist das gerecht? Vier Pud Roggen ein Rubel vierzig, aber abliefern mußt du!«

»Weiß Gott!«

»Ich krieg meinen reißend für drei Rubel los.«

»Was steht denn drin im Paragraphen 107?«

»Na, daß du ins Kittchen kommst, da kannst du brummen!«

»Ich hab schon gar kein Korn mehr . . . Aber Steuern soll ich zahlen.«

»Kescha, warum haben sie dir eigentlich die Steuer erlassen?« fragte Afrikan Drynow, ein entfernter Verwandter von Sawwatej. Kescha Fotijew schüttelte am Lager Säcke aus und half abladen, in der Hoffnung, man werde ihm dafür etwas spendieren. Auf Drynows Frage lachte Kescha kurz auf und sagte: »Es hat nicht zum Schnaps gelangt, verstehst du. Wer bezecht ist und gescheit, kommt noch mal so weit.«

»Ob's mit dem Gescheitsein seine Richtigkeit hat, weiß ich nicht, aber das mit dem Schnaps stimmt genau«, bemerkte Drynow.

Die Menge wich plötzlich an den Straßenrand: Wolodja Syrins Gespann kam angeprescht. In dem vorsintflutlichen Schlitten saß Stülpnase und hielt würdevoll die Zügel. Neben ihm saß die alte Tanja. Sie waren zu verschiedenen Zeiten zu Fuß von Schibanicha aufgebrochen, um der Einladung zur Versammlung zu folgen. Wolodja Syrin, der an der Ausfahrt teilnahm, hatte zuerst Tanja und danach Stülpnase aufgelesen. Bei der Einfahrt in Olchowiza überließ Wolodja Stülpnase die Zügel und griff zur Harmonika. Er spielte mit voller Lautstärke, und Stülpnase saß mit Tanja auf dem Bock und lenkte. Das Ereignis wurde im Dorf gebührend gewürdigt.

»He, Wolodja, wo willst du denn hin mit dem jungen Paar?«

»Na, zum Registrieren, was fragst du noch?«

»Das ist gut.«

»Eine tolle Hochzeit. Wo sind die denn her?«

»Aus Schibanicha!«

»Gott mit ihnen, wird auch Zeit für sie.«

Das »junge Paar« fuhr unter Harmonikaklängen direkt zum Exekutivkomitee, und alles drängte sich wieder um Sawwatej, um die Zukunft seiner glorreichen Stute zu erörtern.

Danilo Patschin hatte seinen Ältesten Wassili noch vor Pawels Hochzeit zum Armeedienst verabschiedet und bereute nun, Pawel verheiratet zu haben. Die Reise nach Moskau gab ihm neue Hoffnung. Vielleicht würde man ihn rehabilitieren, dann könnte er einen Kredit aufnehmen und Land pachten. Nur würde er ohne Wassili, allein mit der Frau und dem kleinen Oljoschka, nicht weit kommen. Danilo wurde alt, seine besten Jahre waren vorüber. Darum spielte er insgeheim mit dem Gedanken, Pawel zu überreden, mit seiner jungen Frau nach Olchowiza zurückzuziehen. Aber als Danilo erfuhr, daß sein Sohn begonnen hatte, eine Mühle zu bauen, ließ er den Gedanken fallen ... Pawel würde nicht wiederkommen, daran war gar nicht zu denken. Von wem der Junge bloß die Starrköpfigkeit hatte? Die Mühle würde ihn noch zugrunde richten! Danilo seufzte, er hätte ihm den Unfug gern ausgeredet. Als er aber hörte, daß auch Jewgraf und Kljuschin sich beteiligten, dachte er: Meinetwegen. Aber was denken die Narren sich bloß dabei? Die ruinieren sich doch total. Kann sein, sie kriegen die Mühle fertig. Und dann? Ist doch alles anders jetzt, mein Gott, die Zeiten sind nicht mehr danach!

Danilo hatte das im Gefühl, darum tat Pawel ihm leid, aber er wußte auch, daß ihn jetzt nichts mehr halten konnte.

Trotzdem war Danilo in den letzten Tagen von einer heimlichen Freude erfüllt. Er wurde wieder richtig jung und kniff vor Übermut sogar mal seine Katerina, dem kleinen Oljoschka aber strich er dauernd übers Haar. Mehrmals kaufte er ihm Fruchtbonbons und ermahnte ihn, seine Hausaufgaben besser zu erledigen. Oljoschka ging noch in die erste Klasse. Er war Geschenke außer der Reihe nicht gewöhnt und verhielt sich ablehnend.

»Oljoschka, was ist bloß in unsern Vater gefahren?« wunderte sich auch Katerina. »Er tut ja grad, als ob alle Tage Weihnachten wär.«

Danilo antwortete nichts darauf. Er wartete von Stunde zu Stunde, daß etwas geschehe.

Am Sonnabend vor der Butterwoche buk Katerina einen großen Topf voll Hafermehlplinsen. Zwar käme statt eines Schwiegersohns der eigene Sohn, aber es war nun mal Butterwoche. Doch Pawel kam nicht. Am Sonntag lotste Katerina ihren Mann in die Kirche. Danilo hielt nicht viel davon, aber es war nun mal Sitte, auch wollte er unters Volk und sich die Leute ansehen.

Vater Irenej war alt und sein Gottesdienst längst nicht so interessant wie der des Popen Rotfuchs in Schibanicha. Am Ende des Gottesdienstes hielt er eine kurze Predigt. Danilo kannte sich in seinen gelehrten Worten nicht recht aus, er verstand nur so viel, daß sie wieder Geduld üben sollten und daß jede Obrigkeit von Gott sei. Als sie nach Hause kamen, war es Mittag. Katerina setzte den Samowar auf und jammerte, was sie nun mit den Plinsen anfangen solle. Sie hatte eine Riesenmenge gebacken, und keiner kam, um sie zu essen. Da ertönte Schellengeläut in der Gasse, ein Pferd schnaubte. Danilo lief in der

Weste auf die Vortreppe: Pawel zäumte Karko schon ab. Vera, die sich an der frischen Luft rote Wangen geholt hatte, sprang vom Schlitten.

»Oi, Väterchen!« Sie lief zur Treppe, fegte sich den Schnee von den Filzstiefeln und klopfte sich den Heustaub aus den Kleidern. »Seid ihr alle gesund?«

»Sind wir, sind wir, alles in Ordnung, Gott sei Dank. Komm, geh rein zu Mutter . . .«

Danilo half dem Sohn beim Ausspannen. Sie nahmen Karko das Geschirr ab und rieben ihn mit einem Heuwisch trocken. Während Pawel Kummet, Krummholz und Jochsattel in die Diele schaffte, holte der Vater eine Leinenplane und legte sie dem Wallach über.

»In zwei Stunden geb ich ihm zu saufen. Wie kommt's denn? Er war ja naß, als käm er aus der Banja.«

Pawel schmunzelte. »Na ja, ich hab Sawwatej überholt. Auch Sudejkin mit seinem Korporal.«

Danilo ächzte mißbilligend.

»Na, komm rein, der Samowar steht schon auf dem Tisch.«

Pawel genoß es, auf der Vortreppe des Elternhauses zu verweilen. Das schon von Großvater an die Schwelle genagelte Hufeisen war noch da, auch der Strick der Türschließvorrichtung war noch derselbe. Er kannte hier jedes Astloch in der Tür und im Fußboden des Vorraums. Die mit Bastmatten verkleidete Stubentür öffnete sich leicht und sanft wie früher, und drinnen roch es immer noch nach Sauerteig und trockenen Zwiebeln. Zu Wassilis Verabschiedung war er das letztemal hier gewesen, aber da hatte ihn der Sauerteig nicht interessiert: Das ganze Dorf hatte mit Harmonikamusik und Bier Wassilis Abschied gefeiert.

Pawel beruhigte die jammernde Mutter, legte Wolljacke und Mütze ab und hängte sie an den Kleiderrechen neben der Tür.

»Hat Wassili geschrieben?«

»Ja, von unterwegs!« jammerte Katerina. »Er schreibt,

daß sie ans Meer kommen sollen, sie wissen aber nicht, wohin. Zieh doch die Schuhe aus, Verachen. Vater, gib dem Mädel warme.«

»Mädel . . .« Pawel faßte die plötzlich still gewordene Vera, um sie aufzumuntern, heimlich um die schlanke, kräftige Taille. Das sah Katerina und lachte.

»Ihr habt euch also noch nicht satt! Na, dann setzt euch, mit Gottes Segen. Vater, laß uns nicht trocken sitzen.«

Danilo langte die Flasche vom Schrank. Eine große Pfanne voll Butterplinsen, mit Hafergrütze bestreut, wurde aus dem Ofen geholt. Pawel zerkleinerte Zucker mit der Zuckerzange.

Sie hatten die erste Tasse Tee noch nicht ausgetrunken, als nacheinander zwei Fuhrwerke vor dem Haus hielten. Als erstes war der Baß des Popen aus Schibanicha an der Tür zu hören. Gleich beim Eintreten, noch vor der Begrüßung, sang er:

»Hei, in die Pilze gingen wir,
Der Korb war bißchen lütt!«

»Hallo, Nikolai Iwanowitsch!« rief Danilo Patschin hocherfreut. »Du hast Glück, setz dich, es gibt gerade Plinsen.«

»Da kamen wir vom Wege ab,
Da gingen wir verschütt!«

Vater Nikolai begrüßte alle, die Männer mit Handschlag.

»Nimm's nicht übel, verzeih, Danilo Semjonowitsch, verzeih, Pawel Danilowitsch, ich habe meine Stute an euren Schlitten gebunden, aber besuchen will ich Vater Irenej.«

»Aber ich bitte dich, Nikolai Iwanowitsch! Wir haben doch Platz genug! Na, auf ein Gläschen!«

»Da sag ich nicht nein. Da sag ich nicht nein, zumal ich in Schibanicha mit Nikolai Nikolajewitsch aufgebrochen bin . . . und da ist der hohe Herr auch schon, mitsamt seiner Maid!«

»Wenn man den Esel nennt, kommt er gerennt!« lachte Katerina. »Legt ab.«

Mikulinchen trat mit der lachenden Palaschka in die Stube. Palaschka hielt sich den Bauch, sie wollte sich ausschütten vor Lachen.

»Puh, Mädels, kann gar nicht reden.«

»Worüber mußt du denn so lachen?«

»Hol sie der Kuckuck«, sagte Mikulinchen. »Das weiß sie selber nicht. Nein, danke, ich kann jetzt nicht, ist jetzt nicht ratsam.«

Der Vorsitzende des Schibanichaer Dorfsowjets schob das ihm angebotene Glas zurück.

»Dann komm nach der Versammlung!« rief Danilo ihm nach. Alle schauten zum Fenster hinaus, um zu sehen, ob Mikulinchen sein Pferd an Patschins Vortreppe lassen werde. Er tat es nicht, worüber Palaschka im Nu das Lachen verging. Am Tisch aber fing sie schon wieder an: »Au, hol mich der Nix, puh, Patin, gib mir ein Glas Wasser . . .«

»Was ist denn passiert?«

Aber was Palaschka so amüsierte, wäre den anderen, hätte sie es erzählt, sicher gar nicht komisch vorgekommen. Ehe Mikulinchen zu Patschins fuhr, hatte er am Dorfladen gehalten, um Palaschka ein kleines Geschenk zu kaufen. Palaschka war unterdessen flink hinter einen Speicher gelaufen, hatte ihr Geschäftchen verrichtet und war wieder zum Vorschein gekommen. Weit und breit war kein Mensch mehr zu sehen gewesen. Kurz vor der Versammlung war die Straße vor dem Konsum wie leergefegt. Ein alter Gaul zog langsam einen herrenlosen Bauernschlitten vorüber, dessen Leine am Boden schleifte. Ein kleines Bäuerlein aus dem Dorf Ustaschicha rannte zerzaust, ohne Mütze hinterdrein, versuchte vergeblich, sie zu fassen zu kriegen, und rief in einem fort: »Haltet ihn doch bitte an!« Immer wieder rief er: »Haltet ihn doch bitte an!« Aber keiner hörte ihn, keiner half ihm, die Straße blieb wie ausgestorben. Der Anblick des zerzausten Bäuerleins hatte Palaschka seltsamerweise zum Lachen gebracht.

16

Das Exekutivkomitee von Olchowiza befand sich seit 1918 unter dem Blechdach des einstöckigen Gebäudes, das die ehemalige Amtsbezirksverwaltung beherbergt hatte. Das Haus hatte zu beiden Seiten des Flurs je drei Zimmer sowie eine Mansarde, wie man die Bodenkammer nannte. Unten war das Exekutivkomitee untergebracht. Außerdem gehörte ein Zimmer dem Komitee der Gegenseitigen Bauernhilfe, ein weiteres wurde von zwei Kolchosen – einer Kredit- und Maschinengenossenschaft und dem Butterartel – als Kontor genutzt. (Als dritter Kolchos im Amtsbezirk galt die Clara-Zetkin-Kommune, aber deren ganze »Buchhaltung« fand in Mitka Ussows kleiner Truhe Platz.) Neben dem Kolchoskontor befand sich eine Lesestube, und in der Mansarde lagerten uralte Archive. Als der vom Kreis geschickte Sopronow zum Sekretär der Parteizelle gewählt worden war, hatte Stepan Lusin ihm die Mansarde eingeräumt. Die Archivakten wurden auf den Fußboden der Toilette umgelagert, und in der Mansarde wurde auf Haushaltskosten ein Ofen gesetzt und der Fußboden neu gelegt.

Unterm Dach war es kalt, aber Sopronow mochte nicht hinuntergehen. Er sortierte mit blaugefrorenen Fingern Akten und wartete darauf, daß Lusin zu ihm hochkäme. Die Versammlung zur Gründung neuer Dorfarmengruppen war für zwölf Uhr angesetzt, und Lusin kam und kam nicht. Die Reinemachefrau Stepanida, die in der

Mansarde heizte, sagte, er sei längst da und unten sei alles voller Menschen.

Als Sopronow sah, daß er den Vorsitzenden des Exekutivkomitees vergebens bei sich erwartete, beschloß er, ohne Rücksicht selbständig zu handeln. Er nahm einige Bogen liniertes Papier, das noch aus der Zarenzeit stammte, und unterteilte sie in mehrere Spalten. Über die erste schrieb er: *Lfd. Nr.*, die Überschrift der zweiten verstand sich von selbst: *Name, Vor- und Vatersname;* die dritte bezeichnete er mit *Kl. Zug.*, Klassenzugehörigkeit. Es blieb noch Platz für eine vierte Spalte. Sopronow schrieb nach kurzem Überlegen: *Bes. Bem.*, Besondere Bemerkungen. Nachdem er über eine Stunde lang Namen von der Steuerliste in seine Liste übertragen hatte, trat er müde, den Bleistift zwischen den Fingern drehend, ans Fenster.

Unten auf dem Abstellplaz standen viele Fuhrwerke, die Pferde kauten Heu. Zwischen den Schlitten wuselten Hunde und Knirpse mit Rutschbrettern. Immer neue Fuhrwerke trafen ein, es waren die mit dem weitesten Weg. Viele Leute kamen zu Fuß.

Sopronow sah sich plötzlich mit den Augen eines Außenstehenden. Er nahm wieder auf seinem Stuhl Platz, als die Putzfrau erschien, um die Ofenklappe zu schließen.

»Stepanida, hast du Netschajew aus Schibanicha gesehen?«

»Der treibt sich schon lange hier rum.«

»Hol ihn her!«

Die hagere, einer Dohle im Frühjahr ähnliche Stepanida bog am Ofen ihr Kreuz gerade.

»Geh man selber. Wer weiß, wo der ist, vielleicht bei irgendwem im Dorf.«

»Such ihn!«

Stepanida ging, gutmütig brummend.

Sopronow überflog die Namen aus Schibanicha. Fünf, höchstens sieben Wirtschaften gehörten seiner Meinung nach wirklich zur Dorfarmut, die übrigen waren allesamt Wohlhabende und Kulaken. Seit seinem Parteieintritt hatte er nicht mehr geraucht, aber jetzt war ihm, als fehle ihm etwas. Ihm fiel ein, daß es der Nikotingenuß war, dann dachte er: Aber auch wenn man die anderen Dörfer nimmt ... In welche Kate du kommst, überall sind Wohlhabende, jeder hat ein Pferd und eine Kuh, manche zwei oder sogar drei. Die haben sich an der Landumverteilung gesundgestoßen! 'ne Menge Kulaken haben wir uns mittlerweile rangezogen, die lachen sich ins Fäustchen über die Sowjetmacht! Laß man, die ziehen den Schwanz schnell wieder ein, wenn's anders kommt. Mit der NÖP macht Genosse Stalin demnächst Schluß, wie's aussieht ...

Das Telegramm mit den Unterschriften Jerochin und Mejerson lag neben den Listen auf dem Tisch. »Den Kampf gegen klassenfremde Elemente aufnehmen ...« – leicht gesagt! Die sind doch alle miteinander versippt und verschwägert, denen komm einer bei ... Vom Kreis aus anweisen ist leicht, dachte er.

Geräuschvoll kam Iwan Netschajew herein, er brachte den Geruch von Schnee, Heu und Pferden mit. Aufgekratzt schüttelte er Sopronows kalte Hand.

»Na, Ignati, was sagst du zu unserer Blamage?«

Sopronow, der am Tisch sitzen geblieben war, ließ Netschajews Stimmung kalt. Netschajew merkte nichts. Er drehte sich eine Zigarette und fing an zu erzählen, wie er und Sudejkin sich mit Korporal blamiert hatten: »Dem müßte man, verstehst du ...«

»Weißt du was, Iwan Fjodorowitsch?« unterbrach Sopronow ihn und schlug mit der flachen Hand auf die Liste. »Hier hab ich das ganze Dorf ...«

»Wieso?« wunderte sich Netschajew, das angezündete Streichholz in der Hand. »Was für ein Dorf?«

»Schibanicha. Wieviel Kühe hast du?«

»Eine, das weißt du doch.«

»Eine.« Sopronow lehnte sich wichtig zurück und

trommelte mit den Fingern auf den Tisch. »Und dein Nachbar Rogow?«

»Rogow hat drei.«

»Drei. Siehst du den Unterschied?«

»Was für einen Unterschied?«

»Himmel, Arsch und Wolkenbruch!« erboste sich Sopronow. »Bist du ein Wickelkind? Bist du von gestern?«

Iwan Netschajew blinzelte mit den hellen Wimpern und sah Sopronow verwundert an. Sie waren gleichaltrig, außerdem hatte er, Netschajew, bei der Armee selbst Leute unter sich gehabt. Erst jetzt bemerkte er, wie Sopronow mit ihm sprach. Die Beleidigung brachte ihn in helle Wut.

»Hör mal, Ignati, keine Anspielungen! Sag gleich, was du willst. Und mach Rogow nicht schlecht, auf den laß ich nichts kommen!«

Sopronow kniff die wäßrigen Augen, deren Weißes an Magermilch erinnerte, zu einem Spalt zusammen, überwand sich und sprach leiser: »Genosse Netschajew, wir gründen eine Gruppe der Dorfarmut. Welche Vorteile die Dorfarmut jetzt hat, weißt du. Wir geben ihr Getreide aus dem Fonds der Gegenseitigen Bauernhilfe, befreien sie von der Selbstbesteuerung. Das Abgabesoll wird ihr teilweise oder ganz erlassen. Dich trage ich als ersten in die Schibanichaer Gruppe ein.«

Netschajew staunte noch mehr. Ignati hatte ihn nicht wie früher Wanja genannt, nicht mal Iwan Fjodorowitsch, sondern Genosse Netschajew. Das kränkte ihn am meisten: Mit Ignati hatte er als Kind gespielt, sie waren zusammen zur Armee gekommen. Sogar getreidelt hatten sie zusammen in jungen Jahren, waren zusammen zu den Dorfabenden gegangen. Und auf einmal saß Ignati hinter einem Schreibtisch und spielte den Gestrengen, betitelte einen mit Genosse wie bei der Armee. Und zog auch noch über Nachbar Iwan Rogow her. Dabei waren Netschajews mit Rogow seit jeher gut ausgekommen.

»Also was ist?« fragte Sopronow hart.

»Nichts ist! Hier – meine Hand, wenn du willst!« Netschajew stand auf. »Bleiben wir Freunde wie bisher! Aber in die Dorfarmut geh ich nicht, ich bin kein Hungerleider.«

»Wenn du nicht willst, wir zwingen dich nicht.« Sopronow übersah die ihm dargebotene Hand. »Dann tragen wir dich als Mittelbauern ein. Aber als starken Mittelbauern, daß du's weißt! Du hast es dir selber zuzuschreiben.«

»Scher dich zum . . .« Netschajew fluchte. »Von mir aus trag mich als Wohlhabenden ein!«

»Das hat keine Eile.«

Netschajew war blaß, als er die Tür zuschlug.

Sopronow ging mit den Listen in die Lesestube hinunter. Ungefähr zwanzig Dorfarme, die der Einladung gefolgt waren, saßen auf den Bänken. Dicker Qualm stand im Raum und biß die alten Frauen und Nichtraucher in die Augen. Das Bäuerlein, das Palaschka Mironowa zum Lachen gebracht hatte, schwatzte mit Stülpnase, Sopronows Bruder Selja saß allein auf der vorderen Bank, Afrikan Drynow hielt seine schmierige, durchgeschwitzte Budjonnymütze auf den Knien und diskutierte mit Mitka Ussow. Tanja schniefte allein vor sich, Kescha Fotijew unterhielt sich mit einem Bekannten aus Olchowiza, der auf den Spitznamen Zehner hörte. Auf den hinteren Bänken saßen ein paar Männer und Frauen und alte Mütterchen, die sich nicht kannten.

Sopronow ging nach vorn und setzte sich auf den mit blaßrotem Fahnentuch bedeckten Tisch, auf dem ein standsicheres Tintenfaß und eine leere Karaffe standen. Allmählich verstummten die Gespräche. Sopronow bat Stepanida, die Tür von innen zu verriegeln, und erhob sich.

»Genossen, ich bitte jetzt das Rauchen zu unterlassen! Wer unbedingt muß, soll rausgehen.«

Die zwar verspätete, aber strenge Mahnung tat ihre

Wirkung: Die Leute saßen mucksmäuschenstill und wagten nicht zu husten.

»Genossen, ich eröffne die Dorfarmenversammlung des Exekutivkomitees Olchowiza. Es wird vorgeschlagen, kein Präsidium zu wählen. Gibt es Einwände?«

Es gab keine. Sopronow zog ein Notizbuch aus der Tasche.

»Zwei Punkte stehen zur Debatte, die Gründung einer Gruppe der Dorfarmut und die Einstufung der Bevölkerung in drei Hauptklassen, das heißt, Dorfarmut, Mittelbauern und Kulaken. Ist jemand dagegen?«

Er musterte die Reihen: Die Versammlung schwieg.

»Zum ersten Punkte schlage ich folgendes vor: Die Gruppe der Dorfarmut konstituiert sich in der gegebenen Zusammensetzung. Gibt es Einwände? Ich rufe dorfweise namentlich auf. Schibanicha. Petrow Alexej Iwanowitsch, Sokolowa Tatjana . . . äh . . .«

»Matwejewna!« rief Kescha Fotijew ihm zu. »Sie hat uns beide getauft.«

Sopronow überhörte Keschas Bemerkung, während Tanja verschämt den Kopf senkte und an ihrem Tuch nestelte.

»Also Sokolowa Tatjana Matwejewna, Fotijew Assikret Liodorowitsch, Sopronow Seliwerst Pawlowitsch, gibt es Einwände? Ich verlese jetzt das Dorf Olchowiza, Genossen . . .«

»Erlauben Sie, Genosse Sopronow, also, daß ich eine Frage stelle.« Das Bäuerlein aus Ustaschicha, über das Palaschka sich so amüsiert hatte, stand auf. »Ja, also wenn . . . Zum Beispiel die Grundlage der Persönlichkeit . . . Und das allgemeine Bewußtsein . . . Ich meine die Bezahlung. Wenn sich die Bezahlung zum Beispiel nach der Funktion richtet, die einer hat . . .«

»Das gehört nicht zum Thema.«

»Ist klar.« Das Bäuerlein war zufriedengestellt und setzte sich wieder.

Sopronow fuhr mit der Verlesung der Namen fort.

Währenddessen schob einer der Anwesenden den Türriegel zurück und ging hinaus, um zu rauchen. Zwei Bauern aus Olchowiza betraten leise die Lesestube. Nach ihnen kamen Akindin Sudejkin und Sawwatej Klimow. Die Stube füllte sich allmählich.

Sopronow begriff, daß er einen Fehler gemacht hatte, aber es war zu spät. Immer mehr Leute kamen, drängten sich an der Tür, setzten sich einfach auf den Fußboden, die Mutigeren gingen nach vorn und besetzten die beiden vorderen Bänke.

»Genossen, damit wollen wir den ersten Punkt als abgeschlossen betrachten! Alle Genannten nehmen das bitte zur Kenntnis. Wir kommen jetzt zum wichtigsten Punkt, Genossen, zur Einstufung.«

Trotz der stickigen Luft und des Gedränges wurde es wieder still im Raum.

»Genossen, von oben besteht Anweisung, nicht wie bisher in sechs, sondern in drei Gruppen einzustufen. Wir stimmen ab, wer ist dafür, in drei Gruppen einzustufen? Stimmberechtigt sind nur die aufgenommenen Genossen . . .«

In der Lesestube trat Totenstille ein. Plötzlich ertönte in einer der hinteren Reihen ein heftiges Räuspern, und wie auf Kommando fingen alle an zu reden. Rufe wurden laut.

»Warum denn jetzt drei?«

»Wir haben auch Stimmrecht!«

»Wo ist der Vorsitzende?«

»Lusin soll her! Stepan Iwanowitsch!«

»Genossen!« Sopronow klopfte erbleichend mit dem Bleistift an die Karaffe. »Unsere Versammlung fällt unter einen anderen Aspekt, den Dorfarmutsaspekt.«

»Armutsaspekt? Was ist denn das nun wieder?«

»Es gibt nur eine Sowjetmacht!«

»Richtig!«

Stepan Iwanowitsch Lusin drängte sich eilig nach vorn. Er wirkte ruhig, nur seine Wangenmuskeln zuckten kaum merklich unter der blaurasierten Haut. Die Versammelten beruhigten sich und rückten auseinander, um ihn durchzulassen. Er trat ohne Hast zu Sopronow, flüsterte ihm was ins Ohr, wurde plötzlich blaß und gab eine scharfe Antwort. Der Parteizellensekretär blieb ihm nichts schuldig. Auch ihm wich die Farbe aus dem Gesicht, er sagte etwas zu Lusin und hielt ihm ein Papier unter die Nase, offenbar ein Telegramm. Lusin setzte sich neben Sopronow und las es. Sie begannen abermals heftig und wütend miteinander zu flüstern. Stepan Iwanowitsch hob kaum merklich die Achseln. Er stand auf.

»Genossen, die Versammlung geht weiter. Bitte halten Sie Disziplin. Die Gründung von Dorfarmutsgruppen steht, wie Ignati Pawlowitsch schon sagte, tatsächlich auf der Tagesordnung. Es gibt eine vorläufige Instruktion des Gouvernementskomitees Wologda zur Gründung solcher Gruppen . . .«

»Vorläufig!« Afrikan Drynow stand auf und fuchtelte mit seiner Budjonnymütze. »Das ist ja das Elend – daß die wieder bloß vorläufig ist!«

»Sprich weiter, Drynow.«

»Warum nicht, bitte äußern Sie sich!« Lusin nahm wieder Platz.

Sopronow kniff unwillig die Augen zusammen, als Afrikan Drynow zu reden begann.

»Wieso ist alles bei uns vorläufig und provisorisch, Stepan Iwanowitsch? Vorläufige Instruktion, provisorische Leitung. Artikel 107 über die Getreideablieferung gilt auch bloß vorläufig, sagt man.«

»Aber provisorisch ist doch man unser ganzes Leben, Afrikan Iwanowitsch«, warf Sawwatej Klimow ein.

»Eben darum wollen wir ja, daß es sicherer wird, Sawwatej Iwanowitsch.«

»Alle Hoffnung ruht jetzt auf Kescha Fotijew, Leute . . .«

»Der bestimmt.«

»Richtig.«

»Der und sein Kompagnon Zehner . . .«

»Und Mitka Ussow!«

»Was heißt hier Mitka? Was heißt hier Mitka?« Ussow sprang wie von der Tarantel gestochen von seinem Platz.

»Ruhe, Bürger! Laßt Drynow ausreden.«

»Ich meine folgendes, Leute«, fuhr Afrikan Drynow fort. »Ich bin, ehrlich gesagt, für allgemeine Gerechtigkeit. Meine eigene Wirtschaft ist auch nicht verlottert! Die NÖP werden sie abschaffen, und das wird auch die Dorfarmut zu spüren kriegen. Und zweitens ist Armer nicht gleich Armer! Da geben sie Anweisung: Kredite bloß noch für die Dorfarmut. Aber für manche von denen bedeutet Kredit dasselbe, als wenn man 'ner Leiche heiße Umschläge macht.«

»Wahrhaftig!«

»Da haben sie Fotijew einen Kredit bewilligt, nichts für ungut, Assikret Liodorowitsch, ich sag bloß die Wahrheit. Dabei hat er sich weder einen Pflug noch ein Pferd davon angeschafft, bestimmt hat er alles verjubelt!«

»Schon lange.«

»Futsch!«

»Was geht dich das an?« empörte sich Kescha. »Ich bin mein eigener Herr!«

»Der weiß schon: Den Armen erlassen sie alles!«

Lusin stand auf und machte dem Streit ein Ende.

»Genosse Drynow, Kredite werden bewilligt. Für alle werktätigen Bauern!«

»Und was ist mit den drei Listen? Erst waren's sechs, und jetzt sollen's drei werden. Dabei kriegen wir uns doch alle in die Haare und zerfleischen uns.«

»Genossen, das Wort hat Ignati Pawlowitsch, der Sekretär der Parteizelle.«

Lusin setzte sich, und Sopronow fing sofort an: »Ich wiederhole, Genossen, es ist Anweisung gekommen, die Einteilung in sechs Gruppen aufzuheben, weil sie unklar ist. Die Partei und die Sowjetmacht teilt das Dorf in drei Klassen. Was hat uns die Einteilung in sechs Gruppen gebracht? Nichts wie heilloses Durcheinander, Genossen. Dorfarmut, arme Mittelbauern, Mittelbauern, starke Mittelbauern ... Dazu kamen noch Kulaken und Wohlhabende. Ich schlage vor ...«

»Das ist nicht in Ordnung!«

»Ich schlage vor, über die drei Listen abzustimmen!«

»Und in welche trägst du dich selber ein?«

»Ich bitte die Kulakenbemerkungen zu unterlassen!« rief Sopronow mit hochrotem Gesicht, seine Hände zitterten.

Abermals wurde es still im Raum, so still, daß man hörte, wie es in Stülpnases Kehle röchelte und gluckste.

»Ich schlage vor, jeden Fall einzeln zu diskutieren ...« Sopronow blätterte in seinem Notizbuch. »Wir beginnen beim Dorf Olchowiza, Genossen, mit Danilo Semjonowitsch Patschin ...«

Dumpfes Stimmengewirr und Fußscharren erfüllten die Lesestube von Olchowiza.

»Wer möchte sich äußern?«

»Wozu denn noch?« rief jemand. »Den hast du doch längst bei den Kulaken eingeschrieben. Spuck den nächsten aus.«

»Ja, Genossen«, gab Sopronow ruhig zu. »Patschin betrachten wir als Kulaken und schlagen vor, ihn aus der Leitung der Kreditgenossenschaft zu entfernen. Wir haben Anweisung ...«

»Hast du noch viele Anweisungen, Ignati Pawlowitsch?« Danilo Patschin schob sich durch die Menge nach vorn, seine Glatze und sein weißer Bart schwankten zwischen den Köpfen, seine Stimme zitterte vor Kränkung. »Dich, Ignati Pawlowitsch, macht kein Brot satt, du brauchst Anweisungen ... Was hast du gegen mich? Warum ruinierst du mich? Wo mein Haus mit Brettern verkleidet ist ... Wo ich ganze drei Kühe und zwei Pferde im Stall hab ... Bürger, hier bin ich, stehe euch Rede und Antwort. Wenn ich ein Kulak und Ausbeuter bin ... Immer schreibt mich ein in die Liste eins ...«

Die Menge lärmte: »Patschin zu den Mittelbauern!«

»Was, zum Teufel, ist der für ’n Kulak?«

»Nassonow aus Salesnaja, der ist einer, den können sie zwiebeln.«

»Jawohl! Hat sich die Holzteerfabrik untern Nagel gerissen und nimmt für den Teer dreimal soviel.«

»Nassonow hat jetzt drei Arbeiter. Genausoviel wie Käfer aus Schibanicha ... Aber wieso ist Patschin ein Kulak?«

»Krumm und lahm geschunden hat er sich.«

»Handel treibt er auch keinen.«

»Zu den Mittelbauern!«

Lusin saß reglos. Sopronow kniff die Augen zusammen, lief abermals rot an und schrie: »Nein, nicht zu den Mittelbauern!«

»Die Stampfmühle hab ich verschenkt, hab mir alles sauer erarbeitet ... Was hast du gegen mich, Ignati Pawlowitsch?« Danilo wandte sich an die Versammlung. »Erst habt ihr mir das Stimmrecht entzogen, jetzt stuft ihr mich als Kulaken ein. Hab ich etwa nicht für die Sowjetmacht gekämpft? Ich hab in Moskau Genossen Stalin gesehn, mit eigenen Augen, und Michail Iwanowitsch Kalinin persönlich hat zu mir gesagt: ›Fahr getrost nach Hause, Genosse Patschin, deine Sache steht gut ...‹ «

»Lüg nicht!«

»Hast du wirklich mit Stalin gesprochen?«

»Wirklich, bei Gott, ich lüge nicht!« Danilo wollte sich schon bekreuzigen, ließ es aber sein. ›Fahr nach Haus, Genosse Patschin‹, sagten sie, ›wir bringen das in Ordnung.‹ « Danilo zog ein Blatt Papier aus der Tasche.

»Hier! Wenn ihr mir nicht glaubt! Hier, der Beweis!«

»Na komm, zeig her!« Sopronow ließ sich nicht verblüffen und griff nach dem Blatt. »Gib her!«

»Nein, ich geb es nicht. Du hast das selber, Ignati Pawlowitsch, sieh nach bei dir. Sieh nach, ich hab hier die zweite Kopie.«

»Vorlesen!«

»Warum sagt der Vorsitzende nichts?«

Lusin flüsterte Sopronow etwas ins Ohr, der wurde blaß und stand auf.

»Genossen, die Versammlung wird vertagt! Ich erkläre die Versammlung für geschlossen, angesichts . . .«

»Angesichts wovon? Weitermachen!«

»Er soll vorlesen, was er da hat.«

»Merkst du was, er schließt einfach die Versammlung.«

»Lusin soll reden! Stepan Iwanowitsch soll was dazu sagen, das geht ihn an!«

»Stimmt es oder stimmt es nicht, was Patschin da erzählt?«

Lusin klopfte mit dem Bleistift an die Karaffe.

»Genossen, bitte geht auseinander. Für Danilo Patschin hat sich der Genosse Kalinin persönlich eingesetzt. Eine Weisung des Gouvernementsexekutivkomitees empfiehlt, Patschin rechtmäßig einzustufen und ihm sein Stimmrecht zurückzugeben . . .«

Die Worte des Vorsitzenden gingen in Stimmenlärm und Getöse unter, alle schrien durcheinander.

»Wirrköpfe!«

»Die eigenen Leute sind die schlimmsten, das war schon immer so.«

»Und der Pope? Haben sie's dem Rotfuchs auch zurückgegeben?«

»Nein, bei dem hat's Moskau abgelehnt, der säuft zuviel, sagen sie.«

»Ho, Leute, Kulak müßte man sein. Wenigstens 'ne Woche lang!« schrie Akindin Sudejkin.

»Nein, Akindin, die Hoffnung begrab man lieber!« Sawwatej Klimow klopfte Sudejkin auf die Schulter. »Du gehörst zur Armut und basta, du mit deinem Korporal gibst doch nicht mal 'n Mittelbauern ab. Was ist der Gaul schon wert! Sogar meine Stute . . .«

»Ist sie noch am Leben?«

»Wer?«

»Na, die Stute.«

»Meine Stute überlebt Sopronow.«

»Sag das nicht!«

»Was?«

»Von wegen Sopronow.«

Der war unterdessen von der Bildfläche verschwunden. Alle schrien laut durcheinander, am lautesten das Bäuerlein aus Ustaschicha. Er redete gestikulierend mit beiden Händen auf jemanden ein.

»Das ist es, Leutchen! Der Liter! Der Liter ist an allem schuld! Der hat unser russisches Volk ruiniert!«

»Der Wodka? Das stimmt!«

»Am Ende rebellieren noch die Weiber!«

»Still! Beschrei's nicht!«

»Meine rebelliert sowieso schon.«

»Was sagst du zu Sopronow? Solchen Kerlen ist nicht beizukommen.«

Die Lesestube leerte sich rasch.

17

Nachdem der Dorfvorsitzende von Schibanicha Nikolai Nikolajewitsch Mikulin, genannt Mikulinchen, das ihm von Danilo angebotene Glas ausgeschlagen hatte, war er noch kurz vor Sopronows Versammlung zum Exekutivkomitee des Amtsbezirks Olchowiza gefahren. An die Versammlung dachte er am allerwenigsten. In seinem unbekümmerten, von Erinnerungen unbeschwerten Gemüt sprudelten und brodelten jugendlich heitere Gedanken, einer immer schöner als der andere. Mikulinchen freute sich, daß er beim Kreis gut angeschrieben war, daß er in Schibanicha geachtet wurde und daß es ein Mädchen wie Palaschka gab. Und schließlich hatte er einfach Freude an der Butterwoche und der ganzen weiten Welt.

Wie er mit Palaschka nach Olchowiza gefahren war, daran versuchte er nicht zu denken, damit die Erinnerung sich nicht abnutzte. Trotzdem kam sie ihm immer wieder.

Vor dem Schibanichaer Dorfsowjet war das Mädchen zu ihm in den Schlitten gestiegen. Einige Bauern wollten wie im Vorjahr eine Wettfahrt veranstalten. Mikulinchen ließ alle vor. Als er mit Palaschka auf der Landenge vor Olchowiza allein war, warf er die Zügel hin und fing an, das Mädchen abzudrücken, im Heu des breiten Dorfsowjetschlittens, der eine hohe Rückenlehne hatte. Zuerst wehrte sie ihn lachend ab, kreischte und strampelte, dann gab sie auf einmal nach, lag still und mit geschlossenen Augen in seinen kräftigen Armen und wehrte sich nicht mehr. Selbstvergessen drückte er seine Lippen auf ihren halbgeöffneten roten Mund, in dem weiß die Zähne schimmerten, und saugte sich mit weit offenen Augen an ihm fest. Er sah das Weiß ihrer Augäpfel hinter ihren bebenden Wimpern und den halbgeschlossenen Lidern und das hauchfeine Gespinst tauender Schneeflocken auf ihrem Gesicht. Mit einem leisen Seufzer verhielt sie den nach frischen grünen Gurken duftenden Atem, und Mikulinchens rechte Hand befand sich plötzlich ohne sein Zutun in Palaschkas Bluse. Ihre weiche, erregende Wärme raubte ihm vollends den Verstand ...

Kein Wunder, daß er, in Olchowiza angelangt, noch immer an nichts anderes dachte. Er warf dem Pferd Heu vor, rannte, nein, flog die Freitreppe hinauf in den Flur und drückte auf die erstbeste Türklinke. Es war das Zimmer des Butterartels, auch Tierzuchtgenossenschaft Olchowiza genannt. Ungefähr sechs Bauern saßen im Raum. Es ging um eine neue Zentrifuge. Buchhalter Schustow sah den merkwürdig lustigen Mikulin über den Brillenrand an und sagte: »Was ist los mit dir, Nikolai Nikolajewitsch? Kommst reingesaust wie ein Entsprungener, nicht mal grüßen tust du.«

Mikulinchen starrte Schustow mit breitem, blödem

Grinsen an. Aber Schustow war schon wieder bei seinen finanziellen Erörterungen und erklärte den Bauern den Vorteil der Anschaffung eines genossenschaftlichen Rassebullen. Die Bauern gaben dem Buchhalter recht: Einen Bullen brauchte die Genossenschaft dringend. Außerdem gab es viele Aufnahmeanträge für den Kolchos oder vielmehr die Genossenschaft. Man mußte so bald wie möglich die Hauptversammlung einberufen, und ausgerechnet jetzt hatte der Vorsitzende des Butterartels Krylow Urlaub genommen. Mikulin hörte lächelnd zu, wie sie diskutierten. Er verstand alles, aber der Sinn erreichte ihn seltsamerweise nicht, obwohl er sich ein andermal unbedingt eingemischt hätte. Er ging ins Nebenzimmer zur Gegenseitigen Bauernhilfe, das auch voller Menschen war, begrüßte dort alle mit Handschlag, schaute zur Finanzabteilung des Exekutivkomitees hinein und sah dann nach dem Wallach. Zu Sopronows Versammlung kam er zu spät, weil er sich noch beim Buchhalter Schustow aufgehalten hatte; als er endlich zur Lesestube vordrang, ging es dort schon zu Ende: Danilo Patschin fuchtelte Sopronow mit einem Blatt Papier vor der Nase herum.

Mikulin empfand Mitleid mit Ignati, andererseits dachte er, das geschieht ihm ganz recht. Als der Krawall ausbrach und Sopronow verschwand, drängte Mikulin sich zu Lusin vor und begrüßte ihn mit dem gleichen unangebrachten Grinsen. Stepan Iwanowitsch bemerkte es und wunderte sich, fragte aber nicht weiter. Er war mürrisch und verärgert, in seinem Gesicht arbeitete es noch.

»Komm mit zu mir, Nikolai Nikolajewitsch, wir müssen was besprechen.«

Mikulin ging mit in Lusins Zimmer, das ihm wegen des imposanten und mysteriösen Edisonkastens, der darin stand, Respekt einflößte. Telefonapparate begeisterten ihn.

»Folgendes, Nikolai Nikolajewitsch ...« Lusin sah dem Vorsitzenden von Schibanicha voll ins Gesicht. »Wir müssen umgehend die Parteizelle zusammenrufen. Diese

Kopflosigkeit dürfen wir nicht länger dulden. Hast du gesehen, was Sopronow angestellt hat?«

»Schlimm!« Mikulin grinste immer noch.

»Er hat sich weder mit den Genossen im Exekutivkomitee noch mit der Parteizelle abgestimmt ... Setzt eine Versammlung der Dorfarmut an ...«

Lusin sah Mikulin scharf an und fragte rundheraus: »Wie stehst du zu Sopronow? Unterstützt du mich in der Parteiversammlung? Oder hältst du zu ihm? Sag's ehrlich, die Sache ist ernst.«

Die Frage kam Mikulin überraschend. Er achtete Lusin, hielt ihn für das kompetenteste Mitglied der Olchowizaer Parteizelle. Andererseits tat ihm Sopronow leid, besonders heute. Ihn hatte zwar der Kreis geschickt, aber er war doch einer von ihnen, einer aus Schibanicha – und außerdem hatte er noch kein Amt, Gott weiß, wovon er lebte.

»Man müßte es ihm beibringen, Stepan Iwanowitsch, es ihm erklären ... Es wäre doch schade um ihn.«

»Nein, Bruder, erklären hilft hier nicht mehr!« Lusin zog an seinen Fingern, daß die Gelenke knackten, und trat zum Fenster. »Diesmal ist es ernst. Schnell, lauf zu Weritschew! Ussow und die Dugina wissen schon Bescheid. Sag, er soll schleunigst kommen!«

Lusin wandte sich wieder Mikulin zu. Der ging unverzüglich. Lusin glaubte, bei energischem Vorgehen auf Mikulin zählen zu können, und überlegte, wie sich die übrigen Genossen der Zelle verhalten würden. Der Forstwächter Weritschew würde ihn bestimmt unterstützen, blieben noch die Lehrerin Dugina und Ussow. Bei denen war es ungewiß. Dazu kam Sopronows Stimme ... Freilich war es riskant. Trotzdem war Stepan Iwanowitsch fest entschlossen, die Versammlung durchzuführen.

Er stieg zur Mansarde hinauf. Sopronow lief mit hochrotem Gesicht und in sich gekehrt im Zimmer auf und ab und würdigte Lusin keines Blickes.

»Also, Ignati Pawlowitsch.« Lusin legte seine Hirschkalbfellmütze gelassen auf einen Stuhl. »Ich denke, wir müssen die Genossen zusammenrufen und alles besprechen . . .«

»Was denn besprechen?« fauchte Sopronow. »Wir haben nichts zu besprechen.«

»Das wird sich finden!«

»Warum hast du mir verheimlicht, daß über Patschin ein Schreiben gekommen ist?«

»Das hab ich nicht verheimlicht. Der Beschluß des Gouvernementskomitees kam vorgestern, und du hast mich wegen Patschin nicht gefragt!«

Lusin hatte eine scharfe Antwort auf der Zunge, bremste sich aber, weil in der Tür Mitka Ussows schwarzer Schopf erschien.

»Komm rein, komm rein«, sagte der Vorsitzende. »Wo sind die anderen?«

»Die kommen gleich.«

Mitka hatte so lange zu tun, sein lahmes Bein über die hohe Schwelle zu heben, daß Kälte in die Dachstube drang. Er hatte die Tür noch nicht hinter sich zugemacht, als schon die Dugina kam. Sie begrüßte alle mit Handschlag, ging polterig wie ein Mann durchs Zimmer und nahm in der Ecke Platz. Alle schwiegen. Bald waren auch die Stimmen der übrigen Zellenmitglieder zu hören: die von Mikulin und Weritschew. Sie kamen laut schwatzend die Treppe herauf, verstummten aber sofort, als sie das Schweigen spürten. Weritschew begrüßte die Anwesenden ebenfalls mit Handschlag.

Sopronow sah niemanden an. Er war blaß geworden, saß am Tisch und trommelte nervös mit dem Bleistift auf die Platte.

Alle sechs Mitglieder der Parteizelle Olchowiza schwiegen. Die Dugina rauchte eine billige dünne Papirossa, auf ihren langen Rock stäubte Asche. Sie saß mit übergeschlagenen Beinen, blinzelte mit den müden, ausdruckslosen Augen und begriff nicht, was vorging.

Weritschew, der offenbar von Mikulin vorgewarnt

war, blickte streng und reglos auf die Straße. Seltsamerweise ähnelte er von vorn stark einer Frau, während sein Profil durch die große Nase durchaus männlich wirkte. Mikulin, dem das jetzt erst auffiel, mußte wieder grinsen. Zum Glück bemerkte es niemand. Mitka Ussow streckte behutsam sein steifes Bein aus, das in einem großen, mehrfach geflickten Filzstiefel steckte. Auch er war verstummt, wußte aber, des Schweigens ungewohnt, nicht, wie er gucken sollte. Mal starrte er mit gerunzelten Brauen krampfhaft auf einen Fleck, mal sah er angelegentlich zum Fenster hinaus oder bewegte kauend die Lippen.

Lusin sagte: »Ignati Pawlowitsch, bitte eröffne die Parteizellenversammlung.«

Sopronow hob den Kopf, sah Lusin aus verkniffenen wäßrighellen Augen an und versetzte heiser: »Sopronow hat die Versammlung nicht einberufen. Er hat auch nicht die Absicht, sie zu eröffnen.«

In der Mansarde trat drückendes Schweigen ein.

»Aber wir sind nun mal da, Ignati Pawlowitsch«, sagte Weritschew. »Die Versammlung muß doch eröffnet werden.«

Lusin stand auf. »Genossen, ich schlage vor, wir fangen an! Kapitolina Andrejewna, führen Sie bitte Protokoll. Setzen Sie sich an den Tisch, schreiben Sie. Haben Sie Papier, Ignati Pawlowitsch?«

Sopronow gab keine Antwort.

Die Dugina stellte räuspernd einen Wiener Stuhl ans Tischende. Sopronow reichte ihr wortlos Papier und wandte sich ab.

»Genossen Kommunisten«, begann Lusin, »trotzkistische Ansichten und linksradikale Methoden dringen schon bis in unsere Olchowizaer Parteizelle vor. Ich schlage vor, das unmögliche Verhalten des Genossen Sopronow zu diskutieren. Sein heutiges Vorgehen wirft ein schlechtes Licht nicht nur auf uns Genossen im Ort, sondern auch auf die ganze Kreisorganisation. Was er angerichtet hat, spottet jeder Beschreibung . . .«

»Was hab ich denn angerichtet?« Sopronow wurde blaß. »Wieso werf ich ein schlechtes Licht?«

»Warten Sie, Ignati Pawlowitsch, Sie bekommen noch Gelegenheit, sich zu äußern.«

»Ich werde mich vor dir nicht äußern!«

»Nicht vor mir, sondern vor der Parteizelle. Du wirst dich äußern und dich vor der Partei verantworten. Genossen, Sopronow hat sich in der Frage der Gründung von Dorfarmutsgruppen weder mit der Zelle noch mit dem Exekutivkomitee des Amtsbezirks abgestimmt. Er hat heute eigenmächtig eine Versammlung der Dorfarmut einberufen. Er sabotiert unsere Arbeit, stiftet Verwirrung, diskreditiert unsere Sache. Ich halte es für notwendig, ihn umgehend von seiner Funktion als Sekretär unserer Zelle zu entbinden . . .«

Die Feder der Dugina schien sich an der Tinte zu verschlucken und stockte mitten im Wort. Der Forstwächter Weritschew räusperte sich. Ussow vergaß den Mund zuzumachen, streckte das steife Bein aus und starrte Lusin ungläubig an. Nur Mikulinchen erreichte der Sinn des Gesagten noch immer nicht.

»Äußert euch, Genossen, ich bin fertig.«

Lusin setzte sich und musterte die Anwesenden gelassen. Sopronow starrte reglos vor sich hin und wechselte mehrmals die Farbe, er spielte mit dem Bleistift, seine Finger zitterten merklich. Er sah alle der Reihe nach scharf an, selbstsicher, ein wenig spöttisch und sogar mitleidig, als wüßte er etwas, was nur er wußte und sonst niemand.

»Aber wieso denn, Stepan Iwanowitsch?« Mitka Ussow fuhr sich durch den schwarzen Haarschopf. »Ihn hat doch sozusagen der Kreis zu uns geschickt, und wir setzen ihn einfach ab. Das ist irgendwie nicht in Ordnung!«

»Kreis hin, Kreis her, Mitka. Für solche Sachen muß man ihn aus der Partei jagen.« Lusin verstummte müde, schwieg eine Weile und sagte: »Ich schlage vor, abzustimmen ...«

Weritschew wandte sich, ohne aufzustehen, an Ussow: »Du sagst also, von wegen, das ist nicht in Ordnung und so. Aber was er macht, ist das etwa in Ordnung? Er bringt den ganzen Amtsbezirk durcheinander, übergeht uns einfach ...«

Lusin stand abermals auf.

»Wer ist dafür, den Genossen Sopronow von der Funktion des Sekretärs der Parteizelle Olchowiza zu entbinden? Ich bitte ums Handzeichen.«

Er stimmte als erster dafür, noch im Stehen hob er die Rechte. Als zweiter hob der Forstwächter Weritschew die Hand. Die Dugina legte den Federhalter weg, sah sich um und gab nach kurzem Zögern ebenfalls ihr Handzeichen. Ussow schien noch zu überlegen, alle sahen daher auf Mikulinchen. Mikulinchen verstand nicht ganz, was vorging, er lächelte. Er hob die Hand mechanisch, ohne nachzudenken, so daß auch Mitka Ussow nichts weiter übrigblieb. Seufzend hob er die geöffnete schwielige Faust.

Draußen erlosch allmählich die Dämmerung, die blauen Fensterscheiben färbten sich schwarz. Stepanida brachte die angezündete Lampe. Sopronow schwieg, er sah niemanden an. Als aber der Forstwächter Weritschew einstimmig zum Sekretär gewählt wurde, sprang er auf. Seine Augen verengten sich zu Schlitzen. Er maß jeden einzelnen mit fast triumphierendem Blick. Die Hand an der Klinke, sah er ins Zimmer zurück.

»Ihr habt mich nicht eingesetzt, ihr dürft mich auch nicht absetzen!«

Laut schlug die Dachstubentür zu.

Mikulinchen band den Wallach los, erst jetzt kam ihm das Vorgefallene zum Bewußtsein. Ignati tat ihm leid, er ärgerte sich, daß er gegen den ehemaligen Sekretär gestimmt hatte. Einen Moment lang war ihm beklommen und unbehaglich zumute, schossen ihm wirre, beunruhigende Gedanken durch den Kopf. Irgend etwas stimmte nicht. Etwas Wichtiges ging verquer.

Aber es war Butterwoche ...

Die kühle, nicht sehr dunkle Nacht hüllte die Welt in sanften Schlummer, ein warmer, dunkler Himmel senkte sich auf die Dächer. Es roch nach Schnee und Heu, in den Häusern brannten gelbe Lampenlichter, in einer Gasse kreischten Mädchen. Das Knarren einer verspäteten Fuhre war zu hören, müde schnaubend weckte das Pferd seinen bezechten Kutscher. Es war Butterwoche, und Mikulinchen verdrängte alles Unangenehme wie ein Kind, das etwas nicht wahrhaben will. In Gedanken wieder bei Palaschka, lockerte er die Leine und ließ sich in den Schlitten plumpsen, mit dem ihn jetzt eine köstliche Erinnerung verband. Seine gute Laune übertrug sich auf den Wallach, der flott wendete und lostrabte. Ob Mikulinchen nun vor der zu Danilo Patschins Gehöft führenden Seitenstraße unbewußt an der linken Leine ruckte oder ob der Wallach von selbst merkte, wo er abbiegen mußte – jedenfalls hielt Mikulinchen zu seiner eigenen Verwunderung vor Danilos Haus.

Pawels Schlitten und Pferd waren nicht mehr an der Vortreppe, auch die Popenstute war nicht da. Durchs Fenster schimmerte Lampenlicht, und Mikulinchen sprang entschlossen vom Schlitten. Er band den unzufriedenen Wallach an und lief die Vortreppe hinauf. Die Tür war unverschlossen. Mikulinchen staunte über seinen Mut, ging aber ohne jede Hemmung hinein. An der Ecke des mit Geschirr vollgestellten Tisches saß Danilo Patschin und sang leise und heiser vor sich hin, und der Pope Rotfuchs lag breit ausgestreckt auf der vorderen Bank und schnarchte. Bestimmt ist ihm die Stute mal wieder weggelaufen, dachte Mikulinchen, ihm passiert aber auch andauernd so was!

Er drehte den Lampendocht höher, in der Stube wurde es hell. Danilo unterbrach seinen traurigen Gesang.

»He, Palaschka, setz den Samowar auf!«

Palaschka hörte man hinter dem Ofen in der anderen Stubenhälfte leise kichern, sie ließ sich aber nicht blicken. Danilo ging schlurfend hin und her und setzte selbst den Samowar auf. Dafür kam Katerina aus der Kochecke, wo sie Piroggenteig rührte.

»Was ist bloß mit dem Mann? Als wenn er sich seine Beine gepumpt hätte. Setz dich, Nikolai Nikolajewitsch, setz dich, der Samowar ist gleich heiß.«

Mikulinchen nahm das ihm von Danilo gereichte Glas und deutete mit einem Kopfnicken zum Popen.

»Stimmt«, meinte Danilo, »soll er seinen Segen geben.«

Er begann den Popen am Rock zu zupfen, aber der Rotbart schnarchte nur noch lauter davon.

»Zwecklos, er schläft.« Danilo gab es auf. »Den kriegt keine Kanone wach. Was war auf der Versammlung, Nikolai Nikolajewitsch?«

»Ignati ist abgesetzt.«

»Das ist nicht gut. Nein, das ist nicht gut, auch wenn er ein Lump ist.«

»Wieso nicht gut? Das hat alles seine Richtigkeit.«

»Nein, Bruder, das hat es nicht. Jetzt wird er sich Unterstützung von oben holen, ihr habt alles nur schlimmer gemacht! Na denn prost.«

Mikulinchen trank. Nun machte sich bemerkbar, daß er seit früh nichts im Magen hatte: Er aß die ganze Schüssel Kohlsuppe leer, die Katerina ihm brachte.

Danilo trank nicht aus, er sagte: »Wie geht es nun wei ter mit uns, Nikolai Nikolajewitsch? Da scheint was schiefzulaufen . . .«

»Genug geschwätzt!« Katerina brachte eine Fischpirogge und schnitt sie auf. »Wie 's kommt, so kommt's, da nützt kein Jammern.«

»Kusch!« erboste sich der sonst ruhige Danilo plötzlich. »Was verstehst du schon!«

»Was hab ich denn gesagt?«

»Nichts.«

Mikulinchen unterdrückte ein Schmunzeln: Danilo

hätte seine Frau wirklich nicht gleich abzukanzeln brauchen.

Nach dem zweiten Glas schlief der Hausherr endgültig am Tisch ein, worauf man ihn zu Bett brachte. Katerina bereitete Mikulinchen neben dem Popen auf dem Fußboden ein Lager und löschte das Licht.

Es war Butterwoche, eine Nacht ohne Schneesturm. Olchowiza und Umgebung schlief, nur Sudejkin, der sich erst spät von seinen Gastgebern verabschiedet hatte, war noch unterwegs. Er nahm Netschajew und Stülpnase in seinem Schlitten mit. Die anderen Ausflügler aus Schibanicha waren schon zu Haus. Netschajew, der sich in Olchowiza einen angetrunken hatte, schwärmte von seinem Jungen, schwor, er werde Pjotr im Herbst eine Harmonika kaufen, umarmte Stülpnase und sang:

»Bruderherz, Genosse, ach,
Sie bestelln mich unters Dach.
Das soll mich nicht weiter kümmern,
Unter Bewachung, das wär schlimmer!«

»Ich soll in die Dorfarmut?« grölte Netschajew, daß es im ganzen Wald zu hören war. »Für die paar Kröten? Nie im Leben!«

Es war Butterwoche und Nacht, die Dörfer schliefen. Die Lichter waren längst erloschen. Nur in Olchowiza brannte oben im Mansardenfenster noch Licht. Sopronow saß blaß und abgezehrt am Tisch und schrieb auf grobem, grauem Papier:

». . . An den Genossen Mejerson vom Sekretär der Parteizelle Olchowiza I. P. Sopronow. Ich melde eine Konterrevolution im Exekutivkomitee Olchowiza und im ganzen Amtsbezirk, die in erster Linie vom Vorsitzenden Lusin ausgeht, aber auch von den übrigen Mitgliedern der Parteizelle. Genosse Lusin hat mehrmals mit dem Propst Sulojew beim ehemaligen Gutsbesitzer W. S. Prosorow Tee getrunken, bei einer Kontrolle schmiß Genosse Lusin eine ›Prawda‹ vom Tisch. Er hat Wohlhabenden illegal Kredit gewährt, die Selbstbesteuerung herabgesetzt und den Genossen den Beschluß des Gouvernementsexekutivkomitees über den Kulaken Patschin verheimlicht. Dieser Beschluß über Patschin ist unverzüglich bei den übergeordneten Stellen als ungesetzlich zu erklären. Desgleichen mache ich darauf aufmerksam, daß der Vorsitzende des Schibanichaer Dorfsowjets Mikulin in dieser Funktion fehl am Platz ist. Er hat an die Bürgerin Tatjana Sokolowa gegen Schnaps Getreide aus dem Bauernhilfsfonds ausgegeben und war Brautführer auf einer kirchlichen Hochzeit beim Kulaken Patschin. Das dritte Zellenmitglied Ussow ist Gewohnheitstrinker, und die Lehrerin K. A. Dugina sitzt absolut passiv die Versammlungen ab und quarzt bloß die Stube voll . . .«

Mikulinchen, der laut Sopronow in seiner Funktion fehl am Platz war, schlief ebenfalls nicht, sondern wälzte sich in Danilo Patschins warmer Stube unruhig auf seinem Schlafplatz. Als Katerina eingeschlafen war, stand er leise auf und schlich in die andere Katenhälfte. Palaschka schlief auf einer Pritsche hinter der Bretterwand. Mikulinchen ertastete ihre Bettdecke, fuhr mit der Hand darunter und berührte den warmen Mädchenleib. Mit angehaltenem Atem legte er sich neben sie. Ein kräftiger Stoß warf ihn von der Pritsche. Mikulinchen plumpste auf den Fußboden, stieß sich schmerzhaft den Kopf und das Knie. Eine Weile blieb er liegen, dann stand er auf und schlich zum schnarchenden Popen zurück. Er lauschte. In Patschins Haus war alles still. Ich heirate sie! schwor sich Mikulinchen, zog sich den Schafspelz über den Kopf und schlief ein.

In den Dörfern krähten die ersten Hähne.

Zweiter Teil

1

Im Frühjahr heiratete, für alle unerwartet, Petka Girin, genannt Spindel. Er hatte sich so viel Schneid selbst nicht zugetraut und war zu Recht stolz darauf, die Sache rasch und exakt erledigt zu haben. Wäre ich zu Haus im Dorf wohnen geblieben, hätte ich mir mit der Hochzeit schön was aufgeladen, dachte er. Er staunte, wie gut ihm die Ehe bekam. Insgeheim blickte er auf alle, die ruhiger lebten, ein wenig herab, solche Menschen taten ihm leid, besonders sein lediger Freund Schilowski, mit dem er die Wohnung teilte. Aber Moskau stand nicht kopf, geriet nirgends aus den Fugen. In einer stillen Stunde überdachte Petka seine Erlebnisse. Mit einer Kleinigkeit hatte alles angefangen . . .

Eines Tages war er zu spät in die Kantine gekommen und hatte nichts mehr zu essen gekriegt. Die korpulente Köchin wusch bereits ab. Petka wollte schon hungrig abziehen, als er auf ein paar fleißige Mädchen vom Frauenrat aufmerksam wurde, die im Speisesaal eine rote Ecke gestaltet hatten. Sie trieben irgendwo einen Bandoniumspieler auf, setzten ihn auf einen Hocker und verbrachten den Rest der Mittagspause mit Tanzen. Petka Girin sah verlegen zu, wie sie miteinander herumhopsten. Er dachte: Wozu soll das gut sein? Sinnloses Getrampel.

Aber dann war er auf einmal wie ausgewechselt, es reizte ihn, etwas anderes zu tun, als er eigentlich wollte. »Gestatten Sie?« hörte er sich mit fremder Stimme fragen. Die stattliche, hübsche Bohrerin Klawa bot ihm gern ihren molligen Arm. Der Bandoniumspieler spielte irgendeinen bürgerlichen Tango. Girin brach der Schweiß aus. Er hatte noch nie getanzt. Er gab sich einen Ruck, als müsse er in einen bodenlosen Abgrund treten, und begann die plötzlich bleischweren Füße zu setzen. Er schämte sich unsäglich, seine Ohren glühten. Der steife Körper gehorchte ihm nicht. Am liebsten wäre er in den Boden gesunken. Er betrachtete die runde emaillierte Brosche, die Klawas Blusenkragen zusammenhielt. Ein schneebedecktes Feld und ein bereifter Waldrand waren darauf abgebildet. Und Abendrot. Seltsam, gerade dieses rosa Abendrot hatte sich Petka eingeprägt. Jedoch beim Tanzen stand ihm der Sinn gar nicht nach Natur. Rot vor Anstrengung machte er ein paar linkische Schritte. Der Bandoniumspieler ging unerwartet zum Foxtrott über. Petka trat verzweifelt irgendwie völlig daneben, und plötzlich bewegten sich seine Beine wie von selbst. Gleich wurde das Atmen leichter. Es ist noch kein Meister vom Himmel gefallen, dachte er. Zum Schluß schwenkte Klawa ihn so herum, daß seine Hand in unstatthafte Berührung mit der Damenbrust geriet, und das rote Kopftuch der Bohrerin brachte ihn vollends in Glut . . .

»Sie tanzen doch ganz gut!« lächelte Klawa, um ihren Kavalier gleich darauf zu vergessen. Petka aber vergaß sie keineswegs. Danach ging er ebenso forsch ran wie beim Tanzen: Kein Monat verging, da zog sie schon zu Petka in die Wohnung. Die Lawrentjewna brachte einen Vorhang mehr im Zimmer an, und Schilowski bemühte sich eifrig, nachts zu schnarchen. Petka war im siebenten Himmel und gedachte einen Wohnungsantrag zu stellen.

Am Sonnabend machte er vorzeitig Feierabend. Von früh an hatte es mit der Arbeit nicht geklappt. Zuerst war in der Sandaufbereitung der Treibriemen des Kollergangs gerissen. Bis irgendwo im Betrieb ein Sattler gefunden und der Riemen genäht war, hatten die Former nichts zu tun. Als die Sandaufbereitung wieder Formmasse lieferte, stellte sich heraus, daß fast alle T-Stück-Formkerne, die tags zuvor in den Trockenofen gekommen waren, Ausschuß waren. Sie zerfielen den Formern unter den Händen. Die Kernmacherinnen schoben es auf den Meister, Meister Malyschew schimpfte auf den Technologen. (Malyschew konnte nicht richtig fluchen, es hörte sich komisch an, wie er den einzigen Fluch, den er parat hatte, bei jeder passenden und unpassenden Gelegenheit wiederholte.) Der Schmelzer Gussew dagegen fluchte nach allen Regeln der Kunst. Das Metall war im Anmarsch, jeden Augenblick würden die Gießer da sein, und die Formen fehlten. Wohin sollte gegossen werden? Die halbe Charge würde wieder in die Gießgrube fließen, dann mußte man das Eisen mit Brechstangen herausschlagen und nach oben schleppen. Rin in die Kartoffeln, raus aus den Kartoffeln, Hauptsache, ihr habt eure Beschäftigung, dachte Petka, machte sich mit einem Fluch Luft und ging ins Kesselhaus der mechanischen Werkstatt, um sich zu waschen. Aus der Tür der Putzerei scholl ihm lautes Getöse entgegen. Der Guß vom Vortag drehte sich polternd und knirschend in einer Trommel, die ihn von Ruß und Formsand reinigte. Petka hielt sich die Ohren zu und lief weiter, er kam sich vor wie ein Hase. Die Hallen waren durch einen schmalen überdachten Gang miteinander verbunden. Aus der Putzerei wurde der Guß in Loren in die mechanische Werkstatt transportiert.

Petka kannte das Werk genau, es gab keine Abteilung und kein Materiallager, wo er nicht einen Freund oder Bekannten hatte. Nachdem man ihn aus dem Kurierdienst des Zentralen Exekutivkomitees entlassen hatte, war fast ein halbes Jahr vergangen. Er hatte sich wieder im Betrieb eingelebt und bedauerte seine Degradierung keineswegs. Warum auch? Die Arbeit eines Formers war zwar viel schmutziger als die eines Kuriers, auch war der

Verdienst geringer, aber dafür war man immer unter seinesgleichen und lebte weitaus ruhiger.

Am meisten liebte Petka Girin das Kesselhaus. Hier war es richtig gemütlich, es roch nach Wasser und Feuer, das eintönige Summen der Kessel beruhigte ihn immer. Die Wasserstandsgläser und die blankgeputzten Hähne und Ventile betrachtete er stets voller Hochachtung. Alles hier zeugte von würdiger, verläßlicher Kraft. Ihm fiel die Dorfbadestube von Schibanicha ein. Auch an Gawrilo Nassonows Schmiede erinnerte er sich, wo er als Kind manchmal zugesehen hatte, wie Pferde beschlagen wurden.

Die zwei Heizer nickten Girin zu, ohne ihr Schüren zu unterbrechen. Petka zog sich bis zum Gürtel aus und drehte den Warmwasserhahn auf. Er wusch sich, ließ sich etwas abtrocknen, zog sich wieder an und fragte, ob er tuten dürfe. Der Heizer sah auf die in die Ziegelwand eingelassene verrußte Uhr. Es war zwei Minuten vor zwölf.

»Noch zu früh. Na gut, mach schon!«

Petka eilte auf die zweite Kesselbühne, spuckte in die Hände, biß sich auf die Zunge und zwinkerte dem Heizer zu. Der bleckte von unten grinsend die Zähne: »Na los . . .«

Petka faßte den Griff der langen Eisenkette, die vom Sirenenschwengel herabhing. Alle Mißhelligkeiten des Morgens waren wie weggeblasen. Er zog an der Kette, aber es war kein Ton zu hören. Da zog Petka kräftiger, und endlich ertönte hoch unterm Dach im schwarzen Gewirr eiserner Rohre und Träger ein mächtiges Zischen. Dann klang es, als ob etwas schluckte, erzitterte. Plötzlich erscholl ein ohrenbetäubendes heiseres Geheul. Petka zog und zog voller Begeisterung an der Kette, ging ganz auf in diesem dumpfen, alles übertönenden Gedröhn . . .

Der Heizer machte ihm vergeblich Zeichen von unten, er mußte ein Stück Kohle nach Girin werfen.

»Zieht und zieht«, hörte Petka ein dünnes Mückenstimmchen. »Bist du verrückt?«

»War zu lange, was?« Petka kam es vor, als ob auch seine Stimme von irgendwo weither käme, so schwach war sie.

Girin bot den Heizern »Dukatkanonen« an (so nannten sie die Papirossy der Tabakfabrik Dukat) und begab sich in die Kantine. Hastig schlang er die seifig riechende Pökelfleischsuppe herunter und trank den lauwarmen, spärlich gesüßten Tee. Es war ein übler Fraß. In Moskau munkelte man von Schuldbüchern. Girin nahm das nicht so tragisch, denn er hatte ein heiteres Gemüt, auch war ihm die hungrige Kindheit in Schibanicha noch gut in Erinnerung.

Er wollte gerade Klawa suchen gehen, als es plötzlich hieß, in der mechanischen Werkstatt solle ein Betriebsmeeting stattfinden. Was denn noch für ein Meeting? Petka hatte zwar nichts gegen Meetings, aber für heute hatte er andere Pläne. Er ertappte sich bei dem Wunsch, nach Hause zu gehen, schämte sich und gesellte sich zu den Gießern.

Die Halle füllte sich rasch. Petka setzte sich auf eine Hobelbank. Neben ihm stand bedrückt Meister Malyschew, dem die langen Arme über die Knie hingen, Schilowski und der Schmelzer Gussew kamen hinzu.

»Worum geht's denn?« fragte Petka den Meister.

»Das weiß keiner. Ich hab gehört, es kommt ein Vertreter vom ZK.«

»Nanu!« Schilowski ließ sich neben Girin nieder. »Nicht schlecht.«

Auf der Plattform einer Eisentreppe, die zur Meisterbude der mechanischen Werkstatt führte, erschien ein Fremder, offenbar vom Stadtbezirkskomitee. Neben ihn stellte sich der Sekretär der Betriebszelle.

Vor der Plattform konnte man nicht mehr treten. Hinten an der Wand saßen manche Arbeiter auf dem Holzfußboden. Girin hörte die dumpfe Stimme des Parteisekretärs. »Genossen! Soeben ist zu uns ins Werk gekommen der Abteilungsleiter des ZK Genosse...« – er wandte sich fragend an den anderen Gast –, »Genosse Schub! Er wird heute zu euch sprechen. An dem Meeting nimmt auch ein Vertreter des Stadtbezirkskomitees teil... Ich bitte jede Abteilung, einen Kollegen zu benennen...«

Rasch wurden die Vertreter für das Präsidium nominiert. Als die Reihe an die Gießerei kam, sprang Schilowski plötzlich von seinem Sitz und rief: »Girin! Former Girin.«

»Wollen wir abstimmen? Nein? Wer ist dagegen, Genossen? Keiner. Ich bitte die Vertreter heraufzukommen.«

Petka hatte nicht erwartet, daß ihm Schilowski diesen Streich spielen werde, und drohte ihm mit der Faust. Trotzdem war es ihm angenehm. Er trat rasch vor, bestieg die Plattform und stellte sich hinten auf, wobei er nach dem roten Kopftuch seiner Frau Ausschau hielt. Klawa stand am Schalter der Werkzeugausgabe. Petka fand sie nicht gleich in der Menge. Nun schielte er zum Vertreter des Stadtbezirkskomitees. Der hagere, grauhaarige kleine Mann sah unbewegt über die Köpfe hinweg, sein grauer Schnurrbart zuckte kaum merklich. Ohne die Aufforderung zum Sprechen abzuwarten, hob er die Hand, die in einer schneeweißen Manschette steckte, ließ sie nach unten schnellen und bohrte sie in die Tasche. Mit der anderen Hand umklammerte er das Geländer. Er sprach ruhig und ohne das bei solchen Gelegenheiten übliche übersteigerte Pathos.

»Genossen! Nachdem die trotzkistische Opposition eine vernichtende Niederlage erlitten hat, ist sie in den Untergrund gegangen. Sie hat sich endgültig ins Lager der Feinde geschlagen. Unser Arbeitergewissen ist rein vor der ganzen Welt, wir sind in keiner Weise für die Fehler der Opposition verantwortlich. Aber, Genossen Arbeiter, wie lange können wir die trotzkistische Demagogie noch dulden? Sie haben jede Scham verloren, sie richten Geheimdruckereien ein. Sie drucken parteifeindliche Dokumente, sie führen illegale Versammlungen durch und stellen geheime Nachrichtenverbindungen her . . .«

In der Halle entstand Lärm, Zwischenrufe ertönten.

»Schande!«

»Wo hat das ZK seine Augen?«

»Wo ist der Vertreter?«

Petka sah sich um: Auf dem Podest war niemand außer seinen Kollegen vom Betrieb und dem Redner. Der Parteisekretär flüsterte diesem etwas zu, aber er ließ sich nicht unterbrechen. Er sprach von illegalen Flugblättern und der noch immer andauernden Tätigkeit Trotzkis, der nach Alma-Ata verbannt worden war.

»Ich schlage vor, Genossen, eine Resolution zur Verurteilung der illegalen Machenschaften der Trotzkisten anzunehmen, die das Land an den Rand des Bürgerkriegs führen, was dem Untergang des russischen Proletariats gleichkäme! Ich schlage vor, eine Grußadresse an die Mitglieder des Politbüros zu richten, die die Leninsche Einheit der Partei tapfer verteidigen . . .«

In dem Moment entstand am Haupteingang eine Bewegung. Jemand betrat durch die kleine Pforte im Eingangstor die Halle, und der Parteisekretär sagte zu Girin: »Genosse Schub. Führ ihn her. Schnell!«

Petka stieg das Treppchen hinunter, aber der Vertreter benötigte keine Hilfe: Energisch näherte er sich der Plattform, zerteilte die Menge, ohne Angst, sich die weiße Segeltuchjacke an den Arbeitsanzügen schmutzig zu machen. »Gestatten Sie! Erlauben Sie!« sagte er, die Aktenmappe unter den Arm geklemmt. Und die Arbeiter machten Platz und ließen ihn durch.

»Das Wort hat Genosse Schub, der Vertreter des ZK«, verkündete der Sekretär, als Schub mit gespielter Forschheit das Treppchen erklomm. Das Wort hat Genosse Schub, na, hoffentlich schiebt der bald wieder ab, dachte

Girin und stieg nicht wieder hoch. Er blieb am Gang stehen, der in die Gießerei und das Kesselhaus führte.

»Genossen Arbeiter!« sprach Schub mit scheppernder Stimme und machte eine große Pause. »Ich höre hier ... defätistische Behauptungen über unsere Partei. Nun, Genossen, eine solche Beurteilung ist von Grund auf falsch, ja geradezu schädlich! Unsere Partei ist stark wie nie ...«

»Wovon redest du?« unterbrach eine Stimme aus der Halle Schub.

»Zur Sache!«

»Genosse Schub, was ist mit den Schuldbüchern?«

Der Redner überhörte die Zwischenrufe.

»Ja, Genossen, wir werden niemandem erlauben, die Arbeitermassen mit defätistischen Phrasen von einer trotzkistischen Gefahr zu entwaffnen! Wir haben die Feinde der proletarischen Sache geschlagen und werden sie schlagen! Aber, Genossen, die Verschwörung der bürgerlichen Spezialisten von Schachty und die Erfahrungen der Getreideerfassung signalisieren uns eine neue Gefahr. Was ist das für eine Gefahr? Es ist die Gefahr von rechts, Genossen. Die rechten Elemente in der Partei ...«

Durch die stillgewordene Halle lief etwas wie ein Frösteln der Entfremdung. Es nahm rasch zu, aber der Redner sprach weiter, bis seine Rede in unwilligem Gemurmel unterging.

»Wo sind Rechte? Was für Rechte?«

»Linksradikale!«

»Trotzkist.«

»Allmählich reicht das Gerede.«

Hier und da ertönten Pfiffe. Der Parteisekretär hob die Hand, um die Ruhe wiederherzustellen, aber Schub sprach weiter, und das Getöse in der Halle nahm zu. Da warf jemand ein Knäuel Putzwolle aus der Menge, der Lappen verfing sich am Geländer. Die Arbeiter rückten gegen die Plattform vor, es pfiff nun von überall.

»Auf den Schubkarren mit Schub!«

»Trotzkist!«

»Schluß mit dem Gerede, es reicht!«

Der erste Redner ergriff wieder das Wort, aber niemand hörte mehr zu. Petka hielt sich am Geländer fest und schirmte die Treppe ab, die der in Schweiß gebadete Schub, die Aktenmappe an den Leib gepreßt, hinabstieg. Unten umgab ihn die johlende Menge, er sah sich ratlos um und wischte sich immer wieder den Schweiß von der Stirn. Zu allem Überfluß heulte unerwartet die Sirene los . . .

Girin stieß mit dem Fuß die Tür zu dem Gang auf, der zur Gießerei führte, schubste den hilflosen Schub ohne Umstände hinein, schlüpfte hinterher und schlug die Tür hinter sich zu. Gelächter, Lärm und Schreie blieben hinter der Tür. Schub, der hastig seine Aktenmappe schloß, holte tief Luft: »Wie ist Ihr Name?«

»Former Girin!« Petka zupfte forsch an seiner Uniformbluse. »Kommen Sie, Genosse Schub, ich führe Sie.«

»So. Schon lange im Werk?« Schub musterte seinen Retter mit prüfendem Blick.

»Den vierten Monat! Ich war früher Kurier beim ZEK, aber sie haben mich entlassen.«

»Der Grund? Weshalb entlassen?«

»Als . . . als linker Abweichler!« schmetterte Petka für sich selbst unerwartet und glaubte es im Augenblick sogar.

»So . . .« Schub zückte ein Notizbuch und schrieb rasch etwas hinein. »Ist klar, Genosse Girin.«

Petka war verblüfft, er hatte nicht erwartet, daß Schub seinen Namen notieren würde. Vor lauter Verwirrung begleitete er den hohen Gast nicht einmal bis zur Pförtnerloge, wo sein Wagen stand; noch zu Hause kratzte er sich benommen den Schädel: »Ich Idiot! Mußte ich ihm denn meinen Namen verraten . . .« Aber noch mehr staunte Girin, als er zwei Tage später durch den Parteisekretär erfuhr, man habe ihn telefonisch zum Alten Platz bestellt . . .

Um seine Frau nicht zu wecken (Klawa arbeitete in der zweiten Schicht), schob Girin leise die langen Beine unter der Decke hervor und stand auf. Hastig wusch er sich, trank mit der Lawrentjewna Tee und ging, ohne unnötigen Lärm zu machen, aus dem Hause.

Das Frühjahr mit den Aufregungen des Hochwassers lag lange zurück. Die Passanten schlenderten sommerlich unbeschwert durch die Straßen. Die Zeitungen mühten sich vergebens, die Riesenstadt mit Nachrichten zu versorgen, die Moskauer hielten sich die Ereignisse gleichsam vom Leibe. Scharaden, Rätsel und aller möglicher Hokuspokus prangten bunt in Zeitschriften und auf den letzten Zeitungsseiten. Aber solche leicht durchschaubaren, oberflächlichen Gehirnverrenkungen berührten Girin nicht, er interessierte sich mehr für das Geschehen in China und anderswo. Heute beschäftigte Girin die am Nordpol verschollene Nobile-Expedition. Die Zeitungen berichteten von Amundsens Flug zur Rettung der Expedition und vom Eisbrecher »Krassin«, meldeten Maxim Gorkis Ankunft in Moskau. In der »Komsomolskaja Prawda« war ein Foto: Gorki und Woroschilow beim Wettschießen mit dem Gewehr.

Im Filmtheater »Uran« lief der Film »Staatsanwalt Jordan«. Im Bolschoi-Theater fand eine Sitzung nach der anderen statt, in denen das Golowanowtum verurteilt wurde; im Haus der Gewerkschaften war gerade der Prozeß gegen die bürgerlichen Spezialisten von Schachty zu Ende gegangen.

Auf einer riesigen Fläche an der Moskwa hämmerten Zimmermannsbeile, dort wurde ein grandioser Kultur- und Erholungspark angelegt. Den Abschluß der Neuigkeiten bildete die Nachricht von einem außergewöhnlichen Zustrom verwahrloster, obdachloser Kinder. Die stubsnasigen Knirpse kamen zu Hunderten auf Trittbrettern aus dem Süden, die Zigarette verwegen im Mundwinkel. Die Miliz konnte gar nicht alle abfangen und in Kinderheimen unterbringen.

Es war der Sommer 1928.

Petka Girin kam zu Fuß auf den Roten Platz. Das Leninmausoleum war wegen Reparaturarbeiten geschlossen. Ein hochgewachsener Milizionär in weißer Uniformbluse sagte Girin, es werde vor dem 1. August nicht wieder geöffnet. Er pfiff zwei Tantchen zurück, die sich verlaufen hatten. Vom GUM zog eine Jugendgruppe in Marschordnung durch das ehemalige Iwerskije-Tor. Die Jungen und Mädchen waren uniformiert: In diesem Jahr mußten auf Anordnung des Moskauer Komsomolkomitees alle Moskauer Komsomolzen Jungsturmblusen tragen.

Girin stand eine Weile vor dem GUM, die Zeit verging ungewöhnlich langsam. An der bunten Mariä-Schutz-und-Fürbitte-Kirche mit den bizarren Türmchen vorbei ging er zum Fluß und schlenderte noch lange zwischen den niedrigen Kirchlein des Stadtteils Sarjadje umher. Endlich wurde es Zeit, sich dorthin zu begeben, wo er erwartet wurde.

Auf dem Alten Platz fand Girin den richtigen Eingang, rückte die Mütze zurecht, musterte seine blankgeputzten Stiefel und strich die Falten der Uniformbluse unter dem Koppel zurück. Nun komme was wolle, dachte er und öffnete die Tür.

Im leeren Vestibül war niemand. Petka stieg zum zweiten Stock hinauf und betrat einen langen, ebenfalls leeren Korridor mit gleichen Türen. Er fand die Zimmernummer und klopfte. Niemand antwortete. Petka öffnete und trat ein. In dem kleinen Raum mit zwei Schränken und einem Marxbild an der Wand roch es nach Tabakrauch. Ein unscheinbarer junger Mann, der an einem Schreibtisch in der Ecke saß, blickte auf, sah Petka an und sagte: »Guten Tag, setzen Sie sich.« Er legte ein Buch weg und schien, während er die Telefonschnur entwirrte, den Besucher gutmütig zu mustern. »Ich höre.«

»Ich bin herbestellt . . . für heute.«

»Name?«

Petka nannte ihn. Der Mann am Schreibtisch schaute in den Terminkalender. Dann stand er auf und ging mit knarrenden Stiefeln zu den Schränken und wieder zurück.

»Setzen Sie sich, setzen Sie sich, Genosse Girin.«

Sieh mal an, seinen Namen sagt er mir nicht, dachte Petka und blieb stehen.

»Sie stammen aus dem Gouvernement Wologda?«

»Ganz recht.«

»Soziale Herkunft?«

»Dorfarmut. Ich war Bettler.«

»Haben Sie Verwandte auf dem Lande?«

»Nein. Alle tot.«

»So, gut. Seit wann in der Partei?«

»Seit 1926.«

»Womit erklären Sie Ihre Entlassung aus dem Sekretariat des ZEK?«

Petka überlief es heiß und kalt. Diese Frage hatte er nicht erwartet. »Ja so ... Womit? Ich hab den Mushik herausgekehrt ... das ist mir als linke Abweichung angekreidet worden ...«

Der junge Mann musterte nochmals Petkas schlanke, militärisch straffe Figur, dann sagte er: »Der Abteilungsleiter Genosse Schub will Sie sehen. Kommen Sie.«

Auf dem Gang versuchte Petka sich fieberhaft vorzustellen, was weiter geschehen würde.

Sein Begleiter führte ihn in ein kleines Empfangszimmer, bat ihn zu warten und öffnete ohne anzuklopfen eine geräuschlose, mit Kaliko gepolsterte Tür. Nach etwa fünf Minuten, die Girin sehr lang vorkamen, erschien er wieder.

»Kommen Sie herein.«

Zwei Tode kann man nicht sterben, und um einen kommt keiner rum, dachte Girin, machte behutsam die Tür hinter sich zu und blieb stehen. Schub stand hinten im Zimmer. Er drehte sich nach Petka um, rückte ihm energisch einen Stuhl hin und setzte sich, Petka scharf musternd.

»Genosse Girin! Wir haben erfahren, daß Sie aus moralischen Gründen, das heißt wegen Trunksucht, aus der Kuriergruppe entlassen wurden.«

Girin blieb der Mund offen, er wollte Schub unterbrechen, ihm alles erklären, aber der ließ ihn nicht zu Wort kommen.

»Aus der Partei müßte man Sie ausschließen! Aber mit Rücksicht auf Ihre soziale Herkunft haben wir beschlossen . . .«

Girin hielt dem langen kalten Blick stand.

»Wir lassen Ihr Vergehen ungeahndet und haben beschlossen . . . Wo arbeiten Sie jetzt?«

»In der Gießerei!« Petka wurde gleich etwas leichter ums Herz. »Ich bin Former in einer Gießerei.«

»Wir werden Ihnen Gelegenheit geben, Ihre Schuld wiedergutzumachen!«

»Jawohl . . . Ich verstehe . . .« Girin sprang auf und zupfte töricht blinzelnd an der Uniformbluse.

»Bleiben Sie sitzen. Wir haben hier Informationen . . . Sie waren doch manchmal bei dem Genossen . . .« Der Abteilungsleiter sah Petka an und nannte einen Namen.

»Ja, das stimmt. Zwei-, dreimal.«

»Demnach müssen Sie wissen, wie er zu Michail Iwanowitsch Kalinin steht.«

»Ganz und gar nicht!« Petka wurde abermals stutzig. »Wir haben nur über Kleinigkeiten . . .«

»In der Partei gibt es keine Kleinigkeiten, Genosse Girin!« unterbrach ihn der Abteilungsleiter.

»Nein, ich . . .«

»Nicht nein, sondern jawohl, Genosse Girin!« Schub strich mit der Hand glättend über ein Papier. »Haben Sie verstanden?«

»Ja . . . Das heißt . . .«

»Sie müssen diesen Fakt bestätigen. Hier, lesen Sie . . . Lesen Sie das und unterschreiben Sie.«

Girin nahm wortlos den Bogen, den Schub ihm reichte. Niemand weiß, was in diesem Moment in ihm vorging, er saß am Tisch und las mit naivem, einfältigem Gesichtsausdruck, wobei er sich von Schub unverwandt beobachtet fühlte. Plötzlich klingelte das Telefon.

»Ja, ich höre.« Schub legte den Briefbeschwerer von einem Platz auf den anderen, er stand auf. »Ja, ja ... Ich verstehe, Genosse ... Selbstverständlich nicht, aber ...«

Girin tat, als lese er, hörte aber heimlich zu.

»Ja, ich war auf dem Meeting ... Aber ... Bitte hören Sie mich an ...« Petka sah, daß Schub plötzlich die Farbe wechselte. »Warum unverantwortlich? Ich ... Ein Vertreter aus dem Werk ist gerade bei mir! Er kann bestätigen ... Ja, ich höre ... Sofort. Verstanden!«

Mit einer Geschwindigkeit, die man seiner unsportlichen Statur gar nicht zugetraut hätte, kam Schub hinter dem Schreibtisch vor.

»Genosse Girin! Warten Sie im Vorzimmer. Wir machen weiter, wenn ich zurückkomme.«

Er nahm den Bogen, ließ Girin hinaus, schloß sein Zimmer ab und verschwand.

Petka fand sich allein im Vorzimmer. (Der junge Mann mit den Stiefeln war weggegangen.)

Ungefähr eine Minute lang stand Petka Girin im Zimmer. Plötzlich strich er energisch die Uniformbluse glatt, wischte sich den Schweiß von Stirn und Nacken, trat so gelassen wie möglich auf den Korridor hinaus und schloß leise hinter sich die Tür.

Niemand hielt ihn auf, niemand rief ihn zurück. Bald darauf war er auf der Straße, sah sich um und wäre fast zur Straßenbahnhaltestelle gerannt ...

Seine Frau Klawa und die Lawrentjewna waren nicht zu Hause. Schilowski hielt offenbar Mittagsschlaf. Leise, in aller Eile zog Girin sich um und steckte Geld und Dokumente ein. Als er die Pistolentasche vom Koppel streifte, überlegte er einen Moment. Dann nahm er die Mauserpistole heraus und warf die Tasche weg. Er sah die Patronen nach, wickelte die Waffe in ein Handtuch und legte sie zur Uniformbluse und den zwei Satinhemden in den Koffer.

Schilowski auf dem Bett fing plötzlich an zu schnarchen und drehte sich auf die andere Seite. Petka verharrte reglos, er fürchtete, den Freund zu wecken. Er warf einen Blick auf das große, von Vorhängen unterteilte Zimmer, auf den Glasschrank, wo die mit einem Spitzentuch zugedeckte Ziehharmonika und ein Foto standen. Es war eine Aufnahme von Klawa mit Baskenmütze, an ihrer Bluse sah man deutlich die Brosche mit dem schneebedeckten Feld und dem Wald. Schilowski hörte auf zu schnarchen, er bewegte sich. Petka steckte das Foto in die Tasche und ergriff den Koffer.

Noch am selben Tag verschwand er für längere Zeit aus Moskau – wie er glaubte, für immer.

2

Prosorow ging dem gleichmäßigen Rauschen des Flusses nach und durchquerte einen weißen Birkenhain, der noch in zartem Grün schwelgte. Hochstielige Waldtrollblumen streiften klatschend seine Stiefelschäfte. Das Flußrauschen verschmolz mit dem Rascheln jungen Laubs. Zutrauliche Drosseln tummelten sich zwitschernd im nahen Gebüsch. Von Zeit zu Zeit rief gemessen und klar ein Kuckuck. Es duftete nach Maiglöckchen und dem Saft von Gräsern, aber Wladimir Sergejewitsch ging auf den Fluß zu, ohne etwas davon wahrzunehmen.

Rußland, Rußland . . ., dachte er immer wieder. Was ist das nur für ein Land? Warum ist es so grausam zu sich und seinen Söhnen, wann nehmen seine zahllosen Leiden ein Ende? Dabei, welch ein Volk! Wie schlicht und ohne Falsch, und meint, alle anderen müßten genauso sein.

Prosorow kam an das hohe Schibanichaer Steilufer. Er lehnte sein Gewehr an einen Baum. Unten rauschte der Fluß, er führte noch Frühjahrshochwasser, strömte aber schon sommerlich klar und durchsichtig. Wladimir Sergejewitsch war vom vielen Grübeln unsäglich müde. Was half es, daß seine Gedanken klar waren wie unten der Fluß? Sie waren genauso endlos wie dessen klaren, sonnendurchfluteten Wasser, und die Seele verzagte darum nur noch mehr.

Prosorow ergriff das Gewehr, öffnete vorsichtig das Schloß und nahm die Patrone heraus. Es war eine gewöhnliche Achtmillimeter-Büchse mit einem 28er Flintenlauf und einem jetzt ungenutzten Magazinkasten. Wladimir Sergejewitsch hatte sie schon vor zehn Jahren gegen einen Jagdhund eingetauscht. Heute hatte er nicht einen Birkhahn zu Gesicht gekriegt. Sie balzten einzeln, jeder in seinem Revier. In einer Hand das Gewehr, hielt Prosorow sich mit der anderen an Faulbaumzweigen fest und stieg zum Fluß hinunter, der nicht tief war, aber eine starke Strömung hatte. Prosorow hüpfte von Stein zu Stein, bis er von einem bemoosten Findling abrutschte und ins Wasser fiel. Das Gewehr konnte er gerade noch vor dem Eintauchen bewahren, er selbst aber war völlig durchnäßt. Halb verärgert, halb belustigt stieg er ans Ufer und sah in einen Heuschuppen, der in der Nähe stand. Wem der wohl gehörte? Es lag noch viel Heu vom letzten Jahr darin. Prosorow zog sich nackt aus und wrang das Wasser aus den Kleidern. Das unfreiwillige Bad hatte ihn angenehm erfrischt; er fühlte sich plötzlich jung. Während er sich Knie und Schultern trockenrieb, spürte er zum ersten Mal in seinem Leben den kosenden Atem des Waldes auf der Haut. Teufel auch! dachte er erheitert. Sollte von solch einer Lappalie das seelische Wohlbefinden abhängen, braucht es dazu wirklich so wenig?

Irgendwo im Wald kreischten Frauen, Rauch zog herüber, Äste knackten, schwache Axtschläge schallten aus dem Laubwald. Bauern aus Schibanicha friedeten auf einer Rodung eine Viehweide ein, die sie von den Kornfeldern abtrennten.

Prosorow ließ Unterwäsche und Tolstoibluse in der Sonne trocknen, zog sich an und ging quer durchs Dikkicht auf den Rauchgeruch zu. Der Wald war noch voller Vogelgezwitscher, wenn es auch nicht mehr so stürmisch zuging wie im zeitigen Frühjahr. Die ersten Bremsen schwirrten schon. Braune Morcheln wuchsen in ganzen Kolonien an sonnigen Stellen neben verkohlten Baumstümpfen. Prosorow dachte, daß die heiter beschwingte Stimmung, die ihn im Heuschuppen überkommen hatte, sicherlich bald wieder vergehen werde. Halt, halt, wohin so schnell? fragte er sich. Warum so eilig, mußt du unbedingt an allem vorüberhasten, immer weiter und weiter? Dabei wußte er nicht einmal, woran er eigentlich vorbeilief. Er hatte nur die unklare Vorstellung, daß er es tat.

Er war im feuchten, rauchigen Petrograd aufgewachsen. Die Bescheidenheit der äußeren Verhältnisse hatte in der Familie Gewissenhaftigkeit im Geistigen erzeugt, wenn sie auch nicht als Vorzug galt. Prosorows Vater, Adliger und Angestellter einer Aktiengesellschaft, beherrschte einige Sprachen. Er war in allen einheimischen Künsten mäßig bewandert, befaßte sich aber fast gar nicht mit der Erziehung seines Sohnes, da er der Meinung war, eine natürliche Entwicklung sei besser als jede erzieherische Beeinflussung. Prosorows Mutter dagegen war eine einfache Bäuerin gewesen, sie stammte aus dieser Gegend. Wer also hätte ihm Rationalismus einimpfen und ihm die Schamhaftigkeit austreiben sollen?

Wenn er an seine beschaulichen Kindheits- und Jugendjahre dachte, wurde Wladimir Sergejewitsch warm ums Herz. Im Moment rief er sich lächelnd seine vier Liebschaften ins Gedächtnis, auch die erste »Liebe« mit sechs, sieben Jahren. Damals war er fast vergangen, wenn das dicke, gutmütige Wäschemädchen kommen sollte, das zweimal in der Woche Wäsche brachte und jedesmal mit ihm scherzte und schäkerte. Sie hatte so aufregend nach Vanille und Puder gerochen. Er wußte nicht einmal mehr ihren Namen. Später im Gymnasium hatte er sich heiß und zärtlich in Sonja Nejolowskaja verliebt, die ihn an das Wäschemädchen erinnerte und älter war als er. Vielleicht war es dieser letzte (im Grunde alberne!) Umstand gewesen, der sein Leben damals wenn nicht unglücklich, so doch grau und alltäglich machte.

Er erinnerte sich, daß Sonja damals gerade ihre Lehrerinnenausbildung in den Bestushewkursen abschloß. Er studierte bereits am Technologischen Institut und traf sich oft mit ihr im Sommergarten, dem großen Petersburger Park mit den Statuen. (Das breite, gütige Gesicht des großen Fabeldichters hatte sich ihm für immer eingeprägt, noch jetzt konnte er sich jedes Detail des Basreliefs genau vorstellen.) Er erinnerte sich: Je hingebungsvoller er Sonja liebte, um so schwerer fanden sie Zugang zueinander. Jedenfalls stellte es sich ihm so dar. Sonja erschien ihm immer unnahbarer, und der unergründliche erhabene Ausdruck der Marmorbüsten, an denen sie vorbeischlenderten, entsprach gewissermaßen dem Verhältnis der beiden Liebenden. Prosorow besuchte damals einen marxistischen Zirkel, weil er mit der Zeit gehen und hinter den Kommilitonen nicht zurückstehen wollte. Einmal, es war schon Krieg, fuhr er im Sommer aufs Land. Im Gouvernement Wologda wohnte eine Tante von ihm, Vaters Schwester. Ihr kleines Gut und die fünfzig Deßjatinen Wald, die schon zu ihren Lebzeiten auf seinen Vater überschrieben worden waren, interessierten Prosorow nicht im geringsten, doch er fuhr immer wieder hin. Diesmal hielt er sich an die Regeln der Konspiration und sagte Sonja nichts von seiner Reise, verabschiedete sich auch nicht von ihr.

In Vaters Lederkoffer befand sich ein sorgfältig mit

Serge verklebter doppelter Boden, unter dem ein Dutzend illegale Broschüren versteckt waren. Prosorow nahm eine Droschke und fuhr in einem Zustand freudiger Erregung mit dem Koffer zum Newskiprospekt. Den ganzen Weg bis zum Nikolajewski-Bahnhof betrachtete er die Passanten und die Fahrgäste anderer Droschken mit den Augen eines Menschen, der an etwas Großem, Geheimnisvollem teilhat. Er war stolz darauf, etwas zu wissen, was all die anderen nicht wußten, was ihnen unerreichbar war. Beim Lösen der Fahrkarte fühlte er eine prickelnde Gänsehaut an der linken Hüfte; er nahm keinen Gepäckträger und stieg in einen Wagen zweiter Klasse. Damals konnte er die ganze Nacht nicht schlafen ...

Noch jetzt errötete Wladimir Sergejewitsch bis unter die Haarwurzeln, er schritt auch gleich rascher aus, ohne auf den Pfad zu achten. Er erinnerte sich noch, wie er frühmorgens in dem verträumten sonnigen Kreisstädtchen angekommen war. Niemand beargwöhnte seinen Koffer, niemand beachtete den vor Schlaflosigkeit überwachen Studenten. Er hatte den Auftrag, mit den Sozialdemokraten des Ortes Verbindung aufzunehmen. Ehe er zu seiner Tante aufs Land fuhr, benutzte er als Unterkunft die Adresse, die man ihm in Petersburg gegeben hatte, obwohl er früher immer bei Bekannten abgestiegen war. Noch am selben Tag suchte er die zweite konspirative Adresse auf. Es erwies sich, daß der hiesige Zirkel nur aus drei Mitgliedern bestand: dem Kreisgeometer, einem Lehrer des Gymnasiums und einem Schüler dieses Gymnasiums namens Jakow Mejerson. Der Auftrag der Petersburger Freunde wurde allerdings ohne jeden Idealismus ausgeführt, und Prosorow fand gleich danach in seinen Normalzustand zurück. Schuld daran war vielleicht die schwarzäugige vollbusige Shenja, mit der der junge Illegale den Studenten bekanntmachte. Sie hatte Ferien und verbrachte auch den Sommer in dem kleinen Nest. Gewissermaßen als Gegengewicht zu ihrem Bruder

Jakow, dem einsilbigen, schüchternen Gymnasiasten, der selten sprach und stets im unpassenden Moment, war Shenja lustig, witzig und gesprächig. Politik habe sie nie interessiert, behauptete sie. Auf einer warmen Kamillenwiese vor der Stadt schlug sie Prosorow einmal vor, ein Sonnenbad zu nehmen, und zog sich auch schon aus, ohne sich im geringsten zu genieren. Prosorow hatte fassungslos dagesessen und sich nicht zu rühren gewagt.

In jenen Tagen geriet Sonja Nejolowskaja zwar nicht in Vergessenheit, rückte aber in den Hintergrund, und Prosorow verging der glückliche Sommer wie im Fluge. Zum Schluß war er vollends entflammt und loderte wie trockene Birkenrinde bei heftigem Wind. Nach Petersburg kehrte er als völlig neuer Mensch zurück. Auch als er während des Krieges die Nejolowskaja zufällig wiedersah, bereute er den Treuebruch nicht. Sein Pionierregiment, in dem er Fähnrich war, fuhr an die Front, sie reiste zu Verwandten in den Süden ...

Wann war er ihr danach noch begegnet? Die Revolutionen, Hunger und Blut des Bürgerkriegs drängten nicht nur sie in den Hintergrund, sondern auch alles andere. Begriffe verschoben und verwirrten sich. Liebe erschien ihm damals unzeitgemäß und klein. Sein Vater starb in Petrograd, und seine Mutter zog für ihre letzten Lebensjahre auf das heruntergewirtschaftete Gut der Tante. Prosorow kämpfte an der Nordfront und war eine Zeitlang technischer Berater im Stab der Sechsten Armee beim roten General Samoilo. Der Stab befand sich damals in Wologda.

Ach, du großer Gott, dachte er beschämt, als er sich an das absurde, vulgäre Verhältnis von damals erinnerte, die Beziehung zu einer beschränkten, triebhaften Frau, deren Namen er nicht einmal mehr im Geist aussprechen mochte. Warum nur war ihm Sonja Nejelowskaja nie aus dem Sinn gegangen?

Im Februar 1917 hatte er in Petrograd einmal gesehen, wie ein Polizist die Herren Studenten ermahnte auseinanderzugehen. Da war ein Gymnasiast hitzig wie ein junger Hahn aus der Menge auf den langen Kerl losgegangen und hatte versucht, ihm die Schulterklappen herunterzureißen. Johlend und lachend hatten die Studenten darauf den Polizisten umringt und ihn im Handumdrehen entwaffnet. Man nahm ihm den mit Vaseline eingefetteten stumpfen Säbel ab. Damals hatte Prosorow zum ersten Mal ein merkwürdiges Gefühl von peinlicher Betroffenheit verspürt. Und dieses Gefühl hatte ihn in all den Jahren nicht verlassen.

Ja . . . Schreckliche Welt, absurdes, heiliges Land. Welchen Weg beschritt es, und wo war sein, Wladimir Prosorows, Platz in dieser Welt? Wie sollte er leben?

Wladimir Sergejewitsch war, ohne es zu bemerken, auf eine Anhöhe gelangt.

Auf trockenem Waldboden hielt unter einer großen Kiefer ein buntes Häufchen Rast: Bauern aus Schibanicha. Frauenstimmen übertönten die der wenigen Männer. Prosorow blieb stehen, hinter Gebüsch versteckt. Kunterbunt angezogene Frauen und nahezu herausgeputzte Mädchen lagerten auf Baumstümpfen und im Gras, sie kreischten und lachten. Über zwei Feuern hingen an Stangen riesige Teekessel. Prosorow erkannte die Männer: Der mit einem Leinenkittel bekleidete Pope Vater Nikolai aus Schibanicha, der alte Sawwatej Klimow und der dürre Akindin Sudejkin brachten einem jungen Kerlchen das Rauchen bei – Selja, Ignati Sopronows Bruder. Die übrigen Halbwüchsigen sahen ihrem verwegenen Altersgenossen mit respektvollem Schauder zu.

»Selja, geh lieber Johannisbeerlaub pflücken«, sagte Sudejkin. »Rauchen ist nicht schwer, das lernst du auch so.«

»Aber ich trink keinen Tee«, widersprach Selja, an seinem Glimmstengel lutschend. »Teetrinker vor!«

»Ja, bleib du man hier!« lärmten die Frauen. »Bleib hier, wir gucken dir gleich mal unters Hemd!«

Selja zeigte den Frauen einen Vogel.

»Hast du dir gedacht!«

»Och, du Satan! Teufel! Haltet ihn fest, Mädels, den begucken wir uns!«

Tonja, ein lebhaftes schwarzäugiges Mädchen, mit Spitznamen die Mickrige, sprang auf, rannte zu Selja und packte ihn an der Hose. Selja riß sich los und gab Fersengeld. Mädchen und Frauen jagten mit Gekreisch hinter ihm her. Aber Selja sprang flink wie ein Hase über Baumstümpfe und entwischte ins Gebüsch.

»Den kriegt ihr nicht!« sagte Akindin Sudejkin überzeugt. »Aber wozu Selja, an dem ist doch nichts zu sehn. Bei Nikolai Iwanowitsch dagegen . . .«

Vater Nikolai, der auf einem Reisighaufen ausruhte, schlug ein Auge auf.

»Wer war das? Du, Akindin?«

»Ja, ich.«

»Man sollte dir die Zunge rausreißen.«

»Warum, Väterchen?«

»Weil sie zu lang ist.«

Nun ertönten neckende Frauenstimmen.

»Wie wär's, Nikolai Iwanowitsch? Wir würden Muttchen auch nichts verraten.«

»Wirklich nicht!«

»Wir gucken ihn dir doch nicht ab.«

Vater Nikolai stand auf und spuckte in die Hände.

»Na, dann versucht's doch mal.«

Aber die Frauen und Mädchen wagten sich nicht an den Popen heran.

»Das ist nicht Selja, den schafft ihr nicht«, meinte Akindin Sudejkin befriedigt. »Wieviel Pud wiegst du denn, Väterchen?«

»So viel ich auch wiege, jedes Pud gehört mir«, sagte Vater Nikolai. »Ich würde auch deinen Hengst, den Korporal, in die Knie zwingen!«

Es kam zum Streit, ob er das schaffen würde. Tonja die Mickrige raffte den Schoß ihres langen Sarafans.

»Selja, Selja, komm, setz dich zu mir!«

Selja wahrte Abstand.

»Siehst du, jetzt habt ihr den Jungen verschreckt«, sagte der alte Sawwatej. »Selja, weißt du was, zeig ihn doch einfach freiwillig. Ohne langes Geziere.«

»Zeig doch deinen!«

»Kann ich, von mir aus.«

»Angeber!« riefen die Frauen. »Bleib bloß sitzen, Sawwatej!«

»Halber Hahn, wir wissen Bescheid!«

»Von wegen, halber Hahn. Bei mir ist nichts halb.« Sawwatej sprang auf die krummen Beine, die in zerschlissenen Latschen steckten. Dabei griff er unauffällig in den Bund seiner blauen Leinenhose mit den harzverklebten Knien.

»Halber Hahn, halber Hahn!« spottete Selja aus sicherer Entfernung.

Sawwatej Klimow, der Spaßvogel von Schibanicha und ewige Flunkerer, steckte einen gekrümmten Finger aus dem Hosenschlitz und bewegte ihn hin und her. Alle Frauen lachten, Tonja aber wandte sich kreischend ab und verbarg ihr Gesicht hinter dem Kopftuch.

»Davon hab ich selber viele«, sagte Jewgrafs Paschka. (Prosorow kannte das Mädchen – ihr lief der Exekutivkomiteevorsitzende Mikulin nach.) Sie hatte sich als erste von dem Lachanfall erholt.

»Ach, du Teufel, graubärtiger Satan!«

»Warum ist er denn krumm?« fragte eine der Frauen.

»Rheuma«, gab Sawwatej trocken zurück und setzte sich auf einen Baumstumpf. »Komm du erst mal in mein Alter.«

Prosorow lehnte sich an eine Birke und schloß einen Moment die Augen. Er hätte beinah ein Kochgeschirr umgestoßen, das an den Wurzeln stand. Aus einer Kerbe im Stamm ragte ein kleiner Zweig, an dem bald tröpfelnd, bald in dünnem, hellem Strahl Birkensaft ins Kochgeschirr floß.

Prosorows harte Wangenmuskeln strafften sich, vorsichtig trat er von dem Baum zurück. Er wollte gerade auf die Lichtung gehen, als plötzlich ganz in seiner Nähe jemand leise aufschrie. Er sah sich um: Drei, vier Schritte entfernt stand reglos eine Mädchengestalt. Tonja hatte sich den Birkensaft holen wollen. In ihren großen dunklen Augen mischten sich Staunen, Furcht, kokette Herausforderung und Bewunderung. Prosorow trat aus dem Gebüsch.

»Guten Tag!«

»Guten Tag, guten Tag auch!«

»Nanu, Wladimir Sergejewitsch! Wen hast du denn umgebracht?« rief Vater Nikolai freudig überrascht.

»Nun ja ... Die Beine sind ganz von selber ... Ist ja noch Zeit.«

Die Frauen waren verstummt und musterten Prosorow neugierig. Er begrüßte die älteren Männer mit Handschlag.

»Mit Fischen und Jagen verliert man ganze Tage.«

»Ja, das ist nun mal nicht anders.«

»Sie haben Pech, Wladimir Sergejewitsch«, sagte Vater Nikolai. »Wir haben gerade gegessen.«

»Danke, ich bin nicht hungrig.« Prosorow setzte sich auf einen umgestürzten Baum, nahm ein ledernes Zigarettenetui aus der Tasche und bot dem Oberpriester eine Papirossa an. Sawwatej wollte nicht zurückstehen, zog seine Holztabakdose mit dem Messingring hervor und ließ der alten Tanja neben sich eine Prise Schnupftabak ab. Sie setzte lange zum Niesen an, aber es wurde nichts, und Sawwatej winkte verdrießlich ab, als wolle er sagen, da ist Hopfen und Malz verloren. Prosorow rauchte seine Papirossa am Feuer an. Tonja brachte einen Armvoll frisches junges Johannisbeerlaub und stopfte es in die Teekessel, Akindin Sudejkin hieb einen abgestorbenen Baum um und warf ihn ins Feuer. Die Teekessel fingen an zu sieden.

Prosorow sah umher und sagte: »Ich weiß nicht, ohne mich war es hier wohl lustiger.«

»Ach, das war doch nichts weiter«, meinte Akindin Sudejkin. »Hör mal, Wladimir Sergejewitsch, du bist doch ein Gebildeter. Sag, ob sie uns in den Kolchos jagen werden?«

»Dich kassieren sie als ersten, Sudejkin!« sagte Vater Nikolai. »Dich und deinen Korporal . . .«

»In Tigino soll schon ein Kolchos gegründet worden sein.«

»In Tigino«, fiel Sawwatej Klimow ihm ins Wort, »in Tigino, das stimmt schon, aber da kommt doch nichts raus bei ihrer Kommune.«

»Und warum nicht, Sawwatej Iwanowitsch?«

»Weil da bloß Hallodris wohnen.«

»Nun lüg mal nicht«, sagte Vater Nikolai. »Ich bin selbst in Tigino gewesen, ich weiß Bescheid. Die Männer da können arbeiten, besser als du.«

»Wieso ich, wieso ich?« fragte Klimow beleidigt. »Gebettelt hab ich in meinem ganzen Leben nicht! Und daran wird sich auch nichts ändern.«

»Kommen aus Tigino etwa viel Bettler?«

»Da hast du recht, aus anderen Dörfern kommen mehr.«

Sie schwiegen.

»Wie ist das, Wladimir Sergejewitsch«, fing Akindin Sudejkin wieder an, »stimmt es, daß es mit den Bodenbearbeitungsgenossenschaften vorbei ist? Ich hab neulich so was gehört.«

»Warum denn?«

»Darum: Die Dugina, die Lehrerin, agitiert mir zuviel fürs Kollektiv. Nun sag schon, was meinst du? Du weißt doch Bescheid, und Zeitungen hältst du dir auch.«

Prosorow wußte wirklich Bescheid. Dieser Tage hatte die »Krestjanskaja Gaseta« über den Frühjahrsbeschluß des Zentralen Exekutivkomitees und des Rats der Volkskommissare der UdSSR berichtet. In dem Beschluß war davon die Rede, daß die bäuerlichen Bodenbearbeitungsgenossenschaften ungeachtet der Gemeindeversammlungen und der Umverteilung des Gemeindelandes von nun an nicht mehr berechtigt seien, frei über das Land zu verfügen oder über seine Vergabe an die neu zu gründenden Kollektivwirtschaften zu entscheiden.

»Stimmt es nun oder nicht?« Sudejkin ließ nicht locker.

»Es wird wohl stimmen«, gab Prosorow zögernd zu.

Schon im vorigen Herbst, im November, hatte es Gerüchte über die Aufhebung des Bodengesetzes gegeben. Aber Gerüchte sind Gerüchte, und Beschlüsse sind Beschlüsse. Dieses Frühjahr hatte Prosorow in Wologda von einem Plenum des Obersten Kontrollkollegiums für Bodenkonflikte beim Präsidium des Zentralen Exekutivkomitees gehört. Dieses Plenum hatte einen Beschluß gefaßt, der es gestattete, Land der privaten Nutzung zu entziehen. Schließlich hatte es noch Anfang dieses Jahres eine Direktive des Volkskommissariats für Landwirtschaft gegeben, die die örtlichen Organe verpflichtete, überschüssigen Boden zu beschlagnahmen. Das alles wußte Prosorow. Aber was konnte er Akindin Sudejkin antworten?

Der wartete und sah Prosorow an, eine Prise von Klimows Schnupftabak in der ausgestreckten Hand.

»Ich weiß nicht, Bruder Akindin . . .«, sagte Prosorow und trat auffällig eifrig seine Kippe aus. »Ich weiß nicht . . .«

Es tranken nur noch einige Tee oder besser Johannisbeeraufguß, auch fielen keine Scherzworte mehr.

»Ech!« fluchte Sudejkin und warf sein Trinkschälchen aus Birkenrinde weit von sich.

»Na, Männer«, sagte Axinja und erhob sich, »wir müssen wieder mal was tun.«

Alle suchten ihre Fausthandschuhe und Äxte und gingen an ihre Plätze.

Wladimir Sergejewitsch schulterte das Gewehr und folgte bedrückt einem Pfad, der auf die Straße nach Olchowiza führte. Er dachte an das Gespräch mit den Bauern von Schibanicha. Alles war so beunruhigend, so ungewiß. Aber warum dann dieses Leuchten, dieses unverhoffte Fünkchen Freude in ihm? Was mochte das sein? Ach ja . . . Dieses Mädchen Tonja . . . Das Leuchten kam von den schwarzen, erschrockenen und dabei so verschmitzten und lockenden Augen dieses Mädchens aus Schibanicha, das für ein Bauernmädchen viel zu zart war. Er versuchte sich vergeblich zu erinnern, wer sie war und wie sie mit Nachnamen hieß, und auf einmal stand für ihn fest, daß er am bevorstehenden Johannistag unbedingt nach Schibanicha gehen werde. Warum, wußte er selbst nicht, faßte aber fröhlich den festen Entschluß. Das Leben, das sich ihm von einer neuen, unerwarteten Seite zeigte, wurde wieder klar und schön.

3

Er konnte sich nur mühsam beherrschen, nicht schon vor dem Johannistag nach Schibanicha zu gehen. Die ganze Pfingstwoche bis zum Beginn der Fasten war er in seelischer Hochstimmung und zum ersten Mal überall dabei, wo die Bauern feierten. Er sah Tonja mehrmals, bald in einem, bald im anderen Dorf, zuerst zu Pfingsten, dann am Tag vor den Fasten. Wie alle Mädchen tanzte und sang sie an den freien Abenden. Prosorow brachte über sie in Erfahrung, soviel er konnte. Tonja hatte keinen Vater mehr, lebte mit ihrer Mutter und zwei kleinen Brüdern zusammen und hatte einen kränkenden Beinamen, aber wer in den Dörfern hatte keinen? Sie galt als nicht schlechter und nicht besser als andere, aber er wußte jetzt, daß niemand außer ihm sie ernst nahm.

Am Johannistag ging er nach Schibanicha und verbarg das Verlangen, sie zu sehen, hinter einem Vorwand: Er mußte sich nach dem Getreideverkauf erkundigen.

Es war ein wunderbarer, leuchtendgrüner Mittag. Der

Sommer hatte gerade seine volle Kraft erreicht, zermürbte die Menschen noch nicht mit Arbeit oder Hitze, nur das Vieh litt schon unter den Bremsen. Prosorow benutzte absichtlich nicht den großen, ausgefahrenen Weg, sondern den vertrauten Pfad durch die Heuschläge, der am See vorbei und am Steilufer des Flusses entlangführte. Auf diesem Pfad gingen die alten Frauen in die Kirche, bummelte die Dorfjugend an den freien Abenden, gingen die kleinen Jungen zum Angeln.

Prosorow machte es richtig Spaß, hier zu gehen. Junge, saftige, blühende Gräser wuchsen förmlich vor seinen Augen, schossen nur so aus der warmen Erde. Allein der Anblick der fleischigen Sauerampferstengel zog ihm das Wasser im Mund zusammen. Der weiß und rosa blühende wilde Klee verströmte kaum wahrnehmbaren Honigduft. Überall summten geschäftig Hummeln, setzten sich behäbig auf den Klee oder die dunkelroten Glokkenblumen, die es hier gab, drückten sie nieder mit ihrem Gewicht. Die Trollblumen, die mit ihrem frühlinghaften Gelb alle Wiesen überschwemmt hatten, waren nun den Glockenblumen, ersten Kamillen und zarten, strahlend rosavioletten Nelken gewichen, die im Volksmund Feuernelken heißen. In feuchten Niederungen blühte schon hier und da flockiger, weißer, cremegelb schimmernder Sumpfporst. Am Ende der Heumahd würde er den Schnittern die Köpfe benebeln, aber jetzt war er noch nicht so weit, andere Kräuter fächelten das Gesicht bei jedem frühsommerlich lauen Lüftchen, das über die Wiese ging, mit feinen Düften.

Der mit Heilkräutern bewachsene Pfad lief durch Waldwiesen, berührte einen jungen Birkenhain, schlängelte sich durch dichtes Erlen- und Weidengehölz mit noch nicht voll erblühten Faulbäumen, schwang sich auf einen von Walderdbeeren roten Hügel oder fiel in eine von Mücken bevölkerte, nach Farn riechende Senke. Grell leuchtete durch Lücken im Grün das tiefe Blau des Sees.

Mein Gott, dachte Prosorow verwirrt und ganz entrückt, als erlebe das alles gar nicht er selbst. Mein Gott, wie schön es hier ist ...

Gegen Abend erreichte er die Heuwiesen am Fluß, die zu Schibanicha gehörten, wo der Heuschuppen stand, in dem er sich vor zwei Wochen getrocknet hatte. Im Schuppen war alles noch beim alten, nur hatten Wespen unter dem Dach ein großes graues Nest gebaut. Es hing da oben wie ein Korb aus Birkenrinde, war aber seltsamerweise völlig leblos. Wladimir Sergejewitsch legte sich aufs Heu, lauschte Kuckucksrufen und dem Rascheln der Espen hinter der Schuppenwand. Er war restlos glücklich. Vielleicht war es dieses Glücksgefühl, das ihn jäh aufspringen ließ: Er zog sich die Stiefelschäfte straff, klopfte sich ab und strich sich die Weste glatt. Ja, dachte er, die Menschen sind glücklich, solange sie sich ihres Glückes nicht bewußt sind. Sobald das geschieht, verschwindet das Glück ... Warum nur verschwindet es, wenn man von ihm weiß, und kommt nicht mehr zurück?

Wladimir Sergejewitsch Prosorow verscheuchte diesen Gedanken, ebenso die aufdringliche Mücke, die ihm um Nacken und Ohr summte. Von der heftigen Bewegung alarmiert, kam blitzschnell eine Wespe aus dem Nest geflogen. Prosorow verscheuchte sie und sah sich plötzlich von mehreren zornig summenden Wespen auf einmal überfallen. Eine klebte ihm am Handgelenk, krümmte sich zuckend und stach. Prosorow rannte lachend und jungenhaft flink aus dem Schuppen. Das heftige Brennen ließ rasch nach, aber wenig später begann die Hand dumpf zu schmerzen und schwer zu werden. Als die Wespen die Verfolgung aufgaben, nahm Prosorow etwas feuchte Erde und legte sie vorsichtig, um die Manschette nicht zu beschmutzen, auf die geschwollene Hand. Jedoch der Schmerz wurde noch bohrender.

Im Ernst, was wäre gewesen, wenn mich alle Wespen auf einmal gestochen hätten? dachte Prosorow. Dann wäre ich wohl kaum auf Freiersfüßen gegangen.

Er lächelte über sich und versuchte, nicht an die geschwollene Hand zu denken. So gelangte er an den Fluß und betrat die Brücke, die auf die Schibanichaer Seite führte. Bei den Kartoffelmieten auf dem sandigen Steilufer ließ Prosorow sich nieder und sah sich um. Drüben lag Schibanicha. Er hörte Stimmen von kleinen Jungen und Burschen, die Babki spielten, das Knöchelspiel. Um richtig zu feiern, war es noch zu früh, aber am Dorfende spielte wie zum Spaß schon eine Ziehharmonika. Ebenso zögernd, gleichsam tastend, tönte Mädchengesang:

Was hat wohl mein Liebster vor?
Zupft am Arm und raunt ins Ohr.

Der Schluß des Scherzliedchens entging Prosorow. Plötzlich befiel ihn Erregung, er erschrak vor dem, was er vorhatte. Entschlossen betrat er die Brücke. Ein Steppke im roten Sonntagshemd stand mit aufgekrempelten Hosen im Wasser und spähte nach Fischen. Als er Prosorow sah, wurde er verlegen und watete mürrisch zum Ufer.

»Wer bist du, Junge?« rief ihn Wladimir Sergejewitsch an. Der Kleine blieb stehen und starrte noch verlegener zu Boden. Prosorow trat zu ihm.

»Also wer bist du?«

»Rogow.«

»Der Sohn von Iwan Nikititsch?«

»Hm.«

»Und wie heißt du? Hab doch keine Angst.«

»Serjoshka.« Der Junge war nun vollends verlegen.

Prosorow holte einen halben Silberrubel aus der Tasche und gab ihn dem Jungen.

»Nimm, kauf dir dafür Honigkuchen.«

Serjoshka schüttelte den Kopf und rannte den Berg hinauf. Prosorow mußte ihn zweimal anrufen, ehe er stehenblieb.

»Komm her, hab keine Angst.«

Serjoshka kam.

»Kennst du Tonja?«

»Die Mickrige?«

»Nun ja«, lächelte Prosorow. »Kannst du sie finden?«

Wladimir Sergejewitsch versuchte seine sonderbare Bitte so ruhig wie möglich zu erläutern: Serjoshka sollte Tonja im Dorf ausfindig machen und sie hierher ans Ufer schicken, aber keiner dürfe davon erfahren. Der Junge hörte aufmerksam zu, nickte ernsthaft und versprach, alles genauso zu tun. Den halben Rubel nahm er aber nicht. Er rannte über die Brücke den Hügel zum Dorf hinauf. Wladimir Sergejewitsch sah dem roten Hemd nach und bemerkte jetzt erst, wie heftig sein Herz schlug. Beschämt führte er sich das Absurde seiner Situation vor Augen, aber es war schon zu spät: Serjoshkas rotes Hemd schimmerte bereits weit hinten in den Dorfsträßchen.

Er fühlte, daß er rot wurde, steckte sich abermals eine Zigarette an und sah nach Schibanicha hinüber.

Es war schon weit nach Mittag. Ringsumher bewegte sich schillernd das Korn im Wind: Das Roggenfeld hatte schon den grauen Schimmer, den Wintergetreide annimmt, wenn es in den Halm schießt. Ein satter, angenehmer Geruch von grünen Säften trieb stetig mit dem Wind vom Feld herüber. Auf dem sandigen Weg kamen die ersten Gäste nach Schibanicha: alte Frauen mit ihren Enkelkindern. Sie gingen barfuß; ihre Schuhe trugen sie mit den Bündeln, in denen sie Geschenke brachten, an Stökken über der Schulter. Sie betraten die Brücke und bekreuzigten sich, überquerten sie dann und wuschen sich am Schibanichaer Ufer lange und gemächlich die Füße. Danach stiegen sie den Hügel hinauf und schlugen die Pfade ein, die zu den Gehöften ihrer Verwandten führten. Im Dorf ertönten hin und wieder erste Harmonikaklänge und die Rufe der Babkispieler.

Wladimir Sergejewitsch Prosorow setzte sich bald unter das Mietendach, bald stand er auf und lief umher. Nie im Leben hatte er solche Scham und Erregung verspürt.

Im Dorf nahm alles seinen gewohnten Verlauf. Schibanicha feierte den Johannistag. Was hatte es damit zu schaffen, daß auf dem Hügel am Fluß Prosorow vor Aufregung verging?

Nur Serjoshka Rogow, der die Sorge und das Geheimnis mit ihm teilte, dachte an ihn. Der Junge kam ins Dorf gelaufen und sah sich um: Tonja zu finden, war kein Pappenstiel, noch dazu am Feiertag. In der Gasse bei Kescha Fotijew waren kleine Jungen beim Holzklötzchenspiel, nicht weit davon spielten Männer und große Jungen Babki.

Serjoshka rannte zum anderen Dorfende, danach in die kleine Siedlung. Nirgends waren große Mädchen zu sehen, nur kleine saßen auf Balken und wippten auf knarrenden Wippen. Jede trug in einem Taschentuch ein bemaltes Johannisfestei bei sich. Die Gänschen wollen auch schon singen, dachte Serjoshka, Opa Nikita nachahmend. Seinen Großvater ahmte er fast immer nach, natürlich ohne es zu wissen.

»Habt ihr nicht die Mickrige gesehen?« Er blieb stehen und sah die Mädchen wütend an.

»Was willst'n von der?«

Lohnt nicht, sich mit denen abzugeben, dachte Serjoshka und rannte weiter. Er hätte Tonja bestimmt gefunden, hätte alle Häuser abgeklappert und sie gefunden, wenn er nicht bei den Männern und großen Jungen stehengeblieben wäre, die Babki spielten.

Er gab sich alle Mühe, seinen Auftrag nicht zu vergessen, und wollte darum nur ein kleines Weilchen zusehen. Das Knöchelspiel liebte er über alles. Sogar sein eigenes Wurfknöchelchen besaß er. Zwei Dutzend gefärbte und ebensoviele ungefärbte Knöchelchen lagen zu Hause in einem besonderen Körbchen. Er sammelte »Babki«, die er zwar oft wieder an andere Jungen verlor, aber nach jedem Bierfest, wenn Mutter Sülze kochte, bekam er zwei dazu, manchmal auch vier. Wie sollte er da nicht zusehen, wenn man Babki spielte!

Er drängte sich durch die Mädchen und Frauen hindurch. Man spielte mit dem allerbesten Wurfknöchelchen im Dorf, dem von Netschajew. Gerade begann ein neues Spiel. Iwan Netschajew, der wie Serjoshka ein rotes Hemd trug, stellte seine zwei Knöchel ins Spielfeld und schleuderte das kleine Wurfknöchelchen weit über das Feld hinaus. Wer am weitesten warf, kam nämlich als erster an die Reihe. Alle staunten über seinen weiten Wurf.

»Na, Wanja, paß auf, daß du dann nicht daneben triffst!«

»Ob ich treff oder nicht, Hauptsache, ich bin erster«, sagte Netschajew und machte Käfer Platz. »Los, Kusmitsch . . .«

Käfer war in Schibanicha wegen seiner Habgier und Schläue nicht beliebt. Wie sollte Netschajew gegen ihn ankommen, wenn weder Mikulin noch der Exekutivkomiteevorsitzende, noch der ehemalige Parteisekretär Ignati Sopronow etwas gegen ihn ausrichten konnten. Man erzählte sich, daß Käfer Sopronow nach dessen Ausscheiden einen entweihten Popen genannt hatte. Sopronow sei danach ganz aus dieser Gegend weggegangen, hieß es.

Käfer nahm ein paar dürftige ungefärbte Schafsknöchelchen aus der Mütze und stellte sie ins Feld. Er erntete lauten Protest.

»Was willst du mit dem Kleinkram?«

»Setz Kuhknöchelchen, gefärbte!«

»Mit solchen darfst du nicht mitmachen!«

Käfer tauschte widerstrebend die Knöchel aus. Er warf das Wurfknöchelchen dicht dran, ganze zwei Meter vom Strich entfernt.

»Na, Sewerjan Kusmitsch!« lachten die Zuschauer. »Treffen kannst du gut von da aus, aber was wird übrig sein. Du bist doch der Allerletzte . . .«

»Ich hab keine Eile«, sagte Käfer mit seiner weinerlichen Stimme. Er hatte ein scharfes Auge auf Kescha, der das Knöchelchen ein kleines Stück weiter warf. Akimko Dymow, der bei Netschajew zu Besuch war, zog die Stiefelschäfte hoch und setzte auch ein Paar, nach ihm warfen die Brüder Nowoshilow, der Exekutivkomiteevorsitzende, Mikulin und der Pope von Schibanicha.

Pawel Rogow stellte sein Knöchelpaar auf und überlegte, von wo aus er nachher gut treffen würde. Weiter als Netschajew hatte noch niemand geworfen, er war noch immer der Erste. Zwischen Dymow und Netschajew war noch ziemlich viel Platz, und Pawel warf das Wurfknöchel weiter als Akimko, um als zweiter an der Reihe zu sein.

Endlich hatten alle, die mitspielen wollten, ihre »Babki« gesetzt. Das Feld mit den Knöcheln lag deutlich in der Mitte, die Zuschauer hielten genügend Abstand an den Seiten. Die Frauen gaben keinen Augenblick Ruhe, sie neckten die Spieler.

»Der da, der da . . .«

»Was du nicht sagst!«

»Warum hast du so kurz geworfen, Sewerjan? Paß auf, sie schlagen dir alle weg.«

»Und der Vorsitzende? Sonst ist der immer der Erste, und hier der Letzte.«

»Nein, der Letzte ist Käfer.«

»Der pfeffert sie um!«

»Klar! Und nach wem kommst du, Väterchen?«

Vater Nikolai antwortete nicht, er machte Laufbewegungen auf der Stelle. Er machte sich warm.

Man reichte Iwan Netschajew seinen Wurfknöchel aus Stein. Netschajew stellte sich breitbeinig an seinen Platz. Seine Füße steckten in nicht sehr neuen, aber gut gefetteten Stiefeln. Er zog das rote Baumwollatlashemd unter dem Gürtel straff, kniff das rechte Auge zu und hielt sich den Wurfknöchel vor die Nase. So zielte er dreimal, wobei er den Wurfknöchel immer dicht vor die Nase hielt. Dann trat er plötzlich mit dem rechten Bein zurück, holte aus, machte zwei schnelle Schritte nach vorn und warf mit Wucht, legte seinen ganzen stämmigen Körper in den Wurf. Und schüttelte enttäuscht den flachsblonden Kopf: Der Wurf war über das Ziel hinausgegangen.

»Da hast du's!« rief seine Schwester Ljudka. »Nächstes Mal wirfst du nicht wieder so weit!«

Netschajew verzichtete darauf, »nachzusalzen«, winkte verärgert ab und trat beiseite. Pawel nahm den Steinknöchel und warf ohne Vorbereitung. Sein Wurf ging ebenfalls daneben, auch er fühlte sich blamiert. Er wollte »nachsalzen«, das heißt den Einsatz verdoppeln, hatte aber keine »Babki« mehr. Sein hilfesuchender Blick begegnete dem Serjoshkas, seines kleinen Schwagers. Vor Kränkung standen dem Jungen Tränen in den Augen.

»Serjoshka! Lauf nach Haus, hol mir Knöchel!« Serjoshka nahm seine Mütze in die Hand und rannte, so schnell ihn seine Beine trugen.

Aber auf Pawel wurde nicht gewartet. Mikulin warf nur einen Knöchel um, die Nowoshilows trafen drei mit zwei Würfen, und Vater Nikolai und Kescha warfen zu ihrer Schande daneben ...

Die Frauen machten sich über die Verlierer lustig. Das Feld war noch ziemlich unversehrt, als Käfer an die Reihe kam. Der knallte aus nächster Entfernung mit voller Wucht genau in die Mitte, daß die Knöchelchen nur so auseinanderspritzten. Den gewonnenen Haufen »Babki« sammelte er in seinen Korb.

»Serwerjan, du bist ein Fuchs!«

»Salzt nicht mal nach und steckt alle in die Tasche!«

»Sagt, Männer, laßt ihr euch etwa von Käfer unterkriegen?«

»Das ist 'n Kerl!«

So vergaß Serjoshka, worum Prosorow ihn gebeten hatte. Blutenden Herzens zählte er zu Hause zehn Knöchelchen ab und brachte sie Pawel. Das Spiel begann von neuem ...

Das bunte Getümmel des Johannisfestes ergriff Schibanicha. Die Jugend aus dem weiteren Umkreis hatte sich noch nicht versammelt, aber das Dorf war schon ganz auf Gäste eingestellt. Die Straßen waren menschenleer. Alles war in den Häusern. Gerade zu diesem Zeitpunkt kamen zwei merkwürdige Gestalten von der Viehweide durch das Tor in der Dorfumzäunung. Mit weißledernen Riemen behängt, trugen sie einen Kasten mit rätselhaften »Strumenten«. Bei Nowoshilows Brunnen baten sie um Wasser. Sie tranken sich satt und räusperten sich gründlich. Plötzlich holte einer von ihnen, ein baumstarker Rothaariger mit einer englischen Mütze mit großem Schirm, tief Luft und brüllte: »Vieh kurieren, Jungbullen und Hengstfohlen kastrieren, Klauen verschneide-en! Kastrieren, Kurieren, Klauen verschneide-en!«

In den Häusern gingen die Fenster auf, Gäste und Gastgeber steckten die Köpfe heraus. Fünf, sechs Dorfjungen, darunter Serjoshka Rogow, hüpften um die Fremden herum und wichen ihnen nicht von der Seite.

»Der Viehdoktor, der Viehdoktor ist da!« Die interessante Neuigkeit verbreitete sich mit Windeseile.

Akindin Sudejkin saß mit seinem Schwager Jegor bei sich zu Hause. Er hatte gerade nicht besonders gut geratenes saures Bier in eine Kanne gefüllt und wollte es in Gläser gießen, als draußen der laute Ruf der Kastrierer ertönte.

»Halt, Jegor!« Akindin sprang vom Stuhl auf. »Die kommen mir wie gerufen.«

Der Schwager traute seinen Ohren nicht. »Willst du wirklich Ernst machen?«

»Will ich . . . Mutter, ruf sie rein.«

Akindins Frau heulte laut los, die beiden halbwüchsigen Töchter jammerten mit. Aber Sudejkin war unerbittlich, er hatte längst beschlossen, »ein Ende zu machen« und den Hengst kastrieren zu lassen.

»Hört endlich mit dem Geflenne auf!« fuhr er seine heulende Familie an. »Wird's bald!«

Als die Viehkurierer am Haus vorbeikamen, lehnte Sudejkin sich aus dem Fenster.

»Woher, Freunde?«

Die Kastrierer blieben stehen.

»Von weither. Heute kommen wir aus Punjoma.«

»Immer rein ins traute Heim. Willkommen!«

Die Viehkurierer sahen sich an: Die Einladung war offenbar ernst gemeint. Sie traten grüßend ins Haus, der Hausherr schenkte ihnen sofort Bier ein.

Eine halbe Stunde später wußte ganz Schibanicha, daß Akindin Sudejkin seinen Korporal kastrieren lassen wollte. Unter den Männern und Burschen, die sich in der Gasse vor Sudejkins Haus versammelten, stand mit weitoffenem Mund Serjoshka Rogow.

»Wie kommt er bloß darauf, den Hengst zu kastrieren? Er muß verrückt sein!« sagte Akimko Dymow und ließ sich auf einem Bretterstapel nieder.

»Sudejkin hört das Gras wachsen«, widersprach Sawwatej Klimow.

»Er wird wohl seine Gründe haben.«

»Einen Grund hat er.«

»Was denn für einen?«

»Na, das ist doch sein Kapital, sein Eigentum.«

»Laß mal die Kirche im Dorf. Was steckt in Korporal schon für Kapital!«

»In Korporal? Und was für eins!« Sawwatej Klimow pfiff durch die Zähne. »Bei dem reicht's noch für tausend Stuten, nicht so wie bei dir. Wir haben doch jeder bloß eine Alte.«

»Na, Sawwa, du hast bestimmt nicht bloß eine.« Käfer klopfte Klimow auf die dürre Schulter.

»Stimmt. Mehr sag ich nicht«, gab Sawwatej sanft zu.

»Mensch, Sawwa, dann müssen sie wohl dich kastrieren?«

»Sawwa? Daß ich nicht lache!«

»Himmel, Arsch und Wolkenbruch!« fuhr Sawwatej plötzlich auf. »Er hat doch überhaupt kein Recht, den Hengst zu kastrieren! Er hat doch in der Butterwoche die

Wette gegen mich verloren. Sein Korporal muß meine Stute drei Jahre bespringen.«

»Geh vor Gericht.«

»Richtig. Wo gibt's denn so was?«

»Miete dir 'n Ablakoten!«

Unter den Wartenden wurde der Fall gründlich erörtert. In Akindins Haus begannen schon die Vorbereitungen: Der Samowar siedete, vom Fluß wurden zwei Eimer Wasser geholt. Der Rothaarige ging auf die Wiese, krempelte die Ärmel auf und legte, ohne das Publikum eines Blickes zu würdigen, seine weißledernen Riemen zurecht. Plötzlich trat der jüngere Nowoshilow mit dem Stiefelabsatz seine Zigarette aus und rief: »Spaß beiseite, Leute! Meine Schibra ist gerade rossig. Eigentlich wollte ich sie ja erst nach dem Feiertag zum Hengst bringen . . .«

»Ist die Stute auf der Weide?«

»Sie steht zu Hause.«

»Dann bring sie doch her, ehe es zu spät ist.«

»Ja, aber . . . Ach was, ich geh mal rein, vielleicht werden wir uns einig.« Nowoshilow ging zu Sudejkin ins Haus. Fünf Minuten danach kam er eilig aus der Tür und sauste nach Hause. Kurze Zeit später stand seine braune Stute Schibra, breit wie ein Ofen, in der Gasse, schielte unruhig zu den Menschen und spielte mit den Ohren. Im Nu verschwanden Frauen und Mädchen von der Straße. Das männliche Geschlecht blieb unter sich. Nowoshilow stand schon mitten auf der Wiese und hielt die Stute. Hinter den Balkenwänden von Sudejkins Haus hörte man Korporals lautes brünstiges Wiehern. Sudejkin trat auf die Vortreppe. Er schneuzte sich und rief mit wegwerfender Geste: »Ist doch alles Kiki! Los, Nowoshilow, halt fester!« Er ging in den Pferdestall. Fünf Minuten später riß der Rothaarige das Tor auf. Brünstig sprengte Korporal auf die Wiese. Akindin Sudejkins hagerer Körper hing fast auf dem großen, nickenden Pferdekopf. Ein am Zaum befestigtes starkes Lasso schleifte auf der Erde. Sudejkin sprang ab, ohne es loszulassen. Der Hengst stieg noch im Laufen schnaubend hoch. Seine Mähne flatterte, er grub die Zähne in den Widerrist der erzitternden Stute. Serjoshka blieben sein blutunterlaufenes Auge und die wehende zottige Mähne in Erinnerung. Nach dem zweiten Decken wurde Schibra weggeführt und Korporal noch ein paar Minuten am Lasso im Kreis herumgejagt.

Dann trug der zweite Kastrierer einen Eimer Wasser und eine Schüssel heißes Wasser auf die Wiese, legte die Instrumente bereit und entwirrte das zum Abbinden bestimmte Leinenband. Offenbar war dieser Kleinere der Chef. Der kräftige Rothaarige ordnete die Riemen. Sudejkin gab ihnen das Lasso und sagte mit einem Kopfnikken zum Hengst: »Dann macht mal ... Ich geh ins Haus, hier sind Helfer genug.«

»Wir kommen ohne Hilfe aus, Akindin Larionowitsch. Wir verstehen unsre Sache.«

»Dann mal los ...«

Akindin Sudejkin steuerte schon mürrisch auf die Vortreppe zu, kehrte aber noch einmal um. Der Hengst war jetzt ruhiger, er tänzelte nur ein wenig, sein mächtiger Kopf fuhr nicht mehr hin und her, riß nicht mehr am Lasso. Sudejkin strich ihm über das dichte glatte Stirnhaar.

»Na, Bruder ...«

Und ging rasch ins Haus. Korporal, der Unheil zu wittern schien, wieherte unruhig auf. In dem Wiehern lag große Hilflosigkeit, der Hengst bat gleichsam, ihn nicht mit den fremden Männern auf der Wiese allein zu lassen, von müßigen Gaffern umgeben.

Die Kastrierer bekreuzigten sich flüchtig, wie versehentlich, beide zur gleichen Zeit. Der Rothaarige tätschelte dem Hengst sanft die Brust und schlang dann Riemen um seine Vorderbeine, um jedes einzeln. Korporal erzitterte, aber er war wehrlos. Der Kastrierer sprang beherzt unter dem Bauch des Hengstes durch, lief rasch um sein Hinterteil herum, sprang nochmals unter ihm durch und zog dann kräftig an den Riemenenden. Der Hengst trappelte unruhig mit den mächtigen Hufen, die von den Riemen immer mehr zusammengezogen wurden; als er wieder trappelte, zog der Rothaarige beide Schlingen fest. Korporal begann zu zittern, wollte einen Satz nach vorn machen und stürzte plötzlich aufs Gras. Die Hufe waren ihm fest zusammengeschnürt. Die Kastrierer fesselten ihn flink mit zusätzlichen Riemen und wuschen sich rasch die Hände. Der Kleine trat zum Instrumentenkasten. Etwas Scharfes blitzte grell in der Sonne. Korporal schnaubte und zerrte an den Fesseln, seinen mächtigen Leib überlief ein Zucken, alles ringsum hielt den Atem an.

Der Rothaarige nahm das Messer und kauerte neben Korporal nieder. Plötzlich zuckte der Hengst zusammen, und ein furchtbares, klägliches Winseln, ein durchdringender Schrei erhob sich in der Gasse und verhallte über Schibanicha.

Serjoshka Rogow zitterte wie Espenlaub. Verworren erinnerte er sich, wie der Hengst sich im Gras wälzte, wie die beiden Männer mit behaarten, bis an die Ellbogen blutbespritzten Armen von ihm abließen und sich aufrichteten. Einer der beiden hob zwei blutbeschmierte graublaue Klümpchen auf, warf sie in den leeren Eimer und blickte sich suchend um. Als er Selja Sopronow sah, winkte er ihn heran.

»He, du, geh und vergrab das!«

Selja packte mit Freuden den Eimer und verschwand damit hinter Kescha Fotijews Hof.

Serjoshka lief völlig verstört und ohne zu wissen wohin die Straße hinunter. Korporals gräßliches, markerschütterndes Gebrüll gellte ihm noch in den Ohren, die behaarten Arme der beiden Kastrierer schillerten ihm rot vor den Augen. Er setzte über Brennesseln und rannte nach Hause, bemerkte nicht einmal den großen Pulk aus Olchowiza, der in Schibanicha eintraf und sich am Dorfeingang in breiten Reihen zum Umzug formierte. Laut spielte eine Harmonika. Eisenstangen wie Spazierstöcke schwenkend, promenierten die Burschen aus Olchowiza durchs Dorf. Die bunte Reihe hinter ihnen – Kleider und Sarafane in allen Farben – hielt kaum Schritt. In Schibanicha begann das Johannisfest.

Auf einer Anhöhe bei den Kartoffelmieten stand eine kleine Laubhütte im Gebüsch. Sicherlich war hier schon so mancher vom Unwetter Überraschter untergekrochen: In der niedrigen Hütte konnte man buchstäblich nur kriechen und sitzen. Prosorow suchte hier vor den Bremsen Zuflucht. Er brach Zweige ab und besserte damit das Dach aus, kroch hinein und setzte sich, das Kinn auf die Knie gestützt. Das große Dorf Schibanicha lag zum Greifen nahe.

Eine Meise ließ sich zu seinen Füßen nieder und tirilierte. Prosorows Wange traf ein großer kalter Tropfen. In weiter Ferne grollte Donner, der aber nicht näherkam und unterwegs verhallte.

Im Osten flimmerte der Wald vor Hitze unter einer rauchigblauen Dunstglocke, die Kiefernkronen hoben sich kaum vor dem Horizont ab. In dem nur wenig näher gelegenen Wald hinter den Heuschobern dagegen waren deutlich dicke bronzefarbene Äste im dichten Nadelgrün zu erkennen. Die Wipfel standen reglos, verzauberten grünen Rauchwolken gleich. Das Dorf erschien ganz nahe im Vergleich zum Wald, weiße Kopftücher blinkten in den Sträßchen, Rufe von Babkispielern schallten herüber.

Sie kommt ganz gewiß nicht, dachte Prosorow schon zum zweiten Mal. Mein Gott, warum sollte sie auch ... Sie kommt nicht, und alles in der Welt bleibt beim alten. Aber warum bloß? Warum sind, sagen wir, Kornblumen, diese bezaubernden blauen Blüten, so unnütz, ja schädlich, während die Roggenähre unauffällig und häßlich blüht? Wladimir Sergejewitsch starrte blinzelnd ins Helle, seine Finger preßten den stark gelichteten Schädel.

Der Wald strömte jetzt Hitze aus, die nach Kräutern und Tannennadeln duftete, die Bremsen drangen schon in die Hütte ein. Sträucher und Gräser ringsum litten stumm unter der Schwüle. Rotscheckige Wolkenherden trieben im diesigen Himmelsblau.

Unter ihm wanden und schlängelten sich wie blaue Adern an einer Bauernhand zwei kleine Flüsse durch die Auen. Über dem breiteren spannte sich eine weiße Brücke, dahinter wogte dichter grüner Roggen im Wind. Nur noch wenige Wochen, dachte Prosorow, und Millionen goldene Halme neigen sich unter der fruchtbaren Last der Ähren. Und uralter, nur sich selbst gehorchender Ackerbauerninstinkt steigt dir spontan und triebhaft von den Sohlen zum Herzen und benebelt dir die Sinne. Im Grunde sind doch alle Menschen Bauern ...

Wen schlägt solche unermeßliche flimmernde Weite nicht in Bann? Dieses uralte, kaum hörbare Geraschel granniger Ähren? Flüstern versunkener Zeiten, das Flüstern von Generationen, die auf dieser Erde lebten und zu Erde wurden, scheint aus dem Ährengeraschel zu raunen. Und die Menschen lassen alles stehen und liegen und greifen zur Sichel.

Prosorow trieben Reue und Scham das Blut ins Gesicht, er verfluchte sich. Er kroch ins Freie, und wieder sah er Schibanicha zum Greifen nah vor sich. Mit seiner Menschenfülle war es ihm eine rätselhafte, begehrenswerte und feindliche, heilige und teure Welt. Was aber bedeutete er ihr?

Plötzlich ertönte im Dorf ein durchdringender, schauriger Schrei. Prosorow schrak zusammen. Aber er konnte und wollte nicht wissen, was der schaurige Schrei bedeutete; hastig trat er den Heimweg nach Olchowiza an, durcheilte die abendlich grünen Fluren wie im Traum.

In Olchowiza war es still und leer. Er ging nicht zu sich ins Nebengebäude, sondern begab sich in das nun kommunal verwaltete leerstehende Gutshaus. Er legte sich auf vorjähriges Heu und schlief ein. Sein Schlaf war seltsam schwer. Er schien zu schlafen und auch wieder nicht, die ganze Welt war für ihn Stille, ohne Gedanken, ohne Bilder. Er kam auch nicht zu sich, als er die Augen aufschlug, nahm nicht wahr, was er sah. Der Kommunenvorsitzende Mitka Ussow, der in Prosorows Haus wohnte, rüttelte ihn an den Schultern. Er hielt eine Schere in der Hand und bat, ihm die Haare zu schneiden.

»Wladimir Sergejewitsch, man schämt sich doch, auf Besuch zu gehen, ich bin ja struppig wie ein Teufel . . .«

Prosorow starrte durch ihn hindurch ins Leere.

Er lag mit offenen Augen auf dem Rücken und dachte an nichts, unterschied weder links und rechts noch oben und unten. Vielleicht war es das Gefühl der Unendlichkeit der Welt, die ihn umgab? Die Zeit existierte nicht, sie war stehengeblieben. Er befühlte sein Gesicht, fuhr sich tastend über Schläfen und Hals, Leib und Hüften und empfand plötzlich lebhaft und deutlich, daß er Fleisch, Materie war. Daß er weiter nichts war als ein Teilchen Materie, ein winziges, sich im All verlierendes Teilchen, dazu bestimmt, in dieser Unendlichkeit zu vergehen.

Er stand auf und lief umher wie ein Mondsüchtiger. Seine Muskeln schmerzten, er hörte sein Herz gegen die Rippen pochen, hörte, wie es das Blut durch diesen einfachen Mechanismus pumpte, den er, Prosorow, durchschaute. Ja, dieser Mechanismus war er, Prosorow, in ihm pulsierte diese rote, Blut genannte Flüssigkeit.

Er ging noch immer nicht zu sich nach Hause ins Nebengebäude, sondern legte sich wieder hin. Die Stille war unermeßlich. Abermals schwanden die drei Dimensionen, abermals löste er sich in der Unendlichkeit und Uferlosigkeit des Alls auf, nur eine Folge abstrakter Bilder zog noch durch sein Bewußtsein, verworrene Bilder, die einander verdrängten, verblaßten und neu erstanden.

4

Es war am zweiten Tag des Johannisfestes.

Danilo Patschin weilte in Schibanicha zu Besuch und saß nun bei Rogows am Tisch. Den ersten Tag hatte er mit seiner Frau und dem halbwüchsigen Sohn bei seinem Schwager Jewgraf verbracht, am zweiten waren alle drei zu Iwan Nikititsch und Axinja gegangen. Schließlich hatte ihr Pawel in die Familie eingeheiratet.

Auf dem Tisch stand eine gedrechselte Chochlomaschale mit Most – alkoholische Getränke waren bei Rogows am zweiten Tag nicht üblich. Danilo hatte schon mehrmals den Wunsch verspürt zu gehen, aber die Frauen hatten sich in der Kochecke noch nicht ausgeschwatzt, auch der Kleine lief noch mit Serjoshka draußen herum.

Sein Sohn Pawel war schon frühmorgens zur Mühle gegangen. Die vier kürzlich eingestellten Sägearbeiter hatten schon vor dem Frühstück fleißig geschafft. Alle Männer außer Großvater Nikita waren aus dem Haus gegangen. Unter solchen Umständen zu Besuch zu sein, ging Danilo gegen die Ehre, und obwohl Schwiegertochter Vera und ihre Mutter Axinja ihm beide zuredeten, noch eine Nacht zu bleiben, erklärte er entschieden: »Nein, ich muß los! Es gibt zuviel zu tun. Vor dem Dungstreuen muß ich noch Rinde wegfahren.«

»Habt ihr denn viel geschält?« fragte Axinja.

»So um fünfzehn Pud.«

Von der Straße kamen aufgeregt Oljoschka und Serjoshka, tranken sich an Most satt und wollten wieder weg, aber Danilo hielt Oljoschka zurück.

»Hast du noch nicht genug?«

Serjoshka wollte seinen Gast aus Olchowiza nicht gehen lassen, aber es half alles nichts: Danilo stand auf.

»Also dann ... Schönen Dank für die Gastfreundschaft! Kommt uns auch mal besuchen, am Kasaner*. Lebt wohl.«

»Vergeßt uns nicht!« sagte der Großvater.

Die Gäste bekreuzigten sich, die Frauen begleiteten sie vors Haus.

Großvater Nikita zog sein gutes Satinhemd aus, legte es in die Kommode und zog das Alltagshemd aus Leinen an. Den von seiner Enkelin Vera gewebten Gürtel hängte er hinter dem Schrank an einen Nagel. »Serjoshka! Komm, wir wollen die Wagenräder schmieren.«

Serjoshka mußte die guten Hosen ausziehen. Der Großvater ging mit dem maulenden Enkel auf den Hof: Ganz Schibanicha rüstete zum Dungfahren, als hätte es nie einen Feiertag gegeben. Nur Vater Nikolai zechte noch mit dem unbekümmerten Kescha Fotijew, beide säten schon das zweite Jahr keinen Roggen. Die Dorfbewohner besserten ihre Wagen aus; wegen der Bremsen und der Hitze sollte der Dung nachts gefahren werden.

Großvater Nikita zeigte Serjoshka, wie man Räder schmiert. Er schob eine Stange unter die Achse des einrädrigen Karrens, stellte ein Krummholz darunter, und das Rad mit dem hellen eisernen Reifen hing frei. Nikita drehte es, schlug mit einem leichten Beilhieb den Splint heraus und nahm das Rad ab. Serjoshka schnüffelte verdrossen, ihm war heiß. Nikita tat, als bemerke er es nicht, und sagte: »Schmier, mein Jung! Aber laß nicht zuviel daneben tropfen.«

Serjoshka überwand seine Unlust und nahm den Schmierpinsel. Er tunkte ihn in den Holzeimer mit der dicken schwarzen Wagenschmiere. Der teerartige harzige Geruch und die strähnig vom Pinsel fließende glänzende dickflüssige Schmiere ließen ihn seinen Kummer vergessen. Er merkte gar nicht, wie sein Zorn auf den Großvater verflog. Das Leben wurde wieder interessant, nicht schlechter, als es am Morgen gewesen war.

* Feiertag der Kasaner Mutter Gottes, 8. Juli

Als der Großvater am Abend Karko vor den Wagen spannte, schwirrten so viele Mücken und Gnitzen herum, daß ein ständiges Summen in der Luft lag. Serjoshka verschluckte aus Versehen zwei, drei Mücken, man konnte sich gar nicht retten vor ihnen. Karko mußten sie am ganzen Leib mit Birkenteer einpinseln, damit er nicht völlig zerstochen wurde; Serjoshka band die Mutter ein altes Tuch fest um Gesicht und Hals. Ihm wurde gleich ganz heiß, aber dafür flogen ihm die Fliegen nicht mehr in den Kragen und in die Ohren. Der Großvater holte eine Mistgabel, der Wagen stand schon zwischen den Ställen. Mutter und Schwester Vera warfen den Dung zu einem Haufen zusammen. Frauen luden die schweren braunen Batzen mit Gabeln auf den Wagen.

»Na, dann mit Gott, fahr zu!« sagte der Großvater, als der Wagen vollgeladen war. Karko zog an, die Leinen spannten sich, und der Großvater führte die Fuhre aus der Dunkelheit des Hofs heraus. Serjoshka schwang sich auf den Pferderücken und nahm die Zügel in die Hand.

»Mit Gott . . .«, wiederholte Nikita.

»Wie oft muß ich fahren, Opa?«

»Wie oft?« schmunzelte der Großvater. »Wenn du zählst, wird dir jede Fuhre zur Last.«

»Ich werde nicht zählen, Opa.«

»So ist's recht! Man muß nicht zählen, mein Jung.«

Serjoshka schnalzte mit der Zunge, und Karko legte sich ins knarrende Geschirr und zog den Wagen in ausgreifendem Schritt vom Hof.

Das Tor in der Dorfumzäunung war offen. Serjoshka sah viele andere Fuhren, manche kamen schon leer zurück. Die Jungen und Mädchen auf den Wagen riefen den Entgegenkommenden Scherzworte zu. Der glattgefahrene staubige Weg schlängelte sich durch ein rot und weiß gesprenkeltes gelbes Feld. Serjoshka kannte die beiden Streifen in der Schibanichaer Brache, die ihnen gehörten, genau. Er lenkte Karko an die richtige Stelle und erstarrte plötzlich vor Schreck: Ungefähr zwanzig

Schritte von ihm entfernt stand Korporal und sah ihn schweifwedelnd an. Karko blieb stehen. Der mit einem Strick angepflockte Korporal näherte sich wiehernd und beschnüffelte Karko. Serjoshka brüllte vor Angst und krallte sich in den Sattel.

Die mickrige Tonja, die mit einem leeren Wagen ins Dorf zurückfuhr, hielt an und verscheuchte den Gaul.

»Los, los! Geh auf deinen Platz, du Trampel.«

Sie lief zu dem weinenden Serjoshka.

»Serjoshka, was hast du? Hab doch keine Angst, er ist jetzt friedlich, der Korporal . . . Nicht weinen, Serjoshka. Nicht weinen.«

Sie hob den Jungen vom Pferd und drückte ihn unversehens heftig an sich, ließ ihn aber gleich wieder los.

»Ach, Serjoshka . . .«

Sie wollte ihn etwas fragen, ließ es aber sein – wischte ihm nur mit ihrem Jackenschoß die Tränen ab und setzte ihn wieder aufs Pferd.

Serjoshka fuhr beruhigt weiter . . .

Er hatte längst vergessen, daß er tags zuvor seiner Schwester Vera versehentlich von der Begegnung am Fluß und dem halben Silberrubel erzählt hatte.

Er fuhr auf den Acker und begann, den Dung mit der Mistgabel abzuladen. Nachdem er die ganze Fuhre auf vier gleich große Haufen verteilt hatte, wendete er und fuhr zurück, um die nächste zu holen. So sehr er sich auch bemühte, die Fuhren nicht zu zählen, es wollte ihm doch nicht glücken . . .

Großvater Nikita Rogow kam um Mitternacht aufs Feld. Mit einer Heugabel verteilte er den Dung auf dem Acker und kehrte nach Hause zurück. Sein Sohn Iwan Nikititsch reparierte am Tor den Pflug, Pawel war gerade von der Mühle zurückgekommen und hatte sich unter dem Fliegenschleier schlafen gelegt. Die Frauen wollten die neunte Fuhre beladen, als den kleinen Serjoshka die Kräfte verließen. Der Großvater sah, wie der Junge sich auf die Wiese setzte und plötzlich ins Gras sank.

»Unser Arbeiter schläft«, sagte Iwan Nikititsch zu seinem Vater. Großvater Nikita räusperte sich und spannte Karko wortlos vom Wagen an den Pflug.

»Oje, unser Serjoshka! Schläft einfach!«

Vera hängte ihre schmutzige Schürze an die Kleiderstange. Sie nahm den Bruder auf den Arm und trug ihn ins Haus, wo sie ihn auszog und neben ihren schlafenden Mann unter den Fliegenschleier bettete. Großvater Nikita schickte die Frauen und Iwan Nikititsch zum Pflügen, er selbst setzte sich auf die Vortreppe. Die Nacht über Schibanicha verging. Der Wachtelkönig, der im Nebel am Fluß geschnarrt hatte, war schon verstummt. Über dem Wald dämmerte rötlich-violett der Morgen. Großvater Nikita bekreuzigte sich und ging Pawel wecken.

»Pawel! Paschka . . .«

Die ferne Stimme verlor sich, verhallte. Er hatte das quälende Verlangen, sie festzuhalten, zu verstehen, was sie meinte. Merkwürdig, ein Haufen großer, schwerer Steine türmte sich vor seinen Augen. Pawel wälzte einen eiförmigen Stein hinauf, aber ein Schmerz in den Knien hinderte ihn, ihm den letzten Stoß zu geben, obwohl der Stein erstaunlich leicht und gleichsam masselos war. Die runden grauen Steine kollerten wieder auseinander. Aus unerfindlichen Gründen mußte Pawel sie aber aufs neue zu einem riesigen Haufen zusammenwälzen. Er knirschte im Schlaf mit den Zähnen, seine Knie und Ellbogen zitterten unter einem leichten Krampf. Er lag bäuchlings quer auf dem Bett, den Kopf in vorjähriges Heu gewühlt.

Großvater Nikita saß auf einem Holzklotz und betrachtete lange den schlafenden Pawel, der sich unter dem Fliegenschleier hervorgestrampelt hatte, dann erst rüttelte er ihn wieder sacht an der Schulter.

»Pawel! Du mußt aufstehen, mein Lieber . . .«

Pawel sprang auf. Das große Heubodentor im Oberteil der Kate stand offen, die schräge Morgensonne vergoldete den Heustaub. Unter dem Dach zwitscherten schon kräftig die Schwalben.

»Was ist, Opa? Schon spät?«

»Vier durch.«

»Hättst du mich doch früher geweckt!«

Aber Großvater Nikita tappte schon mit dem Krückstock die Stiege hinunter. Pawel war am ganzen Leibe wie zerschlagen, er konnte die Finger nicht bewegen, seine Hände waren geschwollen, Brust, Bauch und Kreuz durfte er gar nicht berühren. Er schüttelte lächelnd den Kopf und trat ans Heubodentor.

Das ganze Dorf fuhr Dung. Die Jungen in den leeren Wagen trieben zügelschwingend die Pferde an, um einander zu überholen; sie hielten sich durch ihr eigenes Geschrei wach. Da und dort zuckelten immer noch hoch beladene Wagen aus dem Dorf.

Pawel schaute zu Großvaters Hang hinüber. Wieder hüpfte sein Herz, wieder stockte ihm vor unbändiger Freude der Atem.

Die ganze Hügelkuppe war voll von Balken, Holzstapeln und Sägespänen. Die vier nach der Butterwoche eingestellten Sägearbeiter waren schon bei der Arbeit. Sie übernachteten gleich am Mühlengerüst auf Heu und gingen nur zum Frühstück und Mittagessen ins Haus. Es war ein Vater mit drei Söhnen, die der Hunger aus einem fernen Dorf hierher verschlagen hatte. Zwei von ihnen schälten gerade die Rinde von den Stämmen und wuchteten diese auf den Sägebock, die beiden anderen sägten.

Verschlafen! dachte Pawel. Ach, Opa, Opa ...

Gestern war er bis spät abends an der Mühle gewesen. Die Nächte waren hell, und er hatte es eilig, seine Axthiebe schallten manchmal fast bis zum Morgengrauen. Das ganze Frühjahr über schlief er nachts nur drei, vier Stunden. Die Mühle verlangte der Wirtschaft das letzte ab, Rogows Hügel war von Männerschweiß und Frauentränen getränkt. Das Geld war Iwan Nikititsch vollends ausgegangen, und die Kornkästen im Speicher leerten sich rasch. Wenigstens hatten sie nach dem Gemeinschaftseinsatz im Winter, als das ganze Dorf den Rogows half, das Holz noch mit Schlitten auf den Hang gefahren und bald danach auch den gut sechzehn Meter langen Hausbaum. Das ganze Dorf war gekommen, um zuzusehen, wie vier hintereinander gespannte Pferde den Baumriesen aus dem Wald zogen ...

Bis zum Frühjahrspflügen hatten sie das Skelett der Mühle fertig. Das Holzgerüst, an dem drei Paar dünne Sparren weiß ins Auge stachen, stand auf einem Balkenfundament. Nun mußten Fußboden und Decke gelegt werden, aber die Arbeiter sägten noch dünne Bretter zum Verkleiden der Flügel.

Noch war kein Ende der Arbeit abzusehen ...

Pawel war in diesem Frühjahr schmal und blaß geworden. Er gönnte sich und den anderen Männern keine Ruhe. Sie bauten die Mühle zu vier Anteilen. Zwei Anteile hatten Rogows übernommen, in die beiden anderen teilten sich Onkel Jewgraf und Nachbar Kljuschin. Die Frühjahrsbestellung hatten schlecht und recht mehr oder weniger die Frauen bewältigt, das hatte sie bisher über die Runden gebracht; aber nun drängten neue Feldarbeiten.

Das ganze Frühjahr lang rannte Pawel wie gehetzt auf dem Hügel hin und her, spottete über Kljuschins vorsichtige Bedachtsamkeit, stachelte den Onkel auf, brachte den Schwiegervater auf Trab. Manchmal entfuhr ihm auch ein derber Fluch. Ständig mußte er allen sagen, was zu tun war und wie sie es anpacken sollten, mußte die Frauen beschwichtigen. Er selbst legte die Axt keine Minute aus der Hand. Großvater Nikita und der alte Kljuschin fertigten das ganze Frühjahr hindurch Teile für das Windrad vor. Sie holten schrundige Birkenscheite aus dem Wald, Pawel sägte nach einer Vorlage aus einem Brett Schablonen, danach schnitten die Alten die Einzelteile. Das Windrad stand ihnen noch bevor. Außerdem warteten noch das Kamm- und Stockgetriebe, die Mahlsteine, der Trichter, die Welle, Flügel, Stampftröge und

Stampfer und tausend andere Dinge auf sie. Pawel versuchte, nicht daran zu denken. Er lief wie mit Scheuklappen umher, um nur das Nächstliegende zu sehen.

Er dachte gerade wieder daran, wie sie den Ständer aufgestellt hatten. An jenem Morgen hatte Pawel sich nur kurz gewaschen und war ohne Frühstück zur Mühle gelaufen. Jewgraf, Iwan Nikititsch und die beiden Kljuschins fanden sich gleichzeitig ein, Großvater Nikita etwas später.

Sie wechselten an diesem Tage kein Wort zur Begrüßung. Grüßen war jetzt nicht am Platz. Schweigend setzten sie sich auf die Balken, die Säger unterbrachen ihre Arbeit und setzten sich dazu. Keiner sprach ein Wort.

Tags zuvor war mitten auf dem Hügel eine zwei Meter tiefe Grube ausgehoben worden, in Länge und Breite fast so groß wie ein kleines Floß. Um sie herum lagen große Fundamentsteine bereit. Der sechzehn Meter lange, von einem Mann nicht zu umspannende Ständer lag mit einem Ende im Rumpfgerüst und mit dem schwarz verkohlten unteren Ende über der Grube. Zwei hohe Pfosten mit selbstgefertigten Flaschenzügen waren links und rechts des riesigen Stammes in die Erde gerammt. Ein Seil umschlang ihn im oberen Viertel. Vier lange dünne Balken, die als Streben dienen sollten, lagen griffbereit. An der Spitze des Ständers waren vier passende Löcher für die Strebebalken ausgespart, die ihn stützen sollten, wenn er aufgerichtet in der Grube stand. Mit zu beiden Seiten aufgestellten Seilwinden sollte der Baum emporgehievt werden. Ganz Schibanicha hatte sich versammelt, um zu helfen und beim Aufstellen des Hausbaums zuzusehen. Sudejkin hatte das Ereignis den Mühlenbau zu Babel getauft und aus dem Stegreif ein Liedchen darauf gedichtet:

Hinterm Dorf wächst aus dem Schnee
Ein Riesenmonster in die Höh,
Man baut daran ein ganzes Jahr.
Käfer klettert bis zur Spitze gar.

Von Käfers Mithilfe konnte natürlich keine Rede sein, er hatte, von dem Gemeinschaftseinsatz abgesehen, für die Mühle keinen Finger krumm gemacht, aber vielleicht erwähnte ihn Sudejkin gerade deshalb. Es half aber alles nichts, das Ungetüm mußte aufgerichtet werden. Auf Pawels Kommando begannen die Männer die Winde zu drehen, das Seil straffte sich, die Rollen knarrten. Der zentnerschwere Stamm löste sich widerstrebend vom Boden, alle Umstehenden hielten den Atem an. Pawel stand mit einer Stütze genau unter der Mitte des Baumstamms, als an einem Pfosten der Flaschenzug riß, und wäre in diesem Moment nicht Großvater Nikita zur Stelle gewesen und hätte seine Stütze in eine Kerbe des Ständers gestemmt, wäre von Pawel nur ein nasser Fleck geblieben. Dicht am Bauherrn vorbei krachte der Baumstamm zu Boden. Erst nach drei vergeblichen Versuchen hatten sie ihn endlich so weit aufgerichtet, daß das verkohlte untere Ende in die Grube gesetzt und der Ständer mit den provisorischen Streben abgestützt werden konnte. Dann wurde die Grube mit Steinen gefüllt und Erde darüber geschaufelt.

Von diesen Steinen hatte Pawel vorhin geträumt. Er schaute durchs Tor: Sein Hausbaum ragte hinter Sudejkins Haus hoch in den milchigblauen Morgenhimmel. Was konnte Pawels Herz mehr erfreuen? Die in vielen Tagen angestaute Müdigkeit verscheuchend, machte er sich am Waschbecken frisch, ergriff den Werkzeugkasten und eilte zur Mühle, ohne auf das Frühstück zu warten oder seine Frau zu begrüßen, die im Innern des Hauses wirtschaftete.

»Was ist, Pawel Danilowitsch«, sagte der Vormann der Säger zur Begrüßung. »Windbretter haben wir jetzt wohl genug.«

Pawel überschlug: Es mußten noch mehr dünne Bretter gesägt werden. Er ordnete an, welches Holz dazu genommen werden sollte, und schaute sich um. Die Sonne stand schon ziemlich hoch, aber weder Jewgraf noch

Iwan Kljuschin waren erschienen. Was ist los? dachte Pawel. Es kann doch nicht sein, daß sie verschlafen haben, das sähe ihnen nicht ähnlich. Er arbeitete eine halbe Stunde allein, stemmte an einem der vier dicken Baumstämme, die als Streben für den Hausbaum gedacht waren, einen großen schrägen Zapfen heraus. Die Männer kamen nicht. Pawel hieb die Axt in einen Holzklotz, um zu Onkel Jewgraf zu gehen, da sah er Palaschka auf die Mühle zukommen. Die Kusine wirkte merkwürdig verlegen, sie sah Pawel nicht an. Er ahnte Böses und sagte gepreßt: »Wo ist dein Vater?«

»Pawel . . .« Palaschka sah zu Boden. »Papa . . . Papa schickt mich zu dir . . . Ich soll dir sagen . . . Er tritt vom Bau zurück . . .«

Pawel bekam einen roten Kopf und trat dicht an Palaschka heran.

»Was ist?«

»Er kommt nicht . . . soll ich sagen . . .«

»Du lügst!« Pawel packte sie an den Schultern. »Bist du verrückt?«

Palaschka riß sich los und lief ins Dorf. Pawel stürzte ihr nach, die Säger hörten auf zu arbeiten. Pawel fühlte, wie ihm vor Erregung und Kränkung die Beine versagten; schlimme Gedanken durchzuckten ihn: Sudejkin, der gemeine Kerl . . . Hat seinen Hengst kastriert . . . Das geht von ihm aus, von Sudejkin . . . Er hat ihnen Angst gemacht . . . Was tu ich jetzt bloß?

Wie von Sinnen raste er in Onkel Jewgrafs Haus und riß die Tür zur Sommerstube auf – keiner da. Er rannte in die Winterstube – auch dort war niemand. Oder versteckte er sich? Pawel tobte auf der Suche nach Jewgraf durchs ganze Haus.

»Onkel!« schrie er. »Onkel . . .«

Niemand antwortete. Pawel setzte sich auf die Schwelle und preßte die Fäuste an die Schläfen. Er hörte nicht, wie in der Scheune Heu raschelte: Jewgraf lugte vorsichtig heraus und kroch ans Licht.

»Pawel ... Pascha ...«

Pawel sah sich nicht um.

»Pawel, hör, was ich dir sage ...«

»Geh doch zum ...« Pawel stieß einen saftigen Fluch aus. »Feigling! Faulpelz!« Er packte den Onkel am Schlafittchen, zog ihn zu sich heran und starrte ihm lange ins Gesicht. Jewgraf wich seinem Blick aus.

»Ach, du ...«

Zähneknirschend stieß ihn Pawel zurück, die Treppe polterte unter seinen Stiefelabsätzen. Zu Iwan Kljuschin zu gehen lohnte nicht. Pawel lief verzweifelt nach Hause.

Als die Sägearbeiter erfuhren, daß die Teilhaber zurückgetreten waren, stellten auch sie die Arbeit ein. Der Vormann wartete im Haus auf die Lohnauszahlung. Im Obergeschoß jammerten die Frauen.

Alles brach mit einemmal zusammen.

Pawel rannte ratlos im Haus umher, er wußte nicht ein noch aus.

Großvater Nikita hatte frühmorgens aufs Feld gehen wollen, um seinem Sohn zu helfen, aber ein völlig unerwarteter Zwischenfall hatte ihn davon abgehalten. Er war zwar nicht Kirchenältester, aber derjenige in Schibanicha, der sich am meisten um die Kirche kümmerte. Mehrmals schon hatte er Geld gesammelt, damit sie repariert werden konnte, oder hatte den Fortschrittspopen Nikolai Iwanowitsch ins Gebet genommen, wenn er dem Laster verfiel.

Als der Alte an der Kirche vorbeikam, fuhr ihm der Schreck in die Glieder. Ein halbes Dutzend halbwüchsiger Rabauken zielte mit Steinen nach einem Kirchenfenster. Der Anführer war wieder Selja. Das Klirren einer Scheibe dröhnte Großvater Nikita wie Donner in den Ohren.

»Nichtsnutze, Ungeheuer! Was tut ihr?«

Die Bengels stoben auseinander. Nikita war außer sich.

Auf seinen Stock gestützt, rang er mühsam nach Luft. Unerhört! Er erinnerte sich, daß Selja nicht zum ersten Mal gotteslästerlichen Unfug an der Kirche trieb. Erst zur Fastenzeit hatte der Schlingel mit Kohle saftige Schimpfwörter an die Kirchenmauer geschrieben, und nun warfen sie Scheiben ein.

Großvater Nikita beschloß, ein paar andere bejahrte Männer zu suchen, um sich mit ihnen zu beraten. Zwei von den Alten, Kljuschin und Käfer, sah er schon von weitem auf den Balken sitzen. Sie schnupften Tabak und besprachen den vorgestrigen Feiertag und was mit Sudejkins Hengst geschehen war. Ein dichter Bremsenschwarm umschwirrte sie.

»Die wollen nichts von uns wissen«, sagte Käfer, als müsse er sich dafür entschuldigen. »Wir schmecken ihnen wohl nicht mehr. Na, sollen sie das junge Volk stechen.«

Großvater Nikita berichtete, was sich das junge Volk erlaubt hatte. Beide, Käfer und der alte Kljuschin, gaben Nikita recht: »Nichts zu machen, Kinder, Selja muß einen Denkzettel haben.«

»Verprügeln, das einzige Mittel.«

»Verprügeln reicht nicht!« rief der alte Nowoshilow, der hinzutrat. »Dem Satan müßte man die Haut streifenweise vom Leibe knüppeln!«

Opa Kljuschin wartete ab, bis er zu Wort kam. »Wißt ihr was, Kinder, und wenn wir nun zum Vorsitzenden gehen, zu Mikulinchen.«

»Das stimmt.«

»Wir sagen, so und so, wir sehen keine andere Möglichkeit, gestatte, daß wir den Rowdy verprügeln.«

»Natürlich, wir machen's offiziell. Das ist sicherer.«

Mikulin war ausgegangen, um nachzufeiern, sie fanden ihn hinter Kescha Fotijews Haus. Er war mit anderen Ledigen beim Holzklötzchenspiel. Auch der Missetäter war dabei.

»Gute Gesundheit allen miteinander!« grüßte Käfer laut, um abzulenken.

Großvater Nikita zog Mikulin wie von ungefähr beiseite. Der war angesäuselt und begriff nicht gleich, was man von ihm wollte.

»Darum also bitten wir dich, Nikolai Nikolajewitsch«, erklärte der alte Nowoshilow.

»Erlaube, daß wir ihm einen Denkzettel verpassen.«

»Wem denn bloß?« Mikulin bekam immer noch nicht mit, worum es ging.

»Selja. Sein Maß ist voll.«

Mikulin lachte laut auf.

»Ihr seid gut, Opas! Er ist doch Parteiaktivist.«

»Also knöpf ihn dir vor. Mach du's nach eurer Aktivistenfasson, wir machen's nach unsrer.«

»Was geht mich das an!« Mikulin winkte ab. »Nehmt ihn euch vor, zum Kuckuck. Ihr werdet ihn bloß nicht erwischen, er ist flink wie ein Hase.«

»Den greifen wir uns.«

Mikulin lief weg, die Reihe zu werfen kam an ihn. Selja hatte nichts gemerkt. Die Alten begaben sich einzeln zu Sopronows Anwesen.

Seljas Vater Pawlo Sopronow saß schon das zweite Jahr als Invalide zu Hause. Man hatte ihm die Beine abgenommen, vielleicht weil sie abgefroren waren, vielleicht auch wegen der Rückenverletzung, die er beim Dammbruch von Brussilowo erlitten hatte. Außer den Söhnen Ignati und Selja hatte er noch seine älteste verheiratete Tochter Agnejka im Haus. Ignati hatte, als er das letzte Mal nach Hause kam, seine Frau Soja mitgebracht, eine hagere, zänkische kleine Schwarzhaarige aus der Gegend von Wologda. Damals war Ignati zum Parteisekretär gewählt worden. Er zog mit seiner Frau in den alten windschiefen Winteranbau. Dort hatten sie beide gewohnt, bis Ignati als Sekretär abgelöst wurde. Verärgert hatte er Soja zu Hause gelassen und sich woanders nach Arbeit umgesehen; man munkelte, er sei jetzt Brigadier bei der Forstwirtschaft, aber Genaues wußte niemand. Pawlo, der Invalide, hatte kein leichtes Leben, er wurde reihum versorgt: Selja schleppte ihn huckepack mal in den Winteranbau zur Schwiegertochter, mal nach vorn in die eigene Stube. Da der alte Sopronow zwei leibliche Kinder und eine Schwiegertochter im Haus hatte, wurde beschlossen, daß er jeweils zwei Tage bei sich und den dritten bei der Schwiegertochter wohnen solle. Soja schimpfte zwar, fügte sich aber. So schleppte Selja seinen Vater huckepack von Quartier zu Quartier. In Schibanicha wunderte man sich zuerst darüber, aber allmählich gewöhnten die Leute sich daran.

Ohne fremde Hilfe bewegte er sich auf den Händen durchs Haus, sogar über die Schwelle. Heute saß er auf den Stufen der kleinen Vortreppe. Der Rat der Alten begrüßte ihn der Reihe nach mit einem Seufzer. Um keine Zeit zu verlieren, weihte Käfer den Invaliden gleich in den Hergang ein. Pawlo spuckte treffsicher auf einen herumliegenden Zigarettenstummel und legte mit beiden Händen seinen linken Beinstumpf um.

»Da gibt es nichts zu deuteln«, sagte er. »Er braucht eine Abreibung. Vielleicht kommt das auch mir zugute, der Bengel pariert überhaupt nicht mehr.«

»Na los, Kljuschin, hol Ruten«, piepste Käfer. »Aber möglichst dünne.«

»Genügt nicht ein Badebesen?« fragte Großvater Nikita.

»Ein Badebesen geht auch, aber einer aus Winterreisig, ohne Blätter.«

»Dann holen wir lieber frische.«

Kljuschin ging vors Dorf und brach ein halbes Dutzend Weidenruten.

»Er spielt Babki, sagst du?« fragte Pawlo.

»Ja. Was meinst du, ob fünf genügen?« Der Übeltäter begann Nikita schon leidzutun. Er und Pawlo waren allein auf der Vortreppe zurückgeblieben, die anderen erwarteten Selja im Haus.

»Fünf sind zu wenig.« Pawlo steckte sich eine neue Zigarette an. »Zehn müßt ihr ihm verpassen.«

Selja erschien überraschend aus einer unerwarteten Richtung. Er ahnte wohl, was ihm bevorstand, denn er schielte um die Ecke, steckte den Alten die Zunge heraus, zeigte ihnen einen Vogel und rief frech: »Na! Seht ihr? Bäh!«

Er wurde zusehends dreister und kam ganz nah heran.

»Komm mal her, Bürschchen!« rief Pawlo. »Ich werd dir helfen, Scheiben einschlagen!«

»Na und? Krieg mich doch!« Selja zeigte seinem Vater wieder einen Vogel. »Krieg mich doch, ätsch, du kriegst mich ja nicht!«

Er sprang die Treppe hinauf zur Tür, um sich drinnen zu verstecken oder einzuschließen. Pawlo wollte ihn am Bein schnappen, griff aber daneben und kippte um. Selja schlug mit Triumphgeheul die Tür hinter sich zu – und lief in der Diele den drei Alten in die Arme. Diesen Hinterhalt hatte er nicht erwartet. Opa Kljuschin hielt ihn an einem Arm fest, Käfer am anderen, der stämmige Nowoshilow umklammerte die Beine. Sie warfen den brüllenden, strampelnden Jungen zu Boden, Großvater Nikita hielt das Weidenrutenbündel bereit.

»Die Hosen, zieh ihm die Hosen runter!« keuchte Käfer und hängte sich an Seljas Beine. »Verflucht noch mal, er entwischt uns ...«

»Das tut er nicht ... Den Hintern her! Hände weg!«

»Mach schon!«

Großvater Nikita holte mit dem Rutenbündel aus.

»Eins!« zählte Pawlo Sopronow auf der Vortreppe. »Zwei! Nur kein Mitleid mit dem Satan, gebt's ihm! Drei!«

Selja brach in lautes Geheul aus.

Pawel, der von Jewgraf kam, hörte das Geschrei. Er lief um die Ecke, sprang hinzu und packte den Großvater am Arm.

»Aufhören! Seid ihr übergeschnappt? Halt!«

Er schubste Käfer beiseite, versetzte Nowoshilow einen Stoß und rief abermals: »Aufhören!«

»Hast du hier was zu sagen?« brauste Nowoshilow auf. »Hau ab, oder du kriegst auch 'ne Tracht! Himmeldonnerwetter! Los, Jungs, den auch!«

Inzwischen war Selja aufgesprungen und entwischt, hatte sich die Hosen hochgezogen und war auf den Heuboden geflitzt.

Pawel sank auf die Treppenstufen; Käfers und Nowoshilows Flüche erreichten ihn gar nicht.

»Opa . . .«

»Ich weiß schon.« Großvater Nikita warf die Weidenruten in die Brennesseln.

Er konnte natürlich nicht wissen, was geschehen war – weder daß die Sägearbeiter ihren Lohn verlangt hatten noch daß Jewgraf und Kljuschin zurückgetreten waren. Alles das konnte er nicht wissen, aber er ahnte sofort etwas.

»Opa . . . Was haben sie getan . . .«, schluchzte Pawel und warf verzweifelt den Kopf hin und her. Großvater Nikita sah ihn an und schrie plötzlich mit dünner, kreischender Stimme: »Da läßt er die Ohren hängen! Da heult er Rotz und Wasser, der Grünschnabel! Da weiß er nicht weiter! Hoch mit dir, steh auf, verdammich!«

Pawel Rogow sprang auf, er traute seinen Ohren nicht.

»Weißt du denn nicht?« schrie der Alte. »Wer so eine Sache anpackt, muß Federn lassen. Geh! Kratz Gerste zusammen und fahr sie nach Olchowiza. Von dem Geld dinge Zimmerleute! An den Bettelstab wird uns das nicht gleich bringen, der Herrgott wird uns beistehen.«

»Opa . . . Ich . . .«

Pawel packte Nikita an den hageren Schultern und schwenkte ihn herum. »Nu, nu, laß gut sein . . .«, brummte der. »Na also . . . Bring das in Ordnung, hörst du!«

Die drei Alten vergaßen ihren Zorn auf Selja und betrachteten die beiden mit respektvollem Erstaunen.

5

Ignati Sopronow wußte die Tage seines Wanderlebens nicht mehr zu zählen. Das Schicksal trieb ihn erbarmungslos umher. Nachdem man ihn des Trotzkismus beschuldigt und an seiner Stelle den Forstwächter Weritschew gewählt hatte, hielt er es im Amtsbezirk Olchowiza nicht mehr aus. Er hatte seinen Rucksack gepackt und sich Arbeit in der Forstwirtschaft gesucht. Was er wollte, wußte er selbst nicht. Die Eiseskälte der Holzeinschläge und der fauchende, durch Mark und Bein dringende Wind der Floßfahrten machten ihn hart. Körperlich war er an Frost und Hunger längst gewöhnt. Auf Bänken an Anlegestellen oder auf Pritschen in von Flöhen wimmelnden Baracken lernte Ignati, ganze Nächte im Halbschlaf zu verbringen. Eine alte Wattejacke diente ihm als Kopfkissen und Bettdecke zugleich. Die Wechselwäsche im Rucksack war schon so zerrissen, daß sich das Waschen erübrigte. Außerdem besaß Sopronow nur noch eine Brieftasche mit Ausweisen und ein Klappmesser mit Metallgriff.

Er wollte nach Hause zu seiner Frau, versagte sich den Wunsch aber aus knabenhaftem Trotz. Drei Wintermonate arbeitete er irgendwo hinter der Staniza Konoscha im Wald, dann verlangte er Lohn und Papiere und zog weiter. Er fand Arbeit auf einem Schleppkahn, den eine Militärbehörde bei der Binnenreederei gechartert hatte. Mit verschiedener Fracht ließen sie sich durch das Marinsker System nach Petrosawodsk und zur Wytegra bugsieren.

Seine letzte Reise endete Anfang Juli in Leningrad. Meist empfing der Obermatrose die Löhnung für die ganze Besatzung, aber diesmal begab sich Ignati selbst ins Kontor, um sich auszahlen zu lassen und abzumustern.

Auf der Suche nach dem Kontor wanderte er lange an den Kais umher. Man schickte ihn zur Hauptverwaltung ans andere Ende der Stadt. Für den Weg dahin brauchte Ignati einen ganzen Tag. In dem niedrigen, barackenähnlichen Gebäude suchte er lange nach dem Kassierer, der ihn zum Buchhalter schickte. Der war offenbar noch aus der Zarenzeit. Er fragte ihn nach seinem Namen, putzte sich die Brille und schrieb unverzüglich die Zahlungsanweisung aus.

»Und jetzt zu Pjotr Nikolajewitsch«, sagte er. »Der muß noch unterschreiben.«

»Und wo ist das?«

»Zweite Tür links. Dort sehen Sie schon.«

Sopronow fand die Tür. Auf einem an die obere Türfüllung gezweckten Pappschildchen stand in handgeschriebenen Druckbuchstaben: *Girinewski P. N.*

Hier wird es sein, dachte Ignati und betrat ohne anzuklopfen ein kleines Zimmerchen, dessen Wandputz dringend einen neuen Anstrich brauchte. Es roch nach Tabak und kaltem Ofenrauch. Ignati war von dem langen Tag so müde und erschöpft, daß er seine übliche Neugier vergaß und den Leiter nicht näher betrachtete.

»Also, was haben Sie?« Der Mann hinter dem Schreibtisch trug eine Uniform ohne Rangabzeichen. Ein verblichener rotblonder Schnurrbart sträubte sich unter seiner Nase. Schwungvoll setzte er seine Unterschrift unter die Anweisung. Als Ignati Sopronow sie entgegennahm, war ihm plötzlich, als würde er von Kopf bis Fuß mit siedendem Wasser übergossen.

»So. Das wär's«, sagte der Leiter, aber Sopronow ging nicht, sondern blickte dem anderen starr ins Gesicht. Der Leiter sah auf und war nun seinerseits wie gelähmt. Sein verblichener Katerschnurrbart zuckte.

Betreten und voll Argwohn musterten sich beide.

»Sieh mal an, du auch«, sagte endlich Sopronow.

Er ging hinaus, den leeren Rucksack geschultert. Als er die Tür hinter sich zugemacht hatte, betrachtete er nochmals das Pappschild. Dann schraubte er den Ofen auf, dessen Feuerung auf den Korridor ging, klaubte ein

Stück Kohle aus der Asche und strich die letzten fünf Buchstaben auf dem Türschild durch. Jetzt stand nur noch *Girin* an der Tür.

Er empfing seinen Lohn, fuhr zum ersten Kontor zurück, ließ sich die Arbeitsbescheinigung ausstellen, kaufte sich etwas zu essen und befand sich zu seiner eigenen Überraschung plötzlich auf dem Nikolajewski-Bahnhof. Spätabends löste er eine Fahrkarte und fuhr heimwärts. Das alles tat Ignati Sopronow gegen seinen Willen, ohne sich dessen bewußt zu sein; er hatte das unbehauste Leben wohl endgültig satt.

Das Kreiskomitee der Partei befand sich in einem einstöckigen Steingebäude, einem ehemaligen Kaufmannshaus. Hier war es kühl und ruhig, die Mittagshitze drang nicht durch die dicken Wände.

Sopronow traf reisemüde in der Kreisstadt ein und beschloß, ehe er ins Dorf weiterfuhr, zum Leiter der Agitpropabteilung, Jakow Mejerson, zu gehen. Es wurmte ihn im stillen, daß er abermals mit leeren Händen heimkehren würde. Insgeheim hoffte er auf eine neue Funktion, denn mehr als alles andere fürchtete er das Gespött der Leute. Wußte man doch in Schibanicha, Olchowiza und den umliegenden Dörfern nur zu gut, wie er sich Hals über Kopf davongemacht hatte, um der Schande zu entgehen.

Sopronow blieb vor der verglasten Flügeltür der Agitpropabteilung stehen. Er lauschte und unterschied Stimmen: Mejerson setzte jemandem etwas auseinander. Sopronow beschlich ein unangenehmes Gefühl, als er die zweite Stimme erkannte. Bei Mejerson saß niemand anders als der ehemalige Exekutivkomiteevorsitzende von Olchowiza, Stepan Lusin! Er ist also aufgestiegen, dachte Sopronow. Er wollte Lusin weder sprechen noch sehen, trat geräuschlos von der Tür zurück und stieg in den ersten Stock, wo er den Kreissekretär Jerochin zu finden hoffte. Ein Mädchen in blauer Bluse, offenbar die Sekretärin, notierte seinen Namen und bat ihn, draußen zu warten.

Ignati Sopronow setzte sich im Flur auf eine Bank, schnürte seinen Rucksack auf und aß etwas Brot und dazu in Leningrad gekauften Fruchtzucker. Dann befühlte er die Brieftasche mit dem Geld und wollte schon die Innentasche des Jacketts auftrennen, in die sein Parteibuch eingenäht war, überlegte es sich aber anders.

In ihm wuchsen Unruhe und Leere. Um keinen Preis wollte er in seinem jetzigen Zustand nach Hause kommen. Was geschehen war, reichte ihm. Sowieso hatte nach jener Versammlung der ganze Amtsbezirk über ihn gelacht. Auch Jakow Mejerson hatte ihn damals ganz schön im Stich gelassen. Er hatte keinen Finger gerührt, um Sopronow zu verteidigen. Jetzt arbeitet auch schon dieser ausgemachte Opportunist Lusin beim Kreis, dachte Sopronow. Was geht da vor ... Wen sie wohl als Vorsitzenden in Olchowiza eingesetzt haben?

Auf der Bank im Korridor verließen ihn die Kräfte. Sein Kopf mit dem lange nicht geschnittenen Haar sank immer tiefer, und er schlief, in die Ecke gelehnt, ein. Er hatte einen merkwürdigen, unheimlichen Traum. Absurde, abgerissene Bilder, in denen Ort und Zeit durcheinandergerieten, wichen plötzlich einer in ihrer Deutlichkeit bedrückenden Wahrnehmung: Er, Sopronow, geht durch seines Vaters Haus. Im Haus ist niemand, alles ist leer, aber er hört deutlich, wie der Juliwind durch den Heuboden streicht, und hat das qualvolle Verlangen zu schlafen. Das Verlangen ist einfach unerträglich, und er läuft umher und weiß nicht, wo er sich hinlegen soll. Er kann den einzigen richtigen Platz nicht finden und läuft durchs Haus, über den Heuboden, die Treppe hinunter, durch die Sommerstube, den Winteranbau, sogar auf den Boden möchte er steigen. Wann endlich wird er finden, was er sucht, was sich ihm wieder entzieht, ihm ausweicht? Manchmal glaubt er schon, den Platz gefunden zu haben, auf dem er sich endlich ausstrecken und schlafen kann, fest und lange schlafen. Aber immer wieder ist es nichts, und er schleppt sich weiter durchs Haus.

Eine ferne, fremde, störende Stimme drang zu ihm wie aus einer anderen Welt, hinderte ihn, sich zu konzentrieren und zu finden, was er so dringend brauchte.

Er kam zu sich, weil die Sekretärin ihn an der Schulter rüttelte.

»Genosse Sopronow! Hören Sie, Genosse Sopronow? Wachen Sie auf, Genosse Jerochin erwartet Sie.«

Sopronow sprang auf, eine Entschuldigung murmelnd.

Er ließ den Rucksack auf der Bank im Flur, strich sich das viel zu lang gewachsene Haar glatt und betrat den Empfangsraum.

Das Mädchen öffnete ihm die Tür, und er betrat Jerochins Arbeitszimmer mit gemischten Gefühlen – respektvoll, mit einschmeichelnder Unterwürfigkeit und beherrschter grimmiger Entschlossenheit, die jeden Moment hervorbrechen konnte.

Der ehemalige Kommissar der im Nordabschnitt kämpfenden Sechsten Armee Samoilos und jetzige Kreissekretär der Partei Nil Afanasjewitsch Jerochin, ein hagerer, sehniger Mann, trug Uniform. Er hatte sein Alter längst vergessen, zählte seine Jahre nicht mehr, erinnerte sich dafür um so besser, wie oft er schon halb über den Jordan gewesen war und wieviel Bourgeois und »Kontras« er hinüberbefördert hatte. Er liebte das Leben zwischen Akten und Papieren gar nicht und war innerlich noch an der Front. An der kühlen Dwina, in die viel Blut geflossen war, bei Schenkursk, war alles leichter und einfacher gewesen. Stich und schieß den Feind ins Herz, geh und schlag die Interventen, wenn du nicht selbst auf die Todesinsel Mudjug kommen willst. Da hieß es, wer wen, wie er zu sagen pflegte. Jetzt war alles anders, langweiliger. Aber Jerochin war nicht von der Sorte, die sich von jedem Wetterumschwung die Laune verderben läßt. Er trug noch immer die feldgraue Uniformbluse mit hochgeschlossenem Kragen, trennte sich nicht von Kartentasche und Fernglas. Jerochin war Junggeselle und übernachtete mal in seinem Arbeitszimmer, mal irgendwo im Kreis, manchmal unter einem einsamen Heuschober oder im Wald, dann band er den abgehetzten Hengst des Kreiskomitees mit dem Zügel am Stiefel fest.

Der Kreis war groß, und Jerochin war allein. Erst jetzt merkte er, wozu er noch gut war. Er tauchte immer unerwartet wie der Herbstwind in den Dörfern auf: Koppel und Schulterriemen umgeschnallt, Fernglas und Kartentasche an der linken Hüfte, den Nagantrevolver an der rechten. Jerochin brachte den Hengst meist vor einem herumdösenden Dorfjungen zum Stehen und holte mit dessen Hilfe den ersten Einwohner auf die Straße. Der lief dann und suchte den Parteiaktivisten des Ortes, und schon eine halbe Stunde später hörten Männer, Frauen und Kinder eine flammende Rede über die Weltrevolution. Geschickt ging der Sekretär zur Republik und zum Gouvernement über, dann zum Kreis und Amtsbezirk und schließlich zum Dorf, zu den Einwohnern, jedem einzelnen. Er behielt Hunderte von Vor- und Nachnamen im Kopf, wußte, wem er freundlich kommen mußte und wem mit Drohungen, wen er beim Vor- und Vatersnamen nennen konnte und wen einfach beim Spitznamen.

Ignati Sopronow betrat das Arbeitszimmer und warf dem Sekretär einen finster entschlossenen Blick zu. Jerochin stand auf und reichte ihm über den Schreibtisch hinweg die Hand.

»Setz dich.«

Sopronow nahm Platz, in der Absicht, sofort seine Bitte vorzutragen. Ihn hatte ja niemand hergebeten. Er war von selbst gekommen, um sich wegen einer Arbeit und seiner Zukunft wegen zu beraten. Jedoch Jerochin kam ihm zuvor: »Geben Sie mir Ihr Parteibuch, Ignati Pawlowitsch.«

Sopronow bog den Aufschlag seines alten Baumwolljacketts zurück, riß mit den Zähnen den Faden an der zugenähten Innentasche heraus und zog das in Kaliko eingewickelte Dokument aus der Tasche. Behutsam wickelte er es aus und reichte es Jerochin.

»So.« Der Sekretär blätterte lange in dem Büchlein. »So, so, Sopronow. Warum bist du ohne Erlaubnis aus Olchowiza weggegangen?«

Sopronow wollte auffahren, beherrschte sich aber und sagte: »Wieso ohne Erlaubnis? Ich habe es Mejerson mündlich und schriftlich mitgeteilt.«

»Warum bist du weggegangen? Wohin?«

»In die Forstwirtschaft.« Sopronow nannte den Ort. »Und warum, ist jedem klar. Ich muß schließlich auch was essen, ich bin nicht der heilige Antonius.«

»So, so.« Die Stimme des Sekretärs klang sanfter, schien es, und sprach nicht Wohlwollen aus seinem flinken zupackenden Blick? »Sie haben vier Monate keinen Beitrag bezahlt, Genosse Sopronow.«

»Im Forst gab es keine Parteizelle. Bei der Reederei bin ich zur Leitung gegangen, dort sagte man mir, wo du gemeldet bist, dort bezahl auch.«

»Kennst du das Statut nicht?« schrie Jerochin plötzlich. »Du kriegst dein Dokument nicht zurück, deine Mitgliedschaft ist erloschen.«

»Genosse Jerochin!«

»Schluß! Du kannst gehen.« Jerochin stand auf, warf das Parteibuch in den Panzerschrank, schlug die Schranktür zu und drehte den Schlüssel herum.

Sopronow erstarrte. Kränkung, die Müdigkeit all seiner ruhelosen Monate, Schmerz und ungekanntes, noch nie empfundenes Mitleid mit seiner Frau, seinem Bruder Selja und seinem Vater ballten sich jäh zu einem Klumpen, der ihm würgend in der Kehle saß. Seine Augen bohrten sich wider alle Vernunft in die Tür des Kaufmannsgeldschranks und irrten rastlos suchend umher. Sie verweilten auf der schweren Schreibtischgarnitur aus Messing, die irgendwelche massiven Türme darstellte.

Nur mit Mühe unterdrückte er das Verlangen, die Garnitur zu packen und mit voller Wucht Jerochin ins Gesicht zu schleudern.

»Gehen Sie, Genosse Sopronow! Solche Parteimitglieder brauchen wir nicht.«

Sopronow zuckte die bleischweren Schultern und knirschte in ohnmächtiger Wut mit den Zähnen. Er ballte die Fäuste und wollte aufspringen, sank aber plötzlich in sich zusammen, drehte sich langsam um und ging mit hängenden Schultern zur Tür. Wie versteinert trat er hinaus auf den Flur und nahm seinen Rucksack. Er erinnerte sich nicht, wie er auf den heißen Hof gekommen war, wieso er plötzlich auf Gras stand.

Die heißen Steine der einzigen gepflasterten Straße des Städtchens, die heißen Blechdächer der Häuser und die sonnenheißen Zaunstangen der Gärten – alles glühte vor Hitze und Schwüle, ebenso wie Ignati Sopronows lechzende Seele. Auch die Füße in den unerträglich heißen Stiefeln brannten ihm, er hatte das Gefühl, daß ihm die halbverrotteten Fußlappen zusammen mit der Haut und dem Fleisch der Beine vermoderten, der Kopf zersprang ihm fast vor Schmerz, Hände und Füße durchrieselte zermürbende Schwäche. Sopronow war völlig apathisch.

Er ging die Straße entlang bis vor die Stadt, wo er keinem Menschen mehr begegnete, kroch durch einen mit Sauerampfer bewachsenen Graben und gelangte halb bewußtlos in den Schatten von Gebäuden, offenbar Lagerschuppen. Er erinnerte sich nur, daß ein Grauschimmel mit einem Wagen voll getrockneter Weidenrinde in der Nähe stand. Trotzdem zog er die Stiefel aus und legte sich ins Gras, schaute in den weiten blauen Himmel. Ein nicht greifbarer, ihm beständig entgleitender Gedanke ließ ihm keine Ruhe, stieß ihn immer wieder in die Wirklichkeit zurück. Er mühte sich, ihn festzuhalten, seinen Sinn zu erfassen. Ach ja ... Er hätte seinen Nagantrevolver nicht abgeben sollen, als er in den Forst arbeiten ging. Er brauchte ihn noch, seinen alten Nagant mit der zerkratzten, zerbeulten Brünierung. Ja, den Nagant. Aber wozu eigentlich? Er stieß einen lauten Fluch aus. Nein, nicht dazu brauchte er den Nagant. Wozu, blieb abzuwarten. Noch war alles drin, alles mögliche war noch drin, er, Sopronow, würde schon wieder auf die Beine kommen. Unbedingt ... Aufstehen, sich die Stiefel anziehen und losgehen. Hundert Werst nach Schibanicha sind nicht weit. Zwei Tage, und er ist zu Hause. Ins Schwitzbad gehen, zur Besinnung kommen, alles vergessen, wieder Kraft in den Beinen spüren, sich aufrappeln, durchhalten. Aufstehen und losgehen, koste es was es wolle ...

Er wollte sich erheben, nach Stiefeln und Fußlappen tasten, um sie sich anzuziehen, kippte aber wieder um und verlor das Bewußtsein. In sein bleiernes, drückendes Dahindämmern und seine Kopfschmerzen drangen kurze ratschende Geräusche. Jemand schärfte mit einem Streichbrett eine Sense, räusperte sich und fing an zu mähen. Die Sense kam immer näher, und die Angst, sie werde in sein nacktes Bein fahren, wurde immer größer, erfüllte ihn ganz, aber er konnte die Schwäche nicht abschütteln. Er wollte es, konnte aber nicht, die Ohnmacht war stärker als der Wunsch und die Angst.

»He, nanu?« Danilo Patschin hörte zu mähen auf. »Bist du das, Ignati? Was machst du denn hier?«

Sopronow war noch nicht ganz bei sich. Entgeistert starrte er dem stämmigen Danilo aufs Kattunhemd und begriff nicht.

»Ich mähe, auf einmal seh ich – ist das nicht Ignati? He, was ist mit dir? Bist du krank?« Danilo legte die Sense weg und hockte sich zu Sopronow. »Ich guck hin, da liegt einer im Gras.«

Sopronow schüttelte mürrisch den Kopf. Danilo half ihm, sich aufzurichten.

»Ich guck hin, verstehst du, irgendwie kommt er mir bekannt vor ...

Wo willst du denn hin, nach Hause?«

»Nach Hause ...« Sopronow spie zähen gelben Schleim aus. »Hast du vielleicht was zu trinken da?«

»Gleich.« Danilo rannte schon. »Ich hol dir gleich was, ich habe Kwaß in der Korbflasche.«

Danilo lief zu seiner Weidenrindenfuhre und brachte die Flasche und dazu eine Pirogge. Sopronow setzte gierig die Lippen an die Birkenrinde des Flaschenrands.

»Trink nur, trink«, sagte Danilo nervös. »Ich bin mit 'ner Fuhre Rinde hier, und der Lagerverwalter ist nicht da. Wollte mir ein bißchen Gras mähen für unterwegs. Was ist, bist du krank? Hast ja Ringe unter den Augen.«

»Ach was ...«

»Ich lad bloß noch die Rinde ab, dann kutschen wir los. Morgen abend sind wir zu Hause. Ich glaub, jetzt ist er gekommen. Bleib hier sitzen, ich lad bloß die Rinde ab.«

Danilo lief zum Lagerschuppen.

Zwei Tage später langte Danilo mit dem kranken Sopronow in Olchowiza an. Sawwatej Klimow hatte gerade mit seiner Rjasanka im Dorf zu tun. Mit Patschins Hilfe trug er Ignati auf seinen Wagen, schob ihm ein Büschel Heu unter den Kopf und brachte ihn am Abend nach Schibanicha. Man hob den von der Fahrt und der glühenden Hitze wieder völlig ermatteten Sopronow aus dem Wagen und führte ihn untergefaßt ins Haus. Er verbrachte eine unruhige, verworrene Nacht. Gegen Morgen erwachte er, in kalten Schweiß gebadet, von einer drückenden, beklemmenden Angst, die ihm das Herz zusammenschnürte. Der Morgenstern leuchtete gnadenlos hell durchs löchrige Dach. In den Anblick des Sternes versunken, rief Sopronow sich mühsam ins Gedächtnis, was geschehen war. Stirn und Schläfen zersprangen ihm schier vor Schmerz. Stöhnend fuhr er hoch und schoß plötzlich kopfüber im Dunkeln von seinem Lager. Seine Frau Soja, die nebenan auf dem Heuboden schlief, schlang entsetzt die Arme um ihn und rief: »Ignascha, Ignascha!«

Sie griff nach seinen Armen, um ihn wieder ins Bett zu zerren. Er war jedoch stärker, schlug um sich und drückte sie zu Boden. Dann beruhigte er sich plötzlich und wurde schwach und hilflos wie ein Kind.

Er schlief ununterbrochen mehrere Stunden.

Gegen Mittag erwachte er völlig gesund, wenn auch noch mit tiefen Schatten unter den Augen. Den nächtlichen Zwischenfall hatte er vergessen. Er saß am Samowar, aß gierig frischgebackene warme Pfannkuchen und hörte Soja zu, die ihm Dorfneuigkeiten berichtete. Sie meinte, es wäre nicht schlecht, sich ein Pferd anzuschaffen: Sudejkin biete seinen Wallach Korporal zum Verkauf.

Ignati setzte die Teetasse ab. »Wieviel verlangt er?«

»Sie sagen, für hundertfünfzig gibt er ihn ab.«

Sopronow besaß knapp zweihundert Rubel, die ihm die Militärdienststelle ausgezahlt hatte. Doch plötzlich fiel ihm die Begegnung mit Girin ein, ihn packte abermals die Wut, und der Gedanke, ein Pferd zu kaufen, erschien ihm absurd. Nein, nicht dazu hatte er sich in der Kindheit gequält, nicht dazu war er in die Partei eingetreten, hatte Hunger und Kälte kennengelernt – nur um wieder wie ein Wurm in der Erde zu wühlen!

»Was ist, Ignascha?« drängte seine Frau.

»Nichts ist!« Sopronow knirschte mit den Zähnen. »Die Zeit wird kommen, dann gibt er ihn umsonst ab. Wo ist Selja?«

Selja war schon frühmorgens zum Angeln an den See gegangen.

Als Soja erzählte, wie die alten Männer Selja verprügelt hatten, sprang Sopronow empört auf.

»Die Scheusale! Heiz das Bad, ich lauf mal kurz ins Dorf.«

Ohne seinen Vater begrüßt zu haben, rannte er zur Amtsbezirksverwaltung, um Mitka Ussow zu suchen, den seiner Meinung nach einzigen ehrlichen Kommunisten der Parteizelle von Olchowiza.

6

Der Tag war vom frühen Morgen an heiß. Ein schwüler Wind wehte Kräutergeruch von den Wiesen, der benommen machte. Nach allen Richtungen türmten sich rötliche Wolken mit gleichsam angesengten Rändern. Kein Vogel sang im Gesträuch oder auf den Wiesen. Nur zwei Kiebitze flogen vor dem Fuhrwerk auf und schrien lange und aufgeregt, über dem Wagen hin- und herflatternd.

Karko zog, sich der Bremsen erwehrend, einen mit Säcken beladenen zweirädrigen Wagen. Pawel überließ den Wallach sich selbst und folgte, in Gedanken verloren, in einigem Abstand. Er überlegte: Fünfzehn Pud Korn – macht dreißig Rubel, auch wenn das Pud bloß zwei Rubel bringt. Davon kann ich die Zimmerleute auszahlen. Und wie weiter? Die Bauern haben's mit der Angst zu tun gekriegt und sind zurückgetreten ... Wanja Netschajew und Akimko Dymow sind zwar einverstanden, Zimmermannsarbeiten gegen spätere Bezahlung zu übernehmen. Aber die Sägearbeiter gehen womöglich, sobald man sie auszahlt. Ich muß sie halten, darf sie nicht gehen lassen! Vielleicht lassen sie sich überreden, für Wolle oder Lederwaren zu arbeiten. Im Keller sind noch Zwecken und zwei Paar Schuhsohlen. Ich könnte Vater um Geld bitten. Oder Danilo, der hat gerade Weidenrinde verkauft.

Pawel erschrak, als ihm einfiel, daß sie selbst kaum noch Korn bis zur neuen Ernte hatten. Das Weinen der Frauen klang ihm noch in den Ohren ...

Die Mühle fraß alles, preßte das letzte aus der Wirtschaft. Das merkten auch seine Vera und Axinja. Als Schwiegervater Iwan Nikititsch heute den Speicherschlüssel vom Nagel genommen hatte und gegangen war, um die letzte Gerste einzusacken, waren die Frauen in Tränen ausgebrochen. Sie hatten sich erst beruhigt, als Großvater Nikita mit dem Fuß aufstampfte. Aber was es Pawel gekostet hatte, das mit anzusehen! Schweren Herzens hatte er die Säcke aufgeladen und war losgefahren nach Olchowiza. Nun soll kommen, was will, dachte er. Jetzt gibt es kein Zurück mehr. Kein Zurück . . .

Er holte das Fuhrwerk ein, am Schibanichaer Steilufer mußte der Wallach am Zaum geführt werden. Aber der gegen die Bremsen mit Birkenteer eingepinselte Karko war die Abfahrt klugerweise schräg angegangen, so daß der schwere Wagen nicht ins Rollen kam. Pawel bekam plötzlich Mitleid mit dem verschwitzten Wallach, er beschloß, ihn in den Fluß zu treiben und zugleich selbst ein Bad zu nehmen. Rasch spannte er ihn aus. Der Wallach witterte die Erfrischung und ließ sich geduldig das Geschirr abnehmen. Gleich an der Brücke war eine tiefe Stelle. Pawel warf flink die Kleider ab, hechtete mit Kopfsprung ins Wasser und tauchte prustend auf.

»Karko! Na, komm her! Ins Wasser, Karko, ins Wasser!«

Der Wallach trappelte unentschlossen, er wagte sich nicht hinein.

»Na? Karko zu mir! Hierher, Karko!«

Der Wallach faßte Mut und stürzte sich in den Fluß, das Wasser stieg gleich davon und schwappte an das mit Riedgras bewachsene Ufer. Keuchend, schnaubend und prustend badeten Mann und Pferd . . . Pawel schwang sich auf den glitschigen Pferderücken. Karko schwamm aus dem Tiefen heraus, und Pawel lenkte ihn unter die Brücke, wo es weniger Insekten gab, er tätschelte ihm die Kruppe und spülte ihm gründlich den Schweiß ab. Das Pferd schielte dankbar nach hinten und setzte sich auf die Hinterhand. Pawel sprang ab, schwamm ein Stück in der schnellen Strömung und wollte Karko wieder ans Ufer führen, als sein Blick zufällig auf die Brückenpfeiler fiel. Unter dem Brückenbelag lag zwischen zwei Balken ein in schmutziges Segeltuch gewickelter Gegenstand. Pawel rief Karko zu sich, stellte sich auf seinen breiten schlüpfrigen Rücken und zog etwas Schweres zwischen den Balken hervor. Schon als er es aus dem Segeltuch und dem

Ölpapier auswickelte, wußte er, was es war. Donnerwetter! Die stammt bestimmt noch vom Krieg gegen die Deutschen, dachte er. Wem die Knarre wohl gehört? Er holte aus, und das fast neue Achtmillimeter-Gewehr mit kurzem, bis auf ein Drittel abgesägtem Lauf flog mitsamt den beiden Patronenstreifen in hohem Bogen in die Flußmitte.

Geräuschvoll das Wasser aufwirbelnd, setzte der Wallach ans Ufer.

Rasch wurde angespannt, und sie fuhren über die Brücke und den Berg hinauf, vom Baden erfrischt und gestärkt, miteinander zufrieden und einander verstehend. Pawel spürte, wie sich in seinen Gliedern neue Kräfte regten. Wo vorher stockend das Herz schlug, hatte er wieder das Gefühl wohltuender Leere, und der gefährliche Fund war bald vergessen.

Nichts wird, nichts kann ihn halten. Er wird seinen Traum, sein Wunder aus Holz wahr machen und die Mühle bauen, sie wird ihre breiten Flügel über Schibanicha kreisen lassen, weit übers Land wird sie schauen, hoch und neu . . . Mit geschnitzten Firstbalken wird sie in den Wind ragen, dazu das endlose behagliche Mahlgeräusch der Steine . . . Ja, so würde es sein. Er fuhr die Anhöhe hinauf und sah zurück, zog unwillkürlich die Zügel an und brachte den Wallach zum Stehen.

Den ganzen Fluß entlang wurde Heu geschobert, blinkten weiße Frauenblusen.

Von seinem Standort auf dem Steilufer aus lag auch der Bauplatz zum Greifen nahe. Der hohe gerade Ständer mit den vier dicken, doppelten Streben war schon von sich oben verjüngendem Balkenwerk umgeben. Daneben stand der fast fertige, nur noch nicht mit Brettern verkleidete Kasten – das eigentliche Mühlengerüst. Den würden sie, wenn er erst bis zum letzten Pflock fertig wäre, in die Einzelteile zerlegen und am riesigen Ständer wieder Stück für Stück zusammenbauen. Die Achse, um die der Kasten sich drehen ließ, damit die breiten Flügel in den

Wind gerieten, war schmal wie ein Likörglasstiel ... Pawel verschlug es den Atem. Er sprang auf den Wagen und schwang die lederne Leine. Karko stampfte die staubige ebene Straße entlang. Das neue Faulbaumkrummholz bog sich etwas, aber die zwanzig Pud schwere Wagenladung war für dieses Pferd ein Klacks.

Pawel fuhr nicht erst zu seinem Vater, sondern schwenkte gleich zum Konsum ein. Er stellte den Wagen ab, gab dem Wallach Klee und stieg die Stufen zum kühlen Ladenraum hinab. Unten war dichtes Gedränge, es waren gerade neue Streichbretter und Sensen eingetroffen. Die Bauern wählten die Sensen danach, wie sie klangen, und machten die Feuerprobe, indem sie ein brennendes Streichholz ans Sensenblatt hielten. Pawel grüßte, rief den Verkäufer beiseite und bat um eine Flasche »Rachenputzer« auf Pump.

»Mit wem hast du denn einen Handel zu begießen?« riefen die Kunden zu ihm herüber. »Wohl mit Prosorow?«

»Ist doch egal, mit wem.«

»Die Dugina, was die Lehrerin in Olchowiza ist, wollte auch Brot pumpen.«

»Die kauft es, die hat Geld.«

»Wie teuer ist das Pud, Pawel Danilowitsch?« fragte der Verkäufer augenzwinkernd. »Laß mir eins ab für zwei Rubel und 'n Zehner.«

Zehner, der ärmste Bauer aus Olchowiza, stand daneben, als ginge ihn das alles nichts an.

»Also wenn du 'n Zehner dazukriegst, ist ein Rubel genug!« bemerkte die Reinemachefrau Stepanida. »He, Zehner, was drückst du dich hier rum? Von dir ist nicht die Rede!«

Zehner überhörte die Zurufe und stahl sich aus dem Laden. Er trat ans Fuhrwerk, betastete die Säcke, zog sich seine Leinenhosen hoch und schlenderte zum Verwaltungsgebäude.

Pawel ging nicht auf den Scherz ein; er sprach mit den Dorfleuten, besah sich die Sensen und drängelte sich wieder zum Ausgang. Draußen band er Karko los, um zur Olchowizaer Kommune zu fahren, wo im Seitengebäude Wladimir Sergejewitsch Prosorow wohnte, der zehn Pud Gerste zu kaufen versprochen hatte. Gut zwanzig Meter vom Abstellplatz für die Fuhrwerke verbreiterte sich die Straße vor einem Speicher, demselben, an dem die Bauern noch im Winter im Zuge der Notmaßnahmen Getreide abliefern mußten. Damals war eine Kommission unter Leitung des Kommunenvorsitzenden Mitka Ussow durch die Dörfer gegangen und hatte Getreidereserven ermittelt. Die Bauern hatten ihr Saatkorn versteckt, wo sie konnten: unter der Ofenbank, in der Banja, im Keller. Lytkin in Schibanicha, dessen ständige Redensart war: Alles Betrug, das kommt sowieso wieder ins Lot, hatte einen Sack Roggen sogar auf dem Boden versteckt, aber Mitka und Zehner hatten das Korn auch dort aufgestöbert. Akindin Sudejkin hatte einen Vers darauf gemacht:

Kommt-ins-Lot hat Korn versteckt,
Ussow hat es doch entdeckt.

Pawel warf fluchend die Leine auf den Wagen. »Von wegen, kommt ins Lot.«

Er wußte, wieviel Fuhren Getreide Iwan Nikititsch zum Speicher gefahren hatte.

Er hatte den Wallach gerade wenden lassen, als Mitka Ussow um die Ecke gehumpelt kam; zwei, drei Schritte hinter ihm ging der abgemagerte, völlig ausgemergelte Ignati Sopronow, noch weiter hinten tappelte aufgeregt und ängstlich Zehner.

»Halt, Rogow«, sagte Mitka, ohne zu grüßen. »Wir müssen mit dir reden.«

»Mit dem haben wir nichts zu bereden.« Sopronow trat dicht an den Wagen heran. »Lenk um!«

Pawel bebten die Lippen, ihn fror auf einmal. Seine Beine durchrieselte Schwäche, seine Augen irrten suchend umher, erinnerten sich wie von selbst an den Stein am Weg und den Knüppel, der bei den Fuhrwerken an einem Pfosten lehnte. Da war ihm, als höre er deutlich eine Stimme raunen: Halt, halt ... Ruhig bleiben, Pawel Danilowitsch, ruhig bleiben ...

»Wohin soll ich lenken, Ignati Pawlowitsch?« stieß Pawel hervor.

»Zum Speicher!« Sopronows wäßrige Augen verengten sich. »Den Weg dahin kennst du ja.«

»Und ihr? Welcher Weg führt euch her?«

»Der richtige! Ussow, rum mit dem Gaul!«

Ussow griff zögernd nach dem Zaum, aber Pawel ruckte so heftig an der Leine, daß Karko die Zähne bleckte und mit hochgerissenem Maul zurückwich. Sofort entstand ein Auflauf. Im Laden wurde es gleich ganz still.

»Wie kommst du dazu, Genosse Sopronow?«

»Das geht dich nichts an, Rogow.«

»Wieso geht mich das nichts an? Du bestiehlst mich am hellichten Tage, und mich soll das nichts angehen ...« Pawel sprang vom Wagen und trat vor ihn hin. »Ist es dahin mit uns gekommen ... Wer bist du, verdammt noch mal, daß du mir Vorschriften machst? Ruf den Vorsitzenden!«

»Wer ich bin, klären wir nachher. Und das Korn gibst du ab. Zum staatlich festgesetzten Preis. Ussow, schreib das Protokoll!« Sopronow sah Pawel haßerfüllt an. In der Menge, die sie umringte, wurden Seufzer und Stimmen laut.

»Was sie bloß machen ...«

»Und Mikulin? Wo ist der?«

»Mikulin ist wieder mal nicht da.«

Pawel griff nach der Leine und wollte losfahren, aber der abgemagerte, blasse, hohläugige Sopronow sprang auf den Wallach zu. Pawel sah ihn an, da war die Schwäche in den Beinen vergangen, sein Herz schlug wieder regelmäßig, der Zorn war verraucht. Auf einmal fand er alles zum Lachen, regte sich in ihm unerklärliches Mitleid mit diesem mageren, blassen Menschen.

Sie standen sich Auge in Auge gegenüber und starrten sich wortlos an: Sopronow nervös und voll Haß, Pawel ruhig, mit so etwas wie traurigem Spott ... Sie starrten sich an, die Leute ringsum starrten sie an, und der Wallach, der sich in der Mittagshitze der Bremsen erwehrte, schüttelte den Kopf, daß das Zaumzeug klirrte.

Mitka Ussow besann sich plötzlich und zog ein Papier aus der Tasche.

»Du fragst nach dem Gesetz, Pawel Danilowitsch. Hier hast du's schriftlich ... Wir haben das volle Recht.«

»Zum Viertelpreis abknöpfen, das nenne ich Geschäft«, sagte einer in der Menge, und Sopronow schleuderte einen drohenden Blick in die Richtung. Trotzdem begann ein allgemeines Gemurmel, jemand lachte, ein anderer pfiff durch die Zähne.

»Wahrhaftig!«

»Wer nicht gepflügt und gesät hat, dem fällt's leicht!«

»Genossen!« Sopronow drehte sich hart nach der Menge um. »Die Beschlagnahme von Restbeständen ist eine durchgreifende Maßnahme zur Zügelung der Kulakenalimente!«

»Patschins Pawel soll ein Kulak sein?«

»Da hat er sich den Richtigen ausgesucht!«

»Du hättest vorher ein Meeting abhalten sollen.«

»In der Heuernte, Mann! Haben wir noch nicht genug zu tun?«

Pawel zog an der Leine, und Karko setzte sich mit der Fuhre in Bewegung. Sopronow stürzte wieder wie ein Geier auf den Wallach los. Nun ging die Wut mit Pawel durch, er sprang vom Wagen. Vielleicht hätte er sich in seinem Zorn zu Tätlichkeiten hinreißen lassen, da hörte er jemanden ganz ruhig sagen: »Ignati Pawlowitsch?« Prosorow drängte sich zum Fuhrwerk durch. »Die Notmaßnahmen sind längst aufgehoben.«

»Was denn, wieso?« fragte Sopronow verdutzt.

»Sie scheinen keine Zeitungen zu lesen ... Übrigens ist die Post gerade gekommen.«

Prosorow schlug stirnrunzelnd eine Zeitung auf.

»Da, bitte, lesen Sie! Die ›Komsomolskaja Prawda‹. Der Beschluß über das Verbot der Anwendung von Notmaßnahmen.«

Sopronow sah hin und wurde abwechselnd rot und blaß. In der Menge entstand abermals Unruhe.

»Vorlesen!«

»Wer hat das unterschrieben?«

»Der Vorsitzende des Rats der Volkskommissare persönlich.«

Sopronow drehte sich um und stiefelte, Mitka vergessend, mit raschen Schritten davon. Mitka saß immer noch auf einem Stein und sah ratlos mal zu den Umstehenden auf, mal auf das Papier in seiner Hand. Zehner hatte sich längst aus dem Staub gemacht.

Spät am Abend zog rings um Schibanicha dunstige Gewitterschwüle auf, aber noch immer fiel kein Regen. Die Sonne versank als riesiger blutroter Ball im Dunst. Auf den Wiesen hinter Schibanicha standen nun viele neue Heuschober. Hier und da wurden noch die letzten Schober gesetzt, als Sopronow das ihm von seiner Frau bereitete Bad nahm. Er fühlte sich merkwürdig leer. Nach dem Baden setzte er sich an den Tisch und wartete auf den üblichen Tee. Wieder begann ihm der Kopf zu dröhnen. Oder war das vom Kohlendunst, weil die Frau die Badeofenklappe zu früh zugemacht hatte? Soja hantierte in der Kochecke, die Wanduhr vertickte eintönig die Sekunden. Die Fliegen in der Kate waren in der Dämmerung zur Ruhe gekommen. Sopronow mochte wieder an gar nichts denken, er verspürte leichte Übelkeit. Soja war weggegangen, um bei den Nachbarn Tee auszuborgen, da knarrten die schiefen Vorraumdielen schon wieder: In der Tür erschien sein Bruder Selja mit dem Vater auf dem Rücken. Der von seinem Jüngsten huckepack getragene alte Sopronow stöhnte und fluchte, er weinte dabei. Selja trug ihn zur Bank, setzte ihn ab, verschnaufte kurz und wollte wieder zur Tür hinaus.

»Hast du mich hergetragen, Halunke?« Der Vater schlug mit der Faust auf den Tisch. »Schleppst deinen leiblichen Vater auf dem Buckel. Füttern mich abwechselnd, die Hundesöhne, wie einen Bettler. Wenn ich bloß Beine hätt, ich würd euch zeigen, wie man lebt.«

Selja wollte sich die Vorwürfe nicht länger anhören und verdrückte sich. Ignati hatte vor sich hingedöst und wurde wach.

»Ist ja gut, Vater ... Mach keinen Lärm.«

»Mach keinen Lärm! Ich mach aber welchen! Ich hab sie großgezogen, Furzdonnerwetter!, und sie schleppen mich rum wie einen Holzklotz. Daß ich das auf meine alten Tage erleben muß ...«

Er begann zu weinen und trocknete sich mit einem grauen Lappen die Tränen.

Ignati Sopronow stand auf, ging zum Herd, setzte den Deckel auf den siedenden Samowar und stellte ihn auf den Tisch. Er schnitt ein noch in Leningrad gekauftes Weißbrot auf und holte Kartoffeln und kleingehackte Zwiebeln aus der Kochecke. Seine Frau ließ mit dem Tee immer noch auf sich warten, aber die Vorraumdielen knarrten schon wieder. Sopronow schob seinem Vater die Schale mit den Zwiebeln hin.

»Iß, Vater, da kommt Soja. Heul wenigstens nicht, wenn sie dabei ist.«

Es war aber nicht Soja.

Pawel stand in der Tür, der Angeheiratete aus Olchowiza, Danilo Patschins Sohn, den alle jetzt Rogow nannten. Verwundert starrte Ignati den Ankömmling an.

»Tritt ein, Pawel Danilowitsch«, sagte der alte Sopronow. »Dann haben wir zwei Pawels im Haus, Pawel eins und Pawel zwei.«

Pawel trat ein und begrüßte den Alten.

»Du hast keinen Grund, mir was übelzunehmen, Ignati«, sagte er fest. »Schließlich warst du es, der mich beleidigt hat. Aber ich trag dir nichts nach. Komm, trinken wir einen . . .« Pawel stellte eine Flasche hart mitten auf den Tisch. »Laß uns miteinander reden.«

Ignati Sopronow schwieg. Er schien sehr verlegen zu sein, seine Augen irrten umher, die Hände zitterten ihm. Pawel mußte lächeln.

»Kannst du mir sagen . . . Kannst du mir sagen, was ich verbrochen habe? Hab ich dir was getan, oder vielleicht der Sowjetmacht?«

Sopronow schwieg, sein Blick wich immer wieder aus.

»Du machst mich nicht zum Feind, Ignati Pawlowitsch«, fuhr Pawel fort. »Ich bin nie jemandes Feind gewesen und werde es auch nie sein. Also – hier bin ich. Gieß ein, Opa.«

»Was ist los mit dir, hast du deine Zunge verschluckt?« fragte Pawlo Sopronow seinen Sohn.

»Sei still, Vater!« fuhr Ignati den Alten an. »Das ist nicht deine Sache.«

»Kusch, Hurenbock! Wie sprichst du mit deinem Vater? Setz dich, Pawel Danilowitsch, steh nicht rum . . .«

Pawel nahm Platz.

»Also gut, anbiedern will ich mich nicht. Aber dein Feind werde ich trotzdem nicht, da kannst du lange warten, Ignati Pawlowitsch.«

»Wirst du doch«, grinste Sopronow. »Und was für einer!«

»Wieso?«

»Weil du schon jetzt . . . mein größter Gegner bist! Das ist uns von klein auf bestimmt. Wir sind als Feinde geboren.«

»Wer soll solchen Unsinn bestimmt haben?«

»Das verstehst du nicht, Rogow.«

»Du meinst, ich bin blöd?«

»Blöd oder nicht, das steht von Geburt an fest. Der Satte ist dem Hungrigen kein Kamerad.«

»Dann bin wohl ich der Satte und du der Hungrige?

Eben hab ich unser letztes Korn verkauft. Dreißig Rubel hab ich dafür gekriegt. Und wieviel Lohn hast du mitgebracht?«

»Darum geht es nicht.«

»Worum dann?«

Ignati Sopronow gab keine Antwort. Er stand auf und lief in der Stube herum.

»Jetzt hör mal zu, Ignascha!« Der alte Sopronow schlug abermals mit der Faust auf den Tisch. »Schwing hier keine Reden, sondern setz dich hin und trink. Mach dich nicht lächerlich, der Mann kommt im Guten, und du bist zu ihm wie der Leibhaftige.«

Er griff nach der Flasche und wollte sie öffnen, da schrie sein Sohn ihn an: »Faß sie nicht an! Stell sie hin, Vater! Und du, Rogow, vergiß, wo ich wohne!«

Ignati packte die Flasche und schmetterte sie gegen den Türpfosten, daß sie in tausend Scherben zersprang.

Pawel Rogow wurde blaß, stand auf und verließ das Haus.

Pawlo Sopronow starrte seinen Sohn entgeistert an, aber der beachtete ihn nicht.

»Selja!« jammerte der Alte plötzlich los, »Selja . . . Seliwerst, bring mich weg hier, um Himmels willen, bring mich weg . . .«

»Sei still, Vater!« blaffte Ignati. »Sei still, sag ich dir!«

Er packte seinen Vater an der Schulter und schüttelte ihn heftig. Der Alte schlug ihm mit der Faust ans Kinn, schwankte und fiel von der Bank. Keuchend und spukkend kroch er zur Tür. Der herbeieilende Selja half ihm über die Schwelle, aber Ignati lief hin, packte den Vater und trug ihn zur Bank zurück.

»Sitzen geblieben!«

Pawlo rief mit tränenverschmiertem Gesicht immer wieder nach Selja.

»Um Himmels willen . . . Bring mich weg, Seliwerst!« röchelte er.

Selja lud sich den Alten auf den Rücken . . .

Spät abends, als Soja schlafen gegangen war, holte Ignati Sopronow ein Lagerkontobuch, einen Federhalter mit rostiger Feder und ein Tintenfaß aus dem Schrank. Die Tinte war eingetrocknet. Sopronow ließ Tee aus dem Samowarhahn darauf tropfen, schob das Geschirr auf dem Tisch beiseite und begann zu schreiben.

Ignati hatte die Macht des Papiers am eigenen Leibe erfahren. Geschriebenes wirkte, auch wenn der Schreiber nicht sonderlich gebildet war. Im Gegenteil, dann fand es um so mehr Beachtung ...

Die erste Mitteilung betraf den sich unter falschem Namen verbergenden Petka Girin, die zweite einen Anschlag des Klassengegners: In Schibanicha hätten alte Männer einen jungen Parteiaktivisten verprügelt. Die dritte berichtete, daß der ehemalige Gutsbesitzer Prosorow die Bevölkerung aufwiegele.

Ignati Sopronow beschloß, die Briefe nicht zu unterschreiben und direkt nach Wologda zu schicken, die nötigen Adressen besaß er noch von früher.

7

Prosorow hatte jetzt ein körperliches Empfinden für Zeit. Sie lief immer in die gleiche Richtung, und ihm ging auf, wie unsäglich einfach das Leben war. Jede vergangene Minute gebar die Trauer um ihre Unwiederbringlichkeit. Das war ihm noch nie geschehen, er begriff plötzlich mit erschreckender Deutlichkeit das unerbittliche Gesetz der Zeit und empfand körperlich die Begrenztheit der Tage, die die Natur ihm zubilligte. Sie waren leicht zu zählen. Dadurch erschien ihm das Leben zum ersten Mal sinnlos.

Wirklich, worin lag denn sein Sinn, wenn es sowieso mal zu Ende ging? Ein paar ausgefallene Haare im Kamm, ein Loch im Zahn, das er im Spiegel sah, ein vertrockneter Kuhfladen auf der Straße oder ein rostiger Nagel in der Tür – in allem sah er Zeichen von Sinnlosigkeit. Er betrachtete seine Fingernägel und dachte: In fünf oder zehn oder meinetwegen zwanzig Jahren (ist es nicht egal, wann?) werden diese Finger nicht mehr da sein, gibt es sie nicht mehr in der Natur, so wie das Gras vom vergangenen Jahr nie wiederkommt.

Er ging schon längst nicht mehr in den Wald oder in die Dörfer. Wenn er die Post von zwei Wochen aus der Kreisstadt erhielt, blätterte er gleichgültig in den Zeitungen und suchte vergebens einen Sinn hinter den ellenlangen Überschriften. Er mühte sich redlich zu ergründen, wie weit ihn anging, was die Zeitungen schrieben. Doch nicht einmal die Nobile-Expedition und Amundsens, des bewunderungswürdigen Norwegers, Untergang beeindruckten ihn. Diese dreisten Herausforderungen des Menschen an das Nördliche Eismeer erschienen Wladimir Sergejewitsch als ein Kinderspiel, das niemandem nützte. Was ging das ihn, Prosorow, an? Und wie sollte er sich zu alledem verhalten, was tun?

Tagelang lag er in seinem staubigen Seitengebäude auf dem alten Sofa und starrte gedankenverloren an die Zimmerdecke. Einsamkeit, ihm einst willkommen, erschien ihm neuerdings bedrohlich. Ihm war, als sei er von allen vergessen. Stepan Lusin war nicht mehr in Olchowiza, er war schon längst in die Kreisstadt versetzt. Mitka Ussow, der sonst immer mal hereingeschaut hatte, um sich seine üppige Tolle schneiden zu lassen oder auch nur, um ein Schwätzchen zu machen, ließ sich nicht mehr blicken, seine Frau Ljubka, die für Prosorow gewaschen hatte, auch nicht. Die bucklige Bettlerin Marjascha, die bei ihm saubermachte und abwusch, kam schon die zweite Woche nicht. Aber all das ließ ihn gleichgültig, er dachte nicht daran, etwas gegen die maliziöse Stille zu unternehmen.

Meist schlief er ein, ehe im Dorf die letzten Geräusche verstummten. Hinter seinem Haus erlosch rosaorange das Abendrot, zaghaft wie ein Gnadenbrotempfänger. Die Erde schwelgte im Grün naher Gräser und blies Schlammläuferschalmeien. Nun verstummten auch die Stare, schluchzte eine verspätete Lerche, klagte der letzte Kiebitz auf dem Feld. Vage, durchsichtige Dämmerung zog durch Felder, Dörfer und Wälder; da war es ihm, Prosorow, ein leichtes, sich dem Nichts zu ergeben, gleichsam zu sterben, zu spüren, wie alles Reale, jeder Sinn im Hirn erlosch.

Sein Kopfende befand sich direkt am Fenster. Nur die dünne Fensterscheibe trennte ihn von dieser durchsichtigen Nacht, von den Sternen, den verschwommenen Wolkengebilden. Wenn sich im Dunkeln Wind erhob, konnte er hören, wie jenseits des Flüßchens Olchowiza auf dem Hügel hinter dem Feld rauschend die Kiefern erwachten. Manchmal empfand er sich als zu ihnen gehörig, fühlte sich ihnen nah, auch den Kiebitzen, die auf den Wiesen schliefen, oder dem Wachtelkönig, der in der Aue schnarrte – dann wußte er, daß ihnen allen der gleiche helle Stern durch die niedrige Wolke schimmerte. Der stach ihn mit seinem ewigen Funkeln ins Herz. Prosorow schlief ein, seine Seele aber blieb leer und beklommen.

Manchmal schien ihm, die Zeit, die er immer noch physisch wahrnahm, kehre sich um und fließe zurück, oder sie schien ganz und gar stillzustehen.

Einmal wachte er von dieser Empfindung auf. Er lag auf dem Rücken und betrachtete ohne zu blinzeln das schwarze Fensterkreuz. Draußen verschwammen farblose Häuserquadern in farblosem, zottigem Dämmer, und dahinter flossen, als hätten sie nicht Platz genug, die Umrisse der Kiefern und eines fernen Waldstreifens ineinander. Unruhe und eine nicht greifbare sehnsuchtsvolle Unrast, unerklärliche Trauer wuchsen von allen Seiten aus der Ferne auf ihn zu, bedrückten und unterjochten ihn, nein, schluckten ihn, lösten auch ihn in ein vages, unruhvolles Etwas auf, ihm war, als werde seine Körperlichkeit allmählich materielos.

Welch unglaublich tiefe Stille sich ringsum türmte!

Erst später begriff er die Grenzenlosigkeit dieser idealen, letztlich undenkbaren Stille. Nirgends war auch nur das leiseste Geräusch vernehmbar. Oder war er plötzlich taub? Doch nein, wenn er sich die Hand ans Ohr hielt, hörte er sein Blut rauschen. Sie war ungeheuerlich, die Stille, sie hob die Dreidimensionalität des ihn umgebenden Raums auf, aber nicht, indem sie ihm eine vierte Dimension hinzufügte, sondern indem sie die drei vorhandenen zerstörte. Abstrakte Gebilde entstanden und vergingen. Einmal erschienen sie ihm in Form unendlicher farbiger Parallelen, ein andermal in Form einer riesigen, unermeßlichen Kugel; dann wallten aus Chaos und uferlosem Nebel Feuerwogen auf, die sich vorwärts rollend selbst verschlangen und geometrischen Gebilden wichen: sich ausdehnenden Kugeln, Kegeln, Spiralen. Alles verschwand, nichts davon wiederholte sich.

Das nächtliche Haus war völlig leer und still. Draußen vorm Fenster geisterte geräuschloses Wetterleuchten. Ferner, sehr ferner Donner brach die scheinbar unerschütterliche monolithische Stille, und Prosorow dachte an die Relativität alles Bestehenden. Hatte er doch noch vor einem Moment geglaubt, die Stille sei allumfassend und werde nie ein Ende nehmen. Das traurig grollende ferne Gewitter gab ihm das Wirklichkeitsempfinden zurück, und eine verworrene Unruhe, die Vorahnung eines noch ungedachten Gedankens bereitete ihm einen ziehenden Schmerz in der Brust. Es war ein physischer Schmerz im Herzen, den er noch nie empfunden, von dem er gelesen hatte, ohne je daran zu glauben. Nun erwies sich, das gab es – Schmerzen eines gesunden Herzens, hervorgerufen durch seelisches Leid.

Der Spasmus hielt nicht lange an. Er rief eine deutliche Vorstellung, ein konkretes und klares Bild ins Gehirn.

Es war das Bild einer Frau.

Prosorow empfand schmerzlich eine schwindende zärtliche Zuneigung für sie, Eifersucht auf alle Welt und das Verlangen, sie sofort, jetzt gleich zu sehen. Der Schmerz preßte ihm ein kurzes, fast animalisches Stöhnen ab. Prosorow sprang auf. Er verließ das leere schweigende Haus.

Eine seltsame, unbegreifliche Nacht schwebte, nein, hing über den stummen Dörfern. Sie war statisch, unbeweglich – und schien doch zugleich aus allen Dingen und Gegenständen hervorzutreten, die ganze Welt war diese weiße Nacht. Sie gebar sich selbst. Das Dorf und die stillen Katen, der ungewisse Himmel und die Blüten auf dem ungewissen, verschwimmenden Feld, er selbst, Prosorow – alles war diese nördliche weiße Nacht.

Er trat hinaus auf das noch nicht ausgekühlte Feld, von dem ihm warmer Blütenduft entgegenschlug. Mit schrillem Gekreisch flogen zwei verschlafene Kiebitze auf. Im gleichen Augenblick erkannte er den breiten Rücken eines Mannes, der auf einem Stein am Wegrand saß. Prosorow fand weder Zeit, sich zurückzuziehen, noch sich zu wundern: Danilo Patschin erhob sich räuspernd und stand auf seinen dicken krummen Beinen vor ihm.

»Ah, noch ein Nachtwandler. Wladimir Sergejewitsch . . .«

Prosorow schwieg, sah durch den Bauern hindurch. Schon die Mücken zu verscheuchen war ihm zuviel. Patschins braune Stute stand mit hängendem Bauch in der Nähe und zupfte mit klapperndem Zaumzeug eifrig Gras auf einem brachliegenden Ackerstreifen. In der frisch gepflügten dunklen Furche stand ein Pflug – der Hitze und der Mücken wegen pflügte Danilo nachts.

»Wenn's doch Regen gäbe!« Danilo rückte etwas auf seinem Stein, um dem Ankömmling Platz zu machen. »Ist alles schon ganz vertrocknet.«

Prosorow blieb reglos stehen. Der farblose Schleier der weißen Nacht breitete sich über Felder und Dörfer, die Mücken summten mit endloser Ausdauer. Danilo zeigte sich von Prosorows merkwürdigem Benehmen nicht überrascht und sprach in behäbig plätscherndem, gutmütig beschwichtigendem Redefluß vom Düngen und Pflügen, erzählte, daß er dieser Tage in den Kolchos eingetreten sei, so heiße die Genossenschaft für gemeinschaftliche Bodenbearbeitung in Olchowiza. Er wollte wissen, ob er gut daran getan habe, fragte aber wie einer, der sich längst im klaren ist. Prosorow fühlte sich außerstande, Danilo zu begreifen, wollte es auch gar nicht.

Was ging ihn Patschins Kolchoseintritt an? Das alles war absurd und unwichtig . . . Aber was war wichtig und nicht absurd? Prosorow hörte dem gemächlichen Geplauder des Bauern zu und grübelte vergebens einem Gedanken nach, der ihm immer wieder entglitt und der ihm sehr wichtig erschien.

»Wissen Sie, Wladimir Sergejewitsch, ich will mal sagen, gemeinsam hatten's die Bauern auch schon früher leichter. Und wo jetzt alle Land haben, ist es ja geradezu Gottes Gebot, daß wir uns zusammentun. Uns was anschaffen. Hätte ich mir allein vielleicht einen Eisenpflug gekauft? Sogar eine Worfelmaschine haben wir uns zugelegt. Das Butterartel hat sich einen Zuchtbullen gekauft – auch ein Kollektiv. Alles, wie sich's gehört, bloß gesund müßte man sein . . .«

»Ja, ja . . . Also dann werd ich mal gehen, Danilo Semjonowitsch . . .«

»Mit Gott.« Danilo holte sein Pferd und spannte es wieder vor den Pflug. Im Weggehen hörte Prosorow, wie der Bauer, der Stute freundlich und beharrlich zuredend, seine Furche zog: »Hü, meine Brave! Komm, komm . . . Hü, hü, Alterchen, schlepp schon. Zieh, meine Gute, zieh . . .«

Wozu? dachte Prosorow träge. Ich versteh das nicht . . . Warum tut Patschin das alles? Er weiß etwas. Ja, natürlich. Danilo weiß etwas, was ich nicht weiß. Er ist in den Kolchos, ich meine die Genossenschaft, eingetreten, und nun pflügt er die ganze Nacht durch, bis zum Morgen . . . Er weiß über etwas Wichtiges Bescheid, das ich nicht begreife und wohl auch nie begreifen werde.

Der Gedanke ließ ihm die ganze Nacht keine Ruhe, umkreiste ihn wie eine aufdringliche Mücke, und bei Sonnenaufgang schlummerte Prosorow mit dem Gefühl ein, daß etwas Unfertiges, Neues ihn bedrängte.

Am Morgen kehrten Gleichgültigkeit und Schwermut zurück, aber er überwand sich dazu, sich zu rasieren und die ausgetrockneten Stiefel mit Birkenteer einzufetten. Dann suchte er sich ein frisches Hemd heraus, es war das letzte. Er kleidete sich an. Die Stiefel hatten den Teer rasch aufgesaugt und waren fertig: Wladimir Sergejewitsch beschloß daher, sich die Hände zu waschen. Wasser war weder in der Waschschüssel noch in den Eimern, er mußte welches holen gehen; wütend auf sich selbst, nahm er zwei Eimer und begab sich grinsend zum Fluß. Was er da tat, kam ihm albern und unnütz vor. Das Leben schien ihn zum besten zu haben, indem es ihn zwang, sich mit solchem Unsinn abzugeben, solchem läppischen Quark, der niemandem nützte.

Mein Gott! Wozu war das alles nötig, für wen? Alles auf der Welt war ja so dumm, so unsäglich dumm.

Aber es war Sommer, mit Blüten und Wind. Der fast wolkenlose blaue Himmel wölbte sich so hoch und weit, der wilde weiße Klee duftete so betörend, so lebendig schrill zwitscherten Mauersegler und Schwalben im Flug, daß Prosorow seine Schwermut für einen Augenblick vergaß. Als er sich erinnerte, erschrak er um so mehr, kam ihm sein Leben und das der anderen um so sinnloser vor. Aus unerfindlichen Gründen fiel ihm der Propst Sulojew ein, und etwas wie Mitleid regte sich in ihm. Prosorow rang sich zu dem Entschluß durch, den Priester zu besuchen, und trat, ohne die Haustür abzuschließen, auf die Straße.

Die Sonne überflutete fast den halben Himmel mit strahlendem, goldenem Licht. Lerchen jubelten über den Wiesen, ihr Gesang drang von überallher ins Dorf. Löwenzahnsamen wehte zwischen Häusern und Vorgärten, im Fluß lärmten und planschten badende Kinder.

Prosorow bestieg zögernd die Vortreppe des Priesterhäuschens, trat in den kühlen Vorraum und klopfte. Jedoch niemand antwortete auf sein Klopfen. Prosorow öffnete die Tür und überschritt die niedrige Schwelle.

Vater Irenej lag auf einem Holzbett mit geschnitztem Giebel, seine welken, dürren Hände ruhten auf der Bettdecke. Prosorow grüßte und machte eine leichte Verbeugung. Aus tiefem Schlummer erwachend, hob der Greis die Lider. Seine wachsbleichen Fingerspitzen schlugen flüchtig das Kreuz, um den Ankömmling zu segnen, dann sank die Hand leblos auf die Bettdecke.

In dem kleinen, kühlen, untapezierten Zimmer tickte langsam und leise eine Wanduhr, an der Fensterscheibe summte eine einsame Fliege. Es roch nach Thymian – die an die Ikonen gehängten Sträuße zeigten, daß die Kirchgängerinnen der Umgebung ihren Priester nicht vergessen hatten.

»Verzeihen Sie gütigst, Wladimir Sergejewitsch, daß ich Sie nicht so empfangen kann, wie es des freudigen Anlasses würdig wäre.«

Prosorow staunte, wie normal und gelassen der Propst sprach, welch tiefe Ruhe von seiner festen Stimme ausging.

»Ja, ja, rauchen Sie, tun Sie mir den Gefallen! Zumal wir das Fenster öffnen können.«

Prosorow dankte, und Vater Irenej sagte, sich gleichsam entschuldigend: »Hier liege ich nun. Schon seit Tagen ... und bereite mich auf das größte Geheimnis des Menschen vor.« Er verstummte, als fiele ihm plötzlich etwas ein. »Und Sie? Wie ist Ihre Gesundheit? Sie sind blaß, wie ich bemerke. Ihre Augen haben tiefe Ränder. Verzeihen Sie meine greisenhafte Aufdringlichkeit, Wladimir Sergejewitsch.«

»Danke, Irenej Konstantinowitsch, ich bin gesund.«

Prosorow trat ans Fenster, um nicht das Zimmer zu

verräuchern. Dem leisen, sanften Ticken der Wanduhr lauschend, sah er hinaus auf Olchowiza. Vom Feld kam eine Gebetsprozession den Hügel zum Fluß herunter. Vater Nikolai, der Chorgewand und Leibrock angelegt hatte, schwang pendelnd ein wahrscheinlich schon längst erloschenes Weihrauchfaß. Die andere Hand mit dem Kreuz schwenkte er alle Augenblicke von rechts nach links. Ihm folgten einige alte Männer, Danilo Patschin trug eine Ikone. Hinterher trippelte ein Häufchen von gut fünfzehn Frauen und alten Weiblein. Die Prozession war schon auf halber Höhe des Hangs, als sich Prosorow ein merkwürdiger Anblick bot, der freilich für Vater Nikolai bezeichnend war. Der Priester blieb stehen und sagte etwas zu Danilo Patschin. Plötzlich warf er Weihrauchfaß und Kreuz ins Gras und lief zum Fluß, Chorgewand und Leibrock im Laufen abstreifend. Am Ufer der Olchowiza zog er sich vollends aus und hechtete, nur mit einer Unterhose bekleidet, ins Wasser. Er tauchte auf und warf prustend den roten Kopf hin und her. Danilo Patschin hob das Kreuz und das Weihrauchfaß auf und ging ins Dorf, ohne auf Vater Nikolai zu warten. Die Prozession zerstreute sich.

»Was haben Sie dort gesehen, Wladimir Sergejewitsch?« fragte Vater Irenej.

Prosorow schwieg. Der Pope war inzwischen aus dem Wasser gestiegen, hatte sich ins Gras gesetzt und schamhaft seine Unterhose ausgewrungen. Danach steckte er sich eine Zigarette an, zog sich an und überquerte gemächlich die Brücke. Er kam bereits den Hang herauf, offenbar wollte er zu Sulojew.

»Ich weiß nicht, wie ich leben soll, Irenej Konstantinowitsch«, sagte Prosorow und trat vom Fenster zurück. »Ich weiß es nicht ... Ich weiß auch nicht, ob es überhaupt lohnt zu leben.«

Vater Irenej reagierte mit keiner Bewegung. Er lag auf dem Rücken, bis an den Bart mit der flachsgelben Steppdecke zugedeckt. Er lag da, fast ohne zu blinzeln, und starrte blicklos auf die rosa Gardine und die untapezierte Balkenwand. Nicht einmal der Atem des Greises war zu bemerken.

»Sagen Sie mir doch ...« Prosorow trat keuchend an Sulojews Kopfende. »Irenej Konstantinowitsch ...«

»Was soll ich sagen?« begann Vater Irenej endlich leise, aber vernehmlich zu sprechen. »Ich kann nichts sagen, Wladimir Sergejewitsch ... Sie sind Atheist, Sie glauben nicht an Gott. Meine Worte bedeuten Ihnen nichts. Sie zweifeln ja schon am Sinn des Lebens, dieses gnadenreichen Geschenks, das uns von Gott gegeben ist. Mit Ihrem grausamen und hochmütigen Verstand mißachten Sie Ihre Seele. Das ist Sünde, eine große Sünde vor Gott ... Sie haben sich verleiten lassen ...«

»Aber ich kann nichts daran ändern, daß ich denken muß, Irenej Konstantinowitsch! Mit dem Denken aufzuhören ist noch keinem gelungen.«

»Vermag er denn viel, unser schwacher Verstand?« entgegnete Vater Irenej ruhig. »Der Verstand, der die uns vom Himmel geschenkte und geleitete Seele mißachtet. Sich selbst überlassen, ist er zur Fruchtlosigkeit verdammt und gelangt zur Verneinung seiner selbst. Es steht geschrieben: ›Die Toren sprechen in ihrem Herzen: „Es ist kein Gott!" Verderbt, abscheulich freveln sie; keiner ist, der Gutes tut.‹ Auf Ihrer hochmütigen Wahrheitssuche entfernen Sie sich immer weiter von der Wahrheit.«

»Ja, aber wo und worin liegt dann die Wahrheit, auf welcher Seite?« rief Prosorow und griff sich ans Herz. »Sagen Sie es mir, und ich schlage mich auf diese Seite. Sagen Sie, was ich tun und wie ich leben soll.«

»Ach, Wladimir Sergejewitsch, Wladimir Sergejewitsch ...« Vater Irenej versuchte vergebens, sich aufzurichten. Er verschnaufte kurz und fuhr zu sprechen fort: »Niemand kann einem Menschen sagen, wie er leben soll. Nur Narren tun das. Auf den Flügeln ihres Hochmuts schwebend, blenden sie ihr geistiges Auge! Was nützt jenen denn ihr anmaßender menschlicher Geist? Jenen, deren Bosheit und Wut keine Grenzen kennt? Die Jahre vergehen, und ihr Los wird Vergänglichkeit und Vergessen sein.«

»Davon wird mir nicht leichter, Irenej Konstantinowitsch«, sagte Prosorow ein wenig ruhiger. »Auch wenn im Leben und Glauben ein Sinn liegt, ich weiß trotzdem nicht, wie ich leben soll . . .«

»Jeder Mensch soll und muß seine eigene Art zu leben finden, die seinem Gewissen und seinem sittlichen Ideal entspricht. Man darf niemanden für ein geringes sittliches Ideal verdammen. Können Sie die Hand gegen ein Kind erheben, das eine zerbrechliche kostbare Vase zerschlagen hat? Vor allem muß man verzeihen . . . Und den Menschen dann helfen, sich ein hohes sittliches Ideal zu errichten. Das allein ist das Recht jedes denkenden Christen.«

»Wie helfen?«

»Mit Gottes Hilfe.«

»In der Olchowizaer Kirche sind seit dem Frühjahr die Scheiben eingeschlagen . . .«

»Die Vernunft flieht die Gottlosen!« Vater Irenej schob sich das Kopfkissen zurecht und rückte mühsam etwas höher, wobei er Prosorows Hilfe ausschlug. Er saß nun halb, wodurch das Sprechen ihm merklich leichter fiel.

»Der Herr verläßt diejenigen, die nicht an ihn glauben wollen. Die Seelen vieler Menschen sind vom Teufel verwirrt, ihre Herzen sind vom Feuer satanischen Aufruhrs erfaßt. Aber sind nicht wir selbst schuld an solchem Unheil? Beantworten auch Sie mir eine Frage, Wladimir Sergejewitsch. Soviel ich weiß, sind Sie Materialist, und demnach . . .«

»Daraus habe ich nie ein Hehl gemacht, Irenej Konstantinowitsch.«

»Und Sie leugnen nicht, daß das Christentum und insonderheit die rechtgläubige Kirche ein Fortschritt war, ein Segen gegenüber den heidnischen Zeiten?«

»Ja, natürlich . . .«

»Und finden Sie nicht, daß Sie das Volk zu den heidnischen Bacchanalien zurücktreiben, wenn Sie ihm seinen christlichen Glauben nehmen?«

»Aber wie Sie wissen, Irenej Konstantinowitsch«, sagte Prosorow stirnrunzelnd, »wie Sie wissen, habe ich persönlich die Kirche als solche und ihre Bedeutung nie geleugnet . . .«

»Ihre praktische Bedeutung haben Sie nicht geleugnet. Aber den Glauben haben Sie geleugnet. Das heißt, Wesen und Geist unserer rechtgläubigen Kirche. Inwiefern ist das besser, als Fensterscheiben einzuwerfen?«

Vater Irenej verstummte; er atmete schwer, sammelte Kraft für die Fortsetzung des ungewöhnlichen, anstrengenden Gesprächs. Prosorow setzte schon zu einer heftigen Entgegnung an, als unangemeldet Vater Nikolai eintrat. Die Dielen knarrten unter seinen Füßen, während er sich schwungvoll bekreuzigte, Prosorow begrüßte und den ungekämmten nassen Kopf vor Sulojew neigte.

»Deinen Segen, Vater Irenej! Im Vertrauen auf deine Barmherzigkeit . . . Nicht um Vergebung für meine argen Sünden will ich bitten, sondern um Einklang der Seelen.«

»Zwischen Ihnen und mir gibt es keinen Einklang der Seelen«, versetzte Vater Irenej mit Nachdruck. »Sie riechen nach Branntwein, gehen Sie und schlafen Sie sich aus.«

»Ich habe einen Trunk getan und sehe darin keine Sünde; der Hirte ist aus Fleisch und Blut wie die Herde . . .«

»Sie – und ein Hirte? Wahrhaftig, Ihr Geist muß verwirrt sein. Gehen Sie, der Heiland vergebe Ihnen.«

»Wer bin ich denn Ihrer hochwohllöblichen Meinung nach?« fragte Vater Nikolai mit erhobener Stimme.

»Irenej Konstantinowitsch . . .« Prosorow stand auf. »Ich gehe wohl am besten. Ich will Sie nicht stören . . .«

Da er das Gefühl hatte, seine letzte Bemerkung könne

als Ironie aufgefaßt werden, drehte er sich noch einmal um und fügte hinzu: »Verzeihen Sie . . .«

Vor dem Haus lehnte Wladimir Sergejewitsch sich erschöpft an eine Birke. Er wußte nicht, wie lange er so gestanden hatte, als er wieder die Augen öffnete. Den staubigen weißen Birkenstamm hinauf und hinunter liefen geschäftige Ameisen. Aus dem Fenster drang Vater Nikolais bärenhafter Baß: »Ha, ha, ha, ha, ha! Worauf beruhte denn das rechtgläubige Rußland! Reformen . . . Eure Theologen fanden immer wieder was zu diskutieren! Die gelehrten Herren hatten wochenlang nichts zu tun, als sich über die georgische Autokephalie auszulassen! Oder sie lamentierten: Wie konnte es nur zum Schisma kommen? Wer ist denn schuld, daß sich in der Kirche die Bürokratie breitmacht? Das Volk hat sich längst von euch abgewendet. Einen Pfifferling ist solche Kirche wert, einem trockenen Feigenbaum gleicht sie, wahrhaftig!«

Ringsumher war alles Stille und Ungewißheit, nur Vater Nikolais Stimme dröhnte Prosorow in den Ohren. Ein nicht enden wollender Schmerz, den er sich nicht erklären konnte, drohte ihm das Herz abzudrücken. Auf einmal überkam Prosorow grenzenlose Scham. Errötend stieß er sich von der Birke ab, als sei sie giftig.

8

Nikolai Nikolajewitsch Mikulin saß an seinem Schreibtisch im Exekutivkomitee auf dem Wiener Stuhl wie auf Nadeln. Er hatte deutlich das Gefühl, daß er sich zerteilen müßte. Was ist das bloß für ein Leben? dachte er bei sich. Wieder ein Feiertag. Peter und Paul ist kaum vorbei, da ist schon der Kasaner fällig. Nein, das taugt nicht, so ein Leben.

In Olchowiza wurde der Tag der Kasaner Muttergottes als das alljährliche Bierfest begangen. Mikulin war in vier Häuser zugleich eingeladen und saß nun am Schreibtisch und zermarterte sich den Kopf. Hingehen durfte er nicht, und nicht hingehen war auch schlecht. Seit Lusin in den Kreis versetzt, in Schibanicha der Dorfsowjet aufgelöst und Mikulin zum Vorsitzenden des Amtsbezirksexekutivkomitees in Olchowiza ernannt worden war, konnte er sich vor Einladungen nicht mehr retten.

In keiner der vier Abteilungen war mehr jemand. Seine drei Untergebenen steckten bestimmt schon irgendwo die Beine unter den Tisch und kosteten Bier, bloß er saß hier wie bestellt und nicht abgeholt, und das mit leerem Bauch.

Mikulin seufzte, er tat sich selber leid. Er sah aus dem Fenster und hoffte insgeheim auf ein Wunder.

Nein, man kann sagen was man will, es gibt noch einen Gott, es gibt noch Gerechtigkeit auf der Welt! Das Wunder erschien in Gestalt Palaschkas im neuen himmelblauen Kleid mit einem Bündel in der Hand. Mikulin hatte sie tags zuvor halb im Scherz gebeten, ihm Piroggen zu bringen, aber nicht geglaubt, daß sie kommen würde.

»Prachtmädel!« sagte der Vorsitzende laut, aber gleich darauf wurde ihm unbehaglich. Schon nach seiner Übernachtung bei Patschins in der Butterwoche waren Palaschka und er sich einig geworden, Hochzeit zu machen, und nun war es Juli. Er hatte sich immer wieder mit Arbeit herausgeredet, Palaschka warf ihm manchmal schon schräge Blicke zu. Aber eine innere Stimme riet ihm, sich mit dem Heiraten Zeit zu nehmen und sichere Zeiten abzuwarten. Gleichwohl konnte auch Mikulin kaum noch warten, fünfundzwanzig Jahre sind kein Pappenstiel. Die Weiber zeigten mit dem Finger auf einen, die Männer spöttelten. Danilo Patschin hatte erklärt: »Wer noch nie mit 'ner Frau geschlafen hat, ist kein

Mann.« Extra für Mikulin schien er das gesagt zu haben! Er mußte was ahnen, der Krummbeinige, dem entging nichts.

Die dürren Bürozimmerfliegen waren zudringlich, es würde wohl Regen geben; in Mikulins Arbeitsraum roch es nach Mäusen und frisch gewischten, trocknenden Dielen. Der Vorsitzende räumte rasch die Papiere vom Schreibtisch, das Dienstsiegel und den Stempel steckte er in die Brusttasche des Jacketts und eilte auf den Korridor.

Palaschka lief geräuschlos die Stufen vorm Haus hinauf, bemüht, nicht mit ihren schmucken neuen Schnürstiefeletten zu klappern. Sich umschauend, huschte sie in den Flur und schrie auf vor Schreck: Mikulin stand an der Tür und zog mit keckem Schwung den Riegel auf.

»Verrückter! Mir solchen Schreck einzujagen! Hinkender Teufel!«

Der Vorsitzende schmunzelte zufrieden. Wie im Vorbeigehen schob er den Türriegel wieder vor. Palaschka tat, als müsse das so sein. Sie zupfte an ihrem modischen Kleid und plapperte von der Heuernte: Es werde bald Regen geben, das Heu auf den Wiesen sei beinah trokken, aber noch nicht im Schober.

»Laß gut sein. Der Gott, der's naßregnen läßt, läßt es auch trocknen«, sagte Mikulin.

Sie gingen in sein Arbeitszimmer, aber schon während er die Tür aufstieß, machte er sich insgeheim Vorwürfe: Ich Esel, ich ausgemachter Trottel! Doch nicht hierher, in die Mansarde! Na, ich werd sie schon rauflotsen.

»Hast du was zu futtern mit?«

»Frag nicht so viel, was da ist, wird gegessen!« Palaschka sah sich interessiert im Zimmer um. »Geht das Telefon?«

Sie nahm den Hörer ab, schob den wie ein Strohseil dicken Zopf über die Schulter und legte den Hörer an ihr kleines, bei der Heumahd braungebranntes Ohr. Mikulin verfolgte jede ihrer Bewegungen und überlegte fieberhaft, was weiter geschehen solle.

»Ah, Fischpirogge, Pfannkuchen, von jedem was. Komm mit nach oben, ich hab hier kein Messer.«

»Nichts zu hören.« Palaschka legte den Hörer auf. »Bloß als ob Wasser tropft.«

»Ich sag, ich hab kein Messer hier.«

»Nimm die Finger«, sagte Palaschka. »Wer schneidet schon Piroggen mit dem Messer?«

»Das geht hier nicht. Wir ziehen uns noch Mäuse her. Das ist ein Arbeitszimmer.« Er rasselte entschlossen mit dem Schlüsselbund. »Wir müssen nach oben. Nimm das Bündel und komm.«

Er sah sie absichtlich nicht an, spürte aber ihren flüchtigen Argwohn auf Schultern und Rücken und wurde rot. Sie räumte aber unerwartet rasch die Piroggen zusammen und folgte ihm auf klappernden Absätzen über den Flur und die Treppe hinauf, bis sie vor der Tür der ehemaligen Sopronowschen Mansarde standen.

Mit heimlichem Frohlocken öffnete Mikulin das Vorhängeschloß. Bis jetzt läuft alles, wie geplant, dachte er.

Die Mansarde war noch in demselben Zustand wie an dem Tag, als Sopronow abgesetzt worden war. Derselbe Tisch und dieselben Stühle standen darin, nur lagen auf dem sauber gewischten Fußboden ein Schafpelz und ein halber Sack Hafer, einst Futterreserve des Dorfsowjets, jetzt Kopfkissen zum Schlafen. Mikulin übernachtete hier manchmal, besonders nach Versammlungen. In Sopronows Schreibtisch waren längst keine Papiere mehr; Mikulin hob darin selbstgebastelte Messer und an Lederriemen befestigte kleine Gewichte auf, die er Dorfbengeln beim abendlichen Bummeln und an Feiertagen abgenommen hatte.

In der Mansarde war Palaschka plötzlich verändert und trat still ans Fenster. Mikulin lief, mit vollen Backen an einer Pirogge kauend, auf und ab und spielte den Naiven.

»Von wem sind die Piroggen?«

»Von Tante.« Palaschka drehte sich nicht um nach ihm.

»Von Patschins? Danilo hat mich auch eingeladen.«

Je ungezwungener Mikulin sich zu geben versuchte, um so schlechter gelang es ihm. Dem Vorsitzenden war unbehaglich, ihn quälte Scham. Jetzt müßte man sich ein bißchen Mut antrinken, dachte er flüchtig, dann wär alles gleich ganz anders.

»Wieso kehrst du mir den Rücken zu?«

Palaschka malte schweigend mit dem Finger an der Fensterscheibe. Mikulin legte die Pirogge weg und trat zu ihr.

Wie oft hatten sie an Herbstabenden auf Heuböden oder in Banjas gesessen oder an Dorfabenden im Winter zusammen in der Flüsterecke gestanden, wie oft sich umarmt und geküßt! Früher war das so einfach gewesen und hatte sich wie von selbst verstanden, hier aber war Mikulin plötzlich gar nicht wohl dabei, er schämte sich. Seine Hand sträubte sich, Palaschka um die Schulter zu fassen. Mikulin erkannte sich und sein Mädchen nicht wieder . . . Er ermannte sich trotzdem und legte den Arm um sie, doch sie entzog sich ihm. Er war gekränkt, wodurch sein Unbehagen im Nu verflog.

»Was hast du?«

»Gar nichts hab ich«, versetzte Palaschka schnippisch. »Was willst du von mir? Das Schmusen laß man bleiben.«

Heirate, dann kannst du schmusen, erriet Mikulin mißmutig.

Palaschka begann plötzlich zu weinen und wischte sich mit einem Taschentuch die Augen. Sie tat Mikulin leid, aber da fielen ihm Danilo Patschins Worte ein. Er fühlte, wie sich stürmisch in ihm unaufhaltsame, süße Kräfte regten, er setzte sich auf Sopronows Schreibtisch, betrachtete Palaschkas weiche Schultern, stellte sich vor, er halte ihre langen, schweren Zöpfe in der Hand, deren Duft ihm so vertraut war. Seine Augen strichen wie von selbst über die vollen Mädchenschenkel und die unbestrumpften Beine in den neuen schwarzen Stiefeletten ... Er rief leise ihren Namen, sie kam aber nicht, sondern blieb am Fenster und betupfte sich mit ihrem Tüchlein das Gesicht; da trat er von hinten zu ihr, griff unter ihren Armen hindurch und umschlang sie.

»Bleib mir vom Leibe!« Sie riß sich los. »Laß das. Bock bleibt Bock.«

»Wieso bin ich ein Bock? Was faselst du?« Mikulin war aufs neue beleidigt. »Hör mal, Palaschka ...«

Sie wischte sich die Tränen von den Wangen und lächelte. Wie er da auf dem Schreibtisch hockte und nicht wußte, wohin mit sich, tat er ihr auf einmal leid. Sie setzte sich zu ihm und kämmte ihn mit ihrem Kamm.

»Ach, Kolja ... Kolja, Kolja, Nikolai, jag uns Mädchen keinen Schrecken ein.«

»Ihr werdet vor mir grad erschrecken.«

»Ich seh doch, wie du dich quälst.«

»Ich halt's nicht mehr aus, Palaschka ... Ich hab keine Kraft mehr zu warten.«

»Ich vielleicht auch nicht mehr ...« Palaschka senkte die Wimpern. »Aber du mußt dich nicht selber verrückt machen.«

»Wer macht wen verrückt?« schrie Mikulin. Er warf sich bäuchlings auf den Schafspelz und wühlte sich zähneknirschend ins Fell.

Palaschka hockte sich zu ihm.

»Liebster ...«

Er wandte den Kopf und starrte das Mädchen mit geröteten Augen wie rasend an.

»Komm schon ... Wir registrieren uns gleich selber, willst du? Da, den Stempel hab ich in der Tasche ... Fühlst du ihn?« Er zog sie an sich. »Ich ... Ehrenwort. Na? Palaschka ...«

Er drückte ihren Kopf in seine linke Ellenbeuge und zog sie an sich, seine andere Hand drückte und streichelte sie ganz von allein zart und kräftig von den Schultern hinunter zu den Hüften, und Palaschka gab wie damals in der Butterwoche mit einemmal nach und schlang ihm die Arme um den Hals. Mikulin verschwamm alles vor den Augen, er war im siebenten Himmel.

»Na gut ...«, flüsterte Palaschka selbstvergessen. »Warte ...«

Sie löste auf dem Rücken unter dem Kleid irgendeinen Knopf, als plötzlich unten – wie aus einer anderen Welt – Stimmen und heftiges Klopfen ertönten.

Mikulin erstarrte. Palaschka verstummte. Das Klopfen wiederholte sich.

Insgeheim Gott und alle Welt verfluchend, sprang Mikulin auf. Er schielte aus dem Fenster zur Straße hinunter und wurde blaß: Jerochins Hengst stand gesattelt vor dem Haus angebunden, daneben, ebenfalls gesattelt, das Pferd des stellvertretenden GPU-Chefs Skatschkow.

»Verdammte Kiste ... Gottverdammte Sauerei!« Mikulin raffte das Vorhängeschloß vom Tisch. »Warte du hier, Palaschka! Ich bin gleich zurück.«

Er schlüpfte aus der Tür, schloß von außen ab und eilte die Treppe hinunter, besann sich aber auf halbem Wege, kehrte um und schloß wieder auf. Palaschka kniete auf dem Schafspelz und hielt sich vor Lachen den Bauch.

»Still! Was feixt du? Sowie ich sie ins Arbeitszimmer lasse, rennst du raus.«

»Oi, Mama ...«, lachte Palaschka. »Oje, ich kann nicht mehr, haltet mich ...«

»Was gibt es da zu lachen, alberne Gans!« Mikulin lief, um zu öffnen.

Die Tür unten drohte jeden Moment aus den Fugen zu krachen. Der Vorsitzende zog den Riegel heraus. Den Wunsch unterdrückend, ihn allen um die Ohren zu hauen, die ihm unter die Finger kommen würden, stieß er die Haustür auf.

»Du schläfst wohl da drin, Mikulin!« schnauzte Jerochin ihn an und rauschte an ihm vorbei ins Haus.

»Jawohl, Genosse Jerochin«, sagte Mikulin. »Ich war

ein bißchen eingenickt, das macht wohl die Schwüle vorm Regen.«

»Ich werd dir deinen Regen zeigen!« brüllte Jerochin. »Wo ist Weritschew? Ussow? In zwanzig Minuten ist die Parteizelle hier!«

Brüll du nur, dachte Mikulin, der die Fassung wiedergewann. Lieber jetzt als später.

»In zwanzig Minuten, verstanden?«

»Das ist nicht zu schaffen, Genosse Jerochin.«

»Schaff mir Weritschew her. Aber dalli! Ist kein Kurier da?«

»Nein. Das heißt, doch, im Dorfsowjet.« Mikulin hatte sich soviel Pfiffigkeit gar nicht zugetraut. »Ich schick ihn gleich los.«

»Und dann nach dieser Liste«, fügte der stellvertretende GPU-Chef Skatschkow hinzu. »Aber bitte sofort, und alle auf einmal.«

»Habe verstanden, Genosse Skatschkow.«

Mikulin nahm die Liste unbesehen und ging auf den Flur. Palaschka schlich gerade mit geschürztem Rock auf Zehenspitzen zum Ausgang. Beide schlüpften zusammen auf die Straße.

»Halt, warte!« befahl Mikulin. »Lauf schnell mal zu Mitka Ussow! Und sag auch gleich der Lehrerin und Weritschew Bescheid. Sie sollen schleunigst herkommen!«

Palaschka besann sich nicht lange und lief los. Gerade als Mikulin aufatmen wollte, kam die staubige Kalesche des Kreisexekutivkomitees aus der Seitenstraße geprescht. Der Kutscher, ein junger Mann mit Mütze, hielt das schweißbedeckte Pferd an, und der stellvertretende Agitprop-Abteilungsleiter Mejerson stieg aus. Er klopfte sich die Joppe ab und blinzelte Mikulin kurzsichtig an.

»Ist Genosse Jerochin hier?«

»Ja, er ist gerade gekommen.«

Mejerson rückte die Pistolentasche zurecht und verschwand ein wenig humpelnd im Haus. Dem ist unterwegs das Bein eingeschlafen, da hinkt er nun, dachte Mikulin. Na, das kann ja heiter werden! Unser schöner Feiertag!

Er besah sich die Liste, die Skatschkow ihm gegeben hatte. Sie enthielt die Namen der alten Männer aus Schibanicha, die am Tag nach dem Johannisfest Selja verdroschen hatten.

Das Gerücht, vom Kreis sei eine Dreiergruppe mit Sondervollmachten gekommen, eilte von Dorf zu Dorf, den nach Olchowiza ziehenden Gästen und festlich gekleideten Pulks der Burschen und Mädchen entgegen. Der Kasaner war der fröhlichste und populärste Feiertag im Amtsbezirk. Jedes Jahr versammelten sich in Olchowiza Hunderte von jungen Leuten; aus den entferntesten Ortschaften kamen die Bauernburschen mit ihren Mädchen und Harmonikas, tanzten, zogen durchs Dorf, schlossen Bekanntschaften und schlugen Krawall – die Parteien jagten einander mit Steinen, Zaunpfählen und Eisenstangen über den Fluß. Nach der Schlägerei sammelten sich die versprengten Haufen der Ortsfremden irgendwo vor dem Dorf zum überraschenden Gegenangriff und schlugen die Einheimischen, die ihres Sieges schon zu sicher gewesen waren, in die Flucht. Danach besänftigten sie sich plötzlich und verbrüderten sich. Die Einheimischen luden die Fremden zu sich ein und bewirteten sie, und wenn es nur Beulen und Schädelbrüche und keine Toten gegeben hatte, waren alle Kränkungen rasch vergessen. Die Mädchen verbanden den Jungen, die sich blutige Köpfe geholt hatten, mit Tüchern die Wunden, und die ganze helle Sommernacht lang ging es in Olchowiza nun hoch her, bis vor Sonnenaufgang der Nebel aus den Wiesen stieg. Die Wachtelkönige im Riedgras verstummten und lauschten den Seufzern der Harmonikas und dem auf- und abschwellenden Mädchengesang. So war es seit jeher in Olchowiza gewesen, und so sollte es auch diesmal sein. Nichts konnte das frohe festliche Treiben aufhalten oder erschüttern ... Nachdem sich die jungen

Leute im Heu und beim Pflügen blutige Schwielen geholt hatten, feierten sie, besuchten Freunde und Verwandte und tranken Malzbier – der 8. Juli war der schönste Feiertag im Sommer.

Während sich in Olchowiza die ersten Gäste, mehrmals genötigt, endlich zu Tisch setzten und das erste Bier in den Krügen schäumte, spannte Mitka Ussow, Mitglied der Olchowizaer Parteizelle, das Pferd des Exekutivkomitees vor den zweirädrigen Wagen und jagte in vollem Galopp nach Schibanicha. Zielstrebig lenkte er in eine Seitengasse. Sopronow saß auf einem Holzkloben vorm Tor und dengelte eine Sense. Er stand auf und band Mitkas Pferd am Zaun an.

»Tag, Ignati Pawlowitsch«, grüßte Mitka und streckte das im Bürgerkrieg lahmgeschossene Bein wie ein Holzbein aus dem Wagen.

»Grüß dich, Mitja, grüß dich.«

»Siehst du aber elend aus! Mußt wohl wieder Strohwitwer spielen? Das kommt davon, wenn man sich so lange in der Fremde rumtreibt.«

»Ach was.« Sopronow bekam einen Hustenanfall.

Mitka setzte sich auf die Vortreppe und berichtete von dem überraschenden hohen Besuch: »Wie der Blitz aus heiterem Himmel waren sie da.«

»Sofort! Ich komme!« Sopronow sprang auf. In seinen Augen glitzerten grüne Fünkchen. »Sofort . . .«

»Dich will ich nicht holen, Ignati Pawlowitsch«, erklärte Mitka treuherzig. »Dich brauch ich nicht, deinen Vater brauch ich.«

»Wieso? Wieso meinen Vater?« fragte Sopronow verwundert und rieb sich plötzlich den Hals, weil es ihn in der Kehle würgte. »Wieso?«

»Das weiß ich selber nicht, Junge. Von dir war keine Rede, deinen Vater soll ich holen. Außerdem den alten Käfer, Opa Kljuschin, Nikita Rogow und Nowoshilow. Alle fünfe zieht meine Stute gar nicht weg. Na, sie sind ja spindeldürr. Was können die schon wiegen!«

Sopronow schlug die Haustür hinter sich zu. Ussow stand da und sann. Hm, er ist immer noch der alte. Statt daß er den Samowar auf den Tisch stellt oder ein Fläschchen Schnaps. Er hat auch in der Fremde nichts dazugelernt . . . Mitka war ungehalten über Sopronow.

Die fünf Alten sollten zusammen zum Dorfsowjet gebracht werden. Wie Ussow erfuhr, war Nikita Rogow in Olchowiza zu Besuch, von Nowoshilow hieß es, er sei in den Wald gegangen, wann er wiederkäme, war ungewiß. Blieben also nur noch der alte Schlaufuchs Käfer und Opa Kljuschin. Mitka schickte ein paar Dorfjungen, die auf der Straße Babki spielten, zu Käfer, dann schöpfte er im Brunnen zwei Eimer Wasser, tränkte das Pferd und trank sich selbst satt. Im Fenster von Sopronows Sommerstube erschien der Struwwelkopf vom alten Pawlo, Ignatis beinamputiertem Vater.

»Tag, Mitka! Wohin des Wegs?«

»Zu dir.« Mitka goß sich das restliche Wasser aus dem Eimer in den Nacken.

»Wem bin ich Einbein schon zu was nütze?«

»Bist du, Pawlo, bist du. Was das Bein angeht, ich hab auch bloß ein gesundes. Zweie reichen uns.«

Pawlo schüttelte ungläubig den Kopf.

»Meinst du das im Ernst?«

»Ja doch. Los, mach dich fertig. Die Natschalniks vom Kreis sind da, sie haben auch nach dir verlangt.«

»Ich hab nicht mal ein ordentliches Hemd anzuziehn«, sagte Pawlo nachdenklich.

Aus der Seitengasse kam Stülpnase auf den Wagen zu, blickte triefäugig umher und grüßte. Er schniefte durch die Nase, in seinem Rachen röchelte es. Die nackten Füße in der blauen Hose waren schwarz wie eine Bratpfanne. Die Arzneimitteltasche hing ihm von der Schulter. Er setzte sich auf den Stein vorm Tor, drehte sich eine fingerdicke Zigarette und bat um Feuer.

»Na, Opa«, schmunzelte Ussow, »bist du immer noch Kuhdoktor?«

»Hm.«

»Na, dann mach mal, und paß schön auf.«

»Ha?«

»Paß schon auf, sag ich! Wo du hintrittst.«

Der alte Käfer war unbemerkt hinzugekommen: die krummen Beine in schiefgetretenen Stiefeln, ein langes, rotkariertes Hemd aus grobem Leinen auf dem Leib. Er glich aufs Haar dem jungen Käfer, seinem Sohn, nur daß sein Bärtchen ganz grau war; Mitka erbosten immer die scharf spähenden Äuglein mit dem Treuherzigkeit mimenden hinterhältigen Blick. Trotzdem erwiderte er Käfers Gruß mit einem Nicken.

»Warum holen sie uns, Mitka?« fragte Käfer, der den rauchenden Stülpnase nicht bemerkte.

Mitka zog statt einer Antwort den Rückengurt straff. Jedoch die gleiche Frage kam auch von anderer Seite. Der flinke, quirlige Opa Petruscha Kljuschin begrüßte alle mit einem Wortschwall. Ihn konnte Mitka Ussow gut leiden, er hatte sogar ein wenig Respekt vor ihm. Petruscha Kljuschin – er ging stets adrett gekleidet, hatte einen weißen Bart, strähnig wie Flachs, und sauber gescheiteltes helles Haar – saß nie lange an einem Fleck.

»Was wollen die denn von uns Alten?«

»Man braucht euch, Pjotr Grigorjewitsch, man braucht euch.«

»Wenn man uns braucht, müssen wir fahren! Worauf warten wir noch?«

»Steig ein. Wo bleibt denn unser Pawlo?«

Sie gingen ins Haus. Pawlo saß mit abgewandtem Gesicht.

»Na?« Mitka befühlte sein Hemd. »Ein Hemd wie jedes andere, was soll schlecht daran sein?«

»Nein, gebt euch keine Mühe.«

»Hat Selja keins? Wo ist er überhaupt?«

»Nach Olchowiza gegangen.«

Mitka überlegte.

»Pjotr Grigorjewitsch, also, hilf doch mal.«

»Ja, wenn es so ist ... Oljoschka!« rief der alte Kljuschin aus dem Fenster einem Jungen auf der Straße zu. »Lauf schnell zu uns nach Haus, sag Anjutka, sie soll dir das Hemd mitgeben, das blaue! Es hängt am Nagel bei der Ofenbank.«

Sie brauchten nicht lange zu warten, bis Oljoschka mit dem blauen Hemd zur Stelle war.

Pawlo Sopronow entblößte den mageren weißen Rükken und zog sich das alte schmutzige Hemd über den Kopf.

Mit vereinten Kräften trugen sie ihn aus dem Haus und setzten ihn in den Wagen. Käfer wollte nicht mit und bat Stülpnase, für ihn zu fahren. Der war mit Freuden dazu bereit.

»Was, ich auch? Na klar!«

»Steig aus, du verdienst das noch nicht«, lachte Mitka. »Und du steig ein, steig ein.«

Käfer nahm im Wagen Platz. Stülpnase wollte immer noch nicht aussteigen.

»Halten die Riemen auch?« Petruscha musterte das Geschirr.

Ach was, von mir aus soll er sitzen bleiben, dachte Mitka. Es wird schon nicht schaden, wenn ich einen mehr mitbringe. Er zog dem Pferd eins mit der Leine über, die Räder begannen sich zu drehen, und der Wagen mit den alten Männern von Schibanicha rollte die Straße entlang.

Sopronow hatte sich nicht mehr blicken lassen.

»Mensch, Kinder, guckt bloß mal, welche Ehre für uns«, rief Pawlo, der sich nun genauer umsah. »Das ist ja fast ein Tarantas. Wie ich damals aus Petersburg von der Arbeit kam, hab ich fuffzehn Tage gebraucht zu Fuß. Ich komm nach Olchowiza rein, da seh ich 'n Haufen Leute vor der Verwaltung. 's war Markttag, und 'ne Menge Kosaken im Dorf. Der Polizeihauptmann läuft in 'ner weißen Uniform rum, die Bauern verkaufen ihre Kühe, damit sie die Steuern bezahlen können ...«

Alle kannten die Geschichte längst, hörten Pawlo aber aufmerksam zu. Er erzählte – zum wievielten Mal schon! –, wie gerade Markttag war, als er vom Treideln heimkehrte und er dazukam, wie seines Vaters Kuh verkauft wurde. Er hatte sie sich gleich zurückgekauft, und der Alte hatte sich ihm zu Füßen geworfen, als Pawlo sie am Halfter von Olchowiza mit heimbrachte.

»Hab sie ihm wiedergebracht, die Färse!« lärmte Pawlo. »Richtig so mit der Stirn hat er die Erde berührt, der Vater! Junge, hat er gesagt, Pascha, ich dank dir, du! Jawohl! Und die heutige Jugend? Die kennen doch keine Sohnesliebe mehr. Rabauken sind das! Was, Grigorjewitsch?«

»Wahrhaftig«, nickte Opa Petruscha Kljuschin und zupfte an seinem erbsgrünen Hemd unter der schwarzen Weste. »Die ziehen die Stiefel an, eh sie die Hosen anhaben. Mitka, he, Mitka! Worum wird's denn gehen, um den Kolchos?«

»Nein, darum sicher nicht ... Es wird um Maschinen gehn oder um Kredit«, sagte Pawlo. »Ich hab das im Urin.«

»Das wär nicht schlecht«, sagte der alte Kljuschin und sprang vom Wagen. Das Pferd zog seit der Brücke bergan. Käfer und Stülpnase auf dem Rücksitz dachten nicht daran auszusteigen oder hatten keine Lust dazu; vom beinamputierten Pawlo und dem lahmen Ussow war das ja nicht zu verlangen.

Hinter dem Dorfanger holten sie einen großen Pulk Jugendlicher aus Ustaschicha ein. An die vierzig Jungen zogen mit zwei zugeknöpften Harmonikas zum Feiern nach Olchowiza. Die Mädchen waren entweder schon vorausgegangen oder brachen erst auf. Als der Wagen auf die Anhöhe kam, blieb Mitkas Pferd stehen. Die Burschen aus Ustaschicha brachen mit stummem Eifer Stangen aus einem festen Tannenholzzaun, daß es nur so krachte. Sie schnitten Spitzen und Äste mit Messern ab und wägten die kräftigen, handlichen Knüppel prüfend in den Fäusten.

»Jungs, was soll das!« rief Opa Kljuschin ihnen zu. »Das geht aber zu weit, was ihr da macht!«

»Nicht euer Bier!« Die Kerle waren schon zu allem fähig. »Woher seid ihr überhaupt?«

»Aus Schibanicha.«

»Aus Schibanicha? Dann tun wir euch nichts. Fahrt weiter!«

»Was sie anstellen, die Halunken!« sagte Opa Kljuschin kopfschüttelnd. »Die Bande hat wieder eine Schlägerei bei den Teichen vor. Dabei sehen sie wie Christenmenschen aus . . .«

»Eine Keilerei ist fällig«, sagte Käfer. Er stammte aus Ustaschicha. »Die ist nicht zu vermeiden.«

Während sie sich unterhielten, rückte Olchowiza rasch näher.

Kleine Jungen machten ihnen das Tor in der Dorfumzäunung auf. Mitka ließ die Zügel schießen.

»Ech, heilige Mutter Gottes, wenigstens fahr ich die Alten noch mal richtig durch Olchowiza spazieren!«

Es ging bergab, und Mitka fuhr durch das ganze Dorf bis zum Verwaltungsgebäude im Trab. Mikulin kam eilig aus der Tür, sprang die Stufen hinunter auf den Rasen und wollte etwas sagen, kam aber nicht dazu: Von dem knapp hundert Meter entfernten Speicher schrie und winkte Skatschkow: »Alle hierher! Dalli!«

Mitka sah Mikulin ungläubig an.

»Wohin?«

»Fahr nur . . .«, sagte Mikulin und verschwand rasch wieder im Haus.

»Komm, komm, bißchen dalli!« winkte Skatschkow vom Speicher.

Mitka fuhr hinüber.

»Vielleicht sollen wir Getreide wiegen?« meinte Opa Kljuschin und sprang als erster vom Wagen.

9

Nikita Rogow war zu Besuch bei Danilo Patschin. Er saß zwischen Jewgraf und seiner Enkelin Vera auf dem Ehrenplatz unter den Heiligenbildern, als die Reinemachefrau Stepanida vom Exekutivkomitee gelaufen kam und ihm ausrichtete, er solle mitkommen. Nikita entgegnete: »Ich gehe nicht. Wie komm ich dazu?«

Er war mit Vera in Olchowiza. Pawel und Iwan Nikititsch waren nicht mitgegangen, sie zimmerten an der Mühle. Danilo bewirtete die Gäste mit Bier. Zuerst drehten sich die Gespräche nur um die Dreiergruppe vom Kreis, aber als Danilo einschenkte und die Männer jeder ein Glas getrunken hatten, ging es munterer zu, die Unruhe schwand.

Was dann geschah, daran erinnerte sich der alte Nikita nicht gern. Der hagere Uniformierte, der ihn holen kam, hatte Großvater Nikita befohlen, vom Tisch aufzustehen und ihm zu folgen. Der hatte geantwortet, er denke nicht daran, der Feiertag sei nicht dazu da, um in der Gegend herumzulaufen. Darauf hatte der Uniformierte über den Tisch gelangt und Großvater Nikita am Ärmel seines neuen Satinhemdes gepackt . . . Dem alten Nikita hatte in seinem ganzen Leben noch nie jemand ein Haar gekrümmt, aus Schlägereien hatte er sich stets herausgehalten, und nun packte man ihn vor den Augen des Gastgebers und aller Gäste am Ärmel! Nikita hatte den geschnitzten Holzlöffel vom Tisch genommen, der noch von der Hammelsülze dalag, und ihn dem Uniformierten mit hörbarem Knall an den Kopf geschlagen. Der Mann in Uniform war so verdattert gewesen, daß er den Mund aufriß und Nikitas Ärmel losließ. Großvater Nikita war in aller Ruhe aufgestanden und hatte gesagt: »So weit ist es mit uns gekommen! Verzeih, Danilo Semjonowitsch, verzeiht auch ihr, die ihr hier zu Gast seid.«

Dann hatte er sich zu Skatschkow umgedreht und gesagt: »So, Tilgrim, geh vor! Zeig mir, wo's langgeht.«

Vor Kränkung und Scham wußte der Alte später nicht mehr, wie er durch das Dorf gekommen war.

Und nun saß er eingesperrt in einem dunklen, leeren Speicher, rieb sich mit dem zerrissenen Hemdsärmel die Augen und versuchte zu begreifen, was geschehen war, einen Sinn darin zu erkennen. Und begriff nichts. Wofür? Er hatte sein Lebtag nicht vor Gericht gestanden, nicht mal als Zeuge. In der ganzen Familie hatte es keinen Dieb oder Sträfling gegeben. Lieber Herrgott, für welche Sünden willst du mich strafen? dachte er. Oder prüfst du deinen Knecht vor noch ärgerem Unheil?

Nikita bemerkte nicht, wie seine brennende Scham verging und bitteren, düsteren Gedanken wich.

Draußen erscholl Lärm, das Schloß klirrte, die Tür ging auf. Vor dem Schuppen stand ein mit verstörten alten Männern beladener zweirädriger Wagen. Der Offizier von vorhin trieb sie beim Aussteigen zur Eile:

»Alle! Dalli, dalli! So. Der erste! Der zweite ... Der dritte.«

Stülpnase ging mit in den Schuppen.

»Und du, brauchst du eine besondere Einladung?« fragte Skatschkow Pawlo Sopronow.

»Wozu eine besondere.« Pawlos Beinstümpfe baumelten hilflos vom Wagen. »Weißt du, meine Beine ... die machen nicht mit.«

»Halt dich fest!« Skatschkow hielt ihm die Schulter hin. »So, siehst du, sachte.«

Mitka saß immer noch fassungslos im Wagen ... Die eisenbeschlagene Schuppentür knallte zu. Der erste, der sich erschrocken zu Wort meldete, war Käfer.

»Leutchen, he, Leutchen!«

»Bist du das, Kusma?«

»Ich bin doch nicht Kusma!« Stülpnase bewegte das Bein. »Kusma ist weiter hinten.«

»Und wer ist das hier? Ich glaube, das bist du, Pjotr Grigorjewitsch.«

»Gott sei meiner armen Seele gnädig ... Pjotr Grigorjewitsch Kljuschin ist nicht mehr«, jammerte Opa Kljuschin ganz woanders.

»Hört mal, wieso stecken die uns hier rein, sollen wir ins Loch?«

»Wie die Pennbrüder!«

»Nikita Iwanowitsch, du bist ja auch hier!«

»Freilich!«

»Ich dachte, du trinkst Bier bei Danilo, dabei bist du schon länger hier als wir.«

»Hab mich rangehalten, Pjotr Grigorjewitsch.« Nikita spuckte aus. »Da haben wir die Kasaner Muttergottes. So 'ne Schande! Allerhand, was, Pjotr Grigorjewitsch, was wir so erleben müssen!«

»Reden wir nicht davon! Pawlo, weißt du vielleicht, wofür sie uns eingebuchtet haben? Ausgerechnet am Kasaner ...«

»Woher soll ich das wissen? Wenn ich's gewußt hätte, wär ich dann hergekommen? Ussow kam ankutschiert, verstehst du, so und so, du wirst im Dorfsowjet verlangt, dreie vom Kreis sind da. Ich sag noch zu Kusma: Guck mal an, welche Ehre für uns, sag ich zu ihm ...«

»Was machen wir jetzt?«

Alle schwiegen. Im Dunkeln schimmerte ein kleines Loch unten in der Tür, der Durchschlupf für die Katzen. Vom anderen Dorfende tönten Harmonikaklänge und Drohlieder herüber:

Ziehn wir vor ein fremdes Nest,
Rufen wir: Jetzt kommen wir!
Raus mit euch zum Prügelfest!
Uns schafft keiner, auch nicht ihr.

»Ustaschicha rückt an«, seufzte Käfer. »Sie wollen die Olchowizaer verdreschen.«

»Was Besseres fällt den Idioten nicht ein.«

»Wir mähen nicht, wir dreschen nicht, bloß einander ins Gesicht.«

»Und wir? Wollen wir weiter hier schmachten? Ein Wächter scheint nicht dazusein.«

»Es ist keiner da.«

»Beschweren müßten wir uns! Ans Gouvernement schreiben, was hier los ist. Wo gibt's denn so 'n Gesetz, daß alte Männer ins Loch müssen! Und wenn ich nun mal raus muß?«

»Nicht bloß du. Wir andern auch.«

»Wir sitzen hier für nichts und wieder nichts.«

»Los, donnere mal an die Tür!«

»Nützt doch nichts.«

»Kinder, kommt, wir wollen mal alles absuchen. Ist was drin im Speicher?«

»Alles leer.«

»Hier kommst du nicht raus. Wer hat das Ding denn gebaut? Warst du das nicht, Nikita Iwanowitsch? Ja, jetzt fällt mir's ein, du und Kljuschin habt ihn gezimmert, bevor ihr zu den Soldaten mußtet.«

»Einwandfrei habt ihr den hingebaut für die Gemeindeverwaltung.«

»Einwandfrei – das haben wir nun davon.«

Wieder donnerte es an die Tür: Käfer schlug mit dem Stiefel dagegen und schrie um Hilfe. Stülpnase nieste, Opa Kljuschin kramte in leeren Kornkästen, und Pawlo Sopronow erteilte allen nützliche Ratschläge. Nur Großvater Nikita saß, wo er saß, und rührte sich nicht.

»Da!« rief plötzlich Opa Kljuschin. »Leute, hier ist was, fühlt sich an wie Kerzen, bestimmt sind die noch vom Zaren übrig. Guck bloß mal . . .«

»Hat einer Feuer?«

»Kerzen, Dunnerlittchen, tatsächlich!« rief Käfer erfreut.

Streichhölzer hatte nur Pawlo, außer ihm und Stülpnase rauchte niemand. Sie machten Licht, und sofort wurde es still im Speicher. Sie hatten es zwar nun hell, aber das machte alles nur noch schlimmer. Sie schämten sich, einander anzusehen, nur Stülpnase blickte mit seinem einen Auge ungehemmt umher.

»Kinder, ich hab's!« Pawlo schlug sich auf die Beinstümpfe, daß es klatschte. »Ich weiß, wofür sie uns eingelocht haben.«

»Wofür denn?«

»Wegen unserm Selja! Mein Ignati, der Halunke, hat 'n Schrieb abgeschickt, daß wir Selja verwamst haben.«

»Hat er das wirklich?«

»Ja doch, klar, das ist es! Aus keinem andern Grund! Dafür haben sie uns geholt. Aber du, Alexej, warum bist du hier?«

»Na wartet, Kanaillen! Den beiden werd ich's zeigen!« schimpfte Pawlo. »Saubere Söhnchen, denen werd ich vielleicht was flüstern ...«

»Was machen wir jetzt, Männer?«

»Selja brauchen wir! Wenn wir seinetwegen reingerasselt sind, müssen wir durch ihn auch wieder freikommen.«

»Was ist das hier für ein Schloß?«

»Genau so eins wie bei mir an der Tenne«, sagte Opa Kljuschin. »Das ist mir gleich aufgefallen.«

»So eins hab ich ja auch!« rief Käfer erfreut. »Und ich hab meine Schlüssel bei mir.«

»Dann geh und schließ auf!«

Die Alten lachten verdrießlich.

»Laßt man, Kinder, wir kommen schon raus ...« Pawlo Sopronow kroch zur Tür und lugte durchs Katzenloch.

»Ist was zu sehen?« fragte Stülpnase für alle.

»Wenig.« Pawlo drehte sich um. »Hinten laufen paar Mädels rum. Eine Alte treibt ihre Kuh nach Hause.«

»Wessen Alte?«

»Wenn's meine wär, brauchten wir nicht drüber zu reden! Die Knirpse da ... Sie spielen ›Wappen oder Zahl‹, glaub ich. He! Jungs!« rief Pawlo durch das Loch. »Kommt mal her! – Bißchen weit weg, sie hören's nicht. Mist.«

Draußen auf den Feldern verhallten die letzten Kiebitzschreie, ein schweres dumpfes Getrappel rollte über die Erde: Der am Feiertag mit dem Schicksal hadernde Hirt trieb die Pferdeherde zur Nacht in die Koppel. Auf den Höfen roch es nach Milch, feuchtem Dung und Rinderschweiß. Frauen in Sonntagskleidern versorgten in aller Eile das Vieh. In den Gassen blökten die letzten Kälber und Schafe, sogar die Hunde hatten sich beruhigt.

Im Dorf kam zusehends Festtagstrubel auf. Von den Feldern wehte noch Heugeruch und Mittagshitze, hier und da zirpten Grillen in den Gärten, in den Häusern gingen die Lampen an, wodurch es auf der Straße gleich dunkler wurde.

Bisher hatten nur drei, vier Horden Halbwüchsiger, die »Wappen oder Zahl« oder Babki spielten, das Dorf bevölkert, waren Schwärme kleiner Mädchen kreischend über die Straße gerannt. Die kleinen Gören waren, jede ihr Tüchlein in der Hand, reihum mit dem Karussell gefahren und hatten, die Großen nachahmend, gesungen:

Mädelchen, ach, wa-art nicht mehr
Unter der Erle am Wa-asser,
Hoffst den Li-iebsten nicht herbei,
Der dich hat verla-assen.

Die Jungen hatten sie mit Kletten beworfen. Mitunter war ein angetrunkener Gast von einem Haus ins andere, von einer Verwandtschaft zur anderen getorkelt und hatte, im Selbstgespräch die Arme ausbreitend, vor sich hin gejammert: »Alle haben hübsche Frauchen, bloß die meine ist wie Asche . . .«

Nun aber drang mit der schwülen Dämmerung ungeduldig-unruhvolle Erregung ins Dorf und breitete sich mit Windeseile aus. Der erste Pulk – Burschen und Mädchen aus Schibanicha – zog manierlich singend die Dorfstraße hinunter, voran die in breiter Front von Wolodja Syrin angeführten Jungen, die so große Schritte machten, daß die singenden Mädchen kaum nachkamen; den Nachtrab bildeten die um Selja Sopronow gescharten Halbwüchsigen. Nach dem Umzug durchs Dorf machten sie halt, um zu tanzen. Vor dem größten Haus setzte sich Wolodja Syrin mit der Harmonika auf eine Bank. Zwei Mädchen, Palaschka und Agnejka, stellten sich mit Vogelbeerbüscheln neben ihn, um die Mücken fortzuwedeln. Der Tanz begann. Die Olchowizaer Jungen und Mädchen bildeten gemeinsam mit den Schibanichaern einen großen Kreis, der fast bis zur Mitte der Straße reichte. Nach und nach trafen Trupps aus anderen Dörfern ein; die kleineren bis zu zehn Mann mischten sich ohne Aufhebens unter die Menge, die größeren zogen mit Trara und Gesang durchs Dorf und tanzten dann nach ihren eigenen Harmonikas.

Die Nacht war warm und schwül. Hinter dem Wald war ein entferntes Grollen zu hören, es klang, als sei der Donnergott unwillig und gereizt. Der Widerschein ferner Blitze flackerte am trüben, farblosen Horizont. Von Osten zog langsam eine drohende dunkle Wolkenwand auf, aber niemand im Dorf dachte an ein Unwetter.

Das festliche Treiben nahm zu, in den Gassen und Straßen war ein unablässiges Getöse, in dem einzelne Stimmen nicht zu unterscheiden waren.

Ein Dutzend Harmonikas, einfache und chromatische, schluchzten und seufzten in allen Tonarten, einige hell, andere heiser, wie erkältet; Hunderte Mädchenstimmen sangen einzeln und im Chor, es klang und schallte an allen Ecken und Enden. Allenthalben grölten Halbwüchsige, juchzten Frauen, kreischten kleine Mädchen, lachten Männer – und alles verschmolz zu einem einzigen fröhlichen Tumult.

Der ledige Akimko Dymow aus Olchowiza tanzte gerade im großen Kreis, als plötzlich am anderen Dorfende eine Ziehharmonika aufbrüllte: die Ustaschichaer! Ihr großer schwarzer Haufen stampfte durchs Dorf, ohne von den Feiernden Notiz zu nehmen. Die Menge flutete vor ihnen auseinander, wich in die Seitengassen aus, es wurde sofort still im Dorf. Nur zwei, drei Harmonikas fiepten kläglich hinter einer Häuserreihe. Die Ustaschichaer trotteten die Hauptstraße hinunter, machten kehrt, und nun setzte schrill und schnell ihre Harmonika ein. Lautstark und mit Gepfeife grölten sie verwegene Lieder, pausenlos, eins nach dem anderen. In breiter Schlachtreihe rückten sie rasch näher, schwarz und bedrohlich: Mädchen, Halbwüchsige und Frauen flüchteten bereits aus dem Kreis.

»Spiel weiter, warum hörst du auf?« rief Akimko Wolodja Syrin zu. Wolodja griff in die Tasten. Wieder tanzte Akimko mit schnellen kräftigen Tritten in großem Bogen schräg durch den Kreis, als der Harmonikaspieler der Ustaschichaer stehenblieb, um Syrin aus dem Takt zu bringen, und zwei Burschen aus dem Haufen in den Kreis sprangen und tanzen wollten.

»Was soll das, ist im Dorf nicht Platz genug?« Dymow trat dicht an die beiden heran. »Also stört hier nicht! Spiel, Syrin . . .« Er tanzte weiter.

Ein heftiger Schlag gegen die Harmonika unterbrach Syrins Spiel. Akimko pfiff auf zwei Fingern und brüllte: »Jungs, hierher!«

Die bereits wieder zusammenströmende Menge stob auseinander, ein Mädchen kreischte auf und begann laut zu weinen, Zaunstangen krachten, Frauen schrien. Dymow stürzte, von einem Faustschlag getroffen, ins Gras. Die Olchowizaer Streitmacht sammelte sich rasch, verstärkt durch die Burschen aus Schibanicha, und die Störenfriede ergriffen die Flucht.

»Jungs! Verlegt ihnen den Weg!«

»Zum Dorfausgang!«

»Bombardiert sie mit Steinen!«

»Peng . . .«

Umzäunungen überspringend, nahmen die Ustaschichaer schmählich Reißaus und verschwanden hinter dunklen Staketenzäunen. Bald war das Dorf leer von ihnen.

Akimko Dymow betastete seinen Kopf. Er blutete nicht, aber ihm flimmerten grüne Ringe vor den Augen. Er winkte ab: »Spiel, Wolodja. Feiert, Mädchen . . .«

Allmählich kehrte das Fest in die gewohnten Bahnen zurück. Akimko lud Wolodja bald darauf zu sich ein. Obwohl auch viele andere Ledige aus Schibanicha Verwandte und Bekannte besuchten, vergrößerte die Menge der Feiernden sich ständig.

Die Ustaschichaer indessen dachten nicht daran, klein beizugeben. Einzeln und in Gruppen begaben sie sich zum vereinbarten Sammelpunkt. Nachdem sie verschnauft und sich von der Schlappe erholt hatten, schmiedeten sie einen neuen Schlachtplan, schlichen heimlich zum Ortseingang und stürmten überraschend ins Dorf. Diesmal schlugen sie blindlings drauflos, schonten weder Mädchen noch Frauen. Fensterscheiben klirrten, in vielen Häusern fand das ausgiebige Singen ein jähes Ende. Hausfrauen bekreuzigten sich und löschten die Lampen. Gegen hölzerne Hauswände knallten Steine, krachend splitterten Gartenzäune, überall gellten Mädchenschreie, jammerten Frauen: »Weg hier!«

»Hör auf mich, Lieber, hör doch auf mich . . .«

»Oooh, was soll nun werden . . .«

Gerade um diese Zeit ging der Pope Rotfuchs an die Luft. Er war schon zweimal bewirtet worden, trat nun aus dem Haus des dritten Gastgebers und schlug an einem Holzstoß sein Wasser ab. Gerade überlegte er, zu wem er noch gehen könne, als er den Tumult einer Schlägerei und dumpfe Schreie hörte. Das durchdringende Kreischen einer Frau riß Nikolai Iwanowitsch herum . . . Er ergriff ein Birkenscheit, rannte die Straße hinunter und stürzte sich mitten ins Getümmel.

»Uch! Woher sind diesmal die Verruchten? Wieder aus Ustaschicha? Dreckskerle verdammmte, gottloses Gesindel! Halt, oder ich reiß dir die Rübe ab! Halt!«

Das Birkenscheit wurde ihm aus der Hand geschlagen. Ein Stein knallte an den breiten Popenrücken. Da brüllte Vater Nikolai wie ein Stier und geriet vollends außer sich. Er packte einen Ustaschichaer Burschen, der eine Zaunstange schwang. Der zappelte mit den Beinen und ließ seinen Knüppel fallen. Nikolai Iwanowitsch preßte ihn, daß ihm alle Knochen knackten, schwenkte ihn eine Weile in der Luft herum und warf ihn schließlich weg wie einen nassen Sack, dann schnappte er sich den nächsten, den dritten. Er hechtete nach links und rechts, griff sich den ersten besten, hob ihn aus, schüttelte ihn und fragte: »Woher?«

Wen der Pope so umklammerte, dem sprangen die Knöpfe von den Kleidern. Die Schlägerei ließ auch gleich nach, aber Vater Nikolai war nun in Rage. Nachdem er die Straßenmitte geräumt hatte, war er nicht mehr zu halten, sprang von einer Straßenseite zur anderen und stürzte sich zornentbrannt auf alles, was männlichen Geschlechts war.

»Woher, Verruchter? Aus Olchowiza oder Ustaschicha?«

»Aus Schibanicha!« riefen dann manche Ustaschichaer schnell, um sich aus Vater Nikolais bärenstarkem Griff zu retten.

»Tanz, Antichrist!« Der Pope stellte den Erlösten wieder auf die Beine, fing sich den nächsten und hob ihn aus.

»Und du?«

Und wenn das Opfer keine Antwort gab oder sich verdächtig unter seinem Griff wand, landete es mit Wucht in den Brennesseln. Schließlich war Vater Nikolai müde und abgekämpft, stolperte und schlug längelang ins Gras.

In einem menschenleeren stillen Winkel kam er zu sich. Schwer atmend sah er sich um. Hab ich mich etwa wieder verhoben? dachte er in seinem Dusel. Wo bin ich bloß?

Es roch nach verkohltem Holz, Brennesseln und verbrauchtem Birkenbesen, demnach mußte das schwarze Etwas zwei Schritt neben ihm eine Banja sein. Vater Nikolai überlegte kopfschüttelnd, wohin es ihn verschlagen haben konnte. Donner wälzte sich drohend auf das Dorf zu. Bläuliche und grellgelbe Blitze zuckten schon ganz nah, sie blendeten Vater Nikolai.

Im Dorf wurde immer noch gefeiert.

Vater Nikolai erhob sich auf alle viere und betastete Bauch und Hüften. Links hatte er etwas Schweres in der Tasche. Ihm fiel die Flasche Schnaps ein, die er sich morgens auf Vorrat mitgenommen hatte. Er ging nie mit leeren Händen Besuche machen. Wie durch ein Wunder war die Flasche in der Tasche seines Leibrocks unversehrt geblieben. Vorwärts! beschloß Vater Nikolai energisch. Irgendwo muß ich zur Nacht eine Bleibe finden.

Das Gewitter grollte in beängstigender Breite, Regenrauschen näherte sich dem Dorf. Verzweigte Blitze zuckten unaufhörlich am Himmel, der Donner danach entlud sich als unheimliches, knisterndes Krachen dicht am Ohr. Über die Olchowizaer Banjadächer fegte plötzlich ein heftiger Wind, rüttelte und zauste an den Dachbrettern und riß alles ab, was nicht niet- und nagelfest war. Nur der Regen ließ sich noch Zeit, er schien das Dorf zu foppen und seine Kräfte zu schonen.

Als ein Blitz alles erhellte, erkannte Vater Nikolai eine Tenne, lief hin und erkannte einen großen Bau aus dikken Balken.

Ein Speicher, erriet Vater Nikolai. Wie es aussieht, der ehemalige Gemeindespeicher. Na, jetzt find ich den Weg ... In einem kleinen Loch in der Speichertür glaubte er einen schwachen Lichtschimmer zu bemerken. Er schneuzte sich, kniff die Augen zusammen und sah noch einmal hin. Aber ein greller Blitz tauchte alles ringsum in unirdisches grünes Licht.

»Was sind denn das für Sachen?« sagte Vater Nikolai laut vor sich hin, um sich Mut zu machen. Aus der Öffnung in der Speichertür drang wirklich ein Schimmer. Der Pope war nicht ängstlich, kroch an den Speicher heran, sah hinein – und fuhr entsetzt zurück. Teufel oder Räuber! Oder seh ich schon Gespenster? Das hast du vom Saufen, Rotkopf! sprach er im Geist zu sich selbst, ermannte sich und lugte abermals durch das Loch.

Mitten im Speicher brannte auf dem Fußboden ein einsames, trübes Kerzenlicht. Die flackernde Flamme erhellte drei furchteinflößende bärtige Fratzen. Nikolai Iwanowitsch war überzeugt, daß er schlief und alles bestimmt nur träumte. Einer der Teufel bekreuzigte sich jedoch bei einem Blitz, und ein anderer sprach mit der Stimme von Käfer aus Schibanicha: »Da, wie es wieder geknistert hat!«

»Als ob was zerreißt«, fügte der dritte hinzu. Im Dunkeln bewegten sich noch zwei Gestalten.

»Hallo, ihr da, braucht ihr nicht Verstärkung?« rief Vater Nikolai durch das Loch. »Was macht ihr denn hier, Freunde?«

Im Speicher entstand Bewegung, alle freuten sich über die muntere Stimme aus der Freiheit.

»Du, Nikolai Iwanowitsch?«

»Ihr seid wohl eingesperrt?« staunte Vater Nikolai.

»Oi, er ist's, Gott sei Dank!«

»Ja, wir sitzen!«

»Haben uns schön was eingebrockt . . .«

»Hilf uns, Väterchen! Wir müssen ganz dringend mal raus.«

»Wie kann ich euch denn helfen?«

»Käfer hat einen Schlüssel.«

»Schließ bitte auf!«

Käfer schob sein Schlüsselbund durchs Katzenloch.

»Der hier muß es sein. Der mit dem kleinen Bart . . .«

Vater Nikolai öffnete und riß die Tür auf.

»Mann, grade noch zur Zeit! Oh, danke . . .« Opa

Kljuschin rannte ins Dunkel hinaus, ihm nach hastete Stülpnase. Käfer hatte es nicht so eilig, er ließ sich zuerst vom Popen die Schlüssel zurückgeben.

»Ich hab hier schon . . .«, sagte Pawlo verlegen. »Hat sich wohl eigentlich nicht gehört . . . Hier durch das Loch.«

»Wo?« Vater Nikolai besah sich die Stelle, wo er kurz zuvor von draußen mit dem Bart entlanggewischt war.

»Na ja . . . Ist schon 'ne ganze Weile her«, meinte Pawlo kleinlaut, »es müßte inzwischen getrocknet sein.«

»Schon gut!« Vater Nikolai winkte ab. »Aber wofür seid ihr denn hier . . . eingekerkert?«

»Das mußt du die da drüben fragen«, antwortete der alte Nikita Rogow. »Die sagen dir, wofür.«

»Ach, nehmt's nicht so tragisch, Kinder! Hier hab ich ein Fläschchen . . .« Vater Nikolai stellte seine Flasche Schnaps hart auf die Schuppendielen.

»Nach Hause müßten wir, aber bei dem Wetter?«

»Und wenn wir zu Danilo gehen?«

»Ach nein, wir wollen lieber hier übernachten«, sagte Pawlo mit einem Blick auf die Flasche. »Wir machen bloß die Leute wach.«

»Wahrhaftig«, lachte Vater Nikolai, »ein Wetterchen ist das . . . Siehst du, was sich da zusammenbraut, Nikita Iwanowitsch?«

Nikita gab keine Antwort.

Nacheinander kehrten die anderen Gefangenen in den Speicher zurück. Sie machten die Tür zu und steckten die Kerze wieder an, die der Wind ausgeblasen hatte.

»Ich werd ein Bund Zwiebeln mausen gehn, solange es noch nicht Strippen gießt«, sagte der Pope. »Wem gehört denn der Garten hier? Sagt ihm dann Bescheid, wenn er sich beschwert. Sagt, es wär für die gemeinsame Sache gewesen.«

Vater Nikolai kehrte mit einem Bund frischer Zwiebeln aus der Dunkelheit zurück und pellte von allen die äußere Schale ab.

»Na? In Anbetracht der hier obwaltenden betrüblichen Umstände müssen wir gleich aus der Flasche trinken. Alexej, Gottesmann, machst du den Anfang?«

»Nein, nein, höchstens den Letzten«, entgegnete Stülpnase würdevoll.

»Nun, dann seid mir nicht böse, wenn ich selber den Anfang mache!«

Vater Nikolai nahm drei gewaltige Schlucke und reichte die Flasche an Käfer weiter. Der gab sie nach zwei Schlucken Pawlo, dann bekam Stülpnase sie.

Nikita Rogow und Opa Kljuschin tranken keinen Schnaps. Sie legten sich hustend und knurrend nieder, man hörte sie Gebete murmeln.

»Los, zündet alle an, die da sind! Lustig soll's werden!« Vater Nikolai raffte die Kerzen zusammen.

Pawlo brannte drei Kerzen an und stellte sie auf den Fußboden.

»Nikita Iwanowitsch«, flüsterte Opa Kljuschin, »komm mit, Junge, wir gehn zu Danilo übernachten.«

»Wirklich, hier kriegen wir keinen Schlaf. Gehen wir, morgen früh sind wir beizeiten wieder da.«

Der Pope begann schallend zu singen:

»Es heult der Sturrrm, der Regen rrrauscht,
Im Dunkel zucken Blitze . . .«

Seine mächtige Stimme wurde von einem Donnerschlag übertönt.

Der Sturm heulte jetzt geradezu . . . Der Regen fiel wie eine dichte Wasserwand, in der alles unterging: der Speicher, Olchowiza, die ganze Welt. Es war ein einziges Lodern, Prasseln und Krachen.

»Wohin wollt ihr, Hundesöhne? Sitzen geblieben!«

»Mäßige dich, Nikolai Iwanowitsch.«

Nikita und Opa Kljuschin stahlen sich unbemerkt nacheinander ins Freie und begaben sich durch den Regen zu Danilo Patschin.

»Sie sind weg!« röhrte Vater Nikolai. In der Tür erschienen breite Schultern und ein nasser schwarzer Kopf. Vater Nikolai rief erfreut: »Eine heilige Stätte bleibt nicht lange verwaist. Bist du das, Mitka? Du erscheinst hier wie ein Geist aus der Unterwelt. Setz dich, leist uns Gesellschaft!«

In der Tür stand wirklich Mitka Ussow. Er wollte hinein, bekam sein lahmes Bein aber nicht über die Schwelle und fiel in die Finsternis zurück.

Nachts, noch vor dem Gewitter, war Mitka losgeschickt worden, um die Schibanichaer Arrestanten zu bewachen. Innerlich fluchend hatte er sich auf den Weg gemacht. Es war nicht gerade angenehm, die ganze Nacht vor dem Speicher zu sitzen, ausgerechnet an dem ihm rechtens zustehenden Olchowizaer Feiertag, am Kasaner! Außerdem hatte Mitka die ganze Geschichte von Anfang an nicht gefallen. Wozu die Alten rannehmen, schlimmes Verbrechen, einen Rotzjungen zu verdreschen, hatte er gedacht. Scheiben einschlagen, auch in der Kirche, ist doch das letzte. Dafür haben solche Bengels schon immer Prügel bezogen.

Vor Wut über den verpatzten Feiertag hatte Ussow sogar auf die Treppenstufen vor dem Verwaltungsgebäude gespuckt. Die gehen schon nicht verloren, hatte er entschieden und war nicht zum Speicher gehinkt, sondern zu Zehner, wo er ein Glas Schnaps und zwei Glas saures Bier trank. Zehner hatte noch nie gutes Bier gebraut. Mitka bekam gleich Sodbrennen und Aufstoßen davon.

Um diese Zeit hatte auf der Straße die Prügelei angefangen. Mitka vergaß seinen Kummer und daß er Wächter war. Wie der Blitz sauste er aus dem Haus. Sogar sein zerschossenes Bein schien auf einmal nicht mehr zu lahmen; wie in jungen Jahren warf er sich ins dichteste Getümmel. Die Ustaschichaer waren rasch verjagt, danach ergab es sich wie von selbst, daß er mit zu Akimko Dymow ging, dann kam die zweite Welle, und wieder stürmte er auf die Straße. Was weiter geschah, daran konnte er sich nicht mehr recht erinnern. Ein Ustaschichaer drosch ihm den Knüppel auf die Schulter. Mitka versetzte auch jemandem einen Hieb und fand sich danach zuerst bei Zehner wieder, dann abermals auf der Straße. Als das Gewitter losbrach, hatte er sich zusammengerissen und sich endlich mühsam erinnert, daß er am Speicher Wache halten sollte. Völlig durchnäßt kam er dort angehumpelt.

Die Schuppentür stand weit offen, drinnen war es hell wie in der Kirche, und Pope Rotfuchs war da und klopfte abwechselnd Stülpnase und Pawlo Sopronow auf die Schulter. Sie zogen Ussow hinein und halfen ihm, sich aufzurichten, so daß er neben ihnen auf dem Fußboden saß.

»Ho! Mitka, Gottesstreiter! Wo kommst du her? Und mein sündiges Ich schwelgt in Frohsinn! Eines ist betrüblich: Dieses Gefäß ist zu klein!« Vater Nikolai hob die fast leere Flasche. »Gesell dich zu uns, für dich allein reicht's noch.«

Mitka kippte den Rest, sah sich forschend um und verschluckte sich.

»Wo ist Nikita? Kljuschin ist auch nicht da, verdammte Sauerei!«

»Die kommen wieder«, sagte Stülpnase. »Die gehen schon nicht verloren.«

»Morgen früh sind sie wieder hier, haben sie gesagt, alle beide.«

»Sowie die Kühe rausgelassen werden, sind wir zurück, haben sie gesagt.«

»Die halten Wort, bestimmt, Mitka, das tun sie!«

»Ho, ho, ho, ho, leck mich am ...«, dröhnte Vater Nikolais Baß. »Was vermögen schon Kerkerschlösser! Was nützen Riegel und Eisen, wo doch ganz andere Festen in Trümmer sinken?«

Mitka winkte ab. »Na gut, wenn ...« Die Lider fielen ihm zu, die drei Kerzenlichter verschwammen ihm vor den Augen. Er lehnte sich an einen Kornkasten und schlief unterm Dröhnen der Popenstimme ein. Vater Nikolais Versuch, ihn zu wecken, schlug fehl.

»So schlummre denn! Was ist, Brüder, wird's für uns nicht auch Zeit? Kommt, wir suchen uns ein Nachtlager.«

»Wird gemacht«, krächzte Stülpnase.

»Weck Käfer, und dann gehn wir.«

»Der kokst vielleicht, Väterchen! Gott, ist der müde . . .«

Pawlo Sopronow winkte geringschätzig ab. »Ich sollte vielleicht lieber hier . . .«

»Was heißt, hier?« Der Pope kauerte nieder. »Komm auf meinen Buckel, ich trag dich huckepack, von mir aus bis nach Schibanicha.«

Der Alte wollte ablehnen, aber Vater Nikolai sah ihn nur an, und Pawlo gehorchte.

»Sitz auf! Und du, Käfer, blas das Licht aus, lösch den Kronleuchter! Und häng das Schloß wieder vor, damit alles ist, wie's war. Mitka soll keinen Ärger kriegen.«

Pawlo schlang die Arme um den mächtigen Hals, und Vater Nikolai erhob sich.

»Wohin?« ächzte er.

»Na ja . . . Am besten zu Zehner.«

Stülpnase löschte die Kerzen, schloß die Tür und hängte das Schloß in die Krampe. Alle machten sich auf den Weg. Zehners Hof war nie verschlossen. Vater Nikolai schleppte Pawlo ins Haus und setzte ihn auf der Ofenbank ab. Noch ehe er sich bekreuzigen konnte, sank er zu Boden und schnarchte gleich so laut los, daß Zehner, der auch nicht mehr nüchtern war und auf dem Ofen schlief, davon wach wurde. Die späten Gäste schliefen ein, wo es sich gerade traf.

10

Am 8. Juli, dem Tag der Kasaner Muttergottes, beschloß Prosorow, mit dem Gewehr über die Viehkoppel zu den fernen Heuschlägen im Wald aufzubrechen, denn er wollte keinen Menschen sehen. Seine abklingende Depression endete wieder einmal in merkwürdiger Teilnahmslosigkeit und unsäglichem Selbstüberdruß.

Lange stand er am Steilufer über dem Fluß. Die Wolken und der Himmel spiegelten sich überraschend klar im Wasser, ohne eine einzige Verzerrung, die die Illusion zerstört hätte. Schon wenn er als Kind bei seiner Tante war, hatte er manchmal lange so am Fluß gestanden und in diesen bodenlosen umgestülpten Himmel gestarrt. Damals hatte er die Vorstellung gehabt, das grasbewachsene Ufer vor ihm falle steil in einen bodenlosen blauen Abgrund. Wie entsetzlich es gewesen war, in diesen abgrundtiefen Himmel hinabzuspringen, und wie schön, wieder in die Wirklichkeit zurückzukehren, den sandigen Grund unter den Füßen zu spüren und die gespiegelte Unendlichkeit schwimmend mit den Handflächen zu zerteilen! Dort oben aber verschwand die Unendlichkeit nie, sie existierte, man konnte sich nicht vor ihr verstecken ...

An einem kleinen Roggenfeld legte er das Gewehr auf eine abgemähte Wiese und streckte sich daneben rücklings aus. Im Zenit blaute der Himmel in der gleichen erschreckend unergründlichen Tiefe. Wladimir Sergejewitsch Prosorow wandte den Blick ab und suchte nach einem Halt für seine Augen, aber die großen Kumuluswolken verstärkten nur den Eindruck der Unendlichkeit. Da schloß er die Augen und sah nicht mehr hin.

Die Erde war trocken und warm, als sei sie von innen heraus erwärmt und nicht von oben. Der Duft von Wurzeln und verdorrten Gräsern weckte in ihm wieder die

Empfindung für das eigene Ich, er begann wieder um sich zu schauen.

Das Korn stand ganz nach einer Seite geneigt und völlig unbewegt. Unter der goldenen Ährendecke wucherte ein dichter Unkrautteppich. Kornblumenkolonien leuchteten in regenbogenfarbenem Blau neben dem jungfräulichen Weiß von Kamillen. Auf der Erde lagen, wie Prosorow wußte, überall blaue, graue und rötliche Steine. So viele man auch auflas, jedes Jahr wurden neue aufgepflügt. Wenn er in seiner Jugend auf dem Gut der Tante zu Besuch war, hatte Prosorow sich gern vorgestellt, daß die Steine irgendwo geboren werden und wachsen, nur nachts, nicht bei Tage. Eine seltsame, schöne Erinnerung ...

Weiße und gelbe Schmetterlingspaare flatterten zwischen Roggenähren. Verloren summten Hummeln. Grillen zirpten unermüdlich. Über die Grasstoppeln lief schwerfällig und stumm, den Schnabel wegen der Hitze geöffnet, eine große selbstbewußte Krähe. Sie hüpfte auf den untersten Ast einer kleinen Kiefer, äugte mit schwarzem Zaubererblick herüber und flog ebenso geräuschlos davon. Nur der Kiefernzweig schwankte.

Prosorow zählte die Quirle der Kiefer, es waren ungefähr zwanzig. Also war sie zwanzig Jahre alt. Er, Prosorow, war fast doppelt so alt wie sie, hatte aber schon die Hälfte seines Lebens hinter sich. Die Kiefer dagegen begann erst zu leben. Sie würde das Korn, das hier wuchs, den Fluß und die Steine noch in sechzig Jahren sehen, wenn es ihn nicht mehr gab ... Doch wo würde er bleiben? Weder ihn würde es geben noch die Menschen, die jetzt lebten, die Steine aber und der Fluß und der Himmel würden dauern. Alles würde sein wie jetzt: Die duftenden Heuschoberkegel ringsum, das die Stille bewahrende Kornfeld, die bemoosten Findlinge, die altertümlichen Häuser in den Dörfern, die verschwommenen rötlichen Wolken und der Wald, das Grün von Moosen, Weiden und Büschen mit seinen tausend Stimmen ...

Doch was kam dann? Wie oft schon hatten seine Gedanken gestockt, wenn sie an die Grenzen stießen, die ihm sein Unvermögen setzte. Stöhnend wandte er den Kopf – und erstarrte: Die runde Öffnung des Gewehrlaufs zielte ihm genau in die Augen.

Ich muß Schluß machen, so bald wie möglich ein Ende machen, sagte er, als spräche er mit einem Fremden. Alles ist so absurd, so dumm, so völlig unnütz, ich muß es beenden ... Es ist doch so einfach. Ich brauche nur den Schuh auszuziehen, den Hahn zu spannen, auf diesen kleinen Hebel zu drücken, und Schluß. Alles hätte ein Ende.

Jedoch vom Nichtsein gestreift, erschauerte seine Seele vor kaltem Grauen, lähmendem Entsetzen. Prosorow sprang auf. Die Hände zitterten ihm, auf seiner Stirn stand Schweiß. Voller Abscheu dachte er an den Tod, er dachte: Wahrscheinlich sind dem Abstraktionsvermögen des Menschen darum Grenzen gesetzt, damit er nicht den Verstand verliert. Trotzdem, was ist der Tod? Und was macht, daß der Mensch ihn nicht fürchtet?

Eine von Schafen getretene Trift führte ihn auf eine kleine, von Kiefern umstandene Anhöhe. Auf der Lichtung blicken zwei Hutejungen angestrengt in die erlöschende Glut eines Holzfeuers. Der Rauch trieb ihnen Tränen in die Augen, aber sie lachten. Im zottigen Kieferngeäst rauschte verebbend schwüler Wind, Kuhglokkengeläut drang geisterhaft ans Ohr. Lautes seufzendes Muhen ertönte – eine Kuh sah aus dem Gebüsch, glotzte Prosorow lange an, bis zum nächsten Muhen.

Indem er den Jungen beim Feuermachen half, wurde er ruhiger. Er ging in den Wald, überquerte die Viehkoppel, kletterte über die Umzäunung und gelangte auf einen Pfad, der zu den entlegenen Heuschlägen führte. Er wollte sein Grübeln mit gewöhnlicher Müdigkeit betäuben und drang eifrig durchs Dickicht, Zweige brechend und sich der Mücken erwehrend. Das Rauschen der Kiefern, fernes Glockengeläut und allmählich erwachende triebhafte Jagdlust bewirkten, daß er schließlich ganz im Wald aufging; er verlor sich erneut und wurde eins mit der ihn umgebenden Natur.

Ein großer Vogel flog dicht vor ihm auf. Am Geräusch der Flügelschläge machte Prosorow aus, wo er sich niederließ, spähte angestrengt in die Kiefernkrone und erkannte die graue Vogelsilhouette. Er hielt den Atem an und zielte. Der Schuß krachte mit rollendem, gleichsam feierlichem Nachhall, so als habe sich nicht die Patronenhülse entladen, sondern Prosorows Seele. Er rannte zur Kiefer. Auf dem Nadelteppich lag, die meterlangen Flügel ausgebreitet, ein ausgewachsener Habicht. Sein sichelförmiger Schnabel klappte auf und zu und stieß Krächzlaute aus. Der gesprenkelte Hals krümmte sich, der gelbe Fuß spreizte drohend die Krallen.

Es gibt also Haselhühner hier, dachte Prosorow. Er erledigte den Räuber mit ein, zwei Kolbenschlägen und pirschte vorsichtig weiter. Als er rauchen wollte, vermißte er seine Streichhölzer. Die habe ich bestimmt bei dem Habicht verloren, fiel ihm ein, und er kehrte zur Kiefer zurück. Die Zündhölzer lagen auf der Erde, aber der Habicht war nicht mehr da: Eine Schrotladung und zwei Kolbenschläge hatten nicht ausgereicht, den Räuber ins Jenseits zu befördern.

Ein wenig erbost ging Prosorow in Richtung Koppel, sein Schritt war jetzt ruhiger. Wieder rauschte schwüler Wind in den Wipfeln, ein Specht hämmerte. Als unter Prosorows Sohle ein Zweig knackte, flatterte wenige Meter vor ihm ein Haselhuhn auf. Es flog nicht weit und ließ sich auf einer doppelstämmigen Birke nieder, wo es zweimal ein kaum wahrnehmbares, feines Fiepen von sich gab. Prosorow zielte und schoß. Er wußte, daß er es nicht verfehlt haben konnte, schob die rauchende Patrone heraus und ging ohne Hast, mit dem Gewehrkolben das Heidekrautgestrüpp zerteilend, auf die Birke zu.

Im Gras saß still und ohne sich zu rühren das angeschossene kleine Haselhuhn. Es hielt den Kopf gesenkt, sein rundes braunes Auge sah den Jäger nicht an, sondern blickte teilnahmslos und entrückt durch ihn hindurch. Unter dem Auge war ein winziger hellroter Blutstropfen aus dem Kopfgefieder getreten. Das Haselhuhn blickte unverändert naiv und gleichsam zutraulich vor sich hin, ganz ruhig, so als säße es in seinem Nest.

Prosorow kniff die Augen zusammen und drückte ab auf das kleine wehrlose Leben ... Er warf die Flinte weg.

Dann stand er lange vor dem toten Vogel. Das Grübeln begann von neuem. Der Wald ringsum rauschte. Mücken summten widerlich monoton an Prosorows Ohr, vom Geruch der Farnkräuter wurde ihm schwindlig. Niedergeschlagen und völlig verzweifelt sank er auf einen Baumstamm, apathischer und schwermütiger als zuvor. Er hatte zu nichts Lust, nach nichts Verlangen. Er preßte die Hände an die Schläfen und begann zu weinen, tränenlos und tief von innen, wie ein Tier ...

In ihm war nichts als Teilnahmslosigkeit, Leere und Zynismus gegen sich selbst, seine Geburt, sein Leben und das Leben überhaupt. Wozu das alles? dachte er bei sich. Wozu gibt es dich, wozu? Wozu hat die Natur sich in dir erkannt? Womit hat *all das* angefangen, und wie wird es enden?

Sein Gewehr fiel ihm wieder ein, aber sein Sarkasmus und Zynismus machten auch diesen letzten Ausweg, der ihm bis dahin erhaben und nicht ganz sinnlos erschienen war, absurd. Er weinte nun nicht mehr, sondern lachte über sich und alles, lachte darüber, daß er lachte, verspottete sich, weil er spottete. Da siehst du, was du bist: Ein Stück Dreck ... Du behauptest, alles ist sinnlos, und hast Angst, auf diesen blöden Hahn zu drücken. Angst hast du.

»Aber habe ich wirklich *davor* Angst?« sagte er laut, stand auf, nahm das Gewehr und sah nach, ob es geladen war. Das Metall lag angenehm kühl in seiner Hand. Er betrachtete den Lauf, auf dem Fliegen saßen, und dachte: Du fürchtest dich ... Aber wenn jemand sich vor etwas fürchtet, dann bedeutet das doch, es gibt diesen Jemand und dieses Etwas. Dann hat das Ganze wenigstens ein kleines bißchen Sinn. Aber worin besteht er?

Der Tag verglühte langsam über dem Wald. Schräge Sonnenstrahlen fielen durch kupferrote Lücken im Laub und Kieferngeäst. Die Dämmerung lauerte schon im Dikkicht.

Prosorow erhob sich mechanisch, machte sich mechanisch und ziellos auf den Weg. Er hatte Lust, sich zu verirren, für immer in diesem Unterholz, zwischen diesen Bäumen zu verschwinden. Aber die Beine trugen ihn von allein in Richtung der Dörfer. Er gelangte an eine bekannte Stelle.

Auf einer abgemähten Wiese stand eine mit frischem Heu gefüllte Scheune. Prosorow fühlte plötzlich unsägliche Müdigkeit. Sein Kreuz schmerzte wie von schwerer Arbeit, Kopf und Beine waren taub und schwer. Er ging in die Scheune, warf das Gewehr hin, legte sich ins Heu und schlief sofort ein, sank gleichsam ins Nichts.

Sein Schlaf war lang und traumlos. Plötzlich glomm in seinem dämmrigen Bewußtsein ein Funke auf, teilte sich, dann schien eine Hälfte zu verschwinden, und Prosorow sah sich selbst im Traum. Er träumte, er sei tot, hatte das deutliche, bestimmte Gefühl, er existiere nicht mehr, sei verschwunden. Ihn packte entsetzliches Mitleid mit sich, dem Gestorbenen, Verschwundenen, grenzenloser Schmerz erfaßte ihn. Etwas Unendliches, Unbestimmtes, Allmächtiges umgab und verschlang ihn, er wußte nicht, was, fühlte nur, das war der Tod. Das Erlöschen seiner Existenz, sein Verschwinden. Ja, er war gestorben, war nicht mehr auf der Welt. Es gibt mich nicht mehr, ich bin tot, dachte er. Aber warum denke ich dann noch? Wenn ich tot wäre, wüßte ich doch nicht, daß ich gestorben bin, dann dächte ich gar nichts mehr. Dieser einfache, klare Gedanke wälzte die furchtbare Last von ihm, er erwachte. Ein Krampf im Herzen zwang ihn, noch eine Weile liegenzubleiben. Dann schüttelte es sich wie ein erwachender Vogel und begann heftig zu pochen. Prosorow sprang auf.

Es war bereits Nacht, womöglich auch erst später Abend. Er ging auf dämmrigen Pfaden in Richtung Olchowiza und fühlte sich unsäglich erleichtert. Ihn beseelte ein nie gekanntes Gefühl der Befreiung. Aus Furcht, es könne vergehen, wehrte er sich sogar dagegen, lief nur, lief immer schneller, grasbewachsenen Pfaden folgend.

Irgendwo vor ihm ertönten Harmonikaklänge: Verspätete Bummler machten sich nach Olchowiza auf. Die Luft war immer noch schwül, von Osten zog ein Gewitter herauf, der Donner kam rasch näher.

Olchowiza summte wie ein Bienenschwarm. Um niemandem zu begegnen, umging Prosorow das lärmende, feiernde Dorf und schlug den Weg über die Stege am Fluß ein. Er wollte Vater Irenej besuchen. Da trat im Dorf merkwürdige Stille ein. Die Harmonikas verstummten, eine Frau kreischte gellend. Geschrei ertönte, Scheiben klirrten, dann aber wurde die wieder aufflackernde Schlägerei vom Gewitter erstickt. Ein Blitz entriß dem Dunkel weißen Straßenstaub und Gras, als die ersten schweren Tropfen fielen. Das Rauschen des Winds in den Dächern hörte auf und wich rollendem Donner. Es wurde dunkel wie in einer Herbstnacht, die Häusersilhouetten lösten sich in Finsternis auf.

Prosorow beeilte sich, ins Dorf zu kommen, rannte fast. Die ersten Tropfen klatschten in den Staub, als wollten sie Nägel einschlagen, dann prasselte der Regen. Im Lichtschein der Blitze schwoll der Fluß an der kleinen Brücke zusehends an. In Prosorow erwachte plötzlich ein loderndes, brennendes Gefühl, seine Muskeln spannten sich, das Herz schlug rasch und hart, wie wachgerüttelt. Er lief unter das Vordach des erstbesten Häusereingangs, atmete den Regengeruch ein, der von der Gewitterentladung leicht brenzlig schmeckte. Feiernde rannten die Straße entlang. Die unterbrochenen Linien der Blitze waren nun nicht mehr golden, sondern bläulich bis rauchiggrün, sie leuchteten jetzt ziemlich lange, und der Donner rollte nach allen Seiten und verhallte im Rauschen des Regens. Wieder entlud sich krachend ein breiter, greller Blitz, und bei seinem unirdischen Licht erblickte Prosorow plötzlich eine weibliche Gestalt. Nur eine Sekunde lang sah er das gertenschlanke Mädchen, das auf dem blauen Gras am Graben stand, die Schuhe in der Hand, aber ihr erschrockenes Gesicht, die kurze Bewegung vor dem Sprung, die nackten Füße, die sich unterm klitschnassen Rock plastisch wölbenden Schenkel und die spitzen Brüste blieben ihm deutlich in Erinnerung. Donner und Dunkel verschluckten sie sofort wieder, sie verschwand wie eine Erscheinung. Beim nächsten Blitz sah er sie nicht mehr, nur das blaue Gras dampfte im strömenden Regen.

»Oh ... Wer ist das?« hörte Prosorow, fand aber keine Zeit zu antworten. Über ihnen entlud sich krachend ein neuer Donnerschlag, rollte die ganze Straße entlang und zurück.

»Hab keine Angst.« Prosorow erkannte seine eigene Stimme nicht. »Tonja?«

»Oh ... Wladimir Sergejewitsch ...«

Der Lichtschein der Blitze war zu gespenstisch und jedesmal überraschend. Prosorow zündete ein Streichholz an. Sie sahen sich an, er fast erschrocken, sie, wie ihm schien, spöttisch und mit kecker Neugier. Als das Streichholz erlosch, trat Prosorow, aus Angst, sie könne weggehen, abermals verschwinden, auf sie zu. Für sich selber unerwartet ergriff er im Dunkeln des Mädchens warme, regennasse Hand.

»Tonja ...«

Sie entzog sich ihm nicht, versuchte es nicht einmal.

»Wem gehört dieses Haus?« fragte Prosorow atemlos und frohlockend.

»Ich bin hier zu Besuch ... Bei meiner Patentante. Kommen Sie herein, Wladimir Sergejewitsch.«

Nun erinnerte er sich, wem das Haus gehörte. Die unverschlossene Haustür machte beim Einklinken ein metallisches Geräusch, und vom Heuboden fragte eine verschlafene Altweiberstimme: »Bist du es, Tonja? Vergiß nicht, die Tür abzuschließen.«

»Mach ich, Tante.«

Tonja schloß aber nicht ab. Sie öffnete die Tür zur Sommerstube und ließ Prosorow eintreten.

In der Stube war es warm und dämmrig, eine Lampe brannte mit heruntergedrehtem Docht, es roch nach Sauerteig. Eine Katze wollte sich an Prosorows nassem Stiefelschaft reiben, ließ es aber sein und setzte sich auf die Bank. Auf dem Tisch standen, mit einem sauberen Tuch bedeckt, vermutlich Piroggen, und in der großen gedrechselten und bemalten Schale mochte Bier oder Most sein.

»Oje, ich bin ja ganz durchnäßt!« Tonja verschwand in der Ofenecke. »Augenblick ... Das Licht läßt sich heller drehen ...«

Wie um Prosorow zu Hilfe zu kommen, krachte über dem Dach ein Donnerschlag, daß die Lampe flackerte. Prosorow schraubte den Docht höher. Das Lampenlicht erhellte behauene gelbe Balkenwände, einen Spiegel zwischen den Fenstern, der wegen des Gewitters mit Tüchern verhängt war, und den mit Läufern bedeckten sauberen, weißgescheuerten Fußboden. Tonja kam, mit einem Sarafan und einer Rüschenbluse aus Satin bekleidet, barfuß in die Zimmermitte und eilte zum Schrank, um den Samowar zu holen.

»Nicht nötig, Tonja!« sagte Prosorow, und sie machte den Schrank gehorsam wieder zu.

»Setzen Sie sich ... an den Tisch, ich hol Ihnen Sülze.«

Hurtig lief sie in den Vorraum, brachte ein Schälchen kräftige Hammelsülze und nahm das Tuch von den Piroggen.

Prosorow sah sie an, als träume er, er konnte es nicht glauben.

»Tonja, warum bist du nicht gekommen? Zum Fluß, am Johannistag?«

»Man hat es mir damals nicht gesagt ...« Sie senkte errötend den Kopf mit den dunklen Zöpfen. Prosorow bemerkte jedoch hinter den dichten Wimpern das dankbare Leuchten in ihren braunen Augen.

»Und wenn man's dir gesagt hätte, wärst du gekommen?«

»Ja ...«, sagte sie schlicht und sehr leise.

Draußen im Dunkeln rauschte und prasselte unaufhörlich der Regen, aber der Donner rollte schon dumpfer, das Gewitter zog ab.

»Tonja, ich muß mit dir reden«, sagte Prosorow heiser. »Du weißt, worüber ...«

»Ja.« Ihre Stimme klang jetzt noch leiser. Sie nestelte an der blauen Schleife am rechten Zopf.

»Aber ...« Prosorow stand auf und trat zu ihr. »Aber ich bin älter als du ... mindestens fünfzehn Jahre.«

Sie schwieg und bewegte sich nicht, nur ihre langen dunklen Wimpern bebten.

»Und trotzdem bist du einverstanden?«

»Ja ...«

Plötzlich schlug sie die Hände vors Gesicht und brach in Schluchzen aus, daß ihre schmalen Schultern zuckten. Prosorow lief glücklich und ratlos in der Stube auf und ab.

»Tonja ...« Er blieb stehen. »Ich komme zu euch nach Schibanicha! Übermorgen. Und du sprich mit deinen Brüdern.«

Sie nickte, hörte aber nicht auf zu schluchzen und nahm auch die Hände nicht vom Gesicht. Es verlangte ihn, diese schmalen Schultern zu drücken, zu umfassen, etwas Gutes, Dankbares zu sagen. Doch er tat nichts dergleichen, er ging nur eilig in den Vorraum, tastete nach dem Türriegel und trat auf die Straße.

Sonderbar, dachte er, als er mit schnellen Schritten durch die Pfützen stapfte, alles ist so schön und sonderbar. Man darf sich also niemals trauen. Das Leben, die Welt, sie sind reicher als man denkt, alles ist viel reicher und größer ...

Das Gewitter ließ nach und zog immer weiter zur Weide ab. Der halbe Himmel war schon wolkenlos und zeigte grünliche Sterne. Friedlich stieg der große orangefarbene Mond auf. Hier und da flimmerten smaragdgrüne Glühwürmchen am Wege, der Donner grollte immer entfernter und harmloser.

Das Dorf schlief mit offenen Augen. Irgendwo hinter den Häusern waren noch Nachtschwärmer und Vater Nikolais Baß zu hören. Verschlafen krähte auf einem Hof der erste Hahn, am Fluß schnarrte gemessen und geruhsam ein Wachtelkönig. Prosorow sah in alledem solche Lebensfülle, solche Freude an des Lebens Reinheit, daß er über seine gestrigen Qualen lächeln mußte. Seine Apathie verflog wie der Ozondunst des Gewitters.

Er gelangte ans Flußufer, genau gegenüber Vater Irenejs kleinem Haus, setzte sich auf die Steine und wunderte sich, daß er weder hungrig noch müde war, einen klaren Kopf hatte und in allen Muskeln eine unerwartete Leichtigkeit spürte, das Verlangen, sich zu bewegen und irgend etwas Schweres zu vollbringen.

Er wartete den stillen, hellen, friedlichen Sonnenaufgang ab, stand auf und ging nach Hause.

Von der Ecke des Nebengebäudes löste sich eine Gestalt. Prosorow blieb stehen. Ein Mann in Uniform trat auf ihn zu und fragte, ohne zu grüßen: »Bürger Prosorow? Wladimir Sergejewitsch?«

»Ja«, sagte Prosorow erstaunt. »Mit wem habe ich eigentlich die Ehre ...«

»Ich bin der stellvertretende Leiter des GPU-Kreiskommandos.«

»Womit kann ich dienen?«

»Ich muß Sie verhaften.«

»Aber erlauben Sie ...«

»Gehen Sie voraus!«

Skatschkow legte die Hand an die geöffnete Pistolentasche.

11

»Jaschka! Jakow Naumytsch!« Jerochin rüttelte den auf einer Bank schlafenden Mejerson behutsam an der mageren Schulter. »Steh auf, wir wollen Tee trinken. Steh auf, steh auf, es gibt eine Menge zu tun. Nachher nehmen wir uns den Bourgeois vor.«

Mejerson sprang von der Bank.

Jerochin lief mit energischen Schritten auf dem knarrenden Fußboden auf und ab. Die drei Mitglieder der Sondereinsatzgruppe hatten im kalten Zimmer des Bauernhilfskomitees übernachtet. Gestern war es nach der Parteizellensitzung spät geworden, doch heute ließ Jerochin sie nicht ausschlafen. Mejerson blinzelte müde und suchte in den Taschen nach seiner Brille. Sein großes, trotz des bräunlichen Teints blasses Gesicht machte einen zerknitterten und hilflosen Eindruck. Er konnte den großen rotblonden, schon silbrig schimmernden Kopf nicht drehen, weil er sich den Hals steif gelegen hatte. Er mußte sich Jerochin mit dem ganzen Körper zuwenden.

»Wo haben Sie sich gewaschen, Nil Afanasjewitsch?«

»Am Fluß.«

Er lügt wieder mal, dachte Mejerson, während er Seife und Handtuch aus der Aktentasche nahm. Sieht man ihm doch an, daß er sich nicht gewaschen hat.

»Und bring meine Seife mit!« rief Jerochin ihm nach. »Ich hab sie auf dem Steg liegenlassen. Schade um die Seifendose.«

Mejerson gab keine Antwort.

Jerochin schnallte seine Kartentasche auf und entnahm

ihr einen erbeuteten englischen Trinkbecher, Wurst, Brot und Zucker. Eine große rundliche Kaffeekanne mit heißem Wasser stand schon auf dem Tisch, die Reinemachefrau Stepanida hatte sie ihnen hingestellt. Mikulin hatte alle drei zum Tee zu Weritschew eingeladen, aber Jerochin hatte abgelehnt und nur um heißes Wasser gebeten.

Es war gegen sechs Uhr morgens.

Jerochin schlang sein Frühstück hinunter, ehe Mejerson kam. Er trank das pure heiße Wasser ohne ein Krümchen Tee aus dem Becher und lutschte Zucker dazu. Dabei blätterte er in einem Notizbuch, in dem alle Seiten die gedruckte Überschrift »Geheim« trugen.

Die letzte, vor dem Einsatz vorgenommene Eintragung lautete:

1. Persönlich durch Vernehmung klären, wer den Dorfkorrespondenten Seliwerst Sopronow verprügelt hat. Verhaftung der Schuldigen. (Verantwortlich: GPU, Skatschkow.)
2. Ehem. Gutsbes. Prosorow. Antisow. Propaganda. (Persönlich befassen.)
3. Propst Sulojew. Konterrev. Propaganda. Relig. Tätigkeit. Material für Aussiedlung. Verhaften. (Verantwortl. Leiter der Agitpropabt. Mejerson.)
4. Situation in den Kolchosen. (Kreditgenossensch., GGB, Butterartel und Kommune »Clara Zetkin«.)
5. Landwirtschaftssteuer und Selbstbesteuerung.
6. Kaderüberprüfung im Genossenschaftsbereich.
7. Aufschlüsselung der Bauernanleihe.
8. Gruppe der Dorfarmut.
9. Landarbeiter.
10. Abschluß von Verträgen.

Jerochin kreuzte die ersten drei Punkte dick an, wischte die Brotkrumen vom Tisch und dachte nach. Welche Ergebnisse hatte der Tag gebracht? Das Gouvernementskomitee hatte ihn in einem besonderen Schreiben aufgefordert, eine Sondereinsatzgruppe in den Amtsbezirk Olchowiza zu entsenden. Dem Schreiben hatten die maschinengeschriebenen Kopien von zwei anonymen Briefen beigelegen, die von der Verprügelung eines Dorfkorrespondenten und konterrevolutionärer Tätigkeit des ehemaligen Gutsbesitzers Prosorow und des Propstes Sulojew berichteten. Man empfahl, Material für die Aussiedlung vorzubereiten. Jerochin hatte, ohne auch nur einen Tag zu verlieren, die Leitung der Kommission übernommen und war nach Olchowiza gefahren. Den drei wichtigsten Punkten im Notizbuch hatte er aber noch sieben hinzugefügt. Schließlich wurden diese sieben Probleme in den letzten Direktiven der Gouvernementsleitung der Partei und des Gouvernementsexekutivkomitees ständig erwähnt; auch was sie betraf, mußte er umgehend im Gouvernement Bericht erstatten.

Punkt vier also: Die drei Genossenschaften des Amtsbezirks. Eine davon – die Kreditgenossenschaft – umfaßte bereits ungefähr zwanzig Dörfer mit 35 Prozent der Bevölkerung. Alle ihr von der Landwirtschaftsbank gewährten Kredite waren zweckentsprechend verteilt und genutzt worden, die Genossenschaft florierte. Ihre Mitglieder hatten eine Ausleihstation für landwirtschaftliches Inventar eingerichtet, einige hatten bereits die teilweise Zusammenlegung der Bodenanteile zwecks gemeinsamer genossenschaftlicher Bearbeitung beantragt. Das alles entsprach völlig den Anforderungen der Gouvernementsdirektiven über die Entwicklung von Produktionsgenossenschaften. Allerdings geriet Jerochin hier jedesmal ins Stocken. In der letzten Zeit hatte das Gouvernement ihn einerseits dafür gelobt, daß die Kredit- und Maschinengenossenschaften florierten, andererseits ihn gerügt und ein spezielles Vorgehen bei der Vergabe von Krediten und Maschinen gefordert.

Unbewußt verdrängte er diesen Widerspruch, schob den Gedanken daran von sich und befaßte sich mit der zweiten Genossenschaft.

Das Butterartel von Olchowiza war der Stolz des

Kreisverbandes der Molkereigenossenschaften und folglich auch sein, Jerochins, Stolz. Die kürzliche Anschaffung einer Zentrifuge und eines Zuchtbullen hatte diesen Kolchos gefestigt, das Artel umfaßte jetzt über 80 Prozent der hiesigen Bevölkerung. Mit anderen Worten, fast alle Wirtschaften des Amtsbezirks, die Kühe hatten, waren in ihm erfaßt. Es war nicht nur eine Verkaufsgenossenschaft, sondern in gewissem Grade auch eine Produktionsgenossenschaft.

Jerochin erhob sich und ging mit knarrenden Stiefeln auf den knarrenden Dielen auf und ab. Als nächste war die Olchowizaer Kommune »Clara Zetkin« an der Reihe. Jedoch an diesen Kolchos mochte Jerochin gar nicht denken. Die Kommune hatte sich praktisch aufgelöst, ihre Mitglieder hatten sich zerstreut, der Boden wurde nicht bearbeitet, aber in allen Berichten und Statistiken wurde sie nach wie vor geführt.

Er schaute auf Punkt fünf – mit der Landwirtschaftssteuer und Selbstbesteuerung war Mikulin gerade auf der Höhe. Punkt sechs – Kaderüberprüfung im Genossenschaftsbereich – war dagegen zwar nicht unangenehm, aber doch noch recht unklar und deshalb lästig.

Punkt sieben, die Bauernanleihe, war auch in Ordnung, das Problem der Registrierung der Landarbeiter und der Gründung der Dorfarmutsgruppe war positiv gelöst. Und die vertragliche Absicherung der Aussaat war Lusins Sache. Damit mochte der sich befassen, das lag im unmittelbaren Aufgabenbereich des Leiters der Finanzabteilung des Kreisexekutivkomitees. Außerdem war Lusin früher Vorsitzender des hiesigen Amtsbezirksexekutivkomitees gewesen.

Jerochin reckte sich und gähnte. Die schlaflose Nacht machte sich bemerkbar. Im Zimmer erschien Mikulin und schloß eilig die Tür hinter sich.

»Genosse Jerochin! Genosse Skatschkow läßt sagen, Prosorow ist festgenommen.«

»Aha. Ich komme.« Jerochin strich sich die Bluse glatt. »Und du, Mikulin, ruf sofort die Dorfarmut zusammen.«

»Das wird sich nicht so schnell machen lassen, Genosse Jerochin, es ist doch Feiertag, Kasaner . . .«

»Was heißt, nicht machen lassen? Was heißt Feiertag?«

Mikulin war wie der Wind aus dem Zimmer.

Der Sekretär ging nach nebenan.

Skatschkow saß am Tisch, Prosorow stand, er wartete auf die Aufforderung, Platz zu nehmen. Jerochin setzte sich an den anderen Tisch. Prosorow begann, an Skatschkow gewandt: »Immerhin hätte ich doch gern eine Erklärung für dies . . . für so ein . . .« Er fand keine Worte und setzte sich ebenfalls. »Wozu brauchen Sie mich eigentlich?«

»Fragen werden wir Sie, Bürger Prosorow, und nicht Sie uns!« unterbrach ihn Jerochin.

»Verzeihen Sie, aber wer sind Sie?« Prosorow drehte sich nach ihm um.

»Ich bin der Sekretär des Kreiskomitees.«

»Genosse Jerochin?«

»Ganz recht.« Jerochins Augen lächelten. »Ich bin Jerochin, und Sie sind Prosorow, adlig, wenn ich nicht irre?«

»Womit kann ich dienen?« fragte Prosorow schroff.

»Schon wieder fragen Sie! Ich habe Sie doch darauf hingewiesen, daß wir die Fragen stellen.«

»Eine sehr merkwürdige Art, miteinander zu reden!«

»Nun, das zu entscheiden, liegt nicht bei Ihnen«, sagte Jerochin lächelnd. »Also, Prosorow . . .«

»Was ist, bin ich verhaftet?«

»Betrachten Sie es, wie Sie wollen. Sagen Sie . . .«

»Ich werde auf Ihre Fragen nicht antworten!« sagte Prosorow.

»Skatschkow, führe Protokoll. Erste Frage. Was hast du im Wald gesagt? Zum Mittelbauern Klimow, über den Boden, über die Liquidierung der NÖP?«

»Ich verstehe Sie nicht. Was soll ich gesagt haben? Ich

erinnere mich nicht, was ich gesagt haben kann, schon gar nicht über die NÖP.«

»Also Sie erinnern sich nicht. Vielleicht erinnern Sie sich dann an die Situation vor dem Konsum . . . als es um das Getreide ging. Das der Mittelbauer Pawel Danilowitsch Rogow verkaufen wollte. Und wie Sie Rogow aufgewiegelt haben . . .«

»Aufgewiegelt? Ich habe ihm eine Zeitung mit dem Beschluß über die Beendigung der Notmaßnahmen gezeigt, das war alles.«

»So, so.«

»Ich habe Sopronow von einem Regierungsbeschluß informiert, der vom Vorsitzenden des Rats der Volkskommissare unterzeichnet war.«

»Und wer hatte Sie darum gebeten? Sind Sie vielleicht Propagandist? Oder Leiter der Lesestube?«

»Ich verstehe nicht . . .«, sagte Prosorow und verzog gequält das Gesicht. »Seit wann gilt es als kriminelles Delikt, die zentralen Zeitungen zu lesen? Ich verstehe Sie nicht, Genosse Jerochin.«

»Du wirst schon noch verstehen, wart's nur ab.«

Jerochin stand hastig auf, stieß mit dem Fuß den Schemel um und schritt zur Tür.

»Skatschkow, setz das Verhör fort!«

Die Tür schlug heftig zu und sprang wieder auf. Hochnäsiger Kerl, fluchte der Sekretär im stillen. Wie gebildet er ist, wie er zu reden versteht. Na, dem werd ich's zeigen.

»Mejerson! Wo ist Mejerson?«

»Einen Moment, Nil Afanasjewitsch.« Mejerson eilte mit Handtuch und Seife über den Korridor.

»Willst du dich noch lange schön machen? Nimm dir sofort den Propst vor! Und wo ist der Junge, den sie verprügelt haben? Hat man ihn geholt?«

Selja war da. Er stand auf dem Gang und trat von einem Bein aufs andere, wußte nicht, was tun. Als er Jerochins Stimme hörte, betrachtete er seine lange nicht mehr gefetteten rotbraunen Stiefel, zupfte an seinem blauen Satinhemd und ging zum Sekretär.

»Du?« Jerochin musterte den Jungen mit einem scharfen abschätzenden Blick. »Komm rein.«

Sie verschwanden im »Kolchosbüro«. Während Mejerson im Raum des Bauernhilfskomitees hastig Brot und Wurst kaute, setzte Skatschkow in Mikulins Zimmer das Verhör fort. Prosorow saß mit übergeschlagenen Beinen, die schlanken Hände auf dem Knie gefaltet, und sah an Skatschkow vorbei aus dem Fenster. Zerstreut und einsilbig beantwortete er die Fragen. Nach dem, was er am Tag zuvor erlebt hatte, erschien ihm alles, was hier geschah, lächerlich und erbärmlich. Was für ein Unsinn! dachte er, als könne er es nicht glauben. So ein Quatsch ... Absurd, scheußlich ... Jemand hat meine Unterhaltung mit den Bauern aus Schibanicha bei der Rast an der Lichtung dem Kreis gemeldet. Und daß ich Pawel Rogow Getreide abgekauft habe. Was war denn Schlimmes daran? Ehemaliger Gutsbesitzer, Waldeigentümer, sozial gefährliches Subjekt. Daß ich nicht lache! Und worin besteht seine Schuld? Wirklich nur darin, daß seine Vorstellungen von der Zukunft etwas anders sind als die des früheren Exekutivkomiteevorsitzenden Stepan Iwanowitsch Lusin, der jetzt im Kreiskomitee ist? Aber mit Lusin konnte man wenigstens noch reden ...

Skatschkow stand auf und schloß die aufgesprungene Tür. Prosorow, der sich umschaute, sah trotzdem noch das dritte Mitglied der Einsatzgruppe, Jakow Mejerson, über den Korridor gehen. Ja, natürlich, das war er, der kurzsichtige, rothaarige Gymnasiast von damals, der immer ohne jeden Anlaß errötete. Der Bruder der schwarzäugigen lustigen Shenja, mit der er, Prosorow, einst im Gras gelegen hatte, auf der Wiese vor der Kreisstadt. Seltsame Metamorphosen, dachte Prosorow. Aber wieso eigentlich? Zwölf Jahre sind seitdem vergangen ...

»So. Du hast Rogow Getreide abgekauft. Für wieviel?«

»Was?«

»Wieviel du ihm gegeben hast, für das Getreide?« Skatschkow wurde lauter.

»Ich weiß nicht mehr, vielleicht zwei Rubel fürs Pud.«

Draußen erblühte nach dem nächtlichen Gewitter friedlich ein frischer, heller Morgen. Schafe bimmelten mit ihren Glöckchen, ein Hirt trieb muhende Kühe auf die Weide. Schwalben zwitscherten über den Fenstern des Olchowizaer Verwaltungsgebäudes.

»Geh und unterschreib das Protokoll«, sagte Skatschkow, zog gemütlich ein Taschentuch mit Kreuzstickerei hervor und schneuzte sich.

Prosorow stand auf und unterschrieb, ohne zu lesen.

»Kann ich jetzt gehen?«

»Nein. Du kommst mit zum Kreis. Bis dahin mußt du noch ein bißchen alleine Däumchen drehen. Aber wo bringen wir dich unter?«

Prosorow wurde blaß. Empörung und Scham verschlugen ihm die Sprache, vor allem dieses beleidigende Du. Er ballte die Fäuste. Aber als Skatschkow ihn abführte, wieder mit geöffneter Pistolentasche, mußte er laut lachen: Irgendwie fand er das alles albern.

Schon im Morgentau kam als erster Opa Kljuschin zum Speicher. Er nahm das Vorhängeschloß ab, hängte es akkurat an den Riegel und öffnete die Tür. Als er Mitka sah, rief er verwundert: »Genug geschlafen! Die Leute haben schon das Vieh rausgetrieben und setzen den Samowar auf.«

Mitkas schwarzer Wuschelkopf fuhr hin und her. Er wachte nicht auf. Bald darauf erschien Nikita Rogow. Die beiden Alten saßen auf der Schwelle und schnupften Tabak, ohne zu niesen.

Mitka dagegen nieste im Schlaf und erwachte. Er richtete sich auf und rieb sich die Augen.

»War's eine große Schlägerei?«

»Narrenspuk.« Opa Kljuschin drehte sich zu ihm um. »Ob sie uns lange festhalten, Mitka?«

»Keine Ahnung.«

»Wißt ihr was? Wir müssen uns beschweren, ein Gesuch an den Kreis schicken, das ist das beste, was wir tun können.«

Nun kamen Käfer und Nowoshilow. Käfer hatte bei Zehner übernachtet, Nowoshilow zu Hause in Schibanicha – er war schon vor Tagesanbruch aufgestanden.

»Das war dumm von dir, Nowoshilow«, erklärte Käfer. »Du hättest dableiben und die Nase nicht aus dem Haus stecken sollen.«

»Wie kann ich denn? Ich bin doch vorgeladen.«

»Nanu, Leute? Wen schleppen sie uns denn da an?«

Aus einer Seitenstraße kam Pawlo Sopronow huckepack auf Vater Nikolai.

»Da kommt Pawlo geritten, Zehner macht den Treiber«, sagte Käfer. »Los, los, brich dir 'ne Rute ab!«

Es war tatsächlich Zehner, der den beiden nacheilte, und knapp dahinter marschierte Stülpnase. Mit seinen halbpudschweren Stiefeln stampfend, trug Vater Nikolai Pawlo bis zum Speicher und setzte ihn auf der Schwelle ab.

»Basta! Zurücktragen soll dich der Dorfsowjet.«

»Nikolai Iwanowitsch, für wieviel hast du dich verdingt?« Käfer ließ nicht locker. »He, dich könnte man ja zum Pflügen gebrauchen. Als Ersatz für Korporal.«

Vater Nikolai wühlte in seinem Leibrock, förderte ein Geldstück zutage und gab es Zehner.

»Schaff was ran! Ich krieg schon Nasenbluten.«

»Der Verkäufer schläft doch noch.«

»Nimm!«

Zehner weigerte sich, Schnaps zu besorgen, und gab das Geld zurück. Vater Nikolai packte ihn am Hosenbund und zog ihn zu sich heran, und wer weiß, was mit Zehner geschehen wäre, wenn die anderen nicht für ihn eingetreten wären.

»Was soll das, Nikolai Iwanowitsch?«

»Paß auf, daß sie dich nicht als Rowdy abstempeln!

Die Obrigkeit ist im Dorf, da kann man sich nichts erlauben.«

Nach und nach sammelten sich ein paar Frauen und Ortsfremde vor dem Speicher. Kinder fingen an, Versteck zu spielen. Akimko Dymow und seine Gäste Iwan Netschajew und Wolodja Syrin bummelten unausgeschlafen mit der Harmonika vorüber. Sie sahen den Auflauf und bogen zum Speicher ab. Ledige Burschen kamen, die in Korndarren und Tennen übernachtet hatten, Mädchen stellten sich ein, und schon ging das Fest weiter. Vom ganzen Dorf strömten die Leute zum Tanz. Gegen Mittag hatte sich eine beträchtliche Menge vor dem Speicher eingefunden. Die verhafteten Alten gerieten ganz in Vergessenheit: Der Kasaner wurde in Olchowiza auch am zweiten Tag gefeiert.

Die alten Männer redeten über die Heuernte, die Mädchen tanzten zu Syrins Harmonikamusik im Kreis miteinander, und ringsherum standen die alten Frauen und begutachteten, wie jede angezogen war; eine Gruppe Burschen, bei denen Mitka Ussow das Wort führte, umringte den Popen und wollte ihn zum Tanzen animieren.

»Na, wie wär's, Nikolai Iwanowitsch?«

»Laßt ihn, er kann doch gar nicht.«

»Was, ich kann nicht?« Vater Nikolai stampfte schon mit dem mächtigen Stiefel auf, als die alte Tanja, die Bettlerin aus Schibanicha, barfuß und ohne Korb zu ihm trat.

»Väterchen, ich hab dir was zu sagen . . .«

»Was denn, Mütterchen?«

»Du wirst gebraucht.«

Vater Nikolai bückte sich und neigte ihr den rothaarigen Kopf zu. »Sprich!«

Tanja flüsterte ihm etwas ins Ohr. Vater Nikolai wurde sofort nüchtern, straffte sich und verschwand hinter dem Speicher. Tanja folgte ihm, auf ihren Birkenstock gestützt.

»Was hat er?«

»Der wird fortgerannt sein, weil ihn noch einer eingeladen hat. Wer bloß?«

Die Burschen bekamen Lust zu tanzen und traten in den Kreis. Nun ging es erst richtig los, immer mehr Leute kamen hinzu. Die Harmonikaspieler hatten sich schon mehrmals abgelöst, das Gras im Kreis war schwarz vom Stampfen der Stiefel und Schuhe, Mädchenpaare tanzten pausenlos, eines nach dem anderen. Da sah eine der Frauen die Obrigkeit aus dem Verwaltungsgebäude treten.

»Sie kommen, grad hierher zu uns.«

»Drei Mann! Und alle mit Revolvern!«

»Wie der Regen auf die Schafwolle.«

»Nein, zwei, der dritte ist Mikulin.«

»Vier sind's!«

Die verhafteten Alten gerieten in Aufregung.

»Mitka, he, Mitka!« rief Opa Kljuschin ganz fispelig.

»Was jetzt?«

»Wir wollen dir doch keinen Ärger machen.«

»Los, Kinder, schnell zurück ins Loch!«

»Kusma, wo hast du den Schlüssel? Gib ihn dem Mann. Beeil dich.«

Großvater Nikita Rogow schleppte flink Pawlo Sopronow in den Speicher. Auch der alte Petruscha Kljuschin, Stülpnase und Kusma, genannt Käfer, begaben sich rasch hinein, mit ihnen der alte Nowoshilow. Mitka schlug eilig die Tür hinter ihnen zu, hängte das Schloß in die Krampe und setzte sich vor den Eingang. Es war gar nicht aufgefallen, daß die Alten in den Speicher verschwanden. Syrin spielte, die Mädchen aus Olchowiza und Schibanicha tanzten, unbekümmert um den Altweibertratsch.

Sie sagen, ich wär arbeitsscheu,
Fürn Acker mir zu gut.
Kann pflügen nicht, kann eggen nicht,
Ich armes junges Blut.

Gelernt hab ich mein Lebtag nicht,
Hab keine Schul besucht.
Verstand gab mir mein Mütterlein
Mit auf die Welt genug.

Und wenn ich fort muß, Freundin mein,
Gib mir den Abschiedskuß,
Gieß kühles Wasser aus dem Krug
Auf meine weiße Brust.

»Guten Tag, Genossen!« grüßte der hochgewachsene, forsche Jerochin laut für alle vier.

»Tritt näher, guten Tag!«

»Gut so, du bist wenigstens nicht eingebildet.«

»Warum soll ich eingebildet sein?« sagte Jerochin und zog sich die Stiefel straff.

»Na, dann tanz doch mal.«

Jerochin trat überraschend in den Kreis. Die Mädchen hörten auf zu tanzen und mengten sich unter die Zuschauenden, Syrin spielte flotter, alles drängte zum Kreis.

»Na los!« rief Jerochin irgend jemandem zu, vielleicht sich selbst. Er stampfte nicht nur mit einem Fuß auf, sondern mit beiden zugleich wie die forschesten Tänzer. Dann tanzte er flink über den schwarzgestampften Rasen, wobei er die Beine zur Seite warf und sich an die Stiefelschäfte klatschte.

»Assa! Assa!« schrie er kehlig, tanzte quer durch den Kreis, ging in die Hocke und machte plötzlich stampfend vor dem mißbilligend dreinschauenden Mejerson halt, was eine Aufforderung zum Weitertanzen war.

»Lös mich ab, Propagandist!«

Ringsum ertönten Beifallsrufe.

»Los, ja, los!«

»Er muß ihn ablösen.«

»Wieso tut er's nicht?«

Mejerson nahm vor Verlegenheit die Brille ab und putzte sie, und der Sekretär trat sichtlich zufrieden ab. Er wußte am besten, was Mejerson für ein Tänzer war ...

Die Harmonika verstummte.

»So macht man das!« Jerochin setzte die Mütze ab und wischte sich mit dem Taschentuch den Schweiß von der blassen Stirn.

»Gut so, gut so!« lobten die Frauen den Sekretär. Ein altes Mütterchen trat dicht an ihn heran und schnalzte begeistert mit der Zunge.

»Bei wem bist du denn zu Besuch, Bester?«

Im selben Moment gab es im Speicher ein Gerangel, lautes Klopfen ertönte. Jerochin musterte scharf die verstummende Menge.

»Wer zu Besuch ist, soll sich auch so benehmen, zu Hause kannst du machen, was du willst!« rief eine Stimme.

Die Menge geriet in Bewegung. »Warum sind die Alten im Speicher? Nach welchem Gesetz?«

»Wer faselt da vom Gesetz?« Jerochin verfärbte sich. »Was sollen die Kulakenzwischenrufe?«

»Bei euch ist jeder gleich ein Kulak.«

»Laß doch die Alten frei, Bester«, meldeten sich nun auch die Frauen. »Was haben sie denn verbrochen — einen Rotzjungen verprügelt.«

»Wo sein Vater doch mitgedroschen hat.«

»Das werden wir gleich feststellen, wer gedroschen hat«, sagte Jerochin. »Genosse Mikulin! Die Verhafteten herauslassen!«

Mikulin ließ sich von Skatschkow den Schlüssel geben. Er tat, als bemerke er nicht, daß das Schloß offen war, drehte den Schlüssel zum Schein und stieß die Tür auf. Zufrieden kamen die Gefangenen einer nach dem anderen heraus. Sie räusperten sich verlegen, strichen sich die Hemden glatt und banden die Gürtel neu.

»Gott sei Dank!« sagte Opa Kljuschin und bekreuzigte sich, Käfer aber stahl sich heimlich um die Ecke und machte, daß er wegkam. Nikita Rogow und der alte Noshilow trugen Pawlo Sopronow auf die Wiese. Als letzter erschien Stülpnase, auch er bekreuzigte sich.

»Wofür haben sie dich denn eingelocht, Opa?«
»Bestimmt wegen Tanja. Weil er ungezogen zu ihr ist.«
Stülpnase winkte ab. »Sei still! Versündige dich nicht.«
»Nun?« Jerochin trat dicht an die Alten heran. »Zum Beispiel du, Opa. Was hast du zum Aktivisten Sopronow zu sagen? Hast du ihn verprügelt?«
Opa Kljuschin druckste.
»Daß er Aktivist ist, hat doch keiner gewußt. Für uns war er Selja, nichts weiter.«
»Und du?« fragte Jerochin den alten Nowoshilow.
»Ich hab ihn ein bißchen festgehalten.«
»Ich hab ihn verprügelt!« rief Pawlo unaufgefordert. »Und ich werd ihn prügeln, bis er Vernunft annimmt, das Luder. Wo gibt's denn so was, Genosse Natschalnik? Hat der leibliche Vater etwa nicht mehr mitzureden? Das ist mein Junge, und ich werd den Schlingel noch ganz anders verwamsen! Dem werd ich helfen, Scheiben einzuschmeißen und seinem Vater Schande zu machen!«
»Und wenn er zurückhaut?« lachte Jerochin.
»Dann kann er seine Siebensachen packen und ab auf den Friedhof! Amen!«
»Weiter ist da nichts zu machen!« bekräftigte Nowoshilow.
»Also folgendes, ihr Alten. Ich hoffe, ihr zieht eine Lehre daraus. Ich lasse euch nach Hause, aber daß mir so was nicht noch mal passiert!«
»Da hast du's!«
»Wir sollen wohl noch schuld sein?«
»Worum geht es vorrangig in der jetzigen Etappe, Genossen? Darum, daß die Feinde der proletarischen Sache uns in jeder Weise stören. Nehmen wir nur mal eure Gegend hier. Als Mitglied der Sondereinsatzgruppe schlage ich vor, den ehemaligen Propst und den ehemaligen Gutsbesitzer Prosorow zu verurteilen.«
»Genosse Jerochin, was ist das heute hier, eine Gemeindeversammlung oder was?«
»Ein Meeting.«

»Hör zu, wenn geredet wird.«

»Und wenn die Ustaschichaer uns überfallen?«

»Habt ihr vor denen etwa Angst? Mit solchen Kommandeuren . . .«

Mikulin stoppte die Zwischenrufe. »Ruhe, Genossen!«

Jerochin fuhr fort: »Genossen! Die Anwesenheit des ehemaligen Gutsbesitzers und des ehemaligen Propstes in euerm Amtsbezirk führt zu einer verstärkten Störtätigkeit gegen Maßnahmen der Sowjetmacht! Wir können und dürfen eine solche Situation nicht länger dulden und müssen die letzten bourgeoisen Gefahrenherde liquidieren.«

»Was haben sie denn getan?«

»Der eine ist kaum noch am Leben, und der andere – wen stört er schon?«

»Wozu ihn noch bedauern? Schluß jetzt, seine Herrenzeit ist vorbei!« rief Zehner.

»Ru-he! Rede weiter!«

»Ihr fragt, was sie getan haben«, fuhr Jerochin fort. »Ich will euch sagen, was! Bürger Sulojew verbreitet ständig religiöse Irrlehren, stiftet bei Gläubigen und Labilen Verwirrung. Wir dulden keine fremde Propaganda in unseren Reihen.«

Die Menge geriet abermals in Bewegung, Frauen seufzten, neue Stimmen wurden laut.

»Unsinn!«

»Die ganzen Jahre war er nötig, und auf einmal nicht mehr.«

»Die Kirche haben sie ja auch schon zugemacht!«

Das zweite Mitglied der Einsatzgruppe, Mejerson, hob die Hand.

»Ich schlage vor, Genossen, über das Gouvernementsexekutivkomitee beim Zentralen Exekutivkomitee die Aussiedlung des ehemaligen Propstes Sulojew zu beantragen . . .« Er nahm ein vorbereitetes Schriftstück aus der Mappe. Niemand unterbrach ihn, alle waren sofort still. Nur die Mauersegler über den Köpfen zwitscherten im Flug, und in den hinteren Reihen kanzelte ein Mädchen halblaut ein paar Burschen ab. Mejerson entfaltete das Papier.

»In Anbetracht der Tatsache, daß der ehemalige Propst Irenej Sulojew böswillige religiöse Propaganda verbreitet und sich zu den Maßnahmen der Sowjetmacht ablehnend verhält, ist über das GEK beim ZEK seine Aussiedlung zu beantragen. Dem Bürger W. S. Prosorow, vormals Adliger und vor der Revolution Inhaber einer großen Forstbesitzung, wurde bereits das Wahlrecht entzogen; da er den Maßnahmen feindlich gegenübersteht, nicht von eigenem Arbeitseinkommen lebt und Erkundigungen zufolge in der Vergangenheit keine revolutionären Verdienste aufzuweisen hat, ist das ZEK zu ersuchen, ihn zu enteignen und aus dem Gouvernement auszusiedeln.«

Frauengeflüster wisperte durch die Menge. Kaum jemand hörte das unterdrückte kurze Schluchzen in der Mädchenreihe. Während zwei Mädchen Tonja unterfaßten und wegführten, sprang Großvater Nikita behend vor und rief Jerochin zu: »Schämst du dich nicht? Pfui Teufel, Gott verzeih mir!«

Skatschkow beugte sich zu Mikulin. »Wie heißt er?«

»Wie ich heiße?« Großvater Nikita trat noch näher. »Rogow heiß ich, und wie heißt du?«

Den weißen Bart vorgereckt, ging der kleine Großvater Nikita nun auf Skatschkow los, der wich vor ihm zurück. Der kleine Greis im blauen Hemd trippelte bald gegen seinen Widersacher, bald drehte er sich der Menge zu und schüttelte die dürre Faust.

Vera lief weinend nach vorn.

»Opa, Opa . . .«

Sie schirmte ihn ab und versuchte, ihn wegzubringen, aber Jerochin und Mikulin gingen schon mit schnellen Schritten auf das Verwaltungsgebäude zu.

Skatschkow sah sich nach dem tobenden Alten um.

»Den müßte man ... Was, Jakow Naumytsch? Was dem einfällt!«

Mejerson sagte nichts.

»Ich muß dich mal was fragen, Jakow ...«, fuhr Skatschkow fort.

»Wie?«

»Ich hab eine Frage, sag ich. Tel ... Til ... Wie war es noch? Ja, Tilgrim ... Gibt es so ein Wort?«

»Tilgrim? Kenn ich nicht. Pilgrim gibt es.«

»Was bedeutet das?«

»Pilger, Wallfahrer. Was ist damit?«

Skatschkow gab einen unbestimmten Laut von sich. Beide eilten Jerochin nach. Die Menge am Speicher verlor sich rasch. Eine Harmonika setzte noch einmal zu einer Melodie an, verstummte aber gleich wieder, als hätte sie sich verschluckt.

Der Olchowizaer Priester und ehemalige Propst Irenej Konstantinowitsch Sulojew lag im Sterben. Er erwartete sein Ende in einem sauberen kleinen Haus am Dorfrand über dem Fluß. In den beiden untapezierten Zimmern war es kühl und still, roch es nach Kräutern und Kerzenrauch.

Ein warmer Wind fächelte freundlich das Laub der Birken vor den Fenstern, spielte mit den Gardinen.

Man hatte das Bett näher ans Fenster gerückt. Vater Irenej konnte noch sprechen und war noch bei vollem Bewußtsein. Atemnot und Schwäche bewirkten freilich, daß er selten und kaum hörbar sprach, und das Schwindelgefühl ging oft unbemerkt in einen vagen Dämmerzustand über, wodurch sich ein nebliger Schleier auf seine Sinne legte. Er hatte schon etliche Tage weder gegessen noch geschlafen. Zwei Bettlerinnen, die bucklige kleine Marjascha und die stämmige Tanja aus Schibanicha, die den Sterbenden pflegten, übernachteten in der Küche und tranken Tee. Sie hatten Vater Irenej mit dem Löffel zu füttern versucht, aber er hatte nur schwach gelächelt und geflüstert: »Ich brauche nichts, nein. Der Herr sei mit euch.«

Gestern am Tage der Kasaner Muttergottes hatten ihm Frauen aus Olchowiza Piroggen, Sülze und einen Krug Getreidemost gebracht. Alles stand unberührt unter einem Leinentuch in der Küche: Vater Irenej wußte nicht, daß die Bettlerinnen sich Zucker und Zwieback zum Tee von zu Hause mitbrachten.

In der Nacht vor dem Gewitter ging es ihm sehr schlecht, Atemnot quälte ihn, Hände und Füße wurden kalt und gefühllos. Er hörte undeutlich den Trubel eines großen Festes, und ihn befielen Angst und quälende Bitterkeit, ohne daß er wußte, warum. Er wußte nur, spürte ganz deutlich, die Bitterkeit rührte nicht daher, daß er nun sterben sollte, sie kam durch etwas ganz anderes, das sein jetziges Fassungsvermögen überstieg. Als das nächtliche Gewitter begann, wurde es Vater Irenej leichter.

Lange lag er so, bei klarem Verstand und fast ohne Empfinden für seine Körperlichkeit.

»Möge deine Hand mich nun beschirmen, Herr«, flüsterte er. »Erbarme dich meiner, denn krank und in Aufruhr ist meine Seele, da sie meinen armseligen und sündhaften Leib verläßt. Bewahre mich vor den Feinden, die mich im Finstern umringen und mich verderben wollen. Und vergib mir gnädig die Sünden, deren ich mich wissentlich und unwissentlich in diesem Leben schuldig gemacht, auf daß meine Seele nicht vor den finsteren Blikken böser Dämonen erschauere, sondern empfangen werde von deinen strahlenden Engelscharen . . .!«

So flüsterte er, ohne zu bemerken, daß er halblaut zu sprechen begann und seine Stimme immer mehr an Festigkeit gewann.

Die bucklige Marjascha, die auf der Küchenbank vor sich hin döste, wurde dadurch wach. Sie schämte sich, daß sie geschlafen hatte, und murmelte ein Gebet. Nach ihr reckte und streckte sich auch Tanja aus Schibanicha.

Beide verneigten sich eifrig vor der Ikone des heiligen Nikolaus.

So kam der Morgen. Ein warmer, heller Tag voller Grün und Vogelgezwitscher brach an.

Vater Irenej, den erneut Schwäche befiel, winkte Marjascha mit matter Geste zu sich. Den Bewegungen seiner blutleeren Lippen und seinem Blick entnahm die Bettlerin, daß er näher ans Fenster wollte. Die beiden Alten berieten sich, rückten das Bett ein Stück, öffneten widerstrebend das Fenster und zogen den Vorhang auf.

Nun lag der Sterbende ganz nah am Birkengrün. Das Zimmer verlor seine Abgeschiedenheit, frische, nach Tau duftende, trockene Luft umwehte ihn.

Die aufgehende Sonne überflutete kosend, mit stillem Triumph Vater Irenejs Kissen, schimmerte durch die kindlich zarten Strähnen seines grauen Haars, erhellte seine gewölbte Stirn.

Vater Irenej nahm die Sonnenwärme nicht mehr wahr, Augen und Gehör aber waren noch scharf genug. Wie deutlich er vor der blauen Unendlichkeit des Himmels das bewegte sonnenbeschienene Laub sah! Die jungfräulich frischen, wie in Butter gebadeten Blätter fächelte der Wind. Sie glänzten noch immer frühlingshaft zart, waren auch an den Unterseiten noch nicht aschgrau verfärbt und strotzten geradezu vor Saft.

Wieviel es schon hier unten waren, die er sehen konnte, und wie viele, unzählig viele erst weiter oben raschelten!

Vom Dorf erscholl lautes, geschäftiges Muhen der Kühe, hier und da blökten Schafe. Manchmal ging ein Blöken in gierigem Grasrupfen und Kauen unter. Über dem Fenster flatterten unermüdlich Rauchschwalben.

»O du mein Gott!« Vater Irenej wollte die Hand aus dem Fenster strecken, doch sie sank aufs Fensterbrett. Er flüsterte: »Lieber Herrgott, ich danke dir . . .« Die Begegnung mit den ungezählten Blättern und dem uferlosen Blau, die kurze Zwiesprache mit Luft und Sonne hatte ihn erneuert und völlig ermattet, er fühlte den Tod nahen. Er war sich seines völligen Einsseins mit der Natur vorübergehend klar gewärtig, er wußte, dieses Einssein war der Tod, wußte, daß er leicht und ohne Groll gegen Gott und die Menschen verscheiden werde. Einstmals in jungen Jahren hatte auch er gesündigt und mit Fragen wie »Was ist Gott?« die Schöpfung gelästert. Ja, in seinem ohnmächtigen Zorn hatte er das große Geheimnis zu lüften getrachtet, nach Rechtfertigung und Sinn alles Seienden geforscht. Vater Irenejs Lippen bewegten sich, er murmelte: »Welche Sünde! Sinnlose, lästerliche Sünde ...« Die bucklige Marjascha betrachtete den Sterbenden zärtlich wie ein Kind.

»Was ist, Hochwürden? Brauchen Sie was?«

Er lächelte und schüttelte kaum merklich den Kopf, zum Zeichen, daß er sich wohl fühle und nichts brauche. Marjascha ging aus dem Zimmer, und Vater Irenej vertiefte sich erneut in den Anblick des Birkenlaubs vor dem Fenster und des zarten Himmelblaus. Das Klarere, Unendlichere war dieses Blau. Je länger er durch das Laub in die Unendlichkeit schaute, um so weniger dachte er an sich selbst, um so gleichgültiger wurde er für die Schmerzen seines erlöschenden Körpers. Er schloß die Augen, doch die uferlose Weite des Himmels verschwand trotzdem nicht. Auf einmal verwandelte sie sich in grenzenlose Verzweiflung, in einen stummen Schrei, grauenhafte, alles verschlingende Finsternis. Vater Irenej wurde unruhig, seine Hände tasteten krampfhaft über die Bettdecke, sein Atem ging stockend und hastig.

Marjascha und Tanja gerieten in Aufregung.

»Mein Gott, heilige Jungfrau, Matuschka ...«

»Er keucht ja richtig, er quält sich.«

»Er muß doch noch die letzte Ölung haben, Tanja! Um Gottes willen, lauf und hol die Leute! Und sieh zu, ob du nicht Vater Nikolai findest, vielleicht ist er im Dorf.«

Tanja begab sich eilig auf die Suche nach dem Schibanichaer Priester, um Vater Irenej noch zu seinem Sterbesakrament zu verhelfen. Sie fand ihn beim Festreigen vor dem Speicher am Verwaltungsgebäude. Von jungen Burschen animiert, war er gerade im Begriff, in den Kreis zu springen und zu tanzen. Tanja flüsterte ihm ein paar Worte ins Ohr, worauf er sofort nüchtern wurde und ihr willig folgte.

Merkwürdig, auch in der Finsternis seiner Verzweiflung, in der tiefen Abgeschiedenheit des mystischen Ernstes, der ihn erfüllte, konnte Vater Irenej deutlich alles hören, was die Bettlerinnen und Vater Nikolai Perowski, der Priester aus Schibanicha, sprachen.

Hätte er ihre Worte und ihr Tun zu dem, was mit ihm vorging, in Beziehung zu setzen vermocht, so wäre ihm aufgegangen, daß es sich um miteinander nicht zu Vereinbarendes handelte. Doch er konnte seine Umwelt weder mehr erfassen noch zu sich in Beziehung setzen, und ihm war, als wolle er das auch gar nicht; er durchlebte etwas Einzigartiges, das niemanden anging als ihn selbst. Was aber war das? Er hätte nicht einmal die Frage in Worte fassen können. Sein Bewußtsein und Erinnerungsvermögen verengten sich, begrenzten sich, konzentrierten sich auf einen Punkt, und dieser unbegreifliche, für ihn unaussprechlich wichtige Punkt schien jetzt das einzig Wesentliche zu sein. Er hätte ihn gern begriffen und das Geheimnis seiner Wichtigkeit ergründet, denn alles übrige erschien ihm überflüssig, fremd und erbärmlich deplaziert.

Er hörte, wie man neben ihm hin und her lief, wie eine Schale mit Roggenkörnern auf den Tisch gestellt wurde. Vater Nikolai legte das Kreuz und das Evangelium daneben. Marjascha zündete Kerzen an und stellte sie in die Schale.

Der Priester las schon das Gebet zum Weihen des Salböls. Leute kamen, viele standen mit Kerzen in den Händen. Der Sterbende empfand zum letztenmal Verwunderung: Das war ja er, der jetzt starb und die letzte Ölung empfing, und nicht mehr der, der sie hundertmal gegeben hatte. Was war denn *er?*

Zum ersten Mal im Leben empfand Vater Irenej sich selbst in der dritten Person.

Das war so absurd, auf so peinliche Weise unangebracht, daß er abermals zu sich kam und die Augen aufschlug.

Perowski stand über ihn gebeugt und sprach, mit den geröteten Lidern blinzelnd, ein Gebet. Vater Irenej erlangte nochmals für kurze Zeit das klare Bewußtsein seiner selbst und seiner Umwelt. Er flüsterte etwas, Vater Nikolai beugte sich tiefer.

»Verzeihen Sie«, las er dem Sterbenden mehr von den Lippen ab, als daß er ihn verstand, »verzeihen Sie mir, Vater Nikolai ..., daß ich Sie nicht gesegnet habe ... daß ...«

Dem Kranken schwanden die Sinne, er verstummte, die tiefliegenden Augen erloschen und schlossen sich. Vater Nikolai las das Gebet weiter, von Zeit zu Zeit hielt er inne, nahm einen mit einem weißen Läppchen umwickelten Holzspan und salbte damit Gesicht, Hände und Brust des Sterbenden. Spärliche trübe Tränen rannen ihm in den roten Bart. Nikolai Iwanowitsch verschluckte die Endungen der Gebetsworte. Noch vor der siebenten Ölung und ohne zu Häupten des Gesalbten das Evangelium aufzuschlagen, legte er Vater Irenej das Kreuz an die erkalteten Lippen und trat zurück – stand groß und gebeugt in der Ikonenecke und ging dann nach vorn in die Küche.

Im Sterbezimmer hatten sich viele Menschen eingefunden, die alle leise beteten. Vater Irenej lag noch etwa zehn Minuten lang reglos, dann bewegte er plötzlich die Hände, zuerst die linke, danach die rechte, krümmte den Hals und streckte sich mit einem leisen Seufzer aus.

Das war das Ende. Eine Frau brach in Wehklagen aus, die bucklige Marjascha faltete dem Toten die Hände.

Tanja spaltete schon Holz, um heißes Wasser für die

Waschung zu bereiten. Die Leute zerstreuten sich seufzend und sich bekreuzigend.

Vater Nikolai saß wie versteinert in der Kochecke im Vorraum, als die Tür aufging und zwei Männer eintraten. Mejerson putzte hilflos und kurzsichtig blinzelnd mit dem Taschentuch seine Brille, hinter ihm reckte Skatschkow den Hals.

»Wohnt hier Sulojew?«

»Ja.« Vater Nikolai drehte sich langsam nach den Ankömmlingen um. »Was wünschen Sie?«

»Wo ist er?«

Vater Nikolai schwieg.

»Die Gemeindeversammlung hat beschlossen, den Propst Sulojew aus dem Amtsbezirk auszusiedeln.«

»So, hat sie das? Ihr Beschluß ist ungültig . . .«, sagte Vater Nikolai. »Sie kommen zu spät, junger Mann!«

Dem Popen versagte die Stimme, aber er bezwang sich und fuhr fort: »Ja, zu spät . . . Denn Vater Irenej weilt nicht mehr hier . . .«

Er wollte noch etwas hinzufügen, unterließ es aber, winkte ab und ging quer über die Beete zu Danilo Patschins Haus.

Gegen Abend wurde Vater Nikolai im Einspänner des Kreiskomitees in die Stadt gefahren. Kurz zuvor hatte Mitka Ussow im zweirädrigen Wagen seiner Kommune Wladimir Sergejewitsch Prosorow weggebracht, den Skatschkow bewachte. Der Leiter der Agitpropabteilung Jakow Mejerson und Kreissekretär Jerochin verließen das Dorf zu Pferde.

12

Anfang September 1928 wurde der Leiter der Kreisfinanzabteilung Stepan Iwanowitsch Lusin brieflich nach Wologda bestellt.

An einem regnerischen, dunklen Abend begab er sich in der Kalesche des Kreisexekutivkomitees zum Bahnhof.

Am Bahnübergang entließ er den Kutscher und ging zu Fuß weiter. Die ganze Zeit nieselte es. Sein Regenmantel schützte nur vor strömendem Regen, Lusin fröstelte. Er eilte mit der Aktenmappe in der Hand an den Geleisen entlang, als ihn jemand anrief: »Stepan Iwanowitsch?«

Lusin sah sich um. Fünf Arbeiter beluden einen Rungenwagen mit Langholz. Sie schlangen Seile um Fichtenholzbalken. Ein Großer, Breitschultriger kam auf Lusin zu, er erkannte den Popen aus Schibanicha. Die Begegnung war Lusin unangenehm.

»Sie, Perowski?«

»Wir!« Vater Nikolai trat näher, besaß aber Takt genug, um ihm nicht zur Begrüßung die Hand zu reichen. »Haben Sie was zu rauchen?«

Lusin rauchte schon zwei Monate nicht mehr, hatte aber Papirossy bei sich.

»Preis und Dank!« freute sich der Pope, während er die Packung mit seinen dicken klammen Fingern aufriß. »Ich frier am Fleische wie ein Hund.«

»Was machen Sie denn hier?« Lusin wäre gern gegangen, brachte es aber nicht über sich. »Wo ist Ihre Bewachung?«

»Wir sind ohne!« sagte Vater Nikolai und brannte sich eine Zigarette an. »Fliehen können wir sowieso nicht.«

»Na, na.«

»Waren Sie mal wieder im Amtsbezirk Olchowiza? In Schibanicha? Meine Alte hat bestimmt schon wieder geheiratet . . .« Er lachte und mußte husten. »Wofür haben Sie mich eingesperrt, Stepan Iwanowitsch?«

»Sie müssen's wohl verdient haben.«

»Hm . . . verdient . . .« Vater Nikolai wiegte bekümmert den Kopf und sagte fest, wobei er Lusin scharf ansah: »Sie werden noch an mich denken, Stepan Iwanowitsch: Ignati Sopronow wird auch Ihnen zeigen, wo der Pfeffer wächst. Auch an Ihnen geht dieser Kelch nicht vorüber!«

Vater Nikolai ging zum Waggon zurück. Seine Leidensgefährten sahen neugierig herüber.

Erbost ging Lusin zum Bahnhofsgebäude, er verfluchte sich, daß er stehengeblieben war. Er mußte diesen breiten Rücken in der nassen Wattejacke, diese klobigen, blaugefrorenen, ungelenken Finger schleunigst vergessen. Er hätte die alberne Begegnung auch sofort verdrängt, wenn ihm nicht Wladimir Sergejewitsch wieder eingefallen wäre. Prosorow war Lusins wundester Punkt, dessen war er sich voll bewußt. Er konnte sich an jedes Gespräch und jeden Streit mit ihm genau erinnern, und was geschehen war, war gleichsam der indirekte Beweis, daß in diesen Diskussionen Prosorow recht gehabt hatte und nicht er. Das vor allem kränkte Lusin. Er drückte die Aktenmappe an den Leib und öffnete die Bahnhofstür.

Der Zug sollte jeden Augenblick eintreffen, am Schalter herrschte Gedränge. Lusin beschaffte sich gegen Vorlage seines Dienstreiseauftrags eine Fahrkarte beim Fahrdienstleiter und ging auf den Bahnsteig zurück, wo es immer noch nieselte. Endlich kam der Zug, und Lusin zwängte sich in einen Wagen. Sitzplätze waren nicht mehr frei. Ein liebenswürdiger bärtiger Bauer bot ihm seinen Platz an, stellte seinen kastenförmigen Korb auf die Liegebank und kletterte hinauf.

Es wurde schon regelrecht dunkel, aber der Zug stand immer noch.

Die Reisenden konnten sich das nicht erklären, stellten Vermutungen an und wandten sich an den Schaffner, aber der wußte auch nichts. Zwanzig Minuten verstrichen. Lusin ging zur Plattform, um in Erfahrung zu bringen, was los war. Draußen nieselte es wie zuvor, jetzt aber im Dunkeln; durch die Waggontür zog es kalt. Am Bahnhof hörte er Lärm und Gerenne, doch da fuhr der Zug an. Ein durchnäßter Eisenbahner sprang im Fahren aufs Trittbrett. Er setzte sich auf Lusins Platz. Lusin stand lange auf der Plattform, dann ging er in den Wagen und quetschte sich zwischen den Eisenbahner und eine dralle Frau.

»Was war denn los?« fragte das Bäuerlein von der Liegebank den Eisenbahner.

Der berichtete, was die Verspätung hervorgerufen hatte. Jemand war mit einer Rangierlok vom Bahnhof gefahren und hatte die Strecke blockiert.

Bis man mit einer Draisine die Lokomotive eingeholt und die Sache geklärt hatte, konnte der Zug nicht weiterfahren.

»Oi-joi-joi!« staunte der Bauer. »Dann war's wohl so 'n Radaudi?«

»Ein Pope soll's gewesen sein.«

»Nanu?«

»Einer von den Häftlingen«, erklärte der Eisenbahner. »Die auf dem Bahnhof Holz verladen. Der Pope muß wohl sehr gefroren haben, und naß war er bestimmt auch. Da ist er eben auf die Idee gekommen, sich in der Lok aufzuwärmen.«

»Da hat er sich ja den richtigen Platz ausgesucht.«

»Ist der wirklich klargekommen mit der Lok?«

»Lange ja nicht.« Der Eisenbahner steckte sich eine Zigarette an. »Es gibt da eine Steuerung und ein Ventil. Da muß er dran gedreht haben, na, und da ist die Lok losgefahren. Bloß gut, daß er nicht weit gekommen ist.«

»Wo war denn das Lokpersonal?«

Der Eisenbahner antwortete nicht, vielleicht war er selbst der Lokführer. Aber den Bauern von der zweiten Liegebank interessierte das alles sehr, er ließ nicht locker: »Und er hat sie selber zum Stehen gebracht?«

»Ja. Wahrscheinlich hat er die Kurbel wieder zurückgedreht. Als sie mit der Draisine ankamen, ist er ausgestiegen, ganz schwarz im Gesicht, und hat gelacht. Was ist, hat er gesagt, ihr habt wohl Angst gekriegt? Ich wollte voraus, hat er gesagt, in die bessere Zukunft.«

»Nun hat er seine Zukunft.«

Lusin hörte interessiert zu. Es war belustigend, sich den Popen Rotfuchs als Lokfahrer vorzustellen. So ein Lulatsch aber auch, dachte er. Wer außer dem kommt schon auf sowas?

Der Wagen schaukelte von einer Seite auf die andere. In seinem stickigen, von einer Laterne beleuchteten Inneren schaukelten die unruhig duselnden Passagiere.

Mit Anbruch der Nacht erlagen alle dem einschläfernden Gerüttel und nickten ein. Man schlief, wie es sich ergab: Im Liegen auf den Schlafbänken, dicht aneinandergepreßt im Sitzen auf den Bänken, auf dem Fußboden kauernd oder auch längelang auf dem Bauch. Der Zug fuhr schleppend, als schaudere ihn vor dem Regen in der Dunkelheit der herbstlichen Felder. Bei jedem Schienenstoß schien der Wagen einzunicken und schütterte zweimal, und das Rattern der Räder vermischte sich mit dem Geschnarch der Schlafenden. Es roch nach trocknender durchnäßter Kleidung und Stiefelfett, die Luft war verbraucht. Lusin saß zwischen dem immer noch nassen Eisenbahner und der beleibten Frau, die gegen den Schlaf kämpfte – jedesmal, wenn ihr großer Kopf vornübersank und sie eindöste, fuhr sie wieder hoch und wurde wach.

Lusin wollte auch etwas schlafen, und wenn es nur im Sitzen war, aber eine wirre Kette von Gedanken ließ ihn nicht zur Ruhe kommen. Er wußte nicht, weshalb man ihn ins Gouvernementskomitee bestellt hatte, fühlte aber, daß die Einladung nichts Gutes verhieß.

Er ging in Gedanken die letzten Monate durch, stellte Mutmaßungen an und versuchte sich zu erinnern. Was konnte das zu bedeuten haben? Er rief sich die letzte Auseinandersetzung mit Mejerson ins Gedächtnis, der ihn,

Lusin, der Nachsicht mit Mittelbauern und mangelnder Härte beim Aufdecken heimlicher Einkünfte bezichtigt hatte. Lusin war sich jedoch keiner Schuld bewußt gewesen. Der Kreis, in dem er die Finanzen verwaltete, war in jeder Beziehung im Gouvernement gut angeschrieben, nicht nur, was die Steuern und die Selbstbesteuerung betraf, sondern auch in bezug auf die Anleihe. Sein Verhältnis zu Mejerson war noch gespannter geworden, seit Lusin, der von der Verhaftung in Olchowiza erfuhr, versucht hatte, Prosorow zu helfen.

Prosorow hatte Lusin in einem Brief aus der Gefängniszelle der Kreisstadt um Hilfe gebeten und ihm mitgeteilt, was geschehen war. Ratlosigkeit und Empörung hatten aus diesem Brief gesprochen. Seine frühere revolutionäre Tätigkeit, von der Lusin wußte, hatte er mit keinem Wort erwähnt, was Lusin am meisten betroffen machte und ihn veranlaßte, sich an Mejerson zu wenden. Der aber hatte Lusin nur der Nachsicht mit ehemaligen Bourgeois beschuldigt. Prosorow war nach Wologda überführt worden. Das alles ging Lusin jetzt durch den Kopf. Er hatte zwar keine Gewissensbisse, aber das peinliche Gefühl, etwas nicht geklärt zu haben. Mit dem Popen aus Schibanicha, der mit Lokomotiven davonfuhr, hatte er keinerlei Mitleid, doch Prosorows Festnahme und Aussiedlung fand er ärgerlich. Es wollte ihm nicht gelingen, den Fall zu vergessen . . .

Endlich schlummerte Lusin ein, teils weil sich die vielen unausgeschlafenen Nächte bemerkbar machten, teils durch das monotone Rattern und Schaukeln. Alles rückte von ihm ab, löste sich auf.

Er wußte nicht, wie lange dieser Zustand gedauert hatte, als er von einer merkwürdigen Stille erwachte. Der Zug stand still auf einem Bahnhof, nur vorn die Lokomotive zischte gelegentlich. Auch das Schnarchen der Schlafenden war seltener geworden.

Dicht neben ihm unterhielt man sich leise und gemächlich im Dunkeln. Eine anheimelnd belegte Männerstimme sprach, ab und zu unterbrochen von der murmelnden eines Zuhörers.

»Einmal ist ja ein Ding passiert . . .«

»Ja.«

»Bei Kadnikowo . . .«

»Ja, ja.«

»Also da war ein Mushik, der soff in einer Tour, daß er überhaupt nicht mehr aus dem Tran kam. Keine Ahnung, wieso er sich das leisten konnte, er hat alles versoffen.«

»So ist das.«

»Dann fing er an, Sachen aus dem Haus zu schleppen . . .«

»Das ist das Letzte.«

»So hat er alles versoffen, bis zum letzten Hemd. Da saß er nun und hatte nichts mehr. ›Jetzt ein Glas Schnaps‹, sagt er, ›und ich gäb dem Teufel meine Seele.‹ Na, der Teufel ließ sich das nicht zweimal sagen, steckte gleich seinen Rüssel raus. ›Gib her!‹ sagt er. ›Ein Glas, das ist zu billig, Junge‹, sagt der Mushik. ›Na wenn schon, was soll das Geschwätz, ich hab genug zu tun.‹ Der Mushik hält den Teufel noch zurück. ›Schon gut, lauf nicht weg, bist ganz schön hochnäsig. Gib mir einen Monat lang zu trinken, dann kannst du sie haben.‹ Sie wurden handelseinig, und die Sache ging ihren Gang. Der Mushik soff, der Teufel schaffte Schnaps ran. Wie nun die Frist zu Ende geht, wird der Mushik ganz trübsinnig . . .«

»Das kennen wir.«

»Das ist so, da kannst du nehmen, wen du willst«, sagten die Zuhörer teilnahmsvoll.

»Fragt seine Frau: ›Was bist du so traurig?‹ – ›Na ja, ich hab meine Seele versoffen und weiß nicht, was ich machen soll. Die Zeit ist fast rum.‹ «

»Und sie?«

»Ja, ja, was hat die Frau gesagt?«

»Die hat zuerst geschimpft: ›Dich hat wohl der Teufel geritten! Hohlkopf!‹ Und dann sagt sie: ›Los, gib die

Seele mir.‹ Der Mushik, hoch erfreut, gibt sie ihr. Die Frau hat die Seele genommen und weggeschlossen.«

Vom Zuhören wurde Lusin vollends wach.

»Am dreißigsten kommt der Teufel und klopft mit seinen Hufen beim Mushik an die Tür: ›Gib mir, was wir ausgemacht haben.‹ – ›Geh und frag meine Frau.‹ Der Teufel geht zur Frau: ›Wo ist seine Seele?‹ Die Frau sagt: ›Erst mußt du drei Aufgaben lösen, dann kriegst du sie ohne Widerrede.‹ – ›Was ist die erste?‹ Sie fängt einen Floh: ›Da, bring dem das Laufen bei.‹ Der Teufel nimmt sich den Floh vor, zieht ihn an den Beinen und zeigt ihm, wie er sie setzen soll. Wie er ihn losläßt, macht der Floh uff, und aus. Uff, und aus. Er hat die Lektion nicht überlebt. ›Täppischer Kerl‹, sagt die Frau, ›schulmeisterst an ihm rum, und nichts kommt bei raus.‹ – ›Und was ist die zweite Aufgabe?‹ Die Frau reißt sich ein Haar aus: ›Mach es grad!‹ Der Teufel fängt auch gleich an, probiert es auf jede mögliche Weise, sogar mit dem Bügeleisen. Aber das Haar blieb kraus . . .«

Gedämpftes Lachen war zu hören, der Erzähler verstummte für eine Weile. Die dritte Aufgabe war absolut unanständig. Aber alles wurde so ernsthaft geschildert, daß Lusin beinahe herausgeplatzt wäre. Die Bauern lachten leise und verhalten und schwiegen dann, sie genierten sich offenbar.

»Siehst du. Und du sagst . . .«

»Was?«

»Na eben das . . .«

»Was denn bloß?«

»Ach, nichts. Da, es geht weiter.«

Der Zug fuhr wirklich an. Es zeigte sich, daß nicht nur die Umsitzenden die Geschichte von den drei Aufgaben verfolgt hatten, denn auf einmal fing man überall an zu reden. Lusin bemerkte, daß sich auch in der anderen Ecke eine Unterhaltung anbahnte. Durch das Rädergeratter konnte er nicht alles verstehen, klar war nur, daß es hier um ernstere Dinge ging. Einer behauptete, man könne heutzutage leben, ohne sich abzurackern, ein anderer bestritt das, und ein dritter gab beiden recht.

»Wozu soll ich mich auf dem Acker schinden? Ich geh in die Forstwirtschaft, da weißt du wenigstens, wofür du arbeitest.«

»Die nehmen dich auch. Weil die nämlich Leute brauchen.«

»Sie sollen allen Gehalt geben, und basta! Das wär gerecht.«

»Da wird jetzt andauernd vom Kolchos geredet«, meldete sich ein anderer zu Wort. »Dabei haben wir selber schon einen gegründet. Wir haben uns einen Bullen zusammen angeschafft und einen Kredit aufgenommen. Aber nein, das ist nicht der richtige Kolchos. Ihr seid ein wilder Kolchos, sagt man uns, tretet in einen andern ein, ihr seid nicht das richtige Kollektiv.«

Vom anderen Wagenende kam der Schaffner und tippte die Schlafenden mit der Signalflagge an Beine und Schultern. »Wologda, Bürger, wir sind bald in Wologda.«

Die Reisenden wurden endgültig wach und rekelten sich, ein allgemeines Gähnen und Räuspern begann.

»Ich hab von der Heumahd geträumt«, erklärte das Bäuerlein, das auf der mittleren Liegebank geschlafen hatte. Er wollte sich bekreuzigen, unterließ es aber und kämmte sich mit den Fingern den Bart. Er hob den knisternden Kastenkorb von der Liegebank.

Der Zug hielt. Lusin sprang, die Mappe unter den Arm geklemmt, auf die knirschende Schlacke der Bahnsteigkante. Hier regnete es nicht. In Wologda-I funkelten einzelne elektrische Lichter. Vor dem Bahnhof war es jedoch noch heller.

Auf dem Bahnsteig standen ungefähr zwanzig Arbeiter, wahrscheinlich vom Bahnbetriebswerk Wologda. Was ist denn das? dachte Lusin verwundert. Die halten wohl mitten in der Nacht ein Meeting ab. Eine Einheit der in Wologda stationierten 10. Division stand im »Rührt euch«. Hinter einer dünnen Milizsperrkette sah

Lusin die leitenden Genossen des Gouvernements in einer Gruppe beieinanderstehen.

Da war, im langen Mantel, der Divisionspolitkommissar Stepanow. Der kleine, etwas gebeugte Sekretär des Gouvernementskomitees Iwan Michailowitsch Schumilow unterhielt sich mit Fomin, dem Leiter der Abteilung Arbeit auf dem Land. Lusin kannte Schumilow gut, sie hatten zusammen in Ustjug gearbeitet. Sie hielten sich für befreundet. Der knabenhaft rundliche Fomin mit dem schütteren hellen Vollbart war auch klein von Wuchs. Neben Fomin stand die sympathische mollige Leiterin der Frauenabteilung Nishnik, der allgemeine Liebling des Gouvernementskomitees.

Lusin trat näher, um zu ergründen, was das zu bedeuten habe. Ein Milizionär hielt ihn auf. »Genosse, hier können Sie nicht durch! Treten Sie zurück.«

Lusin lächelte und sagte für sich selbst unerwartet: »Ich will zu Iwan Michailowitsch.«

Der Milizionär tippte flüchtig an den Mützenschirm und ließ ihn durch.

Schumilow schaute sich um und erkannte Lusin trotz seiner Kurzsichtigkeit. Er trat rasch auf ihn zu.

»Ich war's, der dich hergebeten hat. Hast du schon ein Nachtquartier?« Er begrüßte Lusin mit Handschlag. Auf seine Fragen wartete er nie eine Antwort ab. »Na, du kannst bei mir übernachten, wenn dir das genügt.«

»Ich bitte dich, Iwan Michailowitsch!«

»Also? Bei mir bist du bestens untergebracht.«

Lusin fand keine Zeit zu antworten. Am Bahnsteig fuhr heftig schnaufend eine Lokomotive ein, dahinter waren Waggons zu sehen. Laut erscholl das Kommando »Stillgestanden«. Alle standen reglos.

»Wer wird denn empfangen?« fragte Lusin, Fomin begrüßend.

»Das weißt du nicht?«

»Nein.«

»Mach keine Witze, Stepan Iwanowitsch.«

»Im Ernst, ich weiß es nicht.«

»Laschewitsch. Laschewitschs sterbliche Hülle.« Fomin räusperte sich. »Vom Fernen Osten, auf der Durchfahrt nach Moskau.«

»Was . . . Der bewußte Laschewitsch?«

»Laschewitschs sterbliche Hülle«, wiederholte Fomin. »Es kam ein Telegramm vom Volkskommissariat für Verkehr.«

Divisionskommissar Stepanow riß die Hand an den Mützenschirm, der Trauerzug hielt. Lusin drehte sich um und ging an der Sperrkette vorbei zum Ausgang auf den Bahnhofsvorplatz.

Da er den Diensthabenden im Gouvernementskomitee nicht stören wollte, ging er zum Übernachten ins Haus des Bauern. Er liebte diese interessante Einrichtung und übernachtete ziemlich oft dort in Gesellschaft von Bauern, die aus den entlegensten Dörfern des Gouvernements in die Stadt kamen. Meist versammelten sie sich erst abends in der Herberge, wenn sie ihre Angelegenheiten erledigt und ihre Odyssee durch die Ämter beendet hatten. Mit klobigen Fingern blätterten sie in den Nummern der Zeitschrift »Der Atheist« und machten ihre Glossen. Eifrig lauschten sie den Radiovorträgen des Agronomen Subrilin und gaben behutsam die Kopfhörer weiter.

Diesmal schliefen schon alle. Lusin ging über den Korridor, wo ein neues, auf Tapetenpapier gemaltes Plakat hing: Nur durch Mechanisierung werden wir die Kollektivierung erreichen und Brotmangel verhüten!

Die Aufsicht führte ihn in ein Eckzimmer und wies ihm ein freies Bett an. Lusin zog sich aus und legte sich hin. Und warum hat mich Iwan Michailowitsch nun kommen lassen? dachte er noch, dann schlief er ein, gespannt, was der morgige Tag bringen werde.

13

Der Sekretär des Gouvernementskomitees Wologda, Iwan Michailowitsch Schumilow, angestammter Binnenschiffer aus Weliki Ustjug, im Gouvernement einer der wenigen alten Bolschewiki aus der Zeit vor der Revolution, war von Natur aus nachgiebig und geduldig. Dieser Umstand hinderte ihn jedoch nicht, sich aktiv politisch zu betätigen. Schon 1905 hatte Iwan Michailowitsch die sich gegen die Zarenwillkür auflehnenden Schiffer von Weliki Ustjug angeführt und dafür in Ust-Syssolsk eine Gefängnisstrafe abgesessen. Im Oktober 1917 war er wieder in Ustjug gewesen. Er hatte einige Jahre als Vorsitzender des Exekutivkomitees im Gouvernement Nördliche Dwina und als Sekretär des dortigen Gouvernementskomitees gearbeitet. Die ganze Zeit hatte er einen Mangel an Bildung gespürt und war deshalb mit Freuden zur Schulung nach Moskau gefahren. Die marxistischen Kurse, die er absolvierte, gingen viel zu rasch vorbei, und ehe er sich versah, steckte er schon wieder in der Praxis – diesmal als Sekretär des Gouvernementskomitees Wologda.

Und nun – es war noch gar nicht lange her, am 31. August – war im Büro des Gouvernementskomitees ein Auszug aus dem Protokoll Nr. 57 des ZK vom 13. August 1928 verlesen worden. Viele Büromitglieder fanden es etwas merkwürdig, daß Schumilow, der schon das zweite Jahr Sekretär war, jetzt erst in seiner Funktion bestätigt wurde. Iwan Michailowitsch selbst maß diesem Umstand keinerlei Bedeutung bei. (Seine Duldsamkeit und Gutmütigkeit sicherten ihm die – freilich mit einem Schuß Ironie gepaarte – Achtung seiner Umgebung. Er wußte nicht einmal, daß man ihn belächelte. Bei den meisten Genossen blieb das Spötteln auch im Rahmen kameradschaftlichen Wohlwollens.) Dieser verspätete Beschluß des ZK-Orgbüros stieß jedoch bei vielen Büromitgliedern auf ernste Kritik, das konnte auch Schumilow nicht übersehen. Am deutlichsten drückte sich wie immer Büromitglied Wassili Axjonow aus, der seinen Matrosenmanieren treu geblieben war: »Als ob wir nicht wüßten, daß Schumilow unser Sekretär ist!« Auch der Agitpropabteilungsleiter Ignatow, der Orgabteilungsleiter Tschitscherow und der Vorsitzende des Gouvernementsexekutivkomitees Nisowzew äußerten ihr Befremden, wenn auch nur privat. Die Quantität wurde so zur Qualität, und Iwan Michailowitsch begann zum erstenmal über einige unverständliche Schritte von oben nachzudenken.

So war der Leiter der Gouvernementsplankommission Michail Bek, der mit anderen zusammen in einem Telegramm an das ZK Trotzkis Rückkehr nach Moskau gefordert hatte und schon zweimal aus der Partei ausgeschlossen worden war, von der Kontrollkommission rehabilitiert worden, und nun skandalierte der unverbesserliche Trotzkist aufs neue in Wologda und hetzte, wo er nur konnte.

Das Kuriose war, daß Bek im Prinzip nicht der Mehrheit widersprach, sondern sie sozusagen in den Nachtrab verwies, während er selbst immer bei der Vorhut war. Er sorgte für Streit unter den Genossen und stiftete Verwirrung, wo alles schon sonnenklar war.

Die Kreiseinteilung und das Tauziehen um das künftige Zentrum des Nordgebiets verliefen offenkundig nicht zugunsten Wologdas. Da unterstützte Michail Bek aktiv das Büro und setzte sich für Wologda als Zentrum ein, machte auch gleich einen konkreten Vorschlag dazu. In der Praxis hintertrieb sein Vorschlag jedoch den entsprechenden Beschluß, wofür Bek nun das Gouvernementsexekutivkomitee und das Büro verantwortlich machte.

Schumilow verglich das alles mit der generellen Tendenz der letzten Direktiven aus Moskau. Aus allen sprach eine deutliche Neigung nach links. Ständig wurde die Wichtigkeit der Arbeit mit der Dorfarmut betont, die

Forderungen nach einem differenzierten Verhältnis zur Bauernschaft wurden immer radikaler.

Nach dem nächtlichen Meeting zum Empfang des Waggons mit Laschewitschs sterblicher Hülle erlaubte sich Schumilow, statt wie gewöhnlich um neun erst nachmittags zur Arbeit zu kommen. Das Haus der Partei befand sich im Gebäude einer ehemaligen Versicherungsgesellschaft Ecke Kosljona- und Afanasjewskaja-Straße. Schumilow überquerte die kleine Holzbrücke über die Solotucha, ging am Redaktionsgebäude der Zeitung »Krasny Sewer« vorbei und öffnete die massive Tür der Parteizentrale. In seinem Zimmer legte er den Mantel ab und sah in den Terminkalender. Für heute war notiert: 1. Lusin. 2. Holzkombinat Wologdoles, Tenberg Einschätzungen für die Holzbeschaffung. 3. Warum äußert sich Ukrainzew?

Das waren für heute die wichtigsten Aufgaben.

Schumilow rief seinen Sekretär Popow herein und bat ihn, keine Besucher zu empfangen. Popow, der eine weite, von einem Gürtel zusammengehaltene Wollbluse trug, in deren Brusttasche ein Füllfederhalter steckte, versprach, niemanden vorzulassen.

»Und was machen wir mit Lusin, Iwan Michailowitsch?«

»Ach ja . . . Ist er schon hier?«

»Im Augenblick nicht. Er hat bis zwölf gewartet und ist dann gegangen.«

»Gut, sage mir Bescheid, sobald er wiederkommt.«

Popow entfernte sich. Iwan Michailowitsch holte den Ordner mit den Sekretariatsangelegenheiten hervor. Nach langem Suchen fand er, was er brauchte, und begann zu lesen. Es war die handgeschriebene Kopie eines Briefes aus Moskau, datiert vom 1. Oktober des Vorjahres. Der Brief war an eine Mitarbeiterin des Stadtkomitees oder Stadtexekutivkomitees von Wologda adressiert. Er hatte lange im Schreibtisch gelegen, heute aber erinnerte Schumilow sich an ihn.

»Grüß Dich, Ejdlja!« las er. »Deinen Brief habe ich reichlich spät erhalten, was ich natürlich Dir könnte mit gleicher Münze heimzahlen, aber ich will mir an Dir kein Beispiel nehmen und pünktlich antworten, wie es meine Art ist. Ejdlja, dieser Brief ist ausschließlich dazu gewidmet, Dich über unser Parteileben zu informieren . . . Wie Du weißt, hat die Politik des ZK faktisch geführt zur Existenz zweier Parteien, der Stalinschen Fraktion mit dem Partei- und Staatsapparat und der sog. trotzkistischen Fraktion. Warum ist die Opposition geworden zur Opposition? Ich will darauf antworten . . .«

»Sieh mal an«, brummte Schumilow ironisch, »was er alles weiß, dieser Marxist.«

Es war ein sehr langer Brief.

»Der Arbeiter hat verteidigt mit seinem Blut die Errungenschaften des Oktober, hat Hunger, Kälte und Entbehrungen auf sich genommen. Beim Übergang zur NÖP mußte der Arbeiter Opfer bringen, bei der Rationalisierung ist es dasselbe – wie lange noch?«

Ein Demagoge höchster Klasse, der Kerl, dachte Schumilow und las verärgert weiter:

»Aber wenn man Stalin hört, ist alles in bester Ordnung, sind wir auf dem siegreichen Eilmarsch zum Sozialismus. Wenn du die Dinge aber beim Namen nennst, bist du gleich ein Panikmacher, der nicht glaubt an den sozialistischen Aufbau . . . Die Opposition ist gegen die Freilassung von Leuten, die wegen Bestechung, Veruntreuung und allen möglichen anderen Verbrechen im Gefängnis sitzen. Die lassen sie frei, und ehrliche Genossen von der Opposition werden eingesperrt, so wie Gen. Fischeljew, der mit Bucharin in der New Yorker Emigration war und hat geleistet illegale Arbeit – und jetzt ist er in der GPU, bloß weil er hat genommen 600 Rubel, um ein Programm für die Opposition zu drucken, wo er das Geld doch wieder zurückgeben wollte! Das nenne ich, also ich weiß nicht, wie.«

»Das nenne ich: recht so«, sprach Schumilow vor sich hin und las weiter.

»Als Trotzki und Sinowjew nach Leningrad kamen, haben alle Tagungsteilnehmer des Allrussischen Zentralexekutivkomitees einen Wagen gekriegt, bloß sie verdienten angeblich keinen und kriegten keinen, aber dafür wurden sie mit Musik zur Bahn gebracht und hier in Moskau empfangen mit Musik, mit zwei Orchestern. Ejdlja, dieser Tage, morgen oder übermorgen, da bin ich mit einer Gruppe Genossen bei Trotzki und Sinowjew, da werden wir hören, was sie uns Wichtiges zu sagen haben, wie sie zum Parteitag stehen, wo sie sich aufhalten werden, wenn er tagt, und was sie unternehmen wollen. Wenn es etwas Neues gibt, teile ich es Dir mit. Ejdlja, ich könnte Dir Einzelheiten noch und noch berichten, aber glaub mir, meine Hand tut schon weh, weil ich habe ein ganzes Programmheft abgezogen, was in letzter Zeit durchaus möglich ist. Außerdem ist es schon ein Uhr nachts, und morgen muß ich früh aufstehen. Gestern war ich bei Riwa und Wassja; Wassja schwankt und hält mehr zur Opposition, und Riwa vertritt die ZK-Linie, sie arbeitet jetzt in der Sun-Yat-sen-Universität. Ich habe seit heute morgen nichts gegessen und da auch nichts, weil ich am Sonnabend bis vier Uhr nachts habe gelesen das Programmheft 15, die Reden unserer Führer von der Opposition. Literatur habe ich genug, alles vervielfältigt. Ich könnte Dir was schicken, wenn ich hätte einen zuverlässigen Boten. Gries schick ich Dir, obwohl ich kein Geld habe; ich habe zwar noch 35 Rubel zu kriegen, aber meine Schulden sind genauso hoch. Schreib mir ausführlich von allem, bloß versteck schleunigst meinen Brief, aber zerreiß ihn nicht, bis ich das nächste Mal komme. Nun will ich schließen, obwohl, es gäbe zu berichten noch eine Menge, ich hätte Stoff für ein ganzes Buch. Auf Wiedersehen, schreib mir postwendend und ausführlich.

Küßchen für Nadjuschka.«

»Schreiberling!« Iwan Michailowitsch Schumilow

stand erleichtert auf. »Was der Halunke so zusammenschmiert . . .«

In diesem Moment kam Lusin ins Zimmer. Schumilow begrüßte ihn herzlich und rückte ihm einen altertümlichen Stuhl an den Schreibtisch.

»Möchtest du Tee? Sieh nur, es wird schon finster.«

Er zündete die massive Tischlampe an. In die hohen Fenster drang schon dämmeriges Zwielicht. Der ohnehin nicht lange Septembertag wurde durch die herbstlich trübe Witterung noch kürzer. Tief über Wologda trieben plustrige, gelblich-graue Wolken, verdrängten das immer seltener werdende Blau.

14

Was immer Schumilow dachte, wenn er allein war, welche Zweifel ihn auch befielen – er war der Sekretär des Gouvernementskomitees. Vor allem war er Genosse. Nie und nirgends hatte er an der Richtigkeit der Parteipolitik oder der Notwendigkeit des demokratischen Zentralismus, des Grundprinzips der Partei, gezweifelt. Alle zentralen Direktiven hatte er nicht nur respektiert, sondern auch genau befolgt. Bis in die jüngste Vergangenheit hatte es bei ihm keinen Widerspruch gegeben. Nun aber, besonders seit diesem Sommer, begann er diesen Widerspruch dumpf zu ahnen. Da er sich wehrte, gründlich darüber nachzudenken, war er immer öfter gereizt und reagierte aus harmlosestem Anlaß mit übler Laune. Fälschlicherweise schrieb er die Gereiztheit seinem Alter und der Verschlechterung seiner physischen Gesundheit zu. Dabei rührte die Gereiztheit daher, daß die letzten Direktiven einander wirklich oft widersprachen, und das nicht nur in der Form, sondern auch im Wesen. Das konnte und wollte Schumilow nicht zugeben. Er war für

Geradlinigkeit und geklärte Verhältnisse, alles Unklare, Unausgesprochene war ihm verhaßt. Bei der augenblicklichen Lage war es oft schwer, klare Aussagen zu machen, und noch schwerer, in bestimmten Dingen eine Klärung zu erreichen. Die Genossen seiner Umgebung aber machten zu Unrecht seinen Liberalismus und seine Duldsamkeit für die unklare Situation verantwortlich. Er spürte das, konnte aber nicht beweisen, daß sie ihm unrecht taten, fühlte sich einfach nicht dazu berechtigt. So nahm er immer häufiger seine Zuflucht zu formaler Strenge und formaler Logik. Alle, besonders die Büromitglieder, bemerkten sofort, wie absurd sein Formalismus war, erkannten aber nicht den Grund dafür und warfen ihm einhellig Bürokratismus vor, wenn auch versteckt. Die kameradschaftliche Atmosphäre war dahin. Viele gaben die Schuld daran ihm, Iwan Schumilow. An Klarheit und eine wohlwollende Umgebung gewöhnt, sehnte er sich jetzt unbewußt danach, sich offen mit jemandem auszusprechen, einmal abzuladen, wenigstens für kurze Zeit wieder Verständnis zu spüren und Klarheit zu haben. Deshalb hatte er seinen alten Freund Stepan Lusin zu sich bestellt, zumal das auch im Interesse der Sache erforderlich gewesen war: Durch Versetzungen und Abberufungen waren viele Posten im Gouvernement vakant. Er wollte Lusin vorschlagen, nach Wologda überzusiedeln, um eine wichtige Funktion im Gouvernementsexekutivkomitee zu übernehmen.

»Wohin bist du denn gestern so schnell verschwunden, Stepan Iwanowitsch?« fragte Schumilow. »Warum hast du nicht gewartet?«

»Ich bin gegangen. Zum Haus des Bauern, wo ich übernachtet habe«, sagte Lusin und bemerkte erleichtert, daß der Sekretär ganz normal mit ihm sprach. »Sag mal, Iwan Michailowitsch, war das der bewußte Laschewitsch, über den es einen Beschluß des Plenums gab?«

»Derselbe.« Schumilow trommelte lächelnd mit den Fingern auf dem Schreibtisch.

»Ich begreife nicht, was es da für ein Meeting abzuhalten gab . . .«

»Was du bloß hast! In solchem Fall werden alle früheren Fehler zu Lappalien.«

»Fehler? Er hat illegale Versammlungen einberufen, provokatorische Reden gehalten. Geheime Druckereien – eine Lappalie. Nicht schlecht!«

Schumilow errötete, er schämte sich. Eigentlich hatte er ja gewußt, daß so mit Lusin nicht zu reden war. Aber schließlich hatte er Lusin nicht kommen lassen, um sich mit ihm zu streiten.

»Ich weiß nicht, du bist irgendwie anders geworden . . .« Lusin war Schumilows Verlegenheit nicht entgangen.

»Wie denn? Sprich schon, mach's kurz.«

»So glatt.«

Schumilow lachte gezwungen. Dann schwieg er und seufzte.

»Was soll ich machen, Stepan? Das ist nicht zu vermeiden!« Er stand auf und warf wütend die beschriebenen Blätter auf den Tisch.

»Da, nimm dir die Zeit und lies das.«

»Was ist das?«

»Eröffnungen eines Trotzkisten. Ein regelrechter Protopop Awwakum.«

»Ich will das nicht.« Lusin schob die Seiten von sich, stand auf, ging zum Bücherregal und nahm einen Band heraus. »Ich habe noch nicht mal alles von Marx gelesen, und du schiebst mir Trotzkisten unter.«

»Schriftsteller aus der Hauptstadt lehnst du also ab?« Schumilow holte einen zweiten Packen aus dem Schreibtisch. »Nun, ich habe auch andere. Aus dem Kreis. Da, ganze zwei Werke. Lies, lies, es betrifft dich.«

Lusin legte das Buch weg, nahm die Schreiben und las sie. Im ersten, aus zwei Seiten bestehenden, wurde in einer ihm merkwürdig bekannt vorkommenden Handschrift mitgeteilt, Lusin habe als Vorsitzender des Olchowizaer Amtsbezirksexekutivkomitees mit dem Kulaken Patschin Nachsicht geübt und die Schibanichaer Dorfarmen beleidigt. Das zweite – das Gutachten eines GPU-Mitarbeiters – betraf die Überprüfung der Genossenschaftskader in Lusins Kreis. Darin war von Wohlhabenden und Kulaken die Rede, die in der Genossenschaft Buchhalterposten innehätten. Dem Gutachten lag ein von Mejerson signierter Bericht des Agitpropabteilungsleiters des Kreiskomitees bei. Formal belastete er Lusin in keiner Weise, aber beim Lesen drängte sich die Schlußfolgerung auf, daß er das von Rechtschreibfehlern wimmelnde, voreingenommene Gutachten des GPU-Mitarbeiters bestätigte. Lusin warf die Blätter hin und sprang auf.

»Wozu hast du mich herbestellt? Damit ich Denunziationen lese?«

»Schon gut, schon gut, reg dich nicht auf.«

Schumilows Augen hinter den Brillengläsern funkelten übermütig und unbefangen. Lusin war jedoch ernstlich empört; auf seiner Stirn schwollen über den Schläfen gewundene bläuliche Adern. Er ging im Zimmer auf und ab, schob mit dem Fuß den Stuhl herum und setzte sich wieder.

»Du kennst mich lange genug, Iwan. Damit brauchen wir beide keine Zeit zu vertrödeln. Habt ihr nichts Besseres zu tun im Gouvernementskomitee als Denunziationen abzuheften und nächtliche Meetings zu veranstalten? Sag mal, was geht hier eigentlich vor?«

»Gut, reden wir davon, was vorgeht.«

Schumilow rief die Diensthabende und bat um Tee.

»Liest du Zeitungen? Tust du.« Er betrachtete Lusin lächelnd. »Dann sag mir, warum ist jetzt auf einmal von Rechten die Rede?«

»Das wollte ich dich fragen.«

»Von Rechten ist die Rede, weil wir schon total in der NÖP versackt sind. Der fünfzehnte Parteitag . . .«

Aber Lusin spürte wieder die Unaufrichtigkeit und unterbrach ihn: »Unsinn! Warum sollen wir in der NÖP versackt sein? Ist das etwa auch deine Meinung?«

»Nein. Aber Trotzki in Alma-Ata denkt anders darüber. Und läßt nach wie vor seine Gemeinheiten vom Stapel.« Schumilow erregte sich nun selbst. »Wahrscheinlich gibt es im jetzigen Politbüro auch keine einheitliche Meinung.«

»Wo hat Stalin seine Augen?«

»Stalin gilt in Moskau neuerdings als Rechter, Stepan. Und mit ihm das ganze Politbüro.«

»Das ist doch alles trotzkistischer Schwindel«, sagte Lusin schroff und nippte an dem starken, aber kaum noch lauwarmen Tee. »Ist das etwa nicht klar?«

»Nein, das ist nicht klar. Jetzt sag mir mal: Wie verstehst du die Kollektivierung?« Schumilow kratzte sich nachdenklich im Nacken. »Ich werd jetzt jeden Tag gemahnt: Die Arbeit mit der Dorfarmut forcieren! Mehr Aufmerksamkeit für das Dorf, die Kulaken bekämpfen!«

»Scharfmacherei. Linksradikalismus.«

»Was denn, gibt es bei uns etwa keine Kulaken?«

»Natürlich gibt es sie.« Lusin schob sinnend das Teeglas beiseite. »Das ignoriert ja auch niemand. Aber erstens setzt Lenins Genossenschaftsplan sie viel gründlicher und zuverlässiger matt als alle linken Losungen. Gerade wir sollten das wissen! Und zweitens darf man nicht das ganze Land über einen Kamm scheren. Sibirien zum Beispiel ist etwas ganz anderes als unser Gouvernement. Wenn bei uns ein Bauer drei Kühe und ein Pferd hat, ist er für uns schon ein Kulak. Aber dort? Dort ist er mit drei Kühen ein Dorfarmer, wie er im Buche steht. Demnach sollst du nicht Kulaken bekämpfen, sondern ausgesprochene Dorfarmut. Ich übertreibe natürlich, aber ist es nicht so?«

»Schon möglich. Und was machen wir mit der Produktionsgenossenschaft oder vielmehr der Vergesellschaftung des Bodens?«

»Die kommt doch von ganz allein! Wir brauchen den

Bauern bloß Traktoren zu geben. Nun sag du mir, wieviel Traktoren unser Gouvernement gekriegt hat!«

»Zwanzig.« Schumilow kratzte sich im Kreuz und dann wieder im Nacken.

»Siehst du, zwanzig Fordsons fürs ganze Gouvernement. Und das ist so groß wie zweimal Belgien plus einmal Dänemark. Gib zu, das ist nicht die Masse.«

»Aber wir können nicht warten, bis wir genug Maschinen haben. Die Zeit wartet nicht, Stepan.«

»Und wenn wir's zu eilig haben, machen wir uns zum Narren. So lassen wir die Arbeiter noch gut und gern zehn Jahre hungern ... Wie soll dann die neue Kollektivierung aussehen? Wie in Tigino? Ich kenne euer Tigino. Auf die Art zu kollektivieren ist eine halbe Sache. Natürlich gehen die Bauern ausnahmslos in solchen Kolchos.«

»Warum?«

»Weil man ihnen das beste Land gegeben hat! Weil man sie mit Krediten füttert und sie in jeder Hinsicht unterstützt. Wenn du das überall so machst, im ganzen Land, reichen dann die Kredite noch aus? Da können es ein paar Leute nicht erwarten, im Sozialismus zu leben.«

»Du hast wohl tüchtig Tschajanow gelesen?«

»Kleb mir nicht gleich ein Etikett an.« Lusin sprang gereizt auf. »Tschajanow ... Welche Jahrgänge hast du abgeheftet?«

Er trat an einen Tisch, auf dem ein Haufen abgehefteter Zeitungsbündel lag, zog eins heraus und blätterte lange darin.

»Hier ist es, hör zu. ›Eigentlich bleibt uns nur eins zu tun: Unsere Bevölkerung so weit zu *zivilisieren*, daß sie alle Vorteile der ausnahmslosen Beteiligung an der Genossenschaft begreift und diese Beteiligung organisiert. Mehr nicht. Wir brauchen keinerlei Raffinessen weiter, um zum Sozialismus zu kommen. Unsere Devise muß daher sein: So wenig ausgeklügelte Weisheiten wie möglich, so wenig Verrenkungen wie möglich ...‹ «

Schumilow hatte mit finsterer Miene zugehört und

nervös Papiere auf dem Schreibtisch hin und her geschoben. Er wollte etwas entgegnen, doch da klopfte es an die Tür. Ein hochgewachsener Uniformierter in nassem Umhang trat ein, mit hellem Kotowskischnurrbart im rundlichen Gesicht, und salutierte: »Gestatten Sie, Genosse Schumilow? Spindlerow, mich schickt Genosse Prokofjew. Kurierpost für Sie. Quittieren Sie bitte.«

Der Soldat warf Lusin einen flüchtigen Blick zu, grüßte, drehte sich um und ging.

Den habe ich doch schon irgendwo gesehen, dachte Lusin, bestimmt habe ich ihn gesehen. Spindlerow ... Der Name kommt mir auch bekannt vor.

Schumilow riß das Kuvert auf. Drei Telegrammformulare waren mit frischen, noch nicht getrockneten Textstreifen beklebt. Schumilow las und reichte das Telegramm Stepan Iwanowitsch.

»Da, bitte. Das geht in deine Richtung.«

Lusin nahm und las:

»an alle parteikomitees stop zk unterzog die mit der erhebung einer einheitlichen landwirtschaftssteuer verbundenen maßnahmen eingehender erörterung und konstatierte erhebliche rückstände in der steuerkampagne stop diesbezüglicher beschluß des allunionsrats der volkskommissare vom 11 september entspricht voll dem zk-beschluß stop zk empfiehlt unter befolgung aller konkreten im beschluß genannten direktiven die arbeit aller partei- gewerkschafts- und staatlichen organisationen zwecks energischer und richtiger durchführung der steuerkampagne entschieden zu verstärken stop alle der korrektur von fehlern und entstellungen dienenden maßnahmen dürfen unter keinen umständen zu zeitverlusten in der erhebung der landwirtschaftssteuer führen stop unter klein- und mittelbauern die politische agitatorische arbeit unbedingt erweitern besonders den klassencharakter der steuer erklären stop angesichts steuererhöhung gewisse schwierigkeiten unvermeidlich stop besonders mit erbittertem widerstand der kulakenelemente zu rechnen stop um so wichtiger verstärkung der politischen arbeit auf dem land vor allem unter organen der dorfarmut stop beschluß des rats der volkskommissare beim exekutivkomitee anfordern stop zk-sekretär kaganowitsch.«

Dem ZK-Telegramm war ein vom GPU-Chef des Gouvernements unterzeichneter Dienstvermerk mit dem Aufdruck »Geheim« beigefügt: An Gen. Schumilow. Aufgenommen zwei Uhr nachts in meiner Gegenwart.

»Was sagst du dazu?«

Lusin zuckte die Achseln, gab das Telegramm zurück und stand auf, um zu gehen.

»Das wird wieder Arbeit geben . . .«

»Warte, Stepan Iwanowitsch.« Schumilow legte die Papiere in den Schreibtisch und schloß den Panzerschrank ab.

Sie gingen zusammen auf die Straße. Beide schwiegen in dem Gefühl, daß ein richtiges Gespräch nicht zustande gekommen war. Es war ungefähr drei Uhr nachts, der Regen hatte aufgehört. Bei spärlichem elektrischem Licht polterten drei Fuhrwerke über die Brücke: Latrinenräumer saßen, finster vor sich hinbrütend, vor ihren Fässern. Die Pferdehufe klapperten dumpf auf dem Steinpflaster, in den Pappeln der dunklen Kosljona rauschte der Wind.

»Und wie geht's der Familie?« fragte Schumilow und schlug den Mantelkragen hoch. »Wohnung in Ordnung, wie geht's deiner Frau?«

»Alles in Ordnung, Iwan Michailowitsch«, antwortete Lusin kurz, er fühlte, wie formal und überflüssig die Frage war.

Eine Einladung zum Übernachten sprach Schumilow heute nicht mehr aus. Auf der Brücke verabschiedeten sie sich kühl. Stepan Iwanowitsch wußte bis zuletzt nicht, weshalb er ins Gouvernementskomitee bestellt worden war.

Einige Wochen später, am 23. Oktober 1928, diskutierte das Büro des Wologdaer Gouvernementskomitees den

»Appell des ZK und der Moskauer Parteiorganisationen«. Der Text eines Aufrufs an alle Kreiskomitees zur Frage der rechten Gefahr wurde einstimmig angenommen und dem Komitee unverzüglich zugestellt. Iwan Michailowitsch Schumilow war im Urlaub. Am 18. November tagte in Wologda ein Plenum des Gouvernementskomitees mit dem Referat »Über rechte Abweichungen in der Partei und Versöhnlertum«. Schumilow kehrte gerade zum Plenum aus dem Urlaub zurück. In der ebenfalls einstimmig gefaßten Resolution hieß es:

»Die Schwierigkeiten unseres Aufbaus und die Bedingungen der kapitalistischen Umkreisung und der privaten kleinbäuerlichen Warenproduktion waren und bleiben der Nährboden für Zweifel und schwankendes Verhalten innerhalb einzelner Schichten der Arbeiterklasse und einiger Gruppierungen in unserer Partei.

Das Plenum des Gouvernementskomitees ruft die Parteiorganisationen des Gouvernements zur ideologischen Wachsamkeit und zum energischen tagtäglichen Kampf aller Parteimitglieder gegen rechte Abweichungen und Versöhnlertum auf, ohne daß dabei der Kampf gegen die Überreste des Trotzkismus im geringsten vernachlässigt werden darf.

Das Plenum stellt allen Parteiorganisationen des Gouvernements folgende Aufgaben:

a) Bei allen Mitgliedern der Parteiorganisation muß völlige Klarheit über Ursprung und Inhalt der rechten Abweichungen herrschen. Diese sind entschieden zu bekämpfen, wobei versöhnlerische Tendenzen sowie Bestrebungen, die Schärfe der Fragestellung im Kampf gegen schwankendes Verhalten zu verwischen, beharrlich zu entlarven sind.

b) Den Arbeiter- und Bauernmassen sind die Aufgaben der Partei auf dem Gebiet des wirtschaftlichen, politischen und kulturellen Aufbaus noch umfassender zu erläutern, um zu erreichen, daß die Beschlüsse des

XV. Parteitags und der Plenartagungen des ZK genau verstanden und exakt erfüllt werden.

c) Auf der Grundlage von Selbstkritik und der Überprüfung der eigenen Arbeit ist eine konsequente innerparteiliche Demokratie durchzusetzen, um eine Aktivierung der Mitgliedermassen und ihre stärkere Einbeziehung in die Arbeit der Parteiorgane zu erreichen.

d) Im gesamten Netz der politischen Aufklärungsarbeit unter den Massen ist ein entschiedener ideologischer Kampf gegen Schwankungen und Abweichungen von der Parteilinie zu führen.

e) Es ist zu sichern, daß Probleme der Gefahr von rechts gebührend in der Presse behandelt werden, wobei besonders auf eine exakte und klare Fragestellung zu achten ist.

Für den entschiedenen Kampf gegen rechte Abweichungen und Versöhnlertum!

Für die beharrliche Überwindung der Schwierigkeiten beim sozialistischen Aufbau!

Für die unbeirrbare Erfüllung der Beschlüsse des XV. Parteitags der KPdSU (B) und der Plenartagungen des ZK!«

15

Und der Herbst ging über das russische Land ... Wie eine umherstreifende Fremde rätselhaften Alters, die durch vergoldete Haine streicht und trockene Reizker in den Rocksaum sammelt, auf dem Rücken einen Beutel, dessen Inhalt niemand kennt, auf dem Kopf ein dunkles Tuch. Behutsam und gebieterisch zerteilt sie vor sich hin dämmerndes Nadelgezweig, stochert mit dem Stock nach links und rechts. In den Kranichschrei stiehlt sich das uralte Lied. Der Schrei der sehnigen Vögel verhallt im gleißenden weißblauen Himmel, und sie verschwinden in der Ferne, wie auf einen dünnen Faden gereiht. Eine Frauenstimme tönt und tönt, wandert von Ort zu Ort, verstummt in den Wäldern, steigt wehmutsvoll über einem entlegenen Stoppelfeld auf. Selten dringt sie bis ins Dorf. Wovon singt sie so entrückt, die unbekümmert Umherziehende, wo wird ihr nächstes Nachtlager sein?

Auf den weiten Feldern schwebt blaues Spinnengeweb über dem Tau, die ermüdete Erde kühlt langsam aus. In durchsichtigen Flußtiefen stehen schläfrig und träge die Fische, bewegen kaum ihre Flossen. Vom Ufer beglotzt sie versonnen das Vieh. Die Strohfeimen ringsum sind noch gelb und frisch, aber das späte Grummet auf den Heuschobern ist längst welk und von den Septemberregen gebleicht. Wie leuchten dagegen die smaragdgrünen Streifen der Wintersaat, wie lodert die stille rubinrote Pracht der Ebereschen am Waldrand!

Am steinigen Feldrain kollert ein junger Birkhahn, bläht sich auf aus unerwiderter Liebe. Das arme Närrchen ist vor Einsamkeit sehnsuchtskrank. Er dreht sich um sich selbst, sträubt das Schwanzgefieder und schwingt raschelnd den breiten bunten Flügel. Welche Stille ringsum, bis auf ihn ...

Tiefer im Wald ist es auch ungewöhnlich still, als wäre ein geheimnisvolles kostbares Gefäß zerschlagen worden. Alles verharrt reglos, hält den Atem an und wartet gleichsam auf die unausbleibliche Strafe – oder auf Vergebung und Frieden.

Auf dem Waldweg klappern Hufe, ein Pferd zieht schnaubend einen Wagen mit Holz, einen Augenblick lang duftet es anheimelnd nach der Selbstgedrehten des Fuhrmanns. Ein Schwarzspecht antwortet mit so schallend akkuratem Gehämmer, daß die Stille danach noch fühlbarer und tiefer wird.

Endlos sind die Wälder um Wologda, Archangelsk und Weliki Ustjug, zwischen Onega, Mesen und Petschora! Zuweilen bläst der Herbst über sie hin, hüllt sie weithin in feuchten Wind. Dann wogt wochenlang über Tausende Werst ein dumpfes, unwirsches Grollen vom Weißen Meer. Dumpf rauscht die Taiga, gleichsam ein Echo ihres Bruders, des nächtlichen Ozeans. Die Winde blasen die unberührte Bläue vom Schoß zahlloser Seen, kräuseln und furchen das Wasser der großen nördlichen Flüsse, bestreuen es mit totem Laub. Der Atem der Winde pustet das Grau der Sümpfe in die Taiga oder zaubert ihr goldene, orangefarbene und silbriggelbe Strähnen ins Haar. Doch die Kiefern- und Tannenwälder berührt das alles nicht, noch immer schweigen sie erhaben oder heulen zum Fürchten, mit zornig wallenden Mähnen, und wieder geht von Horizont zu Horizont ein gewaltiges Rauschen durch die endlose Taiga.

Diese Wälder, schien es, hätten nie ein Ende ...

Im Herbst des Jahres 1928 rauchten in Tausenden Dörfern in den rauhen nördlichen Gefilden friedlich die Getreidedarren. Morgens duftete es bis weit über die Dorfgrenzen nach frischem Roggenbrot, Vieh weidete frei und ohne sommerliche Aufsicht auf den abgeernteten Feldern, Hirten trieben ihre Jahresabgabe auf den Höfen ein. Bei Sonnenaufgang hörte man überall Dreschflegel klopfen. Die Dörfler droschen Korn, zahlten ihre Schulden, deckten sich für den Winter mit Kohl, Pilzen und Beeren ein, machten Ställe und Häuser winterfest, mieteten Kartoffeln und Kohlrüben ein. Der Bauer kann sich auf niemanden und nichts verlassen als auf seine Kornkammern und Mieten. Zu essen brauchten er und seine Kinder, zu essen brauchte das ganze in Aufruhr versetzte Land.

Die an niemand gebundenen Burschen und Männer scharten sich um forsche, schlagfertige Anwerber, und es hagelte unterschriebene Verträge. Das Land legte den Grundstein zu umfangreichen Bauten. Aber Holz wurde nicht nur für Betonverschalungen und Dachsparren von Baubaracken gebraucht, Europa zahlte für unsere Tannen mit purem Gold ... So mancher deckte sich mit

Dörrbrot ein, besorgte sich Fausthandschuhe und Filzstiefel und fuhr in die Forstwirtschaft. An vielen Orten des unübersehbaren russischen Nordens zugleich fraßen sich gut geschränkte Schrotsägen ins Holz, blieben im feuchten Sägemehl stecken.

Axthiebe schallten.

Pferde wieherten in den Wäldern.

Hundertjährige Bäume stürzten reihenweise.

Die ersten mit frischgefällten Baumriesen beladenen Züge keuchten nordwärts nach Archangelsk. Auf den breiten Kais des Holzexportkombinats roch es nach des Waldes grünem Blut, erklangen neben Russisch fremdländische skandinavische Laute. Bärtige Kapitäne in Südwestern standen auf der Brücke und schmauchten gelassen ihre kurzen Pfeifen, und die nimmersatten, unergründlichen Leiber der Ozeandampfer schluckten und schluckten des Waldes harziges goldenes Fleisch.

Heimlich verstummten die unübersehbaren nördlichen Wälder: Nach Wind und Regen senkte sich ein kurzer milder Altweibersommer auf die Erde.

Mikulin ging in seinem Arbeitszimmer auf und ab, er war glücklich und guter Dinge. Braucht es viel dazu bei einem gesunden Mann seines Alters? Er war sich nicht im mindesten bewußt, daß Glück und gute Laune gar nicht daher rührten, daß der Schuster-Kirja ihm neue knarrende Chromlederstiefel genäht hatte. Auch nicht, daß die Steuern restlos eingenommen und die Kartoffeln seiner Mutter aus der Erde waren, nicht einmal, daß es auf der Welt Palaschka Mironowa, Jewgrafs Tochter, gab, war der Grund. Sein Glück kam einfach von seiner Gesundheit und Jugend.

Doch in jungen Jahren denkt niemand ans Jungsein, alle meinen, das Glück setze sich aus lauter angenehmen Dingen wie neuen Stiefeln zusammen.

Mikulin freute sich innerlich über die Stiefel wie ein kleiner Junge. Mit den dreißig Rubeln, die er für die Arbeit im Amtsbezirksexekutivkomitee erhielt, war nicht viel Staat zu machen. Durch eine günstige Gelegenheit war Mikulin billig zu Chromleder gekommen. Decksohlenleder und Seitenfutter hatte er selbst, und Sohlen aus dickem Rindleder verkaufte ihm Danilo Patschin. Kirja hatte ihm in zwei Tagen Schäfte und Fersenteile genäht. In Gegenwart des Kunden schnitt er zwei Zungen aus Birkenrinde und legte sie unter die Brandsohlen. Als die Stiefel trocken waren, nahm Kirja sie vom Leisten. Mikulin zog sie an und ging damit durch die Stube, und die Stiefel fingen an zu »reden«. Sie knarrten genau nach der Mode, nicht zu laut und ein bißchen singend. Und nun schritt Mikulin in seinem Arbeitszimmer auf und ab und genoß dieses Knarren. Eine Sitzung der ländlichen Einstufungskommission stand bevor, die der erst kürzlich mit dieser gesellschaftlichen Funktion betraute Ignati Sopronow leitete. Es war über einen Brief zu diskutieren, der gestern vom Kreis gekommen war, von Stepan Iwanowitsch Lusin. Der Brief lag auf Mikulins Schreibtisch.

Während sich die Kommissionsmitglieder Weritschew und Ussow einfanden und man noch auf Sopronow wartete, las der Vorsitzende den Brief nochmals durch.

»Guten Tag, Nikolai Nikolajewitsch!« schrieb der Leiter der Finanzabteilung des Kreisexekutivkomitees. »Ich wollte Dich anrufen, habe mich aber für einen Brief entschieden. Du weißt, daß Partei und Regierung zur Zeit eine neue Steuerpolitik verfolgen. Die vom XV. Parteitag aufgezeigte Klassensituation verlangt von uns allen, an diese Frage vom proletarischen Standpunkt heranzugehen. Es ist Kurs genommen auf eine Erweiterung der Steuer durch erhöhte Besteuerung der Wohlhabenden und besonders der Oberschicht, aber keinesfalls auf Kosten der Dorfarmut. Wir haben entsprechende Direktiven des Gouvernementskomitees und des Gouvernementsexekutivkomitees. Ich bitte Dich daher dringend, sofort die Einstufungskommission einzuberufen. Geht alle Steuerzahler durch und ermittelt verheimlichte Einnahmequellen. Unseren Voranschlägen entsprechend muß der Amtsbezirk Olchowiza die Landwirtschaftssteuer um durchschnittlich 30 % erhöhen, was für Euch durchaus machbar ist. Jetzt kommt es auf Eure praktische Umsetzung an. Es grüßt Dich S. Lusin.

Bitte beschleunige auch die Kassierung der Versicherungsbeiträge, und schick mir die Listen über die Selbstbesteuerung.«

»Fehlt noch einer?« fragte Sopronow wohl mehr sich selbst als die Anwesenden, als der Tabakrauch Mikulins Zimmer zu verdunkeln begann.

»Zehner kommt nicht«, sagte Ussow. »Er soll in die Pilze gegangen sein.«

»Fangen wir an!« sagte der Vorsitzende. »Wir dürfen sozusagen keine Zeit verlieren.« (Mikulin hatte vor kurzem im Kreis das Wörtchen sozusagen aufgeschnappt und gebrauchte es nun bei jeder Gelegenheit. Da er ein Vielredner war, wurde bei ihm allerdings *sozsagen* daraus.)

»Eröffnen wir!« willigte der Sekretär der Parteizelle Weritschew ein. »Aber zuerst führen wir eine Parteiversammlung durch.«

»Aber die haben wir doch gar nicht vorbereitet, Alexander Andrejewitsch«, sagte Mikulin zu ihm. »Außerdem sind wir nicht beschlußfähig. Die Dugina hat Unterricht.«

»Die werden wir nicht behelligen. Und was die Vorbereitung angeht . . . Was brauchen wir schon für eine besondere Vorbereitung, Nikolai Nikolajewitsch? Ist doch alles klar. Deshalb schlage ich vor, die Versammlung zu eröffnen.«

Mikulin war angenehm überrascht von der unaufdringlichen Entschiedenheit des Parteisekretärs Weritschew. Die Parteizelle hatte sich tatsächlich lange nicht versammelt; Weritschew war den ganzen Sommer hindurch nicht dagewesen, er hatte Waldparzellen für den Holzeinschlag angewiesen.

Ohne im mindesten gekränkt zu sein, bot der Vorsitzende seinen Schreibtischplatz Weritschew an, was soviel hieß wie: Los, nimm die Karten auf, mach dein Spiel. Aber Weritschew setzte sich nicht um.

»Folgendes, Genossen«, begann er ohne Umschweife. »Über die Steuer brauchen wir nicht viel zu reden. Die müssen wir eintreiben. Ist zwar ganz schön viel. Aber hier und da werden sich schon unterschlagene Einnahmen finden lassen. Vielleicht äußert sich Mikulin mal dazu...«

»Was soll ich noch sagen? Hier ist alles gesagt.«

Nichts Böses ahnend, las Mikulin den Brief vor. Weil dieser nicht an den Leiter der Steuerkommission, sondern an den Vorsitzenden des Amtsbezirksexekutivkomitees Mikulin gerichtet war (und auch aus persönlichen Gründen), zischte Sopronow wütend: »Das alles wissen wir auch ohne Lusin!«

Mikulin überhörte den Zwischenruf. Er sagte etwas über die Steuer, hörte auch zu, wenn die anderen sprachen, dachte aber im Grunde nur an seine eigenen Probleme, nämlich an Palaschka Mironowa oder Jewgrafowa, wie man sie im Amtsbezirk nannte. Nach dem Vorfall in der Mansarde war Palaschka gewitzter geworden, was Mikulin in seiner Herzenseinfalt nicht ahnte. Er traf sich häufig mit ihr, aber immer wußte sie es so einzurichten, daß es nur auf dem abendlichen Dorfbummel oder bei Verwandten geschah. Mikulin wartete auf eine günstige Gelegenheit, er hatte nur eines im Sinn. An Heiraten dachte er nicht mehr, Palaschka dagegen wartete nur auf die entscheidende Aussprache, weshalb es oft zum Streit kam. Trotzdem hatten die Zerwürfnisse noch jedesmal mit Küssen und Liebkosungen geendet. Heute wollte der Vorsitzende sich wieder mit ihr treffen und hatte es darum eilig.

Die Kommission einigte sich rasch, wer wohin fahren sollte, um die neue Steuererhöhung durchzusetzen. Mikulin nahm Olchowiza und die umliegenden Dörfer,

Mitka und Weritschew wurden in die Ortschaften hinter dem See geschickt, und Sopronow erbot sich, den »Verband« Schibanicha zu übernehmen.

»Also, dann sieh mal zu, Ignati Pawlowitsch, und mach uns keine Schande. Berücksichtige die dortigen Verhältnisse.«

»Du selber kommst wohl nicht nach Schibanicha?« fragte Sopronow Mikulin.

»Ich müßte eigentlich, aber ich hab keine Zeit, weißt du.«

Weritschew unterbrach die Unterhaltungen.

»Genossen, da ist noch ein Problem.«

Alle verstummten gespannt.

»Zwecks Kontrolle der Mitgliederbewegung und Beitragsentrichtung«, fuhr Weritschew fort, »schlage ich vor, sofort die Parteidokumente zu überprüfen. Beitragsrückstände sind bis morgen auszugleichen.«

Von mir aus, dachte Mikulin und zog sein in Zeitungspapier gewickeltes Dokument aus der Brusttasche. Weritschew nimmt seinen Sekretärsposten ja ganz schön ernst.

Weritschew zeigte der Versammlung sein Dokument und sah sich Mikulins an. Danach zeigte Ussow seins vor.

»Und du, Ignati Pawlowitsch?« fragte der Sekretär.

»Ich habe kein Dokument«, entgegnete Ignati dumpf. Er fühlte, wie er bis zum Hals blaß wurde, und stand auf.

»Was heißt, du hast keins?« fragte Weritschew ruhig. »Hast du es verloren?«

»Nein, das nicht! Verlieren werd ich's nie! Ich hab's vorübergehend beim Kreiskomitee abgegeben. Ihr könnt euch bei Genossen Jerochin erkundigen.«

Weritschew schien einen Moment zu überlegen, was zu tun sei.

»Und warum hast du es im Kreiskomitee abgegeben?«

Sopronow antwortete nicht. Wieder trat gespannte Stille ein.

»Gut, das werden wir klären . . .«, sagte Weritschew

mit drohendem Unterton. »Für heute betrachte ich die Versammlung als geschlossen.«

Die Kommissionsmitglieder begaben sich an ihre Einsatzorte.

Sopronow ging zu Fuß nach Schibanicha. Er ließ die Wiesen von Olchowiza hinter sich und gelangte auf den unteren Schibanichaer Uferweg. Hinter niederhängendem Faulbaumgesträuch rauschte der Fluß. Er war vom Regen angeschwollen und trüb und bildete kreiselnde Trichter wie im Frühjahr. Ignati blieb stehen, hob einen Stein auf und warf ihn in einen Strudel. Er stand noch eine Weile. Ein Stein, ein schwerer Stein lag auch auf seiner Seele. Seine zur Faust geballten Hände waren ebenso feucht wie die Steine am Weg. Auch in der Kehle stak ihm ein Stein, der sich weder hinunterschlucken noch ausspucken ließ ...

Das Kreiskomitee hatte Sopronow nicht bestellt, um ihm sein Parteidokument wieder auszuhändigen. Weder Jerochin noch Mejerson hatten sich an Sopronow erinnert, als sie kamen, um Prosorow und den Popen Rotfuchs zu verhaften. Als Leiter der Einstufungskommission hatte der Kreis nicht ihn eingesetzt, sondern Mikulin, und nicht aus Wertschätzung, sondern um selbst weniger Lauferei zu haben. Daran bestand für Ignati Sopronow kein Zweifel. Er war nun zweieinhalb Jahrzehnte auf der Welt und hatte nicht nur schmerzhafte Erniedrigungen erfahren, sondern auch schon so manches andere. Und nun verzieh er niemandem, der ihn einmal beleidigt hatte. Er merkte sich alles, war verletzlich in seinem Stolz wie kein zweiter, horchte auf jedes Wort, das man über ihn sagte. Überall vermutete er Spott und Gerede wie: Den Ignaschka haben sie aus der Partei geschmissen.

Ob er nicht glauben konnte, daß man so über ihn sprach? Oder hätte er – wenn es wirklich solchen Klatsch gab – einfach spöttisch darüber hinwegsehen sollen wie Mikulin?

Schon in der Kindheit erhielt seine von früheren Kränkungen gespeicherte Eigenliebe enormen Auftrieb: Jetzt war seine, Ignatis Zeit gekommen. Sie füllte ihn ganz aus, diese Eigenliebe, ihn, Ignati Sopronow, der einst von allen beleidigt und geprügelt worden war, sie wuchs, bis er niemanden mehr hatte als sie. Nun sah er im Leben nur noch ungerechtfertigten Hohn, sagte ihm dumpf den Kampf an und nährte seinen Haß. Keinem Menschen verzieh er, sah in allen nur Feinde – und das erweckte Angst. Er vertraute auf nichts mehr als auf die eigene Kraft und Schläue. In seiner Verbohrtheit bildete er sich ein, alle Menschen seien wie er, die ganze Welt sei von Angst und Gewalt beherrscht. Gewalt vermag alles, meinte er, sie unterwirft sich nur der Gewalt, die Menschen rechnen nur mit ihr, sie fürchten sie.

Manchmal, wenn er andere leiden sah, erwachte Mitleid in ihm. Doch er brauchte sich nur an vergangene Demütigungen zu erinnern oder jemanden zu verdächtigen, er wolle ihn beleidigen, schon verschloß er sich wieder und wurde unerbittlich. Die Ruhe anderer deutete er als Abwartehaltung, Fleiß als Gewinnsucht. Güte betrachtete er als Verstellung, Schläue . . .

Inzwischen hatten schon die Schibanichaer Heuschläge angefangen. In Rogows Heuschuppen, der nicht weit vom Weg und vom Flußufer entfernt lag, beschloß er, sich die Fußlappen neu zu wickeln: An der linken Ferse rieb der Stiefel. Der Schuppen war im Sommer bis obenhin mit Heu vollgestopft worden. Nun hatte sich das Heu in den Fächern gesenkt, so daß unter dem Dach reichlich Platz war. Sopronow wollte zuerst nach seinem eigenen Heuschuppen sehen, der in der Nähe auf einer anderen Lichtung stand, unterließ es aber. Er zog die Stiefel wieder an und schaute sich um. Die Sonne ging unter. Ein Schwarm Drosseln, die sich im Herbst gemästet hatten, fiel lärmend über eine Eberesche am Rand der Lichtung her. Die Vögel schwirrten mit Gekreisch in den Zweigen, sie fraßen in wenigen Minuten sämtliche Beeren vom Baum. Sopronow stand auf, um zu gehen, als er eine geradezu freudige Entdeckung machte. Neben einem Scheunenfach lehnte ein mit Heu bestreutes Gewehr in der Ecke. So, so ... interessant, dachte er, sich umschauend, der Schuppen gehört Rogows ... Die 28er Flinte erwies sich als geladen. Sopronow öffnete das Schloß und prüfte sorgfältig die Patrone, wollte sie unbrauchbar machen, die Kugel herausnehmen oder das Schrot ausschütten. Aber er überlegte es sich anders und beschloß, alles unverändert zu lassen. Früher hatten sie kein Gewehr, erinnerte er sich fieberhaft. Kann noch gar nicht lange her sein ... Laß ich's hier oder nehm ich's mit? Nein, lieber hier lassen. Rauskriegen, was es damit auf sich hat ...

Er stellte die Flinte an ihren Platz zurück und brach auf. Plötzlich, er war schon ein ganzes Stück von der Wiese entfernt, hörte er Schritte und tauchte lautlos ins Gebüsch. Sein Herz klopfte unregelmäßig und heftig. Er kauerte nieder und hielt den Atem an. Auf einem Pfad, der durch ein Faulbaum-, Birken- und Erlendickicht führte, kam Stülpnase daher, seine nassen Kittelschöße raschelten. Er trug einen großen Korb mit Kuhreizkern und trampelte mit seinen Bastschuhen durch die Pfützen, daß der Schlamm nur so spritzte.

Pfui, du krummbeiniger Deibel! Sopronow spuckte aus. Latscht hier lang wie der Leibhaftige ...

Er wartete, bis Stülpnase verschwunden war, sah noch einmal spähend umher und betrat vorsichtig den Weg. Ob ich die Flinte in meinem Schuppen verstecke? dachte er plötzlich. Oder ob ich sie ganz und gar mitnehme?

Sein Kopf schmerzte, scheußliche Übelkeit hinderte ihn, sich zu konzentrieren, den wichtigen Gedanken zu fassen, der ihm immer wieder entglitt.

Auf dem Feld machte er an einem Heuschober halt, wartete seltsamerweise erst die Dämmerung ab, ehe er die Brücke überquerte und ins Dorf hinaufging.

»He, ist wer zu Hause?« Sopronow hatte Heft und Bleistift schon gezückt. In Mironows Winterstube brannte eine Petroleumfunzel. Auf dem Tisch lag eine angeschnittene Zwiebelknolle, an der Trennwand tickte eine Uhr. Offenbar wohnten Mironows oben und unten zugleich, aber hier in der Winterstube war im Augenblick niemand. Sopronow ging in den Flur und stieg die Treppe zu dem im Sommer benutzten Obergeschoß hinauf. Die Tür ließ sich geräuschlos öffnen. Aus der guten Stube drang leises Flüstern einer Frauenstimme. Dann regte sich etwas im Gang hinter dem Ofen, polternd fiel ein Topf herunter. Palaschka schaute um die Ofenecke.

»Jesses, ich hab gar nix gehört!«

Sie zog sich barfuß aus und wischte die Pfütze mit einem Scheuerlappen auf. Sopronow konnte ihre dicken weißen Kniekehlen sehen.

»Ist Vater da?« fragte er und sah sich im großen Raum des Obergeschosses um.

»Der wird woll im Stall was werkeln.«

Sopronow ging zum Tisch und setzte sich auf die Bank. Aus der guten Stube kam Palaschkas Mutter Marja und begrüßte ihn. Sie machte die mit einem Rosenornament verzierte Tür hinter sich zu. Auf die Türfüllung war ein schönes Tier mit einer Mähne gemalt.

Bestimmt ein Löwe, dachte Sopronow. Nanu, der hat ja ein Gesicht wie ein Mensch. Und wie er die Tatze hebt.

Er wollte sich den Löwen genauer ansehen, aber Marja verdeckte ihm die Sicht.

»Geh doch mal runter, nach unten geh, Pawlowitsch!« rief sie plötzlich aufgeregt. »Unten steht auch der Samowar.«

»Nicht nötig«, sagte Sopronow. »Ruf den Hausherrn.«

»Ja, aber ... Laß uns doch erst mal runtergehen ... Ach, du mein Gott.«

Jewgraf hatte die lauten Stimmen gehört und kam schon die Treppe herauf.

»Guten Tag, Ignati Pawlowitsch«, grüßte er gemessen.

Sopronow starrte in sein Heft, drehte den Bleistift zwischen den Fingern und steckte ihn sich hinters Ohr wie ein Zimmermann.

»Was gibt es Neues drin?« fragte Jewgraf, seine Unruhe verbergend. »Du kommst ja wohl grad aus Olchowiza.«

Sopronow antwortete nicht, nahm den Bleistift vom Ohr und räusperte sich.

»Folgendes, Jewgraf Anfimowitsch. Ich komme zu dir wegen der Steuer . . .«

»Ich hab die erste Rate bezahlt, Ignati Pawlowitsch. Die zweite entricht ich, sowie ich mit dem Dreschen fertig bin.«

»Wieviel sind es im ganzen?«

»Komm, das weißt du doch selber. Fünfzig Rubel haben sie mir dies Jahr aufgebrummt, als ob's ein Pappenstiel wär. Für die Anleihe hab ich 'ne Menge gegeben. Dazu die Versicherung, die Selbstbesteuerung. Der Genossenschaftskredit ist auch bald fällig.«

»Der Kredit geht uns nichts an, Jewgraf Anfimowitsch. Der ist deine Privatsache.« Sopronow hob ein wenig die Stimme. »Aber Landwirtschaftssteuer zahlst du zuwenig! Wir haben Anweisung, die Steuer neu festzusetzen. Das heißt, zu erhöhen.«

Palaschka brachte eine angezündete Lampe aus der Kochecke und hängte sie über dem Tisch auf.

»Wer hat die Anweisung gegeben?« fragte Jewgraf.

»Mikulin. Der Vorsitzende des Amtsbezirksexekutivkomitees. Den kennst du doch?«

Sopronow sah, wie Marja sich bekreuzigte und etwas sagen wollte, sich aber nicht getraute. Jewgraf wurde blaß, seine großen, gichtknotigen Finger zitterten, die Hände wischten nervös übers Wachstuch auf dem Tisch.

»Und wieviel habt ihr mir . . . draufgeschlagen? Fürs laufende Jahr . . .«

»Hundertzwanzig Rubelchen, Bürger Mironow. Plus

die fünfzig von vorher, macht zusammen hundertsiebzig.«

Marja jammerte: »Großer Gott, Jesses Maria, was soll bloß werden . . .«

Jewgraf saß fassungslos da und starrte Sopronow mit weit aufgerissenen Augen an. Der notierte sich seelenruhig etwas in sein Heft.

»Ihr . . . ihr . . . seid ihr verrückt?« Jewgraf sprang auf. »Ignati, bist du bei Trost? Was hast du gesagt?«

»Was du gehört hast.«

»Hab doch mal ein Gewissen, Ignati Pawlowitsch! Was bleibt mir denn jetzt? Der Strick! Oder nimm einen Korb und geh betteln, Mironow! Wie habt ihr euch das gedacht, du und dein Mikulin? Wie kommt ihr auf solche Beträge?«

»Rechnen wir mal nach.«

»Jawohl! Das rechne mir mal vor, Ignati Pawlowitsch . . . Das will ich sehn!«

»Hast du Land? Hast du.« Sopronow bog einen Finger ein. »Jetzt das Vieh. Zwei Kühe? Jawohl. Zwei Färsen? Jawohl.«

»Was für Färsen? Eine Färse und ein Bulle im zweiten Jahr.«

»Das hat nichts zu sagen.«

»Wieso nicht? Wieso hat das nichts zu sagen? Ob Bulle oder Färse, ist bei dir wohl ganz egal?«

Jewgraf lief vor Sopronow hin und her, der aber bog ungerührt den nächsten Finger ein.

»Weiter. Acht Schafe?«

»Herrgott, doch mit den Lämmern . . . Du mußt rechnen, was im Winter noch da ist, aber doch nicht alles Kleinvieh!«

»Die Hühner, der Garten! Plus Spitzenklöppelei.«

Jewgraf rang verzweifelt die Hände, er wußte nicht mehr, was er sagen sollte.

»Du lieber Gott, die Spitzen . . . Jetzt ziehen sie sogar die noch ran . . .« Marja stürzte zum Tisch. »Sind's etwa viele? Ganze zwei Kopftücher hab ich, werden die vielleicht auch versteuert?«

»Was dachtest du denn?« schrie nun auch Sopronow. »Die Spitzen ebensogut wie andere Nebenarbeiten! Lauter verheimlichte Einnahmen. Habt ihr eine Mühle gebaut oder nicht? Also. Dann habt ihr auch Geld! Hier, unterschreib das, Mironow, und damit hat sich's.«

»Nein, Ignati, Diebstahl unterschreib ich nicht!«

»Paß auf, daß du's nicht noch schlimmer machst.«

»Schlimmer geht's nicht! Weiß Gott nicht! Hundertsiebzig ... Und was zahlt Kescha? Das sag mir mal, was Fotijew zahlt! Ha! Der ist befreit! Total! Keine Kopeke zahlt der!«

»Kescha geht dich nichts an! Befreit ist er, weil er zur Dorfarmut gehört!« Sopronow stand ebenfalls auf.

»Und warum? Zum Teufel, warum? Er hat genauso viel Land und Hände zum Arbeiten! Kescha wird befreit, und Mironow soll zahlen. So ist das also? Wo bleibt da die Gerechtigkeit, he, Iwan Pawlowitsch? Wo?«

»Also jetzt hör mal zu, Bürger Mironow! Unterschreib das oder laß es bleiben, aber eines merk dir: Zahlen wirst du!«

Da schlug Jewgraf auf den Tisch, daß das Lampenlicht flackerte und im Schrank das Geschirr klirrte.

»Was geht hier vor!« Er sah sich nach seiner Frau um. »Schaff sie her! Zeig ihm deine Spitzen, dem gottverdammten Hund, soll er sie doch gleich mitnehmen! Schlepp alles her, weg damit, soll er selig werden ...«

Jewgraf war noch nie so außer sich gewesen.

»Jesses, Anfimowitsch, du machst ...«, setzte Marja an, verstummte aber mitten im Satz.

»Her damit!«

Marja stand unschlüssig. Die Spitzen waren in der guten Stube in der Truhe verwahrt.

Mikulin mußte der Teufel geritten haben, sich diese vertrackten Stiefel nähen zu lassen! Der Vorsitzende hockte wütend in Palaschkas Stube und mußte noch zusehen, daß er nicht hustete oder nieste. Eine entkorkte Viertelliterflasche und eine Pfanne voll Seljanka* standen vor seiner Nase, und er saß hungrig davor und starrte die Herrlichkeiten böse an. Er durfte sich nicht rühren, nicht mal in den Brotkanten beißen.

In Jewgrafs Vorderhaus gab es einen Gang um den Ofen herum. Mikulin hätte daher längst aus der Stube in den Flur entwischen können, wenn nicht seine Stiefel geknarrt hätten wie Kescha Fotijews Pforte.

So hatte es ja kommen müssen!

Er war schon bei Tage aus Olchowiza herübergekommen, hatte sein Pferd bei seiner Mutter untergestellt, das Abendbrot zu Hause jedoch abgelehnt und war statt dessen über Hinterhöfe zu Palaschka geeilt. Marja, seine künftige Schwiegermutter, hatte ihm ohne Jewgrafs Wissen ein Fläschchen Schnaps vorgesetzt und ihm Seljanka gekocht. Jewgraf hantierte mit der Axt im Stall und ließ sich oben nicht blicken, Mironows wohnten schon in der Winterstube. Mikulin erhoffte sich viel von dem bevorstehenden Abend, genauer, der Nacht, weil er Marja, Palaschkas Mutter, auf seiner Seite hatte. Das sah und fühlte er genau . . . Er hatte gerade die Flasche entkorkt und sich das Brot und die Pfanne näher gerückt, als Ignati Sopronow auftauchte. Und nun saß Mikulin während der ganzen Unterhaltung in der Stube und wagte sich nicht zu rühren, denn er durfte weder Sopronow noch Jewgraf unter die Augen geraten. Als Jewgraf mit der Faust auf den Tisch schlug, gewann der Vorsitzende endlich seine Geistesgegenwart zurück. Er beschloß, die Stiefel auszuziehen und heimlich barfuß um den Ofen herum in den Flur zu schleichen. Er war schon dabei, sich den zweiten Stiefel auszuziehen, als Jewgraf plötzlich seine Frau beiseite stieß und die Stubentür aufriß.

Jewgraf war sprachlos.

* Schmorgericht aus mehreren Fleischsorten, Gurken, Kohl und Zwiebeln

In Palaschkas Zimmer, in seinem Haus, stand an einem mit Essen und Getränk gedeckten Tisch ein fremder Mann, der nur einen Stiefel anhatte, und glotzte ihn an. Das schlug dem Faß den Boden aus.

»Jewgraf Anfimowitsch«, stammelte Mikulin ratlos. »Tag auch, sozsagen . . .«

»Och!« Jewgraf begriff endlich. »So ist das . . . Der eine kommt zu mir, der andere zu meinem Mädel.«

Mikulin schabte mit dem Stiefelschaft am Tischbein.

»Halunken!« schrie Jewgraf plötzlich, stürzte zum Ofen und griff nach dem Feuerhaken. »Dir werd ich helfen, von wegen ›Tag auch‹! Na warte . . .«

In der Kochecke flogen Topfgabeln und Pfannen, Palaschka brach in Tränen aus, und Marja versuchte, Jewgraf in den Arm zu fallen, der aber stieß sie von sich und schoß hinter dem Ofen hervor.

Sopronow und Mikulin waren jedoch schon Hals über Kopf über die dunkle Treppe nach unten entwischt.

»Raus mit euch! Krähe, alte Trine, Kupplerin! Dem werd ich's zeigen, ›Tag auch‹!« tobte Jewgraf, den Marja zu besänftigen suchte.

Die beiden flüchteten bis in eine dunkle Gasse, wo Mikulin erst einmal seinen Stiefel anzog, gleich ohne Fußlappen.

»Na, Ignati Pawlowitsch . . .«

»Ignati, Ignati!« blaffte Sopronow. »Bist auf Brautschau beim Kulaken, und dann Ignati . . .«

Sie gingen noch weiter weg von Jewgrafs Haus, von wo immer noch Gebrüll und das Weinen der Frauen zu hören waren.

»Du hast das übertrieben mit der Steuer!« Mikulin kam erst jetzt zu Atem. »Das war sozsagen ein bißchen zuviel.«

»Vielleicht kommt es dir bloß zuviel vor, weil sie dich mit Schnaps traktieren?« versetzte Sopronow bissig. »Misch dich gefälligst nicht ein! Halt mich nicht von der

Arbeit ab!« Damit schritt er mitten durch den Schlamm auf Kljuschins Haus zu.

Da hab ich den Bock zum Gärtner gemacht! dachte Mikulin. Der wird schön was anrichten ... Er stand noch eine Weile grübelnd auf der Straße und ging dann, um sich schlafen zu legen. Ins eigene Bett. Die Nacht war dunkel und warm. Die Fenster des Dorfes schimmerten gelb durch unbeweglichen Nebel. Durch die Straßen zog Kiefernholzrauch vom Feld: Die Alten von Schibanicha trockneten das Korn in den Tennen.

16

Etwas erhöht war auf der Erde aus Erbsenstroh und spelziger Streu ein weiches Lager bereitet. An den Rändern Kiefernholzbretter, damit man im Schlaf nicht herausfallen konnte. Auf dem Stroh, am warmen Schaffell der vom Ofen angestrahlten Wand, lag Serjoshka. Der Großvater hatte ihm eine alte Joppe unter den Kopf geschoben.

»Schlaf, Serjoshka. Der Herr sei mit dir. Ich bin bald wieder da ...«

Und Großvater Nikita war ins Dorf gegangen, um zu Hause nach dem Rechten zu sehen.

Serjoshka war allein geblieben – nicht nur in der Korndarre, sondern auf der ganzen Tenne, wo es nachts unheimlich war. Im undurchdringlichen Dunkel das grelle Feuer des großen Lehmofens. Der war nicht zu erkennen, überhaupt nichts war zu erkennen, nur die lodernden Kiefernscheite. Außerdem das Innere des Ofenlochs – eine riesige Kuppel, in die breit die Flammen schlugen. Serjoshka lag an der warmen beleuchteten Wand, dem Ofenmaul gegenüber, und dachte: Woher das Holz bloß so viel Feuer hat? Fast bis Mitternacht brennt es, das reinste Wunder! Und dann bleibt nichts als ein Häufchen Asche.

In der Darre war es warm und nicht mehr verqualmt. Gleichmäßige dichte Wärme erfüllte die Finsternis und zog durch die Luftgänge längs den Wänden nach oben zur Decke. Dort, auf den schwarzen Gestängen, hingen die Roggengarben dicht bei dicht, mit den Ähren nach unten. Die Darre war für zwei Doppellagen Garben eingerichtet, also oben zweigeteilt.

Serjoshka kannte das alles genau, aber ohne Großvater gruselte ihn doch. Aber was half's? Er hatte ja selbst hergewollt. Morgen war Sonntag und keine Schule, alle Rechenaufgaben waren gelöst, da hatte Mutter ihn zum Getreidedörren gelassen. Und nun ging Großvater nach Hause. Ein Angstschauer durchrieselte ihn vom Hals bis ins Gedärm. Unheimlich! Das Holz brannte hell und lebhaft, mit leisem Knistern. Aus den harzigen Zweigen schlugen manchmal zischend züngelnde Flämmchen. Das ganze Feuer fauchte und rauschte. Auch Feuer kann rauschen, wie Wasser oder Wind. Und was war das, dort im Finstern hinter dem Ofen? Dort saß vielleicht ein bärtiger Darrenkobold und wartete nur, bis Großvater weit genug fort war. Dann würde er hervorkommen und, hast du nicht gesehen, auf Serjoshka losgehen ...

Serjoshka raffte sich zusammen und hustete, um sich Mut zu machen. Vom Kopfende seines Lagers langte er sich eine Rübe, zog mit den Zähnen die bittere Schale ab und warf sie hinter den Ofen. Der Kobold nahm es nicht übel, er kam nicht raus. Serjoshka hatte eine weiche, süße Rübe erwischt, er verputzte sie und wurde nun ganz mutig. Na, was denn? Er könnte sogar um den Ofen herumgehen. Am Ende war dort gar niemand!

Er blickte zu der Stelle, wo sich das Türchen befand, durch das man nach oben auf die Tenne steigen konnte, betrachtete das Fenster zur Straße, das mit einem dicken Kiefernkloben verrammelt war. In die Dunkelheit hinterm Ofen zu gucken, fürchtete er sich, aber seine Augen wanderten ganz von selbst dorthin. Nanu? Ein Schauder überlief Serjoshka bis in die Zehenspitzen. Im Dunkeln hinter dem Ofen glommen unbewegliche grüne Augen. Serjoshka kniff die Lider zusammen und bebte am ganzen Leib, lange saß er so, mehr tot als lebendig. Dann sah er wieder in die Dunkelheit – vielleicht hatte er sich alles nur eingebildet? Aber die grünleuchtenden Augen schimmerten immer noch hinterm Ofen. Serjoshka blieb der Mund offen, die Haare standen ihm zu Berge. Ganz blaß wurde er vor Angst. Schon wollte ein Schreckensschrei dem erschütterten Knabenherzen entfahren, da quietschte das große Tennentor, Großvater Nikita kam zurück. Seine Stiefel polterten auf dem Tennenboden, schon war er ganz nah, schon öffnete er das Türchen und stieg ächzend in die Darre herab.

»Da . . . Schönen Gruß vom Hasen.« Der Großvater gab dem Enkel eine Kohlpirogge. »Wenn du sie nicht magst, hat er gesagt, gib sie Serjoshka.«

»Opa! Opapa . . .«

»Was ist denn, Kleiner?« Der Großvater merkte, daß sein Enkel zitterte wie Espenlaub. »Mein Gott, was hast du? Was zitterst du denn?«

»Opa! Guck doch!«

»Ach, das ist doch Kustik. Siehst du, der ist reingekommen und will Mäuse fangen.«

Mit der großen schwieligen Hand strich Großvater über Serjoshkas Kopf. Der Junge schluchzte tief auf vor Erleichterung. Mit einem Schlag kam die Welt wieder in die gewohnte Ordnung. Die Korndarre war wieder vertraut und nicht mehr geheimnisvoll, und drollig bewegte sich Großvaters Bart beim Kauen der Kohlpiroggenkrümel.

»Miez-miez«, rief Großvater. »Komm, Kustik, komm, hier gibt's Piroggchen.«

Kustik kam aus seiner dunklen Ecke, umstrich Serjoshka und miaute – ganz einfach Kustik, zärtlich wie immer! Der Großvater legte Holz im Ofen nach. Serjoshka, auf die Ellenbogen gestützt, sah ins Feuer, das die neuen Scheite beleckte, und lauschte auf Kustiks Miauen.

»Nun schlaf«, sagte Großvater. »Wenn du morgen früh mit dreschen willst, dann schlaf jetzt.« Nikita richtete noch einmal das Lager für Serjoshkas Kopf. »Kustik ist auch müde.«

»Daß du mich bloß weckst, Opa.«

Serjoshka glaubte noch nicht zu schlafen, noch ins Feuer zu schauen. Doch er schlief schon, und das Feuer wurde stiller und breitete sich nach allen Seiten aus. Großvaters Worte und das Schnurren des Katers entfernten sich, verstummten. Süßer tiefer Schlaf umfing den Jungen. Großvater Nikita stellte Serjoshkas Stiefel in die Ecke und deckte einen Sack über die Füße seines Enkels. Solange die frisch aufgelegten Holzscheite brannten, konnte auch er ein Schläfchen machen. Großvater Nikita hörte dem Kater zu und murmelte vor sich hin: »Heiliger Engel des Herrn, ich neige mich vor dir und bete, du mein Beschützer, zur Aufsicht bestellt meiner Seele und meinem sündigen Leib seit dem Tag der heiligen Taufe ... Habe ich auch durch Faulheit und böse Sitten deine reine Herrlichkeit erzürnt ...«

Das Holz im Ofen knackte, Nikitas Flüstern ging in Sprechen über, und der Kater wurde still, hörte dem Alten zu.

»... und hab dich vertrieben von mir durch all meine Sünden: Lügen, Verleumdung, Neid, üble Nachrede, Verachtung, Unbotmäßigkeit, Nächstenhaß und nachtragende Gedanken, Geldgier, Jähzorn, Völlerei und Trunksucht, Geschwätzigkeit, böses und hinterlistiges Trachten und durch meine Hoffart ...« Großvater Nikita bekreuzigte sich und bettete seinen Kopf neben Serjoshkas. Doch der Alte schlief nur leicht und obenhin. Ruhig und gleichmäßig loderte im Ofen das Feuer. Weit und dunkel breitete sich draußen die stille Herbstnacht. Alles Irdische schlief, nur nicht die Alten in ihren Korndarren, sie legten Holz nach und wärmten die alten Knochen am Feuer. Sie husteten. Sie grübelten, überdachten ihr Leben, das vorbeigerauscht war. Wieviel Erde war da umgepflügt worden, wieviel Schweiß vergossen! O täglich Brot! Du unter Mühen erworbenes, du unser allmächtiges! Herr, Herr ... Bei Tag und bei Nacht spricht zu uns dein Wort, winters und sommers, von der Geburt bis zum Tode ... Kehre ein in unsere Kornkammern! Gib den Händen der Menschen Kraft, ihrem Geist Hellsichtigkeit und der unsterblichen Seele Triumph! Laß den Säugling gedeihen, tröste die Witwe und steh den Waisen bei ... Besänftige den Feind! Möge seine Bosheit ermatten, möge seine unbeständige Seele Ruhe finden. Wo du bist, schwinden Leid und Verwirrung ...

Das Holz im Ofen loderte kräftig. Großvater Nikita fand keinen Schlaf, er ächzte und stieg schließlich durchs Türchen auf die Tenne. Die Tenne war so groß, daß man auf ihrem Holzboden hätte Babki spielen oder ein junges Pferd zureiten können. Ringsum dichte, geradezu fühlbare Finsternis, doch der Alte fand sich tastend zurecht, er kannte die Tenne so gut wie die letzten Zähne in seinem Mund. Er wußte, wieviel Schritte zwischen den einzelnen Fächern waren, wo er auf Ecken und Bolzen gefaßt sein mußte. Er hatte keine Furcht, zu stolpern oder anzuecken in der Dunkelheit, er stellte die Leiter an und stieg hoch auf das Gerüst, wo die grauen Garben zum Trocknen eingelegt werden. Er öffnete die festverschlossene Klappe zur ersten Doppellage. Muffige Hitze schlug ihm entgegen, Geruch von Ähren und Unkraut, das zusammen mit dem Roggen gemäht worden war. Die Garben trockneten gut. Nikita stieg wieder hinunter, kroch in die Darre zurück und bekreuzigte seinen friedlich schlummernden Enkel.

Der Morgen war nahe, bald würde das Dreschen beginnen.

Serjoshka erwachte vom Klopfen der Dreschflegel. Es mußte noch vor Tagesanbruch sein, in der Darre war es warm und dunkel. Durch das Fenster mit dem Kiefernkloben drang nicht der kleinste Lichtschimmer. Man sah kaum die Hand vor den Augen. Im Ofen verglomm rot die letzte Glut unter der Asche, die ein leiser Luftzug bewegte. Jemand hatte Kartoffeln zum Rösten hineingelegt, aber Großvater war nicht da, der Kater auch nicht. Verschlafen! dachte Serjoshka entsetzt. Sie haben mich angeführt, mich einfach nicht geweckt! Zu allem Unglück waren auch noch die Stiefel weg. Serjoshka fand sie nur mit Mühe. Er schlüpfte hinein und stieg gleich ohne Jacke hoch zur Tenne.

Frische Kühle umfing ihn.

Auf der Tenne brannten zwei Laternen, sie hingen an Bolzen an den Trennwänden. Gedroschen wurde schon ganz am Ende, also waren sie bald fertig. Vera, die Schwester, setzte einen Schlag aus, als sie Serjoshka sah, und ließ ihren Dreschflegel sinken.

»Oje, Serjoshka, du hast verschlafen, wir haben schon alles gedroschen!«

Serjoshka stand an der Seite. Vater, Großvater und Pawel droschen zu dritt, Mutter harkte ihnen zu. Dann waren sie fertig und hielten inne.

»Na, Serjoshka?« fragte Iwan Nikititsch.

Auf einmal heulte Serjoshka los. Alle redeten tröstend auf ihn ein: »Warum hörst du auf sie?«

»Sie schwindelt doch! Wir haben noch eine Darre.«

»Du kannst noch genug dreschen.«

»Wisch dir nicht die Augen, nicht wischen, sonst kommt eine Granne rein.«

Serjoshka beruhigte sich nicht so schnell, er boxte Vera mit seiner kleinen Faust in die Hüfte.

»Da hast du's!«

»Marsch, zieh dich an!« rief die Mutter, und Serjoshka flitzte in die Darre zurück.

»Ich gehe heizen, macht allein zu Ende. Und eßt nicht wieder Kartoffeln in der Korndarre, sonst bleibt wieder Kohlsuppe übrig.« Axinja schüttelte ihr Kopftuch aus und ging nach Hause. Iwan Nikititsch und Pawel stiegen in die Darre.

In der Öffnung des großen Tennentores zeichnete sich zaghaft erster bläulicher Morgendämmer ab. Vera harkte das Stroh zusammen, schüttelte es aus und brachte es auf die Straße. Der Großvater nahm einen aus einer Schlittenkufe gefertigten halbrunden Schieber, schob damit das ungeworfelte Korn auf einen Haufen und schaufelte ihn mit einer Holzschaufel zusammen. Die Reste fegte er säuberlich mit einem Birkenbesen weg. Der hölzerne Tennenboden wurde glatt und rein, kein Stäubchen blieb liegen.

»Na, Serjoshka, komm hoch!« sagte der Großvater. »Darfst rausnehmen.«

Serjoshka stieg eilig nach oben. Er öffnete die Klappe zur zweiten Doppellage und begann eifrig Garben herauszuwerfen. Die Garben waren so groß wie er und immer noch schwer, obwohl sie trocken waren. Disteln und drahtharte Strohhalme stachen ihn, aber Serjoshka warf und warf. Bald mußte er in die Hitze hineinkriechen. Serjoshka schob die heißen Stangen auseinander. Vera kam und half ihm, zu zweit hatten sie bald alle Garben hinuntergeworfen. Unten packte Großvater die Garben und zerrte sie ans äußerste Ende der Tenne, wo er sie in zwei Reihen legte, mit den Ähren zur Mitte. Als Serjoshka herunterkam, suchte Großvater für ihn einen möglichst schlanken und leichten Dreschflegel aus.

»Vera, ruf die Männer! Und du, Serjoshka, stell dich hier neben mich. Und schlag zuerst nicht zu derb. Laß dir Zeit, paß dich allmählich an.«

Iwan Nikititsch kam und tat erstaunt: »Sieh mal an! Serjoshka ist ja auch hier!«

Er stellte sich mit Pawel auf die andere Seite. Vera zerschnitt flink mit einer Sichel das Bindegarn und nahm die Harke, um die Garben zu zerteilen.

»Na, dann, in Gottes Namen!« Großvater tat den ersten Schlag.

Auch Serjoshka schlug zu, doch er geriet mit seinem Vater zusammen. Dann hieb Pawel, dann wieder der Großvater. Serjoshka schlug und schlug, aber immer zur unrechten Zeit, er brachte den ganzen Rhythmus durcheinander. Großvater Nikita schien das gar nicht zu bemerken. Vera schob schweigend das Korn unter die Dreschflegel, auch die anderen Erwachsenen übten Nachsicht. Serjoshka spürte das. Er war drauf und dran, seinen Flegel hinzuwerfen und loszuheulen, er sah ja, daß es nicht klappte, daß er nur störte. Die Schläge fielen ungleichmäßig, manchmal mit unnötig großen Pausen.

»Je, Serjoshka, denk an gar nichts«, rief der Großvater, ohne innezuhalten. »Und laß dir Zeit.«

Serjoshkas Kräfte ließen nach. Geschickter geworden, schlug er ohne Eile und traf zur rechten Zeit. Dann wartete er die Schläge der drei anderen ab und schlug wieder zu, und wieder traf er zur rechten Zeit. Auf einmal fügte sich sein Dreschflegel in den Rhythmus. Serjoshka spürte plötzlich eine wunderbare Leichtigkeit. Der Flegel schien von selbst, ohne sein Zutun, auf die Garben einzudreschen. Serjoshka merkte nicht, wie Vera mit dem Vater und Pawel Blicke wechselte, wie der Großvater sich absichtlich nicht von der Stelle rührte, um ihn nicht aus dem Takt zu bringen, so daß alle schon lange auf denselben Fleck schlugen. Endlich tat der Großvater einen Schritt. Und alle rückten ein Stück weiter. Tok, tok, tok und tok, tok, tok und tok, klopften die Dreschflegel. In Serjoshka jubelte es, nie gekannte Begeisterung erfüllte ihn. »Es klappt! Es klappt!« hätte er am liebsten gerufen, doch er drosch und drosch, um das Errungene ja nicht wieder zu verlieren.

»Uff!« Iwan Nikititsch hörte als erster auf. »Ich kann nicht mehr. Dieser Serjoshka! Der hat uns alle geschafft.«

»Tüchtig, tüchtig!« Pawel rückte Serjoshkas Mütze zurecht.

Mit Rücksicht auf den Kleinen droschen sie sehr lange an dieser Lage, ohne Eile. Als sie vom Tor zur Darre zurück waren, pulsierten kleine Äderchen an Serjoshkas Armen.

»Schluß.« Großvater löschte die Laternen. Es war schon hell.

»Oho, der Serjoshka!« sagte Pawel, als er die Dreschflegel wegstellte. »Mähen kannst du, dreschen hast du gelernt. Nun lernst du noch pflügen und dir ein Haus zimmern, dann kannst du heiraten. Ein richtiger Mushik!«

»Ein Mushik, na ja – sagen wir, ein guter halber«, lachte Iwan Nikititsch. »Nun kommt frühstücken.«

Serjoshka frohlockte. Er verbarg seine Freude nicht und strahlte, daß alle seine Zahnlücken zu sehen waren.

»Geht nur, geht, ich komme nach!« Vera harkte das Stroh zusammen. »Wo ist das Schloß, Großvater?«

Der Großvater zeigte es ihr. Er öffnete das große Tor und pfiff, um den Wind herbeizulocken. Es war aber kein Wind. Ein sonniger Morgen zog herauf, jetzt brauchte nicht geworfelt zu werden. Außer Vera und Pawel gingen alle langsam zum Frühstück nach Hause. Serjoshka ging zwischen Vater und Großvater, die Hände auf dem Rücken wie ein Großer.

Hinter der Viehweide stieg am milchigblauen Himmel schnell die Sonne auf, golden und noch nicht heiß. In Schibanicha wurden gerade erst die Öfen geheizt, es roch nach Gebackenem und glühendem Kiefernreisig. Nur auf Kescha Fotijews Haus stieg noch kein Rauch aus dem häßlichen breiten Schornstein.

Mit Pawels Hilfe fegte Vera das Stroh auf die Straße vor das Tennentor. Dann schaufelten sie den aufs Doppelte angewachsenen Körnerhaufen zusammen. Zweimal kehrte Vera die Tenne, bis alles sauber war, dann sah sie sich um. Pawel mühte sich, aus dem Erbsstroh oben mit der Harke eine Ranke herauszuzupfen. Vera fand es komisch, wie die Ranke immer länger wurde. Schließlich riß er ein Stück ab, warf den Rest wieder hoch, schüttete sich Schoten in den Mund und kaute.

Mein Gott, was ist er mager ..., dachte Vera liebevoll und bekümmert. Daß seine Hosen überhaupt noch halten – er ist ja bloß Haut und Knochen ...

Zuweilen haßte sie die Mühle. Einmal war ihr sogar ein böser, sündhafter Gedanke gekommen: Überall auf dem Hügel liegen trockene Späne ... Man brauchte nur ein Streichholz hineinzuwerfen, und die ganze Qual würde verbrennen und verderben. Doch Vera war damals über den häßlichen Gedanken erschrocken und hatte sich Vorwürfe gemacht. Sollte sie, seine Frau, für ewig verdammt sein? Immer häufiger schämte sie sich dieser Sünde und bedauerte Pawel, und sie half ihm, wo sie konnte. Manchmal stand sie früher auf als die Mutter und richtete eilig den Samowar für ihn. Er ging schon vor Tagesanbruch zur Mühle hinauf, im Frühjahr und im Sommer. Jeden Morgen trug sie ihm Essen hin, und stundenlang drehte sie geduldig den Schleifstein, wenn die Zimmerleute ihre Äxte schärften. Und jetzt, da Akimko und Iwan Netschajew aus unerfindlichen Gründen nicht kamen, hockte sie sich auf einen harzigen Bretterstapel und hobelte. Wenigstens halbwegs hatte sie mit Holz umzugehen gelernt: zu hobeln, zu sägen, zu hacken. Freilich schickte Pawel sie mitunter wütend weg. War das Weibersache? Auf dem Feld und auf der Tenne gab es genug zu tun. Besonders viel Zeit brauchte sie für den Flachs. Erst raufen und die Kapseln abschlagen, den Flachs vor dem Morgentau ausbreiten. Dann wieder einraffen und in der Darre trocknen. Dann mit der Flachsbreche bearbeiten. Jetzt war gerade das Walken an der Reihe. Vera hatte in den letzten Tagen schon fünfhundert Bündel gewalkt. Zum Flachswalken kamen die Mädchen immer noch vor Veras Haus zusammen. Sie traten mit bloßen Füßen in den warmen Achelhaufen und stampften eifrig ihre Bündel, wobei sie alle möglichen Leute durchhechelten oder sangen. Veras Freundinnen, Tonja und Palaschka, kamen wie früher zu ihr. Als ob Vera nicht geheiratet hätte. Allerdings weinte Palaschka oft, wenn sie mit ihr unter vier Augen war. Mikulin machte immer noch nicht ernst mit dem Heiraten. Was der sich bloß dachte? Aber auch Tonja hatte sich verändert. Seit Prosorows Verhaftung ging sie zu keinem Dorfabend mehr. Oh, das gab Gesprächsstoff für die Weiber in Schibanicha und Olchowiza! Worauf hoffte Tonja, was ging in ihr vor? Wenn sie so alt wäre wie dieser Mann, nähme sie alles weniger schwer . . .

Vera trat zu Pawel. »Gib mir ein paar Schoten ab!«

Er umarmte seine Frau, spürte unversehens ihren weichen Körper.

»Kalt, nicht?« sagte er. »Komm, wir gehen in die Darre!«

Vera lachte: »Du Dürrer! Was willst du noch in der Darre?«

»Wie meinst du das?« fuhr er auf.

»Wie soll ich's meinen?« Vera lachte wieder.

»Weißt schon . . .« Zornig stieß Pawel die Tür zur Darre mit dem Fuß auf. »Dort sind auch geröstete Kartoffeln.«

Sein Zorn war ihr angenehm. Sie wußte, sie würde auch hinuntersteigen in die warme Dunkelheit der Darre, aber sie ließ sich Zeit. Sie war jetzt voll triumphierender Freude. Und noch an etwas anderes dachte sie, wollte es aber vor sich selbst nicht wahrhaben. Sollte sie davon sprechen oder nicht? Einen Monat lang waren sie nicht mehr gekommen, ihre Tage . . . Auch der Zeitpunkt stimmte, und sie fühlte, sie wußte, daß es für sie eingetreten war, das Allerwichtigste . . . Trotzdem fürchtete sie, es könnte vielleicht doch nicht sein, wer weiß. Man konnte sich ja auch irren. Ach nein, es stimmte wohl doch. Immerhin schon ein Monat, und jeden Tag veränderte sich etwas in ihr. Als ob es ihr an etwas mangele, doch dieser Mangel stimmte sie seltsamerweise froh, und in den Nächten hatte sie neuartige verworrene Träume.

Mein Gott, was stehe ich hier rum? Er wartet doch . . . Vera sah sich um und schritt erregt zur Türklappe. Was ist los mit mir? Wie ein Gänschen, das zum ersten Mal mit einem Jungen in die Flüsterecke geht.

Pawel schwieg. Von unten aus der Dunkelheit stieg trockene Wärme auf, es roch nach dem heißen Ofen, dürrem Stroh und Holz.

Geschickt sprang Vera hinab und schloß das Türchen. Pawel erhaschte ihre Schürze, zog Vera an sich, umfaßte ihre kalten kräftigen Beine. Nein, ich sage nichts, fuhr es ihr wie nebenbei durch den Sinn. Ich sage nichts, ich warte noch. Und sie glitt neben ihn aufs Strohlager, wo letzte Nacht ihr Bruder Serjoshka geschlafen hatte.

Wohl fünf Minuten später gaben seine Arme Veras Kopf frei.

»Ach, ich bin ganz zerzaust«, flüsterte sie heftig. »Du, Pascha, such mal den Kamm. Der muß hier irgendwo liegen . . .«

Auf der Tenne waren Schritte zu hören. Erschrocken sprang Vera auf.

»Oje, Großvater kommt! Geh, ich versteck mich hinterm Ofen . . .«

Pawel lachte leise im Dunkeln und stieg aus der Darre.

Mitten auf der Tenne stand schweifwedelnd Sudejkins Korporal. Der Wallach blickte aufmerksam, ließ die Ohren spielen und schritt mit seinen großen Hufen Pawel entgegen.

»Was ist, Freund?« Pawel klopfte dem Tier die kräftige Schulter, die nun nicht mehr zitterte. »Keiner will dich kaufen. Und dein Herr hat dich ganz vergessen.«

Eine taufeuchte Pferdeleine war am Halfter befestigt. Pawel wickelte sie auf: Am anderen Ende hing ein angespitzter Pflock aus Fichtenholz. Der Wallach war auf der Wiese angepflockt gewesen, hatte sich losgerissen und war geradewegs zu Rogows Tenne getrabt. Noch einmal streichelte Pawel Korporals langen Kopf und kraulte ihn unter der Mähne. Das Pferd schnaubte tief und wehmütig und schmiegte seinen großen Kopf dann still und gleichsam dankbar an Pawels Schulter.

Pawel sagte seiner Frau, sie sollten ohne ihn frühstükken. Er nahm die Axt aus der Fuge und führte Korporal auf Sudejkins Wiese. Dort schlug er den Pflock in die Erde und ging weiter. Als er sich noch einmal umsah, blickte Korporal ihm mit gespitzten Ohren nach. Der einstmals bewegliche und feurige Leib klebte plump und massig am herbstlichen Wiesenhang. Der Wallach stand, als sinne er über etwas nach. Schnell ging Pawel zur Mühle. Die kaum noch wärmende Herbstsonne traf seinen Rücken, er überquerte die Wiese, trat auf den eigenen Schatten, blickte aber nicht nach unten. Vorausschauen, wo er hinging, wollte er auch nicht. Also betrachtete er den Himmel, den waldigen Horizont, die Felder und Wiesen, Sträucher und Bäume, Hecken und Flüßchen ... Wie weit man ringsum sehen konnte!

Der Himmel, milchig blau und auf der Nachtseite sogar grünlich mit einem letzten zwinkernden Stern, öffnete sich am Rande einer langgestreckten graublauen Wolke zu unermeßlicher Weite. Die Wolke hing seit dem Abend unbeweglich als dunkler breiter Streif über dem Wald. Bald schon, wenn ein leichter Wind sich von der Erde hob, würde sie verweht und auseinandergetrieben werden, dann würde auch die zart verschleierte unendliche Weite verschwinden. Aber noch war sie da und tat sich auf am Rand der Federwolke ... Nach oben zu wurde der Himmel immer klarer und blauer. Er verlor den kalten grünlichen Schimmer und ging in reine Bläue über, der Sonne zu immer greller und goldleuchtender. Die Sonne, als hätte sie über Nacht ihre Konturen verloren, dehnte sich flimmernd nach allen Seiten und streute ihr gleißendes Gold in die stille klare Bläue, wo es unmerklich mit ihr verschmolz. Eine weite, weite Fernsicht tat sich auf. Pawel kam sogar aus dem Tritt. Nicht mehr jungenhaft übermütig, sondern mit scharfem Vogelblick musterte er die herbstliche Farbenpracht. Rötlichbraune Sümpfe in der Ferne, dazwischen weiße Stoppelfelder, dunkelbraune Streifen ausgelegten Flachses auf den Wiesen, schwarze gepflügte Äcker, smaragdgrün leuchtende Schläge mit Wintersaat. Dies alles gerahmt von dunkelgrünen Nadelwäldern mit gelben, orangefarbenen und flammendroten Tupfern. Und überall Dörfer, Dörfer ... Unzählige Häuser, Tennen, Scheunen, Schuppen, Mieten und Badehäuschen drängten sich aneinander, ihre Farbe erinnerte an beschlagenes Silber. Das alte Holz, in tausend Winden verwittert, vom Regen der Jahrhunderte verwaschen, wirkte wie ziseliertes Silber; jedes Bretterdach war deutlich zu erkennen. – Nun aber los! Pawel gab sich einen Ruck. Er beschleunigte den Schritt, seufzte tief und biß die Zähne aufeinander. Erregung und Freude wuchsen in ihm, aber immer noch scheute er sich, nach vorn zu blicken.

Dort auf dem Hang war für ihn die Welt. Der Mittelpunkt der Erde. Es gab nichts Teureres, hier war sein Ein und Alles. Denn hier verwirklichten sich seine wilden, süßen Träume. Hier glühte sein Herz und konnte nie verglühen ... Wie viele Tage schon? Arme und Beine waren ihm schwer geworden, als hätten sie all ihre Kraft an diesen Ort verloren. Doch an diesem Ort wuchsen ihm auch immer neue Kräfte zu, woher sonst sollte er sie schöpfen wie aus einem unergründlichen Brunnen. »Herr, steh mir bei!« betete er oft beim Anblick der Mühle, und in seine Arme, die vom zähen geschmeidigen Holz ausgelaugt waren, kehrte die Kraft zurück, wer weiß woher. Wieder wuchsen Findigkeit und Geschick, ebenfalls wer weiß woher. Manchmal warf er verzweifelt das Beil hin; er sah und fühlte, daß er etwas falsch anpackte, aber wie es richtig zu machen wäre – er wußte und konnte es nicht. Doch abermals kam ihm eine Erleuchtung, und wieder gelang das Richtige. Ja, er spürte stets, wo etwas richtig geriet und wo nicht. Seltsamerweise befiel ihn am ganzen Leibe Mattigkeit, sobald er einen Fehler ahnte. Dann wurden ihm die Arme schwer, das Beil wollte ihnen nicht gehorchen. Die Säge klemmte, und der Meißel wurde stumpf wie ein Kalfatereisen. Dann warf Pawel das

Werkzeug beiseite, voll Haß auf sich selbst, verbissen lief er umher und um die Mühle herum. Die Bauern taten, als bemerkten sie nichts, wie zufällig ließen sie aufmunternde Worte fallen: »Jede Mühe zahlt sich am Ende aus.«

Und nach einiger Zeit wuchs in ihm langsam wieder das erfrischende Gefühl rätselhafter süßer Begierde. Dann wurde sein Kopf mit einemmal klar, die Mattigkeit in den Armen schwand, und ganz von selbst trat klar zutage, was zu tun war. Froh, ohne sich noch recht zu trauen, und voll Furcht, die plötzliche Eingebung wieder zu verscheuchen, griff er behutsam zur Axt . . .

Pawel wandte sich hangwärts und blickte endlich nach vorn, offen und voller Sehnsucht.

Auf dem Hang erhob sich vor der blauen Himmelswölbung seine große, noch flügellose Mühle. Ihr bernsteingelber Leib, aus Hunderten Holzteilen zusammengefügt, war ihm so unendlich nah, so teuer und vertraut! Zugleich setzte die Mühle ihn wieder einmal in Erstaunen. Wie eine unerwartet Geborene entbot sie ihm ihren Gruß und ihren Dank, daß er sie aus dem Nichtsein erschaffen hatte.

Hochaufragend und schlank, erinnerte sie durch den scharfen Einschnitt in der Mitte an ein altertümliches Kelchglas. Nur war sie ungeheuer groß. Und nicht durchsichtiges Kristall glitzerte in der Sonne, sondern gewöhnliches, warmes, harziges Holz. Das große und trotzdem spielzeughaft wirkende Dachgeschoß mit dem hölzernen Satteldach ruhte auf einem nach unten konisch auslaufenden Rumpf.

Ein zweiter Kegel, nur mit der Spitze nach oben, bildete den Unterbau und ruhte seinerseits auf den vier mächtigen doppelten Fundamentbalken des Ständers. Jetzt sah man nur dessen Fuß: Der aus der Erde über den Mitteleinschnitt fast bis unters Dach reichende riesige Hausbaum war den Blicken ganz verborgen. Aber er war es, der die immense, nun nicht mehr spürbare Last trug und nicht zuließ, daß das große, scheinbar in der Luft schwebende Kastengehäuse auch nur um einen Zoll zur Seite wich. Das ganze Mühlengebäude war sozusagen an diesem Ständer aufgehängt. Aufgehängt ist freilich übertrieben – man hatte es Stück um Stück daran errichtet.

Die am Einschnitt sichtbare Achse, um die sich die ganze Mühle drehen lassen würde, war schon mit Wagenschmiere gefettet. Der Einschnitt befand sich in Höhe eines normalen Hauses. Darüber hing gewissermaßen noch ein Haus in der Luft, der Mühlenkasten, und es war kaum zu glauben, daß der gewaltige Bau in seiner schlanken »Taille«, der Stelle, wo die beiden abgestumpften Kegel mit den Spitzen zusammentrafen, nicht auseinanderbrach.

Überall lagen Holzreste, Hobelspäne, Sägemehl, Bretter und Klötze. Auch standen noch in die Erde gerammte, von Strebebalken gestützte hohe Pfosten mit Flaschenzügen da: Damit hatten sie neulich die Flügelwelle hochgezogen und ins Mühlenhaus eingebaut. Das war nach dem Ständer der stärkste Stamm, ein mächtiger Baum mit schräglaufenden Fasern. Pawel hatte ihn in Kljuschins Wald ausgesucht und noch im Saft gefällt.

Ins Ende der Welle war ein vom Schmied Gawrilo Nassonow angefertigter runder Stahlzapfen eingesetzt, der in einem in einen Balken eingelassenen Steinlager ruhte. Auch das vordere Lager war fertig: Die mit Eisenkrampen beschlagene Welle würde sich in einer zweiten, größeren halbkreisförmigen Steinmulde drehen, die in einen Balken der gegenüberliegenden Wand eingearbeitet war. Pawel hatte den großen blauen Stein selbst gesucht und zurechtgehauen. Das Kammrad und das Stockgetriebe waren ebenfalls so gut wie fertig, wenn auch noch nicht zusammengesetzt: Großvater Nikita hatte im Frühling und Sommer weder tagsüber noch abends die Hände in den Schoß gelegt. Noch nicht fertig aber waren die Flügel, der Trichter für das Mahlgut, die Stampfer, die Mahlsteine, die Mehllade ... Auch die Türen und die Leiter zur Galerie, die an der schmalsten Stelle um die Mühle führte, waren noch nicht gezimmert. Noch war kein Ende abzusehen ... Seufzend hieb Pawel die Axt in einen Klotz. Macht nichts! dachte er. Immerhin ist schon viel getan. Die Mühle steht! Sie steht, auch wenn sie noch keine Flügel hat! Einmal ist es so weit, dann kommt Leben in sie, und sie bewegt sich ... Dann rauscht der Wind, dann legt sie los!

Er stellte sich lebhaft den Moment vor, den glücklichsten seines Lebens, wenn der Wind in den breiten Mühlenflügeln rauschen und sie sich knarrend in Bewegung setzen würden. Er hörte schon das dumpfe Geräusch der Stampfer, das leise Schurren und Quietschen des Mahlgangs, wenn sie das trockene Korn der Heimaterde stampfen und mahlen würden. Die Mühle würde zu leben beginnen, würde die sechs mächtigen breiten Flügel schwingen, und überall röche es nach Teer und warmem Mehl.

Genau so würde es sein! Genau so, bis ins kleinste.

Er trat noch etwas weiter zurück, legte den Kopf in den Nacken ... Ein lange zurückliegendes Erlebnis fiel ihm ein: Wie er als Kind zum Firstbalken der väterlichen Stampfmühle emporgeschaut hatte und plötzlich vor Schreck erstarrt war – die Mühle schien auf ihn herabzustürzen. Damals hatte er vor Angst die Augen zugemacht und weglaufen wollen, aber nichts war geschehen. Weiße Sommerwolken waren über die Mühle hin gezogen, und sie hatte sich ihnen scheinbar entgegengeneigt.

So als stürze sie ... Dasselbe war jetzt im Sommer Wanja Netschajew passiert. Er hatte das Dach gedeckt, ganz oben, ein mutiger Bursche, alles was recht ist! Allein, ohne sich an einem Sparren festzubinden, hatte er das Dach gedeckt und sich die Bretter dazu an einer Leine hochgezogen. Alles hatte er gemacht, die Kniehölzer geschnitten, den First gesetzt, aber als er den geschnitzten Pferdekopf an den Firstbalken schlug, hatte er plötzlich aufgeschrien ... Er hatte in den Himmel geschaut, nach den vorüberziehenden Wolken, und aufgeschrien – die ganze Mühle sei geisterhaft lautlos auf ihn zu gestürzt, erzählte er später. Pawel hatte ihm von unten zugerufen, er solle nicht nach oben schauen. Netschajew hatte noch lange platt auf dem Firstbalken gelegen.

Pawel griff eilig nach der Axt. Er wollte keine Minute verlieren und gleich mit der Arbeit beginnen. Fußboden- und Deckenbohlen mußten geschnitten werden, aber weder Akimko war da noch Wanja Netschajew.

Pawel beschloß, einstweilen den »Widder« fertigzumachen, den beweglichen Balken, in den das Steinlager für den vertikalen Zapfen kam, der den Läuferstein drehte. Das war ohnehin bald fällig.

Wo sie nur bleiben, dachte er, die Öfen sind doch längst durchgebrannt. Er machte sich von neuem an die Arbeit.

Netschajew und Dymow, die bei ihm übernachtet hatten, kamen beide zugleich, aber ohne Äxte und merkwürdig nervös. Grußlos begannen sie zu rauchen.

»Was ist mit euch? Als wärt ihr nicht ausgeschlafen.« Pawel hieb die Axt in den Balken.

»Hast du denn nicht gehört?«

»Nein. Was ist denn?«

Akimko Dymow spie aus.

»Während du hier rackerst, hat Ignati dich als Kulaken eingestuft!«

Pawel winkte ab. »Das hat er schon lange, schon im Juli. Sonst noch was?«

»Ja, mich hat er auch . . .« Netschajew hob die Axt und hieb sie mit Wucht in einen Klotz. »Hundertfünfzig Rubel Steuern . . .«

Akimko fluchte und stand auf.

»Sieh lieber mal nach, was im Dorf los ist! Du mußt hin. Aber da schicken sie schon nach dir.«

Pawel sah zum Feld, sein Herz stockte. Vom Dorf her kam Serjoshka ohne Mütze und Jacke auf die Mühle zugerannt.

17

Was in Schibanicha geschah, war einfach unbeschreiblich. Zwar ging es nicht gerade drunter und drüber, zwar herrschte nicht gerade Panik, aber es war ein Getümmel wie in der Butterwoche oder zur Neujahrszeit. Nur ganz anders . . .

In der Nacht hatte das halbe Dorf nicht geschlafen. In vielen Häusern hatten bis zum Morgen Laternen und Funzeln gebrannt. Frühmorgens, als das Vieh herausgelassen wurde, rannten die Weiber von Haus zu Haus, in manchen Höfen war bald Frauenweinen oder ein saftiger Männerfluch zu hören. Kühe, Kälber und Schafe irrten unbeaufsichtigt durch die Gassen, die Tiere witterten die Unruhe, erschrocken und gequält klang ihr Blöken, Muhen und Schnauben.

Halbwüchsige und unausgeschlafenes Kindervolk war den Erwachsenen überall im Wege. Wenn sie für nichts und wieder nichts Kopfnüsse bekamen, versuchten einige zu plärren, beruhigten sich aber im Nu, weil sie niemand beachtete.

»Lieber Gott, lieber Gott . . .« Alte Frauen sahen betend zu den Ikonen auf, wußten nicht, wie sie ihren Söhnen und Schwiegertöchtern helfen sollten. »Hilf, Herr, laß den Kelch vorübergehen . . .«

Allerorten bildeten sich Menschenansammlungen.

Die Bauern begrüßten sich und tauschten düster ihre Meinung aus, die Frauen riefen einander über die Straße zu. Einige wehklagten schon in den Häusern und Badestuben.

Danilo Patschin kam und brachte, wie mit Pawel vereinbart, für den Mühlenbau benötigtes Eisen- und Holzmaterial, Bretter, die er besorgt hatte, von Gawrilo Nassonow geschmiedete Beschläge für die Stampfer und andere Kleinigkeiten.

Wenn Danilo auch Pawels Pläne nicht guthieß, was

blieb ihm übrig? Er half dem Sohn beim Bau, so gut er konnte.

Er band seine Stute bei den Faulbeerbäumen an und spülte im Graben seine Stiefel ab. Im Haus nahm er die Mütze vom Kopf und bekreuzigte sich.

»Wünsche wohl geruht zu haben!« Er umarmte den Großvater und Iwan Nikititsch.

»Oje, Großvater!« Axinja hob die Hände. »Du hast ja Pech, guck nur, gerade habe ich den Tisch abgeräumt.«

»Gott vergelt's, Gevatterin, ich hab schon Tee getrunken, ehe ich losfuhr.«

Danilo strich Serjoshka über den Kopf, fragte nach der Schule und schenkte ihm ein paar glasierte Pfefferkuchen. Dann zog er seine aus einem Mantel geschneiderte schwere Jacke aus und hängte sie an einen Nagel.

»Setz dich doch, Gevatter!« Großvater Nikita freute sich. »Setz dich und erzähl . . .«

»Was gibt es schon zu erzählen, Nikita Iwanowitsch? Soweit ist alles in Ordnung. Man lebt, das Vieh ist gesund . . .«

»Seid ihr schon fertig mit Dreschen?« fragte Iwan Nikititsch.

»Haben's geschafft, Gott sei Dank.«

»Uns fehlen noch zwei Darren Gerste«, warf Axinja ein. »Und zu den Erbsen sind wir noch gar nicht gekommen.«

Die Rogows wußten, daß Danilo der Genossenschaft für Gemeinsame Bodenbearbeitung beigetreten war, alle wollten gern über dieses Ereignis reden, aber Danilo ließ sich Zeit.

Als Iwan Nikititsch einmal zufällig aus dem Fenster sah, räusperte er sich gekünstelt und sagte: »Da kommt ja wohl Ignati.«

»Er ist es.« Auch der Großvater blickte auf die Straße. »Ha, dem Tilgrim haben sie's Frühaufstehen beigebracht! In der Fremde . . .«

»Nein, Gevatter, die Staatsmacht hat es ihm beigebracht«, widersprach Danilo. »Die Fremde macht Ignati nichts aus.«

Schneller als sie denken konnten, stand Sopronow in der Tür.

»Ist der Hausherr da?«

Ohne jemanden anzusehen, schritt er zum Tisch und schlug ein Heft auf.

»Also folgendes, Genosse Rogow. Unterschreiben Sie die neue Steuereinstufung. Aufgrund eines Beschlusses der Einstufungskommission . . .«

»Serjoshka, gib mal meine Brille. Auf dem Fensterbrett.«

Vera brachte schnell die Brille, Iwan Nikititsch las die Aufstellung und wurde blaß.

»Zweihundert . . . Ich mache doch das Geld nicht selber, Ignati Pawlowitsch. Komm ein andermal wieder.«

»Nein, Iwan Nikititsch, noch mal komme ich nicht.« Sopronow griff Rogows Ton auf. »Meine Beine sind doch nicht Staatseigentum.«

Er zog seine grüne Feldbluse zurecht, nahm das Heft mit den Aufstellungen vom Tisch, klappte es zu und steckte es gemächlich in seine Aktentasche.

Alle schwiegen. Danilo saß auf der Ofenbank und hielt den hellen Kahlkopf gesenkt. Er ließ die Finger knacken. Plötzlich sprang Großvater Nikita von seinem Platz auf.

»Und der Kopf?«

»Was – der Kopf?« Ignati verstand nicht.

»Wem gehört denn dein Kopf, Ignaschka? Dem Staat oder dir?«

Sopronow kniff die Augen zusammen und bedachte alle mit einem spöttischen, triumphierenden Blick. Axinja begann zu weinen.

»Still!« rief Iwan Nikititsch. »Geht nach oben. Serjoshka, du lauf und hol Pawel. Ein Bein hier, das andere dort.«

Serjoshka rannte los. Vera führte die Mutter nach oben.

»Wieso schreibst du uns so hohe Einnahmen zu, Ignati Pawlowitsch, hm?«

»Die Mühle, Genosse Rogow! Privatgewerbe wird berechnet.«

»Die Mühle?« Iwan Nikititsch breitete hilflos die Arme aus. »Die hat ja noch gar keine Flügel!«

»Aber ihr würdet nicht bauen, wenn ihr kein Geld hättet!« entgegnete Sopronow scharf.

»So warte doch! Rede erst mit Pawel, ehe du gehst!«

»Mit dem habe ich nichts zu reden.« Sopronow ging zur Tür. »Lebt wohl.«

Heftig schlug er die Tür zu.

Die Männer sahen Sopronow entgeistert nach. Großvater Nikita sprang wieder auf. Er schüttelte die dürre Faust gegen die Tür, sein blauer Hemdsärmel rutschte bis zum Ellenbogen.

»Erzfeind!« Nikitas grauer Bart reckte sich vor, seine Augen hinter dem Alterstränenschleier funkelten. »Erzfeind, Dieb, Antichrist – Gott, vergib mir. Rette uns, Barmherziger! Aus unserm eigenen Nest kommt der Dieb, der Emporkömmling, der uns vernichtet! Wem haben wir das zu verdanken?«

»Laß gut sein, Vater!« unterbrach Iwan Nikititsch den Alten. »Laß uns in Ruhe nachdenken.«

»Habt ihr noch nicht genug?« Großvater Nikita schoß wie ein Habicht auf den Sohn zu. »Habt's geschafft, was? Habt's weit gebracht! Moosrüsselige Faulenzer! Saufköppe! Nun freßt, was ihr euch eingebrockt habt!«

»Halt, Nikita Iwanowitsch, wer soll ein Saufkopp sein?« Danilo konnte die Schimpftirade nicht länger ertragen.

»Du sei bloß still, Danilo Semjonowitsch!«

Großvater Nikita schluchzte auf, fiel vor den Ikonen hart auf die dürren Knie und fing an zu murmeln. Sein spitzer Adamsapfel hüpfte unter der Haut am sehnigen Hals, sein Bärtchen stand schief zur Seite. In der Oberstube wimmerten die Frauen.

Pawel trat auf die Schwelle und begriff sofort alles. Er kam herein und ließ den Blick über Vater und Schwiegervater gleiten, die auf der Bank saßen. Der Großvater kniete flüsternd vor den Heiligenbildern. Pawel erstickte fast vor Schmerz und unendlichem Mitleid mit ihnen allen, er knirschte mit den Zähnen, sein Gesicht spannte sich. Er fühlte, wie seine Augen kalt und hart wurden, seine Arme und Beine steif. Doch er setzte sich, äußerlich ruhig, und schlug sich mit den harzigen Handschuhen aufs Knie.

»Sopronow war hier, stimmt's?«

»Wer denn sonst?« Iwan Nikititschs Lippe zitterte.

»Wieviel hat er uns beschert?«

»Zweihundert Silberrubel und noch was drüber.«

»So, so ...« Pawel wiegte den Kopf. »Dem Jewgraf drüben, heißt es, noch mehr ... Und Käfer auch, genausoviel ... Er muß verrückt geworden sein.«

»Was sollen wir bloß machen?« fragte Iwan Nikititsch.

Danilo, der die ganze Zeit geschwiegen hatte, stand auf und trat ans Fenster.

»Hör zu, Pawel Danilowitsch ... Es geht mich zwar nichts an, aber meinen Rat sollt ihr hören. Es gibt nur einen Ausweg – aufteilen ...« Durch einen Blick von Iwan Nikititsch angespornt, fuhr er fort: »Du ziehst mit Vera Iwanowna zu mir nach Olchowiza. Fürs erste könnt ihr im Haus oben wohnen. Die Mühle – soll sie dir gehören, dann wird deinem Schwiegervater gleich die Steuer runtergesetzt.«

Pawel rümpfte die Nase: »Hier runter, dort rauf?«

»Ach wo, nicht rauf!« rief Danilo fröhlich. »Wir sind doch eine Rotarmistenfamilie. Solange mein Sohn Wassili dient, dürfen sie die Steuer nicht erhöhen, es gibt so 'ne Verordnung.«

Pawel saß am Tisch und wagte nicht, Iwan Nikititsch anzusehen. Jetzt, in diesem Moment, entschied sich das Schicksal der Mühle, sein Schicksal. Wie oft, von Kindheit an schon, hatte er von dieser Mühle geträumt, wie oft hatte er sie deutlich vor sich gesehen! Und jetzt, wo sie schon auf dem Hügel stand, wenn auch noch flügellos, wo so viel Erfindungsreichtum und Kraft in sie hineingesteckt worden war, wo er schon so viel um sie gelitten und gegrübelt hatte – jetzt sollte womöglich alles wieder zunichte werden. Alles würde kaputtgehen und zusammenbrechen, nur wegen eines Papierchens von Ignati Sopronow. Pawel schwieg und wagte nicht, den Schwiegervater anzusehen ... Alle schwiegen. Woher sollten sie wissen, daß in der Parteizelle von Olchowiza niemand Ignati als Parteimitglied betrachtete. Daß die Partei mit alldem nichts zu tun hatte.

Großvater Nikita war unbemerkt vom Fußboden aufgestanden und hatte Danilo zugehört, nun sagte er plötzlich ruhig: »Da gibt es nichts zu überlegen.«

Pawel stockte der Atem.

»Na, also, auch Nikita Iwanowitsch ist dafür«, rief Danilo, und Iwan Nikititsch sah sich schon nach Serjoshka um, um die Frauen holen zu lassen.

»Ich sag, da gibt es nichts zu überlegen!« Der Großvater hob die Stimme. »Von wegen aufteilen! Zahlen müssen wir, nicht aufteilen, wahrhaftig! Pawel wird sowieso zum Wehrdienst eingezogen, dann wird vielleicht unsere Steuer herabgesetzt. Jedes Übel hat auch sein Gutes.«

Pawel traute seinen Ohren nicht. Wie oft hatte der Großvater ihm schon aus der Patsche geholfen, ihm Mut gemacht. Am liebsten hätte er den hageren Alten umarmt, seinen grauen Bart geküßt ... Pawel sah seinen Vater und den Schwiegervater an.

Mit zitternder Hand tastete Iwan Nikititsch über die Tischplatte. Er sagte: »Na, vielleicht kommen wir durch. Eine Kuh müßte verkauft werden, dadurch sparen wir auch Heu. Nein, Gevatter, wir teilen nicht auf!«

Schnell, ehe ihm die Tränen kamen, sprang Pawel auf und lief hinaus in den Flur, verwirrt und unschlüssig. Er zog hinter einer Latte das Beil hervor, schob es sich in den Gürtel und eilte auf die Straße. Um wieder zu sich zu kommen, wollte er in den Wald gehen und Fichtenknieholz suchen, für die Hängetreppe der Mühle.

An diesem Morgen war der Vorsitzende des Amtsbezirksexekutivkomitees Mikulin wieder einmal wütend auf sich selbst: Konnte ich faules Stück nicht früher nach Olchowiza gefahren sein, dachte er. Das Pferd war da, ich hätte bloß ein bißchen früher aufzustehen brauchen und wäre fort gewesen aus dem Dorf.

Er schlief noch hinter dem Schrank, als schon nach ihm geschickt wurde, und zwar von Sewerjan Bruskow, dem jüngeren Käfer, der ohne viel Federlesens entschlossen war, seine Wirtschaft zwischen sich, seinem Vater und seiner Schwester aufzuteilen.

Käfers Schwester Marjutka, mit Spitznamen Zwiebelchen, kam, den Vorsitzenden zu holen. Sie war ein strammes Mädel, aber häßlich, schielte ein bißchen und sah aus wie ein Schaf, weshalb sie keiner zur Frau nahm. Aus diesem Grunde lief sie jahrelang schuldbewußt herum. Marjutka liebte ihren Vater Kusma, aber ihr Bruder, Käfer der Jüngere, hielt ihr oft vor, daß sie sein Brot aß. Darum war sie vielleicht sogar froh über die heutigen Scherereien.

Ärgerlich fuhr Mikulin hinterm Schrank in die Stiefelhosen und ging barfuß zum Waschbecken.

»Was willst du? Was gibt's?«

»Vater schickt mich, Nikolai Nikolajewitsch! Lauf, hat er gesagt, und bitt ihn, er soll kommen. Sie wollen aufteilen.«

»Sag ihm, ich komme gleich.«

Zwiebelchen huschte hinaus. Mikulin zog Hemd und Jacke an, tastete gewohnheitsmäßig nach dem Siegel in der Tasche. Die Mutter tränkte mürrisch das Vieh. Der Vorsitzende entschloß sich, noch vor dem Frühstück zu den Bruskows zu gehen. Er stülpte seine Mütze auf und ging, gleich in der Feldbluse und mit den neuen Stiefeln knarrend, hinaus auf die Straße.

Neben Käfers Anwesen hatte sich ein Grüppchen Leute versammelt. Aus dem Haus drang Geschrei, und Mikulin dachte wieder grollend an Sopronow: Jetzt wird's Ärger geben.

»Guten Tag, Genossen!« grüßte er. »So ein Trubel am frühen Morgen?«

»Trubel!« Sawwatej Klimow räusperte sich. »Trubel schon, doch kein Jubel.«

»Nanu?«

Sawwatej ging nicht auf den scherzhaften Ton ein. Er kehrte zu den Bauern unter die Faulbeerbäume zurück: Dort saßen auf Holzstämmen Sudejkin, die Nowoshilows, Akimko Dymow, Kescha Fotijew und Wanja Netschajew.

Die Frauen standen etwas abseits.

Den Weg entlang kam Großvater Petruscha Kljuschin, und von der anderen Seite eilte Jewgraf Mironow herbei.

Mikulin wollte sich in Käfers Haus retten, aber die Frauen umringten ihn alle auf einmal.

»Was hast du denn, Nikolai Nikolajewitsch?«

»He, Väterchen, halt mal an! Hiergeblieben!«

»Aha, er will sich aus dem Staub machen!«

Er mußte stehenbleiben, ob er wollte oder nicht.

Da warf sich ihm Marja zu Füßen, deren Schnapsflasche seit gestern unangerührt stand.

»Väterchen, warum willst du uns zugrunde richten?«

»Steh auf!« Jewgraf zog seine Frau mit einem Ruck hoch und rüttelte sie so derb, daß sie gleich zu jammern aufhörte. »Was soll das? Kniest vor ihm wie vor Gott . . .«

Verwirrt tappte Mikulin zur Haustür und murmelte: »Ruhig, Genossen, ruhig. Wir klären alles, seid nur ruhig.« Er nutzte eine kleine Pause und verschwand im Vorraum. Gleich lärmten alle los.

»Habt ihr das gesehn? Verdrückt sich einfach!«

»Weg ist er! Wie ein Aal.«

»Und was ist mit Käfer, will der wirklich gleich aufteilen?«

»Mit der eigenen Frau mußt du jetzt getrennte Wirtschaft machen. Bloß Einzelgängern geht's gut.«

Aus Käfers Haus drang Weibergeschrei. Akindin Sudejkin – er trug zerflederte Schuhe an den bloßen Füßen – spitzte die Ohren.

»Die teilen auf!« sagte er. »Da geht es hart auf hart, im Moment sind wohl die Rüben dran. Das Kienholz ist schon aufgeteilt.«

»Nein, Akindin, hier geht es um mehr als um Kienholz«, sagte Kescha Fotijew mit Nachdruck. »Meinst du nicht auch?«

»Und ich, was soll ich teilen?« Sudejkin schüttelte einen Leinenbeutel. »Ich trage mein ganzes Hab und Gut bei mir, kannst es kriegen für zwanzig Rubel.«

»Hast du die Listen gesehen? Auf deinen Namen sind anderthalb Hunderter eingeschrieben«, sagte Akimko Dymow. »Ich bin gespannt, wie du das schaffen willst ohne Korporal. Das hast du nun davon: Läßt den Hengst verschneiden, und jetzt kriegst du das Zittern. Das ist was anderes als Lieder erfinden.«

»Also ... Wieso anderthalb?« fragte Sudejkin verdutzt.

»Stimmt aber! Hab's mit eigenen Augen gesehen.«

»Ich hab es auch gelesen«, bestätigte Netschajew. »Hundertfünfzig Rubel, genau.«

Akindin Sudejkin geriet nun doch aus der Fassung.

»Verdammte Scheiße! Wo ist er jetzt?«

»Wer? Korporal oder Ignati?«

Unfrohes Lachen klang auf. Akindin sprang auf Dymow zu, einen Fuß nackt, der Schuh blieb im Straßenschmutz stecken.

»Sopronow doch! Weiß der etwa nicht, daß ich den Hengst kastriert hab?«

»Das hat nichts zu bedeuten«, sagte Akimko. »Heutzutage ist alles anders. Soll dein Korporal die Stuten ruhig weiter bespringen, sich drücken kommt nicht in Frage. Irgendwas fehlt doch jedem.«

Akindin Sudejkin bückte sich in den Schlamm, zog seinen Schuh an und rannte los. Niemand wußte, wohin.

Sawwatej Klimow wiegte den Kopf.

»So eine Hatz! Alles geht drunter und drüber, Himmelarschundzwirn.«

»Aber Orlow, der hat sich nicht lange besonnen.«

»Wieso?«

»Er hat Wolodja Syrin die Kuh gegeben, der mickerigen Tonja die Hühner und hat zu seiner Frau gesagt: Mach die Kate sauber.«

»Was faselst du da? Geh, du Hinkefuß.«

»Wirklich!«

»Klaschka mußten sie dreimal mit kaltem Wasser begießen, ehe sie wieder zu sich kam.«

»Und ich, sagt er, was mach ich? Ich verdiene besser, sagt er, wenn ich als Waldarbeiter geh.«

»O Gott . . .«

»Da jammerst du. Aufteilen kann jeder Trottel, aber mach es erst mal wie sie. So auf einen Ritt . . .«

»Da! Wolodja Syrin ist vorgefahren, jetzt tragen sie ihre Truhen raus.«

Die Orlows trugen in der Tat ihre Truhen aus dem Haus. Das war so seltsam, so ungewöhnlich, daß die meisten sofort still wurden. Sogar die düsteren Scherze, die bei anderen Unglücksfällen im Dorf üblich waren, wirkten jetzt fehl am Platz. Das Ereignis mußte gründlich bedacht werden. Wie war so etwas möglich? Alles stehen und liegen lassen, mit einem Ruck das heimatliche Nest verlassen. Die Leute trauten ihren Augen nicht, langsam versammelten sie sich vor Orlows Haus.

»Jewgraf Anfimowitsch, was fangen wir nun an? Was sollen wir machen?« fragte der jüngere Nowoshilow leise. »Im Ernst . . .«

Jewgraf schwieg eine Weile.

»Es gibt nur einen Ausweg . . .«

»Und der wäre?«

»Wir müssen Petka Spindel suchen.«

»Richtig, Girin!« mischte sich Sawwatej Klimow ein. »Der kann vielleicht helfen. Er ist doch mit der Obrigkeit auf du und du . . .«

»Aber er ist in Wologda gesehen worden«, sagte Netschajew.

»Von wegen Wologda! Spindel ist in Moskau!«

»Nein, ich hab gehört, nicht mehr in Moskau, in Leningrad!«

Ohne sich einig zu werden, wo Spindel sich aufhielt, traten sie vor Orlows Haus. Klaschka, Orlows Frau, setzte schon ihre zwei Kinder auf die Fuhre. Sie weinte los, lief um die verschlossene leere Kirche herum und verabschiedete sich von den Frauen. Lautes Weinen erscholl . . .

Orlow vernagelte die Haustür und verstaute das Beil vorn in dem mit Bündeln und Truhen hochbeladenen Leiterwagen. Dann rief er die herumlungernden Kinder: »He, ihr Rabauken! Kommt her, wenn ihr was zu naschen wollt!«

Er öffnete einen großen, ganz aus Birkenrinde geflochtenen Korb und verteilte ganze Hände voll gedörrter Rübenschnitzel.

»Eßt, laßt's euch schmecken! Aber paßt auf, schlagt mir ja keine Scheibe ein, sonst zieh ich euch die Ohren lang, wenn ich wiederkomme!«

»Wir tun es nicht, wir tun es nicht!«

»Na gut, ihr Rabauken . . .«

Er warf den Korb in die Luft und gab ihm zur Freude der Kinder einen so heftigen Fußtritt, daß er lange auf dem Pfad entlangkullerte.

»Na, und ihr, Männer, behaltet mich in guter Erinnerung . . . So Gott will, komm ich wieder.«

Orlow ging herum und gab jedem in der verstummten Menge die Hand. Um des Guten nicht zuviel zu tun, bestieg er rasch den Wagen. Wolodja Syrin auf dem Bock ließ schweigend die Zügel locker, das Pferd zog an. Bei Klaschka flossen schon wieder die Tränen, da trat Sopronow aus Nowoshilows Haus. Er blieb stehen und betrachtete interessiert das Gefährt. Fast streifte ihn die Deichsel, aber er wich nicht von der Stelle, mit zusammengekniffenen Augen sah er starr auf die Fuhre.

»Pfui!« Klaschka hatte aufgehört zu weinen und spuckte ihm kräftig ins Gesicht. Sie traf genau ein Auge und die Wange. Sopronow wurde blaß, rührte sich aber nicht vom Fleck. Als die Orlows abgefahren waren, zog er sein Taschentuch, wischte sich ab und ging langsam mit wiegenden Schritten bergan zu Stülpnases Banja.

»Wenn dem die Spucke ins Auge geht, dann spricht er noch ein Dankgebet!« sagte jemand in der Menge.

Der Wagen der Orlows war schon am anderen Ende von Schibanicha angelangt. Ihm tappte frierend, mit zuckenden Pfoten eine Katze nach. Von Zeit zu Zeit blieb sie stehen und miaute laut.

»Miez, miez!« Sawwatej Klimow versuchte, sie aufzuhalten, er wühlte in den Hosentaschen. »Wo willst du denn hin? Ganz allein haben sie's zurückgelassen, das arme Tier ...«

Akindin Sudejkin ritt auf Korporal ins Dorf und machte in der Mitte halt. Er war betrunken; als er von dem ehemaligen Hengst absitzen wollte, wäre er beinahe auf der Straße lang hingeschlagen.

»Wo ist Ignati? Dem Schurken werd ich gleich mal ... gleich mal zeigen werd ich's dem ...«

Er stieg ab, stellte sich fest auf die Füße und grapschte dem Wallach zwischen die Hinterbeine. Korporal wich aus und stellte seinen schweren Körper quer zur Straße, während Sudejkin immer noch grapschte und ins Leere griff.

»Wo ist Ignati?«

Niemand antwortete Sudejkin. Er ging ein Stück die Straße entlang, blieb stehen, spreizte die Beine in seinen zerfledderten Schuhen.

Kescha Fotijew kicherte: »Da kommt sie, seine Alte!«

Sudejkin vergaß den Wallach, der vor sich hin döste,

und schleuderte mit einem Tritt den rechten Schuh seiner Frau entgegen. Dann drehte er sich um und schleuderte den anderen genauso nach Kescha.

Pawel sah all dem bekümmert zu. Ein bitterer Kloß saß ihm in der Kehle, er schluckte vergebens dagegen an. Immer wieder wurden ihm die Wangenmuskeln steif. Er wandte sich ab, ging weg. Das Herz war ihm schwer. Zweihundert Rubel, kein Pappenstiel! Der Aufkaufpreis für Roggen betrug keine zwei Rubel, also mußten sie über hundert Pud Roggen verkaufen, nur um die Steuern zu bezahlen. Dabei würden sie nicht mehr als sechzig ausdreschen. Für alles: Zum Essen und Verfüttern, fürs Saatgut und zum Verkauf.

Geradezu erleichtert dachte er daran, daß er im nächsten Jahr zum Militärdienst mußte. Je früher, desto besser ... Der Gedanke erstaunte ihn selbst: So weit ist es gekommen, daß es mich zur Armee zieht! Was ist denn bloß passiert? Na gut, ich werde einberufen, dann gibt's Steuernachlaß. Aber was soll Onkel Jewgraf machen? Palaschka nehmen sie ja nicht bei den Soldaten ...

»He, Danilowitsch, wohin mit dem Beil?« rief Sawwatej Klimow ihn an. »Komm doch mal näher ...«

Pawel ging hin und setzte sich zu den anderen auf die Bank an Nowoshilows Haus. Dymow, Netschajew, Nowoshilow, Klimow und noch etwa ein Dutzend vernünftige Leute aus Schibanicha beratschlagten, wen sie auf die Suche nach Petka Spindel schicken könnten.

»Der bricht ihm das Genick, der Petka ...«, ereiferte sich Sawwatej Klimow.

»Wir schicken jemanden! Sammeln Geld und schicken jemanden!«

»Bloß wen? Kescha können wir nicht schicken ...«

Nach langem Hin und Her beschlossen sie, den Tüftler und Schweiger Stepan Petrowitsch Kljuschin zu beauftragen. Der sollte nach Moskau fahren, und Pawel versprach, bei seinem Vater Petka Girins letzte Adresse zu erfragen.

18

Was dachte jetzt Stülpnase, der Einäugige, was für Träume zogen durch seinen Zottelkopf? Im Badehäuschen herrschte Halbdunkel, die Herbstsonne war um die Ecke verschwunden. Der Geruch der ausgekühlten Steine mischte sich mit dem sauren Schweißdunst trocknender Fußlappen. Stülpnase saß auf der Liegebank auf einem ausgebreiteten Pelz, rauchte, kniff das gesunde Auge zusammen und bewegte die Zehen seiner knochigen Füße.

Stülpnase dachte nach. Aber was dachte er? Das wird kein Mensch je erfahren. Vielleicht dachte er auch gar nichts, rauchte nur, atmete röchelnd und bewegte die Zehen.

Der Banjakobold trieb schon lange keinen Schabernack mehr, schon seit dem Frühjahr nicht. Er war wohl woandershin umgezogen. Die Rotekreuztasche hing nutzlos am Nagel, niemand glaubte mehr an Stülpnases Heilkunst. Seine Heirat war auch nicht zustande gekommen. Und so saß Stülpnase auf der Bank, in Tabakrauch gehüllt, wie der Herr Zebaoth. Der Rauch hing waagerecht in der Luft und teilte das Halbdunkel der Banja in zwei Teile; Stülpnases Kopf schien über den Wolken zu schweben, losgelöst vom hageren Körper. Wahrscheinlich war Stülpnase alles einerlei. Lange schon kannte er weder Freud noch Leid. Er wußte nicht einmal mehr, ob er noch eine Seele hatte. Die Psalmen, die er aus Gewohnheit sang, vergaß er allmählich, sie verwirrten sich in seinem Kopf, ihre Worte hüpften von einer Stelle zur anderen. Was sollte Stülpnase machen? Manchmal dachte er erregt und sogar mit Freude daran, wie er auf Freiersfüßen gegangen war, und besonders an den Kasanertag in Olchowiza dachte er, als das Gewitter tobte und er die ganze Nacht mit den anderen Alten aus Schibanicha im Speicher gesessen hatte. Dieses Ereignis stand ihm immer noch deutlich und mit allen Einzelheiten vor Augen, wie ein lange vergangenes übermütiges Fest seiner Jugend.

Er spuckte aus und warf die feuchtgewordene Kippe seiner Selbstgedrehten vor die Schwelle. Gerade wollte er sich auf die Seite legen, um ein Schläfchen zu machen, da fing sein Gehör ein Rascheln auf. Wer wollte da etwas von ihm?

Hatte sich etwa der Banjakobold seiner Armut erbarmt und war zu ihm zurückgekehrt? Sie hatten doch so lange zusammen gelebt und einander nicht gestört. Vielleicht hatte der Kobold sich besonnen und kam zurück; das wäre nicht schlecht.

Im Banjavorraum klopfte es, die Tür ging auf. Sopronow trat tiefgebückt in die Badestube. Stülpnase guckte lange, wer das wohl sei.

»Lebst du noch, Opa?« fragte Ignati.

»Ja, ja, bißchen leb ich noch.« Stülpnase hatte Ignati an der Stimme erkannt. »Und rauchen tu ich, zum Gotterbarmen.«

»Rauch nur. Und was trägst du an den Füßen?«

»Na, Bastschuhe, Ignati. Sind noch gut.«

»So, dann zieh mal deine Bastschuhe an und geh zu Tanja.«

»Was soll ich'n da?«

»Das sollste.« Sopronow gab Stülpnase einen Geldschein. »Nimm. Aber bring's heimlich, damit es keiner sieht.«

Stülpnase verstand, seine Beine bewegten sich gleich munterer. Sein einziges Auge blitzte unternehmungslustig im Dunkeln.

»Wird gemacht, sei unbesorgt.«

»Na los!«

Barfuß in Bastschuhen stieg Stülpnase den Berg hinauf. Sopronow setzte sich auf die Schwitzbank, sein Kopf schmerzte zum Bersten. Er spürte nicht, wie er auf die zweite Stufe der Schwitzbank niedersank und in schwere zähe Finsternis glitt, die schlaflose Nacht machte sich bemerkbar. Sopronow schlief und träumte wieder denselben schlimmen Alptraum: Er geht in einem großen verlassenen Gebäude umher. Kein Mensch ringsum, er geht und geht und sucht einen Platz, wo er sich schlafen legen kann. Er ist ja so müde! Aber er muß immer weiter umhergehen, er kann und kann sich nicht hinlegen, es gibt diesen Platz nicht für ihn. Sein Herz tut weh, ihm ist kalt und so unheimlich, daß er schreien möchte. Aber nicht einmal schreien kann er, immerzu muß er nach diesem Platz suchen, der sich ihm ständig entzieht, dem Platz, wo er endlich schlafen könnte. Ausruhen und alles vergessen.

Sein Kopf drückte mit der Schläfe an den harten Pritschenrand, die Haare hingen ihm ins Gesicht, und aus dem Mundwinkel rann ein Speichelfaden.

Stülpnase klappte mit der Tür. Sopronow schrak zusammen, erwachte, wollte aufspringen, konnte aber nicht und murmelte nur: »Was? Wer da? Was gibt's?«

»Bitte sehr!« Mit heimlichem Triumph stellte Stülpnase eine Flasche aufs Fensterbrett. »Was zu essen hab ich. Wenn auch bloß Pilze, Reizker . . .«

»Dann eben Reizker.« Sopronow nahm die Flasche vom Fenster.

»Und bißchen Brot ist auch da, guck, hier . . . Schlag mir's nicht ab. 's sind Almosen.«

Sopronow antwortete nicht. Mit einer Teeschale schöpfte Stülpnase Reizker aus einem Fäßchen im Vorraum. Dann spülte er eine rissige Porzellantasse aus und gab sie Ignati.

Sopronow trieb mit zwei Schlägen der flachen Hand den Korken heraus und goß Stülpnase die ganze Tasse voll.

»Alexej, oder wie du heißt . . . Trink!«

Das ließ sich Stülpnase nicht zweimal sagen, er griff zu. Er trank quälend lange. Ignati konnte das nicht mit ansehen, er wandte sich ab, nahm eine andere Tasse und goß sich ein. Er leerte sie in einem Zug, spuckte aus und aß einen gesalzenen Reizker nach.

Stülpnase öffnete seine Veterinärtasche und schüttelte die Brotkanten darin.

»Nimm davon, was du magst, Ignati! Was dich anguckt, das nimm.«

Sopronow ergriff die Tasche und schleuderte sie in die Ecke. Ohne beleidigt zu sein, ging Stülpnase hin und entnahm der Tasche eine schon angetrocknete Scheibe Roggenbrot. Die stippte er in die Pilze, betrachtete den Rest in der Flasche und begann gemächlich zu kauen.

»Schmeckt! Wie Honig, hm!«

»Wie geht's denn so mit dem Laufen?«

»Laufen? Kann ich. Hab noch gute Füße.«

»Dann horch mal bißchen rum, was in den Häusern geredet wird.«

»Ha?«

»Horch ein bißchen rum, sag ich, was in den Häusern geredet wird. Das erzählst du mir dann. Besonders in den großen. In den besseren.«

Stülpnase begriff immer noch nicht, was der andere von ihm wollte.

»Na gut, will sehen.«

»Was heißt: Na gut?« Sopronow rückte näher. »Was heißt: Na gut? Na gut. Hast du wenigstens kapiert, wovon ich rede?«

»Nu ja . . . ich glaub schon. Erzählen soll ich. Was die anderen quasseln.«

»Eben!«

». . . besonders in den großen Häusern.«

»Richtig! Stimmt . . . Aber daß du mir ja nicht . . . Sonst bist du selber schuld. Wenn du nur ein einziges Wort verrätst! Wovon wir geredet haben.«

Stülpnase schlug sich auf die Schenkel: »Ignati! Das ist doch . . .«

»Da!« Sopronow steckte Stülpnase noch einen Schein zu. »Kleines Trinkgeld . . .«

Stülpnase ließ das Geld fallen, er schwankte schon. Er wollte Ignati auf die Schulter klopfen, getraute sich aber nicht und fing an zu singen:

»Ging ein schönes Kind hin zum Fluß geschwind,
Wäscht sein helles Kleid, legt's zum Trocknen breit,
Kniet am Wäschesteg, späht zum Uferweg:
Oben kommt ein schmucker Bursch gegangen,
Steigt herab, ans Wasser zu gelangen . . .«

Sopronow wandte sich ab und sah aus dem Fenster. Teufel, dachte er, jetzt singt das alte Gerippe auch noch. Nichts wie weg hier . . .

Der Fluß glitzerte kalt, fast schon winterlich. Nicht weit von der Banja, nur knapp zweihundert Meter entfernt, spiegelten sich Brückenpfähle im Wasser. Sopronow preßte das Gesicht an die Scheibe: Über die Brücke ging Pawel Rogow. Wo will der so spät noch hin? dachte Sopronow. Noch dazu mit einem Beil. Wollen doch mal sehen, wohin.

Sopronow fielen sofort Rogows Scheune und das Gewehr wieder ein. Er wartete, bis Pawel über die Brücke war. Dann verließ er die Badestube, stand noch einen Moment im Vorraum. Das Lied des betrunkenen Stülpnase lenkte ihn ab, der unnütze, sinnlose Text drang ihm mißtönend ins Ohr:

»Herzliebster, näh mir Stiefelchen
Aus gelbem, gelbem Sande.
Feinsliebchen, zwirne Schusterzwirn
Aus blanken Regentropfen.
Herzliebster, näh ein Mäntelein
Aus rotem, rotem Mohn.
Feinsliebchen, spinne Fäden fein
Aus weißem, weißem Schnee.
Herzliebster, schmied ein Ringlein mir,
Das funkelnd wie ein Stern
Mich soll begleiten zu allen Zeiten.

Feinsliebchen, tränk mein gutes Pferd
Im blauen, blauen Meer . . .«

Ignati sah sich um: Weit und breit kein Mensch. Er lief über die Brücke, folgte Pawel dann lautlos von Busch zu Busch über eine gemähte Wiese.

Von den schon stark gelichteten Birken fielen welke Blätter, sie raschelten ganz sacht, kaum hörbar. Die Erde schluckte alles Geräusch. Säuselnder Wind übertönte das Rascheln der Kleidung. Sopronow verkürzte den Abstand zwischen sich und Pawel mit Sprüngen, hockte nieder, versteckte sich hinter Sträuchern. Die Viehpfade waren breit, bequem zu gehen. Er ließ Pawel nicht aus den Augen, wurde immer kühner, vergaß alle Vorsicht. Pawel ging ohne Eile und sah sich nicht um.

Sopronows Verfolgungseifer wuchs mehr und mehr und ließ ihn alles andere vergessen.

Wo geht er hin? Im Heuschuppen ist das Gewehr, er will das Gewehr holen, fuhr es Ignati durch den Kopf. Der Lump, da geht er nun . . .

Sopronow war jetzt fest überzeugt, daß er recht hatte; er mußte Rogow mit dem Gewehr erwischen, ihn auf frischer Tat ertappen. Der Schnaps, den er mit Stülpnase getrunken hatte, machte ihn hitzig und verwegen. In seiner Brust brannte etwas, stieg auf als Entschluß: Der kommt mir nicht davon! Nach einem lautlosen Sprung verlor er den breiten Rücken aus dem Blick. Er ging in Deckung, spähte angestrengt und machte wieder einen Sprung. Ihn ergriff bereits Unmut und der, wie er meinte, gerechte Zorn des Verfolgers. Er atmete schwer, sein Herz schlug schnell und heftig: Hundesohn! Kulakenbrut . . . Du kommst mir nicht davon, da bist du an den Falschen geraten!

Pawel hatte Ignati längst bemerkt, schon auf dem Feld. Zuerst fand er es weder komisch noch merkwürdig, daß Sopronow hier hinausging. Wo er wohl hin will? dachte er. Bestimmt zur Kartoffelmiete. Bald darauf vergaß er ihn: Er näherte sich den Waldwiesen. Dort im jungen Fichtenwald war am ehesten Knieholz zu finden. Pawel kam gern hierher. Der Wald beruhigte ihn immer, vertrieb die vielen Sorgen um die Wirtschaft. Im Wald verging die tiefsitzende Müdigkeit in Brust und Armen, und unerwartet tauchten ferne Erinnerungen auf. Hier wurde ihm das Atmen leicht, fielen ihm lustige Ereignisse ein, die er schon vergessen geglaubt hatte. Hier störte einen niemand, und man selbst war auch keinem lästig oder im Wege.

Seit Pawel nach Schibanicha übergesiedelt war, waren ihm die bewaldeten Hügel am Fluß und die Wiesen mit den Scheunen und Schuppen schon vertraut geworden. Besonders liebte er diesen Ort, den breiten Wiesenschlag der Rogows. Er fiel schräg zum Fluß ab. Der Heuschuppen stand in der Nähe des Ufers, am Rand eines Espenwäldchens, das sogar bei Windstille leise wisperte.

Ich muß mal nach dem Heu sehen, dachte Pawel. Am Ende haben sich die Elche drüber hergemacht. Was er bloß will, der Ignati? Kommt mir von den Feldern an nach ...

Pawel spürte Sopronow hinter sich. Die Sache fing an, ihn zu interessieren. Er beschloß, sich nicht umzusehen, ging nur ein wenig langsamer. Die Schritte hinter ihm verhielten einen Moment. Pawel ging wieder schneller und begriff, daß Ignati ihn verfolgte. Was zum Teufel will er von mir? Ruft mich nicht an, spürt mir nach wie einem Stück Wild! Empörung und Zorn röteten ihm Hals, Wangen und Ohren. Ein widerwärtiges kaltes Ekelgefühl würgte ihn. Aber dann dachte er belustigt: Soll er doch. Mal sehen, was weiter wird. Als ob er Versteck spielt, wie ein kleiner Junge.

Pawel erreichte den Schuppen, zog gemächlich das Beil aus dem Gürtelriemen und hieb es in die Wand. Er wollte hinein, um nach dem Heu zu sehen, und wandte sich schon zum Eingang, als plötzlich Sopronow wie eine zerzauste Dohle um die Ecke schoß.

»Halt, Rogow!«

Pawel entfuhr ein Laut des Unmuts. Was soll das? wollte er sagen. Aber schon stieg ihm das Blut wieder zu Kopf. Die Wut über die Beleidigung machte ihn innerlich leer und taub. Ignati schob sich an der Wand entlang dorthin, wo das Beil steckte. Er war nicht wiederzuerkennen, sein verzerrter Mund malmte, seine Augen irrten umher, die Füße tasteten sich fast unmerklich Schritt für Schritt an Pawels Beil heran. Pawel sah das und stürzte ebenfalls zum Beil. Vor seinen Augen blitzte die Schneide. Pawel überlief es heiß . . .

»Keinen Schritt weiter, Lump!« rief Sopronow, aber Pawel sprang, vor Empörung außer sich, vorwärts, packte mit der Linken Ignati am Kragen, mit der Rechten seine das Beil umklammernde Hand. Schwer atmend rangen sie um das Beil. Pawel preßte Ignatis Handgelenk, der aber stellte ihm ein Bein, und beide fielen hin. Doch Pawel war der Stärkere, er erwischte Ignatis Arm und drückte ihn mit dem Knie auf den Erdboden. Mit aller Kraft preßte er das Handgelenk, bis Ignati die Faust öffnete, die das Beil umklammert hielt.

»Dreckskerl . . . Lump . . .«, ächzte Ignati, während er sich loszureißen versuchte.

Pawel entriß ihm das Beil und warf es in hohem Bogen weg; mit beiden Händen packte er Ignati, hob ihn aus und rüttelte ihn heftig.

»Bist du besoffen oder verrückt?«

»Laß los . . . Scheißkerl!«

Pawel überwand seinen Abscheu, zog Ignati zu sich heran und blickte ihm lange in die rasenden und dabei so schafserbärmlichen Augen. Er sah sogar das Weiße in den Augenwinkeln. Ein ihm selbst unverständliches Gefühl des Ekels und der Verachtung ließ ihn ruhiger werden.

»Blödian!« Er stieß Sopronow von sich. »Du bist schon ein Blödian, Sopronow . . .«

Und plötzlich schwankten Schuppen und Wiese vor

Pawels Augen. Ein bestialischer, Übelkeit erregender Schmerz dröhnte ihm vom Unterleib bis ins Hirn, durchloderte im Nu den ganzen Körper. Die Sinne drohten ihm zu schwinden, er krümmte sich, sackte zusammen. Alles um ihn drehte sich. Ein weiterer Schlag auf den Kopf warf Pawel aufs feuchte gemähte Gras, er wand sich, aber nicht von diesem Schlag, sondern noch vom ersten Stiefeltritt in den Unterleib ... Er war einer Ohnmacht nahe, doch ein dritter Schlag, ein Stiefeltritt zwischen die Schulterblätter, brachte ihn wieder zu sich. Den Schmerz und die heftige Übelkeit bezwingend, erhob er sich, hielt einem weiteren Faustschlag ins Gesicht stand, packte Ignati erneut am Kragen und versetzte ihm wuchtige Schläge auf Wangen und Backenknochen, dann schleuderte er ihn von sich und lehnte sich an die Schuppenwand. Ignati jedoch stand auf und stürzte sich abermals auf Pawel.

Obwohl schon entkräftet, griff er Pawel immer wieder an, und Pawel stieß ihn immer wieder weg, bemüht, sich etwas Wichtiges, Eigenes zu bewahren. Aber Ignati war wie von Sinnen und ließ nicht von ihm ab, bis Pawel ihn schließlich wieder zu Boden drückte.

»Du Hund ...« Sopronow fuhr mit dem Kopf hin und her, »Hurenaas ... Schlag ... Schlag doch zu ... Na los, du Hund! Wenn du mich nicht umbringst, tu ich es ... ich bring dich ... sowieso um ... Schlag zu, sag ich ...«

Auf einmal ließ Pawel ihn los und setzte sich ins Gras. Das Vieh, dachte er, hat mich in die empfindlichste Stelle getreten. Gottlose Bestie ... Warum haßt er mich? Dieses Vieh macht ja jeden zum Vieh ... Weg, bloß weg hier ... – Allmählich schwand seine Übelkeit. Ich soll ihn umbringen, dachte er. Umbringen? Einen Menschen? Aber ist er denn einer? Umbringen – nein. Das wäre Frevel. Ich muß weg ...

Ignati erhob sich auf alle viere, stand ganz auf und ging schwankend in den Schuppen. Pawel kämpfte den erneut aufflackernden Schmerz nieder und stand auch langsam auf.

»Ignati . . . Sieh dich vor . . . Soll Gott dich richten . . . Ja, Gott . . . Ich . . . ich sag keinem ein Wort, daß du's weißt . . .«

Er griff nach seiner Mütze, setzte sie auf. Und wurde plötzlich kalkweiß, die Haare sträubten sich ihm. Im Schuppeneingang stand Ignati und legte mit dem Gewehr auf ihn an.

»Nun bete zu deinem Gott, du Lump!«

Der Schreck fiel so jäh von Pawel ab, wie er ihn gepackt hatte, sein Fühlen und Denken spalteten sich, es gab auf einmal zwei Pawels. Der eine stand auf dieser Heuwiese vor der kreisrunden schwarzen Gewehrmündung, vor Todesangst in kalten Schweiß gebadet, stand und fühlte nichts außer der Luft und dem abendlich stillen Wald. Der andere – besser gesagt, seine Seele – schien diesen Pawel von außen zu beobachten.

Das harte metallische Klicken des Entsicherns klang seltsam alltäglich, geradezu anheimelnd. Der Körper wollte sich dem Geschehen widersetzen; von lähmender, eisiger Kälte geschüttelt, war er nahe daran, sich dem Mörder zu Füßen zu werfen. Der andere Pawel aber zwang den ersten gleichsam spöttisch, wie zum Hohn noch fester auszuharren. Und alles zog noch einmal an ihm vorüber: Vater und Mutter, die Brüder, die Dorfstraße in Olchowiza, die Kiefer draußen bei den Heuschlägen, Vera und die noch flügellose weiße Mühle.

Vor dem Heuschuppen ertönte wie von weit her ein dumpfes Knacken, die Gewehrmündung schwankte und senkte sich.

Tiefe Stille tat sich um Pawel auf. Von allen Seiten drang sie auf ihn ein, und nichts war auf der Welt außer dem Versagen des Gewehrs, nichts war geschehen. Wie erleichternd, wie notwendig und erleichternd war diese Stille!

Pawel taumelte, er war wieder der alte, nicht mehr geteilt. Der andere, ihm eben noch entfremdete vereinte sich wieder mit dem von kaltem Schweiß überströmten Körper.

Der trat auf Sopronow zu . . .

Ein Wahnsinnsschrei aus tiefstem Innern verhallte echolos über der Wiese.

Sopronow zitterte wie Espenlaub. Zitternd wich er in den Schuppen zurück. Pawel entriß ihm das Gewehr, warf es weg und blickte kurz – ihm kam es lange, sehr lange vor – in die trüben, flackernden Augen. Aber sie wichen aus, hielten seinem Blick nicht stand . . .

Pawel machte kehrt und schritt davon. Freude, daß er noch lebte, aber auch so etwas wie Scham, daß es so war, Entrüstung, Mitleid mit allem Lebendigen und eine verzehrende, übermächtige Bitterkeit – alles verschmolz in eins mit dem, was in ihm und um ihn war. Sein bartstoppeliges Gesicht, vom soeben ergrauten Schläfenhaar gerahmt, verzog sich zu einem unbeholfenen und, wie ihm schien, diabolischen Grinsen.

Er erstieg die Anhöhe am Fluß, setzte sich neben den Kartoffelmieten auf einen Holzkloben und wischte sich mit dem Ärmel die Tränen ab, salzige Tränen, die keine Linderung brachten.

Am anderen Ufer leuchtete hinterm Dorf oben auf Rogows Hang seine weiße Mühle. Ringsum stand die Stille des Abends, vielleicht schon der Nacht. Geheimnisvoll und bedrohlich schweigend lag Schibanicha unterm runden, unverhofft klaren Mond.

Insel-Bibliothek

Die Insel-Bibliothek bietet erstrangige Editionen der Weltliteratur in deutscher Sprache. Romane, Erzählungen und Gedichtsammlungen, die dem klassischen Literaturkanon zugehörig sind, werden im Rahmen der Insel-Bibliothek zweifach geschmückt präsentiert: Zum einen zeichnet sich jede Ausgabe durch besondere editorische Sorgfalt aus, die Literarhistoriker von hohem wissenschaftlichem Rang gewährleisten. Zum anderen setzt der Insel Verlag mit der bibliophilen Gestaltung eines jeden Bandes der Insel-Bibliothek die in fünfundachtzigjähriger Verlagstradition gereiften Qualitätsansprüche hervorragend ausgestatteter Bücher fort. Die Ausgaben sind typographisch vorzüglich eingerichtet und mit sorgfältig ausgewählten Materialien ausgestattet. Es finden wertvolle Papiere der Firma Schoeller & Hoesch Verwendung. Die Bücher werden fadengeheftet, flexibel in Feincanvas und in rotem Ziegenleder gebunden. Ein Leseband, dekoratives Vorsatzpapier und ein schützender Schmuckschuber vervollständigen die Ausstattung. Dem Leser und Liebhaber schöner Literatur soll mit der Zeit die Möglichkeit gegeben werden, eine »Bibliothek der Weltliteratur« in wertbeständigen Einzelausgaben sein eigen zu nennen.

Boccaccio, Giovanni di: Das Dekameron. Mit 110 Holzschnitten der italienischen Ausgabe von 1492. Deutsch von Albert Wesselski. Übertragung der Gedichte von Theodor Däubler. Einleitung von André Jolles. 2 Bände

Brontë, Emily: Die Sturmhöhe. Aus dem Englischen von Grete Rambach

Dickens, Charles: Weihnachtserzählungen. Mit Illustrationen von Leech, Stanfiels, Stone u. a.

Dostojewski, Fedor M.: Der Spieler. Aus den Aufzeichnungen eines jungen Mannes. Aus dem Russischen von Hermann Röhl

Eichendorff, Joseph Freiherr von: Aus dem Leben eines Taugenichts. Mit Illustrationen von Adolf Schrodter und einem Nachwort von Ansgar Hillach

Flaubert, Gustave: Drei Erzählungen/Trois Contes. Zweisprachige Ausgabe. Neu übersetzt und herausgegeben von Cora van Kleffens und André Stoll

– Die Versuchung des Heiligen Antonius. Mit zwanzig Bilddokumenten. Aus dem Französischen von Barbara und Robert Picht. Mit einem Nachwort von Michel Foucault

Fontane, Theodor: Effi Briest. Mit 21 Lithographien von Max Liebermann

Goethe, Johann Wolfgang: Dichtung und Wahrheit. Mit zeitgenössischen Illustrationen, ausgewählt von Jörn Göres. Drei Bände

Insel-Bibliothek

Goethe, Johann Wolfgang: Die Leiden des jungen Werther. Mit einem Essay von Georg Lukács ›Die Leiden des jungen Werther‹. Nachwort von Jörn Göres ›Zweihundert Jahre Werther‹. Mit zeitgenössischen Illustrationen von Daniel Nikolaus Chodowiecki

– Maximen und Reflexionen. Text der Ausgabe von 1907 mit den Erläuterungen und der Einleitung Max Haeckers. Nachwort von Isabella Kuhn. Mit vier Faksimiles

– Die Wahlverwandtschaften. Mit Erläuterungen von Hans-J. Weitz und einem Essay von Walter Benjamin: ›Goethes Wahlverwandtschaften‹

– Wilhelm Meisters Lehrjahre. Herausgegeben von Erich Schmidt. Mit sechs Kupferstichen von Catel, Musikbeispielen und Anmerkungen

– Wilhelm Meisters Wanderjahre oder Die Entsagenden. Mit einem Nachwort von Adolf Muschg

Heine, Heinrich: Buch der Lieder. Mit zeitgenössischen Illustrationen und einem Nachwort von E. Galley

– Reisebilder. Mit einem Nachwort von Joseph A. Kruse und zeitgenössischen Illustrationen

Hölderlin, Friedrich: Hyperion oder Der Eremit in Griechenland. Herausgegeben und mit einem Nachwort versehen von Jochen Schmidt

Hoffmann, E. T. A.: Die Serapionsbrüder. Herausgegeben und mit einem Nachwort versehen von Hartmut Steinecke. Mit farbigen Illustrationen von Monika Wurmdobler. Vier Bände

Jacobsen, Jens Peter: Niels Lyhne. Mit Illustrationen von Heinrich Vogeler und einem Nachwort von Fritz Paul

Jung-Stilling, Johann Heinrich: Lebensgeschichte

Keller, Gottfried: Der grüne Heinrich. Erste Fassung des Romans mit Zeichnungen Gottfried Kellers und seiner Freunde. 2 Bände

Des Knaben Wunderhorn, Gesammelt von Achim von Arnim und Clemens Brentano. Mit einem Vorwort von Konrad Feilchenfeldt. Ausgewählt von Friedrich Ranke

Potocki, Jan: Die Handschrift von Saragossa. Herausgegeben und mit einem Nachwort versehen von Roger Caillos. Aus dem Französischen von Louise Eisler-Fischer, aus dem Polnischen von Maryla Reifenberg. Mit Bildern von Goya. 2 Bände

Nietzsche, Friedrich: Also sprach Zarathustra. Ein Buch für Alle und Keinen. Mit einem Essay von Thomas Mann »Die Philosophie Nietzsches im Lichte unserer Erfahrung«

94/2/8.84

Insel-Bibliothek

Stendhal: Rot und Schwarz. Vollständige Ausgabe, aus dem Französischen übersetzt von Walter Widmer. Mit einem Nachwort von Uwe Japp

Swift, Jonathan: Gullivers Reisen. Vorwort von Hermann Hesse. Mit Illustrationen von Grandville. Aus dem Englischen von Franz Kottenkamp, bearbeitet von Roland Arnold

Turgenjew, Iwan: Erste Liebe und andere Novellen. Aus dem Russischen von Ena von Baer und Ekkehard Jäkel. Mit einem Nachwort von Friedrich Schwarz

Wilde, Oscar: Die Erzählungen und Märchen. Mit Illustrationen von Heinrich Vogeler. Aus dem Englischen von Felix Paul Greve und Franz Blei

94/3/8.84

54/1/8.86

Wehler, Hans-Ulrich: Grundzüge der amerikanischen Außenpolitik 1750-1900 es 1254
Wippermann, Wolfgang: Europäischer Faschismus im Vergleich 1922-1982 es 1245
Wirz, Albert: Sklaverei und kapitalistisches Weltsystem es 1256
Ziebura, Gilbert: Weltwirtschaft und Weltpolitik 1924-1931 es 1261

54/2/8.86

55/1/8.86

Uwe Johnson. Hg. R. Gerlach, M. Richter. st 2061
Johnsons ›Jahrestage‹. Hg. M. Bengel. st 2057
Joyces ›Dubliner‹. Hg. K. Reichert, F. Senn, D. E. Zimmer. st 2052
Juden in der deutschen Literatur. Hg. St. Moses, A. Schöne. st 2063
Kafka: Der Schaffensprozeß. Hg. H. Binder. st 2026
Der junge Kafka. Hg. G. Kurz. st 2035
Marie Luise Kaschnitz. Hg. U. Schweikert. st 2047
Alexander Kluge, Hg. T. Böhm-Christl. st 2033
Franz Xaver Kroetz. Hg. O. Riewoldt. st 2034
Lateinamerikanische Literatur. Hg. M. Strausfeld. st 2041
Literarische Utopie-Entwürfe. Hg. H. Gnüg. st 2012
Karl May. Hg. H. Schmiedt. st 2025
Friedericke Mayröcker. Hg. S. J. Schmidt. st 2043
E. Y. Meyer. Hg. B. von Matt. st 2022
Moderne chinesische Literatur. Hg. W. Kubin. st 2045
Paul Nizon. Hg. M. Kilchmann. st 2058
Die Parabel. Hg. T. Elm, H. H. Hiebel. st 2060
Plenzdorfs ›Die neuen Leiden des jungen W.‹ Hg. P. J. Brenner. st 2013
Rilkes ›Aufzeichnungen des Malte Laurids Brigge‹. Hg. H. Engelhardt. st 2051
Rilkes ›Duineser Elegien‹. Drei Bände. Hg. U. Fülleborn. st 2009/2010/2011
Schillers Briefe über die ästhetische Erziehung. Hg. J. Bolten. st 2037
Karin Struck. Hg. H. Adler, H. J. Schrimpf. st 2038
Martin Walser. Hg. K. Siblewski. st 2003
Weimars Ende. Im Urteil der zeitgenössischen Literatur und Publizistik. Hg. T. Koebner. st 2018
Ernst Weiß. Hg. P. Engel. st 2020
Peter Weiss. Hg. R. Gerlach. st 2036
Peter Weiss: ›Ästhetik des Widerstands‹. Hg. A. Stephan. st 2032

55/2/8.86

suhrkamp taschenbücher
Eine Auswahl

Abish: Wie deutsch ist es 1135
Achternbusch: Alexanderschlacht 1232
– Die Atlantikschwimmer 1233
– Die Olympiasiegerin 1031
– 1969 1231
Adorno: Erziehung zur Mündigkeit 11
– Studien zum autoritären Charakter 107
Aitmatow: Der weiße Dampfer 51
Alain: Die Pflicht, glücklich zu sein 859
Alberti: Der verlorene Hain 1171
Alegría: Die hungrigen Hunde 447
Anders: Erzählungen. Fröhliche Philosophie 432
Ansprüche. Verständigungstexte von Frauen 887
Ansprüche. Verständigungstexte von Männern 1173
Antonioni: Zabriskie Point 1212
Arendt: Die verborgene Tradition 303
Armstrong: Kiss Daddy Goodnight 995
Artmann: The Best of H. C. Artmann 275
– Gedichte über die Liebe 1033
Augustin: Eastend 1176
Ba Jin: Die Familie 1147
Bachmann: Malina 641
Ball: Hermann Hesse 385
Ballard: Billenium 896
– Die Dürre 975
– Hallo Amerika! 895
– Das Katastrophengebiet 924
– Mythen der nahen Zukunft 1167
– Der tote Astronaut 940
Barnet: Das Lied der Rachel 966
Baur: Überleben 1098
Beach: Shakespeare and Company 823
Beck: Krankheit als Selbstheilung 1126
Becker, Jürgen: Die Abwesenden 882
Becker, Jurek: Aller Welt Freund 1151
– Irreführung der Behörden 271
– Jakob der Lügner 774
Beckett: Der Ausgestoßene 1006
– Endspiel 171
– Glückliche Tage 248
– Malone stirbt 407
– Der Namenlose 546
– Warten auf Godot 1
– Wie es ist 1262
Behrens: Die weiße Frau 655
Beig: Hochzeitslose 1163
– Rabenkrächzen 911
Bender: Der Hund von Torcello 1075
Benjamin: Deutsche Menschen 970
– Illuminationen 345
Benjamin/Scholem: Briefwechsel 1211
Berkéwicz: Josef stirbt 1125
Bernhard: Frost 47
– Gehen 5
– Der Kulterer 306
Bertaux: Hölderlin 686
Beti: Perpétue und die Gewöhnung ans Unglück 677
Bierce: Das Spukhaus 365
Bioy Casares: Die fremde Dienerin 962
– Morels Erfindung 939

2/1/8.86

2/3/8.86

2/4/8.86

2/5/8.86

2/6/8.86

2/7/8.86